Das Buch

Durch Zufall treffen sich Diana und ihre einstige beste Freundin Minerva in Oxford wieder. Vor fünfzehn Jahren hatten sie sich über eine Männergeschichte aus den Augen verloren. Diana hatte Min den Freund ausgespannt, wenn auch eher zufällig und fast wider Willen ... Aber Min, inzwischen längst verheiratet und Mutter zweier Kinder, ist nach so langer Zeit nicht nachtragend. Sie lädt die alte Freundin in ihr heruntergekommenes Herrenhaus nach Lancashire ein. Diana, Single aus Überzeugung und erfolgreiche Universitätsdozentin, nimmt gerne an, und schnell lebt die alte, innige Freundschaft zwischen den beiden wieder auf. Aus dem geplanten Wochenende wird fast ein Monat, in dem die patente Diana wahre Wunder an dem chaotischen Haushalt der verträumten Min vollbringt. Schon bald gehört sie beinahe zur Familie. Ein wenig zu sehr vielleicht, denn Diana muß feststellen, daß Mins Ehemann ihr alles andere als gleichgültig ist ...

Die Autorin

Victoria Clayton lebt und arbeitet in England. Mit zwanzig veröffentlichte sie zwei kinderbücher. Dann lehrte sie englische Literatur in Cambridge, heiratete und bekam zwei Kinder, ehe sie wieder mit dem Schreiben begann. *Das Haus der Freundin* war ihr erstes belletristisches Werk, mit dem sie in ihrer Heimat die Bestsellerliste erobert hat.

Victoria Clayton

Das Haus der Freundin

Roman

Aus dem Englischen
von Elfriede Peschel

Ullstein

Ullstein Taschenbuchverlag 2001
Der Ullstein Taschenbuchverlag ist ein Unternehmen
der Econ Ullstein List Verlag GmbH & Co. KG, München

Titel der englischen Originalausgabe: Out of Love
(Orion House, London)
Übersetzung: Elfriede Peschel
Umschlagkonzept: Lohmüller Werbeagentur GmbH & Co. KG, Berlin
Umschlaggestaltung: Christof Berndt & Simone Fischer, Berlin
Titelabbildung: Der Verlag hat sich bemüht, den Rechteinhaber der
Abbildung ausfindig zu machen. Sollten Ansprüche bestehen, bitten
wir um freundliche Nachricht.
Druck und Bindearbeiten: Elsnerdruck, Berlin
Printed in Germany
ISBN 3-548-25234-6

Kapitel 1

»Natürlich erinnerst du dich an den Streit«, sagte Min und schaute dabei auf das Glas Wein in ihrer Hand und dann zu mir hin.

Und ich erinnerte mich natürlich. Selbst heute noch, nach so vielen Jahren, fröstelt mich innerlich, wenn davon die Rede ist. Der Streit stellt einen jener Meilensteine in meiner Vergangenheit dar, die eine scharfe Grenze zwischen den Jahren davor und denen danach zogen, war in der Erinnerung so fest verankert wie mein Schulabschluß, der Tod meines Vaters und mein Collegestipendium. Ich glaube, meine Hände zitterten, aber ich setzte alles daran, mir nichts anmerken zu lassen, als ich der allerbesten Freundin, die ich je gehabt hatte, ins Gesicht blickte und es so sah, wie ich es zuletzt vor fünfzehn Jahren gesehen hatte – blaß vor Schmerz und Wut, und in ihren Augen ein Blick so voller Haß, daß er mir ins Herz schnitt.

Min legte mir ihre Hand auf den Arm und verwundert sah ich, daß sie lächelte.

»Diana! Du glaubst gar nicht, wie gut das tut, dich zu sehen! O mein Gott, erinnerst du dich noch an Hugh Anstey? So ein Esel! Was waren wir nur für dumme Gänse!«

Sie fing an zu lachen, und die ernsten jungen Frauen um uns herum bekamen ganz wehmütige Gesichter. Sie wandten sich wieder ihrem mühseligen Gespräch mit früheren Tutoren und

Dekanen zu. Das Dozentenzimmer von St. Hilary's, Oxford, lag im trüben Nachmittagslicht. Es war außerordentlich kalt, doch im Kamin lagen nur ein paar zerfetzte Lampions. Und um dem Treffen zwischen den Universitätsdozenten und ehemaligen Studenten die Kälte zu nehmen, reichten ein Glas südafrikanischer Sherry, ziemlich süß und warm, oder ein Glas Weißwein, pistaziengrün und sauer, nicht aus. Die lange Abwesenheit der einen und die Unfähigkeit zu geselligem Umgang eines Großteils der anderen mischten an der düsteren Tiefkühlatmosphäre mit, die viele von uns vor die Frage stellte, warum wir so dumm gewesen waren, herzukommen.

Min lachte, bis ihr die Augen tränten, und sie klammerte sich hilfesuchend an meinen Arm. Ich brachte ihr Glas wieder ins Gleichgewicht und prustete selbst los. An ihre Selbstvergessenheit kam ich jedoch nicht heran. An der Entzweiung war ich schuld gewesen, und weil mir bewußt war, wie miserabel ich mich verhalten hatte, zuckte ich bei der Erinnerung daran zusammen, als hätte ich auf einen schmerzhaften Bluterguß gedrückt. Als ich Min fünf Minuten zuvor gänzlich unerwartet das Dozentenzimmer hatte betreten sehen, war ein Gefühlssturm in mir losgebrochen, der mir Tränen in die Augen trieb.

Mins Gesicht war jetzt rot, und sie fing an zu schnaufen. Ich führte sie zu einem harten Sofa, dessen Farbe an Leber erinnerte, und ließ sie sich setzen.

»Er war recht charmant«, sagte ich. »Und sah teuflisch gut aus.«

Eine Studentin näherte sich uns mit einer Platte voller Bratwürste im Blätterteigmantel.

»Nehmen Sie doch eine«, bedrängte sie uns mit einem Eifer, der Min einen Augenblick innehalten ließ. Sie warf einen Blick auf die auffordernde Miene des Mädchens und einen auf die Würste, die gerahmt von einem kressegeschmückten Senfrand im eigenen Fett dahinschmolzen, und brach wieder in fürchterliches Gelächter aus. Das Mädchen wurde rot, und da nahm ich mir schnell eine der Blätterteigwürste, denn ich mißbilligte natürlich Mins Taktlosigkeit, liebte sie aber auch gleichzeitig dafür. Wie hatte ich es nur zulassen können, daß fünfzehn Jahre ohne Min verstrichen? Liebevoll verfolgte ich ihre erfolgreiche Suche nach einem schmuddeligen Taschentuch, mit dem sie sich die Augen trocknete.

»Min Bartholomew!« Die Rektorin kam auf uns zu, eine dicke Frau im grauen Tweedrock und einem rosafarbenen Pullover aus feiner australischer Wolle, der zu ihrem langen Wolfsgesicht in merkwürdigem Kontrast stand. Min stand auf – das mindeste, was sie tun konnte –, blickte aber nicht gerade erfreut drein. »Wie lange ist das her? Meine Liebe – und wie steht's mit Ihrer ausgezeichneten Arbeit – wer war das noch mal? Lamartine?«

Es wurde kein Versuch unternommen, mich in das Gespräch einzubinden, doch die akademischen Gepflogenheiten waren mir so vertraut, daß sie mich nicht verärgern konnten. Ich blieb also auf dem Sofa sitzen, hielt die blätterteigumwickelte Wurst zwischen Zeigefinger und Daumen und dachte an Hugh Anstey.

Ich sah ihn vor mir, wie er im Salon von Foxcombe Manor stand und meine Hand hielt, als Mrs. Studley-Headlam uns miteinander bekannt machte. Glückliche, glückliche Min, war mir durch den Kopf gegangen, als ich meine Blicke über seine dunklen Locken, braunen Augen und weißen Zähne schweifen ließ. Er war groß und mager, hatte eine blasse, makellose Haut. Über seinem Kieferknochen lag der Schatten eines Bartes, was ich sehr anziehend fand. Selbst seine Hände waren wohlgeformt, mit langen Fingern und Fingernägeln, die nicht angeknabbert waren. Ich hatte kaum etwas an ihm auszusetzen, außer der Tatsache, daß er eine große Selbstzufriedenheit ausstrahlte, was man ihm schwerlich zum Vorwurf machen konnte.

Min hatte mir von ihm in jenem atemlosen Telegrammstil berichtet, den wir damals bevorzugten und uns dabei sehr intellektuell vorkamen – fast als Jüngerinnen Nancy Mitfords.

»Liebe Daze« (Kurzform für Daisy, was wiederum die Kurzform für Diana war). Ganz wichtig, daß du zu Soppy Johnsons Tanzabend kommst, denn der atemberaubend schöne Hugh kommt, und wir sind wahnsinnig verliebt. Profondissimo! Habe Soppy gebeten, dich auch einzuladen – Einladung anbei – du und Hugh wohnt in Mrs. Studley-Headlams – Amerikanerin – göttlichem Haus. Ich muß bei Soppy bleiben, stöhn! Leider. Wenn du kommen kannst, wird das der Abend ÜBERHAUPT. Werden auch andere tolle Typen da sein. Traf Hugh auf einer von Ma's Parties! Erzähle dir alles, wenn wir uns sehen. Das ist ES. Deine überglückliche Min. P.S. Du wirst um vier Uhr bei Mrs. S.-H. erwartet.«

Es war natürlich ganz und gar nicht erfreulich, daß Sophie Johnson sich nur auf Druck zu dieser Einladung bequemt hatte. Aber da sich die folgenden Wochen ziemlich eintönig dahinzogen, beschloß ich, sie anzunehmen. Mins Mutter (sie war Witwe) war sehr viel vornehmer als meine (geschieden). Obwohl Lady Bartholomews Einkünfte so geschrumpft waren, daß das in ihren Kreisen schon unter den Begriff Armut fiel, hatte sie all ihre Freunde behalten und machte die Runde durch große, kalte Landhäuser und warme schicke Londoner Stadthäuser, wobei sie sich jede Menge Unkosten sparte. Daß sie ihre Freunde behalten hatte, war ihrer Intelligenz und ihrer Loyalität zuzuschreiben. Obwohl geistreich, wurde sie nie unfreundlich, und diese seltene Qualität machte sie sehr beliebt. Sie war meiner Mutter zwar einmal begegnet, was für sie sicherlich befremdlich gewesen sein dürfte, doch nichtsdestoweniger lud sie mich immer wieder ein und behandelte mich wie ihresgleichen. Eine Menge sehr guter Einladungen, wie auch einige schreckliche, waren durch Min vermittelt worden. Wenn ich ehrlich war, hatte ich eventuelle gesellschaftliche Ansprüche einzig und allein ihr zu verdanken.

Meine Mutter war die Tochter eines Komponisten. Das jedenfalls sagte ich, wenn jemand mich danach fragte. Tatsächlich hatte mein Großvater Stücke für Tanzbands geschrieben, wovon es das eine oder andere zu kurzzeitiger Popularität brachte, was meiner Mutter den Besuch der Kunstakademie ermöglichte. Dort offenbarten sich ihr sowohl bescheidenes Talent als auch heftige und dauerhafte Liebe, die sie für Künstler empfand. Danach kam Paris und eine, wie sie sagte, unvergleichliche Zeit in von Rauch und Alkoholdunst vernebelten Ateliers, wo man das Leben in vollen Zügen genoß.

Natürlich war auch jede Menge Abschaum dabei, meist in Gestalt der Liebhaber meiner Mutter. Dicke, Dünne, Bärtige, Kahle, Reiche, Arme, Sadisten, Masochisten, Wüstlinge, Dichter, deren einzige Gemeinsamkeiten ihre Hingabe an die Kunst und – vorübergehend – an meine Mutter waren. Für eine Frau, die eigentlich nicht gerade hübsch war (engstehende Augen ... glücklicherweise sehe ich meinem Vater ähnlich), hatte sie eine bemerkenswerte Anziehungskraft auf Männer. Das hatte etwas mit der ansteckenden Begeisterung zu tun, mit der sie alles anging. Sie fand überall Zerstreuung. Selbst ein Elterntag an meiner versnobten kleinen Schule in Sussex verwandelte sich durch ihre Anwesenheit in ein vergnügliches Ereignis. Bei einer dieser Gelegenheiten verblüffte sie meine Schulleiterin und die Schatzmeisterin, indem sie behauptete, letzterer in Cannes begegnet zu sein.

»Es war auf dieser wunderbaren Party von Lambert ... so ein Charmeur ... ein Windhund ... Sie trugen irgend etwas Bezauberndes mit Federn!«

»Ich kann Ihnen versichern ...«, setzte Miss Dill, eine giftige alte Jungfer um die Fünfzig, an.

»Unsinn! Ich kann mich ganz genau an Sie erinnern. Natürlich war ich überrascht. Aber, du lieber Himmel, Sie haben doch auch ein wenig Spaß verdient! Das Vergnügen gönnt Ihnen wohl jeder!«

»Mrs. Fairfax!« Miss Dill reckte ihren dürren Oberkörper, als sie den Ausdruck im Gesicht der Schulleiterin sah. »Ich muß Ihnen leider widersprechen. Ich war niemals in meinem Leben in Cannes!«

»Da scheine ich ins Fettnäpfchen getreten zu sein«, erwiderte meine Mutter und zwinkerte ihr verschwörerisch zu. »Kein Wort mehr darüber. O sieh da, Lady Wilton! Ich muß mit ihr sprechen. Wie schön, daß wir uns wieder begegnet sind.«

Das war einer der wenigen Momente, daß ich, als sie sich mit einem speziell mir zugedachten Augenzwinkern abwandte, das Gefühl hatte, meine Mutter trotzdem zu lieben.

Ärgerlich war nur, daß diese Augenblicke so selten vorkamen. Im allgemeinen konnte man davon ausgehen, daß sie, wo und wann immer sie sich verabredet hatte, einfach nicht erschien. Ich versuchte, schon gar nicht erst mit ihr zu rechnen, um mir die Enttäuschung zu ersparen. Doch wie sehr ich mich auch anstrengte, es blieb immer ein kleiner, nicht auszumerzender Hoffnungsschimmer, daß sie doch käme. Wie die meisten Kinder quälten auch mich abergläubische Vorstellungen, und ich sprang über die Ritzen im Gehwegpflaster, zählte Kirschkerne, nahm zwei Stufen auf einmal, wenn ich Treppen hochstieg, und hielt dabei meinen Kragen fest und erfand komplizierte Bußübungen, die unternommen wurden, um ihre Anwesenheit zu beschwören. Wenn die Magie den gewünschten Effekt versagte, fühlte ich mich so elend und schuldig, daß ich echte Bauchschmerzen bekam.

Ich war noch kein Jahr alt, als meine Eltern sich scheiden ließen. Wie meine Mutter es darstellte, waren sie sich auf einer Party begegnet, und meine Mutter war vom hübschen Gesicht meines Vaters und seinem aristokratischen Wuchs überaus angetan gewesen. Es kam zu einer kurzen Liaison, während der sie mich empfing. Meine Mutter erzählte oft, es sei ein Fehler gewesen, es ihm zu erzählen, da sie einen sehr diskreten Arzt kannte, der das Problem zu einem sehr vernünftigen Preis geregelt hätte. Es war mein Vater, der darauf bestand zu heiraten. Vielleicht liebte er sie damals sogar. Und sie träumte zweifelsohne von ein wenig Malerei und vielen Parties, angenehm abgesichert durch Geld und einen gutaussehenden, entgegenkommenden Ehemann. Doch als ich dann geboren wurde, hatten sich die Dinge zwischen ihnen bereits zum schlechteren entwickelt. Mein Vater zog sich in ein häßliches Steinhaus in Kircudbrightshire zurück, wo er seine beiden Leidenschaften pflegte, die Ikonographie romanischer Reliquiare und seinen Haß auf meine Mutter.

Ich war fünf, als Hitler in Polen einmarschierte. Die »carpe diem«-Einstellung, die sich danach in England ausbreitete, entsprach exakt dem Temperament meiner Mutter. Ein Kind war diesen leichtsinnigen Vergnügungen nur hinderlich. Man schickte mich nach Kircudbrightshire, doch ich war dort so verdammt einsam und fürchtete mich vor allem und jedem ... dem kalten dunklen Haus, der Haushälterin, die, wie ich mir anhand der Bruchstücke merkwürdigen Verhaltens, an die mich erinnern kann, zusammenreime, eine Trinkerin gewesen sein muß, und vor allem vor meinem Vater. Aus dieser Zeit weiß ich nur noch, daß er sehr groß und sehr dünn war und mir, als ich bei meiner Ankunft in sein Zimmer gebracht wurde, die Hand schütteln wollte. Seine Hand war sehr kalt und knochig. In dieser Nacht weckte ich das Haus mit meinen Schreien, weil ich von einer bis auf die Knochen abgenagten Leiche träumte, die zu mir ins Bett wollte. Ihre Rippen waren messerscharf und schillerten und schimmerten, als wäre das Fleisch gerade erst abgelöst worden. Der Traum bedrängte mich fast jede Nacht, und nach ein paar Wochen kehrte ich in Ungnade zu meiner Mutter zurück. Die einzigen Menschen, die es damals »mit den Nerven« hatten, waren Kriegsveteranen und Putzfrauen.

Meine Mutter schickte mich in ein Internat auf dem Land, angeblich, um mich vor den Luftangriffen zu schützen. Die Rechnungen wurden von meinem Vater beglichen, und zu Beginn jedes Trimesters bekam ich einen Umschlag mit einer Fünf-Pfund-Note. Das war sehr großzügig, doch da keinerlei Nachricht beilag, wußte ich, daß mir noch nicht verziehen war. Dreizehn Jahre lang sah ich meinen Vater nicht mehr.

Zwei Jahre lang sah ich auch meine Mutter kaum. Die Ferien verbrachte ich mit meiner Erzieherin. In dieser Zeit wurden die ausgeklügelten Rituale festgeschrieben, die meine Mutter herbeizaubern sollten. Das anstrengendste bestand darin, meiner Erzieherin das Taschenmesser von ihrem Schreibtisch zu stehlen, was an sich schon furchterregend genug war, und mir dann damit die Handinnenflächen zu zerschneiden. Inspiriert hatten mich dazu die Christus-Holzschnitte am Lettner der Schulkapelle. Beim erstenmal war der Schmerz so groß, daß ich während des Unterrichts ohnmächtig wurde und auf die Krankenstation gebracht werden mußte. Die Schwester gab sich mit meiner Geschichte zufrieden, daß ich mir einen Glassplitter vom Gewächshaus eingezogen hatte. Sie wollte mir gerade einen Vortrag über Ungehorsam halten, denn es war uns verboten, dort zu spielen, als sie ans Telefon gerufen wurde. Es war die Rektorin mit einer Nachricht von meiner Mutter, die besagte, daß sie am Nachmittag zu Besuch kommen wollte. Fast wäre ich vor Aufregung erneut in Ohnmacht gefallen. Ich war außer mir vor Glück über die mir zur Verfügung stehende Macht. Jetzt, so dachte ich, hatte ich die Kontrolle über meine Mutter und konnte sie kommen lassen, wann immer ich wollte.

Natürlich funktionierte der Trick nie wieder, wie ich wütend und frustriert erfahren mußte. Ich versuchte es mit der haargenauen Wiederholung, dann probierte ich Variationen aus, sagte »Gelobt seist du, Maria«, während ich mir das Messer reinstieß, und ähnliches mehr. Fast lag Lust im Schmerz, und ich liebte die auf meiner Haut wie Rubine zitternden Blutstropfen. Aber das alles führte nur dazu, daß meine Hände sich entzündeten und der Arzt geholt werden mußte. Die Schwester erzählte ihm, ich wäre unglaublich unvorsichtig und ungezogen. Die halbmondförmigen Brillengläser des Arztes machten mir große Angst, aber er war Vater von vier Mädchen und ein gescheiter Mann. Er entlockte mir die Wahrheit und erklärte mir dann, daß der Kunstgriff nie wieder funktionieren würde, weil man auf diese Weise keine wirkliche Gewalt über jemanden haben könne. Es wäre gefährlich und falsch, und Gott würde es nicht erlauben. Ich traf fast auf der Stelle die Entscheidung, mich von Gott zu trennen, da er nicht nur verständnislos, sondern auch sehr unkooperativ war. Der Arzt schrieb ein Rezept aus und lud mich dann für den nächsten Tag zu sich nach Hause zum Tee ein, damit ich seine Töchter kennenlernte. Sie waren hübsch und freundlich und ein paar Jahre älter. Sie behandelten mich wie ein kleines Schwesterchen, was mir sehr gefiel. Danach ging ich noch oft zu ihnen, und der Kummer über die Abwesenheit meiner Mutter wurde ein wenig gelindert.

Im folgenden Trimester kam Min auf die Schule. Als ich sie zum erstenmal sah, stand sie in einer Uniform, die ihr einige Nummern zu groß war, in der Eingangshalle und sah verwirrt auf Miss Lewin, die sie wegen ihres schlampigen Aussehens schalt. Auf ihrem Kittel prangte ein großer Tintenfleck, und hinten hing der Saum herab. »Glaub nur nicht, daß ich Schlampereien dulde, weil deine Mutter mit der Vorsitzenden des

Schulbeirats befreundet ist, Minerva Bartholomew.« Miss Lewin war eine kleine untersetzte Despotin mit Hühnerbrust und zornrotem Gesicht. Ihr Verdacht, daß Min von der Rektorin, in die sich Miss Lewin leidenschaftlich und unglücklich verliebt hatte, bevorzugt werde, machte sie von Anfang an zu Mins Feindin. Sie gab mir ein Zeichen.

»Diana, in diesem Semester wird Minerva deine Zimmerkameradin sein. Zeig ihr, wohin sie gehen muß, und sorge dafür, daß sie vorzeigbar ist, wenn zum Tee geläutet wird.«

Da sich um Min immer Kindermädchen und Gouvernanten gekümmert hatten, war sie in praktischen Dingen vollkommen hilflos. Es war ihre erste Erfahrung mit dem Leben in einer Schule überhaupt, und bei all dem Unsinn, den sie anstellte, hätte man meinen können, sie sei ein halbblindes Kätzchen. Sie erklärte mir, daß sie den Tintenfleck verursacht hatte, als sie im Zug versuchte, ihren Füllfederhalter zu füllen. Bisher hatte sie immer nur mit einer Feder geschrieben, die man eintauchte, und ihr war nicht klar, daß ein doppelter anstatt eines einfachen Drucks auf die Blase des Füllers katastrophale Auswirkungen hatte. Als sie aus dem Zug stieg, hatte sich ihr Absatz im Saum ihres Kittels verfangen.

»Meine Kinderfrau Porson hat ihn hochgenäht, da das Ding viel zu lang ist. Mama muß die falsche Größe für mich erwischt haben. Sie hat die Uniform telefonisch in Schottland bestellt, und die Leitung dorthin ist sehr schlecht. Nanny Porson hat auf die ganze Länge nur an die zehn Stiche gemacht. Das hält ja nie oben, es sei denn, du hättest ein wenig Klebstoff?«

Sie warf mir einen verzweifelten Blick zu und schniefte. Eine Rußflocke vom Zug schwärzte ihre Nase. Sie war den Tränen nahe. Das Leben in einem Mädcheninternat war mehr als hart. Es galt als Zeichen unverzeihlicher Schwäche, wenn sie einen dabei erwischten, daß man sich mit einem Mädchen abgab, das auch nur die kleinste verwundbare Stelle zeigte. Es gab einen inneren Zirkel, eine Vorherrschaft kühner, gutaussehender Mädchen, die Macht besaßen und sehr gefürchtet waren. Dann gab es eine – wesentlich größere – Ansammlung von geringeren Geschöpfen, boshaft, phantasielos und orthodox.

Am Rande trieben sich die Parias herum, Mädchen, die seltsam, dick oder häßlich aussahen, oder denen es an Selbstvertrauen mangelte. Manchmal waren sie schon bei der Ankunft eigenartig, normalerweise wurden sie es nach einigen Trimestern strengster Isolation und Unfreundlichkeit. Die Einsamkeit war erbarmungslos, denn den Angestellten, die selbst alle erwachsene Parias waren, wäre es niemals in den Sinn gekommen, irgendeines der Mädchen freundlich zu behandeln. Ich hatte nie verstehen können, warum die Ausgestoßenen sich nicht gegenseitig halfen, und sei es nur der Gesellschaft wegen, doch das kam so gut wie nie vor.

Ich hatte hart kämpfen und das nicht unerhebliche Hindernis, das meine Mutter darstellte, aus dem Weg räumen müssen, um eine Position zu erreichen, die mir Respekt verschaffte. Diese erhabene Stellung verdankte ich einzig und allein meinem Aussehen und einer gewissen Zungenfertigkeit, denn Spielchen lagen mir nicht, und ich verfügte weder über das Geld noch über die Beziehungen, welche einem die Wege zu Position und Beliebtheit ebneten. Schon auf den ersten Blick wurde deutlich, daß Min ganz anders war als die anderen Mädchen. Sie war offen und natürlich, im Grunde naiv. Sie war ungekünstelt und altmodisch. Ließe ich den anderen Mädchen gegenüber ein Wort der Mißbilligung über sie fallen, wäre sie zu Jahren ununterbrochener Einsamkeit verdammt.

Ich schrubbte am Tintenfleck herum, bis die Oberfläche des Stoffs Fäden zog und durchgeweicht, aber mehr oder weniger sauber war. Dann fing ich an, den Saum ihres Kittels mit sauberen Stichen hochzunähen. Näharbeiten waren die obligatorische Beschäftigung für verregnete Wochenenden, wenn die anderen nach Hause gefahren waren, und so war ich ziemlich gut darin.

»Donnerwetter! Das ist aber schlau!« sagte Min und sah mir zu. »Bei mir bleibt noch nicht einmal der Faden im Nadelöhr. Ich möchte mich dafür bei dir revanchieren.«

Krampfhaft suchte sie in meiner ordentlichen Schlafkabine mit der grün-weißen Baumwollsteppdecke und den schauderhaft gelb lackierten Möbeln nach einer Eingebung. Dann sagte sie: »Möchtest du am nächsten Wochenende mit zu mir nach

Hause kommen? Unsere Köchin macht den besten Apfelstreuselkuchen, und unsere Katze hat Junge. Es sind vier Stück, eine Rote, zwei Schwarze und eine Getigerte. Sie sind schöner als alles, was du je im Leben gesehen hast!«

Wieder stiegen ihr die Tränen in die Augen, und ich, sonst so gut gewappnet, fühlte mich gerührt. Wenn ich normalerweise zu anderen Mädchen mit nach Hause kam, fühlten sie sich verpflichtet, alles nur Erdenkliche aufzubieten, damit ich, wenn ich zurückkam, über ihr beneidenswertes und schickes Leben zu Hause berichten konnte. Es war für alle fürchterlich anstrengend, nicht nur für mich, und hatte immer etwas jämmerlich Bemühtes. Die Idee von Apfelstreuselkuchen und Kätzchen als Lockmittel war neu und wirkte auf mich überaus anziehend. Ich half Min beim Auspacken, und während ich einen ihrer Zöpfe, der sich auf der Reise gelöst hatte, flocht, impfte ich sie so lange mit den Gepflogenheiten des Internats, bis die Glocke zum Tee läutete. Das meiste davon kam Min ziemlich lächerlich vor, und wenn ich es mit ihren Augen sah, merkte auch ich, wie absurd es war. Als ich beim Knicks angekommen war, den man in der Kapelle vor dem Fingerstück der Heiligen Sexburga zu machen hatte, kicherten wir beide.

Ich verwandte viel Zeit darauf, Min vor irgendwelchen Katastrophen zu bewahren und gegenüber der scharfen Zunge von Miss Lewin in Schutz zu nehmen. Zu meinem Erstaunen entdeckte ich, daß die Sorge um sie Balsam für den insgeheimen Schmerz darstellte, den ich angesichts der Vernachlässigung durch meine Mutter empfand. Meine Versuche, Min zu bemuttern, sowie ihre Dankbarkeit und ihr Vertrauen gaben mir Selbstsicherheit. Völlig überraschend stellte ich fest, daß ich meine Mutter gar nicht mochte und in keinster Weise so sein wollte wie sie. Was sich daraufhin an Gefühlen und Vorstellungen auftat, war verwirrend und berauschend zugleich.

Min war es vollkommen egal, was die anderen Mädchen dachten, und sie achtete im allgemeinen gar nicht auf die Spitzen und Beleidigungen, mit denen wir unsere Macht sicherten. Daß man ihr dennoch argwöhnisch Respekt zollte und sie nach einer Weile in Ruhe ließ, verdankte sie dieser Unbeugsamkeit und ihrem Hang, sich über Dinge lustig zu machen, insbesondere über solche, die uns anderen heilig waren. Natürlich hatte ich mich nie als übertrieben ernsthaft, dramatisch und empfindsam gesehen. Bis dahin hatte mir nämlich jegliche Selbsterkenntnis gefehlt. Mins scharfer Blick für das Prätentiöse, Lächerliche und Komische veränderte meine Sichtweise von Grund auf. Sie war dankbar für den Schutz, den ich ihr gab, aber zurückblickend weiß ich, daß ich in weitaus größerem Maße in ihrer Schuld stand. Am Ende des Trimesters waren wir dicke Freundinnen, wozu wahrscheinlich eine Reihe von Umständen beigetragen hatte, doch vor allem wohl jene unergründliche Chemie, die alle menschlichen Beziehungen reifen läßt.

Was die Wochenenden mit Kätzchen und Nachtischen betraf, die sehr schnell Teil meines Lebens wurden, so gehörten sie zweifellos zu den glücklichsten Zeiten meines Lebens. Sobald Lady Bartholomew erkannt hatte, daß mich meine Mutter kaum, mein Vater nie besuchte, wurde eine Dauereinladung ausgesprochen. Lady Bart, wie jeder sie nannte, war sehr beliebt und bekam viele Einladungen. Sie erklärte uns, einige dieser Einladungen annehmen zu müssen, um nicht ganz aus der Gesellschaft herauszufallen, obwohl sie es haßte, auch nur eine Minute ohne Min zu sein, wenn sich diese zu Hause aufhielt. Andernfalls würde Min, wenn sie erwachsen war, eine einsame Mutter und eine fürchterliche Belastung zu ertragen haben. An den Samstagabenden brach sie also, elegant und sehr hübsch zurechtgemacht, zu den verschwenderischen Parties oder netten kleinen Abendessen ihrer Freunde auf, und Min und ich gingen hinunter in die Küche des kleinen Hauses in London, wo wir mit den Kätzchen spielten und Apfelstreusel, Marmeladenrolle, Meringen, Stachelbeertörtchen oder sonstige Köstlichkeiten verzehrten, die Gina, Lady Barts italienisches Hausmädchen, gezaubert hatte.

Gina war der Inbegriff dessen, was eine Köchin in einem Privathaushalt sein sollte, und damit eine absolute Seltenheit. Erstens konnte sie wirklich sehr gut kochen, und zwar sowohl englische als auch italienische Gerichte. Für uns machte sie die einfachen Sachen, die wir gerne mochten, doch wenn Lady Bart zu einem kleinen Abendessen einlud, sahen wir voller Bewunderung zu, wie Gina einen Steinbutt aus der rautenförmigen Pfanne schnellen ließ, Wild ausnahm oder Pasteten verzierte. Zu einem bedeutsamen Anlaß setzte sie einen Croque-en-bouche zusammen, den sie mit einem Gitter aus feinsten Glasfäden bernsteinfarbenen Zuckers überzog. Als wir älter wurden, freute sie sich, wenn wir uns für torta sabbiosa, Bombolini und all die Leckereien ihrer Kindheit begeisterten.

Gina habe ich es zu verdanken, daß ich gutes Essen und die Kunst des Kochens zu schätzen weiß. Ich verbrachte viele glückliche Stunden an ihrer Seite, lernte, wie man Teig ausrollte und Eiweiß schlug, während Min, die kein Interesse am Kochen hatte, uns die Liebesromane vorlas, die Gina so liebte. Gina war wunderbar gutmütig und nahm nie Anstoß daran, daß Min sich manchmal über die Geschichte oder die Charaktere lustig machte. Sie lachte mit uns, freute sich unserer Gesellschaft, war glücklich, daß wir beide sie mochten. Manchmal lagen wir mit den Katzen auf dem Flickenteppich vor dem Küchenherd und lauschten Ginas Geschichten vom Leben in dem großen Palazzo, in dem sie als Hausmädchen gearbeitet hatte, als sie noch jung und hübsch war. Die Kätzchen wurden groß und fanden ein anderes Zuhause, aber neue wurden geboren, und wir liebten auch diese abgöttisch, schmusten und spielten mit ihnen. Als Ersatz für meine eigenen Eltern konnten Lady Bart und Gina kaum übertroffen werden.

Die einzige Zeit, in der meine Mutter beinahe regelmäßig in der Schule auftauchte, waren die sechs Jahre, in denen sie einen Liebhaber namens Poppy hatte. Er war Grieche und hatte einen so vielsilbigen, für Engländer unaussprechlichen Namen, daß alle ihn Poppy nannten. Er war dunkel und stämmig, mit einem schwarzen Bleistiftschnurrbart und geölten schwarzen Haaren. Seine großen, feuchten, vortretenden Augen blickten entweder melancholisch drein oder tränten vor Lachen. Er war ein Mann der Extreme. Von allen Liebhabern meiner Mutter war er der einzige, der sich wirklich für mich interessierte. Die anderen kauften mir hin und wieder Geschenke, aber Poppy nahm mich mit zum Eisessen und ins Kino. Er hatte sehr nah am Wasser gebaut, und wir durchlitten sämtliche Disneyfilme in den verschiedenen Stadien des Unglücklichseins, von gemäßigtem bis totalem Schmerz. Der arme Poppy fühlte sich genauso elend wie ich, wenn Dumbo und Bambi ihre Mütter verloren, und wir beiden heulten gemeinsam auf dem Nachhauseweg, nachdem wir die Soldaten und Pferde in Alexander Newski im Eis hatten einbrechen sehen. Nach Anna Karenina war Poppys Hemdbrust steif vom Salz, doch mir hatten der Schnee und die pelzbesetzten Kleider gefallen. Als der arme Moby Dick von Kapitän Ahab harpuniert wurde, stieß Poppy ein Geheul der Wut und Trauer aus, so daß die Platzanweiserin ihm sagte, er müsse gehen, wenn er nicht still sein könne.

Er las mir sehr viel vor, und seine hervortretenden Augen flossen über und seine Stimme belegte sich, wenn das häßliche Entlein abgewiesen wurde oder das Mädchen mit den Schwefelhölzern sterben mußte. Bis zum Ende von Black Beauty schafften wir es gar nicht erst, da meine Mutter das Buch ins Feuer warf. Sie sagte, ihr Dasein käme einem Leben mit zwei Alkoholikern gleich, die unerträglich rührselig und voller Selbstmitleid waren. Sie wolle auch mal eine halbe Stunde genießen, ohne daß jemand über die arme Ginger lamentierte. Ich glaube, es erleichterte Poppy und mich insgeheim, nicht weiterlesen zu müssen.

Und Poppy war es auch, der an meinen Geburtstag dachte und, was noch wichtiger war, meine Mutter daran erinnerte. An meinem siebten Geburtstag gab er für mich in seinem Atelier ein Fest. Er fabrizierte einen Kuchen mit blauer Glasur, und wir tranken blaue Limonade und rauchten Spielzigaretten aus den Blütenblättern von Ringelblumen. Aus Süßigkeiten und Goldpapier machte er für jedes der steifen kleinen Mädchen, die ich eingeladen hatte, Kronen, und wir spielten wunderbare Spiele mit Farbe und Kleber und Pailletten und Seidenpapier. Dann machten wir ein großes Gemälde, indem wir in Höschen und Hemden über eine riesige Leinwand sprangen und kugelten. Es war schon erstaunlich, wieviel Farbe unsere Partykleider abbekamen, obwohl er sie uns hatte ausziehen lassen. Jedes der jetzt sehr zerzausten und aufgedrehten Mädchen durfte ein lebendiges Kaninchen mit nach Hause nehmen. Zweifellos gab es später unendlichen Ärger wegen der ruinierten Partyröcke, und vermutlich bekam jede Pickel wegen zu viel Lebensmittelfarbe. Mit Schaudern denke ich daran, was wohl aus den Kaninchen wurde. Doch damals war es für mich das allerschönste Fest, das ich mir je erträumt hatte, und eine Zeitlang genoß ich eine immense Beliebtheit unter meinen Freundinnen.

Einmal, als ich hohes Fieber hatte, wachte Poppy die ganze Nacht neben mir, gab mir Aspirin, reinigte mich vom Erbrochenen, schenkte mir Wasser ein, strich mir übers Gesicht und brachte mich schließlich mit dem Taxi ins Krankenhaus, wo der Arzt Blinddarmentzündung diagnostizierte. Meine Mutter kam am nächsten Tag mit Süßigkeiten und einem schlechten Gewissen und verbrachte die Besuchszeit damit, die Schwestern mit Geschichten aus ihrer Bohème-Vergangenheit zu bezaubern. Doch Poppy war es, der uns für eine Woche nach Brighton brachte, damit ich mich erholte, und er saß mit mir auf den Kieselsteinen und machte aus den Muscheln Reifrockdamen, während meine Mutter auf Einkaufstour ging.

Zum beinah letztenmal dürfte ich Poppy gesehen haben, als ich zwölf Jahre alt war, und er mich im Internat besuchte. Es war zur Theatervorführung der Schule, und wir spielten Auszüge aus Shakespeare. Ich war Hamlet, hauptsächlich weil ich groß war und mir gut Verse merken konnte, nicht so sehr wegen meiner schauspielerischen Begabung. Ich hielt mich für ziemlich gutaussehend in dem schwarzen Wams und der Kniehose. Ich war sehr zufrieden mit mir, bis ich Mutter und Poppy entdeckte. Mutter sah mit ihren rot und metallisch blaugrau gesträhnten Haaren und dem schwarzen Kleid fast annehmbar aus. Poppy trug einen Anzug, den er sich aus Kleiderstoff genäht hatte ... weißgrundig, übersät mit flammendroten Mohnblumen. Unter den förmlich in dunkle Anzüge gekleideten Vätern wirkte er fett und lächerlich. Ich sah Valerie de la Mare und Susan Dartford hinter vorgehaltener Hand kichern, und ich wurde fast krank vor Scham.

Poppy streckte die Arme nach mir aus, als er mich sah. Ich wußte, daß aller Augen auf mich gerichtet waren. Ich hätte zehn ... ja, zwanzig Jahre meines Lebens dafür gegeben, auf der Stelle im Erdboden versinken zu können. Ich hielt ihm meine gerötete Wange zum Kuß hin und kehrte das Gesicht ab, als er mit mir sprach. Obwohl er sich bemühte, die Stimmung aufzulockern und mich zum Lachen zu bringen, wurde ich immer mürrischer. Sobald es ging, entschuldigte ich mich wegen Kopfweh. Ich ging zu Bett und weinte vor Wut und Verlegenheit. Ich verfluchte beide. Ich betete, sie möchten auf der Heimfahrt einen Autounfall haben und dabei umkommen. Damals war das mein voller Ernst.

Am nächsten Tag ging ich wieder zum Unterricht und nahm es mit meiner Arbeit dabei sehr genau. Ich glaubte, daß die einzige Möglichkeit, mich von diesem unmöglichen Paar zu befreien, darin bestand, klug und erfolgreich zu sein. Ich rackerte mich das ganze Trimester über ab, las wie eine Besessene und konzentrierte mich voll und ganz auf meine Arbeit. Die Vorstellung, eine Heldin zu sein, die von äußeren Umständen in einen einsamen, zermürbenden Kampf getrieben wird, beflügelte mich. Bald verbesserte sich meine Stellung in der Klasse von irgendwo in der Mitte zur Spitze. Obwohl Min über meine Gründe nicht Bescheid wußte, merkte sie, daß etwas Ernstes vorging, und beschloß, mitzumachen.

Seltsamerweise stellte der intensive Wettstreit, der sich jetzt entwickelte, so gut wie keine Bedrohung unserer Freundschaft dar. Zum Glück lagen unsere Stärken auf verschiedenen Gebieten, und ich half Min bereitwillig in der Mathematik, wo ich wußte, daß sie mich nie einholen würde, während sie mir denselben Dienst in Französisch erwies. Wir sahen uns als Einheit gegen die anderen Mädchen und kämpften gemeinsam um die ersten beiden Plätze. Nach und nach verloren andere Aspekte des Schullebens an Interesse für uns. Wir spielten kein Lacrosse mehr, gaben unsere Lieblingskunstkurse auf und strichen das Sonnenbad hinter der Turnhalle. Es zählten nur noch die Positionen, die wir bei den wöchentlichen Einschätzungen innehatten, und die Abschlußexamen. Wir wurden die Vorzeigeschülerinnen der Schule und verbesserten uns sogar noch, weil wir den Sinn des ganzen nach und nach erfaßten und die Arbeit uns um ihrer selbst willen Spaß machte. Und so überraschte es niemanden, daß Min und ich nach fünf Jahren Stipendienplätze in Oxford bekamen, sie für moderne Sprachen, ich für Englisch.

Poppy sah ich nach dem Debakel beim Schultheater nur noch einmal. Mutter nahm mich in den darauffolgenden Ferien mit in sein Atelier. Ich war bestürzt, wie sehr er sich verändert hatte. Seine Haut war entsetzlich verfärbt, gräulich schimmernd mit roten Flecken, und obwohl sein Bauch dicker war denn je, wirkten seine Arme und Beine und die Wangen ausgezehrt. Das Weiß seiner Augen war blutunterlaufen, und ihr schöner Glanz war dahin. Wie unglücklich er war, konnte er trotz seines Bemühens um Fröhlichkeit nicht verbergen. Aus jugendlichem Egoismus heraus sah ich unsere letzte katastrophale Begegnung als Ursache seiner Traurigkeit und bemühte mich deshalb halbherzig, netter zu ihm zu sein. Er hielt meine Hand und schien sich über meine verbesserten schulischen Leistungen zu freuen. Als ich ihn verließ, gab er mir seinen Siegelring, den er immer an seinem kleinen Finger getragen hatte. Ich fand ihn sehr häßlich und verlor ihn auch gleich.

Er starb in der Mitte des folgenden Trimesters. Ich ging zur Beerdigung. Das Ganze blieb ohne wirkliche Bedeutung für mich, und ich wußte auch nicht, was ich empfinden sollte. Es war mir unmöglich, mir seinen Körper im Sarg vorzustellen. Ich starrte unentwegt in den Regen, der auf die Messingtafel prasselte und von dem scheußlich gestrichenen Holz tropfte, weil ich keinen der Erwachsenen sehen wollte, deren Trauerausbrüche mir sehr aufgesetzt vorkamen. Der häßliche grüne Kunstrasen, der das Loch rahmte und aussah wie irgendein Zeug beim Gemüsehändler, war an einer Stelle verrutscht und gab den Blick auf gelbe Lehmklumpen und Steine frei. Mutter trug schwarzen zerknitterten Chiffon und schlammige Wildlederschuhe. Sie weinte laut und dramatisch. Ich hatte kalte Hände und Füße.

Danach, als wir vom Grab zum wartenden Taxi gingen, war Mutter wütend auf mich, weil ich nicht geweint hatte. Unter kummervollem Gehickse – die Wimperntusche von den scharfen schwarzen Wimpernspitzen hatte sich auf den Wangen und unterhalb der Brauen kleinfleckig verteilt – gestand sie mir, daß sie auf mich eifersüchtig gewesen sei. Sie hatte den Verdacht gehabt, daß Poppy nur meinetwegen bei ihr blieb. Doch ganz offensichtlich hatte er seine Zuneigung an ein kaltherziges, selbstsüchtiges kleines Mädchen vergeudet. Einen undankbaren, gefühllosen kleinen Rohling. Ich stand da und ließ ihre Worte über mich hereinbrechen, fühlte mich dabei innerlich immer schlechter, versuchte aber dennoch, mir nichts anmerken zu lassen. Schließlich fuhren wir schweigend zurück zur Schule, sie immer noch weinend, ich zu erschrocken, um sprechen zu können.

»Vermutlich wirst du jetzt, wo Poppy tot ist, mehr von deinem Vater sehen«, meinte sie, als das Taxi durch das Schultor fuhr.

»Ändert das etwas?« erwiderte ich verdutzt. Wollte sie damit sagen, daß *sie* noch weniger Lust hatte, mich zu sehen?

Sie wandte sich mir derart wütend zu, daß ich dachte, sie würde mich schlagen. Statt dessen stieß sie mich aus dem Taxi und schlug die Wagentür zu, ohne sich zu verabschieden. Ich ging in den Schlafsaal, fühlte mich steif, kalt und krank. Die anderen Mädchen bedachten mich mit mitfühlenden Blicken und vermieden es, mit mir zu sprechen. Der Tod war etwas Unvorstellbares, beunruhigend und peinlich. Min, die wartend auf meinem Bett gesessen hatte, sah mein Gesicht.

»O Daze«, sagte sie, »er war so ein netter Mann. Wirklich ein Schatz.«

Dann legte sie ihre Arme um mich, und das ganze erbärmliche Elend bahnte sich seinen Weg, und ich weinte, bis mir der Kopf dröhnte und mein Gesicht vor Hitze und Salz brannte. Dann machte Min einen Waschlappen für mich naß, und auf meinem Bett liegend drückte ich ihn ans Gesicht, damit die Schwellung zurückging. Wir unterhielten uns über unsere Geschichtsaufsätze, bis die Glocke zum Abendessen läutete. Wir sprachen nicht mehr über Poppy. Doch als ich älter wurde, mußte ich oft an ihn denken, und mit jedem Jahr wuchsen meine Scham und mein Bedauern.

Kapitel 2

Sophie Johnsons Tanzabend fand in den Osterferien unseres zweiten Jahres in Oxford statt. Man schrieb das Jahr 1954. Obwohl der Krieg seit neun Jahren vorbei war, hielten sich Erwartungen und Vorstellungen durch die Jahre des Verzichts und des Sich-Bescheidens noch immer in Grenzen. Betrat man Foxcombe Manor, war das, als öffnete sich eine Tür nach Arkadien. Zunächst einmal war das Haus warm. Eine wunderbare, allgegenwärtige Wärme empfing den Besucher schon an der Eingangstür und machte das Ablegen von Mantel, Schal, Hut und Handschuhen zu einem Vergnügen. Zudem war das Haus wunderschön, innen wie außen. Nirgends ein Anstrich mit jener fürchterlichen dunkelgrünen oder rotbraunen Farbe, die England während der Kriegsjahre so häßlich gemacht hatte. Am liebsten wäre ich allein herumgeschlichen, um mir alles anzusehen, aber ein junger, gutaussehender Butler führte mich sofort ins Wohnzimmer.

»Ah, da ist sie ja!« rief Mrs. Studley-Headlam.

Ungeduld lag in ihrer Stimme, als hätte sie stundenlang auf mich gewartet und dabei Unannehmlichkeiten in Kauf nehmen müssen, doch der Zug war pünktlich gewesen, und das riesige, teure Auto, das mich am Bahnhof abgeholt hatte, war so gefährlich schnell durch die engen Straßen gerauscht, als gleite es auf Öl dahin.

»Miss Fairfax. Das ist Caroline Protheroe – Michael Protheroe – Hugh Anstey.«

»Diana«, murmelte ich und gab jedem von ihnen die Hand. Caroline, flachbrüstig und mit Pferdegebiß, war so nervös, als glaubte sie, sich für ihr unansehnliches Äußeres entschuldigen zu müssen. Sie war teuer und mit Sorgfalt gekleidet, und ihr Haar, das einzig Schöne an ihr, war herrlich rot und ausgezeichnet geschnitten.

Ihr Ehemann sah auf eine langweilige Weise gut aus. Sein Gesicht war glatt und braun, die Züge sehr normal. Dank seiner scharfen, weißen Zähne bekam er etwas von einem Raubtier, wenn er lachte. Er war ein wenig zu klein geraten und hielt sich sehr aufrecht. Womöglich war er bei der Armee und hatte Caroline wegen ihres Geldes geheiratet, spekulierte ich. Auf jeden Fall ruhten ihre Augen fast ständig mit einem Ausdruck verwirrter Hingabe auf ihm, als könne sie ihr Glück, ihn bekommen zu haben, nicht fassen. Er hingegen musterte mich von oben bis unten mit einer Miene, die der eines schwanzwedelnden Hundes nicht unähnlich war. Seine glatten Wangen röteten sich, und er strich sein Haar mit der Hand nach hinten, als hätte er gerade entdeckt, daß jemand, den er sich als Langweiler vorgestellt hatte, unerklärlicherweise Bewunderung verdiente.

»Wir werden nur eine kleine Runde beim Abendessen sein«, sagte Mrs. Studley-Headlam und reichte mir eine Tasse Tee, dünn, mit einer Zitronenscheibe, ohne mich zu fragen, ob ich ihn überhaupt so mochte. »Leo kommt erst spät ... wie ärgerlich. Wir werden wohl selbst für Spaß sorgen müssen.«

Dabei sah sie aus, als wäre Spaß das letzte, was sie sich ansonsten erlaubte, und für sie als Gastgeberin nur eine leidige Notwendigkeit. Sie war ungeheuer schlank und achtete sicherlich peinlichst genau darauf, daß das auch so blieb. Ihre weichen, hellen Haare trug sie sehr kurz geschnitten, ihr Tweedkostüm war von milchigem Grün, und ihr perlgrauer Pullover sah ganz nach Kaschmir aus. Selbst ihre Strümpfe hatten einen zarten Glanz. Ein mit Bedacht untertriebener Landhausstil, die subtile Imitation einer englischen Vorkriegslady. Ihre blauen Augen blickten hart und ungeduldig drein.

»Sie waren mit Sophie Johnson auf einer Schule, Diana?« erkundigte sich Mrs. Studley-Headlam, musterte dabei meine Schuhe, meinen Rock, meine Perlen und konzentrierte sich dann wieder auf mein Gesicht.

»Ja.«

In der Schule hatte man uns beigebracht, daß es von schlechtem Stil zeugte, wenn man sich im Gespräch auf »ja« und »nein« beschränkte, und so fügte ich hinzu: »Aber ich kannte sie nicht sehr gut. Wir waren in verschiedenen Häusern untergebracht und gingen auch nicht in dieselbe Klasse.«

»Das glaube ich sofort«, erwiderte Mrs. S.-H. »Lady Bartholomew erzählt, Sie sind mit ihrer Tochter in Oxford. Und ich glaube kaum, daß Sophie, so nett sie auch ist, da mithalten könnte.«

Sie lachte. Es war ein unfreundliches Lachen, zum einen, weil es sich über Sophie lustig machte, nachdem diese ins Zwielicht der Begriffsstutzigkeit gerückt worden war, zum anderen, weil es mich der Angeberei beschuldigte.

»Und was studieren Sie in Oxford?«

»Anglistik. In diesem Trimester Chaucer und Mittelenglisch.«

Ich spürte, wie ich rot wurde angesichts dieses Gesprächsbeitrags, der besser zu einem Schulmädchen gepaßt hätte. Mrs. S.-H. zog die Brauen hoch und wandte dann mit einem leichten Schulterzucken den Blick zu Michael, als wollte sie ihn, nach Erledigung ihrer gesellschaftlichen Verpflichtung, auffordern, sie aus diesem Morast der Langeweile zu ziehen, in den ich sie getaucht hatte. Er reagierte sofort, und mir war heiß; ich fühlte mich linkisch.

»Ganz schön schlüpfrig der gute Chaucer, nicht wahr?« Blinzeln und hochgezogene Brauen.

»Gar nicht so sehr. Vielleicht denken Sie an Boccacio.« Aus Verlegenheit war ich spöttischer als beabsichtigt.

Mrs. S.-H. lachte verächtlich, wenn auch unklar blieb, wem von uns ihr Hohn galt. »Du solltest lieber nicht den Intellektuellen spielen, Michael. Diana wird uns alle dafür tadeln, daß wir unsere Hausaufgaben nicht gemacht haben.«

Nachdem sie mich als Tölpel und Blaustrumpf gebrandmarkt hatte, wandte sie sich an Hugh. »Sie müssen uns etwas über Ihre Fliegerei erzählen. Lady Bartholomew erwähnte irgendwelche Soloflüge zu Wohltätigkeitszwecken.«

»Nun, das ist nur ein Vorwand, wissen Sie«, lächelte Hugh und beugte sich eifrig nach vorne. »Stört es Sie, wenn ich rauche? Das Problem bei der Fliegerei ist, daß sie viel kostet, und der Herr Vater schlägt manchmal Krach, weil er immer Geld locker machen muß.«

Ich traute meinen Ohren kaum, als ich dieses Meine-eigenen-Moneten-Gewäsch hörte. Min würde darauf bestimmt nicht hereinfallen, so anziehend die Verpackung auch war. Mrs. S.-H. hatte offenbar ihren Spaß daran. Hugh entsprach anscheinend ihrer Vorstellung von einem perfekten jungen Engländer ... jungenhaft bescheiden und voller Enthusiasmus. Ich überlegte, daß Hugh ihr wohl einfach gab, was sie seiner Meinung nach haben wollte.

Mrs. S.-H. ermutigte Hugh, weiterzureden, und fragte ihn über seine verschiedenen Reisen aus, wobei sie eine Ignoranz bezüglich irgendwelcher geographischen Kenntnisse zur Schau stellte, die gewinnend und irritierend zugleich war. Ihre Art zu frotzeln und zu schmeicheln, hieß, die ältere, verführerische Frau etwas zu dick aufzutragen. Hugh reagierte mit erregter Verwirrung, die ich ebenfalls übertrieben fand. Michael Protheroe warf ein paar Bemerkungen und Fragen ein, doch spielte er bald den Beleidigten, weil er außen vor blieb. Caroline tat ein paarmal ihre Verwunderung kund, worauf aber keiner reagierte. Für mich war keine Rolle vorgesehen, und so hatte ich die Möglichkeit, mich im Raum umzuschauen, was ich in aller Ausführlichkeit tat.

Es mußte ein sehr teurer Innenarchitekt gewesen sein, dem man hier Blankovollmacht erteilt hatte. Das Zimmer war einfach schön, die reine Essenz englischen Landhausstils. Vielleicht hätte es ein wenig abgewohnt noch perfekter gewirkt, an Seide und Damast hingen keine Fransen herab, die Oberfläche des Walnußholzes war makellos, und den Aubusson zierten keine Hundehaare. Und der Raum roch sehr künstlich, nicht nach nassen Tieren, Gartenblumen, Mäusen oder Feuchtigkeit. Der Duft nach etwas sehr Teurem verriet seine ausländische Besitzerin. Trotz dieser kleinen Kritikpunkte gefiel mir der Raum so gut, daß ich bereit war, Mrs. S.-H. in Kauf zu nehmen, weil ich mich schon auf den Rest des Hauses freute.

Ich brauchte nicht lange zu warten. Obwohl Hugh gerade aus dem vollen schöpfte und von einem Flugzeugabsturz im australischen Busch erzählte, stand Mrs. S.-H. plötzlich auf und erklärte: »Du siehst so müde aus, Caroline! Du hast ja richtige Ringe unter den Augen, meine Liebe. Ganz erschöpft. Du mußt dich vor dem Abendessen noch ein wenig ausruhen, sonst siehst du um Mitternacht wie ein altes Weib aus. Ich gehe jetzt für eine Stunde auf mein Zimmer. Hugh und Diana, Sie könnten vielleicht mit Leos Hunden einen Spaziergang machen, wenn Sie nichts besseres zu tun haben. Falls Diana sich zu einer solchen Nichtigkeit herabläßt.« Sie kehrte uns den Rücken zu und hob ihren Finger mit Nachdruck. »Mit dir muß ich noch kurz reden, Michael. Leo überläßt alles mir, und in den Farmabrechnungen ist ein Fehler, den ich einfach nicht verstehen kann.«

Arm in Arm mit einer traurigen Caroline verließ sie den Raum. Hugh sah mich mit einem Lächeln an und versuchte, sich nicht anmerken zu lassen, wie zerknirscht er war, daß Mrs. S.-H. ihm so unfreundlich das Wort abgeschnitten hatte.

»Möchten Sie spazieren gehen? In einer halben Stunde wird es dunkel.«

Viel lieber hätte ich ein entspannendes Bad genommen, doch er sah mich so flehentlich an, daß ich nickte. Ein recht häßliches Mädchen zeigte mir mein Zimmer. Konnte man Leo etwa nicht trauen, fragte ich mich. Man hatte mich im obersten Stockwerk in einem Dienstbotenzimmer untergebracht. Doch sobald ich es sah, war ich entzückt. Die Decke hing durch, was irgendwie rührend wirkte, und war wie die Wände mit rotweißer Toile de jouy tapeziert. Auf dem Bett lag eine Eiderdaunendecke aus allerzartester rosa Seide, und daneben stand eine Vase mit weißen Hyazinthen. Am zauberhaftesten jedoch war das Fenster, ein langes Oval, ein georgianisches Ochsenauge. Ein Polster erstreckte sich über die ganze Länge der Fensterbank. Unwiderstehlich. Ich streckte mich darauf aus und stützte meinen Kopf auf den Arm. Ich blickte auf einen parkähnlichen Garten mit prächtigen Bäumen, die ganz nah ans Fenster heranreichten. In der frostigen Luft, in der ein Nebelhauch lag, konnte ich den Tau tropfen sehen. Hinter dem abgesenkten Grenzzaun sah ich Schafe weiden. Durch die Schlieren des alten Glases bekamen sie eine geisterhafte Vergänglichkeit. *My ... something ... are shaded with trees And my hills are white over with sheep*, murmelte ich vor mich hin. *Grottoes – my grottoes are shaded.*

Plötzlich fiel mir Hugh wieder ein, der unten in der Einfahrt mit zwei Hunden, die wahrscheinlich verspielt und schwer zu bändigen waren, auf mich wartete. Ich warf meinen Mantel über und band mir einen Schal um die Haare. Schließlich wollte ich zur Party hübsch sein. Ich lief über den Flur des ersten Stockwerks, meine Schritte dämpfte ein dicker Teppichbelag in dem modischen Farbton Caca du Dauphin, als ich meinen Namen hörte. Ich tat, was jeder andere auch getan hätte. Ich blieb stehen und lauschte. Laut drang Mrs. S.-H.s Stimme mit ihrem schroffen Timbre heraus, und da die Tür zu ihrem Zimmer ein wenig offenstand, hatte ich keine Schwierigkeiten, sie zu verstehen.

»Diese Fairfax ist mit Hugh spazierengegangen. Ich habe ihnen gesagt, sie sollen eine große Runde drehen, und so werden sie frühestens in einer halben Stunde zurück sein. Wie langweilig die Jugend doch ist! So mit sich selbst beschäftigt.« Dann hörte man ein kleines erregtes Lachen. »Du magst keine jungen Mädchen, nicht wahr? Du gibst Frauen den Vorzug, die wissen, wie's geht.«

Von Michael hörte ich einen Laut, der an einen Eselsschrei erinnerte. Jemand stöhnte, wahrscheinlich Mrs. S.-H. Rasch ging ich weiter und widerstand der Versuchung, die Tür zu schließen. Hugh stand geduldig wartend auf dem Kies vor der Eingangstür, zwei angeleinte Dalmatiner lagen ihm gehorsam zu Füßen.

»Ah, da sind Sie ja.« Er schien sich sehr zu freuen, mich zu sehen. »Darf ich Acne und Pox vorstellen?«

»Das gibt's doch nicht!« sagte ich entgeistert.

»Nein. Sie heißen eigentlich Tristan und Isolde. Sollen wir den Weg gehen?«

Die Schönheit des Parks erfüllte mich mit einem plötzlichen Glücksgefühl, ungeachtet der Kälte. »Sehen Sie, ein Sommerhaus oder ein Lusttempel oder sonst etwas. Das wollen wir uns doch mal ansehen.«

»Ob wir wohl Trissy und Issy von der Leine lassen können, was meinen Sie?«

»Ich sehe nichts, was sie angreifen könnten. Was ist mit den Schafen?«

»Sie werden nicht übers Aha springen«, sagte Hugh mit so überzeugender Autorität, daß ich ihm glaubte.

Natürlich waren sie mit ein paar Sätzen in der Senke, sprangen dann mit Leichtigkeit über den Zaun, der unten am Aha entlanglief, und rannten auf der anderen Seite hinauf mitten zwischen die Schafe.

»Mist!« sagte Hugh.

»Ganz genau!« bestätigte ich und dachte dabei auch daran, wie sich die Jagd auf die Hunde auf meine Haare auswirken mochte.

»Es war mein Fehler. Bleiben Sie hier. Bin gleich wieder da.«

Hugh galoppierte elegant über das Gras, verschwand kurz im Aha und tauchte dann zwischen den Schafen wieder auf. Ich drehte mich um und bewunderte die Fassade von Foxcombe. Das Schicksal schien tatsächlich blind zu sein, wenn es ein derartiges Architekturjuwel einer solchen Giftschlange wie Mrs. S.-H. überließ. Der Himmel hinter dem giebelbesetzten Dach verfärbte sich weinrot, und aus nahezu allen der perfekt proportionierten Fenster warf ein strahlendes maisgelbes Licht seinen Schein auf die steinernen Architrave und Pilaster. Plötzlich hörte ich Schritte im Gras hinter mir. Ich wandte mich um und sah Hugh, der mit beiden Hunden angerannt kam.

»Du lieber Himmel, wie haben Sie das geschafft?«

»War gar nicht so schwer. Ich habe einen alten Eskimotrick angewandt, mit dem sie Polarbären trainieren. Nein, ist nicht wahr«, fügte er hinzu, als er sah, wie meine Augen groß wurden, »sie sind eigentlich schon recht gut erzogen und kommen, wenn man sie ruft.«

Hugh grinste, und jetzt mußte ich denken: glückliche Min. Seine dunklen Locken fielen ihm in die weiße Stirn, und seine im Zwielicht schwarzen Augen glänzten vor Gesundheit und Lebensfreude. Die meisten Männer wären nach einer solchen Einfangaktion schlecht gelaunt gewesen. Seine gute Laune war unwiderstehlich.

»Kommen Sie.« Er zog meine Hand unter seinen Arm. »Ein kurzer Spaziergang zum Sommerhaus und zurück, und dann gehen wir und machen uns einen Drink. Ich hoffe nur, daß Emma nichts von alledem mitbekommen hat.«

»Emma?«

»Mrs. Studley-Headlam.«

»Ich glaube, sie war mit anderen Dingen beschäftigt.«

Ich erzählte Hugh, was ich aufgeschnappt hatte, als ich die Treppe hinunterging. Es interessierte mich, zu erfahren, ob er zu einem solchen Benehmen einen toleranten Standpunkt vertrat. Es schien ihn zu amüsieren.

»Lieber er als ich. Ich könnte mir denken, daß sie ein ganz schön harter Brocken ist. Diese Hure. Armer Studley-Headlam.«

»Arme Caroline«, erwiderte ich.

»Vielleicht sind auch Leo und Caroline ...? Wäre zu hoffen.«

»Sie kommen mir jetzt ganz anders vor als eben im Salon. Das verwirrt mich.«

Hugh lachte, es war ein gutes Lachen. Eine tiefe Stimmlage, ein kurzer Blick auf kräftige weiße Zähne.

»Meinen Sie den jungenhaften Charme, mit dem ich Emma entzückt habe? Das kommt bei Amerikanern immer besonders gut an. Ich bin auf dem Weg zum Schauspieler, verstehen Sie. Ich probiere verschiedene Charaktere aus, wenn ich glaube, damit durchzukommen. Eigentlich habe ich noch nie etwas anderes getan, auch schon bevor ich die Idee hatte, Schauspieler zu werden. All diese langweiligen geselligen Anlässe. Ich habe mir schon die schrecklichsten Geschichten ausgedacht. Den Leuten gefällt's. Man muß gerade so unglaubhaft sein, daß man interessant bleibt und die Erfindungsgabe nicht nachläßt, aber auch nicht zu sehr, damit die Leute nicht merken, daß sie verschaukelt werden.«

»Heißt das, Sie haben sich all das Zeug über den Flugzeugabsturz in Australien ...?«

»Blödsinn vom Anfang bis zum Ende. Ich war nie in meinem Leben dort.«

»Aber Sie fliegen Flugzeuge?«

»Auch nicht. Ich habe noch nicht einmal eine Fliegerbrille oder Stulpenstiefel angefaßt. Das alles habe ich Lady Bartholomew erzählt, als ich das letzte Mal bei ihr zum Lunch eingeladen war. Sie sprang darauf an wie ein Terrier, der ein Kaninchenloch wittert.«

»Aber das bringt Sie doch sicherlich manchmal in Schwierigkeiten?«

»Nicht ernsthaft. Dann erfinde ich eben etwas anderes, um mich aus der Patsche zu ziehen. Würde mich beispielsweise jemand bitten, tatsächlich für einen wohltätigen Zweck zu fliegen, würde ich das annehmen und später anrufen und sagen, ich hätte mein Bein gebrochen und könnte leider nicht. Und dann könnte ich mir den Spaß erlauben, mit einem Stock umherzuwackeln ... natürlich würde ich auch einen Gips brauchen ... ich habe viele Freunde, die Medizin studieren, es ließe sich also leicht einrichten ... und alle würden um mich herumtanzen und mich bemuttern.«

»Hört sich aber ganz schön kompliziert an.«

»Es kann ziemlich anstrengend sein, aber es ist wenigstens nicht langweilig. Wie oft kommt es schon vor, daß beim Mittag- oder Abendessen jemand neben einem sitzt, der einen wirklich interessiert? Meistens bemüht man sich doch, etwas zu finden, worüber beide sich gerne unterhalten. Mich setzt man immer neben Frauen, die, wenn sie älter als fünfunddreißig sind, über ihre Kinder, über Gärten oder Golf reden wollen, und über Pferde, Kleider oder Sex, wenn sie jünger sind. Tödlich. Nun, letzteres vielleicht nicht, aber ich halte es für einen großen Fehler, mit einem Mädchen, mit dem man noch nicht im Bett war, über Sex zu reden. Man tut diesen Schritt dann eher nicht mehr. Das Gespräch tötet vermutlich die Spontaneität.«

»Ich nehme doch an, daß Sie nicht mit jedem Mädchen, das neben Ihnen sitzt und unter fünfunddreißig ist, ins Bett gehen wollen?« sagte ich in etwas schroffem Ton.

»Warum nicht?«

Mir fiel darauf keine Antwort ein, die nicht blaustrümpfig geklungen hätte, und so versuchte ich eine Kursänderung.

»Wenn jemand achtenswert, angenehm ... nett ist, Sie wissen schon, zum Beispiel Lady Bartholomew ... haben Sie da nicht ein bißchen das Gefühl, sie zu betrügen?«

»Ich glaube, ich tue den Leuten einen Gefallen. Was könnte ich ihnen denn über mein wirkliches Selbst erzählen, das nur halb so interessant wäre? Ich bin dreiundzwanzig, studiere Ingenieurwesen in Birmingham, schaue mir kein Buch mehr an, besuchte ein Internat inmitten eines Moores, hatte die glanzloseste Kindheit, die man sich vorstellen kann. Ich hatte noch keine Zeit, etwas Interessantes zu tun. Warum sollte ich anderen Menschen meine unausgegorenen Meinungen oder meine begrenzten Erfahrungen aufdrängen?«

Dazu fiel mir nun wirklich kein Einwand ein, außer dem, daß es gelogen war. Was hatte Wahrhaftigkeit mit der Kunst der Konversation zu tun? Nichts.

»Ich denke, wir sollten besser zurückgehen. Es ist schon ziemlich dunkel.«

»Und Ihre Hände sind kalt«, sagte Hugh und rieb die, welche er gegriffen hatte, mit einer Besorgnis, die ich äußerst charmant gefunden hätte, wäre er nicht in meinen Augen inzwischen vollkommen unglaubwürdig geworden.

»Scheinwerfer, sehen Sie«, ich deutete auf die Einfahrt. »Hoffentlich kommt Leo nicht zu früh zurück.«

»Da wäre sicher der Teufel los«, erwiderte Hugh scheinbar höchst erfreut von dieser Vorstellung. »Sie hätte es verdient, diese treulose Schlampe!«

»Sie scheinen sich ja sehr sicher zu sein, daß alles ihr Fehler ist. Und was ist mit Michaels Untreue?«

»Es sind immer die Frauen dafür verantwortlich. Welcher Mann könnte sich Emma Studley-Headlam verweigern, wenn sie sich ihn in den Kopf gesetzt hat? Männer können bedingungslosem Sex nicht widerstehen. Frauen hingegen schon, wenn ich da richtig informiert bin.«

»Sie wollen damit sagen, daß Männer so selbstsüchtig und sorglos sein können, wie sie wollen, und keine Verantwortung übernehmen müssen?« Ich wurde langsam wütend.

»Jetzt reden wir darüber«, sagte Hugh und drückte meine Hand. »Das ist keine gute Idee, Diana, erinnern Sie sich?«

Wir waren in den Lichtkegel der Eingangslaterne getreten, ehe mir eine passende Antwort einfiel, und da sofort ein Bediensteter auftauchte, um die Hunde zu übernehmen, konnten wir nicht weitersprechen.

»Ist das Mr. Studley-Headlams Wagen?« wollte ich wissen, als ein Mercedes knirschend hinter uns zum Stehen kam.

»Nein, Madam, es ist einer der Gäste zum Abendessen. Dieser Herr kommt sehr früh, da er gerade erst mit dem Zug aus Edinburgh angekommen ist und sich noch umziehen muß.«

»Ich muß mich auch umziehen, Hugh. Bis gleich.«

Ich war froh, daß Mrs. S.-H.s Türe geschlossen war, als ich auf mein Zimmer ging, und ich huschte so schnell wie möglich daran vorbei, um ja keinen Atemzug hören zu müssen. Das Bad war himmlisch, tief und heiß. Ich genehmigte mir eine gehörige Portion teuren Badezusatzes. Die Handtücher waren groß und weich. Neben einem Tisch mit Blumen und der neuesten Vogue darauf stand ein Sessel. Ich überlegte, ob ich den Abend nicht lieber im Badezimmer verbringen sollte.

Doch mein Kleid mußte ja vorgezeigt werden. Ich hatte es mir nach einer Fotografie der Herzogin von Windsor machen lassen. Die Silberspitzen hatte ich, eingewickelt in säurefreies Seidenpapier, in einer Schublade im Schlafzimmer meiner Mutter gefunden. Es schien ihr vollkommen gleichgültig zu sein, ob ich sie nahm oder nicht, denn sie war damals in ihrer Ethnophase und trug nur Kaftans und Dschellabas in grauenhaftem Blutorange mit schwarzen Streifen. Meine Schneiderin war nicht teuer. Sie hatte es wunderschön hinbekommen, und ich fand, daß es an mir besser aussah als an der Herzogin, die trotz ihres Schicks eigentlich keine besonders gutaussehende Frau war, vielleicht sogar häßlich. Ich zog das Kleid an und betrachtete mich prüfend im Spiegel. Es saß sehr eng, hatte einen tiefen Rückenausschnitt und winzige, mit einem Bogenrand versehene Ärmel, der Rock war schmal und fiel gerade auf den Boden. Es unterschied sich deutlich von den schulterfreien Abendkleidern mit den weiten Röcken, welche die meisten Mädchen tragen würden. Ich schminkte sorgfältig mein Gesicht und legte mir dann das enganliegende Perlenhalsband um, das ich von meiner Großmutter väterlicherseits bekommen hatte. Meine silbernen Pumps aus Glanzleder waren abgetragen, doch unter dem bodenlangen Kleid würde keiner sie sehen. Mein Selbstvertrauen stieg. Plötzlich wurde ich ganz aufgeregt angesichts der Möglichkeiten, die dieser Abend barg.

Min und ich hatten immer sehr viel weniger Geld für Kleider ausgegeben als die anderen Mädchen. Was mich anging, hieß das sorgfältige Planung, ausgiebiges Schaufensterbummeln und Einfallsreichtum. In Mins Fall hieß es, daß sie meist unordentlich aussah. Ich haßte es, wenn sie sich so schlecht anzog, denn sie war wirklich so etwas wie eine Schönheit. Sie hatte wunderbare Augen, tiefblau, groß und weich, mit dem romantisch verschwommenen Blick, der für stark Kurzsichtige typisch ist. Ihre Nase sah ein bißchen nach Schnabel aus, doch das gab ihrem Gesicht eine Qualität, die es davor bewahrte, bloß hübsch zu sein. Sie hatte schöne Haut, es sei denn, sie vergaß, sich zu waschen, dann bekam sie nämlich Pickel. Als Kind hatte sie ein Kaninchengebiß gehabt, doch das jahrelange Tragen von Zahnklammern hatte ihre Zähne begradigt. Das Haar war glatt, braun und schön. Manchmal hing es in fettigen Strähnen herab, aber wenn sie daran dachte, es zu waschen, glänzte es wie Tierfell. Störend wirkten zwei Dinge, zum einen ihre Augenbrauen, die sehr dick waren und in der Mitte zusammenliefen, wenn ich sie ihr nicht auszupfte, zum anderen ihre leicht pummelige Figur. Ihre Hände waren trotz der schmuddeligen Fingernägel weiß und schön. Als ich auf meine Bürste für die Wimperntusche spuckte und damit über die schwarze Creme rieb, dachte ich mit Sorge an Mins Augenbrauen. Ich hatte sie einige Wochen nicht mehr gesehen. Ob sie wohl ans Auszupfen gedacht hatte? Besaß sie überhaupt eine Pinzette? Ich steckte meine für alle Fälle ins Abendtäschchen. Vielleicht hatten ja die Liebe und Hugh dazu geführt, daß sie sich stärker für ihr Äußeres interessierte. Ich legte mir meinen grünen Samtumhang (Secondhand erstanden und eines meiner Lieblingsbesitztümer) über den Arm und ging die Treppe hinunter.

Michael und Caroline Protheroe waren bereits im Wohnzimmer, zusammen mit vier anderen Leuten, die ich nicht kannte. Der Butler bot mir auf einem Tablett ein Glas Champagner an, und dann kam Caroline mit nervösen Stakelschritten, die an ein Dressurpferd erinnerten, und der offensichtlichen freundlichen Absicht, mich in die Gruppe zu holen, auf mich zu. Sie trug ein sehr elegantes Kleid aus schwarz-weißem Moiré, das auf ihrer sommersprossigen flachen Brust schlecht saß und auf das, was ihr Dekolleté hätte sein sollen, einen tiefen Schatten warf. Als ich in ihr ängstliches, sanftes Gesicht blickte, erinnerte ich mich plötzlich schmerzhaft daran, daß sie gerade erst hintergangen worden war.

»Sie sehen einfach umwerfend aus, Diana«, sagte sie und bleckte lächelnd ihre Zähne. »Woher haben Sie denn dieses wunderschöne Kleid?«

»Ach, ein kleines Geschäft am Beauchamp Place. Hat jetzt leider zugemacht. Aber Ihr Kleid, Caroline – so etwas von elegant!«

Bei jemandem, der so peinlich unglücklich über sich war, fiel es schwer, die Beteuerungen nicht zu überschwenglich ausfallen zu lassen.

»Meine Mama kauft die Kleider immer für mich«, sagte Caroline und verzog dabei ein wenig das Gesicht. »Und das, obwohl ich seit fünf Jahren eine verheiratete Frau bin. Sie hat so einen fabelhaften Geschmack.«

»Macht es Ihnen nichts aus, wenn Ihre Mutter die Sachen für Sie aussucht?« fragte ich lächelnd. »Ich fände es schrecklich. Außerdem hat meine Mutter einen grauenhaften Geschmack ... Röcke aus Leopardenfellimitat mit weißen Stiefeln und so.«

Zu meiner Freude mußte da auch Caroline herzlich lachen.

»Ach, wie beneide ich die Menschen, die über ihre Eltern herziehen können, ohne daß es ihnen etwas ausmacht. Immer wenn ich meine Mutter kritisiere, bekomme ich danach so quälende Gewissensbisse, daß es das Ganze nicht wert ist.«

»Aber ich ziehe doch nicht über meine Mutter her, wenn ich sage, daß sie einen grauenhaften Geschmack hat. Es ist einfach die Wahrheit.«

Caroline schien nachzudenken, ein Ausdruck, der ihr nicht gut stand, denn ihr Gesicht wurde dabei lang und knochig.

Ihre Haut war sehr weiß mit ausgesprochen stark blauen Venen, die wie ein Craquelé unter ihrer Haut lagen und sie ungesund und erschöpft aussehen ließen.

»Ich glaube, wenn Sie das jemandem ins Gesicht sagen würden, fände ich nicht, daß Sie über ihn herziehen«, erwiderte sie mit großem Ernst. Sie hatte etwas Kindliches, wurde von einer fürchterlich dominanten Mutter und einem unsensiblen, untreuen Ehemann in diesem Stadium der Unreife gehalten. Sie begann mir leid zu tun.

»Ich habe meiner Mutter oft gesagt, daß ihr Geschmack und meiner nicht zusammenpassen. Reicht Ihnen das?«

Sie sah mich mit einem traurigen Lächeln an.

»Ich beneide Sie um Ihre Sicherheit«, lautete ihre überraschende Antwort.

»Ich bin mir nicht sicher, über gar nichts!« Ich war so überrascht, daß ich ganz und gar aufrichtig antwortete. »Es kommt mir alles so ... durcheinander vor. Chaotisch. Das Leben, meine ich. Ich bin mir ganz und gar nicht sicher bei anderen Leuten. Ich mag die Schönheit und Beständigkeit der Dinge.«

Gerade noch rechtzeitig fiel mir ein, daß es in Lady Barts Welt den sofortigen gesellschaftlichen Tod bedeutete, wenn man ernsthaft wurde. Ich setzte wieder mein kühles, belustigtes Gesicht auf.

»War es nicht Benjamin Franklin, der gesagt hat, daß außer dem Tod und den Steuern nichts sicher ist?«

»Leider bin ich schrecklich dumm«, sagte Caroline. »Weil ich dauernd krank war, habe ich in der Schule viel verpaßt. Doch ich versuche, das jetzt nachzuholen. Es wäre schön, wenn Sie mir sagen könnten, was ich lesen soll.«

Kaum etwas ist mir lieber, als um Rat gefragt zu werden. Ich weiß, daß dieser, kaum erteilt, nur mehr Spreu im Wind ist. Doch das Gefühl, etwas in Ordnung zu bringen, zu formen, zu strukturieren und neu zu gestalten, ist für mich zutiefst befriedigend. Ich wollte ihr gerade vorschlagen, mit Jane Eyre anzufangen, als Hugh und Mrs. S.-H. hereinkamen und gleichzeitig zum Dinner gerufen wurde.

Kapitel 3

Mrs. S.-H. setzte sich an den Kopf des Tisches und winkte Michael Protheroe ans andere Ende. Ich hatte meinen Platz zwischen einem jungen Mann namens Ninian Reed Mather, der kleine Blinzelaugen und eine dicke, mürrische Unterlippe hatte, und einem Mann, dessen Namen ich auf seiner Platzkarte nicht lesen konnte – etwas ähnliches wie Bothersome. Er hatte ein Gesicht wie ein Ziegelstein – terracottafarben, darüber graue Haare, die ihm in Ringellocken über seine großen, roten Ohren hingen. Ein seidener Kummerbund von der Farbe dunkler Pflaumen spannte sich über einem schwellenden Bauch. Hugh saß mir gegenüber. Während des Hummercocktails wandte ich mich Ninian zu.

Ninian vertrat sehr strenge Ansichten, im allgemeinen von Vorteil für ein Gespräch. Doch es dauerte nicht lange, bis mir klar wurde, daß Ninian zu rechthaberisch war. Er erzählte mir, er hätte einmal mit seinem Bischof Streit gehabt; einem Mann, der, wenn man Ninian glauben durfte, mit der Kirche nicht viel im Sinn hatte, Gelder veruntreute und ganz bestimmt ein unverfrorener Lügner war, der Hunde schlug, Kinder mißbrauchte und Nonnen verführte.

»Aber«, murmelte ich, als ich ein Wort anbringen konnte, »wenn dem so ist, wird es doch eine leichtes sein, ihn bei den entsprechenden Stellen bloßzustellen?«

»Aha!« rief Ninian und zwang damit alle am Tisch zu Ruhe und Aufmerksamkeit. »Aber der Mann ist ja so fürchterlich gerissen!«

Und weiter ging's. Da keiner der Anwesenden den Bischof kannte, machte sich bald quälende Langeweile breit. Einzelgespräche kamen wieder in Gang. Ninian war egozentrisch bis zur Manie, doch ich sah mich nicht in der Lage, seinem Monolog eine Ende zu bereiten. Die Tischblumen waren wunderschön ... noch fast geschlossene rosarote Rosenknospen, aprikosenfarbene Ranunkeln mit grüner Mitte, Rembrandttulpen aus dunkelstem Blutrot mit Elfenbeinstreifen. Ninian geriet ins Stottern, als er sich ein Stück Hummerrogen in seinen Schmollmund schob.

»Wie heißt der Mann an meiner anderen Seite«, erkundigte ich mich mit leiser, aber entschiedener Stimme.

Ninian war verärgert über die Unterbrechung.

»Das ist Bollingbrook. Brachte es auf der Neujahrsliste zum Lord. Irgendwas mit Stahl. Emporkömmling. Natürlich kommt dieser verdammte alte Bischof genauso aus der unteren Mittelschicht wie seine Frau. Sie hat das Schloß wahrscheinlich mit Teak-Garnituren im Eßzimmer und Blumenständern aus Schmiedeeisen geschmückt.«

»Wie alt ist der verdammte alte Bischof denn eigentlich?« wollte ich wissen, als Ninian innehielt, um Luft zu holen.

Er bedachte die Frage lang und ernsthaft.

»Mitte Fünfzig, würde ich sagen.«

»Dann läßt sich nichts machen. Sie müssen entweder in eine andere Diözese ziehen oder Ihren Glauben ändern. Sie könnten zu den Römisch-Katholischen übertreten. Oder was halten Sie vom Zen-Buddhismus? Da gibt es nicht so etwas wie Bischöfe, oder? Und worauf wollen die Homoousianer hinaus? Das muß eine sehr kleine auserwählte Sekte sein.«

Ich hatte beabsichtigt, dem Gespräch eine allgemeinere Wendung zu geben, um die Möglichkeit zu haben, selbst etwas zu sagen. Ninian sah mich so sprachlos an, als hätte ich ihm ins Auge gespuckt. Dann starrte er dorthin, wo noch vor Sekunden sein Hummercocktail gestanden hatte. Sein Gesichtsausdruck veränderte sich kein bißchen, als ihm ein Teller mit Ente unter die Nase geschoben wurde. Er bewegte seine Lippen schweigend und langsam, als würde er beten. Ich hatte keine Ahnung, ob er ernsthaft in Erwägung zog, abtrünnig zu werden, oder bloß indigniert über meine herzlose Frivolität nachsann. Jedenfalls bedeutete es eine Erleichterung, daß er aufgehört hatte zu reden. Ich wandte mich an Lord Bollingbrook. Er starrte mich nachdenklich an.

»Kümmern Sie sich um Emmas Pferde?« sagte er schließlich.

»Was?« Ich verbarg mein Erstaunen nicht.

»Ich fragte mich gerade, was ein hübsches kleines Ding wie Sie hier macht, mehr nicht. Zu jung für Emmas Kreis. Das sollte ich lieber nicht sagen«, gluckste er mit schalkhaftem Blick, einen Mayonnaiseklecks auf seinem Kinn. »Das letzte hübsche Mädchen, das ich hier gesehen habe, war Emmas Pferdemädchen. Kein Hirn, natürlich ... brauchte sie auch nicht. Mandelaugen und ein Mund wie ein Kissen. Bewegte sich wie ein Rassepferd.«

»Ich hoffe, du flirtest nicht mit Diana, Bunny«, rief Mrs. S.-H., die ich mit dem Namen Emma nicht zusammenbringen konnte, weil ich einmal ein Kätzchen dieses Namens gehabt hatte, das ich sehr mochte. »Diana ist beängstigend klug, weißt du. Studentin in Oxford.«

Lord Bollingbrook wandte sich mir mit mißtrauischem Blick zu.

»Ich selbst kenne mich mit Pferden überhaupt nicht aus«, sagte ich rasch. »Doch meine Großtante war die Suffragette Emily Davison, die sich beim Derby unter das Pferd des Königs warf. Wahrscheinlich haben Sie das in der Wochenschau gesehen. Meine Großmutter sagte immer, die Schrecken der Zwangsernährung und der Zeit im Gefängnis hätten sie in den Wahnsinn getrieben.«

Ich fing Hughs Blick auf und schickte ihm die Andeutung eines Lächelns. Mein Herz raste. Obwohl ich wie jeder andere auch ständig irgendwelche kleinen Lügen verbreite, wurde ich angesichts eines derart kühnen Lügenmärchens doch etwas nervös.

»Tatsächlich?« Lord Bollingbrook, der schon so weit gewesen war, mir für immer die kalte Schulter zu zeigen, drehte sich in seinem Stuhl herum und sah mich an. »Meine Güte, das ist ja interessant! Wie kann man so etwas Lächerliches tun. Es will mir nicht in den Kopf, warum eine schöne Frau sich umbringt, nur damit sie wählen darf. Wir Männer sind doch Wachs in euren Händen, meine Liebe. Ihr Frauen habt die ganze Macht.«

Er zog die Oberlippe hoch und entblößte dabei lange gelbe Zähne. Vermutlich war das seine Art zu flirten.

»Das arme Pferd«, brachte sich Hugh ins Gespräch und erwiderte meinen Blick.

»Ach, dem Pferd machte das nichts«, sagte ich leichthin. »Meine Großtante war außergewöhnlich klein und dünn. Ich nehme an, für das Pferd war es so, als liefe es über ein paar trockene Zweige.«

»Meine Güte!« rief Bollingbrook erneut. »Und haben Sie auch so feste Überzeugungen?«

»Oh, ich glaube nicht, daß meine Großtante sich tatsächlich so leidenschaftlich für das Frauenwahlrecht interessierte. Meiner Meinung nach tragen Menschen, die so etwas tun, immer eine fürchterliche Verzweiflung in sich. Eine Melancholie ... taedium vitae, Sie wissen schon. Wenn man wirklich leidenschaftlich an etwas glaubt, beispielsweise daran, daß man das Wahlrecht bekommen muß, dann würde man doch sicherlich leben wollen, um zu sehen, ob etwas daraus wird, oder?«

Mir gefiel dieses geschauspielerte Erzählen sehr gut. Ich riß die Augen weit auf und übertrieb das Achselzucken und glaubte langsam selbst an das, was ich sagte.

»Halten Sie es für eine kühne oder für ein feige Tat?« wollte Hugh wissen.

»Sich umzubringen? Wahrscheinlich beides.«

»Unsinn!« protestierte Bunny, und seine knochige Nase und der Kiefer vollführten ein mitfühlendes Nicken, wie ein Pferd, das über die Stalltür schaut. »So etwas macht nur ein Feigling. Ein ernsthafter Mensch würde für seine Sache geradestehen, egal wie. Ihre Großtante nehme ich da aus, meine Liebe, da sie ja verrückt war, wie Sie sagten.«

Offensichtlich gehörten weder Einfühlungsgabe noch Scharfsinn zu Lord Bollingbrooks geistigem Vorrat. Es machte mir immer mehr Spaß, ihm etwas vorzugaukeln. Ich fuhr also fort: »Und wenn's die Sache ihrer Meinung nach nicht wert war? Nehmen wir einmal an, es war nicht Angst, sondern Abneigung ... das Gefühl, daß das alles nicht mehr länger wichtig war?«

»Ich finde, es gehört sehr viel Mut dazu«, warf Hugh ein.

»Stellen Sie sich doch Anna Karenina vor, die sich duckt und genau den richtigen Augenblick abpaßt, um sich zwischen die Räder des Zugwaggons zu werfen.« Ich erwärmte mich für mein Thema. »Tolstoi beschreibt ihr Gefühl des Erstaunens in eben der Sekunde, in der sie sich nach vorne wirft. Sie möchte zurück ... als hätte sie das alles gar nicht wirklich beabsichtigt. Es war nur ein Hirngespinst, ein boshaftes Spiel, um Wronski weh zu tun. Wahrscheinlich ist es wichtig, sich in diesen traumartigen Zustand absoluter Verantwortungslosigkeit zu versetzen, in eine Scheinwelt, damit man den Überlebenswillen außer Kraft zu setzen vermag.«

»Was ist das für eine Anna?« hakte Bunny Bollingbrook verdrossen nach.

»Nur ein Mädchen in einem Buch«, murmelte ich.

»Einer meiner Kameraden in der Armee hat sich selbst erschossen«, sagte Bunny nachdenklich. »So etwas Dummes. Seine Verlobte wurde vergewaltigt. Von einem Schwarzen. So was Dummes, sich dafür die Kugel zu geben. Habe nie verstanden, warum er das getan hat. Den Schwarzen erschießen, ja, das könnte man verstehen. Aber sich selbst, nein. Tummeln sich doch noch jede Menge Fische im Wasser.«

Bunny war womöglich noch unangenehmer als Ninian. Glücklicherweise kam an dieser Stelle der Nachtisch ... Weinschaumcreme und dazu ein Glas Château d'Yquem. Das weiß ich, weil einer der Gäste, ein Mann, dessen Nase fast die Farbe der Tulpen hatte, nämlich ein stark geädertes Purpurrot, sehr viel Aufhebens darum machte, und er und Bunny sich lang und breit über große Weine austauschten. Hugh kam zu diesem Zeitpunkt mit einer Frau zu seiner Rechten gut voran, die ihn mit aufdringlich lasziven Blicken bedachte. Ich machte mir im Geiste eine Notiz, nicht zu vergessen, wie lächerlich sie dabei aussah, damit ich, wenn ich selbst einst zum Mittelalter gehörte, nicht in Versuchung kommen würde, mich mit koketten Tricks bei gutaussehenden jungen Männern einzuschmeicheln.

»Natürlich war mein Großonkel, Commander Fairfax, maßgeblich für das Sinken der Lusitania verantwortlich, wissen Sie«, sagte ich im Plauderton zu Bunny, nachdem ich seine Aufmerksamkeit wieder hatte gewinnen können. »Selbstverständlich auf Anordnung von oben. Aber er war es, der es in die Wege geleitet hat.«

Bunny verdrehte seine inzwischen ziemlich blutunterlaufenen Augen.

»Die Lusitania! Mein Gott, was wissen Sie denn darüber? Verzeihen Sie, meine liebe junge Dame, aber Sie können doch gar nicht wissen, wovon Sie reden! Es ist ein verdammte Lüge, was auch immer darüber gesagt wird. Nie hätte Churchill einen solchen Trick angewandt! Man hat das doch alles schon so und so oft untersucht. Keine Beweise.«

»Sie erinnern sich doch an die zweite Explosion«, sagte ich in weihevollem Ton. »Mein Onkel hat darüber in einem bei seinem Anwalt hinterlegten Brief berichtet. Offensichtlich war sein Gewissen schwer belastet. Es kam alles zufällig ans Tageslicht, als sein Testament verlesen wurde.«

»Nein! Mein Gott!« Bunny fuhr sich mit der Hand durch sein graues Kräuselhaar. Schweißperlen standen ihm auf der Lippe. »Meine liebe junge Dame, Sie können wahrscheinlich gar nicht ermessen ... überaus unvorsichtig ... ich weiß kaum, was ich ... Sie dürfen zu niemandem mehr ein Wort darüber verlieren!«

Ich fand es schade, daß Hugh anderweitig zu sehr in Anspruch genommen war, um den Erfolg würdigen zu können, den ich mit seiner Strategie erzielte. Jetzt machte es mir wirklich Spaß, und der Lügenfaden schien sich endlos fortspinnen zu lassen. Ich nahm einen großen Schluck Château d' Yquem, mein viertes Glas an diesem Abend, wenn man den Champagner vor dem Essen mitrechnete. Das war mehr, als ich für gewöhnlich trank, und es machte mich so sorglos, daß ich Hugh zuwinkte, der von der anderen Tischseite zu mir hersah.

Bunny wandte sich mir zur gleichen Zeit zu und sah, wie wir uns angrinsten. Plötzlich sah er sehr verärgert aus und schien ein wenig alarmiert zu sein. Dann wurden seine Augen schmal, und sein Mund verzog sich zu einem ganz und gar bösen Lächeln. Er brachte sein Gesicht nah an das meine heran, so, daß ich spürte, wie sein Mund mein Haar berührte.

»Am liebsten würde ich Sie übers Knie legen, Sie böses Mädchen. Es hat Ihnen Spaß gemacht, mich zum Narren zu halten, nicht wahr? Sie denken, ich wäre bloß ein dummer alter Mann. Aber jetzt zeige ich Ihnen etwas.«

Zu meinem Entsetzen spürte ich seine Hand auf meinem Schenkel, und er zwickte mich so fest, daß ich auffuhr. Bunny lächelte mich an, und er hatte jenen feuchten, verschwommenen Blick, den Männer bekommen, wenn sie erregt sind. Damit hatte ich ganz und gar nicht gerechnet. Er atmete sehr schwer, pfiff fast durch die Nase, und ich spürte seine unangenehme, fummelnde Hand auf meinem Knie.

Zum Glück wählte Mrs. S.-H. diesen Augenblick, um sich mit den Damen zum Kaffee ins Wohnzimmer zurückzuziehen. Ich stand rasch auf und folgte ihr, ohne noch ein Wort an Bunny oder Ninian zu richten. Ich sah Mrs. S.-H. mit Michael Protheroe einen Blick tauschen, als dieser uns die Tür aufhielt. Ihr Gesichtsausdruck verriet so offenkundig ihr Verlangen, daß es mich ziemlich verblüffte. Dann sah ich, daß Caroline, die neben mir stand, Michael anstarrte. Ihr Gesicht war sehr rot, und sie hatte Tränen in den Augen.

Ich hasse Szenen. Meine Mutter liebte es, Stürme und Streitereien zu entfesseln. Ich wurde ganz ruhig, wenn sie mich mit blitzenden Augen und knirschenden Zähnen fertigmachte. Natürlich steigerte mein Schweigen ihre Wut noch. Manchmal schlug sie mir ins Gesicht und bekam danach einen Anfall von Gewissensbissen. Ich nahm weder das eine noch das andere ernst.

Ich nahm Carolines Arm und zog sie an Michael vorbei in die Eingangshalle. Dort brannte ein Feuer im Kamin, und wir stellten uns davor. Ich deutete auf das Gemälde darüber. Es zeigte ein Porträt im Stile Gainsboroughs.

»Es ist mir aufgefallen, als ich heute nachmittag ankam«,

begann ich. »Es ist ein Bild von Mrs. Studley-Headlam, nicht wahr? Trotz des gepuderten Haares und der Kleidung ist es ganz und gar ihr Gesicht. Sehr gut getroffen. Aber eigentlich fiel es mir deshalb auf, weil es wie gefälscht aussieht, die Farben sind zu schön, der Pinselstrich zu glatt, die Gestalt hat etwas Hölzernes. Ich finde es irgendwie ermutigend, daß wahres Genie sich so schwer imitieren läßt. Dieses Gemälde hat man gefirnißt und dunkler gemacht, daß es älter wirkt, aber entstanden ist es in den letzten zehn Jahren. Ich frage mich nun ... ist es einfach ein netter Einfall oder sollen wir glauben, daß es sich um eine Vorfahrin handelt?«

Caroline schob ihre Unterlippe zu ihren vorstehenden Vorderzähnen hoch und starrte das Gemälde an.

»Sie haben recht. Das ist sie. Sie ist sehr attraktiv, nicht wahr?« Sie rang sich ein kleines Lächeln ab. »Man könnte sagen, sie ist jemand, der alles hat.«

»Ich kenne sie kaum. Wie ist denn ihr Ehemann?«

»Oh, Leo. Armer Mann.« Caroline seufzte. »Er ist einfach ein Schatz.«

Das hörte sich interessant an, aber ich unterließ es, Caroline weiter auszuhorchen, da wir im Wohnzimmer erwartet wurden. Caroline schien sich gefaßt zu haben. Sie nahm von der Gastgeberin eine Tasse Kaffee entgegen, und wir beide setzten uns zusammen auf das Sofa und sprachen über Bücher und davon, was sie lesen sollte.

Sobald wir unseren Kaffee getrunken hatten, verteilte Mrs. S.-H. uns auf die Autos, die uns zum etwa zwanzig Kilometer entfernten Haus der Johnsons bringen sollten. Die Männer kamen in die Eingangshalle, als wir uns gerade die Mäntel anzogen. Bunny paffte eine Zigarre, half mir aber bei einer, wie ich fand, unangenehmen Besitzermiene mit seiner freien Hand in den Mantel. Mir war vorher seine Größe nicht aufgefallen, er maß bestimmt über einsfünfundachtzig. Dadurch wirkte er recht bedrohlich. Schon bereute ich das Gespräch, das ich mit ihm geführt hatte.

Als wir gerade gehen wollten, kam ein ziemlich kleiner Mann mit großer Hakennase und Hornbrille herein. Er wirkte sehr müde und reagierte kaum auf die verschiedenen Begrüßungen, rang sich nur ein schwaches Lächeln ab, das für alle galt. Das also war Leo. Mrs. S.-H. stellte mich ihm vor, und er nahm meine Hand, ohne mir ins Gesicht zu sehen. Er roch sehr stark nach Whisky.

Ich saß im selben Wagen wie Bunny, Caroline und die Frau, die beim Abendessen neben Hugh gesessen hatte. Glücklicherweise mußte Bunny vorne neben dem Fahrer sitzen. Darüber war er offenbar sehr wütend, doch Mrs. S.-H. zeigte sich unnachgiebig. Er hüllte sich in Schweigen und demonstrierte seine schlechte Laune, indem er dem Fahrer auf der ganzen Strecke seinen Zigarrenrauch ins Gesicht blies, ungerührt vom Husten des armen Mannes.

Ich kannte Sophies Haus noch nicht, aber es sah genauso aus, wie man es sich erwarten konnte. Ein riesiger mittviktorianischer Bau im Stil einer Eisenbahnstation. Und kaum wohnlicher als eine solche. Die Johnsons waren ein zähes Geschlecht und sahen keine Notwendigkeit, einen Bediensteten für das Öffnen und Schließen der Eingangstür abzustellen. Diese stand einfach weit offen, und die Eingangshalle war dadurch so kalt, daß unser Atem zu sehen war. Äußerst widerwillig zog ich meinen Mantel aus und entblößte meine nackten Arme. Gemeinsam marschierten wir alle zitternd und schwatzend durch einen langen Korridor.

Es gibt wenige Geräusche, die scheußlicher anmuten als die eines Festes, auf dem man selbst nicht dabei ist. Ein Tosen aus Geräuschen, Stimmen und Musik brach über uns herein. Mein Gesicht, besonders mein Mund zitterte erbärmlich. Mir würde nichts einfallen. Man würde sich nicht um mich kümmern, mich gar nicht wahrnehmen, mich demütigen. Dann waren wir durch die Tür, und der Schrecken fiel langsam ab.

Kapitel 4

Meine Hand zitterte noch immer, als ich das mir angebotene Glas entgegennahm, aber meinen Mund hatte ich wieder unter Kontrolle. In dem Augenblick, als ich Min sah, die mit Hugh auf der anderen Seite des Raums stand, vergaß ich meine Ängste. Colonel Johnson, der mit seiner Ehefrau, der ehrenwerten Daphne, und mit Sophie zusammenstand und den Gästen die Hand gab, war ein Militär vom Terriertyp, drahtig und aggressiv. Sophie hatte das schmale Gesicht und die lange Nase ihres Vaters, dazu die farblosen Augen ihrer Mutter, deren äußere Augenwinkel nach unten hingen. Ihr Haar hatte sie zu einem büscheligen Knoten hochgesteckt, was sie langweilig und hausbacken aussehen ließ. Ihr Puffärmelkleid in weiß und marineblau mit dem Glockenrock unterstrich den bedrückenden Gouvernantenstil.

Das hätte traurig sein können, wäre Sophie nicht so vollkommen unbefangen gewesen, daß ihr der eigene Mangel an Witz und Verstand gar nicht bewußt wurde und sie diese Qualitäten auch gar nicht als wünschenswert ansah. Ihre einzigen Interessen waren die Jagd, das »Aufspüren« der Beute ihres Vaters, und das »Klinkenputzen« für das wohltätige Wirken ihrer Mutter. In der Schule war sie hochnäsig gewesen und hatte alle zu tyrannisieren versucht. Sie hielt Min für eine Freundin, weil ihre Eltern sich in denselben Kreisen bewegten. Sie verachtete mich wegen meiner Mutter. Und darin erschöpfte sich ihr Interesse an uns auch schon. Wir tauschten kurz Küsse aus und versicherten einander, wie schön es war, uns zu sehen. Ihre ziemlich dicken Arme strahlten Hitze aus, und sie verströmte einen schwachen Stallgeruch, eine Mischung aus Heu und Urin. Sie wandte sich dem nächsten Gast zu, und ich ging hinüber zu Min.

Sie sah sehr attraktiv aus in ihrem schwarzen Kleid, mit ihren frisch gewaschenen Haaren und dem dunkelroten Lippenstift. Über ihrer Nasenwurzel lag ein leichter Schatten, aber der raffiniert knabenhafte Schnitt des Kleides lenkte davon ab. Selbst ihre Fingernägel waren rot lackiert, ein Zeichen, daß Min sich zu diesem Anlaß außerordentlich Mühe gegeben hatte.

»Daze! Hey! Du siehst ja toll aus! Du hast Hugh natürlich schon auf Foxcombe kennengelernt. Was hältst du denn von La Belle Dame Sans Merci?«

»An der kann man Messer wetzen. Aber das Haus ist das reinste Juwel!«

»Einfach eine Wucht«, pflichtete Min mir bei. Wir umarmten uns sanft, damit unser Make-up keinen Schaden nahm. Mir fiel der puderweiße Streifen unter ihren Armen auf, wo Schweiß und Deodorant angetrocknet waren. »Hoffentlich wird der Abend noch ein bißchen besser. Die Band ist schrecklich.«

Ich sah zum Musikpodium, das von angefressenen Hortensien umrandet wurde. Die Musiker klimperten sich durch irgend etwas Lateinamerikanisches. Einige Paare mittleren Alters schoben sich entschlossen übers Parkett.

»Das kriegen wir schon hin«, sagte Hugh und ging zum Bandleader.

»Was sagst du?« wollte Min wissen, während sie ihm nachschaute. »Ist er nicht einfach himmlisch?«

»Wirklich olympisch.«

»Ist er nicht Darcy, Will Ladislaw, Mr. Rochester und Daniel Deronda in einem?«

»Du hast Heathcliffe vergessen. Und Mr. Rochester war nicht sehr ansehnlich, oder?«

»Nein, wahrscheinlich nicht. Nur einfach umwerfend sexy. Schmatz!«

»Ich denke, man könnte noch eine Prise Sir Felix Carbury dazutun. Die Güte selbst – ein bißchen wenigstens?«

»Könnte man. Aber wen kümmert das schon, bei so einer Visage.«

»Du erzählst mir doch andauernd, daß ich zu viel Wert auf Äußerlichkeiten lege. Wie ist er denn im Bett?«

Die Frage stellten wir einander bei jedem Mann, mit dem wir ausgingen. Ich log dabei jedesmal das Blaue vom Himmel herunter, denn in Wahrheit war ich noch immer Jungfrau.

»Ich kann dir gar nicht sagen, wie wunderbar. Anfangs unheimlich zärtlich und dann, wenn seine Leidenschaft mit ihm durchgeht, wird er zum Tier.«

In diesem Augenblick kam Hugh nach einer langen Auseinandersetzung mit der Band zurück, und als ich ihn ansah, bekam ich ein wenig Herzflattern. Klang ja ganz schön aufregend. Ganz anders als die Erfahrungen, die ich bisher gemacht hatte. Jede Menge langweiliges Geschmuse und Gefummle, eine unangenehme Zunge in meinem Mund, die nach Zigaretten schmeckte. Dann Flehen oder Vorwurf, Wut oder Schmollen als letzter Strohhalm. Ich war es leid, gesagt zu bekommen, ich hätte sie zum Narren gehalten.

Als ich jetzt Hugh anstarrte, der in seiner Smokingjacke eine sehr gute Figur machte, überkam mich eine Ahnung davon, wie alles sein könnte. Wie schade, daß Min ihn sich geschnappt hatte. Plötzlich holte die Band zu einem laut und rasant gespieltem *Sock It to me, Baby* aus.

»Das ist schon besser«, schrie Min. »Komm, laß uns tanzen.«

Sie packte Hughs Hand und zog ihn auf die Tanzfläche. Die Paare mittleren Alters versuchten sich dem neuen Rhythmus mit kräftigeren und schnelleren Sprüngen anzupassen, aber Brillen, zu eng sitzende Hosen und arthritische Hüften lehnten sich dagegen auf. Ein junger rothaariger Mann mit blassen Wimpern, einem riesigen Adamsapfel und pickelig wie Rauhputz forderte mich auf. Während des Tanzens versuchte er, sich mit mir zu unterhalten, was aber eine Quälerei war, weil wir wegen der Band, die jetzt mit voller Lautstärke spielte, uns ständig *wie bitte?* zuschreien mußten. Inzwischen war mir durch und durch warm geworden, und ich hegte die Hoffnung, mich gut zu amüsieren.

Plötzlich brach die Musik abrupt ab, und als wir innehielten, um Atem zu schöpfen, sah ich Colonel Johnson mit dem Bandleader sprechen und dann mit ziemlich saurer Miene davongehen. Die Band setzte zu einer langsamen Rumba an. Die jungen Leute verließen verstimmt die Tanzfläche, und die ältere Generation kam wieder zum Zug.

»Das ist aber eine gräßliche Party«, belferte ein Mann, der genau zwischen mir und Sophie stand. Er war ein wenig angetrunken, und ich betrachtete ihn mit einer gewissen Bewunderung, denn was wir anderen tranken, schien fast vollständig aus Limonade, Zuckercouleur, schwammigen Apfelstückchen und nicht zu identifizierenden Stielen zu bestehen. Sophie mußte ihn gehört haben, denn sie wurde sehr rot. Hugh ging erneut zur Band und sprach mit dem Bandleader. Auf einmal legten sie in rasantem Tempo mit *Honey, Love those Lips* los, doch schon nach zehn Takten war der Colonel wieder zur Stelle.

»Wer ist für die Nummer, mal alle die Hose runterzulassen?« grölte der Angetrunkene.

Glücklicherweise tauchte da die ehrenwerte Daphne auf und nahm ihren Mann fest am Arm. Ungeachtet seiner Proteste eskortierte sie ihn aus dem Saal. Das was das letzte, was wir von ihm zu sehen bekamen. Die Band kam in Schwung, und irgend jemand löschte die falschen georgianischen Lüster. Es wurde ein vielversprechender Abend, abgesehen davon, daß es an einer wesentlichen Zutat mangelte ... akzeptablen Männern. Der Rotblonde quatschte unentwegt. Ich bekam immer nur Bruchstücke mit, erriet aber, daß er ganz wild auf Autorennen war. Mit Feuereifer erklärte er mir die Vorteile der Silverstone-Rennstrecke gegenüber der von Brands Hatch. Ich überlegte, was das weibliche Pendant zu dieser Unterhaltung sein mochte ... wahrscheinlich die Überlegenheit von Marshall und Snelgrove über Swan und Edgar. Die Schwierigkeit, eine gemeinsame Ebene für die zwei Geschlechter zu finden, die für gewöhnlich ab dem achten Lebensjahr getrennt voneinander aufwuchsen, empfanden beide Seiten. Ich kannte mich nur in englischer Literatur aus, und in diesem Saal war wohl kaum jemand, der etwas dickeres als *The Field* gelesen hatte. So tanzten wir alle wie wild, ich für meinen Teil jedoch verzweifelte allmählich.

Der betrunkene Mann schien sich an Sophie geheftet zu haben und warf sie bei einem sehr exaltierten Rock and Roll schwungvoll herum. Es schien ihr nichts auszumachen, daß er voll war. Ich hätte nie vermutet, daß sie so beweglich sein konnte. Von ihren fleischigen Schultern hingen die Büstenhalterträger herab, und das Haar hatte sich aus dem Knoten gelöst. Sie wirkte fast anziehend, sah aus wie ein dicker heidnischer Wassergeist. Ich sah ihn ihre prallen Brüste packen, als sie auf ihn zutanzte. Spielerisch stupste sie ihn am Kinn. Ich beneidete sie zutiefst um diese Fähigkeit, sich so gehenlassen zu können. Je mehr ich versuchte, aus meiner Haut zu schlüpfen, um so tiefer verstrickte ich mich in Grübeleien über meine eigene Unfähigkeit, mit meinen Altersgenossen zu verschmelzen. Sofort fühlte ich mich unendlich allein.

Der Rotblonde, dessen Namen ich noch immer nicht kannte, drückte mich fester an sich, wobei er sich – nach wie vor brüllend – über Ansaugrohre ausließ, und ich sah Ärger auf mich zukommen. Ich mußte ihn loswerden. Hugh ausgenommen gab es keinen anständigen Mann im Saal, und der war nun ganz und gar verboten. Der Rotblonde ließ eine feuchte Hand über meinen Rücken gleiten und fing an, erregt zu blinzeln. Er keuchte ... von den Anstrengungen des Tanzens, wie ich hoffte. Die Band hörte auf zu spielen, und es wurde eine Unterbrechung fürs Abendessen angekündigt.

»Bin gleich wieder da«, sagte ich zum Rotblonden.

Ich fand den Waschraum für die Damen, aber dort war es kalt und ungemütlich, voll von Frauen, die zur Toilette anstanden. Ich kämmte mir die Haare und zog die Lippen nach und überlegte dabei, was ich tun sollte. Ihn direkt abblitzen zu lassen, davor schreckte ich zurück. Der arme Rotblonde konnte ja nichts dafür, daß er so überaus langweilig war und so wenig Sexappeal wie ein gekochtes Ei hatte. Ich öffnete eine Tür links vom Tanzsaal. Dort hingen Schwaden von Zigarrenrauch in der Luft, und dicke Männer mittleren Alters spielten Billard. Ich machte gleich wieder zu, denn einer davon war Bunny. Eine andere Tür gab den Blick auf einen Salon frei, wo eine Gruppe aus Männern und Frauen, darunter Sophies Mutter und Mrs. S.-H., Karten spielten, sich vor einem warmen Feuer unterhielten und dazu offenbar Champagner tranken. Bedrückt kehrte ich dorthin zurück, wo sich eindeutig der Pöbel vergnügte.

Vom Rotblonden war zum Glück nichts zu sehen, da der Raum jetzt für das Abendessen reserviert war. Ich war nicht hungrig, nachdem ich vorher so gut versorgt worden war, und so nahm ich mir nur ein paar Weintrauben von dem Tisch, an dem Min und Hugh saßen.

»Hallo, Diana. Ich habe mich schon gefragt, wo Sie sind. Meine Güte! Dieser Reissalat hier ist trockener als der Schlüpfer einer Waschfrau«, sagte Hugh und verteilte sein Essen mit der Gabel über den Teller.

»Schsch, Sophie hört dich««, ermahnte ihn Min.

»Das bezweifle ich«, murmelte ich. »Sie scheint nur noch Ohren für diesen aufgeblasenen Kerl zu haben. Das würde ich mich nicht trauen. Er sieht so betrunken aus, daß er sicher bald hinüber ist.«

»Und wie hat er das geschafft?« regte Hugh sich auf. »Ich habe diese gemüseversetzte Jauche in mich reingekübelt und bin immer noch so nüchtern wie ein Baby nach seinem Schlummertrunk.«

»Vielleicht hat er seinen eigenen Vorrat dabei«, sagte ich Trauben essend. »Mmm, die sind aber gut. Sieht so aus, als würden diese Trauben der Höhepunkt dieses Abends für mich werden. Apropos Privatvorräte, da drüben trinken sie Champagner.«

»Nein! So eine Unverschämtheit! In welchem Zimmer soll das sein?« Hugh stand mit entschlossener Miene auf.

»Dort links neben dieser Türe. Aber die ehrenwerte Daphne hält Wache. Sie werden nichts abkriegen.«

»Das werden wir schon sehen.« Hugh bahnte sich seinen Weg zwischen den Tischen hindurch und verließ den Raum.

»Sieht nicht so aus, als würdest du dich sonderlich wohlfühlen«, sagte Min, ohne dabei sehr viel Mitgefühl zu zeigen.

»Nein, kann ich nicht gerade behaupten. Und es sieht auch nicht sehr vielversprechend aus. Es gibt da einen rotblonden

Jungen, dem ich unter allen Umständen aus dem Weg gehen muß. Wenn er kommt, werde ich mich unter dem Tisch verstecken.«

»Langweiler?«

»Zum Einschlafen!«

»Arme Daze. Es gibt leider nicht viele Männer wie Hugh. Für mich ist es ein zauberhafter Abend!«

Im Augenblick hätte ich auf den schadenfrohen Ton in ihrer Stimme gerne verzichtet. Sie strahlte vor Glück wie ein Scheinwerfer. Mir fiel auf, daß Min recht gefühllos sein konnte, was die Stimmung anderer anging.

»Seht mal zu, daß ihr diese Brühe in euren Gläsern loswerdet«, sagte Hugh und zog die Goldfolie von einer Flasche Bollinger.

»Hugh! Du bist ein Schatz! Wie hast du das denn geschafft? Du darfst mich küssen, weil du so schlau bist.«

Min wandte ihm ihr Gesicht zu, und mir fiel auf, daß er ihr nur einen sehr oberflächlichen Kuß gab, ehe er sich wieder ans Öffnen der Flasche machte. Er liebt sie nicht, überlegte ich. Er schenkte jedem ein Glas ein und stellte die Flasche dann in einen Hortensienbusch hinter uns.

»Nichts verraten, Mädels. Wir wollen nicht, daß noch andere Rüssel unseren Nektar schlürfen.«

»Ich liebe Champagner!« rief Min und sah Hugh beim Trinken mit großen Augen an. Das war mir neu. »Da werde ich gleich abenteuerlustig.«

»Klingt vielversprechend«, erwiderte Hugh gelassen.

»Das kann ich dir sagen«, versicherte ihm Min und flüsterte ihm dann etwas ins Ohr.

Als die einzige Person, die außer ihnen noch am Tisch saß, fühlte ich mich absolut de trop. Ich verstand, was da ablief. Normalerweise hatte ich bei Männern mehr Glück als Min. Ich hatte nie ernsthaft darüber nachgedacht, aber jetzt wurde mir klar, daß sie sich darüber geärgert hatte und diesen Augenblick des Triumphes nun zutiefst genoß. Ich leerte mein Glas und wollte gerade einen würdevollen Rückzug in den Tanzsaal antreten, als ich eine Hand auf meinem Arm spürte. Ein kalter, fester Griff. Ich schaute hoch. Es war Bunny.

»Ich habe Sie gesucht.«

Er klang verärgert, gerade so, als hätten wir eine Verabredung gehabt. Er wirkte äußerst entschlossen, lächelte nicht und war noch einschüchternder, als ich ihn in Erinnerung hatte.

»Kommen Sie, wir tanzen«, sagte er und zog mich hoch. »Ich muß morgen den Frühzug zurück nach Edinburgh erwischen, wir haben also nicht viel Zeit.«

Zeit wofür, fragte ich mich und suchte nach meinem Abendtäschchen, das mir offenbar unter den Tisch gefallen war.

»Ist das der Rotblonde?« flüsterte Min mir mit einem belustigten Blick zu, für den ich sie hätte umbringen können. Ich schüttelte den Kopf.

»Was verdammt noch mal, machen Sie denn da?« fragte Bunny und drückte seine Zigarre in meinen köstlichen Weintrauben aus.

»Ich suche meine Tasche!« erwiderte ich gereizt.

»Lassen Sie das doch. Ich kaufe Ihnen eine neue.«

Dann packte er mich am Handgelenk und schleifte mich auf die Tanzfläche. Die Musik war jetzt langsamer und ruhiger, und er zog mich in seine Arme und hielt mich so fest, daß sich seine Hemdknöpfe in mein Brustbein bohrten. Er roch wie die destillierte Essenz der Männlichkeit. Nicht eigentlich unangenehm ... eine Mischung aus Eau de Cologne, erwärmter Wolle, Haaröl, Rauch und Whisky ... aber eben fremdartig. Männlich. Er brachte seinen Mund an mein Ohr und zischte mir hinein.

»So, Diana. Was sollte all der Unsinn beim Abendessen ... Sie sind ein kluges, kleines Mädchen und interessanter als die meisten. Warum versuchen Sie ständig, mich zum Narren zu halten?«

»Es war ein Spiel, um selbst Spaß zu haben. Warum sollte ich Sie zum Narren halten? Ich kenne Sie doch gar nicht.«

»Sie hofften also, daß mein Interesse geweckt wird, he? Nun, es hat funktioniert. Und Sie werden mich jetzt gleich richtig kennenlernen. Ich will Sie nämlich.«

Jetzt hielt er mich sogar noch fester, und ich spürte, daß etwas Hartes gegen mein Schambein drückte.

»Sie halten mich zu fest!« protestierte ich. »Lassen Sie mich los! Für Sie ist vieles einfach zu selbstverständlich! Es ist nicht meine Art, mit vollkommen Fremden ins Bett zu gehen.«

Bunny lachte und stieß seinen Oberschenkel zwischen meine. Das war äußerst unangenehm, und ich verachtete ihn allmählich. Ich sah den Rotblonden in einer Ecke im Gespräch mit einem schlaksigen Mädchen mit Brille, das ich fast beneidete. Dann sah ich Min und Hugh, die sich neben uns formvollendet im Kreis bewegten. Hugh warf mir über Mins Schulter einen Blick zu und schob eine Braue hoch. Ich machte eine Grimasse des Entsetzens und hob zwei Finger an meine Schläfe, um eine Pistole anzudeuten. Bunny fuhr mit seiner Rechten über meinen Rücken und ließ sie auf meinem Po liegen.

»Was, zum Teufel, soll das«, sagte ich und versuchte mich zu befreien. »Ich werde jetzt gleich sehr wütend, wenn Sie nicht aufhören, mich so grob zu behandeln. Das kann ich wirklich nicht ausstehen. Lassen Sie mich los!«

Er ließ mich plötzlich los, hielt mich aber an beiden Handgelenken so fest, daß mir vor Schmerz die Tränen kamen.

»Sie sind eine ganz Neckische, nicht wahr, Diana? Sie möchten unterworfen werden, hm? Ich liebe wütende Frauen. Warum fangen Sie nicht an zu fluchen? Ich wette, Sie kennen ein paar schmutzige Sprüche?«

Er lachte sehr erregt, und ich fragte mich, ob er noch ganz richtig im Kopf war.

»Verzeihung, Sir. Colonel Johnson möchte Sie sprechen.« Hughs Hand lag auf meiner Schulter, als er Bunny mit einem bedauernden Blick bedachte. »Da ist ein Anruf für Sie. Ich glaube, aus Schottland.«

»Verdammt!« sagte Bunny und packte mich so fest am Ellbogen, daß ich aufschrie. Er war wütend.

»Kommen Sie, Diana. Das ist unser Tanz.« Hugh schälte mich aus Bunnys Armen, und wir rauschten davon.

»Hugh! Mein Gott! Kaum sucht man Hilfe, ist sie schon da ... wie leicht hätte ich ertrinken können!«

»Ich fand, Sie sahen sehr unglücklich aus.«

»Sehen Sie nur meine Handgelenke! Das gibt schreckliche Blutergüsse.«

»Wir müssen Sie unter allen Umständen von diesem fürchterlichen alten Lord fernhalten. Er wird jetzt gleich dahinterkommen, daß es gar keinen Anruf gab, und wird dann zurückstürmen wie ein wild gewordener Elefant. Wir wollen uns ein Taxi kommen lassen und nach Hause fahren. Mir reicht es ohnehin mit der Tanzerei. Und Min hat den Champagner geleert.«

»Ist es nicht ein bißchen früh, um aufzubrechen? Was wird Min dazu sagen?«

»Es ist fast Mitternacht. Wir werden sagen, daß Sie Kopfschmerzen bekommen haben.«

Er hatte meine zweite Frage nicht beantwortet. Ich überlegte, daß unser Aufbruch wahrscheinlich nur eine Stunde eher als erwartet stattfand. Min saß mit Sophie und deren betrunkenem Liebhaber auf dem Sofa. Letzterer hatte die Augen geschlossen und schien tief zu schlafen. Min und Sophie lachten zusammen.

»Kommen Sie, schnell. Er wird gleich zurück sein.«

»Wir müssen uns doch noch von Min verabschieden«, beharrte ich.

»Dafür ist keine Zeit«, widersprach Hugh, aber ich rannte zu Min und erklärte ihr ziemlich zusammenhanglos die Sache mit Bunny.

»Nun, ich verstehe nur nicht, warum Hugh dann auch gehen muß. Kannst du denn nicht allein ein Taxi nehmen?« Min war zweifellos verärgert.

»Ja. Natürlich kann ich das. Da habe ich gar nicht daran gedacht. Dieser Mann hat mich in Angst und Schrecken versetzt. Natürlich breche ich alleine auf.«

»Ich kann Diana nicht alleinlassen«, sagte Hugh, der hinter mir auftauchte. »Dieser Kerl ist gefährlich. Ich bin ohnehin müde. Ich möchte jetzt gehen. Ich rufe dich morgen früh an. Du kannst dann ja vielleicht nach Foxcombe kommen.«

»In Ordnung.« Min zündete sich gleichgültig eine Zigarette an, aber es war offenkundig, daß sie wütend war. Außerdem ziemlich betrunken. »Vielleicht komme ich, vielleicht auch nicht. Vielleicht werde ich mit Hamish tanzen. Ich glaube, das mache ich, wenn du gehst. Der arme Hamish, er war immer verrückt nach mir. Vielleicht werde ich am Morgen zu müde sein, um herüber zu kommen. Sagen wir zum Mittagessen. Gute Nacht, Daze.«

Sie versuchte, mit einem Ruck aufzustehen, doch Sophies Tanzpartner saß tief und fest schlafend auf ihrem Rock. Hugh lachte und tätschelte ihr den Kopf.

»Trink nichts mehr, Min, oder du bist zu krank, um noch irgend etwas essen zu können. Wir müssen los.«

»Tschüß, meine liebe Min«, sagte ich besorgt und versöhnlich.

Wut und Jammer vereinten sich in dem Blick, den Min mir zuwarf. Ich fand, sie machte ein ziemliches Theater. Hugh war bei mir doch sicher. Ich hatte vor, meine Tür zu verriegeln, eine Tablette zu nehmen und so schnell wie möglich einzuschlafen.

Wir schafften den Weg durchs Haus bis zur Eingangstür, ohne von Bunny entdeckt zu werden. Mrs. Studley-Headlam kam gerade die Treppe herunter, eine Zigarette in der einen, ein Glas Champagner in der anderen Hand.

»Ihr beide geht schon? Es ist doch ziemlich früh?«

»Diana hat entsetzliche Kopfschmerzen«, sagte Hugh und sah dabei sofort wie ein Pfadfinder aus. »Ich werde uns ein Taxi rufen und sie nach Hause bringen.«

»Laßt euch von Briggs nach Hause bringen. Er kann mich ja später abholen.«

Ich war versucht, mich zu bedanken, aber sie winkte mit ihrer Zigarette und ging davon. Als Hugh mir in den Mantel half, kam Michael Protheroe die Treppe herunter, rückte seine Fliege zurecht und strich sein Jackett glatt. Er zog fragend die Augenbrauen hoch und folgte dann Mrs. S.-H.

»Dreimal dürfen Sie raten, was die gerade gemacht haben«, sagte Hugh, als wir hinaus in die Kälte gingen.

Die Fahrt nach Hause war warm und schnell. Zwischen Briggs und uns befand sich eine Trennscheibe. Man fühlte sich angenehm sicher und eingeschlossen, behaglich im Duft der Ledersitze und der Wolldecke, die Hugh mir über die Knie gebreitet hatte. Die Scheinwerfer erfaßten silbrige Hecken und Grasbankette, aber nur, um sie wieder an die Schwärze zu verlieren, die alles verschluckte. Hugh rauchte eine Zigarette, und eine Zeitlang schwiegen wir, durch und durch glücklich.

»Es tut mir leid, daß Min jetzt wegen uns verärgert ist«, sagte ich endlich mit so träger Stimme, als würde ich gerade aus einem Traum auftauchen.

»Warum sollte sie verärgert sein?«

»Weil sie mir die Schuld gibt, daß Sie so zeitig aufgebrochen sind.«

»Das war es auch. Ihre Schuld, meine ich.«

»Nein! Sie sagten, Sie wären müde und hätten genug. Ich hätte auch allein fahren können.«

»Ich wollte aufbrechen, weil Sie gingen. Ich wollte mit Ihnen zusammen sein. Und jetzt bin ich das ja auch.«

»Machen Sie sich doch nicht lächerlich, Hugh. Sie spielen schon wieder Ihre Spielchen.«

»Schon den ganzen Abend wußte ich, daß ich mit Ihnen zusammensein wollte. Sie sind wunderschön, Diana. Ich will Sie.«

»Und was ist mit Min? Oh, das ist doch absurd. Ich weigere mich, das ernst zu nehmen.«

»Was hat das mit Min zu tun?«

»Nun ... da ist doch ... da läuft doch etwas zwischen Ihnen, oder nicht? Tun Sie doch nicht so begriffsstutzig. Sie wissen ganz genau, was ich meine. Schlicht ausgedrückt heißt das wohl, Sie *gehen miteinander.*«

»Soweit ich weiß, nicht. Bloß weil ich Min ein paarmal auf eine Party mitgenommen habe, heißt das doch nicht, daß ich ein Gelübde abgelegt habe. Es gibt mindestens drei Frauen in meinem Leben, die mir mehr bedeuten als Min. Ich mag sie. Sie ist hübsch und amüsant, aber ich liebe sie nicht und habe ihr auch nie gesagt, daß ich sie liebe.«

Eine Weile war ich still und dachte nach. Die arme Min, es hatte sie schwer erwischt, doch es sah nicht so aus, als würde die Sache gutgehen. Was mich betraf, so gehörte Hugh ihr, was immer er auch sagen mochte, aber natürlich wurde ein so gutaussehender Mann von Frauen verfolgt, die zum äußersten entschlossen waren und sich nur zu gern von ihm das Herz brechen ließen. Tolle Männer waren eben leider eine Seltenheit.

»Ihr intellektuellen Mädchen seid immer so ernsthaft, das ist das Problem. Immer versucht ihr, für alles eine Schublade zu finden. Ich gehöre niemandem. Und Sie, soweit ich weiß, auch nicht. Wenn Sie mich natürlich nicht anziehend finden, ist das eine andere Sache. Wie sieht's aus?«

»Ich kenne Sie doch gar nicht ... wir sind uns erst vor ein paar Stunden begegnet ... es ist doch nicht einfach eine Frage spontaner Begierde ...«

»Was wissen Sie schon! Egal, genug der Rede. Sie sind das hübscheste Mädchen, das mir seit langem über den Weg gelaufen ist, und ich habe den ganzen Abend an Sie gedacht, bis ich mich in echtes Verlangen hineingesteigert habe. Wenn Sie mir Ihre Gedichte vorlesen oder über George Eliot diskutieren wollen, stört mich das nicht, aber das ist es nicht, was mich an Ihnen interessiert.«

Da fuhr der Wagen durch die Tore von Foxcombe Manor, und wir kamen an den Bäumen der Auffahrt vorbei. Ich klammert mich einzig und allein an den Gedanken, daß Min diesen Mann liebte. Der moralische Imperativ, mir selbst einen Kuß zu versagen, lastete schwer auf mir.

Das Haus wirkte sehr hell, nachdem wir das höhlenartige Wageninnere verlassen hatten. Wir gingen ins Wohnzimmer, wo die Reste des Feuers sich zu perlgrauer Asche häuften. Hugh bediente sich mit einem Brandy mit Soda und nahm ein Sandwich vom Tablett. Mir war klar, daß ich schnellstens nach oben gehen sollte, aber ich war zu erregt. Nie hatte ich mich zu jemandem so hingezogen gefühlt wie jetzt zu Hugh.

»Lord Bollingbrook hat gerade angerufen, Madam«, sagte der Butler, der katzenhaft durch die Tür geschlichen kam. »Er wollte wissen, ob Sie schon zurück sind. Ich sagte ihm, Sie wären vor fünf Minuten angekommen. Darauf meinte er, er würde auch gleich kommen.«

»Da haben wir's. Ich gehe zu Bett«, sagte ich, sobald der Butler gegangen war. »Und zwar allein. Ich verriegele die Tür. Dieser Mann jagt mir Angst ein.«

»In Ordnung«, entgegnete Hugh, dessen gute Laune erstmals ins Wanken geriet. »Gute Nacht, Diana.«

Er drehte mir den Rücken zu und trat ans Fenster. Er zog

den Vorhang beiseite und starrte hinaus in den mondhellen Park. Als ich auf mein Zimmer ging, fühlte ich mich plötzlich müde und zugegebenerweise auch enttäuscht. Doch während ich Mantel und Tasche auf einen Stuhl warf und die Schuhe abstreifte, sagte ich mir, daß ein gutes Gewissen ein sanftes Ruhekissen ist. Ich ging zur Tür, um abzuschließen. Nur ein Schlüsselloch, kein Schlüssel.

Verflixt und zugenäht! Ich fing an, mich rasch auszuziehen. Ich hielt es im Bett, bei gelöschtem Licht schlafend, für sicherer, und so wusch ich mir mein Gesicht, putzte die Zähne, wenn auch weniger gründlich als sonst, zog mein Nachthemd an und suchte nach meinen Schlaftabletten. Ich hatte keine Schlafprobleme, aber meine Träume waren meist Alpträume. Von meiner Mutter, die die verschiedensten Arzneimittel immer flaschenweise zu Hause hatte, waren mir diese Tabletten als *Glückspillen* empfohlen worden, und sie hatte mir mindestens zweihundert davon gegeben. Die kleinen rosa Pillen verschafften mir die herrlichsten Nächte voll himmlischer Zufriedenheit, und wahrscheinlich war ich bereits abhängig. Ich spülte vier Stück, die doppelte Menge wie üblich, mit einem Glas Malvern-Wasser hinunter, das man vorsorglich bereitgestellt hatte. Ich versuchte mir gerade einzureden, daß ich hier oben im zweiten Stock sicher war, als sich schon das köstliche Gefühl einer friedlichen Ruhe in mir ausbreitete. Bunny konnte schwerlich in alle Zimmer im Haus einbrechen. Und die Bediensteten würden bestimmt hellhörig werden, wenn er die Dreistigkeit besaß, sie nach meinem Zimmer zu fragen.

Ich träumte, an einem See entlangzugehen, auf dem das Sonnenlicht in gleißenden Funken zerstob. Ein Schwan glitt ruhig neben mir her. Dann war ich der Schwan, das Wasser schlug weich und kühl gegen mein Brustgefieder, die Sonne wärmte meinen Rücken. Plötzlich durchzuckte ein Lichtstrahl das Firmament, und das Wasser schäumte zur Gischt auf, die sich in weiße Laken auflöste. Ich saß aufrecht im Bett, und Bunny stand in der Tür, ein dunkler Schatten vor dem beleuchteten Korridor.

»Diana? Wo zum Teufel steckst du? Mein Gott, ist das mühsam, das ganze Haus zu durchstöbern! Man kann es auch zu weit treiben, weißt du.«

»Guten Abend, Sir«, begrüßte Hugh, der, nur mit Unterhosen bekleidet, aus meinem Badezimmer kam, ihn höflich. »Wenn Sie ein Zimmermädchen suchen, müssen Sie den Korridor noch ein Stück weiter gehen, glaube ich. Rutsch doch, Diana.«

Er ließ seinen warmen Körper ins Bett gleiten und nahm mich in seine Arme.

»Bitte machen Sie die Tür einfach zu, Sir. Ich vertrage keine Zugluft.«

Die Tür knallte so laut ins Schloß, daß das Bett wackelte. Vielleicht war es aber auch nur unser Gelächter. Wahrscheinlich lag es an den Tabletten, daß ich mit dem Gekicher kaum aufhören konnte. Das steckte natürlich an, und Hugh und ich lachten, bis uns die Tränen kamen.

»Was haben Sie denn in meinem Badezimmer gemacht?« fragte ich, sobald ich mich wieder unter Kontrolle hatte.

»Ich hörte, wie der alte Bastard im ersten Stock von einem Zimmer ins nächste stürmte. Ich hatte nicht vor, mich als Held aufzuspielen und mich ihm als Wächter Ihrer Tugend in den Weg zu stellen. Er ist größer als ich. Doch ich überlegte, daß er wahrscheinlich aufgeben würde, wenn er mich vor Ort antrifft. Ziemlich demütigend für ihn.«

»Dankeschön«, gähnte ich, weil die Tabletten ihre Wirkung taten. »Ich bin Ihnen auf ewig dankbar – gute Nacht.«

»Und wie wär's mit einer kleinen Dankesbekundung?« sagte Hugh und kraulte meinen Nacken.

»Ich kann nicht … Tabletten … schlafe schon … 'Nacht.«

»Diana! Wach auf!«

»Nacht.«

»So ein Mist!«

Ich spürte, wie er an meinem Nachthemd herumfummelte. Ich fühlte mich so wohl und glücklich, daß es mir gleichgültig war. Er wurde zu einer Jerseykuh, die mir ihren Grasatem ins Gesicht blies und mich mit einer dunklen, feuchten Zunge leckte. Ich bewunderte gerade die Wimpern der Kuh, als ich das Gefühl hatte, daß jemand zwischen meinen Beinen grub, und er wurde ein blinder schwarzer Maulwurf mit großen weißen Händen, die in der Erde herumwühlten. Ich empfand einen kurzen stechenden Schmerz, und dann war alles wieder angenehm. Wir schaukelten auf einem Jahrmarkt in Schiffschaukeln, jeder hielt ein dickes, quastenverziertes Seil in der Hand, und wir flogen höher und schneller, bis ich aus meinem Sitz flog und mich dann neben einem wunderbaren Baum wiederfand, wo ein großer schwarzer Labrador heiß und keuchend neben mir lag.

Als ich wach wurde, war es taghell im Zimmer. Traumfetzen segelten durch meinen Kopf, und ich streckte meine Glieder auf der Suche nach einem kühlen Platz im Bett. Ich war nicht allein. Dann erinnerte ich mich ... recht verschwommen ... Hugh. Ich öffnete die Augen und sah ihn an. Er schlief mir zugewandt, sein Gesicht glatt, sein Atem ruhig und gleichmäßig.

Ich stöhnte laut. Was hatte ich getan? Ich würde Hugh absolutes Stillschweigen schwören lassen. Bunny würde wahrscheinlich aus lauter Angst, sich lächerlich zu machen, den Mund halten. Keiner würde es je erfahren. Ich würde alles dransetzen, es zu vergessen. Als wäre nie etwas geschehen. Ich drehte den Kopf, um aus dem Fenster zu schauen. Es mußte schon ziemlich spät sein, denn die Sonne schien gleißend durch das Ochsenaugenfenster und tat in den Augen weh. Ich schloß sie wieder, und das Spinnenmuster der Fenstergitter brannte auf meinen Augenlidern rot vor dem lebhaften Grün der Himmelstücke dazwischen. Ich zog die Stirne kraus und versuchte mich auf dieses Bild zu konzentrieren, als es bereits langsam verblaßte. Ich schlug die Augen auf.

Min saß im Schneidersitz auf der Fensterbank und hielt in der Hand eine Zigarette, deren Rauch sich in der Zugluft auflöste.

Kapitel 5

Als der Zug den Bahnhof von Euston verließ, fuhr er in einen schneeverhangenen Himmel hinein, gelbgestreift wie alte Klaviertasten. Selbst für Januar war die Witterung rauh, und noch bevor wir die Vororte Nordlondons verlassen hatten, mischten sich Rußspuren mit schmelzenden Schneeflocken auf den Waggonfenstern. Es war eine Woche vergangen seit dem Ehemaligentreffen in Oxford, und fünfzehn Jahre, seitdem Min mich mit Hugh im Bett erwischt hatte. Ich befand mich auf der Fahrt zum Dorf Dunston Abchurch in Lancashire, um dort ein langes Wochenende bei Min zu verbringen.

Ich war guter Dinge, obwohl, oder vielleicht gerade weil ich nicht genau wußte, was mich erwartete. Mir war bekannt, daß Min mit Robert Weston verheiratet war. Ich besaß noch immer das Hochzeitsbild, das ich vor dreizehn Jahren aus der Klatschspalte einer Zeitschrift ausgeschnitten hatte. Es war ein schlechtes Foto. Er sah darauf groß und ganz hübsch aus, ohne ein Lächeln im Gesicht. Min schien völlig verändert mit den zum Dutt hochgesteckten Haaren und einem zerknautschten, sich blähenden Kleid mit Schleier. Sie grinste dümmlich und blinzelte, als würde sie von der Sonne geblendet. Obwohl wir uns damals schon seit zwei Jahren nicht mehr gesehen oder gesprochen hatten, fuhr mir der Schreck in die Glieder, wie sie eine so wichtige Sache ohne mich geschafft hatte, die ich ihr sonst die Augenbrauen gezupft, das Kleid gebügelt und die Koffer gepackt hätte. Doch als mir klar wurde, daß ich sie für immer verloren hatte, wurde diese Befürchtung sofort ausgelöscht. Jetzt hatte sie jemanden, der von Rechts wegen dazu verpflichtet war, sich um sie zu kümmern, jemanden, an den sie in hoffentlich gegenseitiger Liebe gebunden war, und der sie wahrscheinlich besser beschützen konnte, als mir das möglich gewesen war. Als mir dies bewußt wurde, befiel mich ein Gefühl der Verlassenheit, das meinen Alltag über ein Jahr lang wie eine Art basso ostinato begleitete.

Natürlich vergaß ich es im Lauf der Zeit. Für meine akademische Karriere mußte ich hart arbeiten und sorgfältig planen. Leute mit einem Abschluß in englischer Literatur und der Fähigkeit, Poesie und Prosa auszuweiden, gab es wie Sand am Meer, und die wenigsten hatten Lust, sich an irgendeiner drögen Schule, wo es nach Turnschuhen und Eintopf roch, an Tinte und Kreide die Finger schmutzig zu machen. Nachdem ich in Oxford meinen Abschluß gemacht hatte, wollte ich nach Cambridge, um dort zu promovieren. Ich hielt durch und brachte eine Dissertation über ein kleines Randproblem in *Die Feenkönigin* zuwege, die auch veröffentlicht wurde, schrieb ein paar Artikel für das Times Literary Supplement und den Spectator und sah zu, daß mein Namen denen auffiel, auf die es ankam. Ich hatte mehr oder weniger sämtliche Schriften von Thomas Love Peacock abgegrast, vor allem deshalb, weil ihn die meisten zu manieriert fanden, um auch nur das geringste Lesevergnügen daraus zu ziehen. Dann bot mir mein College ein Forschungsstipendium an, und ich willigte ein.

Cambridge mochte ich von Anfang an. Ich kaufte mir von dem Geld, das mein Vater mir hinterlassen hatte, ein kleines Haus in der Orchard Street und schmückte es mit so vielen französischen Möbeln und so vielen englischen Zeichnungen des achtzehnten Jahrhunderts, wie ich mir leisten konnte. Ende der fünfziger Jahre war die allgemeine Vorstellungswelt von zeitgenössischem skandinavischen Mobiliar geprägt ... langen, niedrigen Sofas in hellem Holz mit tweedartiger Polsterung ... und von Verrücktheiten wie eiförmigen Korbstühlen, die an Ketten von der Decke hingen. In dieser Hinsicht fiel mein Haus originell aus dem Rahmen. Ich tilgte die letzten Spuren des Studentendaseins aus meinem Äußeren, indem ich mir teure französische Klamotten kaufte, *wenige, aber gute*, wie Lady Bart's Generation immer empfohlen hatte, und ich bemühte mich, auf schicke Weise sexy zu sein, indem ich mein Haar sehr lang trug und jede Menge dunklen Lippenstift verwendete. Ich rauchte türkische Zigaretten und trank nur Champagner. Ich fuhr einen alten Zweisitzer Talbot-Lago. Es war ein Stil, der ziemlich auffällig und sehr affektiert war, aber als Ersatz für Selbstvertrauen erwies er sich als recht erfolgreich. Manche Leute ließen sich durch die Arroganz, die in all diesen Äußerlichkeiten lag, abschrecken. In meiner Unwissenheit hielt ich dies für eine ebenso gute Möglichkeit, Freunde auszuwählen, wie zig andere auch.

Natürlich gab es eine Menge Männer. In jener Zeit litt Cambridge unter einem so großen Männerüberschuß, daß jede Frau, ob X-beinig, mit schiefen Zähnen oder Bergkristallinsen, als Weichmacher wenigstens ein Eclair im Dorothy-Café angeboten bekam, ehe der unerbittliche Versuch unternommen wurde, sie ins Bett zu bekommen. Da meine Beine und Zähne gerade waren, und ich auf beiden Augen hervorragend sah, wurde ich nach Covent Garden, Stratford oder ins Mirabelle ausgeführt. Statt des Eclairs gab es Raie au beurre noir und Crêpe Suzette, aber der Feldzug war im wesentlichen der gleiche. Schwer zu sagen, warum einige Erfolg bei mir hatten und andere nicht. Weder Geld noch Klasse spielten eine Rolle. Und sie waren alle mehr oder weniger intelligent. Gutes Aussehen war wichtig, und das verminderte die Auswahl schon drastisch. Gelegentlich lag es an reiner Hartnäckigkeit. Selten am Charme. Aber wenn hier von Erfolg die Rede ist, bezieht sich das nur auf den Krieger, der sein Angriffsziel erobert. Ich kann mich nicht an ein einziges Bettabenteuer erinnern, das nicht voller Befürchtungen seinen Anfang nahm und in absoluter Verzweiflung endete. Obwohl es die Pille damals schon gab, war sie nicht allgemein zugänglich. Das Schreckgespenst einer Schwangerschaft lag mit uns im Bett und beschlich mich noch Wochen danach. Selbst heute noch stört mich der Geruch von Schlämmkreide, weil er mich an das trügerische und unangenehme Diaphragma erinnerte, das mich bei all meinen sexuellen Abenteuern begleitete.

Außerdem stand in den Tageszeitungen und Frauenmagazinen herzlich wenig über Sex und Sexualpraktiken. Und ich war auch zu unwissend, um meinen eigenen Mangel an Sachkenntnis feststellen zu können. Wenn ich mehr oder weniger reglos dalag, während sich irgendein Mann verbissen über mir abmühte, hatte ich das Gefühl, daß dieses attraktive und amüsante Wesen, das mich beim Abendessen zum Lachen gebracht und mit mir in *Madame Butterfly* geweint hatte, urplötzlich zu einem Fremden, einem Feind geworden war, der sich in seiner so andersartigen Gestalt verbarg und sich von mir absonderte, die Augen undurchsichtig, seine Gefühle unverständlich.

Es gab Männer, die sich von meiner Frigidität nicht abschrecken ließen. Es gab viele Liebeserklärungen und einige Heiratsanträge. Aber mir gefiel meine Unabhängigkeit. Ich liebte es zu unterrichten, mochte die meisten meiner Studenten und viele meiner Kollegen, hatte Gesellschaft oder Einsamkeit, wie ich es gerade wollte. Ich besuchte Konzerte, Galerien und Ausstellungen und sammelte Porzellan des achtzehnten Jahrhunderts. Ich fuhr nach Bayreuth, um Wagner zu hören, und ging in die Scala, um Verdi zu hören. Eine Freundin, die Einkaufsbummel genauso liebte wie ich, hatte eine Wohnung in Paris. Wir verbrachten himmlische Tage zusammen, kauften Kleider, aßen und bummelten durch die Stadt und gingen abends mit ihren reichen Intellektuellenfreunden zum Essen und Tanzen aus. Zuhause verbrachte ich natürlich viel Zeit mit Lesen und Schreiben. Mein Vater war tot. Der beste Freund meiner Mutter war inzwischen die Wodkaflasche. Sie war zum vierten Mal verheiratet, und zwar mit einem Trinker namens Ezra Pascoe. Der versuchte immer, mich zu küssen und mir die Hand unter die Bluse zu schieben. Und obwohl ständig vom Alkohol vernebelt, bekam meine Mutter doch Ezras stiefväterliche Aufmerksamkeit mit. Ich sah sie selten und meist nur dann, wenn Ezra nicht da war. Niemand außer mir selber legte mir irgendwelche Beschränkungen auf, was ich als großes Glück empfand. Ich war vierunddreißig, allein, recht erfolgreich und wirklich glücklich.

Der Zug erreichte das freie Land. Die dunklen Pflugfurchen füllten sich mit Weiß, da der Schnee nun dichter fiel. Ich mußte an Keats' *windgepeitschte Schloßen* und die *Eisesböen, die stieben und tosten* denken. Binnen kurzem tobte ein Schneesturm, und der Zug schien eine Spur aus heulender Geschäftigkeit und Bewegung zu bilden, während darüber und darunter alles in einem harten weißen Licht untergetaucht war, kein Himmel, keine Erde, keine Bäume, Gatter oder Hecken, kein Anfang und kein Ende.

In Hampstoke gab es eine Verzögerung, weil die Schienen freigelegt werden mußten. Man sagte uns, es könne etwa eine halbe Stunde dauern, der Bahnhofsimbiß habe aber geöffnet. Hampstoke war ein viktorianischer Bahnhof mit einem guten alten Kohleofen, weshalb viele sich sofort auf die Tische in seiner Nähe stürzten. Ich trank bitteren abgestandenen Tee und aß ein Sandwich mit Leberpastete, weil es sonst nichts gab. Anthony Trollope hat das Bahnhofssandwich als einen »Pharisäer« beschrieben, was zwar witzig war, den Horror aber nicht ganz erfaßte. Ich öffnete eine Packung Kekse mit Vanillecremefüllung, die ich den unter einer Glaskugel wegen ihrer billigen fluoreszierenden Marmelade vor Scham errötenden Krapfen vorgezogen hatte, und belauschte hemmungslos ein Paar am Nebentisch.

Man schrieb das Jahr 1969, zwei Jahre nach dem Sommer der sozialen und sexuellen Revolution. Buchhalter, Börsenmakler, Bibliothekare, Bankangestellte und Büroangestellte hatten sich ihre Haare bis zur Schulter wachsen lassen und kleideten sich in löchrige Hemden, Jeans und Socken aus Ziegenhaar sowie in bestickte Ziegenfellmäntel aus dem Fernen Osten. Die junge Frau und der junge Mann Anfang zwanzig waren ebenfalls so angezogen, wobei sie zusätzlich noch ein Stirnband trug, das tief über ihren vorstehenden Ohrläppchen saß. Er trug einen schwarzen Filzhut, auf dessen Hutband in Perlenstickerei *Love and Peace* stand.

Sie stritten sich in heftigem Flüsterton, und das Mädchen stach mit einem Taschenmesser wie verrückt auf ihren Krapfen ein, während der junge Mann sie aus bartstoppelgesäumten Lippen anzischte. Ich bekam genug mit, um zu verstehen, daß er sie beschuldigte, mit seinem Freund zu schlafen. *Läufige Hündin* und *gemeine kleine Hure* lauteten die beiden mit brutaler Empörung ausgesprochenen Ausdrücke, die ich aufschnappte. Schließlich sagte das Mädchen mißmutig, sie hätte gedacht, er glaube an die freie Liebe. Würde er nicht ständig davon schwafeln, bis sie und alle anderen auch die Nase voll hatten? Ich ertappte mich dabei, wie ich mich seitwärts beugte, um die Antwort besser hören zu können. Statt dessen starrte der junge Mann mich plötzlich zornig an, stand auf und ging hinaus. Ein leichter Ziegenduft folgte ihm wie eine Schwefelspur. Zwei Tränen kullerten über die Pausbacken des Mädchens, und der Krapfen drückte sein Mitgefühl in Form eines Marmeladetropfens aus.

Ich sagte mir, daß sie nicht zu meinen Studentinnen gehörte und wohl kaum meine Einmischung begrüßen würde. Ich war froh, in mein Abteil zurückkehren zu können, wo es zwar kalt, aber friedlich war, da es von London ab mir allein gehört hatte. Ich breitete meinen Mantel über meine Knie und warf einen selbstgefälligen Blick auf das Gepäck in der Ablage gegenüber. Außer einem neuen und sehr hübschen Kleid und einigen Pullovern beinhaltete es jede Menge warmer Seidenunterwäsche aus Paris, einen hübschen gequilteten Morgenmantel und sogar ein Paar weicher weißer Bettsocken. Ich war für alle Eventualitäten gerüstet. In meiner Tasche hatte ich einen kleinen Flachmann aus Silber mit Remy Martin, der nach dem Sandwich einen sehr willkommenen Digestif abgab. Ich genehmigte mir einen Fingerhut voll und schlug dann voller Freude mein Buch auf.

Doch der Streit im Bahnhofsrestaurant und die Tatsache, daß ich in Kürze Min sehen würde, führte mir die alten Szenen zum hundertsten ... zum tausendsten Mal ... wieder vor Augen. Wieder durchlebte ich den Augenblick, als ich in Foxcombe aufwachte und mich zusammen mit Hugh Anstey im Bett fand. Ich starrte auf einen außerordentlich schlechten Druck von Lake Windermere, der sich über dem gegenüberliegenden Sitz befand, doch statt der auf verrückte Weise lebendigen Tupfer ultramarinblauer Heide sah ich Min, wie sie auf der Fensterbank saß und mich ansah. Ich erinnerte mich noch genau an den Ton ihrer Stimme, kalt und hart, als sie den Zigarettenrauch durch ihre Nase blies und dann sagte: »Es ist schon ziemlich spät. Hättest du Hugh nicht lieber wecken sollen? Wenn er noch Frühstück haben will, muß er sich beeilen. Es ist schon nach zehn Uhr.«

Ich setzte mich im Bett auf. Ich wünschte, ich könnte mich deutlich an das erinnern, was in der vergangenen Nacht passiert war. Die Glückspillen wirkten nicht mehr, und ich spürte nur eindringlich, daß etwas in der Luft lag. Hatte Hugh mit mir geschlafen? Ich hatte das entsetzliche Gefühl, daß er es getan hatte.

»Min«, sagte ich nervös. »Schau mich bitte nicht so an. Was immer passiert sein mag, war vollkommen unwichtig. Hugh versuchte, mich vor diesem Wahnsinnigen zu beschützen. Der kam doch tatsächlich zu mir aufs Zimmer. Glücklicherweise hatte Hugh erraten, daß er's tun würde. Dann legten wir uns schlafen. Ich nahm die doppelte Menge meiner Tabletten. Ich kann mich an gar nichts mehr erinnern ...«

Ein Stöhnen unterbrach mich, als Hugh sich auf dem Kissen umdrehte und einen Arm nach mir ausstreckte. Ich schob ihn weg, und da schlug er die Augen auf.

»Du bist aber gar nicht freundlich heute morgen, Diana-Schätzchen«, murmelte er vorwurfsvoll. »Wie ungehörig. Und du warst letzte Nacht so einladend. Ihr klugen Mädchen seid so kapriziös. Einfach nur ein bißchen bumsen reicht euch nicht. Man muß euch den Hof machen, um euch herumschwänzeln und euch umwerben wie Elizabeth die Erste ...«

»Hugh! Um Himmels willen! Sei still!« Ich schüttelte ihn, und da machte er die Augen richtig auf und setzte sich hin.

»Hallo, Hugh«, sagte Min und sah dabei bewundernswert gelassen aus. Mich konnte sie damit nicht täuschen, aber Hugh schien es zu überzeugen.

»Min! Das ist aber eine Überraschung, sagte Mary zum Erzengel Gabriel. Ist schon Zeit zum Mittagessen?«

Er beugte sich hinüber zum Nachttisch, um auf seine Uhr zu sehen. Ich bemerkte, wie überaus muskulös sein Rücken war, glatt und blaß wie Marmor, und mich befiel ein irrationales Schuldgefühl, weil mir das aufgefallen war.

»Zwanzig nach zehn. Also, wer ißt mit mir im Backofen gestockte Eier mit scharf gewürzten Nierchen? Nichts macht mehr Appetit als Sex.«

»Hugh! Herrgott noch mal!« rief ich verzweifelt. »Du bist absichtlich so gefühllos.«

»Mach dir nichts daraus, Daze«, sagte Min mit einer so zuckersüßen Stimme, daß ich mich einen Augenblick lang fragte, ob sich nicht doch noch alles zum Guten wenden würde. »Ich kenne Hughs Sinn für Humor. Ich würde Daze gerne allein sprechen, Hugh, geh' du ruhig und iß was. Du bist hier nur im Weg.«

»In Ordnung, aber mach mich nicht fertig. Jungs mögen es nicht, wenn man sie wie Lustwerk behandelt, ihnen die Lebenssäfte raubt und sie danach wegwirft wie ein gebrauchtes Taschentuch.«

Min lächelte zaghaft. Hugh stieg aus dem Bett, und es traf mich wie ein Schock – lächerlich unter diesen Umständen natürlich –, daß er nackt war. Ich hatte zuvor noch nie einen Mann nackt gesehen, und Mins Blick überzeugte mich plötzlich davon, daß auch sie noch keinen gesehen hatte. Das war etwas ganz anderes als die sanft gerundeten, an eine kleine Portion vom Grill erinnernden Gegenstände, welche die Vorderseite all der männlichen Statuen zierten, die Min und ich in unserer Kindheit untersucht hatten. Es war im ganzen größer und, ehrlich gesagt, erschreckend. Er sah unsere Gesichter und lachte.

»Nun, ihr habt darauf bestanden, daß ich sofort aufstehe. Hättet ihr mich ein bißchen abwarten lassen ... na gut, wo sind meine Unterhosen? ... es wäre schicklicher gewesen.«

Er wühlte zwischen den Laken und kniff mich mit der Hand sanft in den Oberschenkel, bevor er seine Unterhosen herauszog und sie überstreifte. Peinlich berührt hatte ich meinen Blick abgewandt, aber Min starrte ihn an, als säße sie in einer Anatomievorlesung. Hugh ging ins Bad, und anhand des Lärms konnte man davon ausgehen, daß er sich anzog. Min hielt nach einem Aschenbecher Ausschau, und ich hielt ihr den hin, der neben meinem Bett stand, ein hübsches Fayencestück mit einer Schäferin darauf. Min nahm ihn und drückte gewaltsam ihre

Zigarette aus. Dann zündete sie sich sofort die nächste an und inhalierte sie mit kurzen, gierigen Zügen, ohne dabei in meine Richtung zu blicken. Als Hugh in seinem Abendanzug aus dem Badezimmer kam, mit offenem Hemd, tropfenden Haaren und so wunderbar zerzaust, war ich kurz davor, ihn zu bitten, doch zu bleiben.

»Ist es nicht noch ziemlich früh für diese Kneipenatmosphäre?« meinte er und wedelte dabei mit seinen Händen vor dem Gesicht herum. »Mit der Angewohnheit wirst du natürlich nicht alt, Min. Wahrscheinlich müssen wir noch froh sein, daß du keine Pfeife und Fisherman's Shag mitgebracht hast.«

Er lachte und band sich seine Uhr um. Jetzt war mir klar, daß er wußte, es würde Krach geben, und daß er nicht dabeisein wollte. Was ich ihm nicht verübelte. Ich sah ihm nach, wie er sich an der Tür umdrehte und erst mir und dann Min einen Kuß zuwarf. Die Tür schloß sich hinter ihm. Jetzt wurde ich gewahr, daß Min mir direkt in die Augen sah, zum erstenmal an diesem Morgen.

»Wahrscheinlich glaubst du jetzt, du hättest zweifelsfrei bewiesen, daß ich in keinster Weise hoffen kann, mich mit dir zu messen, wenn es um Männer geht.«

Ihre Stimme war sehr ruhig, aber ein leichtes Zittern verriet die Anspannung in ihrer Kehle.

»O Min, es tut mir so leid! Ich kann dir gar nicht sagen wie sehr! Ich würde alles dafür geben, wenn ich es ungeschehen machen könnte …«

»O bitte, laß das! Vermutlich willst du mir jetzt weismachen, daß er dich vergewaltigt hat!«

»Nein, nicht ganz, aber ich hatte …«

»Ach, hör doch auf!« sagte sie mit einer solchen Wut in der Stimme, daß mir klar war, es würde alles ganz entschieden schief gehen. »Ich will nicht hören, wie phantastisch und sexy du bist und dich gar nicht dagegen wehren kannst, daß die Männer hinter dir herlaufen. Ich habe dir vertraut. Ich habe dir erzählt, was ich für ihn empfinde. Wie war ich doch blöd! Du hattest wahrscheinlich schon beschlossen, ihn dir zu schnappen, bevor du ihn überhaupt gesehen hast. Du verdammte Hure!«

»O Min, bitte! Das stimmt doch nicht. Du weißt doch, daß ich kein Selbstvertrauen habe, was Männer angeht. Natürlich wollte ich dir nicht weh tun. Du kannst doch unmöglich glauben, daß nach all den Jahren, die wir Freundinnen sind ...«

Meine Stimme ließ nach. Auf einmal war die ganze Sache so hoffnungslos unwirklich. Ich konnte Min sehen und hören und mir vorstellen, was sie empfand. Doch ich kam mir vor, als würde ich durch ein Fenster schauen, jemanden beobachten, der nichts mit mir zu tun hatte, als würde auch ich selbst keine Rolle dabei spielen. Dies war in Krisenzeiten meines Lebens oft passiert, so, als könnte ich Gefühlsergüssen nicht ins Auge blicken. Anstatt darauf zu reagieren, zog ich mich jedesmal hilflos in eine unerreichbare Ferne zurück. Ich bemühte mich, an Min heranzukommen, Worte des Trostes oder der Erklärung auszusprechen, aber mein Kopf war leer, meine Gefühle taub. Ich konnte mich nicht konzentrieren, und mit jeder Sekunde spürte ich, daß ich weiter wegdriftete. Min strich sich das Haar aus den Augen und zündete sich die nächste Zigarette an.

»Wenn ich heute früh nicht hergekommen wäre, hätte ich wahrscheinlich nie etwas davon erfahren. Aber ich fand, daß ich gestern abend ein wenig mürrisch war, und wollte mich entschuldigen. Ich wollte ...« hier stieg ihre Stimme ein paar Töne höher, und sie fing an zu lachen ... »über ihn reden«. Ihr Lachen kam mir theatralisch vor, doch gleichzeitig haßte ich mich für diesen Gedanken. »Ich liebte ihn, und du hast das kaputt gemacht. Nie wieder werde ich jemanden lieben.«

»Natürlich wirst du andere Menschen lieben!« versetzte ich wütend. »Du bist erst zwanzig. Da kommen noch viele ... hunderte. Es gibt genug für uns beide. Ich wollte nicht mit ihm schlafen. Und es tut mir fürchterlich leid, daß du meinetwegen unglücklich bist. Doch es wäre ohnehin nichts daraus geworden.«

Ich bedauerte es schon, bevor die Worte ausgesprochen waren.

»Was willst du damit sagen?« Min stand auf und ging mitten ins Zimmer. Ich mußte an die Art von Filmen denken, die

Min und ich so liebten, wirklich schreckliche Kostümschinken mit bösen, verabscheuungswürdigen, aber gutaussehenden Schurken und trotzigen Heldinnen. Wieder wollten sich die angemessenen Gefühle nicht einstellen, und mich befiel eine traumartige Hilflosigkeit.

»Ich wollte nur sagen, daß er nicht der Typ ist, der irgend jemanden ernst nimmt. Jedes Mädchen interessiert ihn bis zu einem gewissen Punkt... bis zum Bett, meine ich... aber weiter nicht.«

»Du hast dich mit ihm über mich unterhalten, nicht wahr?« schloß Min ungewöhnlich scharfsinnig. »Erzähl schon, was hat er gesagt? Sag's mir. Ich will es wissen.«

»Na gut... er sagte... laß mich nachdenken... wie war das noch mal genau?« Ich wollte Zeit gewinnen. »Daß er dich sehr amüsant findet. Und attraktiv. Überaus anziehend.«

»Weiter. Ich will alles wissen, was er gesagt hat.«

»Er hält dich für sehr witzig.«

»Das hatten wir schon. Was noch?«

»Nun, nur daß es noch andere Frauen in seinem Leben gibt und er noch nicht soweit ist, sich einer ganz bestimmten zu verschreiben.«

»Anders gesagt, ich war ihm nicht sonderlich wichtig?«

»Oh... na ja... nein, nicht so... er mag dich sehr...«

»Das sehe ich.«

Mir gefiel nicht, wie sie das sagte. Es lag eine häßliche Geringschätzung in ihren Augen. Ich hatte alles nur noch schlimmer gemacht. Ich versuchte es noch einmal.

»Min, ich habe ehrlich nicht vorgehabt, mit ihm zu schlafen. Und ich bin mir sicher, daß ich ihm gar nichts bedeute. Er sieht sehr gut aus und so, aber er ist es nicht wert, um ihn zu streiten. Bitte sag doch, daß du mir verzeihst. Es tut mir wirklich leid.«

Ich stieg halb aus dem Bett, um ihren Arm zu berühren, aber sie schlug ihn weg, und ihr Gesicht wurde blutrot. Es lag so viel Gewalt in ihrer Bewegung, daß ich vor Schreck eine Gänsehaut bekam.

»Mag sein, daß er es dir nicht wert ist, mir aber schon! Ich liebe ihn! Geh schon, lache oder triumphiere oder was auch immer! Er war dir nicht wichtig, aber trotzdem mußtest du so weit gehen, obwohl du wußtest, was ich für ihn empfinde. Du eingebildete, selbstsüchtige, narzißtische Hure! Mein Gott, wie das weh tut ... sein schlafendes Gesicht ... es geht mir nicht aus dem Kopf. Das werde ich dir nie verzeihen! Nie ... nie mehr ... niemals mehr in meinem ganzen Leben will ich etwas mit dir zu tun haben!«

Jetzt keuchte sie, als würde ihr die Brust schmerzen, und die Tränen flossen. Ich fühlte mich krank und wie erstarrt.

»Min!« flüsterte ich. »Wir wollen uns beruhigen. Bitte laß uns darüber reden. Du bist meine beste Freundin. Du bist mir so viel wichtiger als jeder Mann. Bitte.«

»Hau ab, Diana«, sagte Min und ging zur Tür. Und schon trat sie hinaus und zog sie hinter sich zu.

Ich stand auf und sah mich im Standspiegel an. Mein Nachthemd war voller Blutflecke. Ich betrachtete mein Gesicht ohne Make-up, meine Haare klebten dort, wo sie am Kissen gerieben hatten, als ich mit Hugh schlief, am Hinterkopf fest. War ich narzißtisch? Das Bild im Spiegel erschien mir vor allem zutiefst deprimierend. Nie hatte ich mich weniger leiden können.

Ich ging ins Badezimmer und ließ mir ein Bad einlaufen. Bis zum Nacken lag ich in dem dampfenden, duftenden Wasser, das mir gestern so viel Vergnügen bereitet hatte. Ich trocknete mich ab, zog mich an und begann, mich zu schminken, dabei setzte ich mich auf die Fensterbank, wo mich die Sonne durch die Wölbung meines Vergrößerungsspiegels blendete. Meine Augen brannten und tränten, doch meine Gedanken waren immer noch verschwommen und fanden keinen Halt. Ich hörte das Geräusch eines anfahrenden Autos und sah hinunter auf die kreisförmige Auffahrt vor dem Haus. Ich erkannte Mins Wagen, einen blauen Hillman Imp, der gerade anfuhr und viel zu schnell über den Zufahrtsweg davonbrauste. Als ich gerade vorsichtig Wimperntusche auftrug, machte sich mein Unglücklichsein durch einen kleinen Stich unterhalb des Brustkorbs bemerkbar. Es war wie der Ausbruch einer körperlichen Krankheit, bei der sich die ersten Symptome so heimtückisch äußern, daß trotz der allmählichen Zunahme der Krankheitsanzeichen der Augenblick der bewußten Wahrnehmung, daß etwas nicht stimmt, wie ein Schock wirkt.

Jetzt erkannte ich das Gefühl tiefster Beschämung. Die Situation war abscheulich, und am meisten widerte mich an, daß ich mich die ganze Zeit vollkommen passiv verhalten hatte. Hugh hatte getan, wonach ihm der Sinn gestanden hatte, und war vermutlich zufrieden. Min, das unschuldige Opfer, hatte mich mit all der trostspendenden Kraft aufrichtiger Wut kritisiert. Zweifellos fühlte sie sich jetzt sehr elend, aber sie würde im Lauf der Zeit darüber hinwegkommen, und genoß den Luxus, nichts bedauern zu müssen. Aber ich hatte gar nicht vorgehabt, mit Hugh zu schlafen, und der Akt selbst war weder liebevoll noch befriedigend gewesen. Soweit ich mich erinnern konnte, hatte jede Spur von Lust gefehlt, und trotzdem hatte ich mich vollkommen ins Unrecht gesetzt. Wie Lady Macbeth wußte ich, daß meine Hände nie wieder rein sein würden.

Es klopfte an der Tür, und einen Augenblick lang dachte ich törichterweise, daß es Min wäre. Dann fiel mir ein, daß ich sie hatte abfahren sehen, und die Enttäuschung meldete sich mit einem stechenden Schmerz.

»Diana?«

Es war Caroline Protheroes Stimme.

»Sind Sie da, Diana? Kann ich reinkommen? Ich brauche jemanden zum Reden.«

Die Qual in ihrer Stimme war nicht zu überhören. Ich blieb ganz still sitzen, hielt die Wimpernbürste in der Luft und den Atem an. Es folgte Stille, und ich ermahnte mich zu antworten. Doch eine überwältigende Seelenmüdigkeit hielt mich davon ab. Ich konnte mich im Augenblick einfach nicht in die Gefühle eines anderen hineinversetzen. Ich hörte ein schwaches Geräusch, fast ein Schluchzen, und dann entfernten sich ihre Schritte. Ich machte mein Gesicht zurecht und packte meinen Koffer. Auf den Nachttisch legte ich eine Pfundnote für die Zimmermädchen und nahm mit einem letzten Blick durch das Fenster die Aussicht auf den Park in mich auf. Es war ein Anblick, über den man sich hätte freuen sollen. Dicke Tauben flatterten zwischen den Bäumen, auf deren Stämmen das Sonnenlicht Muster zeichnete. Zufrieden grasten die Schafe auf der rauhreifglitzernden Weide. Eine Krähe krächzte irgendwo am gläsernen Himmel. Ich seufzte tief und ging hinunter zum Frühstück.

Hugh war noch im Eßzimmer, hatte seinen eiverklebten Teller zurückgeschoben und las Zeitung. Auch Michael Protheroe war da und schnitt ingrimmig eine Speckscheibe ab. Hugh warf mir einen kurzen Blick über die Zeitung hinweg zu und zog die Brauen hoch, ehe er sich wieder in seine Seite vertiefte. Michael sprang auf die Beine und holte einen Stuhl für mich. Dann nahm er vom Beistelltisch eine Platte und fragte mich, ob ich Würstchen, Speck, Pilze, Tomaten, Rühreier oder Porridge haben wollte. Er war aalglatt und erinnerte mich an einen gut erzogenen Labrador, der naß war, weil er Stöckchen aus dem Wasser geholt hatte. Seine Schuhe, Knöpfe, Augen, Zähne und Fingernägel leuchteten und glänzten, seine Kleidung war perfekt, teuer und saß gut, aufmerksam richtete er den Blick auf mich und wartete auf einen Befehl. Er schien zutiefst enttäuscht zu sein, als ich nur einen Toast haben wollte. Ein Mädchen brachte mir frischen Kaffee. Es war eine Schande, daß ich mich zu bedrückt fühlte, um diesen ungewöhnlichen Komfort und Überfluß genießen zu können.

»Haben Sie gut geschlafen, Diana?« erkundigte sich Michael und reichte mir die Butter so erwartungsfroh, als hätte er mir einen frischen toten Vogel vor die Füße fallen lassen.

»Ja, danke. Sehr gut.«

»Zu den vielen Vorzügen Dianas gehört auch der, daß sie nicht schnarcht«, sagte Hugh hinter seiner Zeitung.

Michael lief rot an. Ich war wütend auf Hugh. Das war unverzeihlich. Mrs. Studley-Headlam betrat den Raum in einer Wolke teuren Duftes. Ihr Blick war mürrisch.

»Guten Morgen. Ich hoffe, Sie haben gut geschlafen, Diana. Bleiben Sie doch sitzen, Hugh«, sagte sie, als er sich einen Zentimeter oder zwei von seinem Stuhl erhob, noch immer die Zeitung in der Hand haltend. »Was ist los mit dir, Michael? Du siehst gar nicht gut aus. Ich habe dir doch gesagt, du trinkst zuviel. Heute morgen siehst du ziemlich mies aus. Wo ist nur das Mädchen? Es ist keine Orangenmarmelade da. Sie vergißt jeden Morgen etwas. Diesen Mädchen aus der Gegend kann man nichts beibringen. Ich werde sie wegschicken müssen. Was finden Sie so lustig, Diana?« herrschte sie mich an und läutete dabei die kleine Glocke, die neben ihrer Tasse auf dem Tisch stand.

Wahrscheinlich war es ein hysterischer Anfall, weshalb ich beim Anblick des wütenden Gesichts von Michael am liebsten losgelacht hätte. Mrs. S.-H. wartete nicht auf die Antwort, sondern läutete die Glocke noch einmal, diesmal heftiger.

»Um Himmels willen, Emma!« fuhr Michael sie an. »Nimm Rücksicht auf unser Trommelfell! Ich gehe schon und sehe nach, wo sie ist.«

Doch in diesem Augenblick kam das Mädchen aufgelöst ins Zimmer gerannt.

»Oh, Madam! Es tut mir so leid. Aber Mrs. Protheroe hat sich die Pulsadern aufgeschnitten! Und Phyllis ist in Ohnmacht gefallen! Ihr wird schlecht, wenn sie Blut sieht, und da ist soviel Blut! Die Köchin sagt, sie kann die pochierten Eier für Mr. Studley-Headlams Frühstück nicht alleinlassen, und Janice kann ich nirgends finden.«

»Mein Gott!« rief Michael und sprang auf.

»Wo ist sie?« wollte Mrs. S.-H. wissen und stand ebenfalls auf; sie war ziemlich blaß.

»Ich weiß nicht, Madam. Sie kümmerte sich um das Feuer ...«

»Nicht Janice, du Dummkopf! Mrs. Protheroe!«

»Im blauen Badezimmer, Madam. Und Phyllis ist in der Tür eingeklemmt, in sich zusammengesackt ...«

»Ist gut, Susan. Sag Mr. Studley-Headlam, was passiert ist und bitte ihn, sofort einen Krankenwagen zu rufen. Er ist in seinem Arbeitszimmer. Dann kommst du sofort hoch ins blaue Badezimmer.«

»Kleine Überreaktion, oder?« bemerkte Hugh, als wir allein waren. »Alle scheinen heute morgen schlecht gelaunt zu sein. Außer mir. Ich bin außerordentlich gut gelaunt. Aber Min heulte sich vor dem Frühstück die Seele aus dem Leib. Ich sagte ihr, ihre Augenlider würden anschwellen wie Zeppeline, wenn sie so weitermachte, aber da mußte sie nur noch mehr weinen.«

»Hast du denn gar kein Herz, Hugh?« fragte ich ihn streng.

»Ganz gewiß nicht. Doch ich war darauf vorbereitet, mit ihr ins Bett zu gehen, wenn es das gewesen wäre, was sie wollte. Das habe ich ihr auch gesagt. Ich sagte, meine Lenden stünden ganz zu ihrer Verfügung, doch sie schrie mich nur an ... was, das konnte ich durch all das Geschlucke und Geschluchze nicht verstehen ... und surrte in ihrem Wagen davon.«

»Hugh! Das war abscheulich! Du bist ein Schweinehund, wie er im Buche steht! Aber vielleicht hilft ihr das dabei, dich nicht mehr zu lieben, was das beste wäre.«

»Das wäre bestimmt das beste. Ich habe sie nicht gebeten, sich in mich zu verlieben. Ich bin immer aufrichtig gewesen und muß jetzt anscheinend für jede Menge unverdienter Beschimpfungen herhalten.«

Mrs. S.-H. rauschte herein, ehe mir eine Antwort einfiel. Sie sah ziemlich wütend aus.

»Diana, gehen Sie hoch und kümmern Sie sich um Caroline, während Michael und Leo Phyllis aus dem Weg räumen. Das Mädchen ist schwer wie ein gemästeter Ochse. Susan dreht durch, und diese elende Janice ist immer noch nicht aufgetaucht. Hugh, Sie warten in der Halle auf den Krankenwagen und sagen den Leuten, wo sie hin müssen.«

Ich ging nach oben und traf in Carolines Schlafzimmer auf Michael und Leo, die sich mit dem bewußtlosen Körper der armen Phyllis abmühten. Michael hatte sie an den Schultern gepackt, während Leo unter jedem Arm eins der purpurroten Beine hielt, und so wankten sie Richtung Bett und warfen sie fast darauf. Michael nahm die Karaffe, die neben dem Bett stand, und klatschte ihr das Wasser ins Gesicht. Das Ergebnis wartete ich nicht ab, sondern bahnte mir unter großen Schwierigkeiten meinen Weg ins Badezimmer, denn der Fußboden war mit durchweichten, blutgetränkten Handtüchern bedeckt.

Der Anblick war so schockierend, daß mir ganz heiß und schlecht wurde. Caroline lag nackt in der Badewanne, während Strudel und Wolken blutigen rostroten Wassers langsam in den Abfluß gurgelten. Ihr Gesicht und ihr Körper waren leichenblaß, und unter ihren geschlossenen Augen lagen lila Schatten.

Ich hielt sie für tot. Absurde, unsinnige Gedanken jagten mir durch den Kopf. Mr. Merdle, geborgen in einer Wanne, die wie ein Sarkophag aussah, seine Drosselader vom Schildpattmesser durchtrennt. Marat, ermordet in seinem Bad von Charlotte Corday. Agamemnon sterbend in seinem Bad, ermordet von Klytemnestra.

Doch Caroline war nicht ermordet worden. Sie hatte versucht, sich selbst umzubringen. Mir fiel ihre Stimme vor meiner Schlafzimmertür wieder ein, die so bar jeder Hoffnung geklungen hatte. Und mein Schweigen. Ich schnappte mir ein trockenes Handtuch von einem Stuhl und fing an, es um eines von Carolines Handgelenken zu wickeln. Schon waren Leo und Michael neben mir, und gemeinsam hoben wir sie aus der Wanne und trugen sie in ihr Schlafzimmer, wo wir sie auf das Bett neben Phyllis legten, die gerade zu sich kam. Ich zog die Daunendecke von Phyllis weg und deckte Carolines dünnen, blaugeäderten Körper und ihre Kinderbrüste damit zu. Sie schlug kurz die Augen auf und fing so heftig zu zittern an, als hielte sie ihre Finger in eine Steckdose. Ich umwickelte das andere Handgelenk und steckte sämtliche Decken um sie herum fest, bis nur noch die obere Hälfte ihres Gesichts zu sehen war. Phyllis stöhnte, während sie langsam wieder zu sich kam, schämte sich aber so sehr, als sie merkte, daß ihr Rock über die Taille hochgerutscht war und sich ihre Unterhosen voll und ganz im Blickfeld der beiden Männer befanden, daß sie sich von einer bleichen Susan wegführen ließ, ohne auch nur zu wimmern.

»Soll ich Brandy holen?« fragte Leo mit einem Blick auf Caroline. »Die arme Kleine!«

»Nein. Sie darf keinen Alkohol bekommen«, sagte Michael, der durcheinander und unsicher war und all seine Großtuerei abgelegt hatte. »Alkohol stoppt die Blutgerinnung. Sie hat die Bluterkrankheit. Mein Gott, was hat sie nur gemacht. Wollte sich tatsächlich umbringen!«

Er rieb sich mit der Hand das Gesicht und sah so verwirrt und elend aus, daß man schon fast Mitleid mit ihm haben mußte. Leo und ich versuchten ein wenig Wärme in Carolines Körper zu reiben, während Michael sich auf die Suche nach richtigen Bandagen machte. Er schien sehr erpicht darauf zu sein, den Raum verlassen zu können. Mrs. S.-H. traf draußen vor der Tür auf ihn. Ich hörte ihre Stimme, laut und fragend. »Ihre Mutter« und »so eine Dummheit« waren die zwei Sätze, die ich aufschnappte, ehe die Tür zuging. Ich strich die Haarsträhnen aus Carolines blutverschmierter Wange, und ihre Augen öffneten sich wieder. Ich hätte gerne etwas Tröstliches gesagt, aber in Leos Gegenwart fühlte ich mich gehemmt. Dann kamen zwei Sanitäter und ein Arzt, und es gab für mich nichts mehr zu tun. Hugh war allein unten im Eßzimmer, wo er aus dem Fenster starrte und mit den Münzen in seiner Tasche spielte. Als er mich sah, wirkte er erleichtert.

»Sollen wir weg von hier? Ich fahre dich zurück nach Oxford, wenn du magst. Ich halte diese blutrünstige Szenerie nicht länger aus. Schau dir dein Hemd an!«

Ich sah die dunkelroten Flecken auf meinen Ärmeln und Manschetten. Er erkundigte sich nicht nach Caroline, und ich war zu geschockt und erschöpft, um selbst davon anzufangen. Wir fuhren in Hughs zweisitzigem Austin-Healey mit offenem Verdeck zurück nach Oxford, und der kalte Wind blies mir ins Gesicht, daß mir die Augen tränten und das Haar in die Stirn peitschte, bis sie schmerzte. Es war zu laut, um sich zu unterhalten. Als wir St. Hilary's erreichten, war ich steif vor Kälte, aber ruhig.

»Kann ich mit reinkommen?« erkundigte er sich, als er mein Gepäck aus dem Kofferraum holte.

»Nein. Min würde es sofort erfahren, wenn du mitkämst. Die Mädchen sind alle Klatschtanten.«

»Wäre das denn so schlimm?«

»Meine einzige Chance, mit Min wieder ins reine zu kommen, liegt darin, mich in Zukunft anständig zu verhalten. Das heißt, daß ich dich nie mehr wiedersehen werde.«

»Soll das heißen, daß sie dir mehr bedeutet als ich?« fragte er lächelnd, jedoch ohne verbergen zu können, daß seine Eitelkeit verletzt war. Nie hatte er anziehender ausgesehen.

»Leider.«

»Ist das moralische Erpressung? Möchtest du, daß ich dir eine Liebeserklärung mache? Soll ich mich dir zu Füßen werfen?«

»Das würde leider alles nichts helfen. Danke fürs Mitnehmen. Tschüß.«

Ich hob mein Gepäck auf und ging ins College. Ich hörte ihn meinen Namen rufen, aber ich blickte mich nicht um. Mein Zimmer kam mir sehr still vor, als ich meine Sachen ausgepackt, meine Bluse gewechselt und die verwelkten Blumen in der Vase auf meinem Schreibtisch weggeworfen hatte. Es lagen noch zehn weitere Tage Ferien vor mir, und die meisten Zimmer auf meinem Gang waren leer. Ich machte mir Kaffee und setzte mich hin, um zu arbeiten. Ich schrieb einen Essay über die metaphysischen Dichter. Ich las ein paar von Marvells Gedichten, spitzte meinen Bleistift und legte einen neuen Notizblock in einen Aktendeckel. »*Society is all but rude, To this delicious solitude*«, las ich laut mit fester Stimme. Plötzlich überwältigte mich Angst und Einsamkeit, und ich legte meinen Kopf auf meine Arme und schluchzte.

Kapitel 6

Der Brandy und die Wärme im Zug hatten mich scheinbar in den Schlaf gelullt, denn ich wachte erschrocken auf und sah, daß wir an einer kleinen Station standen. Vom Bahnsteig aus fummelte jemand erfolglos am Abteilgriff. Ich tat so, als würde ich es von meiner Seite ebenfalls versuchen, und verständigte mich dann durch das schneegesprenkelte, beschlagene Glas mit Gebärden der Hilflosigkeit.

»Muß gefroren sein«, gab ich über Mundbewegungen zu verstehen und hielt dabei den Griff so fest, daß er sich nicht bewegen ließ.

Das war nicht sehr freundlich, vor allem nicht, wenn man die Schneemengen sah, die von den Dachrinnen des Bahnhofgebäudes herunterfielen, aber ich wollte mich unterwegs hin und wieder mit ein wenig Brandy stärken, und da hätte ein Zuschauer mir das Gefühl gegeben, eine verrufene Trinkerin zu sein. Außerdem mag ich es nicht, wenn Fremde, ermutigt durch das Tête-à-tête in einem Abteil, dieses als Beichtstuhl benutzten. Da es mir zu vorsätzlicher Unhöflichkeit an Mut mangelt, war ich schon oft gezwungen gewesen, mir jede Menge unglaublicher Vertraulichkeiten anzuhören, und da ich darüber hinaus dazu verdammt zu sein scheine, diese mir noch Stunden danach durch den Kopf gehen zu lassen, verlängert das die Langweiligkeit um ein Unerträgliches.

Mit einem Ruck fuhr der Zug an. Ich ließ den Abteilgriff los und nahm noch ein Schlückchen Brandy, während meine Gedanken wie von selbst zu den Osterferien vor fünfzehn Jahren zurückglitten.

Die verbleibenden anderthalb Wochen zwischen dem Tanzabend bei Johnsons und dem Trimesterbeginn harrte ich in der schmerzhaften Ungeduld aus, Min zu sehen. Ihrem Wesen nach war sie nicht nachtragend. Wenn es mir gelang, ihr zu beweisen, wie überaus leid es mir tat und wie demütig ich mich nach Vergebung sehnte, würde sie mir ihre Großzügigkeit sicherlich nicht vorenthalten. Vielleicht hatte sie bereits eingesehen, daß Hugh mindestens genauso viel Schuld an allem hatte wie ich.

Aber Min kam nicht am ersten Tag und auch nicht am zweiten. Am dritten Tag des Trimesters teilte mein Tutor mir mit, daß Min Drüsenfieber habe und auf unbestimmte Zeit abwesend sei.

Ich schickte mehrere Briefe an Min in das Haus ihrer Mutter nach London, bekam aber keine Antwort. In meiner Verzweiflung schrieb ich schließlich an Lady Bart und erklärte ihr, daß Min und ich Streit gehabt hätten, und ich sie zwar nicht mit Einzelheiten belasten wollte, mir aber sehr daran gelegen sei, den Streit beizulegen, und ob sie so freundlich sein könnte, sich für mich zu verwenden und Min zu sagen, wie überaus leid es mir täte, und sie zu bitten, mir zu schreiben? Ich bekam postwendend einen Brief in der vertrauten Handschrift Lady Barts, und der Anblick des Umschlags war wie Nahrung nach einer Hungersnot. Doch schon der erste Satz reichte aus, mich wünschen zu lassen, nie um Beistand gebeten zu haben. Sie redete mich mit »Liebe Diana« an, was sie noch nie getan hatte, und was mich beim Lesen erstarren ließ.

»Es war freundlich von Dir, daß Du geschrieben und Dich nach Min erkundigt hast. Es tut mir leid, sagen zu müssen, daß die Genesung noch auf sich warten läßt, und ich mir große Sorgen um sie mache. Sie ist schrecklich müde, ißt fast nichts und ist sehr blaß. Doch sie hat alles, was sie braucht, und Doktor Hallam versichert mir, daß diese Beschwerden für Mädchen ihres Alters nicht ungewöhnlich sind, und sie sich in einiger Zeit wieder ganz erholt haben wird.

Schon bevor mich Dein Brief erreichte, bekam ich mit, daß Ihr beiden Euch gestritten habt, obwohl Min mir gegenüber den Grund nicht erwähnt hat und mich das auch nichts angeht. Aber es ist sehr traurig, nach alledem, was Ihr beide einander bedeutet habt.

Trotz meiner Angst um Min hätte mich ein Brief, den ich vor ein paar Tagen erhielt, meine Sorge um sie beinahe vergessen lassen, so schockiert war ich über dessen Inhalt. Da es dabei um Dich ging, werde ich Dir genau berichten, was in ihm stand, damit Du weißt, wie andere über Dich reden.

Mrs. Studley-Headlam, der ich nie begegnet bin, bei der Du aber meines Wissens nach das Wochenende von Johnsons Tanzabend verbracht hast, war so *angewidert und alarmiert* (ihre Worte) von Deinem Verhalten, daß sie sich nach einem Gespräch mit Daphne Johnson veranlaßt sah, mir zu schreiben, da sie glaubte, Deine Eltern seien tot oder lebten im Ausland. Gemäß meiner Berichterstatterin hast du so unverschämt mit einem ihrer besten Freunde, nämlich Lord Bollingbrook geflirtet, daß er Dich eine *zügellose Kokotte der gefährlichsten Art* nannte und Mrs. Studley-Headlam ihm versichern mußte, Dich in Zukunft nicht mehr in ihr Haus einzuladen, wenn mit seiner Anwesenheit gerechnet werden müsse.

Dann schrieb sie, Du hättest versucht, Hugh Anstey vor dem Abendessen bei einem heimlichen Stelldichein im Garten zu verführen, und daß nach Aussage ihrer Dienstboten Hugh die Nacht bei Dir im Schlafzimmer verbracht hätte. Vor diesem Wochenende bin ich davon ausgegangen, daß Hugh Mins Freund ist. Vermutlich ist dies der Grund des Streits. Wie ich schon sagte, geht mich das nichts an, und ich werde auch nichts dazu sagen.

Doch als wäre das alles nicht schon unangenehm genug für mich – und ganz und gar nicht mit Deinem Wesen in Einklang zu bringen, so daß ich schon glaubte, es müsse sich um jemand anderen handeln – machte Mrs. Studley-Headlam dann noch eine Anschuldigung, die so schrecklich ist, daß ich sie gar nicht fassen konnte. Ich dachte schon, die Frau sei nicht ganz bei Verstand. Sie behauptet, Du hättest derart aufdringliche Versuche unternommen, einen jungen Mann für Dich zu gewinnen, der Gast in ihrem Hause war, daß dessen Frau am folgenden Tag versuchte, sich das Leben zu nehmen. Ich war so aufgebracht, Diana, daß jemand es wagt, so etwas Schreckliches von Dir, die ich Dich wie meine eigene Tochter liebte, zu behaupten, daß ich Nachforschungen anstellte. Du kannst Dir denken, wie verzweifelt ich war, als ich mit der Londoner Klinik telefonierte und erfuhr, daß es dort eine Mrs. Caroline Protheroe gab, und Mrs. Studley-Headlam also, soweit ich mich durch diskrete Fragen in meinem eigenen Bekanntenkreis rückversichern konnte, die Wahrheit sagt.

Dies ist natürlich Klatsch, und ich weiß, daß Ihr jungen Leute – vielleicht zu Recht – für dessen Macht, Schaden anzurichten, nur Spott übrig habt. Doch Du weißt, die Leute reden, und der Ruf entsteht durch eben das, was Leute sagen. Du magst Dich über solche Gedanken erhaben fühlen. Doch ich bitte Dich inständig, wenn diese Anschuldigungen falsch sein sollten, einen Versuch zu unternehmen, Deinen Namen reinzuwaschen. Wenn Du mir versichern kannst, daß Du, was diese – für meine altmodische Denkweise – überaus schwerwiegenden Vorwürfe angeht, unschuldig bist, werde ich alles mir mögliche tun, die Dinge wieder ins Lot zu bringen.

Ich hoffe, bald von Dir zu hören, und, bitte, glaube mir, daß ich noch immer Deine Freundin bin,
Elizabeth Bartholomew.

Ich las diesen Brief erst einmal, dann noch einmal. Ich glaube, ich schrie laut. Ich war wütend, so wütend wie noch nie in meinem Leben und noch keinem Menschen gegenüber, daß ich eine Zeitlang nur in meinem Zimmer auf und ab gehen konnte, meinen Kopf in den Händen hielt und die wüstesten Flüche ausstieß, die ich kannte. Ein zaghaftes Klopfen gegen die Wand erinnerte mich daran, daß das College voller Mädchen war, die zu arbeiten versuchten. Ich setzte mich an meinen Schreibtisch und las den Brief ein drittes Mal.

Wie konnte sie nur? Wie konnte Lady Bart mir so einen Brief schreiben? Ich haßte sie. Ich hätte sie am liebsten geschlagen, ihr weh getan, wie sie mir weh getan hatte. Mir wollte keine Boshaftigkeit einfallen, die schlimm genug für sie gewesen wäre. Ich stach mit meinem Füller in die Schreibtischplatte, bis die Spitze abbrach. Ich warf ein Tintenfaß durch das offene Fenster in den Hof und hörte es unten auf dem Pflaster aufschlagen. Ich nahm einen chinesischen Teller, auf den ich besonders stolz war, und zerbrach ihn auf dem Feuerrost. Dann warf ich mich aufs Bett und blieb dort eine halbe Stunde lang reglos vor Kummer liegen.

Lady Bart, die mir mehr bedeutete als meine Eltern, die in meiner Kindheit unter den Erwachsenen die größte Trostspenderin gewesen war, die ich wirklich liebte, hatte mich abgewiesen. Das verriet die Wortwahl, der kalte Ton ihres Briefs, die Tatsache, daß sie Mrs. Studley-Headlam Glauben schenkte. Trotz ihrer Zusicherung, noch immer meine Freundin zu sein, spürte ich, daß sie mich aus ihrem Herzen ausgeschlossen hatte.

Die kleine Emailleuhr neben meinem Bett, die Lady Bart mir einmal zum Geburtstag geschenkt hatte, schlug ein Mal. Ich überlegte kurz, die Uhr kaputtzuschlagen, verwarf die Idee aber dann, weil es melodramatisch und dumm gewesen wäre. Schon tat mir der chinesische Teller leid. Vom Korridor waren Schritte zu hören, die sich in Richtung Speisesaal bewegten. Lunchzeit. Ich spürte zwar überhaupt keinen Hunger, aber ich merkte jetzt, daß ich fror und Durst hatte. Ich schloß mein Fenster, zündete meinen Gasherd an und stellte den Wassertopf auf, um mir Kaffee zu kochen. Dann las ich den Brief noch einmal.

Mein nächster Impuls war, Caroline Protheroe anzurufen. Ich hatte sie in der Londoner Klinik besucht, wo sie sich erholte. Ich hatte ihr gegenüber noch immer Schuldgefühle. Hätte ich reagiert, als sie in Foxcombe an meine Tür klopfte, hätte sie vielleicht nicht versucht, sich das Leben zu nehmen. In der Klinik führten wir ein langes Gespräch über Michael und ihr Leben mit ihm, und ich hatte das Gefühl, daß wir gute Freundinnen werden würden. Ich könnte sie bitten, Lady Bart zu schreiben, um diesen Teil der Verleumdung zu entkräften. Doch Carolines Geistesverfassung war labil. War es fair, sie zu bitten, intime Details aus ihrem Leben vor einer völlig Fremden auszubreiten? Wenn ich darüber nachdachte, wurde mir klar, daß es einer solchen Bitte, wenn sie nicht tatsächlich egoistisch war, an Würde mangelte. Mein Stolz hatte Schiffbruch erlitten, und seine Rettung mußte mit Bedacht betrieben werden. Zeit für meinen Tutorenunterricht. Ich würde trotz der sich ankündigenden Kopfschmerzen hingehen. Es war bestimmt heilsam, mich auf etwas anderes konzentrieren zu müssen.

Fünf Tage lang besuchte ich Vorlesungen und Seminare und schrieb einen ganz passablen Aufsatz über John Donne. Ich ging mit einer Freundin ins Kino und schaute mir *Krieg und Frieden* an. Am Christchurch-College fand eine Party statt, im Sheldonian-Theater eine Dichterlesung. Ich wurde von Peter Holdenby ins Mitre zum Dinner ausgeführt, er war der Mann, den ich in Oxford und vielleicht auch überhaupt am liebsten mochte. Er war Historiker für das Mittelalter, ein Forschungsstipendiat am Balliol-College, und war auf seine helle, blasse Art, mit seinen großen blauen, schwerlidrigen Augen und seinen Locken recht schön. Er war sehr dünn und auch nicht besonders groß und ging so, als würde er ständig als Siegfried die Bühne von Schwanensee betreten; mit langen Schritten, nach außen gedrehten Fußspitzen, den Kopf sehr gerade und die Arme von den Seiten abgespreizt. Er trug seidene Hemden und ließ sich seine Schuhe in London nach Maß anfertigen. Er spielte sehr gut Klavier, und seine Leidenschaft waren Gärten. Da ich bei unserem ersten Treffen in dieser Hinsicht völlige Unkenntnis zugegeben hatte, hatte er es auf sich genommen, mich zu unterrichten, und wir hatten im vergangenen Sommer mehrere Nachmittage damit zugebracht, Hidcote, Kiftsgate und all die anderen berühmten Gärten in der Nähe Oxfords aufzusuchen. Ich genoß jedesmal das Zusammensein mit ihm. Er brachte mich zum Lachen, er unterwies mich, er war freundlich und liebte die schönen Dinge.

Zweimal hatte er mich für ein Wochenende mit zu seinen Eltern genommen. Sein Vater war Bischof, ein langweiliger, kurz angebundener Mann, den man so gut wie nie sah, und seine Mutter eine Frau, die glaubte, in der Welt aufgestiegen zu sein, weil sie die Frau eines Bischofs war, weshalb sie alles und jeden einer Verschwörung verdächtigte, ihr diesen Platz wieder streitig zu machen. Sie war rechthaberisch und unsensibel, aber man konnte noch immer die Spuren der Schönheit erkennen, die Peter geerbt hatte – in ihrem Fall durch Alter, Fett und schlechte Laune verwaschen.

Peter nahm mich dorthin mit, weil er meinte, daß das Schloß, das seine Eltern bewohnten, trotz deren schrecklicher Art es wert sei, jede Menge vulgärer Großtuerei in Kauf zu nehmen. Es war ein Ziegelbau aus dem siebzehnten Jahrhundert, sehr schön und noch im Urzustand – Elektrizität, ein Badezimmer und zwei Innentoiletten stellten die einzigen Innovationen der letzten dreihundert Jahre dar. Mein Besuch brachte Peter den Vorteil, daß seine Mutter keine Fragen mehr stellte. Allem Anschein nach mochte sie mich überhaupt nicht, und so war ich sehr überrascht, als sie mir bei meinem zweiten Besuch nach dem Abendessen anvertraute, ich sei eine willkommene Abwechslung, da das letzte Mädchen, das er mit nach Hause gebracht habe, »Pardon« und anstatt Nachtisch »Dessert« gesagt hatte. Die Aussicht, daß Peter dieses Mädchen heiraten könnte, hatte ihr schlaflose Nächte bereitet und ihre Verdauung durcheinandergebracht. Ich mußte an den Kabeljau und den Fertig-Trifle denken, die wir eben gegessen hatten, und fragte mich, ob man das Mädchen dafür überhaupt verantwortlich machen konnte. Das sprach ich natürlich nicht aus, und auch nicht, daß keiner sich vorstellen konnte, daß Peter überhaupt heiraten würde.

Beim Abendessen im Mitre erzählte ich Peter, was am Wochenende des Tanzabends bei den Johnsons passiert war, und von Lady Barts Brief. Eigentlich hatte ich darüber gar nicht sprechen wollen, aber die Leichtigkeit und das Vergnügen, das ich in seiner Gesellschaft empfand, versetzte mich in eine vertrauensselige Stimmung. Den Teil der Geschichte, wo Hugh auf meinem Zimmer blieb, nachdem er Bunny weggeschickt hatte, ließ ich aus. Das geschah nicht eigentlich aus Scham, sondern weil Peter und ich uns nie über Sex unterhalten hatten, es sei denn höchst abstrakt. Beim Reden kehrten die Gefühle, die im Laufe der Tage langsam schwächer geworden waren, wieder in all ihrer Wut und Verletztheit zurück. Deshalb erstaunte es mich zutiefst, daß Peter große Mühe hatte, nicht laut loszulachen. Ich runzelte die Stirn.

»Tut mir leid, Diana«, sagte er, als er ein Kichern nicht mehr länger in Schach halten konnte. »Ich verstehe wirklich, wie schrecklich man dich verleumdet hat. Aber du mußt auch ein bißchen die komische Seite sehen. Ich bewundere diese Studley-Headlam. Quel toupet! Quelle effronterie! Ich kenne diesen Typ. Sie hat des Geldes wegen geheiratet, und sie wird alles daransetzen, ihre Position vor der Welt der Neider aufrechtzuerhalten. Feingefühl, Überlegung und Großmut kennt sie nicht. Sie bemäntelt skrupellos ihre eigenen Fehltritte auf deine Kosten. Weder ich noch du hätten den Mut, so etwas zu tun. Wir würden damit rechnen, daß man unseren Sünden auf die Schliche kommt. Und der arme gedemütigte Bunny: nur Eingebildetheit, großes Geschrei und Gehässigkeit!«

»Es entzückt mich, daß die Verleumdung meiner Person dir zu so großer Heiterkeit verholfen hat«, sagte ich hochnäsig, als Peter seine Serviette an die Lippen drückte, um sein Kichern unter Kontrolle zu bringen.

»Ja ... sieh mal, Diana, meine Liebe«, er beugte sich über den Tisch und nahm meine Hand zwischen seine weichen, gepflegten Finger. »Wenn du einen Fehler hast ... ich gehe nur von der Möglichkeit aus, denn du bist die beste und liebenswerteste Frau ... dann ist es dein Hang, dich selbst zu ernst zu nehmen. Du mußt lernen, dich nicht darum zu kümmern, was die Welt von dir hält. Ob gut oder schlecht, ihre Meinung ist immer wertlos. Speichellecker werden jeden noch so winzigen Erfolg aufblasen, und dieselben Krämerseelen werden neidisch werden und sehen wollen, wie du fällst. Die Welt möchte schockiert, unterhalten, abgelenkt werden. Sie ist an einer gewissenhaften Überprüfung der Fakten nicht interessiert.«

»O ja, da hast du recht. Natürlich«, seufzte ich. »Aber mir fällt es ziemlich schwer, mich nicht darum zu kümmern, was die Leute über mich reden. Macht es dir wirklich nichts aus?« fragte ich ihn voller Bewunderung.

»Ach, ich! Ich bin so dünnhäutig wie eine frisch geschlüpfte Seejungfer, die sich an einen Halm klammert und im ersten kühlen Morgenhauch zittert. Aber ich weiß, daß das unsinnig ist. Ich rede mir selbst tausendmal am Tag ein, daß es albern und töricht ist, auch nur ein Jota meiner Zeit auf die Meinung anderer Leute zu verwenden. Natürlich bin ich zutiefst beleidigt über jeden Schlag, den mir die Grausamkeit meiner Mitmenschen versetzt! Aber paß auf, Diana, jetzt kommt das Entscheidende. Ich handle so, als würde es mir nichts ausmachen ... und das mußt du auch tun. Du darfst dich nie verraten, indem du dich lakaisch und schmeichlerisch verhältst, und du darfst auch nicht giftig und rachsüchtig sein, wenn dein Stolz verletzt wurde. Es zählen nur die Meinungen der paar Leute, die du liebst. Mach kein Theater wegen solcher Nichtigkeiten.«

Dieses Gespräch half mir. Die Tatsache, daß ich in Hinblick auf fast alle mir zur Last gelegten Vergehen unschuldig war, ersparte mir die Mühe, Beweise und Rechtfertigungen zusammentragen zu müssen. Das war ein erhebendes Gefühl. Jetzt konnte auch ich über Bunny und Mrs. Studley-Headlam lachen. Aber Lady Barts gute Meinung war mir so lange wichtig gewesen. Den Schmerz, den ich noch immer spürte, konnte ich von mir nicht wegschieben. Die würdevollste Reaktion, die mir blieb, war die, mich auf keine Auseinandersetzung einzulassen. Ich schickte Lady Bart folgenden Brief:

Liebe Lady Barholomew,

besten Dank für Ihren Brief. Es tut mir leid, daß Min so krank ist. Ich hoffe, es geht ihr bald besser. Was den Rest Ihres Briefes angeht, kann ich nur sagen, daß Mrs. Studley-Headlam eine ausgemachte Lügnerin ist. Ich gebe keinen Pfifferling auf ihre Anschuldigungen. Bitte machen Sie sich wegen mir keine Umstände. Meine Freunde werden wissen, wem sie glauben können.

Ihre Diana.

Diesen kalten, harten kleinen Brocken mußte ich ihr hinwerfen, und ich hoffte, er würde Lady Bart im Hals stecken bleiben und sie ersticken.

Min blieb das ganze Trimester fort. Im darauffolgenden Studienjahr, meinem letzten Jahr in Oxford, ging Min nach Frankreich, um dort das für Studenten der modernen Sprachen obligatorische Auslandsjahr zu absolvieren. Ihre Kleider und Bücher wurden von der Wirtschafterin gepackt und von Carter Paterson abgeholt. Nachdem ich meine Schlußexamen abgelegt und die Bestnote ergattert hatte, beschloß ich, mich in Cambridge zu bewerben, um dort meinen Doktor zu machen, weil ich das dem Elend vorzog, täglich von Min geschnitten zu werden, wenn sie für ihr Abschlußjahr wieder nach St. Hilary's kam. Peter hatte ein Freisemester und war für sechs Monate nach Rom gegangen. Die Zeit für eine Veränderung schien reif, es war eine Gelegenheit, wieder zu mir selbst zu finden.

Über ein Jahr, nachdem ich Oxford verlassen hatte und es mir beinahe gelungen war, mir einzureden, daß dieses schreckliche Wochenende und sein Nachspiel nur noch eine blasse Erinnerung, eine amüsante Episode war, leitete St. Hilary's einen Brief von Lady Bart an mich weiter.

Liebe Daze,
ich komme gerade aus Rom zurück, wo ich einige Wochen mit Freunden verbracht habe. In dieser Gesellschaft befand sich auch ein sehr charmanter und intelligenter Mann namens Leo Studley-Headlam. Ich erinnerte mich an den Namen und wußte sofort, daß es nur der Ehemann meiner früheren Briefpartnerin sein konnte. Der Zufall führte uns häufig zusammen, und nach vielen Gesprächen wagte ich es, Dich in unser Gespräch einzubringen. Er war offen und direkt, vor allem zum Nachteil seiner Frau, von der er, wie ich leider berichten muß, getrennt lebt. Er äußerte sich über Dich in warmen Lobesworten.

Jetzt muß ich Dich, meine liebe Daze, demütigst um Verzeihung bitten, weil ich geglaubt habe, was diese Frau mir erzählt hat. Ich weiß, daß ich Dich wirklich sehr schlecht behandelt habe. Ich war aufgebracht, Du warst (zu Recht) wütend, ich wurde (ungerechterweise) darüber wütend. Ich nehme die ganze Schuld auf mich und bitte Dich, mir meine große Dummheit und meinen großen Irrtum zu verzeihen, sofern es Dir möglich ist.

Wenn nicht, kann ich das gut verstehen. Doch es war schrecklich für mich, mit jemandem im Zwist zu sein, der mir so lieb war und es mir auch wieder wäre, wenn es nach mir ginge.
In Liebe, Elizabeth Bartholomew

Ich brauchte nicht lange darüber nachzudenken. Die Zeit, die vergangen war, hatte die Wogen meines Zorns geglättet. Meinen Stolz hatte ich gerettet, aber um den Preis meiner dankbaren Gefühle für einen Menschen, von dem ich früher so viel Freundlichkeit erfahren hatte. Es gelang mir, die ganze erbärmliche Geschichte mit all der Aufrichtigkeit Revue passieren zu lassen, derer ich fähig war. Als Ergebnis empfand ich eine schmerzhafte Mischung aus Liebe und Scham. Ich machte mich sofort daran, Lady Bart einen Brief zu schreiben, aber es fiel mir schwer, nicht in einen anmaßenden und selbstgerechten Ton zu verfallen. Schließlich schrieb ich:

Wir wollen uns wieder vertragen. Natürlich verzeihe ich Ihnen, In Liebe, Daze.

Mit einem Gefühl der Erleichterung, der Befreiung von einer schweren Last, wartete ich auf ihre Antwort. Ich sehnte mich danach, sie wiederzusehen, mich mit ihr auszusöhnen, wieder die Wärme ihrer Anerkennung und ihres Mitgefühls zu spüren.

Nachdem ich zehn Tage gewartet hatte, war meine Enttäuschung groß. Meine Gefühle beherrschten mich, und es fiel mir schwer, mich auf meine Arbeit zu konzentrieren. Dann, als ich eine Zigarette in der Cafeteria der Universitätsbibliothek rauchte, fiel mein Blick zufällig auf eine aufgeschlagene Seite der Times, die auf meinem Tisch lag, und ich erkannte den Grund für das Schweigen.

Lady Barts Nachruf war kurz, aber voll des Lobes. Ihre Kindheit als Tochter eines Brigadegenerals, ihr glanzvolles Auftreten als Diplomatengattin, das durch den vorzeitigen Tod ihres Gatten ein jähes Ende gefunden hatte, ihre vielen Reisen, ihre Erinnerungen, ihr wohltätiges Wirken, ihr Geist und ihr Charme, ihre wunderbaren Qualitäten als Freundin, alles war aufgelistet. Der Tod hatte sie, wie die Zeitung schrieb, plötzlich und ganz unerwartet im Alter von nur achtundfünfzig Jahren ereilt.

Das schockierte mich. Wieso hatte ich überhaupt nichts mitbekommen? Ich blätterte auf die erste Seite. Ihre Beerdigung sollte am nächsten Tag im Brompton Oratory stattfinden. Einen Augenblick lang überlegte ich hinzugehen, aber dann fehlte mir doch der Mut. Ich schickte statt dessen ein Bouquet mit Maiglöckchen und Vergißmeinnicht, den Blumen, die Lady Bart am liebsten gehabt hatte, mit einer Karte, auf der stand *Von Daze in zärtlicher Zuneigung*. Wahrscheinlich würde Min es sehen. Alles weitere hing dann von ihr ab. Der Trauer, die ich über den Tod von Lady Bart empfand, hatte die Tatsache, daß wir uns während der letzten beiden Jahre ihres Lebens nicht gesehen hatten, nichts anhaben können. In meiner Erinnerung existierten nur noch ihre außergewöhnliche Freundlichkeit und ihre Charakterstärke. Von Min hörte ich nicht ein Wort.

So wurden es also fünfzehn Jahre, die ohne Min verstrichen. Oft dachte ich wochenlang nicht an sie. Das Hochzeitsfoto bekam Eselsohren in der Schreibtischschublade. Wenn ich mich an sie erinnerte, dann mit einer verschwommenen Zärtlichkeit und einem unbestimmten Bedauern. Ich ging selbstverständlich davon aus, daß die Luft raus war, eine alte Geschichte, kaum von Bedeutung.

Ich war nach Oxford gefahren, um einen Vortrag über Edmund Spenser zu hören. Den Autor des Vortrags hatte überraschend die Grippe ereilt, und so wurde die Veranstaltung abgesagt. Ich dachte, ich könnte ebensogut die Einladung meines alten Colleges für den nämlichen Abend annehmen, was meiner Reise wenigstens noch einen Sinn geben würde.

Als Min hereinkam, war ich ganz und gar nicht auf den Gefühlsausbruch vorbereitet, der mich erfaßte, mein Herz rasen ließ und mir die Tränen in die Augen trieb. Als sie mich sah, blieb sie stehen, und ihre Augen weiteten sich, als stünde sie unter Schock. Sie kam durch die Menge auf mich zu und nahm im Gehen ein Glas Wein von einem herumgereichten Tablett. Sie sah ziemlich unverändert aus, vielleicht ein wenig schmaler, ihr Haar war ein, zwei Zentimeter länger, aber noch immer offen und glatt. Als sie näherkam, fielen mir ein paar Härchen auf ihrem Marinekostüm auf, und daß der Kragen ihrer weißen Bluse an einer Seite in die Höhe stand.

»Hallo, Diana«, sagte sie und sah mich sehr feierlich an.

Am liebsten wäre ich ihr um den Hals gefallen. Statt dessen sagte ich: »Hallo, Min«, und hoffte dabei, daß sie meine feuchten Augen nicht bemerkte.

Danach fing Min von dem Streit an und lachte los. Als ich sie ansah, überraschte mich die Heftigkeit der auf mich einstürzenden Erinnerung. Als Min lachte, erkannte ich sie so vollkommen wieder, daß ich mich wunderte, wie ich sie je so ganz und gar hatte vergessen können. Ihre weichen dunkelblauen Augen unter den dicken Brauen, die leichte Querrinne an ihrem Nasensattel, die kurze Oberlippe, die kleine weiße Narbe, wo sie sich an einer scharfen Kante des Treppengeländers geschnitten hatte, als wir zum Hausaufgabenmachen nach unten gerannt waren, die Modulation ihrer Stimme, sehr schnell und klar ... all das war mir so vertraut, als blickte ich in einen Spiegel und sähe mich selbst.

»Das ist doch zum Verzweifeln«, ärgerte sich Min, als die Rektorin uns allein gelassen hatte, »da möchte ich genauestens informiert werden, was du in all den Jahren, die wir uns nicht gesehen haben, Tag für Tag gemacht hast, und ich muß den Zug in einer halben Stunde erwischen. Ich sollte jetzt eigentlich gehen und mir ein Taxi nehmen. Es ist reiner Zufall, daß ich hier bin. Ich habe in den Bodleian Sachen nachgeschlagen, die ich für mein Vorwort zu Sisimondis Briefen brauche ... das unter größten Schmerzen geschriebene Opus, jede Seite in mein Herzblut getaucht. Wenn ich bis August nicht damit fertig bin, werden sie mir den Vertrag aufkündigen. Ich schreibe jetzt schon fast zwei Jahre daran und komme mit dem verdammten Ding einfach nicht zu Ende. Wenn ich nur einmal sechs Wochen ohne Unterbrechungen arbeiten könnte, würde ich schon recht weit kommen, aber das ist so unwahrscheinlich wie die Möglichkeit, daß ich im letzten Augenblick für Maria Callas einspringen könnte.«

Ich bot ihr an, sie zum Bahnhof zu fahren, und wir gingen, ohne uns die Mühe zu machen, uns von den anderen zu verabschieden. Auf dem ganzen Weg zum Bahnhof redeten wir, überschlugen uns fast, als müßten wir die verlorene Zeit wieder aufholen, bis Min sagte: »Schau, wir haben uns so viel zu sagen und keine Zeit dazu. Versprich mir, daß du mich besuchst. Komm doch am nächsten Wochenende, komm am Freitag. Sag ja!«

Ich dachte rasch nach. Ein Umtrunk unter Kollegen am Freitagabend. Darauf konnte ich verzichten. Ich würde eine Verabredung für Samstag absagen müssen. Ja, das würde ich. Min zu sehen, war mir wichtiger als alles andere.

»In Ordnung, ich komme gerne. Ich könnte bis Montagmorgen bleiben.«

»Montag, wenn's nicht anders geht. Bleib, so lange du kannst. Wir haben uns so viel zu erzählen. Und ich möchte, daß du Robert und die Kinder kennenlernst. Gibt es jemanden...«, sie zögerte, »jemanden, den du gerne mitbringen möchtest?«

Lächelnd schüttelte ich den Kopf.

»Du hast dich nicht verändert, weißt du das«, sagte Min plötzlich. »Ich komme mir vor, als hätte ich ein Stück von mir wiedergefunden, das ich vermißt habe.«

Sie küßte mich auf die Wange und stieg aus dem Wagen, und da sie einige Bücher und Manuskripte hielt, verfing ihre Tasche sich im Türgriff, und sie verlor die Hälfte.

»Da, das muß dein Zug sein. Du mußt dich beeilen. Sag mir, wie ich zu dir komme.«

Min steckte ihren Kopf zum Fenster herein.

»Auto oder Zug?«

»Ich glaube, Zug. Lancashire ist eine weite Fahrt.«

»Du steigst in Dunston Abchurch aus und rufst mich dort vom Bahnhof aus an. Ich komme dann und hole dich ab. Wir leben auf Weston Hall, das ist zwei Meilen davon entfernt. Familiensitz ... wobei nur *Sitz* gut klingt. Tschüß, mein Schatz. Ich werde den ganzen Weg nach Hause singen, so aufgeregt bin ich.«

Für einen Augenblick war sie verschwunden, dann schob sie ihren Kopf noch einmal durchs Fenster.

»Bring warme Kleidung mit.«

Dann sah ich ihren Rücken im goldenen Licht der Bahnhofslampen, und sie war durch die Tür und verschwunden.

Jetzt war Freitag, und ich hatte die Grenze zwischen Cheshire und Lancashire überschritten. In Carnforth war ich umgestiegen, weil ich eine Nebenstrecke brauchte. Diesmal mußte ich das Abteil mit einigen Leuten teilen, denn der Zug bestand nur aus drei Waggons und hatte keinen Korridor. Alle hatten mich von dem Augenblick an, als der Zug von Carnforth losfuhr, mit so offenkundigem Interesse angestarrt, daß ich mich langsam fragte, ob ich einen Hautausschlag bekommen hatte oder meine Nasenspitze schwarz geworden war.

»Sie sind wohl nicht von hier?« versuchte die Frau, die mir gegenüber saß, mich vorsichtig auszuforschen.

Man konnte sich gut vorstellen, in einen Roman von Mrs. Gaskell geraten zu sein. Und ich fragte mich, ob die Frau als geselligen Kommentar gleich den Singsang *was für ein fürchterliches Durcheinander* anstimmen würde.

»Nein. Ich komme aus Cambridge«, antwortete ich leise stöhnend, da mich nun die unvermeidliche Eisenbahnkonversation heimsuchen würde. Dabei hätte ich doch viel lieber aus dem Fenster die dunkler werdende Landschaft betrachtet. Ich war noch nie in Lancashire gewesen, und es drängte mich, alles zu sehen, bevor die Nacht hereinbrach. Bis jetzt erkannte ich jede Menge Bäume und Kühe, und alles sah genauso aus wie jeder andere Teil schneebedeckten Englands. Ich unterbrach eine Schilderung von »unsere Betty auf Reisen in den Süden«, wo die Leute wie Spatzen aßen und »unsre Betty« als gierig galt, weil sie eine anständige Portion Kartoffeln (noch mehr Mrs. Gaskell) haben wollte, um zu fragen, wie viele Haltestellen es noch bis Dunston Abchurch waren. Die Leute im Abteil gaben abwechselnd sich widersprechende Mutmaßungen zum besten, wobei Bettys Mutter felsenfest behauptete, daß der Zug in Dunston Abchurch überhaupt nicht hielt und ich mich im falschen Zug befände. Übereinstimmend rieten sie mir, an der nächsten Station auszusteigen und in die andere Richtung zurück nach Carnforth zu fahren. Mit einiger Verzweiflung musterte ich mein Gepäck, einen großen Koffer und eine kleine Reisetasche, und stellte mir vor, wie ich mich damit über einen zugigen Fußgängerübergang durch den noch immer fallenden Schnee kämpfte.

»Es wird keine Gepäckträger am Bahnhof geben«, versicherte eine Frau mir tröstlich.

Ich war schon recht deprimiert von der Aussicht auf einige eisige Stunden, die mich die Suche nach dem richtigen Zug kosten würde, daß ich sowohl Entrüstung als auch Freude empfand, als ich merkte, daß der Bahnhof, in den wir gerade einfuhren, kein anderer als Dunston Abchurch war. Die Frau zog das Papier von einem Päckchen mit Fruchtgummis ab und steckte sich eins in den Mund, wo sie es langsam kreisen ließ und dabei ins Leere starrte, als versuchte sie den Hersteller zu erraten. Einer der Männer holte meinen Koffer aus dem Gepäcknetz, und im nächsten Augenblick stand ich auf dem Bahnsteig und sah zu, wie die von den erhellten Fenstern gerahmten Profile der Fahrgäste in die Dunkelheit davoneilten, während Schneeflocken durch den Lichtkegel trieben und sich bei mir in den Haaren und Kleidern festsetzten.

Ein Gepäckträger kam auf mich zu, nahm meine Sachen, und ich folgte ihm in die feuchte kleine Schalterhalle.

»Taxi ist gerade weg«, sagte er bedauernd. »Hat Mrs. Taggart hoch nach Morton Abchurch gebracht. Wird wohl 'ne Stunde dauern.«

»Ich würde gerne telefonieren.«

Er zeigte auf das Gerät. Ich war so vorausschauend gewesen, daheim noch die Auskunft anzurufen, um mir Mins Nummer geben zu lassen, eine Weisheit, zu der ich mich jetzt nur beglückwünschen konnte, angesichts des leeren Telefonbuchdeckels an der Kette. Meine Selbstzufriedenheit bekam aber gleich darauf einen Knacks, da das Telefon nur ein paar stotternde und zischende Laute von sich gab, als hätte man es abgewürgt.

»Scheint nicht zu funktionieren.«

»Wird am Schnee liegen. Abgedrückte Leitungen. Sie sind wohl nicht von hier?«

»Nein, bin ich nicht«, erwiderte ich hastig. »Ich möchte nach Weston Hall.«

Ich rechnete fast damit, daß er blaß werden, erschrocken mit den Augen rollen und mich drängen würde, nicht hinauf zum Herrenhaus zu gehen, wenn Leben und Gesundheit mir lieb wären. Aber er nahm meine Ankündigung gelassen auf, meinte nur, es wäre dann am besten, auf das Taxi zu warten. Da trat gerade ein Mann mit steifem, hohem Kragen, begleitet von einer älteren Frau, in die Schalterhalle.

»Guten Abend, Vokins«, sagte der Geistliche mit berufsmäßiger Liebenswürdigkeit. »Ich bringe nur meine Schwester zum Fünfundzwanziger.«

»'n Abend, Sir. Würden Sie vielleicht über Weston Hall fahren? Die junge Dame hier möchte zu Mrs. Weston.«

»Aber gewiß doch.« Er zog seinen braunen Schlapphut in meine Richtung. »Freut mich, Sie mitnehmen zu dürfen. Bringe nur gerade meine Schwester zum Zug.«

Das war Glück. Innerhalb von zwei Minuten war der Fünfundzwanziger angekommen und mit der Schwester wieder abgefahren, und der Geistliche, der sich mir als Harold Liddell vorstellte, stand neben mir. Vokins lud mein Gepäck in den heruntergekommenen alten Austin, und nach einem kurzen Kampf mit dem Starterknopf sprang der Motor an, und die Seitenlampen sowie ein Scheinwerfer warfen ihr schwaches Licht ein paar Meter in den Schneesturm hinein. Eine Weile holperten wir im Schneckentempo seltsam rutschend und ruckend die Straße entlang, bis Mr. Liddell auf die Idee kam, die Handbremse zu lösen.

»Wir sind gerade noch rechtzeitig dran«, sagte er und beugte sich nach vorne, um durch die fächerförmigen Öffnungen zu spähen, die von den Scheibenwischern freigehalten wurden. »Die Straße hier wird in einer Stunde zu sein. Frieren Sie? Ich mache die Heizung an.«

Er drückte einen Knopf, und sofort fegte ein eisiger Luftzug über meine Füße.

»Das erwärmt sich gleich«, beruhigte er mich mit einer Zuversicht, die sich bald als unbegründet erwies. »Zum Glück treffen sich die Baumkronen hier zu einem Dach und scheinen so den Schnee abzuhalten. Lammas Hill könnte ein bißchen verzwickt werden. Ist dem Wetter mehr ausgesetzt, wissen Sie. Glücklicherweise fahre ich diese Straßen nun schon seit zwanzig Jahren und kenne sie sogar rückwärts.«

Diese Worte erwiesen sich als geradezu prophetisch, denn als wir Lammas Hill halbwegs geschafft hatten, rutschten wir wieder hinunter.

»Tut mir leid«, sagte er und knirschte sich durch sämtliche Gänge, »das hier muß der Leerlauf sein. Aha, da ist ja der erste.«

Aufheulend und mit durchdrehenden Rädern machten wir einen Satz nach vorne, und ich schlug mir die Stirn an der Kante der Sonnenblende an, daß es weh tat. Als wir oben ankamen, war mir, als hätte ich den alten Austin einzig und allein mit meinen Geisteskräften hochgefahren, denn meine Bauchmuskeln hatten sich so verkrampft, und die Erleichterung war so groß, daß ich vollkommen ruhig blieb, als wir mit rasender Geschwindigkeit auf der anderen Seite in die Finsternis brausten.

Schließlich tauchte im Licht des einzigen Autoscheinwerfers ein Eisentor auf. Mr. Lidell stieg trotz meines Protests aus und rüttelte mindestens eine Minute lang mannhaft an der Klinke, ehe er das Vorhängeschloß entdeckte. Er klopfte an mein Fenster, das ich mit einem ängstlichen Kreischen herunterkurbelte – ich meine damit, daß das Fenster kreischte, doch es hätte auch ich sein können, denn gleich darauf steckte er seinen Kopf herein und überschüttete mich mit Schnee aus seiner Hutkrempe.

»Da tut sich leider nichts. Ist fest verschlossen. Es gibt ein Seitentor, das offen ist. Erlauben Sie mir, Ihnen das Gepäck bis ans Haus zu bringen?«

Ich redete ihm dieses Vorhaben aus und erklärte ihm, ich würde das schon selbst schaffen und dächte nicht im Traum daran, ihm noch mehr Unannehmlichkeiten zu bereiten. Im Nu saß er wieder im Auto, wer konnte ihm das verargen? Ich dankte ihm und winkte, während er in die wirbelnde Dunkelheit hinein davonzockelte, während das Fenster, das sich all unseren Versuchen, es wieder hochzuziehen, widersetzt hatte, die arktische Luft geballt einsaugte.

»Handbremse!« rief ich ihm nach, aber der Sturm peitschte das Wort sorglos davon.

Ich hing mir meine Handtasche um den Hals und hob Koffer und Tasche auf. Das Seitentor war verrostet und ließ sich nur halb öffnen. Um den Zustand meines Mantels machte ich mir große Sorgen, denn gezwungenermaßen wurde er zu einer Art lebendem Rostentferner umfunktioniert, als ich mich durch die Öffnung drückte. Vor mir, in entmutigend weiter Ferne, sah ich Lichter. Ich lief auf sie zu, stolperte hin und wieder in eine Schneeverwehung, und die Koffer scheuerten und schlugen mir an die Beine.

Schließlich erreichte ich den Eingang. Eine Freitreppe führte hinauf zu einer großen Säulenveranda. Ein Lichtstrahl, der aus der einen Spalt breit offenstehenden Haustür drang, fiel auf die Stufen. Ich zog an der Türglocke. Sie erinnerte unweigerlich an eine Glocke, die schon vor Jahren ihren Dienst aufgegeben hatte, und es überraschte mich nicht, daß niemand kam. Ich stieß die Tür auf und trat ein.

Kapitel 7

Die Eingangshalle war groß und mit pflaumenblauen, terracotta- und ockerfarbenen Fliesen in viktorianischer Brandmalerei ausgelegt, die, angestrahlt vom Licht der im Luftzug der offenen Türe schwingenden riesigen Messinglaterne, düster glänzten. Ich schloß die Tür und stellte mein Gepäck ab.

Sechs dicke Säulen aus gelbem Stuckmarmor wuchsen zu einer Kuppel hoch über meinem Kopf empor. Einen Augenblick lang dachte ich, in einem Zauberwald zu stehen, da der Nebel, den ich von draußen mitgebracht hatte, wie der Dunst aus einem sumpfigen Teich durch die Halle waberte. Meine Oberschenkel und Knöchel, an denen mein Gepäck blaue Flecken hinterlassen hatte, schmerzten, und mir war schrecklich kalt, ich war furchtbar naß und sehr hungrig. Da tauchten aus dem Dunkel am oberen Ende der Treppe vor mir ein Paar Hosenbeine auf und bewegten sich langsam in die Halle hinab. Der Mann war groß, sein helles Haar wurde schon ein wenig grau, und ich hatte keinen Zweifel, daß es Robert war.

Er war mit seinen Gedanken woanders, aber in dem Moment, da er mich sah, wechselte sein Gesichtsausdruck von nachdenklich zu wütend.

»Was, zum Teufel, fällt Ihnen ein, hier einfach so hereinzustolpern?«

Ich starrte ihn an. Ich fand keine passende Erwiderung.

»Daze! Wie bist du hergekommen? Ich habe den ganzen Nachmittag auf deinen Anruf gewartet!«

Min eilte aus der Tür, die links neben der Treppe lag, auf mich zu und fiel mir um den Hals.

»Ich war wie ein Kind, das sich auf ein Fest freut ... stellte mir vor, wie ich dich am Bahnhof abhole ... was wir sagen würden ... daß ich dich nach Hause fahre ... ich habe extra Benzin nachgegossen und eine Schaufel in den Kofferraum gelegt, und jetzt bist du da! Hallo, Schatz«, ein Blick auf Robert. »Ist heute nicht dein Schachabend? Ich habe dich nicht so zeitig zurück erwartet. Macht nichts ... es ist genug Auflauf da für alle. Hast du Diana schon begrüßt?«

»Die Telefonleitungen sind unterbrochen«, erklärte ich ihr. »Der Vikar hat mich mitgenommen.«

»Oh, aber das Tor ist doch zu. Du mußtest die ganze Einfahrt hochlaufen. Du bist ja ganz naß, meine Liebe. Komm in die Küche, da ist es warm. Bring Dianas Sachen bitte hoch ins grüne Schlafzimmer, Robert.«

Ich folgte Min in die Küche, einen sehr großen Raum, wo es auf jeden Fall zwei, vielleicht auch drei Grad wärmer war als in der Eingangshalle. Wo früher der Kamin gewesen war, stand jetzt ein Kohleherd, und ich eilte dankbar darauf zu, aber er war kälter als die Theke beim Fischhändler.

»Der funktioniert schon seit Jahren nicht mehr«, sagte Min, als sie sah, wie ich meine gefrorenen Finger gegen das eisige Emaille drückte. »Ich will schon seit langem jemanden kommen lassen. Komm und setz dich an den Ofen. Gib mir deinen Mantel zum Aufhängen.«

Ich stopfte Handschuhe und Schal in die Taschen meines mißhandelten, sehr schönen braungrauen Kaschmirmantels und sah zu, wie Min ihn auf einen Haken hängte. Das würde bis zum Morgen eine fürchterliche Beule im Kragen geben, und ich nahm mir vor, ihn diskret abzunehmen, wenn Min nicht hinsah.

»Jetzt gibt es erst mal was zu trinken«, sagte Min und sah dabei so froh und glücklich aus, daß mich der furchtbare Gestank des Paraffinofens nicht weiter störte, obwohl ein oder zwei Stunden mit diesem Ding in einem geschlossenen Raum sicherlich fatale Folgen hatten. Ich sah den Docht rot glimmen und hätte ihn gern richtig eingestellt. Min sah wirklich überaus anziehend aus, obwohl ihre Haare eine Wäsche vertragen hätten, und sie einen löchrigen Pullover und eine jämmerliche schwarze Skihose mit Steg trug, die ihr das Aussehen eines Nußknackers verlieh.

»Da ist er ja ... Weißwein. Einverstanden?«

»Wunderbar«, sagte ich und nahm einen großen Schluck, obwohl schon der Geruch verriet, daß er tagelang offengestanden hatte. Jedenfalls war er wärmer, als ich es war. Ich schluckte ihn tapfer hinunter und erwiderte ihr Lächeln.

»Du bist der einzige Mensch, den ich kenne«, sprudelte sie glücklich drauflos, »der durch einen Schneesturm laufen kann und dabei immer noch wunderbar aussieht. Morgen abend sind wir zum Essen eingeladen ... du auch ... und du wirst ihnen allen die Schau stehlen.«

»Glaubst du denn, daß wir überhaupt fahren können? Das Wetter ist ziemlich mies.«

Ich ließ meine Garderobe Revue passieren. Gott sei Dank hatte ich das Kleid eingepackt. Fast hätte ich es zu Hause gelassen. Es mußte natürlich gebügelt werden. Ich rechnete mir allerdings nur minimale Chancen aus, ein Bügeleisen zu finden, das keine Brandflecken am Boden hatte.

»Mit dem Land Rover können wir immer fahren. Der kommt überall durch. Möchtest du ein Glas Wein, Schatz?«

Robert war hereingekommen. Er stand vor mir, ein großer Mann mit den ersten Anzeichen eines sich entwickelnden Bauchansatzes. Der Kragen seines Tattersallhemdes zeigte mehr Futter als Stoff, und seine Kordhose war über den Knien abgewetzt. Sein Seemannspullover war an einigen Stellen gestopft, und zwar schlecht. Ich fand, daß er trotz des sich widerwillig abgerungenen Lächelns äußerst arrogant wirkte.

»Sie müssen mich für sehr unverschämt halten«, sagte er und streckte mir die Hand entgegen. »Ich fürchte, ich habe Sie ganz schön angefahren. Ich hielt Sie für eine Journalistin. Wir haben in der Schule ziemlichen Ärger, und zwei Zeitungen haben angerufen, ehe ich mich auf den Heimweg machte. Ich hatte völlig vergessen, daß Min mir Ihr Kommen angekündigt hatte. Willkommen auf Weston Hall.«

Ich gab ihm die Hand. Seine Augenbrauen zogen sich bis zu den Schläfen, wo sie sich nach unten krümmten und ihm ein koboldhaftes, fast diabolisches Aussehen verliehen. Vermutlich war er gut zehn Jahre älter als Min.

»Was für einen Ärger?« hakte Min nach. »Robert unterrichtet an der St.-Lawrence-Schule in Winkleigh. Klassische Sprachen«, erklärte sie mir. »Es ist doch nicht wieder Harrisons Trinkerei?«

»Nein«, erwiderte Robert ernst. »Schlimmer als das. Es geht um Gerald.« Er zögerte, warf einen Blick auf mich und fuhr dann fort. »Man hat ihm vorgeworfen, einen Jungen aus der Fünften verführt zu haben. Offensichtlich hat der Junge das seiner Mutter erzählt, und jetzt ist der Teufel los.«

»Nein! Der arme Gerald! Welcher Junge?«

»Dalrymple. Er ist ein Lügner und ein Schmeichler, und ich glaube kein Wort davon. Jemand hat die Geschichte zur Regionalpresse durchsickern lassen, das ist das Allerschlimmste.«

»Nun«, meinte Min nachdenklich und nippte dabei an ihrem Wein, »reiß mir nicht den Kopf ab, aber ich habe Gerald immer für schwul gehalten. Er ist irgendwie ... übersensibel, geziert ... fast zimperlich.«

»Natürlich ist Gerald schwul«, entgegnete Robert ungeduldig. »Das weiß ich seit Jahren. Aber deshalb schändet er doch noch lange nicht hemmungslos kleine Jungs! Also wirklich, Min! Wenn du als gebildete, intelligente Frau schon so etwas denkst, was kann man da noch erwarten?«

Er zog die Stirn kraus und wandte sich ab, mit seinen über der Brust gefalteten Armen und den hochgezogenen Schultern ein Bild äußerst schlechter Laune. Dann schnüffelte er und ging zum Gaskocher, von dem heftiger Dampf ausging.

»O Gott, schon wieder ein Topf im Eimer. Sieh mal, Min, bei den Karotten ist das ganze Wasser verkocht. Wir sollten uns Aluminium-Aktien zulegen, um wenigstens ein bißchen von unserem Großbedarf an Töpfen und Pfannen zu profitieren.«

»Tut mir leid.« Min starrte in den Topf. »Oh, die gehen schon noch. Ich gieße ein wenig Wasser nach.«

Sie stellte den Topf unter den laufenden Wasserhahn. Wildes Zischen und ein entsetzlicher Geruch nach Verbranntem erfüllte die Küche. Sie stellte den Topf zurück auf die Flamme und schenkte Wein nach.

»Mach dir keine Sorgen, Schatz«, sagte sie zu Robert, der mit gerunzelter Stirn an der Anrichte stand. »Wenn Gerald unschuldig ist, wie du sagst, wird Harrison ihn nicht rausschmeißen. Dazu ist Gerald ein zu guter Lehrer.«

»Es geht doch nicht nur um die Frage, ob er rausgeschmissen wird ...« fing Robert an. Dann rieb er sich mit der Hand übers Gesicht und schüttelte den Kopf, als wollte er die unerfreulichen Gedanken verjagen. »Das ist alles langweilig für Diana. Tut mir leid.«

Er schenkte mir ein ziemlich frostiges Lächeln und nahm einen Schluck Wein. Wieder schnüffelte er.

»Ist der Wein hier in Ordnung? Schmeckt ziemlich scheußlich. Ist der aus der neuen Kiste Sauvignon, die ich irgendwann mitgebracht habe? Wenn ja, dann muß ich ihn zurückbringen.«

»Es ist eine Flasche, die ich im Regal gefunden habe. Es fehlte höchstens ein Glas. Ich dachte, man sollte ihn besser austrinken.«

»Ach, du liebe Güte! Ich habe diese Flasche vor Wochen zum Kochen ins Regal gestellt. Ich habe sie bei der Schultombola gewonnen. Der Wein ist ungenießbar. Du bist vielleicht ein Blödian, Min.«

Er lachte, als er den Wein in den Abfluß schüttete und mein und Mins Glas einsammelte, um den Inhalt ebenfalls wegzuschütten. Dann verschwand er durch eine Tür an der anderen Seite des Kohleherds und kehrte gleich darauf mit einer Flasche Rotwein zurück. Der schmeckte auf jeden Fall besser, wenn er auch ein wenig zu kalt war. Er lachte noch immer in sich hinein, als er Messer und Gabeln herausholte und sie auf den Tisch legte. Bunte Bastuntersetzer lagen schon bereit, zwei rote Kerzen steckten in Haltern, und dazwischen standen ein Glas Senf und eine Flasche Tomatenketchup. Wegen der riesigen Ausmaße des Tisches blieb zwischen den Platzdeckchen viel freier

Raum. Einzige Lichtquelle der Küche war eine Glühbirne, die von der Deckenmitte herabbaumelte und einen weißen Keramiklampenschirm trug, der an ein Klassenzimmer erinnerte und dafür sorgte, daß die Mitte des Raumes grell beleuchtet wurde, während die Ecken in düsterem Schatten blieben.

»Ich glaube, das ist fertig.« Min bückte sich, um eine Schüssel aus dem Gasherd zu ziehen. »Schade, daß er oben ein bißchen zu braun geworden ist. Dieser Herd ist einfach hoffnungslos. Entweder verbrennt er alles oder trocknet es aus bis zur Mumifizierung. Ein gesundes Mittelmaß scheint es nicht zu geben. Wo sind die Kinder? Ah, da sind sie ja ... William, komm her und begrüße Diana.«

Mein Leben ist von Kindern bemerkenswert unberührt geblieben. Seit ich selbst kein Kind mehr war, hatte ich keines mehr gekannt. Die Freunde, die Kinder hatten, leisteten sich Aupairmädchen oder Kinderfrauen, und folglich war ich, was dieses Phänomen betraf, unterbelichtet. Deshalb war ich ziemlich aufgeregt wegen Mins Kindern. William war ein großer, blonder Junge, der älter wirkte als seine angeblichen zwölf Jahre. Sein gutes Aussehen, das die besten Züge beider Eltern vereinte, wußte er durchaus zur Schau zu stellen. Wenn ich ihn betrachtete, konnte ich erkennen, wie Robert als junger Mann ausgesehen haben mußte. William machte einen sehr gelassenen Eindruck, als er meine Hand nahm, sie schüttelte und mich sehr höflich anlächelte. Die Pupillen seiner dunkelblauen Augen waren riesig und von hypnotisierender Ausstrahlung, da er die Lider sehr langsam schloß und öffnete.

Eleanor war neun Jahre alt und hatte gar nichts Anziehendes. Die Farbe ihrer Augen war nicht zu erkennen, weil sie eine Brille mit einem Kassengestell in Leukoplast-Rosa trug, eine Farbe, die wahrscheinlich der Tarnung dienen sollte, aber die Gläser nur um so deutlicher hervorhob. Sie war fett. Da gab es kein anderes Wort, nicht pummelig, mollig oder rundlich ... auf keinen Fall gut gebaut, sondern im Gegenteil sehr schlecht, mit dicken Beinen und Fettpolstern um die Taille. An diesem Abend hatte sie ein wunde Stelle an der Oberlippe, die sicher weh tat und alles noch schlimmer machte. Sie war sehr scheu und gehemmt, ließ den Kopf hängen und hielt die Hände auf dem Rücken verschränkt. Ich sagte »Hallo, Eleanor« in, wie ich hoffte, freundlichem Ton. Sie murmelte etwas, was ein Gruß gewesen sein könnte, und schniefte geräuschvoll.

»Habt ihr euch die Hände gewaschen, Kinder?« fragte Min eher beiläufig, als sie die Teller auf den Tisch stellte.

Die Kinder reagierten nicht, setzten sich hin und stritten sich um das, was wohl der Wasserkrug sein sollte.

»William, schenke Diana Wasser ein und gib dann deiner Schwester zu trinken«, herrschte Robert ihn an.

William folgte, goß dabei aber etwas auf meinen Teller, gerade als Min mir ein paar Löffel Kartoffelauflauf aufgetan hatte. Keiner hatte es bemerkt, und William lächelte nur. Ich beschloß, den Mund zu halten. An der Tür kratzte es, und herein kam der größte Hund, den ich je gesehen hatte. Obwohl ich zu Hunden nicht unfreundlich bin, weiß ich nichts über sie und mag sie auch nicht. Dieser hier hatte Sabberlefzen und ein so zotteliges Fell, daß es mit jedem Atemzug haarte. Es war ein schwarzer Hund, etwas in Richtung Neufundländer, und sobald er mich sah, bellte er durchdringend.

»Das ist Ham«, erklärte Min. »Komm schon, Ham, stell dich nicht so an. Setz dich und hör auf, Diana anzubellen. Es gefällt ihr sicher nicht, wenn du so kläffst!«

»Das ist aber ein merkwürdiger Name für einen Hund«, startete ich einen Versuch, mich bei den Kindern einzuschmeicheln. »Mag er denn gerne Speck?«

William lachte ziemlich herablassend.

»Ham ist die Kurzform für Hamlet. Und sie ist ein Mädchen.«

»Sie hieß bereits Hamlet, als wir sie bekamen«, erklärte Min. »Wahrscheinlich wegen ihrer schwarzen Decke. Ich glaube, sie wußten gar nicht, daß es eine Hündin ist. Wir wollten sie nicht durch eine Namensänderung durcheinanderbringen. Sie ist ganz lieb.«

Hamlet und ich schauten einander an. Ich fand, daß sie ganz und gar nicht lieb aussah, und ihre Art, mich aus ihren tränenden roten Unterlidern zu beobachten, als wäre ich eine Ratte in einer Schüssel, auf der DOG stand, gefiel mir gar nicht. Da kam sie schon auf mich zu und fing an, meine Knie zu beschnuppern. Jetzt trat das froh-erwartungsvolle Schweigen ein, in das Hundebesitzer fallen, wenn ihre Haustiere sich den Gästen gegenüber versöhnlich zeigen. Ich lächelte so erfreut wie möglich und tätschelte Hams große, suchende Stirn. Sie ließ sich schwerfällig neben mir nieder, die Stille wurde durch Bekundungen großer Zufriedenheit gebrochen, und wir durften uns wieder unserem Essen zuwenden.

Die Farbe des Auflaufs war nicht sehr appetitlich, aber auf den absolut schrecklichen Geruch, der mir in die Nase stieg, als ich die Gabel zum Mund hob, war ich dann doch nicht vorbereitet. Was mochte Min nur hineingetan haben? Ich dachte gerade an etwas im letzten Stadium der Verwesung, da blickte ich zufällig in Hams Augen, als diese gerade ihren Kopf auf mein Knie legen wollte, und ich wußte, daß der Auflauf nicht zur Verantwortung gezogen werden durfte. Mit meinem Bein versuchte ich, sie diskret wegzuschubsen, doch sie lehnte sich nur noch schwerer und anschmiegsamer an mich. Plötzlich schleuderte Robert seine Gabel hin.

»Die Blähungen dieses Hundes sind absolut unerträglich. Was hast du ihr denn zum Fressen gegeben?«

»Ich habe vergessen, Fleisch für sie zu kaufen«, entschuldigte sich Min. »Da mußte ich ihr die Kartoffeln von gestern und die Reste vom Blumenkohl geben.«

Die Kinder kicherten ausgelassen, und Robert sah immer verärgerter aus. William bekam die Aufgabe, Hamlet in die Abstellkammer zu sperren, und Eleanor die Weisung, still zu sein.

»Ich habe heute eine schlechte Note bekommen«, sagte Eleanor und sah plötzlich niedergedrückt aus. »Miss Pivot sagte, ich würde mit dem Namen Gottes bidetlos umgehen. Ist ein Bidet nicht was fürs Badezimmer?« fragte sie.

»Du dumme Kuh!« fuhr William, der wieder am Tisch saß, sie an. »Das hast du falsch verstanden. Pietätlos, das bedeutet ... was bedeutet das überhaupt? Das ist doch dumm ausgedrückt.«

»Es bedeutet, dem Namen Gottes nicht die nötige Ehrfurcht entgegenzubringen«, sprang Min ihm bei. »Miss Pivot ist eine alte Trantüte, das muß ich schon sagen. Und was hast du gesagt?«

»Ich schrieb bloß in mein Gesangbuch ›Dieses Buch gehört Eleanor Weston, Weston Hall, Dunston Abchurch, Lancashire, England, Great Britain, Welt, Universum, Gott.‹ Mir fiel nichts anderes ein, was größer ist als das Universum. Katy Babbage schreibt in alle ihre Bücher Universum hinein, und sie ist die Beliebteste in meiner Klasse.«

»Wetten, daß du das unbeliebteste Mädchen deiner Klasse bist«, meinte William geringschätzig. »Wahrscheinlich der ganzen Schule.«

»Nein«, widersprach ihm Eleanor nach ernsthafter Überlegung. »Anna Prink ist noch unbeliebter als ich. Sie riecht nach Pipi.«

»Du lieber Himmel«, meldete Robert sich mit einem vernehmlichen Seufzer, als William einen Lachanfall bekam. »Ist es denn in diesem Haus gar nicht möglich, sich einmal gesittet zu unterhalten?«

»Wenn das Universum unendlich ist, dann kann es nichts Größeres geben, oder?« versuchte es Min, die selbst das Lachen unterdrücken mußte. »Und ich möchte, daß du von jetzt an zu der armen kleinen Anna Prink besonders freundlich bist.«

»Sie haßt mich. Keiner kann nett zu jemandem sein, der einen haßt. Selbst Gott nicht. Er schickt seinen Feinden fürchterliche Plagen … Frösche und Heuschrecken und Beulen und so. Ich finde es unfair, daß ich sogar noch besser als Gott sein soll.«

»Nehmen wir mal an, daß das Universum nicht endlos ist,« versuchte ich, das Gespräch zu bereichern und Roberts lehrerhaftem Stirnrunzeln ein Ende zu bereiten. »Wie können wir denn wissen, ob es endlos so weitergeht?«

»Die Astrophysiker wissen das«, sagte William. »Das habe ich gelesen. Darüber haben sie mehr Gewißheit, als sich jemals jemand über irgend etwas auf der ganzen Welt sicher war.«

»Nun, das klingt ja sehr bestimmt«, erwiderte ich nach einer kurzen Pause.

»Ich glaube nicht, daß das ganz richtig ist, William«, wandte Robert in einem freundlicheren Ton als dem bisher angeschlagenen ein, da er sich für die männliche Pflicht, die Fehlannahmen eines anderen zu berichtigen, zu erwärmen schien.

»Ich meine, daß jeder Wissenschaftler zugeben muß, daß jede Theorie über den Kosmos nur eine ... eine Idee mit einer soliden, logischen Erklärung dahinter ist, aber am Ende doch bloß eine Theorie. Eine Spekulation also. Verstehst du, alles beruht auf drei Grundelementen ...«

Aber William versank vollkommen darin, den Schatten des Lichtkegels auf dem Tisch mit seinem Löffel nachzuzeichnen und hörte nicht mehr zu. Min und ich hielten beharrlich an unserem Essen fest, obwohl das Fleisch so zäh war, daß ich zweimal hinter vorgehaltener Hand husten und dabei ein Stück ausspucken mußte, das ich dann auf den Boden fallen ließ, weil ich sicher sein konnte, daß die unfreiwillig zur Vegetarierin gemachte Ham es vor allen anderen finden und mit Genuß verzehren würde. Nach einigen Minuten geduldiger Erklärungen, auf die ich mich mit all meiner mir zur Verfügung stehenden Selbstdisziplin konzentrierte, hielt Robert inne, um sich noch eine Gabel in den Mund zu schieben, und ich überlegte mir ein oder zwei geistreiche Fragen. Deshalb verblüffte es mich, daß Min, ehe mir etwas einfiel, einfach das Thema wechselte: »Weißt du, Daze, ich denke, es müssen unsichtbare Kräfte am Werk gewesen sein, die uns beide gänzlich unvorbereitet veranlaßt haben, zu diesem Treffen zu gehen. Ich meine, warst du jemals davor in deinem Leben auf einem Ehemaligentreffen?«

Es war so offensichtlich, daß sie Robert nicht zugehört hatte, daß es mir einen Augenblick lang peinlich war. Schnell wurde jedoch klar, daß ich in Hinblick auf das Eheleben eine vollkommene Novizin war, denn Robert schien sich gar nicht darüber zu ärgern, sondern kaute nachdenklich und prüfend auf den Karotten herum, die in der Tat sehr angebrannt und ekelig schmeckten.

»Niemals«, erwiderte ich. »An was für unsichtbare Kräfte denkst du? Geister, die in den Wohnzimmern der Leute herumhuschen und auf eine Chance hoffen, eine sinnlose Nachricht mittels Papiergekrakel abliefern zu dürfen?«

»Ich weiß nicht.« Min lachte. »Aber je älter ich werde, um so deutlicher tritt ein Muster zutage. Ich meine, man scheint etwas zurückzubekommen, eine Art Vergeltung, wenn du willst ... für gutes Verhalten beispielsweise ... die der Vorstellung trotzt, daß alles nur zufällige, chaotische Ereignisse sind.«

»Oder du nimmst das Muster besser wahr, je älter du wirst«, warf Robert ein, »wirst geschickter darin, das zu übersehen, was nicht paßt. Ich nehme nicht an, daß eine Kontrollinstanz wie in der Sonntagsschule nach den Gesetzen der Belohnung abläuft ... wo jedes Kind, das ein Bild von Jesus im Garten Gethsemane ausmalen kann, ohne über den Rand zu fahren, einen neuen Katechismus bekommt. Tut mir leid, aber im Kampf zwischen Robert Weston und dem Knorpel im Fleisch gewinnt der Knorpel. Der Kampf war zu seinen Gunsten ausgelegt. Ich glaube, ich möchte jetzt etwas Käse.«

»Ist keiner da, mein Schatz«, entschuldigte sich Min, »tut mir leid, aber ich habe vergessen, welchen zu kaufen. Wir haben eine Dose Pfirsiche.«

Keiner schien darüber begeistert zu sein.

»Wahrscheinlich hast du auch den Kaffee vergessen«, sagte Robert mit einiger Bitterkeit.

Obwohl ich Roberts Verzweiflung nachempfinden konnte, fand ich es sehr gemein von ihm, vor Mins Freundin über das Essen herzuziehen. Es schien zu ihrem Eheleben zu gehören, daß er kritisierte, und sie sich entschuldigte.

»Ich habe ihn gar nicht vergessen«, sagte Min mit entwaffnend guter Laune. »Es steht eine neue Dose im Schrank.«

Robert machte den Kaffee (Instant natürlich), räumte die Teller weg und stapelte sie im Spülstein. Ich bot an abzuwaschen, aber Min meinte, das mache sie lieber morgens.

»Hast du eine Hilfe?« erkundigte ich mich, als ich in der Zuckerdose versuchte, eine paar Krümel zu finden. »Das Haus scheint furchtbar groß zu sein.«

»Letztes Jahr hatten wir jemanden. Sie rauchte meine Zigaretten auf und fing mit dem Kaffeetrinken an, sobald sie Hut und Mantel abgelegt hatte. Sie quatschte so viel, daß es mich mehr ermüdete, ihr zuhören zu müssen, als die Arbeit selbst zu erledigen. Ich versuchte, mich im Frühstückszimmer einzuschließen, um zu schreiben, aber sie kam mir nach und stand dann in der Tür und redete und drückte ihre Zigaretten im Schädel von Roberts Großonkel aus.«

»Es ist nicht so schlimm, wie Sie jetzt denken mögen«, sagte Robert, als er meine Verwirrung sah. »Mein Großonkel ist schon seit fünfzig Jahren tot. Er starb drüben in Indien, und mein Großvater, der mit ihm das Pandschab bereiste, brachte den Schädel mit nach Hause. Ich denke, ich gehe jetzt ins Bett, wenn es euch nichts ausmacht. Es war ein anstrengender Tag.«

Finster zog er sich zurück, nachdem er Min noch erinnert hatte, den Ofen auszumachen, ehe sie zu Bett ging, Ham hereinzulassen (er hatte sie noch einmal hinausgelassen) und alle Lichter unten auszumachen, wenn sie hochkam, da die letzte Stromrechnung so hoch gewesen sei, daß man damit den Verbrauch der Gesamtbevölkerung Chinas hätte begleichen können.

»Ich glaube nicht, daß viele Chinesen Strom haben«, schickte Min seinem teilnahmslosen Rücken nach. »Armer Robert. Ich glaube, eigentlich regt er sich wegen Gerald auf, der ist nämlich sein bester Freund. Achte nicht darauf, ich möchte keine Minute, die du hier bist, damit vergeuden, mir darüber den Kopf zu zerbrechen. Es ist eine Schande, daß an diesem Wochenende so viel los ist, wo ich dich doch am liebsten ganz für mich allein gehabt hätte. Roberts Mutter, Vivien, kommt morgen zum Tee. Es interessiert mich brennend, was du von ihr hältst. Aber jetzt mußt du mir einen detaillierten Bericht darüber geben, was du seit dem Morgen nach Soppy Johnsons Tanzabend gemacht hast.« Sie lachte wieder. »Tut mir leid, es überkommt mich einfach. Ich habe mich so dumm benommen. Erzähl schon.«

Also erzählte ich ihr so knapp wie möglich, wie mein Leben verlaufen war. Ich versuchte ehrlich zu sein, aber natürlich wollte ich mich und ebenso Min davon überzeugen, daß sich alles glänzend entwickelt hatte. Es hörte sich auch wirklich ziemlich gut an, und als ich zum Atemholen innehielt, meinte Min mit einem Seufzer: »O Gott, was für ein glamouröses Leben! Cambridge, London, Paris. Und all die Männer. Das soll nicht heißen, daß ich es bedauere, mit Robert verheiratet zu sein, aber ich muß zugeben, daß ich schon gerne wüßte, wie es ist, mit jemand anderem ins Bett zu gehen. O ja«, fügte sie hinzu, als sie meiner Überraschung gewahr wurde, »ich habe gelogen wie gedruckt, wenn wir uns damals über Männer unterhielten. Ich habe nie wirklich mit einem von ihnen geschlafen, nicht einmal mit Hugh. Ich hatte panische Angst davor, schwanger zu werden. Dein Leichtsinn hat mich immer beeindruckt. Mir jagte das alles nur Angst und Schrecken ein.«

»Ich habe ebenfalls gelogen. Hugh war der erste, mit dem ich schlief. Und«, ich zögerte einen Augenblick, »ich war von den Tabletten so zugedröhnt, daß ich überhaupt nicht mitbekam, was passierte. Ich hätte genauso gut nicht dabeisein können.«

»O Daze. Das ist aber traurig. Dein erstes Mal.« Min schwieg einen Augenblick und dachte nach. »Und hast du danach wieder mit ihm geschlafen?«

»Ich habe ihn nach dem Morgen in Foxcombe nie mehr wiedergesehen. Er fuhr mich zurück nach Oxford. Dann rief er einmal an und schrieb einmal. Aber ich habe mich nicht mit ihm getroffen. Ich wollte, daß du mir verzeihst, und ich wußte, daß dies nur möglich war, wenn ich ihn nicht mehr sah.«

»Meine Güte! Und mir ging es so scheußlich, und ich hielt es vor Neid kaum aus. Bei Drüsenfieber fühlt man sich ganz fürchterlich. Am Anfang glaubt man, man würde ersticken. Wenn das dann vorbei ist, ist man müder, als man sich überhaupt vorstellen kann. Stünde man vor einer Herde flüchtender Gnus, müßte man sich zu Boden werfen, bis sie einen der Savanne gleichgemacht haben. Noch elender fühlte ich mich allerdings bei dem Gedanken, daß du und Hugh die phantastischste Zeit zusammen verbringt. Abendessen bei Kerzenschein, Spaziergänge im Mondlicht, leidenschaftlicher Sex, vielleicht lacht ihr auch gemeinsam über mich.« Sie sah auf ihre Hände und zog an einem Stück Nagelhaut. »Wie du siehst, hatte ich herausgefunden, daß ich entsetzlich eifersüchtig bin. Oh, ich weiß, jeder ist hin und wieder eifersüchtig. Aber ich trug eine Art bösen Bandwurm in mir, ein schreckliches, nagendes, organzersetzendes Biest, das all die Nahrung, die mir zugedacht war, verschlang, um sich daran zu mästen. Ich wußte es, aber ich konnte mich nicht davon befreien. Mein Selbstvertrauen lag tiefer als der Mariannengraben ... weißt du noch, was wir bei Miss Bost darüber gelernt haben? Ich fühlte mich schrecklich und hassenswert. Ich war nicht nur eifersüchtig wegen Hugh. Ich sah den Brief meiner Mutter an dich und deinen Antwortbrief. Ich war auf brutale Art zutiefst befriedigt. Ich hatte mir vorgestellt, daß sie dich mir vorzog, weißt du. Immer mußte ich mir anhören, wie wunderbar du warst, wie klug und fähig, wie gut du alles geregelt bekamst, was für gute Manieren du hattest, wie gut du dich kleidetest. Arme Ma, sie hatte keine Ahnung, daß sie damit, anstatt mir Mut zu machen, meinen Wurm mit Fleischbrocken fütterte und mich gegen euch beide aufbrachte. Als du und sie im Streit lagen, wußte ich, daß ich bei ihr doch den ersten Platz einnahm. Sie glaubte diese Dinge, die über dich gesagt wurden, weil du mich verletzt hattest, indem du mir Hugh – wie ich es sah – wegnahmst, und ihr mütterlicher Instinkt unterdrückte alle Vernunft. Die liebe Ma, ich vermisse sie noch immer.«

»Ich auch«, sagte ich. »Ich liebte sie, wie du weißt. Mehr als meine eigene Mutter.«

»Wirklich?« Min streckte ihre Hand aus und berührte meine für einen Augenblick. »Es tut mir so leid, daß du sie vor ihrem Tod nicht mehr gesehen hast. Ich fand deinen Brief nach der Beerdigung, als ich ihre Sachen durchsah, den, in dem du schriebst, ihr wolltet euch wieder vertragen. Ma war eine gute Katholikin, weißt du, obwohl sie nicht gerne darüber sprach. Ich weiß, daß es ihr viel bedeutet haben muß, wieder versöhnt zu sein. Sie hat dich immer so gern gehabt.«

»Ist sie ... war es ein leichter Tod?«

»Hätte nicht besser sein können. Sie hatte ein bißchen Herzprobleme. Ihr Arzt meinte, das käme vom Scharlach, den sie als Kind sehr schlimm gehabt hatte. Man wollte sie operieren. Sie starb im Schlaf, nachdem sie am Abend davor mit ihren engsten Freunden zu einem schönen Abendessen ausgewesen war. Ich glaube nicht, daß sie etwas gemerkt hat. Sie hatte allerdings ohnehin keine Angst vor dem Tod, jedenfalls nicht, daß ich wüßte. Aber es war jammerschade. Sie genoß das Leben und war auch noch gar nicht alt. Ich habe die Blumen gesehen, die du geschickt hattest. Das versetzte mir einen letzten Stich, denn es waren genau die Blumen, die meine Mutter hätte haben wollen. Ich hatte vergessen, daß es ihre Lieblingsblumen waren. Vor Eifersucht fühlte ich mich elend und durcheinander. Ich hatte ein riesiges Bukett aus Lilien und Nelken für den Sarg bestellt. Dann sah ich deinen kleinen Strauß Maiglöcken mit Vergißmeinnicht, und meiner sah aus wie rotweißer Schorf, wirklich häßlich. Nach der Beerdigung nahm Robert mich mit nach Italien ... wir hatten uns gerade erst kennengelernt und uns gleich heftig verliebt ... und aus Kummer wegen meiner Mutter und der ungeheuren Liebe zu Robert durchlebte ich eine Art Katharsis, es war wie eine Reinigung. Er war das Beste und Schönste, was mir je begegnet ist, und zeitlich hätte es nicht perfekter sein können.«

»Er ist bestimmt sehr ... intelligent.«

»O ja. Natürlich ist er zu schade für die St.-Lawrence-Schule. Er sollte Direktor werden. Seine Mutter wollte in ihr Witwenhaus umziehen, und deshalb mußten wir hier herziehen. Das Witwenhaus ist sehr viel jüngeren Datums als dieses hier. Roter Ziegelstein im Queen-Anne-Stil mit einer guten Zentralheizung, nur fünf Schlafzimmer, heißes Wasser, so viel du willst, ein winziger Garten. Es liegt am Rande des Parks. Ich werde es dir morgen zeigen. Es ist einfach perfekt. Ich hoffe, daß ich's lang genug mache, um selbst auch in den Genuß zu kommen. Wenn ich an die Wärme und den Komfort denke!«

Min zündete sich eine Zigarette an, eine von meinen, weil ihre ausgegangen waren, und paffte mit traumverlorenem Blick.

»Müßt ihr denn hier leben?« erkundigte ich mich. »Wäre der Gedanke an einen Verkauf ketzerisch? Das soll nicht heißen, daß es nicht reizend ist«, beeilte ich mich hinzuzufügen. »Wie alt ist das Herrenhaus eigentlich? Ich hielt es für viktorianisch.«

»Die Vorderfront ist auch viktorianisch. Roberts Urgroßvater hatte sich diese Torheit in den Kopf gesetzt und zwei riesige Räume, das Treppenhaus und die Bedienstetenunterkünfte anbauen lassen, dazu die Stallungen und den ummauerten Garten. Aber das Herz des Hauses stammt aus der Zeit Jakobs des Ersten und ist sehr viel hübscher. Du wirst die Rückseite morgen sehen. Sie ist wirklich zauberhaft. Natürlich haben wir daran gedacht, es zu verkaufen. Robert hat die Schnauze manchmal wirklich voll und sagt, er würde am nächsten Tag zum Makler gehen. Aber er tut es dann doch nie. Robert ist sehr unentschlossen. Vermutlich wegen seiner Mutter. Am liebsten würde er sein Leben lang Thukydides übersetzen, seine Apfelbäume im Obstgarten besprühen und sich Wagner auf seinem Grammophon anhören. Trotz seiner Klugheit ist er doch ein sehr einfacher Mann.«

Und ein sehr schlecht gelaunter – aber das sagte ich natürlich nicht.

»Auf alle Fälle ging es mir sehr viel besser, als ich Robert heiratete. Ich gewann mehr Selbstvertrauen. Wir waren so glücklich.«

»Vermutlich hat das auch etwas mit dem Älterwerden zu tun, meinst du nicht auch«, sagte ich und hielt Ausschau nach einem Aschenbecher, da ich meine Zigarette nicht auch wie Min in der Erde des Blumentopfes ausdrücken wollte, der auf dem Fenstersims stand. Die Alpenveilchen sahen allerdings ohnehin so aus, als wären sie schon seit Wochen verwelkt. »Wenn alles gut läuft, man etwas leistet, etwas erreicht, dann bekommt man mehr Selbstvertrauen. Davor hat Selbstvertrauen etwas Unausgegorenes oder auch Genialisches ... im besten Falle etwas Unschuldiges.«

Min reichte mir für meine Zigarette den Deckel eines leeren Gurkenglases und lachte.

»Ein typischer Diana-Kommentar. Und dazu der ernste Blick. Den kenne ich, seitdem du acht warst. Was warst du nur für ein besorgtes, ernstes Ding!«

Ich stimmte in ihr Lachen ein, machte mir aber im Geiste eine Notiz, daß dieser Hang beobachtet werden mußte. Denn obwohl Min, was praktische Dinge anging, eine unglaublich verschwommene Wahrnehmung hatte, nahm sie Lächerliches im Verhalten anderer scharfsinnig wahr, und ich wollte nicht, daß man über mich lachte.

»Natürlich ist man mit sich selbst beschäftigt, wenn man jung ist«, fuhr Min fort. »Das sehe ich an meinen eigenen Kindern wieder, und das ist auch gut und richtig so. Es ist alles eine Frage des Überlebens. Wenn Ellie damit auch nicht ganz zurechtkommt. William ist egoistischer, als ich es mir jemals hätte erträumen können. Als er geboren wurde, war ich mit Lachgas betäubt, aber sobald ich wieder zu mir kam, legten sie ihn mir in meinen Arm, und mein erster Gedanke war: *Wenn Daze ihn nur sehen könnte.* Es war unglaublich. Seit ewigen Zeiten hatte ich nicht mehr an dich gedacht, aber weil ich noch immer dösig und nur halb da war, schoß mir der Gedanke in den Kopf, ehe ich ihn verhindern konnte. Du warst es, die ich sehen wollte, vor Robert und all den Freunden, die ich immer sah. Ich sehnte mich so sehr nach dir, daß ich weinen mußte. Jeder dachte, ich weinte vor Glück wegen des Babies, aber ich weinte, weil ich dich verloren hatte.«

Dieses Geständnis rührte mich.

»Laß uns auf den Redner trinken, der die Grippe bekam, so daß ich auf das Ehemaligentreffen gehen konnte«, sagte ich und füllte unsere Gläser mit dem Rest aus der Rotweinflasche vom Abendessen.

»Und auf meine Unfähigkeit, mit Fahrplänen umzugehen, die mich für zwei Stunden nach Schließung der Bodleian meinem Schicksal überließ.«

»Und auf den Rest unseres Lebens.«

»Den Rest unseres Lebens.« Als wir tranken, schlug die Uhr. Es war halb zwölf. »Ich muß ins Bett, glaube ich. Robert ist morgen mit der Aufsicht dran, und er möchte um halb neun los.«

Wir erledigten, was man uns aufgetragen hatte, und ich folgte Min die Treppe hoch. Sie war ungeheuer breit und teilte sich nach dem ersten Absatz in zwei Treppen auf, doch die Beleuchtung war so trüb, daß ich nur undeutlich einen Sockel aus schokoladebrauner Relieftapete und darüber Putz in der Farbe und Textur von Marzipan wahrnahm. Dunkle und finster aussehende Porträts, wahrscheinlich von verstorbenen Westons, hingen an den Wänden, aber wir gingen zu schnell, um sie genauer anschauen zu können.

»Hier ist dein Zimmer.« Min öffnete eine Tür. »Ich dachte, es würde dir gefallen, denn es liegt im alten Teil des Hauses, und ich weiß, daß du immer ganz verrückt auf alles Alte warst. Das Badezimmer ist nebenan, aber zwei Türen weiter. Ich habe dir, kurz bevor du kamst, eine Wärmflasche ins Bett gelegt, um es anzuwärmen. Hast du alles, was du brauchst?«

Sie warf einen besorgten Blick ins Zimmer.

»Ich denke nicht, daß etwas fehlt. Gute Nacht.«

Wir küßten einander auf die Wange, und dann ging sie den Flur hinunter, während ich meine Schlafzimmertür schloß. Mein Gepäck stand am Fußende des Bettes und sah ziemlich verloren und unglaublich sauber und ordentlich aus, wie ein Kind an seinem ersten Schultag. Daß es so winzig wirkte, lag zum Teil an der Größe von allem anderen. Das Bett war ein Himmelbett, doch selbst dieses sah angesichts der Raumproportionen klein aus. Als ich mir seine schweren dunkelroten Damastvorhänge näher ansah, bemerkte ich, wie etwas Kleines, Schwarzes sehr schnell daran hochkrabbelte und oben im Querbehang verschwand. Ansonsten gab es nicht viele Möbel ... eine Kommode mit Schubladen und einen Kleiderschrank, einen wackeligen Stuhl und einen Marmorwaschtisch, leer bis auf einen Hammer, einen Drahthaken und einen Schraubenzieher, die ordentlich in Reih und Glied lagen. Verdutzt sah ich mir diese Gegenstände an. Merkwürdiger Schmuck. Müßig fragte ich mich, warum man den Raum das grüne Zimmer nannte. Soweit ich sehen konnte, befand sich nicht ein einziger grüner Gegenstand im Zimmer, es sei denn, man rechnete den Schimmel an der Tapete dazu.

Ich öffnete meinen Koffer und nahm mein Kleid heraus, das natürlich zerknittert war. Ich versuchte, den Schrank zu öffnen, aber dort, wo sich einmal der Griff befunden hatte, gab es nur noch ein blanke Stelle im Furnier. Schnell fiel mir eine Lösung ein. Der Schraubenzieher. Mit seiner Hilfe ließ sich die Tür leicht öffnen, und ich hängte mein Kleid und mein Tweedkostüm (genau das Richtige für den Tee mit Roberts Mutter) in sein dunkles, nach Mottenkugeln riechendes Innere. Mit einem kräftigen Schubs ließ sich die Tür leicht schließen. Die Schubladen der Kommode, ein wunderschönes Stück aus dem siebzehnten Jahrhundert, hatten Henkelgriffe, aber die Henkel fehlten. Ich wußte schon, was jetzt zum Einsatz kam. Das Stück gebogener Draht öffnete sie im Handumdrehen. Ich warf meine Pullover hinein und beschloß, mit dem Auspacken aufzuhören. Ich war furchtbar müde und wollte schlafen.

Ich zog mich rasch aus, denn es war sehr kalt. Mein Atem dampfte, als ich versuchte, meine Strumpfhose abzustreifen, ohne die nackten Füße auf den Boden zu setzen. Mir schoß der verrückte Gedanke durch den Kopf, daß ich am liebsten Hausschuhe für meine Hausschuhe gehabt hätte, denn der Teppich schien ziemlich schmuddelig und fleckig. Ich rannte über den Flur ins Badezimmer, das genauso aussah, wie ich das erwartet hatte. Jede Menge Fliesen in der Farbe von Weißkohl, und in der riesigen Badewanne fehlten ganze Stücke Emaille. Ein Schrank beherbergte ein übelriechendes Klosett und das Ende einer Rolle Toilettenpapier, das so steif und glatt wie Glas war. Ich kämpfte mit dem Hahn über dem Waschbecken, und ein Strom rostigen Wassers schoß so plötzlich heraus, daß mein Nachthemd vorne ganz naßgespritzt wurde. Ich wusch mir das Gesicht und merkte dann, daß ich kein Handtuch hatte. Im Schlafzimmer war mir keines aufgefallen, und ich hatte nicht daran gedacht, mir eines mitzubringen. Es gab nur einen schmalen Fetzen im Badezimmer, und der war steif vom Putzmittel. Ich tupfte mir also mein Gesicht mit einem Blatt Toilettenpapier ab und putzte mir die Zähne in der Hoffnung, daß jedes Rostklümpchen eine nützliche Eisenration darstellte.

Ich war froh, als ich wieder im Schlafzimmer war. Ich zog meinen Morgenmantel aus und stieg ins Bett, wo ich mir meinen Zeh gleich heftig an einer steinernen Wärmflasche stieß. Sie war inzwischen zur Kühlflasche geworden, weshalb ich sie hinauswarf und tapfer meinen Fuß nach unten schob. Die Matratze und die Laken waren so feucht, daß es sich anfühlte, als würde man in einen Teich steigen. Ich erinnerte mich der vorsorglich mitgebrachten Bettsocken. Ich streifte sie über, und zog nach kurzer Überlegung auch noch einen Pullover unter mein Nachhemd an. Sofort fühlte ich mich besser, wenn auch beengt. Zum Lesen war es viel zu kalt, deshalb machte ich das Licht aus und wartete wie eingesargt, daß die Bettemperatur auf ein erträgliches Maß anstieg.

Plötzlich drang von draußen ein fürchterlicher Schrei durchs Schlafzimmerfenster, der mich fast in Todesangst versetzte. Ein weiterer entsetzlicher Schrei folgte, und jetzt wurde mir klar, was es war. Ich hatte schon so lange keine Nacht mehr auf dem Lande verbracht, daß ich an Natur gar nicht mehr gewöhnt war. *Die Eule war's, die schrie, der traur'ge Wäch-*

ter, der gräßlich gute Nacht wünscht. Shakespeare fand natürlich für alles in der Natur den perfekten Ausdruck. Ich legte mich zurück in mein Kissen und lächelte über meine Dummheit, während mein Herzschlag sich wieder normalisierte. Was konnte romantischer und schöner sein als eine Eule, die ihr Weibchen in schwarzer Nacht durch einen beschneiten Garten rief?

Nachdem ich zwanzig Minuten lang dem leisen eulischen Gestammel zugehört hatte, das immer wieder von Schreien unterbrochen wurde, die einem das Blut gefrieren ließen, hätte ich am liebsten den Hammer genommen und dem Todeskünder den Todesschlag versetzt. Statt dessen rappelte ich am Fenster, bis ein blasser Schatten sich von einem Zweig löste, keine Armeslänge weit entfernt, und in der Dunkelheit verschwand.

Gerade als ich wieder einschlief, nahm ich ein deutliches, regelmäßiges Klopfen war. Ich setzte mich auf. Es kam nicht von der Tür. Ich machte das Licht an. Ein dickes, spinnwebenverhangenes Rohr lief an der Wand neben dem Bett entlang und verschwand durch einen unsauber ausgeschnittenen Kreis im Fußboden. Als mein Blick darauf fiel, wuchs das Klopfen zu einem Crescendo an, und ich konnte sehen, wie das Rohr vibrierte. Ich machte das Licht aus. Alle alten Häuser hatten vertrackte Leitungen. Wenn man schon das Glück hatte, in einem Haus aus der Zeit Jakob I. zu übernachten, mußte man mit solchen Unannehmlichkeiten rechnen. Das Klopfen hörte auf. Es war auf jeden Fall etwas wärmer geworden. Meine Augenlider waren schwer. Ich fing an, mich zu entspannen. Im gleichen Augenblick, als das Klopfen wieder einsetzte, kratzte es. Ich fragte mich, ob der Hammer dazu gedacht war, daß die Gäste sich selbst betäubten. Das Kratzen hielt an, nachdem das Klopfen wiederum aufhörte. Ich stand auf und öffnete die Tür. Ham saß keuchend auf der Schwelle.

Auf der gegenüberliegenden Seite gab es eine Tür. Ich öffnete sie und drehte das Licht an. Es war ein sehr kleiner Raum, weiß gestrichen, mit einem eisernen Einzelbett, und er war leer.

»Komm, gutes Mädchen, komm«, ermunterte ich Ham, die mir schwanzwedelnd folgte.

Wie der Blitz schoß ich hinaus und schloß die Tür. Ich hatte erst einen bestrumpften Fuß im Bett, als ein unwirkliches Geheul einsetzte. Ehe sie den Rest des Hauses wecken konnte, befreite ich Ham, und wir starrten einander in der Düsternis des Flures an.

»O Gott, dann komm rein«, schimpfte ich.

Ich bettete mich zwischen die Laken, die ihre marmorne Kälte wiedererlangt hatten, und Ham legte sich mit einem zufriedenen Grunzen neben das Bett. Sie grunzte noch eine Weile, ehe sie mit einer umfassenden Ganzkörperreinigung anfing und sich zufrieden kratzte, wobei sie mit ihren Pfoten am hölzernen Rahmen meines Bettes rappelte. Nach und nach gewann die Notwendigkeit zu schlafen die Oberhand, und wir dösten und mummelten, scheuerten und seufzten uns durch die Nachtstunden bis zum Morgen.

Kapitel 8

Ich erwachte aus einem grauenhaften Traum – ich bestand aus flüssigem Teer und diente als menschliche Fackel. Es war unangenehm heiß. Ham hatte sich neben mir auf dem Bett ausgestreckt und blies mir ihren nach Kohl stinkenden Atem ins Gesicht. Es war nicht das erste Mal in meinem Leben, daß ich beim Wachwerden starken Widerwillen gegen meinen Schlafpartner empfand, doch jetzt ließ mich der Gedanke an Flöhe ohne den üblichen träumerischen Ausblick auf den vergangenen und den kommenden Tag sofort aus dem Bett springen.

Ich trotzte der Badewanne, deren Boden an Zuckerkörnchen erinnerte, und tauschte den Schmutz von der Reise gegen Rostsprenkel ein. In der Kommode meines Schlafzimmers hatte ich ein winziges Handtuch gefunden. Ich zog mein Tweedkostüm an, auf das ich sehr stolz war, einen weißen Kaschmirpullover darunter, und ging in die Küche. Min war schon auf und werkelte am Herd mit einer rauchenden Bratpfanne. Ich erkannte sofort, daß die Flamme darunter zu hoch war, aber für Ratschläge oder Kritik war es noch viel zu früh am Morgen, deshalb sah ich schweigend zu, wie die Eier zu etwas verbrutzelten, was nach gelben Ziegenlederhandschuhen aussah.

»Hast du gut geschlafen?« erkundigte sich Min. »Ich habe vergessen, dir zu sagen, daß du, falls dich die Heizungsrohre irgendwie nerven, einfach mit dem Hammer dagegenschlagen mußt, damit sie aufhören. Manchmal kommt Luft ins System, und dann gibt es ein Klopfgeräusch.«

Tolle Heizung, dachte ich mit einer Bitterkeit, für die der Schlafmangel verantwortlich zu machen war.

»Ich wunderte mich schon, wofür der sein soll. Der Hammer, meine ich. Nein, an das Geräusch habe ich mich gewöhnt. Mehr Probleme bereitete es mir, mein Quartier mit Ham teilen zu müssen.«

Min lachte und schaufelte triumphierend ein Ei aus der Pfanne und auf den Teller.

»Tut mir furchtbar leid. Wenn wir sie in der Küche einsperren, beißt sie in den Türknopf und heult. Ich hatte vergessen, daß sie gewohnt ist, in deinem Schlafzimmer zu schlafen. Sie hat immer wieder versucht, bei uns zu schlafen, aber Robert hat ihr Gezappel ganz verrückt gemacht. Da kam er auf die Idee, einen Knochen in dein Zimmer zu lagen, und dadurch gewöhnte sie sich daran, in diesem Raum zu schlafen. Jetzt ist es wohl der Geruch des Teppichs, den sie mag.«

Das erklärte die Flecken. Ich aß mein Ei und ein Stück Toastbrot und trank etwas von dem ziemlich bitteren Instantkaffee, auf dessen Oberfläche nicht aufgelöstes Pulver schwamm. Dieses wahrscheinlich schlechteste Frühstück meines Lebens erinnerte mich an das luxuriöseste, und ich erzählte Min von dem Frühstück in Foxcombe und von Caroline Protheroes Selbstmordversuch.

»Eine so große Verzweiflung läßt sich nur schwer nachvollziehen«, sagte Min gedankenverloren. »Wahrscheinlich würden die meisten Menschen, mich eingeschlossen, durch einen solchen Betrug eher einen Wutanfall bekommen. Wut und Verachtung. Doch ich kenne das nicht. Robert hat vor meinen Augen nie auch nur mit einer anderen Frau geflirtet, deshalb kann ich gar nicht sagen, was ich empfinden würde. Manchmal denke ich, er mag Frauen gar nicht besonders. Vielleicht ist er ja unter seiner männlichen Schale schwul! Das fällt mir jetzt zum erstenmal ein. Natürlich wäre er dann bisexuell, da die Kinder ja der Beweis seiner Heterosexualität sind. Macht er einen schwulen Eindruck auf dich?«

»Nein«, sagte ich wahrheitsgemäß. »Einer meiner besten Freunde ist homosexuell, und da liegen Welten dazwischen.«

»Was? Ich meine, ich führe hier dieses lächerliche bukolische Hausfrauenleben und weiß von alledem nichts. Kläre mich mal auf.«

Ich dachte an Peter. Abgesehen von all den offensichtlichen Dingen wie einer Affinität zu allem Schönen, die schließlich auch bei einigen heterosexuellen Männern anzutreffen ist, und dem Hang, sich feminin zu kleiden und zu bewegen, was aber unter Homosexuellen ganz und gar nicht gang und gäbe war, gab es da noch etwas, was ihn mit Frauen verband und nicht mit heterosexuellen Männern. Eine Einfühlsamkeit und ein Wissen um intuitive Empfindungen und die damit verbundene Verletzbarkeit. Ich versuchte, Min dies zu erklären.

»Aber was ist mit den Fallschirmjägern und Männern mit Bowlerhat und Schnäuzer? Soll nicht die Armee voll verkappter Kinäden sein, die alle furchtbar maskulin sind, weil sie ihr eigenes Entsetzen vor sexueller Hingabe verstecken?«

Ich gab es auf und gestand, daß ich da auch nicht weiterwußte.

»Ich muß leider los und Kuchen zum Tee einkaufen«, sagte Min. »Ich habe gestern vergessen, welchen mitzubringen, und obwohl Vivien immer sagt, daß sie eine Diät macht, ist sie ziemlich gierig, wenn was da ist. Und die Kinder mögen auch gern Kuchen. Oh, und dann sollte ich auch noch Gemüse mitbringen, für das Rindfleisch morgen mittag. Möchtest du mitkommen?«

Ich willigte ein und holte mir meinen Mantel aus der Abstellkammer, wo Min ihn am Abend zuvor aufgehängt hatte. Es überraschte mich, jede Menge Kleiderbügel vorzufinden, an keinem hing natürlich ein Mantel. Auch war der Raum warm, da er sich vermutlich neben dem Boiler befand. Da Min noch nicht dazu gekommen war, die Paraffinheizung in der Küche in Gang zu bringen, hielt ich mich fünf Minuten in der Abstellkammer auf, bis ich aufgetaut war und Nase und Hände wieder ihre normale Farbe angenommen hatten.

»Komm jetzt«, sagte Min, als ich wieder in der Küche erschien.»Was, zum Teufel, hast du gemacht, ich bin schon seit einer Ewigkeit fertig.«

Sie trug einen khakifarbenen Anorak, sehr groß und zweckmäßig, und eine rote Wollmütze mit einer Bommel dran. Wahrscheinlich haben meine Augenbrauen sich ungewollt zusammengezogen, als ich sie sah, denn sie grinste und zog sie sich noch weiter über ihre Ohren, so daß sie jetzt absolut lächerlich aussah.

»Laß nur, Daze. Dein dernier cri ist hier nicht angesagt. Du wirst den Land Rover anschieben müssen, damit ich ihn starten kann. Doch die Stallungen liegen an einem Abhang, und du wirst auf nicht unfeine Weise ins Schwitzen kommen.«

Nur mit Mühe konnten wir das Tor der Remise aufziehen, denn der Schnee hatte sie zugeweht. Land Rover sehen immer so kämpferisch aus, als wären sie während des Ersten Weltkriegs regelmäßig das Niemandsland auf und ab gefahren, aber dieser hier hatte den Ausdruck eines besiegten Feindes. Min stieg ein, und ich schob wie eine Verrückte von hinten, bis meine Muskeln vor Schmerz pochten. Plötzlich rutschte er fast wie von selbst nach vorne, da wußte ich, daß es Min eingefallen war, den Gang rauszunehmen. Was den Abhang betraf, hatte sie vollkommen recht. Der Boden senkte sich so steil nach unten, daß der Land Rover mit einem Knall aus dem Auspuffrohr davonschoß und aus dem Blickfeld verschwunden war, ehe ich Zeit hatte, meine Handschuhe und meine Tasche aus der nicht benutzten Getreidekiste zu angeln, in die sie gefallen waren.

Ich ging in den gleißenden Reifenspuren hangabwärts und bewunderte die erstaunliche Schönheit der Hügel und Wälder unter ihrem Schneepolster. Ich holte Min beim Weidegitter ein, wo der Land Rover brüllte und vibrierte wie ein Bulle, den man gerade aus seinem Stall gelassen hatte. Mins Fahrstil war wie ihr Lebensstil, Belanglosigkeiten interessierten sie nicht, was ich zwar bewunderte, aber für mich selbst niemals anstrebte. Dazu gehörten »Halt«-Zeichen an Straßenkreuzungen und andere Straßenverkehrsteilnehmer, und da sie unabhängig vom Gelände die ganze Zeit mit Vierradantrieb fuhr, was einer Schlingertour auf einem Balsafloß über Kielwasser gleichkam, entwickelte ich schnell fröhliche Sorglosigkeit und eine Den-Letzten-beißen-die-Hunde-Stimmung.

Great Swosser war die nächstgelegene Kleinstadt ... in Wirklichkeit eher ein großes Dorf mit einer Hauptstraße und einer recht guten Auswahl an Geschäften. Ich sagte Min, ich müsse noch ein paar Einkäufe erledigen und würde sie in einer Dreiviertelstunde wieder am Land Rover treffen. Mein erster Gang führte mich zum Metzger, wo ich für Ham ein paar Pfund Fleisch kaufte. Dann ging ich zum Drogisten, um Flohpuder, Wurmtabletten, zwei Wärmflaschen aus Gummi und ein paar Rollen weiches Toilettenpapier zu kaufen. Im Textilgeschäft erstand ich einen blau-weiß-gestreiften Männerpyjama aus Flanell und zwei große rosa Handtücher. Im Eisenwarengeschäft kaufte ich einen Elektroofen. Dem Lebensmittelhändler kaufte ich zwei Flaschen des einzigen Champagners ab, den er auf Lager hatte (um mein Gewissen wegen des Elektroofens zu erleichtern), außerdem eine Flasche Cognac und einen Zigarettenvorrat. Im Fenster des Zeitschriftenladens entdeckte ich eine schwarz-weiße Porzellankatze und kaufte sie für Eleanor, weil mir plötzlich einfiel, daß ihr so etwas vielleicht besser gefallen könnte als das Buch, das ich ihr mitgebracht hatte und für das sie, wie ich jetzt wußte, schon zu groß war.

Min zog die Augenbrauen hoch, als sie mich vollgepackt mit diversen Einkaufstüten zum Land Rover zurückstolpern sah.

»Mir fiel ein, daß ich versprochen hatte, einer älteren Freundin ein paar Dinge zu besorgen. Ich werde sie ihr auf meinem Weg durch London vorbeibringen«, log ich, als eine Papiertüte aufriß und die Wärmflaschen in den verschneiten Rinnstein fielen.

Wir bogen gerade in die Auffahrt von Weston Hall ein, als Min sagte: »So was Dummes! Ich habe vergessen, Käse zu kaufen. O nein! Die Hundefutterdosen habe ich auch vergessen.«

»Ich kam zufällig beim Metzger vorbei, und habe für Ham Fleisch mitgebracht«, beruhigte ich sie und hoffte, Min würde das nicht als Kritik an ihrer Haushaltsführung verstehen.

»Daze! Wie gut du bist! O wunderbar! Wenn ich dich nur immer um mich haben könnte. Keiner sonst denkt an das, was wir im Haus brauchen. Kein Wunder, daß ich nie zum Arbeiten komme. Ich weiß, daß sie mir meinen Vertrag kündigen werden und ich nie wieder eine Chance bekomme. O Gott, das ist so frustrierend!«

»Könntest du nicht heute nachmittag ein wenig arbeiten? Ich könnte den Tee zubereiten, wenn du mir zeigst, wo alles ist.«

Wir stritten uns fünf Minuten darüber und versicherten uns dabei der Bereitwilligkeit einerseits und der Schuldgefühle andererseits, bis wir uns darauf einigten, daß ich den Tee machen würde, wobei natürlich klar war, daß Min ewig in meiner Schuld stand, eine Dankesschuld, auf der sie beharrte, obwohl ich bereit war, sie ihr zu erlassen. Robert aß in der St.-Lawrence-Schule zu Mittag, und so aßen Min, die Kinder und ich Fischstäbchen – eine Errungenschaft, die Min gerade erst zu ihrer großen Freude entdeckt hatte – mit gebackenen Bohnen, auf welche die Dosenpfirsiche folgten, die schon am Vorabend zum Essen angeboten worden waren. Nach dem Mittagessen verteilte ich die Geschenke. Für Min hatte ich die neue Biographie über George Eliot gewählt. Sie hatte sehr gute Kritiken bekommen, und ich selbst freute mich auch schon sehr darauf, sie zu lesen. Min jedoch war ganz aus dem Häuschen darüber. Vermutlich bekam sie außer an Weihnachten nie etwas geschenkt, und dann vielleicht auch nicht immer das, was ihr wirklich etwas bedeutete.

William überreichte ich ein Buch über Naturkatastrophen ... Vulkanausbrüche, Erdbeben und Überschwemmungen und so weiter. Er dankte mir sehr charmant und schlug es auf, um so zu tun, als sähe er sich die Bilder an. Ich konnte jedoch sehen, daß er an etwas anderes dachte und kein großes Interesse hatte. Als ich Eleanor die Porzellankatze gab, wurde sie feuerrot, und das blanke Entsetzen stand in ihren Augen. Sie murmelte eine Art Dank und stellte sie auf dem Tisch ab, als könnte man sich daran die Finger verbrennen. Das überraschte mich. Die Katze war gewiß kein Kandidat für das Victoria-and-Albert-Museum, aber so schlimm war sie nun auch wieder nicht. In ihrem Alter hätte mir so etwas gefallen, sentimental und hübsch. Doch Mins Freude glich die beiden Fehlschläge wieder aus, und ich mußte sie daran erinnern, daß sie den Nachmittag mit Arbeiten zubringen wollte, denn ansonsten hätte sie sich sofort auf die Biographie gestürzt.

Schließlich hatte ich sie soweit, daß sie sich an die Arbeit machte, und ich begann mit dem Abwasch. Angesichts des eher karg ausgefallenen Mittagessens dauerte es länger als nötig, denn das Wasser lief nur sehr langsam ab. Nachdem ich alles zum Trocknen aufgestapelt hatte, weil ich kein sauberes Geschirrtuch finden konnte, versuchte ich mich an der Reparatur des Abflußrohres. In der Abstellkammer entdeckte ich ein feuchtes Paket Ätznatron, doch dieses und zwei Kessel kochendes Wasser blieben ohne Wirkung. Nachdem ich eine Viertelstunde in der Wäschekammer gesucht hatte, entdeckte ich einen Schraubenschlüssel, der in etwa die richtige Größe hatte. Am Boden kniend und mit dem Kopf unter dem Spülstein, war es mir gerade gelungen, das Verbindungsstück des Abflußrohrs zu lösen, als Robert eintrat.

»Was machen Sie da?« Er klang sowohl überrascht als auch verärgert.

Aus unerfindlichem Grund fühlte ich mich ertappt und absurderweise schuldig, als hätte ich den Sherry gemopst.

»Ich dachte nur ... da schien was festzusitzen ... ah, da haben wir's ja schon«, schloß ich, als das Rohr sich in den Eimer entleerte, den ich darunter gestellt hatte.

»Wo ist Min?« wollte er wissen und rümpfte die Nase, als ich ihm lächerlicherweise das viele Fett, die Schalen und Teeblätter gezeigt hatte, die das Rohr freigegeben hatte.

»Sie hat sich zurückgezogen, um zu arbeiten. Ich sagte, ich würde den Tee machen. Min hat einen Kuchen gekauft.«

Ich plapperte drauflos, was mir immer passierte, wenn ich nervös war. Quasselte vollkommen sinnlos weiter.

»Ihre Mutter kommt zum Tee, wie Sie sicher wissen. Glauben Sie, daß sie gerne Toast hätte? Es ist ein Ingwerkuchen. Vielleicht ißt sie lieber ein Butterbrot?«

»O verflixt und zugenäht! Ich hatte ganz vergessen, daß sie kommt.« Er rieb sich mit der Hand übers Gesicht und verzog es, indem er seine Zähne bleckte. »Sie ist nun wirklich das letzte, was ich jetzt brauchen kann ... tja, ich sollte aber besser dabeisein. Ach, verdammt noch mal!«

»Was nun ... Toast oder Butterbrot?«

»Das weiß ich wirklich nicht. Ist das nicht auch egal?«

Ich fühlte mich erledigt und zugleich irritiert vom Spott, der in seiner Stimme lag.

»Ich werde nur noch die Schraube am Rohr festziehen und dann mit dem Tee anfangen«, sagte ich ziemlich kalt, stellte den Eimer ab und griff wieder zum Schraubenzieher.

»Das werden Sie nicht!« sagte er mit Nachdruck. »Geben Sie mir den Schraubenschlüssel.«

»Ja, aber das Gewinde an der Schraube ist fast hinüber. Sie müssen sehr vorsichtig sein, sonst verhakt sie sich. Wollen Sie nicht lieber mich ...? Ich kenne sie schon ...«

»Danke. Ich schaffe das auch ohne Ihre Hilfe«, sagte er mit so viel schulmeisterlicher Ironie, daß er mich zum Schweigen brachte.

Er ging in den Vierfüßlerstand und steckte seinen Kopf in die fettige Vertiefung. Man hörte Metall gegen Metall scheuern, dann folgte eine vielsagende Pause. Ham kam angetrabt und schnüffelte an Roberts Hose, wunderte sich über die ungewöhnliche Haltung ihres Herrchens. Prompt zog Robert seinen Kopf unter der Spüle hervor und starrte mich zornig an. Ich sah Ham an, die mit dem Schwanz wedelte und ihren Blick von einem zum anderen schweifen ließ. Robert wandte sich wieder seiner Arbeit zu, dann war ein Schnappen zu hören, und er tauchte mit der Schraubenmutter in der Hand wieder auf.

»Dank der stümperhaften Versuche anderer Leute ist diese Schraube jetzt irreparabel«, sagte er und warf, bleich vor Wut, den Schraubenschlüssel hin. »Jetzt werde ich wohl den Installateur anrufen müssen.«

Das war so ungerecht, daß ich fast bald die Beherrschung verloren hätte, und ich mußte mir erst wieder klarmachen, daß er schließlich Mins Ehemann war und wir noch zwei Nächte unter demselben Dach zu überstehen hatten. Mit großen Schritten ging er hinaus in den Flur, und ich beugte mich unter die Spüle, um nachzusehen. Ich sah auf Anhieb, daß er versucht hatte, die Schraubenmutter in die falsche Richtung zu drehen, was aber ohne Auswirkung auf das Verbindungsstück geblieben war. Es kostete mich nicht viel Zeit, die richtigen Teile miteinander zu befestigen. Das Rohr saß dort, wo es mit der Wand verbunden war, ein wenig locker – es war die Stelle, die Robert abgebrochen hatte – aber das schien nichts auszumachen. Ich drehte den Hahn auf. Das Wasser floß sehr rasch ab, und nichts deutete auf eine undichte Stelle hin.

Robert kam zurück in die Küche.

»Die Leitungen sind noch immer tot«, erklärte er und machte mit seinen in die Hosentaschen gestemmten Händen einen recht mißmutigen Eindruck. »Wir werden wohl eine Weile ohne die Spüle klarkommen müssen.«

»Ich habe sie repariert«, sagte ich und demonstrierte es ihm bei laufendem Wasser.

Er warf erst einen Blick auf die Spüle, dann auf mich. »Das wird wahrscheinlich nicht lange halten«, meinte er mit beispielloser Schroffheit und ging wieder hinaus.

Ich nahm ein Tablett, das neben der Anrichte stand, und schrubbte es sauber. Im Küchenschrank entdeckte ich einige Teetassen, die zwar voller Spinnen, aber sehr hübsch waren, und daneben eine zauberhafte georgianische Teekanne in bleigrau. In der Abstellkammer stand eine alte verbogene Galvanisierungsplatte. Ich machte eine Schüssel heißes Wasser mit Ätznatron zurecht, ließ die Platte hineingleiten und tauchte dann die Teekanne hinein. In Sekundenschnelle glänzte sie so hell, als wäre sie sorgfältig poliert worden. Eine Gurke im Kühlschrank war noch fest genug, und so machte ich daraus Gurkenschnittchen und stellte den Ingwerkuchen auf einen Kuchenteller. Ich suchte nach Servietten, aber es schien keine zu geben. Danach fielen mir keine weiteren Vorbereitungen mehr ein, die ich hätte erledigen können, und deshalb gab ich Ham ihre Wurmtablette in einem Teller mit Fleischstreifen versteckt und bestäubte ihr Fell großzügig mit Flohpuder, während sie fraß. Ihre Bürste hatte ich auf dem Brotkasten entdeckt, und so bekam sie eine intensive Fellpflege, die sie trotz des Flohpudergeruchs, der einem den Atem nahm, zu genießen schien. Mir war klar, daß Robert sich über mein Eingreifen ärgern würde, deshalb achtete ich wachsam auf seine Schritte im Durchgang zwischen Küche und Eingangshalle.

Ich sprang auf, als eine Stimme hinter mir sagte: »Sie müssen Mins Schulfreundin sein. Ich bin Vivien Weston, Roberts Mutter.«

Sie war durch die Hintertür hereingekommen, vorbei an all den alten Speisekammern und Geschirrschränken, die den Bedienstetenkorridor säumten. Schließlich war es in gewisser Weise noch immer ihr Haus, weshalb man nichts sagen konnte, aber ihr lautloses Erscheinen hatte mich doch aus der Ruhe gebracht.

Sie war eher klein, etwa Mins Größe, und trug ihr silberweißes Haar kinnlang und gerade. Sie hatte Roberts lange scharfgeschnittene Nase, wie eine Hexe im Märchen. Ihre Augen waren so dunkel wie seine, aber es lagen Tränensäcke darunter, die mir bei ihm nicht aufgefallen waren. Ihre Haut war blaß und voller Sommersprossen, selbst an den Händen. Ohne verlegen zu sein, musterte sie mich mit kaltem Interesse, ließ dann ihren Blick auf die Bürste und auf Ham fallen.

»Der Hund scheint grau zu werden. Sie wird ihn weggeben müssen. Alte Hunde sind eine Plage im Haus, pinkeln ständig die Teppiche voll.«

Ham spürte, daß man von ihr sprach, wedelte mit dem Schwanz und brachte ein kleines Freudenwinseln zustande.

»Das ist ein ganz eigenartiger Geruch. Wie das Zeug, mit dem die Gärtner immer sprühen, Pyrethrum, so heißt das doch?«

Sie ging zum Tisch und nahm das Tablett in Augenschein.

»Die Teekanne ist georgianisch. Sieht so aus, als wäre Min ihr mit Silberpolitur zu Leibe gerückt.«

»Ich habe sie gereinigt. Natürlich habe ich eine Galvanisierungsplatte verwendet.«

»Oh, tatsächlich.«

Sie sah mich mit hochgezogenen Augenbrauen an und lächelte unvermittelt und nett. »Ich weiß nicht, wie Sie heißen. Min sagte es mir, aber ich habe es vergessen.«

»Diana Fairfax«, sagte ich und lächelte jetzt ebenfalls, weil mir, wenn möglich, an einem guten Verhältnis gelegen war.

»Und Sie haben die Schule zusammen besucht? Ihr seht gar nicht so aus, als wäret ihr gleich alt. Kinderkriegen läßt Frauen natürlich altern. Nachdem ich Robert hatte, habe ich Hector erklärt, falls er mehr Kinder haben wolle, müsse er sich aufmachen und diese mit der weiblichen Bevölkerung von Dunston Abchurch zeugen. Ich hatte meinem Busen und meiner Taille genug Schaden zugefügt.«

Für eine Frau ihres Alters, das ich auf Anfang siebzig schätzte, hatte sie noch eine recht gute Figur. Sie war ein wenig füllig, aber ihre Beine waren schlank und wohlgeformt. Ich wußte wirklich nicht, was ich darauf erwidern sollte. Alles Persönliche wäre unverschämt gewesen, aber sie schien ein Lob zu erwarten. Ich lächelte anerkennend, schwieg aber.

»Sie sind wohl nicht verheiratet?«

»Nein.«

»Hm. Überrascht mich. Dachte, die Männer würden auf Sie fliegen. Sie haben einen guten Nacken. Doch man weiß ja nie, was das andere Geschlecht anziehend findet. Mary Campbell, die mit mir beim Roten Kreuz ist, war dreimal verheiratet und hat ein Gesicht wie ein Pferd, das an Koliken leidet.«

Nicht von ungefähr begann ich mich zu langweilen.

»Wo meinen Sie, möchte Min den Tee einnehmen?« fragte ich mit einiger Schärfe in der Stimme. »Trinken Sie ihn immer hier, oder soll ich woanders Feuer machen? Sie arbeitet an ihrem Buch.«

»Ich gehe davon aus, daß wir im Wohnzimmer Tee trinken. Dann versucht Min also noch immer, sich als Intellektuelle zu qualifizieren. Natürlich ist das vergeudete Zeit. Das bringt doch kein Geld, und die Männer mögen so etwas nicht. Aber ich muß mich natürlich zurückhalten, heutzutage, wo Unterwäsche verbrannt wird und die Frauenbewegung bei der Mittelklasse so gut ankommt. Ich halte Sie für sehr klug, Diana. Jedenfalls machen Sie einen überaus intelligenten Eindruck.«

Wieder bedachte sie mich mit diesem Lächeln, das unbestreitbar anziehend war, und ihre dunklen Augen funkelten. Doch ich behielt meine Abwehrhaltung und meinen Argwohn.

»Wenn Sie mir den Weg zeigen, trage ich das Tablett«, sagte ich. »Ich kenne mich hier noch nicht aus.«

»Gut, dann kommen Sie. Ich bin gespannt, wie Sie das Wohnzimmer finden. Ein Mädchen, das weiß, wie man Silber säubert, wird einen Rokesmith-Salon zu schätzen wissen.«

Sie ging voraus, ihre guten zwiegenähten Schuhe knallten auf den Fliesen, als wir die Eingangshalle kreuzten.

»Da! Sehen Sie!« rief sie und schlug dabei die Doppeltüren weit zurück.

Es handelte sich um einen gewiß bemerkenswerten Raum. Die Wände waren mit blaßblauer, inzwischen ziemlich schmuddelig gewordener Seide bespannt. Deckenstuck und die Rocaille an den Wandpaneelen waren hübsch und üppig, der Kamin zauberhaft.

»Dies war Rokesmiths letzte Arbeit, er stellte es nur wenige Monate vor seinem Tod 1837 fertig. Was halten Sie davon?«

Ich sah mir die riesigen Fenster an, behangen mit buttergelben, zerfetzten Seidenvorhängen. Entlang der Wände standen kleine vergoldete Sofas und Stühle, sowie Karten- und Couchtische aus Obstbaumholz und Mahagoni. Um den Kamin hatte man eine Sofagruppe mit Stühlen aus der Zeit Eduards VII. aufgestellt. Die Polsterung war mit schmutzigem Kattun bezogen. Im Kamin brannte ein zweispiraliges Elektrofeuer über einem lebhaft nachempfundenen falschen Kohlenfeuer. Zeitungen, Bücher und ein Aschenbecher, der für Martini warb, lagen auf einem schwarzen Plastikcouchtisch neben dem Sofa. Eine Reihe orangefarbener Penguin-Taschenbücher teilte sich eine Vitrine mit Porzellan, das ich mir gerne näher angesehen hätte. Auf dem marmornen Kaminsims mit seinen vergoldeten Bronzerössern stand eine gedrungene Uhr, deren Gehäuse Eichenimitat war, und ein Paar miserabel angemalte aprikosenfarbene Gipspudel. Diese eklektische Mischung machte mich sprachlos.

»Die Eingangshalle und das Eßzimmer hat Rokesmith' Partner nach dessen Tod gestaltet, und sie sind wirklich schrecklich. Aber der Raum hier hat etwas.«

»Gewiß. Es ist ein wunderschöner Raum. Soll ich das Tablett hier hinstellen?«

Ich schob die Zeitungen mit meinem Knie beiseite und stellte das Geschirr auf den Couchtisch. Der Kamin hatte noch nicht einmal einen richtigen Feuerrost, und so schaltete ich also das falsche Kohlenfeuer an, und sofort erglühte eine gut sichtbare orange Birne, und ein Fächer wirbelte mit aller Kraft los.

Von einem unerfreulichen Geruch nach verbranntem Staub begleitet, erwachten die Spiralen zu armseligem Leben.

»Ich glaube, ich gehe und hole mir meinen Mantel aus der Küche«, sagte ich, als Vivien sich neben dem Feuer auf das Sofa fallen ließ, sich einen Teller nahm und sich mit Gurkenschnittchen bediente. »Es ist furchtbar kalt.«

»Schlagen Sie den Gong in der Eingangshalle, wenn Sie vorbeikommen«, sagte sie, ohne den Blick von ihrem Essen abzuwenden.

Ich schlug den Gong, wie man es mir gesagt hatte, und nachdem ich mir meinen Mantel geholt hatte, kam ich gerade bis zu den Flügeltüren des Wohnzimmers, als ich Roberts Stimme im Gespräch mit seiner Mutter hörte.

»Wenn du so weitermachst, sind für die Kinder keine Schnittchen mehr da. Du kannst doch warten, bis alle da sind, Mutter.«

»Kinder mögen keine Gurkenschnittchen. Sie schmecken übrigens. Das Mädchen scheint Geschick zu haben. Sie sieht sehr gut aus.«

Diese Anerkennung erstaunte mich nach der Bemerkung über meinen Nacken. Jetzt wußte ich, daß man auf Vivien immer ein Auge haben mußte.

»Es überrascht mich, daß Min angesichts dieser Konkurrenz nicht depressiv wird«, fuhr Vivien fort. »Es ist nicht gut, wenn hier eine schöne Frau herumläuft und dich auf dumme Gedanken bringt.«

»Für mich ist Min ausgesprochen hübsch«, versetzte Roberts Stimme sehr schroff. »Und ich persönlich mache mir nichts aus lackierten Fingernägeln.«

»Mein lieber Robert, wenn du sonst nichts gegen sie hast, würde ich sagen, daß Mins Chancen ganz und gar schlecht stehen.«

»Das ist nicht alles. Du bist eine entsetzliche Unruhestifterin. Das ist wirklich absolut unverzeihlich.« Robert klang äußerst hochfahrend. Ich hörte Vivien fröhlich lachen. »Sie ist so aufreizend geschickt ... geradezu übertrieben. Hat eine zu hohe Meinung von sich selbst. Eingebildet.«

Die Spüle wird mir wohl nie verziehen werden, dachte ich.

Ich rüttelte am Türgriff und trat dann ein. In schräger Kopfhaltung las Robert die Titel der Taschenbücher, und Vivien musterte mich mit einem zufriedenen Lächeln auf ihrem Gesicht. Fast alle Schnittchen waren aufgegessen. Min kam nach mir, gefolgt von den beiden Kindern.

»Ich habe wirklich viel geschafft«, sagte Min. »Hallo, Vivien.« Sie tauschten flüchtig Wangenküsse aus. »Das verdanke ich dem Gefühl, daß da jemand ist, der mit allem klarkommt.«

»Klarkommen ist für mich immer ein sehr bürgerlicher Begriff«, sagte Vivien und nahm sich noch ein Schnittchen.

»Bürgerlich oder nicht, es drückt das meiner Stimmung angemessene Gefühl des Kampfes und der geringen Leistungsfähigkeit aus«, erwiderte Min beißend. »Normalerweise werde ich durch Katastrophenvorstellungen abgelenkt, aber wenn ich Diana hier habe, weiß ich, daß sie alles sehr viel besser schafft, als ich es könnte, und so habe ich auch an gar nichts anderes gedacht. Mußt du denn am Montag schon fort?«

Ich warf ihr einen traurigen Blick zu, schwieg aber.

»Oh, Schnittchen!« freute sich Eleanor. »Was ist da drauf?«

»Gurken, mein Schatz«, sagte Vivien und hielt ihr den Teller hin.

»Ich hasse Gurken. Ich mag nur Schnittchen mit Zucker.«

Vivien bedachte Robert mit einem triumphierenden Blick. Dieser saß mit weit von sich gestreckten Beinen neben seiner Mutter auf dem Sofa, das Kinn in grüblerischer Haltung auf die Brust gedrückt.

»Schnittchen mit braunem Zucker? Wie ekelhaft. Wo hast du denn die gegessen?« wollte Min wissen.

»Bei Polly Saxby gibt es die immer zum Tee, wenn sie Mädchen nach Hause einlädt. Sie hat mich noch nie eingeladen, deshalb habe ich noch keine gegessen, aber die anderen Mädchen erzählen immer davon. Dann machen sie Spiele.«

»Was für Spiele?« William bekundete zum erstenmal seit Betreten des Raums Interesse.

»Nun, erst mal Pfänderspiele. Ich weiß, daß sie die spielen, weil Katherine Brand mir erzählt hat, daß sie ihre Unterhose als Pfand ausziehen mußte und ...«

»Danke, Ellie. Es reicht«, unterbrach Robert sie. »Das hört

sich nicht so an, als würdest du viel versäumen, wenn du nicht zum Tee eingeladen wirst.«

»Tue ich aber«, widersprach ihm Eleanor und wurde dabei sehr rot. »Nichts täte ich lieber, als bei Polly Saxby Tee zu trinken, aber sie fragt mich nie.«

»Warum lädst du sie nicht zum Tee hierher ein«, schlug Min vor.

»O Mama!« Äußerste Verachtung lag in Eleanors Stimme. »Das zeigt wieder einmal, daß du gar nichts kapierst!«

»Komm und setz dich neben mich, Eleanor, und nimm dir ein Stück Ingwerkuchen.« Vivien tätschelte das Sofa zwischen sich und Robert. »Er ist gekauft und deshalb nicht sehr gut, aber deine Mutter hat wichtigere Dinge zu tun, als die Familie mit anständigem Essen zu versorgen, und natürlich können sich deine Eltern keine Köchin leisten.«

William, den die Beschreibung des Pfänderspiels kurzzeitig interessiert hatte, sah jetzt aus, als würde er im Stehen einschlafen. Er hatte die Augen geschlossen und wiegte sich, als hörte er eine innere Musik.

»Auf mein Wort, ich glaube, Mama mästet dich zur Opfergabe«, sagte Vivien. »Diese Hüften brauchen sehr viel Platz, Eleanor. Beim nächsten Kirchenfest bekommst du dein eigenes Zelt mit einem Schild daran *Besichtigen Sie die dickste Frau.* Wäre das nicht lustig?«

Eleanor ließ ihren Kopf hängen, und ich sah, daß sie weinte. Robert sah Vivien kopfschüttelnd an. Vivien tat so, als sähe sie ihn nicht.

»Wann müssen wir zum Dinner los?« fragte ich, darauf bedacht, das Thema zu wechseln.

»Wohin geht ihr zum Abendessen?« wollte Vivien mit neugierigem Blick wissen.

»Nach Milecross Park«, sagte Min.

»Oh, der Südafrikaner. Wie ich höre, sieht er ziemlich gut aus. Wie schade, daß er so vulgär ist.«

»Er ist nicht vulgär.« Min war wütend. »Mir ist er jedenfalls lieber als alle anderen hier in der Gegend. Er ist nicht ganz so stumpfsinnig wie die meisten. Er ist sehr attraktiv. Und überaus charmant.«

Vivien blickte zu Robert hin und zog eine Braue hoch. »Manchmal frage ich mich, ob Min ganz zufrieden ist mit ihrer Rolle als Ehefrau und Mutter. Du weißt ja, daß manche Menschen fürs häusliche Leben einfach nicht geschaffen sind.«

»Du zum Beispiel«, versetzte Robert grob. »Tagelang habe ich dich nicht gesehen, als ich klein war. Du warst zu beschäftigt mit deinen Jungs.«

»Dagegen war ich machtlos, mein Schatz. Sie riefen nach mir. Was sollte ich tun? Armer kleiner Simon Maitland. Hat Selbstmord begangen, weißt du. Wegen mir.«

»Wie sollte ich das nicht wissen, in Anbetracht der Tatsache, daß du es uns fast jedesmal erzählst, wenn du hier bist. Das scheint deine einzige Leistung zu sein ... einen unschuldigen Jungen in den Tod getrieben zu haben. Er muß ein absoluter Narr gewesen sein.«

»Ich muß schon sagen, in den dreizehn Jahren deiner Ehe bist du außerordentlich ungeschlacht geworden. Ich frage mich nur, warum.«

»Ich werde lieber gehen und mich ein wenig hinlegen«, sagte ich, weil ich beschlossen hatte, sie ihr Gezanke allein austragen zu lassen.

»Hinlegen? Warum zum Teufel sollte eine gesunde junge Frau sich um halb fünf Uhr nachmittags hinlegen? Sie sind doch nicht schwanger?«

»Mutter!«

»Ich hoffe nicht«, erwiderte ich gelassen. »Es wäre, milde ausgedrückt, lästig.«

Als ich auf meinem Zimmer war, schaltete ich mein Elektroöfchen an, das ich mit den anderen Dingen nach oben gebracht hatte, und wärmte mich davor ein wenig auf.

Als ich dann richtig schläfrig wurde, schlüpfte ich unter die Bettdecken und fiel in einen Halbschlaf.

Kapitel 9

Als ich wach wurde, war das Glühen des Elektroofens die einzige Lichtquelle im Zimmer. Er hatte den Raum um mein Bett herum wunderbar erwärmt. Auf meiner Uhr war es halb sieben. Ich holte mein Kleid aus dem Schrank. Es fühlte sich feucht an, und so ließ ich es vom Baldachin des Bettes herunterhängen, damit es vor dem Ofen trocknen konnte, während ich mich schminkte und mein Haar gründlich bürstete. Die aufsteigende Wärme in Verbindung mit der Feuchtigkeit glättete sämtliche Knitterfalten meines Kleides so wirkungsvoll, wie es nur eine Kammerzofe fertiggebracht hätte.

Für ein Bad war es zu spät, und mehr als eines am Tag war in diesem Monument englischer Unerschütterlichkeit ohnehin nicht auszuhalten. Ich schlüpfte in mein Kleid und in eine transparente Strumpfhose, und dann mit den Füßen in ein paar hochhackige schwarze Wildlederschuhe. Danach diskutierte ich mit mir die Frage um Wirtschaftlichkeit oder Behaglichkeit, was aber rasch entschieden war. Ich beschloß, den Elektroofen anzulassen.

In der Küche, die bis auf die vor dem Paraffinofen ausgestreckt schnarchende Ham leer war, wusch ich drei Gläser ab, die ich im Anrichtezimmer gefunden hatte, und holte den Champagner aus dem Kühlschrank. Plötzlich überkam mich das verrückte Verlangen nach einer Olive, doch da ich nicht die Umsicht besessen hatte, mir welche zu besorgen – sofern so etwas in Great Swosser überhaupt zu bekommen war – begnügte ich mich mit einem Stück Ingwerkuchen. Er schmeckte ziemlich fad und war trocken, aber ich hatte Hunger. Plötzlich fragte ich mich, warum Eleanor so dick war. Mins Gerichte fielen nicht gerade üppig aus, und was es gab, bekam man nur mit Mühe herunter.

Robert und Min kamen herein, und ich unterdrückte einen unhöflichen Ausdruck des Erstaunens angesichts der an beiden vollzogenen Verwandlung. Min sah in ihrem Kleid aus blauer Seide sehr hübsch aus, und Robert trug einen Abendanzug. Eine Smokingjacke vermag auch an einem unansehnlichen Mann etwas zu bewirken, aber Robert war ganz und gar nicht unansehnlich, wie ich mir eingestehen mußte.

»Woher kommt das denn?« wollte er mit Blick auf das Glas, das ich ihm hinhielt, voller Argwohn wissen.

»Das ist bloß ein kleines Geschenk von mir, dafür, daß ich hiersein darf. Ich habe das heute morgen im Laden von Beale gekauft. Ist gar nicht mal so schlecht.«

»Das will ich meinen!« sagte Min, nahm ihr Glas und stürzte den Inhalt geräuschvoll hinunter. »Einfach himmlisch. Wir haben nie Champagner zu Hause. Warum eigentlich nicht?«

»Ich hielt ihn immer für ein überschätztes Getränk«, erwiderte Robert. »Etwas für Nutten und Rennpferdbesitzer.«

Am liebsten hätte ich ihm das Glas aus der Hand gerissen, aber mir fiel die Spülsteingeschichte wieder ein, und so setzte ich eine Miene kühler Belustigung auf.

»Robert!« entrüstete sich Min. »Deine Mutter hat ganz recht. Du bist richtig ungehobelt geworden. Muß wohl mein Fehler sein. Achte nicht auf ihn, Daze. Er ist furchtbar eifersüchtig auf Charles Jarrett. Das ist der Mann, bei dem wir zum Abendessen eingeladen sind. Er züchtet Rennpferde und ist schrecklich reich.«

Das hörte ich gerne. Ein reicher Südafrikaner würde eine angemessene Vorstellung vom Heizen haben. Mir fiel auf, daß Robert trotz seiner Verachtung für Champagner sein Glas geleert hatte. Ich wollte ihm gerade nachschenken, als er mir die Flasche sehr bestimmt aus der Hand nahm und sämtliche Gläser neu füllte.

»Wie schade, daß wir keine Chips haben«, meinte Min und sah sich dabei hoffnungsvoll um, als kämen sie gleich über uns, wie der Goldregen über Danae. »Wärst du so lieb und würdest mir bei meinem Kleid helfen? Robert hat versucht, es mit der Sicherheitsnadel festzustecken, aber ich fühle mich nicht wohl darin.«

Ich nahm die Sicherheitsnadel heraus, die den Stoff in einem festen Wulst mit dem Reißverschluß verband.

»Brauchst du noch eine Sicherheitsnadel?«

»Nadel und Faden, bitte«, murmelte ich, während ich überlegte, wie ich das hinkriegen konnte.

Eine intensive Suche nach Nadel und Faden begann, und als sie gefunden waren, klappte es mit der Reparatur ziemlich gut, und nachdem wir den Champagner geleert hatten, hätte keiner mehr sagen können, daß ich einen flaschengrünen Faden und eine Stopfnadel verwendet hatte.

»Du bist eine Zauberin«, sagte Min. »Ich hatte vergessen, daß du im Nähen immer ein As warst. Wo ist denn bloß meine Bürste? Ich muß mich nur noch kämmen, dann bin ich fertig.«

Ehe ich sie davon abhalten konnte, hatte sie die Bürste genommen, mit der ich Ham bearbeitet hatte, und strich sich damit übers Haar.

»Was riecht denn hier so furchtbar?« schnüffelte Robert, während eine Wolke Flohpuder ihren Kopf wie ein Nimbus umschwebte. »Da ist irgendwas in deiner Bürste, Min.«

Gedankenverloren warf Min einen Blick darauf, zog ein paar von Hams schwarzen Haaren heraus und fuhr dann mit dem Bürsten fort.

»Wahrscheinlich Talkumpuder. Den nehme ich manchmal, wenn ich vergessen habe, mir die Haare zu waschen.«

»Das glaube ich nicht«, meinte Robert mit gerümpfter Nase. »Etwas, was die Leute so riechen läßt, ließe sich doch gar nicht verkaufen. Das ist ja abscheulich.«

Mir kam der Gedanke, daß ich, sollte ich mich in späteren Jahren an dieses Wochenende erinnern, Robert immer als ein großes, forschend schnüffelndes Tier vor mir sehen würde, als einen schlecht gelaunten Tapir, der mißtrauisch seine spitze Nase in alles steckte und sein Territorium unter wütendem Geknurre verteidigte.

Muriel, das junge Mädchen aus dem Dorf, die zum Kinderhüten kam, war eingetroffen und von Eleanor sofort zum Fernsehen in den Wirtschaftsraum entführt worden. Der uns alle umgebende Glanz hatte Muriel stark beeindruckt. Ihr eigenes Erscheinungsbild hatte so gar nichts Glänzendes, sie war groß und schlaksig und trug Gummistiefel. Doch mit Freude sah ich, daß sie Eleanors Hand hielt und sehr freundlich mit ihr redete.

Min bestand darauf, daß ich vorne im Land Rover saß, während sie fuhr und Robert schob. Ich fügte mich, ohne zu protestieren. Um meiner Strümpfe und Schuhe willen war ich nicht darauf erpicht, durch Dunkelheit und Schnee den Hügel bis zum Weidezaun hinunterzulaufen. In Erinnerung an seine Bemerkungen über Nagellack, Überheblichkeit und Champagner versagte ich mir jegliches Schuldgefühl, als ich Robert hinter uns keuchen und stöhnen hörte, doch ich erinnerte Min daran, die Handbremse herauszunehmen, was ich unter diesen Umständen sehr nett von mir fand.

Da die Straßen zufroren und Min sich konzentrieren mußte, fuhren wir die fünfzehn Kilometer nach Milecross Park in gemeinschaftlichem Schweigen, das nur der Lärm des überanstrengten Motors und das schwere Schnaufen von Robert im Fond unterbrach. Das Haus war groß und hell erleuchtet. Schon sein Anblick stimmte mich fröhlich. Auf dem Kies vor der Eingangstür standen zwei Rover, ein Mercedes und ein Bentley, neben denen unser Land Rover ziemlich deplaziert wirkte. Ein hübsches Dienstmädchen ließ uns hinein und nahm uns die Mäntel ab. Als sie sie wegtrug, sah ich, daß meiner leider am Rücken einen langen Schmutzstreifen hatte, der bei unserem Aufbruch ganz bestimmt noch nicht dagewesen war.

Als man uns ins Wohnzimmer führte, kam uns der Gastgeber zur Begrüßung entgegen. Charles Jarrett beugte sich zu Min hinab, um sie zu umarmen, und er tat dies mit so viel Anerkennung und Charme, daß es sowohl für eine attraktive

Frau als auch für ihren zuschauenden Ehemann akzeptabel war. Er mußte etwas von dem Flohpulver eingeatmet haben, denn er wich ein wenig zurück und räusperte sich, ehe er Robert die Hand reichte. Dann wandte er sich mir zur Begrüßung zu.

Er war dunkelhaarig und sehr braun, in den intensiv blickenden grauen Augen einen Ausdruck von Belustigung, der mich von Anfang an für ihn einnahm, insbesondere nach den vierundzwanzig Stunden mit Robert.

»Willkommen, Diana. Ich darf Sie doch Diana nennen?« sagte er und hielt dabei meine Hand, die so klamm und kalt war wie ein tiefgekühlter Braten, einen Augenblick lang in seiner warmen.

Er strahlte Gesundheit und Energie aus, als hätte er immer das Richtige zu essen bekommen und sich zu jener wichtigen Stunde vor Mitternacht schlafen gelegt. Neben ihm sah Robert müde und deprimiert aus.

»Natürlich«, murmelte ich und erwiderte sein Lächeln.

»Sie sind ganz anders, als ich erwartet hatte. Wie ich sehe, hat es sich gelohnt, die Nachbarschaft nach einem zusätzlichen Tischpartner zu durchforsten. Jetzt weiß ich, warum Frauen so viel Aufhebens um einen Junggesellen auf dem Land machen. Niemals werde ich das Gefühl haben, wegen irgendeines ganz bestimmten Verdienstes eingeladen zu werden. Bis auf das, ein Mann zu sein und alleine kommen zu können.«

»Sie haben vollkommen recht. Selbst wenn Sie taubstumm wären, nur Nüsse und getrocknete Früchte äßen und auf der Bahre herumgetragen werden müßten, wären Sie gesellschaftlich ebenso begehrenswert wie jetzt auch.«

Ich fand es nett, daß Charles über diesen Ausfall herzhaft lachte, dann machte er mich mit den anderen Gästen bekannt. Natürlich konnte ich mir nicht sämtliche Namen merken, auch hinterließ niemand einen bleibenden Eindruck, abgesehen von der Dame, die neben mir stand, eine graue gebückte Gestalt, die mich sofort fragte, ob ich Gärtnerin sei. Diese direkte Annäherung verunsicherte mich ein wenig, obwohl mir klar war, daß sie nicht von mir wissen wollte, ob ich von neun bis fünf dazu angestellt war, aus Versehen jemandes beste Pflanzen anstatt des Unkrauts auszugraben und Tannenzapfen in den Rasenmäher zu stopfen.

»Im Geiste, ja«, erwiderte ich, »aber leider habe ich keinen.«

Das stimmte nicht ganz, denn ich besaß ein von Mauern umgebenes, fünfundzwanzig Meter langes Stück Land hinter meinem Haus in der Orchard Street, das voll der schönsten und seltensten Pflanzen war, die ich hatte finden können, doch ich sprach nicht gerne darüber. Einen Moment lang war sie enttäuscht, fing dann aber an, von ihrem Garten zu erzählen, der anscheinend sehr groß war, unter niederwüchsigem Holunder und Winden erstickte, hordenweise von Rehen und Kaninchen überrannt und von Eisstürmen gepeitscht wurde, die aus allen nur denkbaren Richtungen wehten, der zudem von einem Gärtner betreut wurde, der unaufrichtig, unfähig und ohne auch nur einen Funken Verstand war.

»Ach, meine Liebe. Da kann ich nur für Sie hoffen, daß wenigstens der Boden gut ist«, ließ ich mich unvorsichtig darauf ein.

Sofort legte sie wieder los. Ihr Boden war der schlimmste, den je ein Garten gehabt hatte. In einigen Teilen bestand er nur aus Sand und Steinen, ohne Nährstoffe, in anderen Teilen aus so schwerem Ton, daß zehn Männer es nicht schafften, ein Loch zu graben. Darüber hinaus hatte sie erst letzte Woche die allergiftigsten Honigpilze entdeckt.

»Du meine Güte«, sagte ich, weil ich mein Mitgefühl für diese jämmerliche Lage zum Ausdruck bringen wollte, »vielleicht sollten Sie überlegen, ob Sie nicht besser umziehen. Falls Sie glauben, einen Käufer finden zu können?«

Sie sah mich äußerst entrüstet und erstaunt an und sagte dann sehr frostig: »Viele Leute halten meinen Garten für einen der schönsten im Nordosten.«

Wir beendeten unser Gespräch im gegenseitigen Einvernehmen. Als nächstes plauderte ich mit einem Gynäkologen, einem gedrungenen Rotblonden, der, ganz anders als die Frauenärzte, die mir bisher begegnet waren, zurückhaltend, bescheiden und scheu war, was so weit ging, daß ich ihn aufgrund seines leisen Sprechens kaum verstand. Er war so begeistert, daß ich keine Kinder und demzufolge auch keine Geschichte komplizierter Entbindungen zu erzählen hatte, daß er in tiefen Zügen trank und lauter sprach.

»Sie glauben ja gar nicht, wie viele Frauen es gibt«, holte er schwungvoll aus, »die mich beim Essen mit den intimsten Details beglücken. Wirklich peinlich.«

»Aber Sie sind doch sicherlich mit solchen Dingen vertraut?« erwiderte ich. »Sind das nicht alles Alltäglichkeiten und Banalitäten und ziemlich unpersönlich? Das sagt man uns jedenfalls, und das wollen wir auch gerne glauben.«

»In meiner Praxis, ja. Aber trotz allem bin ich doch ein ganz normaler Mann.«

Ich zollte ihm meinen Respekt, denn ich kenne nur wenige Gynäkologen, die so von sich denken.

»Genau wie jeder andere Mensch auch sehne ich mich nach Romantik und Illusion. Sich körperlich zu lieben, ist eine Frage der Vorstellungskraft, nicht nur eine körperliche Reaktion auf einen Reiz.«

Wäre er ein wenig größer und ein bißchen weniger rotblond gewesen, hätte er, ungeachtet seines Berufs, Romantik und Illusion vermutlich sehr viel leichter gefunden, doch diesen Gedanken behielt ich für mich. Man rief zum Abendessen, und wir strömten dem Eßzimmer zu. In beiden Räumen hatte man prächtige Kaminfeuer aufgeschichtet, und die Luft war dank der Wärme und dem Duft der Treibhauslilien, die in jedem Raum in einem großzügigen Gesteck aufgestellt waren, wie Balsam. Alles in Milecross Park fiel ins Auge, nichts brauchte sich zu verstecken. Die Sofas waren weicher und tiefer als anderswo, die Tische länger und glänzender, die Gemälde größer und farbiger, die Teppiche dicker und die Kandelaber funkelnder.

Es erinnerte mich an Foxcombe Manor, wahrscheinlich deshalb, weil beide Häuser in ihrer Vollkommenheit und Detailfreude in der Innenausstattung eine unmißverständliche Handschrift erkennen ließen. Mrs. Studley-Headlams Haus war sehr viel hübscher und entsprach meinem Geschmack mehr, aber beide waren aus einem Guß entstanden, Möbel und Einrichtungsgegenstände waren nicht stückweise erworben worden. Milecross Park war zwar georgianisch, aber die Dekoration war durch und durch modern. Am einen Ende des Eßzimmers stand eine Granitskulptur, die planlos von großen Öffnungen durchlöchert war, wie ein versteinerter Schwamm.

»Gefällt es Ihnen?« erkundigte sich Charles, als er merkte, daß ich bei der Suche nach unseren Plätzen den Blick darauf gerichtet hielt.

Mit einer schnellen Bewegung beugte er sich über die Tischmitte und tauschte eine Tischkarte gegen die aus, die er in der Hand hielt.

»Das war ein Versehen. Sie sitzen neben mir. Beatrice«, rief er einer Frau in marineblau zu, die aufgrund der herrischen, wichtigtuerischen Art auffiel, mit der sie anderen Leuten ihre Plätze zuwies, »du sitzt hier.«

»Das glaube ich nicht«, sagte Beatrice und ging zu ihm hinüber. »Horace meinte ... oh!«

Sie sah die Karte, auf der von geschulter Hand *Beatrice* geschrieben stand, und die Mundwinkel zogen sich kurz nach unten. Sie warf mir einen unfreundlichen Blick zu.

Ich setzte mich neben Charles ans Ende des Tisches. Charles stellte die Karte mit meinem Namen vor mich hin. Ich sah Beatrices wütenden Blick, sie schüttelte ihre Serviette aus, als würde sie Wespen vertreiben. Ich wandte meinen Blick ab und sah, daß Charles mich beobachtete.

»Sie wissen, daß diese Frau mich auf ewig hassen wird«, sagte ich und konnte mir ein Lächeln nicht verkneifen.

»Das würde mich nicht überraschen. Beatrice hat, wie man mir sagt, gesellschaftlich ziemlich großen Einfluß, aber Sie haben Ihre eigene, ganz anders geartete Überlegenheit, und es wird Ihnen nichts ausmachen.«

»Es wird mir schon deshalb nichts ausmachen, weil ich am Montag zurück nach Cambridge fahre.«

»Wirklich? Wie schade. Sie sind mir die Antwort schuldig geblieben, was Sie von dem Steinklumpen halten!«

Ich sah ihn mir an. Er war weder schön noch aussagekräftig noch besonders interessant.

»Eigentlich gefällt er mir überhaupt nicht.«

»Gut. Es freut mich, daß Sie nicht aus Höflichkeit lügen. Ist ziemlich scheußlich, oder? Hat den Titel *Passendale.*«

»Tatsächlich? Guter Gott, ich kann mir nicht denken, warum.«

»Künstler halten das, worüber sie schreiben, was sie malen oder bildhauern in gewisser Weise für ein sehr ernstes Ereignis ... und es gibt nichts Ernsthafteres als einen Weltkrieg ... das verleiht ihrem Werk Redlichkeit.«

»Ich halte das für sehr zynisch.«

»Das ist es auch. Und auf gar keinen Fall fair. Aber ich kaufe diese Dinge, weil ich sie, wenn sie in zwanzig oder dreißig Jahren etwas wert sind, bedenkenlos verkaufen kann. Sie sind mir gleichgültig ... sie sind nur Tapete. Aber Tapete, die im Wert sprunghaft ansteigt. Nach dem Essen zeige ich Ihnen etwas, das wirklich des Anschauens wert ist.«

»Es gibt also etwas, das Sie haben wollen, einfach weil es schön ist?« wollte ich wissen. Ich dachte dabei an eine Skulptur von Michelangelo oder ein Gemälde von Raffael.

Ein Teller mit einem halben Dutzend Austern wurde vor mich hingestellt. Ich sah, wie Robert, der auf der gegenüberliegenden Tischseite ein paar Plätze weiter unten saß, eine Gabel nahm und argwöhnisch das glänzende graue Fleisch anstupste. Ich mußte an den Tapir denken und lächelte in mich hinein.

»O ja. Lächeln Sie, weil Sie sicher sind, die Antwort darauf zu wissen?« antwortete er mit derart anzüglichem Blick, daß ich plötzlich begriff, was er meinte, und verlegen wurde.

Coleridge sagte einmal, daß das Verlangen des Mannes auf die Frau gerichtet ist, die Frau aber selten mehr als das Verlangen des Mannes begehrt, und beschämt gebe ich zu, daß ich diesem Kabinettstück der Frauenfeindlichkeit ein Quentchen Wahrheit zubilligen muß. Ich war sehr wohl bereit, mit Charles zu flirten, wenn er mit mir flirten wollte, und zwar nur zu dem einen Zweck, mich liebenswert darzustellen und meiner Eitelkeit zu frönen. Nach diesem Abend würde ich ihn nie mehr wiedersehen, und wenn er die Absicht hatte, Beatrice eifersüchtig zu machen, war ich gerne bereit, ihn dabei zu unterstützen, denn sie war mir auf den ersten Blick unsympathisch gewesen.

»Min erzählte mir, daß Sie Rennpferde züchten. Haben Sie das auch in Südafrika gemacht?«

»Nein. Auf dem Land, das uns gehörte, hat man vor zwanzig Jahren riesige Kohlevorkommen entdeckt. Und ich mußte mich sehr rasch in den Bergbau einarbeiten. Da blieb für anderes nicht viel Zeit. Aber ich wollte immer nach England und Pferde züchten. Mein Großvater war Engländer, und er wurde sein Heimweh nie ganz los.«

»Und gefällt es Ihnen, jetzt, wo Sie hier sind?«

»Ja, schon. Im großen und ganzen. Es ist klein, aber ich gewöhne mich daran.«

»Geographisch klein, meinen Sie?«

»Ja, auch in dieser Hinsicht. Ich glaube, ich habe auch ein bißchen Heimweh. Aber ich lebe gerne auf dem Land, und ich mag dieses Haus. Ich mag Engländer wie Min ... exzentrisch, ohne es zu wissen. Sie ist intelligent und aufrichtig und hat ein liebenswertes Wesen.«

»Finden Sie Min tatsächlich exzentrisch? Ich habe sie nie so gesehen.«

»Ich empfinde das so. Sie ist so offen, so ganz und gar sie selbst. Sehen Sie, wie sie mit Beatrices Ehemann spricht. Er versteht nicht, worüber sie redet, und schwankt zwischen Langeweile und einem Gefühl der Unterlegenheit. Aber es kommt ihr nicht auf den Eindruck an, den sie hinterläßt, nur auf das, was sie zu sagen versucht. Das ist sehr unüblich. Ich würde es exzentrisch nennen. Außerdem ist sie eine sehr attraktive Frau ... doch sie hat um den Hals einen Rand wie eine Pegelstandsmarkierung und riecht, als müsse sie Zecken vertreiben.«

Ich überlegte kurz, ob ich gestehen sollte, daß ich an der von ihm kritisierten Körperpflege Mins nicht ganz unschuldig war, wollte aber gerne noch mehr erfahren.

»Dann gehe ich davon aus, daß Frauen wie Beatrice nicht so Ihr Fall sind? Obwohl ...« ich hielt inne und überlegte mir eine feinfühlige Formulierung.

»Obwohl ich darauf vorbereitet war, sie zu verführen? Nun ja, warum nicht? Ihr Ehemann sähe es lieber, wenn ich mit seiner Frau schliefe, als daß er die Chance verpaßte, zur Rennsaison in meine Loge eingeladen zu werden. Und Beatrice möchte, daß ich mit ihr schlafe.«

Das überraschte mich nun doch etwas. Ich fand das ziemlich eingebildet, vorsichtig ausgedrückt. Ich beugte meinen Kopf nach vorne, um mir Beatrice anzusehen. Die Selbstgefälligkeit ihres Gesichtsausdrucks legte nahe, daß sie entweder über die Schulen ihrer Kinder sprach oder über ihr karitatives Wirken. Wer hätte gedacht, daß sie sich in ihrer Phantasie nackt in den Armen von Charles Jarrett im Doppelbett wälzte, die eigens für diesen Zweck gekaufte und sich drastisch von ihrem üblichen orthopädischen Baumwollbüstenhalter unterscheidende Reizwäsche über den Fußboden verstreut, wo er sie hatte hinfallen lassen? Ich wandte mich wieder Charles zu, der mich allem Anschein nach beobachtet hatte. Plötzlich lachte er, ohne etwas zu sagen. Ich fragte mich, ob er ahnte, was ich mir ausgemalt hatte. Die Austernschalen wurden weggenommen, statt dessen wurde eine winzige Portion weißfleischigen Fisches, wahrscheinlich Steinbutt, serviert.

»Schmeckt sehr lecker«, lobte ich, weil ich schließlich auch eine angemessene Dinnerparty-Persiflage ins Gespräch werfen wollte. »Wurde bestimmt mit einem Wurm gefangen, der von einem König gegessen hatte. Ich esse Hummer nur noch mit Widerwillen, seitdem mir jemand erzählt hat, daß deren Lieblingsnahrung Seeleute im Verwesungsprozeß sind.«

Nach dieser Äußerung, die mir sofort sehr ungeschickt vorkam, nahm ich mir vor, alles ein wenig ruhiger angehen zu lassen. Charles hatte seinen Steinbutt mit drei Bissen verzehrt, ließ die zur Dekoration gedachte Petersilie und die Krabben liegen und lehnte sich in seinem Stuhl zurück.

»Ich möchte etwas über Sie erfahren. Als Min am Freitag anrief, erzählte sie mir, Sie wären eine alte Freundin, und sie hätten sich seit Oxford nicht mehr gesehen. Das klang nicht sehr verheißungsvoll. Ich stellte mir einen ernsthaften Blaustrumpf mit Borsten im Gesicht, Besenreisern und Gesundheitsschuhen vor.«

Ich gab ihm in aller Kürze eine Lebensbeschreibung. Da ich erst vor weniger als vierundzwanzig Stunden mit Min alles durchgekaut hatte, gelang mir jetzt ein geschliffener Bericht. Er hörte mir in aller Ruhe zu, ohne einmal den Blick von mir abzuwenden oder mich zu unterbrechen. Als ich fertig war, runzelte er die Stirn und machte ein nachdenkliches Gesicht.

Der Fisch war durch Lammrücken ersetzt worden, aber er bemerkte es nicht und hing seinen Gedanken nach.

»Hört sich an, als hätten Sie Ihr Leben gut geplant«, sagte er schließlich.

»Ist das eine Kritik?«

Ich bemühte mich um einen leichten Ton, aber ich spürte, daß sich Ärger in mir breitmachte. Es gibt Männer, die aggressiv werden, wenn sie eine Frau anziehend finden. Ich bin nie dahinter gekommen, warum ... ob die Angst, ihr Verlangen könnte nicht befriedigt werden, sie verletzbar macht, oder ob es eine primitivere, unbeabsichtigte Reaktion ist, verbunden mit dem Wunsch, Frauen an den Haaren umherzuschleifen.

»Keine Kritik. Nein, ich bin verblüfft. Ihr Leben ist bewundernswert ... so geordnet, kontrolliert, erfolgreich, voller Freude und schöner Dinge, die Sie befriedigen. Kein falscher Schritt. Oder vielleicht verschweigen Sie mir auch die Irrtümer. Wofür es selbstverständlich keinen Grund gibt.«

»Es gibt nichts zu verbergen«, lachte ich und fühlte mich dabei doch ein wenig in der Defensive. »Natürlich habe ich Fehler gemacht. Aber sie sind nicht so interessant, daß man darüber reden müßte.«

»Erzählen Sie mir von Ihrer Familie. Wenn Sie meine Neugier verzeihen wollen?«

Natürlich schmeichelte mir ein so unverhohlenes Interesse. Ich erzählte ihm von meinen Eltern und versuchte, ihre Unzulänglichkeiten ins Lächerliche zu ziehen (was im Fall meiner Mutter überhaupt keine Schwierigkeiten bereitete), damit er mich keiner Freudschen Ängste verdächtigen konnte. Plötzlich ertappte ich mich dabei, wie ich ihm von meinem zweiten – und letzten – Treffen mit meinem Vater kurz vor seinem Tod erzählte. Das war etwas, worüber ich vorher noch nie gesprochen hatte, obwohl ich oft daran denken mußte. Vor diesem Treffen war ich schrecklich nervös und aufgeregt gewesen und hatte mir vorgestellt, es wäre der Beginn von etwas sehr, sehr Wichtigem. Mein Vater hatte mir die Hand geschüttelt, mir Name und Anschrift seines Anwalts mitgeteilt und mir empfohlen, mich mit diesem in Verbindung zu setzen, falls es mit meiner Bewilligung für Oxford Probleme geben sollte. Er hatte seine Hoffnung zum Ausdruck gebracht, daß ich fleißig studieren und mich nicht dem lockeren Studentenleben hingeben würde. Zum Abschied reichte er mir noch einmal die Hand. Die Unterredung hatte etwa eine halbe Stunde gedauert. Zwei Monate später starb er an Krebs und hinterließ mir alles, was er besaß ... keine große Summe, da er jahrelang von seinem Vermögen gelebt hatte, doch genug, um mir ein Haus kaufen und recht gut leben zu können.

»Einzig und allein, als er sich nach meiner Mutter erkundigte, zeigte er eine Gefühlsregung. Es war, als würde man in einem Fels plötzlich den Umriß einer Tür erkennen. Durch den Spalt fiel ein Schimmer jener geballten Bosheit, die ihn im Kern ausmachte. Er sagte, er gehe davon aus, daß sie eine debauchée sei, die mit einem Trunkenbold von Maler in einem Dunst aus Alkohol und Enttäuschung lebte. Das war eine sehr präzise Beschreibung, was ich ihm aber nicht sagte. Danach überlegte ich, daß ich vermutlich Glück gehabt hatte. Die meisten Menschen kämpfen ihr ganzes Leben lang, um sich vom Einfluß der Eltern zu befreien. Ohne einen liebenden Vater ist mir vermutlich jegliches Vergnügen entgangen, doch andererseits gibt es auch nichts, wovon ich mich erholen müßte.«

»Da haben Sie wahrscheinlich recht«, erwiderte Charles. »Mein Vater war ein harter Mann, selbstsüchtig, sogar grausam. Ich haßte ihn lange Zeit, ehe ich ihn begriff, und der Haß machte mich ziemlich unglücklich. Aber ich glaube, daß meine Gefühle ihm gegenüber auch ein Ansporn waren. Anders zu sein ... unabhängig zu sein.«

»Das ist genau das, was sich zwischen meiner Mutter und mir abspielte. Sie war ein Katalysator. Es ging darum, in jeder erdenklichen Hinsicht anders zu sein als sie.«

»Und was ist mit den Männern? Welchen Platz haben die in Ihrem Leben?«

Ich fühlte mich wieder in der Defensive.

»Es gab ein paar«, antwortete ich kühl.

»Das bezweifle ich nicht. Mehr als genug Auswahl, wie ich mir denken kann. Aber in Ihrer Geschichte scheinen sie nur eine Randexistenz zu führen. Haben Sie jemals mit einem Mann zusammengelebt?«

Die anmaßende Art, mit der er mich befragte, gefiel mir nicht. Dahinter steckte die Andeutung, daß etwas nicht stimmte, ich eine Schwachstelle hatte. Ich hätte ihm sagen können, er solle sich um seine Angelegenheiten kümmern. Aber das hätte den Anschein erweckt, als wollte ich mich in Sicherheit bringen.

»Ja, ein paarmal.«

»Aber es hat nicht geklappt.«

»Nein.«

»Wovor haben Sie denn Angst?« hakte er nach und sah mich dabei ganz direkt an.

»Sie vernachlässigen mich, Charles«, beklagte sich die Frau mittleren Alters zu seiner Linken, die den letzten Teil unseres Gesprächs belauscht hatte und sichtlich neugierig war. »Sieht so aus, als seien Sie von dieser jungen Dame«, sie warf mir einen ziemlich kühlen Blick zu, »über die Maßen fasziniert.«

»So ist es«, entgegnete Charles, der sich von ihrer Verstimmung nicht beeindrucken ließ.

Aber er wandte sich ihr zu und erkundigte sich nach ihrem Gatten, der sich in Amerika aufhielt und dort irgendetwas gleichermaßen Stumpfsinniges wie Wichtiges zu tun hatte, so daß ich mit dem jungen Mann zu meiner Rechten, den meine Aufmerksamkeit zu erfreuen schien, ein Gespräch anfing. Jamie war ein liebenswerter junger Mann, der sich gerade erst mit einem blonden Mädchen verlobt hatte, das kaum ein Kinn hatte und ein wenig weiter oben am Tisch saß. Er war absolut vernarrt in seine Braut. Nach einem Medizinabschluß an der Universität von Edinburgh studierte er jetzt Psychologie. Voller Begeisterung erzählte er mir von seiner Arbeit. Während er von Synapsen und Neuronen schwärmte, verlagerte sich meine Aufmerksamkeit ein wenig, und ich beobachtete Robert, der sich mit einer aufgeplusterten Blondine unterhielt, die, soweit ich das anhand der aufgeschnappten Gesprächsfetzen erkennen konnte, nicht sehr viel Grips hatte. Mit Robert hatte sie sichtlich Mühe.

»Wollen Sie damit sagen, daß französisches Essen überschätzt wird?« fragte sie ihn bemüht spielerisch.

»Nein. Ich habe nur eine Andeutung gemacht. Sie haben aus

der von mir geäußerten Meinung diesen Schluß gezogen«, erklärte er geduldig, so, als würde er sie gleich bitten, es hundertmal aufzuschreiben. »Genaugenommen habe ich das nicht einmal angedeutet. Ich habe nur gesagt, daß ich all diese mit kleinen Vögeln gefüllten Pasteten und Aufläufe nicht mag, lauter Schnäbel und Füße und kein Geschmack.«

»Eigentlich schade, sie umzubringen«, ergänzte die Frau mit einem trillernden Lachen. »Ich freue mich trotzdem an meinen süßen Vögelchen im Garten. Letztes Jahr brütete bei uns eine Schwanzmeise.«

Robert machte einen gelangweilten Eindruck und suchte an den Lammknochen nach dem letzten Fetzen Fleisch, ohne sich auch nur im geringsten an dieser Information interessiert zu zeigen. Die Frau verlor allen Mut, was ich nur zu gut nachfühlen konnte.

»Wie würden Sie heutzutage eine Depression behandeln?« fragte ich Jamie, als sein Redefluß einen Augenblick nachließ.

»Nun, erstens muß man feststellen, ob die Depression durch äußere Ursachen hervorgerufen wird. Um ehrlich zu sein, sind unsere Behandlungsmöglichkeiten noch nicht sehr gut. Bei der Angst erzielen wir sehr viel bessere Ergebnisse. Es gibt ganz verschiedene Behandlungsmethoden und Ansätze, und manchmal können die Menschen sogar auf Dauer geheilt werden. Im Augenblick untersuche ich Phobien. So gibt es zum Beispiel Menschen, die seit zwanzig oder mehr Jahren nicht in der Lage waren, ihr Haus zu verlassen. Jetzt können sie nach und nach wieder eingegliedert werden und ein mehr oder weniger normales Leben führen.«

Schwungvoll stach er seine Gabel in eine Schaumrolle.

»Ist die Platzangst die häufigste Phobie?«

»Das glaube ich schon. Aber Sie wären überrascht, was den Leuten alles Angst macht. Was glauben Sie, was die Theophobie ist?«

»Wird wahrscheinlich die Angst vor Gott sein.«

Einen Augenblick lang zeigte er sich enttäuscht. »Ja, Sie haben recht, aber was Potophobia ist, werden Sie sicherlich nicht erraten.«

»Angst vor Drogen?« schlug Charles' Nachbarin vor, die

mir, wie mir plötzlich einfiel, vor dem Essen als Charmian vorgestellt worden war.

»Nein. Trinken. Was ist mit Chaetophobia?«

Keiner von uns hatte eine Idee. Charmian, die allem Anschein nach bei Charles Eindruck schinden wollte, mischte sich mit Feuereifer ins Spiel, tippte auf eine Angst vor Dingen mit Schwänzen, eine Angst vor Dingen, die durch die Luft flogen oder eine Angst vor Dingen an Fäden.

»Alles arg daneben. Es ist eine Angst vor Haaren. Wie steht's mit Antlophobia?«

Begeistert genoß Jamie, daß er im Mittelpunkt stand, und schien unermüdlich.

»Die Angst, in einen Hirsch verwandelt zu werden?« schlug ich vor.

Angst, von Ameisen gebissen zu werden, war Charmians Vorschlag, der meinem, wie ich zugeben mußte, das Wasser reichen konnte.

»Angst vor Koffern«, schrie jemand vom unteren Tischende.

»Angst vor Überschwemmungen«, meldete sich Robert, nachdem keiner mehr lachte.

»Mogler«, rief ich, als ich Jamies niedergeschlagenem Gesicht ansah, daß Robert recht hatte. »Altphilologen dürfen nicht mitspielen.«

»Wer weiß denn, was Spermaphobie ist?« fragte Charles.

»Angst vor Sex!« riefen mehrere gleichzeitig.

Charles sah mich an, und seine Augen wurden ein wenig schmaler. Sein Blick war so konzentriert, daß ich meinte, andere würden ihm folgen. Ich wußte, daß ich errötete und wurde wütend.

»Nein«, sagte er und sah mich dabei noch immer an, jetzt aber lächelnd. »Eigentlich ist es eine Angst vor Keimen.«

»Ja, das stimmt«, bestätigte Jamie. »Angst vor Sex ist eigentlich Coitophobia oder Erotophobia. Ganz schönes Pech, wenn man darunter leidet!« Und dabei schwenkte sein Blick voller Verlangen auf seine Verlobte.

Das Gespräch nahm bis zum Ende des Abendessens einen ganz normalen Verlauf, und danach im Wohnzimmer stand ich mit Min und Charmian am Kamin.

»Was halten Sie davon?« fragte Charmian und deutete dabei auf ein großes Gemälde mit roten und blauen Rechtecken an der gegenüberliegenden Wand, von dem ich gerade gedacht hatte, wie häßlich es war. »Ziemlich gewöhnlich, oder? Das ganze Haus ist eigentlich so.«

Min wurde ärgerlich.

»Ich halte es für sehr raffiniert«, entgegnete sie. »Aber natürlich braucht es ein geschultes Auge, um das zu erkennen.«

Plötzlich spürte ich eine Berührung am Arm.

»Kommen Sie mit mir«, sagte Charles. »Ich habe versprochen, Ihnen etwas Schönes zu zeigen.« Er schob seine Hand unter meinen Ellbogen, und wir gingen in die Eingangshalle.

»Dies hier ist Horace, mein Sekretär und Faktotum«, sagte er, als er von einem jungen Mann einen Mantel entgegennahm und mir in diesen hineinhalf. Horace mit seiner großen Brille und den schwarzen Stoppelhaaren zeigte ein zaghaftes Lächeln.

Der Mantel war aus Schafsfell, ungeheuer warm und roch nach Zigarren. Dieses seriöse Kleidungsstück gab mir ein gewisses Gefühl der Sicherheit ... kaum das Zeug für eine Verführung. Charles ging durch mehrere Türen voran, bis wir, wie ich vermutete, auf der Rückseite des Hauses ankamen. Wir gingen hinaus auf den Hof, der schneefrei geräumt worden war. Der hochstehende Mond schien durch eine Woge wütend anbrausender Wolken zu schwimmen. In einer der Boxen im Stall brannte Licht.

»In Ordnung, Benny, ich möchte sie mir nur ganz kurz ansehen«, sagte Charles zu einem kleinen Mann mit Kappe, der nach Pferd stank.

Benny tippte an seine Kappe und entfernte sich.

»Kommen Sie. Sie brauchen keine Angst zu haben.«

Es wäre mir nie eingefallen, diese Unterstellung, feig zu sein, entrüstet von mir zu weisen, denn ich hatte wirklich panische Angst. Charles nahm mich am Arm, führte mich entschlossen hinein und verriegelte die Tür hinter mir. Das Pferd lief auf und ab, soweit sein Strick es ihm erlaubte, und als wir eintraten, fing es an, heftig mit dem Kopf zu zucken, die Augen zu rollen und verängstigt zu tänzeln. Sein Fell kräuselte sich, und die Hufe rutschten über den Fußboden. Charles redete mit leiser Stimme und gab beruhigende Laute von sich, während ich meinen Rücken gegen die Tür drückte und betete, nicht zu Tode getrampelt zu werden. Charles ging auf das Pferd zu und legte seine Hand auf den Hals, dabei bewegte er sich sehr vorsichtig und redete ständig besänftigend auf das Tier ein. Das Pferd beruhigte sich unter seiner Berührung und stand bald so still, als wäre es ein Strandesel.

»Das ist Astarte. Die beste Stute, die ich je hatte. Ist sie nicht zauberhaft?«

»Zauberhaft! Sie ist bestimmt sehr ... groß.«

Er streichelte ihr mit seiner Hand über den Rücken, worauf sie mit einem Beben ihres Fells antwortete und nur den Kopf drehte, um ihn mit feuchten, braunen Augen anzuschauen. Da keimte in mir der Verdacht, daß irgendeine Analogie zwischen mir und der Stute hergestellt werden sollte, und Charles mir zeigen wollte, daß er mich auf dieselbe Weise besänftigen und mir seinen Willen aufzwingen würde. Ich schob diese Vorstellung weit weg und sagte mir, daß mir so viel ungewohntes Landleben wohl in den Kopf gestiegen war, und wir uns nicht in einem Roman von Mary Webb befanden.

»Sie ist wieder trächtig. Deshalb sieht ihr Fell auch so gut aus. Es wird ihre letzte Trächtigkeit sein. Sie soll ihre Ruhe haben.«

»Sie wollen ihr doch nicht ... den Gnadenschuß geben?« erkundigte ich mich voller Angst.

Wie es Leute gibt, die sich nicht nach Indien trauen, aus Angst, dort Bettler zu sehen, fürchte ich mich, einen Bauernhof zu betreten, weil es möglich sein konnte, daß gerade ein Schwein abgestochen oder einem unglücklichen Vogel der Hals umgedreht wurde. Es überstieg mein Vorstellungsvermögen, wie Bauern sich über die Wand des Schweinekobens beugen konnten, um Percy den Nacken zu kraulen und ihm seine Lieblingsrüben zu füttern, während sie gleichzeitig schon daran dachten, am nächsten Tag Percys Hals vom einen Ohr zum anderen aufzuschlitzen. Charles lachte.

»Gütiger Gott, nein! Das wäre ja, als würde ich meine Frau erschießen ... sofern ich eine hätte.«

Ich hätte gerne gewußt, ob er jemals eine gehabt hatte, aber es schien mir klüger, mich auf unpersönliche Themen zu beschränken, solange wir zusammen mit einer trächtigen Stute als Anstandsdame eingeschlossen waren. Er streichelte Astarte ein letztes Mal und kam dann auf mich zu. Es ist seltsam, wie das Selbstvertrauen, das jemand ausstrahlt, das eigene herabmindert, als wäre ein System von Gewichten und Gegengewichten am Werk. Nie war mir jemand begegnet, der so selbstsicher war wie Charles, und plötzlich fühlte ich mich aufgeregt wie ein Schulmädchen.

»Ihnen ist kalt«, sagte er und legte seine Hände auf meine Schultern.

»Eiskalt!«

»Sie sind ein sehr zerbrechliches Wesen, nicht wahr?« zog er mich auf.

Ich kann nicht erklären, warum mich plötzlich das lächerliche Verlangen überkam, in Tränen auszubrechen. Gott sei Dank tat ich es nicht, aber meine Fassung gewann ich nur wieder, indem ich die Augen schloß und mich in Gedanken an einen anderen Ort versetzte. Auf einmal ließ er mich los und sagte sehr nüchtern: »Wir sollten lieber hineingehen. Man wird sich schon wundern, wo wir bleiben.«

Schweigend überquerten wir den Hof. Da erschien Benny. Er hatte offensichtlich auf uns gewartet.

»Soll ich sie für heute nacht satteln, Chef?«

Charles nickte. Ich übergab dem in der Halle wartenden Horace den Schafsfellmantel. Das Dienstpersonal der chinesischen Kaiser konnte kaum tüchtiger und diskreter sein als das von Charles. Horace verweigerte den Blickkontakt, obwohl ich ihn anzulächeln versuchte. Es kam mir vor, als hätte man mich aus einer geschlossenen Kutsche heraus die Treppe hochgeschmuggelt, um die sexuellen Wünsche eines Habsburger Prinzen zu befriedigen. Es war eine Erleichterung, in den Salon zurückzukehren und dort die üblichen wohlerzogenen Gesichter und altmodischen Abendkleider der ins Spiel vertieften Engländer zu sehen.

Robert fuhr uns nach Hause. Ich saß neben ihm, und Min, die hinten saß, redete während der ganzen Fahrt.

»Ich finde es immer so vergnüglich, wenn wir dort sind. Es ist so angenehm, es warm zu haben und köstliche Dinge zu essen. Wenn man doch nur einen Nachschlag bekäme! Diese Charmian ist ein echtes Miststück. Ich bewundere Charles. Er ist zu gut für diese Leute. Ihre Gehässigkeit kommt einzig und allein daher, daß er so viel mehr von dem schönen Geld besitzt als sie alle. Aber sie würden es nur halb so sinnvoll ausgeben. Was hältst du von ihm, Daze? Ich habe gesehen, daß er ganz verrückt nach dir war. Das war mir schon vorher klar.«

In ihrer Stimme lag so viel Selbstgefälligkeit, als wäre sie eine Matrone aus den Anfangsjahren des Jahrhunderts, und ich die Tochter, die sie unbedingt unter die Haube bringen wollte.

»Er mag dich.« Wegen Robert fiel meine Antwort zögerlich aus.

»Schön! Was hat er gesagt?«

»Er meinte, du wärst intelligent, wahrhaftig und ... warmherzig, glaube ich. Etwas in der Richtung. Er hält dich für exzentrisch.«

»Tut er das tatsächlich?« Min war entzückt. »Aber ich bin doch der gewöhnlichste Mensch, den es gibt. Hausfrau, Mutter ... und darin noch nicht einmal sehr gut.«

»Er sprach von etwas weniger Offensichtlichem. Von deiner absoluten Aufrichtigkeit ... dem Nichtvorhandensein jeder Künstlichkeit, das wollte er damit sagen.«

»Ich fühle mich so geschmeichelt. Der liebe Charles! Jetzt erzähle mir doch, worüber ihr sonst noch gesprochen habt. Ich konnte sehen, daß ihr beide ganz versunken wart. Erzähl mir alles.«

Ich lächelte in der Dunkelheit vor mich hin. In unserer Kinderzeit waren dies immer Mins erste Worte nach einer Trennung gewesen. Aber vor Robert konnte ich unmöglich sprechen, denn ich war mir ziemlich sicher, daß er zuhörte. Und auch, daß er feindselig eingestellt war. Deshalb verblüffte es mich, als er sagte: »Er hat ganz recht mit dem, was er über Min sagte. Das ist das, was ich am meisten an ihr liebe. Er scheint doch mehr Scharfsinn zu besitzen, als ich ihm zugetraut hätte.«

Und vielleicht trifft dasselbe ja auch auf dich zu, blitzte mir durch den Kopf, als wir in die Einfahrt von Weston Hall einbogen.

Kapitel 10

Am nächsten Morgen standen wir alle spät auf. Nach einem Frühstück, das keiner von uns recht genoß, weil das Eiweiß der gekochten Eier noch durchsichtig und glitschig und der Toast schwärzer als die Nacht war, bot ich an, mich um das Mittagessen zu kümmern, damit Min arbeiten konnte, aber sie wollte davon nichts wissen.

»Kommt nicht in Frage. Wenn du schon einmal hier bist, möchte ich dich auch so viel wie möglich für mich haben. Und ich möchte alles wissen, was gestern Abend zwischen dir und Charles passiert ist.«

»Dann laß dir wenigstens beim Gemüseputzen helfen«, schlug ich ihr vor und zog mir die schmutzige Schürze, die hinter einer Tür hing, an. »Hast du Gummihandschuhe?«

»Nur die, die ich nehme, wenn das Klo verstopft ist. Soll ich sie holen? Nein, na gut. Wenn du mir schon unbedingt helfen willst, dann nimm die Pastinaken. Jetzt mußt du mir aber alles erzählen. Ich habe gesehen, daß ihr nach dem Abendessen zusammen weggeschlichen seid.«

»Wir wollten uns ein Pferd ansehen.«

Während ich mich mit einem stumpfen Messer und sehr großen holzigen Pastinaken abmühte, erzählte ich Min von unserem Besuch in Astartes Box.

»Charles hatte sie vollkommen im Griff. Bei ihm war sie völlig entspannt. Aber mich überkam das merkwürdige Gefühl, daß er mir zeigen wollte, was er mit mir anstellen könnte, wenn ich es ihm erlaubte. Ist vielleicht auch nur meine übersteigerte Phantasie.«

»Das könnte von Lawrence sein! Das ist das Aufreizendste, was ich je gehört habe! Gab es da nicht eine Geschichte von D. H. Lawrence, die wir in der Sekundarstufe I durchgenommen haben? *St. Mawr* ... so hieß die doch. Ach nein, das war ja andersherum. Das Pferd war ein Hengst und war Symbol des Mannes ... nichts als pulsierende urzeitliche Kräfte, erdig und gärend!«

»Ich glaube, du übertreibst, Min. So aufregend war das gar nicht.«

Ich mußte wieder daran denken, wie ich am liebsten in Tränen ausgebrochen wäre, und überlegte, ob da dunkle, unbewußte Kräfte am Werk waren, aber es wollte mir nicht gelingen, sie zu benennen.

»Er ist wirklich der anziehendste Mann überhaupt«, sagte Min träumerisch und hielt im Kartoffelschälen inne. »Wenn ich Robert gegenüber nicht treu sein müßte, würde ich auf der Stelle mit ihm ins Bett gehen. Ich hoffe, daß du das tust. Dann kannst du mir alles erzählen, und ich habe eine Ersatzbefriedigung.«

»Ich habe ganz und gar nicht die Absicht, mit ihm ins Bett zu gehen. Für jemanden, der abgesehen von den erlaubten Grenzen des Ehebettes praktisch ein keusches Leben führt, bist du im Namen anderer äußerst promiskuitiv. Ich fahre morgen ohnehin nach Hause, und am besten vergißt du alles.«

»Er ist wie die Helden in diesen Romanen, die wir mit Gina gelesen haben ... erinnerst du dich? Düstere Grafen mit markanten Zügen, die mit großen Peitschen unterm Arm umherziehen, grausam bis zum letzten und herrschsüchtig, aber auch der größten Sanftheit fähig. Bist du sicher, daß er dich nicht am Kinn gepackt, dein Gesicht nach oben gedreht und dich wild auf die Lippen geküßt hat?«

Wir lachten beide über diese Vorstellung.

»Vielleicht haben ihn meine unproportionierte Stupsnase und der Lärm meines glucksenden Lachens abgeschreckt.«

»Oh, stell dir Charles in einem von Weston geschneiderten Mantel vor – man bräuchte zwei Männer, um ihn da hineinzuzwängen!«

»Und ein paar enge Jutehosen und glänzende Stulpenstiefel, von einem schrecklich einfühlsamen Kammerdiener mit einer Mischung aus schwarzer Schuhwichse und Champagner auf Hochglanz poliert.«

Wir kicherten, bis wir nicht mehr konnten, weniger, weil es so lustig war, sondern weil wir so glücklich waren, zusammenzusein und die alte Intimität wieder aufgebaut zu haben.

»Was ist denn hier so lustig?« wollte Robert wissen, der mit Eleanor hereinkam. »Das Telefon geht wieder. Harrison hat gerade angerufen. Er möchte, daß ich gleich in die Schule komme. Es gibt eine Sitzung mit dem Schulbeirat wegen Gerald.«

»Ach, Schatz ... was wird aus dem Braten! Jetzt, wo William zu den Bewicks gegangen ist, sind wir nur noch zu dritt zum Essen.«

»Weiß ich. Tut mir leid. Aber ich muß gehen. Ich muß mich für Gerald einsetzen. Da möchte jemand seinen Platz haben, und es ist ihnen egal, wie viele Lügen aufgetischt werden. Ich muß den Schulbeirat überzeugen, daß er vollkommen unschuldig ist. Ich werde den Braten am Abend kalt essen. Übrigens finde ich, daß William sich zu oft bei diesen Bewicks aufhält. Ich mag keinen von ihnen. Warum kann er sich nicht mit Freunden seines Alters treffen?«

»Ich weiß nicht«, meinte Min. »Ich mag sie auch nicht besonders. Aber du kannst anderen nicht ihre Freunde aussuchen. Wenn ich darüber nachdenke, mag ich Gerald eigentlich auch nicht so gern. Ich hoffe, du bringst dich nicht seinetwegen in Schwierigkeiten. Warum muß dieses Treffen ausgerechnet am Sonntag stattfinden?«

»Weil die Sache streng vertraulich ist. Wir wollen nicht, daß die ganze Schule davon erfährt. Ich begreife nicht, warum du Gerald nicht magst.«

»Er ist so überlegen, legt so ungeheuer viel Wert darauf, seine Gelehrsamkeit herauszukehren. Er ist affektiert. Er hat so eine dumme Angewohnheit, durch die Nase zu sprechen, als könnte er die Worte kaum herauspressen. Er ist ein intellektueller Angeber.«

»Andererseits ist er überaus gescheit, kultiviert und freundlich. Alles Dinge, die du normalerweise gut findest. Ich glaube, du hast Vorurteile.«

»Hm. Schon möglich«, gab Min zu und nahm den kochendheißen Wasserkessel vom Herd, »ich weiß, daß man heutzutage von uns erwartet, alles zu tolerieren, aber ich will nicht einsehen, daß die Natur es vorgesehen hat, am Hintern anderer herumzufummeln.«

»Min! Also wirklich!«

Eleanor, die am Tisch gesessen und mit den Platzdeckchen gespielt hatte, blickte interessiert auf.

»Tut mir leid, ich habe vergessen, daß Ellie hier ist. Und ich weiß, daß ich ungerecht bin. Ich ...«

Mit einem Schmerzensschrei unterbrach sie sich, als der Griff des Topfes, in den sie gerade das Wasser aus dem Kessel gefüllt hatte, abbrach und der Inhalt – kochendes Wasser und Rosenkohl – sich über ihre rechte Hand ergoß.

»O mein Gott!« schrie Robert und rannte auf sie zu.

»Wasser!« sagte ich und packte ihr Handgelenk. »Das kühlt!«

Ich stieß ihre Hand unter den laufenden Wasserhahn, obwohl sie vor Schmerz brüllte.

Eleanor fing zu weinen an, und Robert legte den Arm um sie.

»Arme Mami! Ist ja gut. Es wird alles wieder gut. Wie geht es dir, mein Schatz?«

»Geht schon«, sagte Min, obwohl sie kreidebleich war und zitterte, und der Schmerz immer dann, wenn sie die Hand unter dem laufenden Wasser wegzuziehen versuchte, offenbar unerträglich wurde. »Ach, meine Lieben, was bin ich nur für ein Dummkopf! Ich wollte diesen Topf schon längst wegwerfen, weil nur noch eine Schraube den Griff hielt.«

»Ich fülle dir kaltes Wasser in eine Schüssel, dann kannst du dich an den Tisch setzen und die Hand hineinhalten«, bestimmte ich, weil ich fand, daß Min ziemlich wackelig wirkte.

Als sie saß, bekam sie wieder ein wenig Farbe, aber sie schaffte es noch immer nicht, ihre Hand aus dem Wasser zu ziehen.

»Das muß ordentlich verbunden werden.« Ich sah mir die roten geschwollenen Finger an. »Verbrennungen entzünden sich leicht. Habt ihr Verbandszeug?«

»Wir haben nur Leukoplast«, entgegnete Min. »Und Aspirin.«

»Davon kannst du gleich einmal zwei nehmen«, sagte Robert und ging zum Schrank, um die Tabletten zu holen.

»Wie sieht es mit einem Taschentuch aus? Wir könnten es mit Leukoplast festkleben. Das ginge als Notverband. Aber das reicht nicht. Hat am Sonntag eine Apotheke offen?«

»Nein, das glaube ich nicht. O Gott, tut das weh!«

»Es wäre sicher besser, wenn sie ins Kreiskrankenhaus von Great Swosser ginge«, meinte Robert.

»Wie soll das gehen? Du mußt doch zu deiner Sitzung. Ich will jetzt keine Umstände machen.«

»In Ordnung, ich bringe dich hin, fahre dann zurück zur Schule und hole dich auf dem Heimweg ab. Oder wie wär's mit einem Taxi?«

»Warum kann ich nicht Min ins Krankenhaus fahren, dann können Sie zu Ihrer Sitzung gehen?« schlug ich vor.

Unzählige Einwände wurden erhoben und überdacht, doch zuletzt wurde beschlossen, genau das zu tun. Robert hatte Schuldgefühle und sagte das auch, und zwar so oft, daß Min richtig bissig wurde. Ich setzte mich ans Steuer des Land Rovers, Min setzte sich neben mich, Eleanor nach hinten. Robert schob uns an, und im Rückspiegel sah ich, wie er uns nachblickte, als wir die Straße hinunterruckelten, bevor er zur Vorderseite des Hauses ging, wo das andere Transportmittel, ein alter Morris Traveller, geparkt war.

Ich hatte vorher noch nie einen Land Rover gefahren, doch ich entwickelte bald ein Gefühl dafür. Daß die Lenkung und die Pedale kaum ansprachen, wurde durch das Gefühl, unverletzbar zu sein, das mich schon bald erfaßte, großzügig ausgeglichen, und ich fuhr, als würde ich einen Panzer befehligen, peilte mit durchgedrücktem Pedal die allgemeine Richtung der Spuren im Schnee an und handhabte den Steuerknüppel, als wäre er ein Stock in einem Steinhaufen. Min war sehr ruhig, aber ich konnte sehen, daß sie große Schmerzen hatte. Ihre Augen tränten, und sie war sehr blaß. Mir fiel ein, daß ich im Kofferraum eine leere Einkaufstüte hatte liegen sehen, und wir hielten an und füllten diese mit Schnee. Sie saß auf dem Sitz neben mir und war jetzt, da ihre Hand vom Schnee gekühlt wurde, in der Lage, sich zu unterhalten und sogar zu scherzen.

Wir nahmen den Beutel mit ins Kreiskrankenhaus von Great Swosser, wo er den Schmerz noch ein paar Minuten in Schach hielt, bis sich der Schnee in Schmutz auflöste. Aber da hatte sich schon eine Schwester gefunden, die Mins Hand verband und ihr ein paar stärkere Schmerztabletten gab. Während Min behandelt wurde, warteten Eleanor und ich im Flur, wo Stühle aufgereiht standen und es einen Tisch mit Zeitschriften gab, die alle kein Titelblatt mehr hatten.

»Schau, da ist ein Comic. Möchtest du dir den ansehen?«

Eleanor schüttelte den Kopf, sie war ein Bild des Jammers.

»Mami wird schon wieder, weißt du. Morgen wird es ihr viel besser gehen.«

»Werden sie ... sie werden sie ihr doch nicht ... abschneiden?«

»Herr im Himmel, nein! Wie kommst du denn darauf?«

»Ich habe im Fernsehen etwas über einen Mann gesehen, der ohne Arme aus dem Krieg heimkehrte, und er konnte ... er konnte sich nicht einmal selbst ausziehen!«

Sie brach in Tränen aus. Beklommen legte ich meine Arme um sie und registrierte erleichtert, daß sie sich an mich lehnte, während sie mindestens eine Minute lang schluchzte.

»Du bist ein gutes Mädchen«, versuchte ich sie zu beruhigen. »Du hattest einen Schock, und da muß man immer weinen. Mami wird wieder ganz gesund, und keiner wird ihr etwas Schlimmes antun.«

»Ich hasse diesen Film.« Eleanor schniefte und wischte die Brille an ihrem Rock ab. »Ich habe immer daran denken müssen, und er hat mir so furchtbar leid getan!«

Sie fing wieder an zu weinen, das Gesicht an meinen Arm gedrückt, während ich ihr übers Haar strich.

»Ich weiß, was du meinst. Manche Dinge sind einfach so

schrecklich, daß man nicht mit ihnen fertig wird. Aber daran wirst du dich gewöhnen. Sie sind dann immer noch traurig, aber nach einer Weile kann man sie ertragen.«

»Wirklich?« Eleanor blickte mich durch ihre verschmierten Gläser an. »Und der Mann? Erträgt er es auch, nach einer Weile?«

»Ja, ich glaube schon. Wenn etwas wirklich Schreckliches passiert, gehen die meisten Menschen in sich und finden dort Eigenschaften, die ihnen helfen, weiterzumachen ... Mut, Humor, Entschlossenheit, solche Dinge.«

»Glaubst du, das könnte ich auch? Wie könnte ich das schaffen?«

»Aber du hast doch nichts Schreckliches erlebt«, erwiderte ich, berührt durch ihren dringlichen Appell.

»Die Schule ist schrecklich. Oft denke ich, ich halte es nicht mehr aus. Sie nennen mich *Die Schnecke*. Deirdre Wright brachte Schneckeninnereien mit in die Schule und zwang mich, sie zu essen. Danach mußte ich mich auf dem Klo übergeben. Sie sagen, ich sei schleimig und hinterließe eine Spur. Letzte Woche haben sie mir Kleber auf meinen Sitz getan, und ich hatte am Rock hinten einen Fleck. Dafür bekam ich einen Vermerk. Deirdre behauptete, es wäre mein Schleim. Sie nehmen mir immer alle Bücher weg und verstecken sie und brechen mir die Bleistiftspitzen ab. Am Freitag haben sie mir Tinte in meine Schultasche geschüttet. Mami war sauer auf mich und wollte mir nicht glauben, daß es die anderen Mädchen gewesen sind. Sie sagte, ich sei unachtsam.« Ihre Stimme zitterte. »Manchmal bete ich, daß ich am Morgen nicht mehr aufwache. Aber ich wache immer wieder auf.«

»Warum glaubst du, mögen die anderen Mädchen dich nicht?« Das arme, unansehnliche Kind tat mir leid.

»Wahrscheinlich, weil ich dick bin. Ich bin das häßlichste Mädchen in der Klasse, sagt Polly Saxby. Ich glaube, das stimmt nicht ganz. Mary Drew hat Sommersprossen. Ich finde sie häßlicher als mich.«

»Du bist nicht häßlich«, sagte ich mit einiger Wärme. »Ich denke, du könntest sehr hübsch sein.«

Das entsprach der Wahrheit. Ich glaubte es wirklich. Ihre

Züge waren durch zu viel Fett entstellt, doch ich konnte mir vorstellen, daß sie ohne die aufgeblähten Backen und den wulstigen Nacken und diese scheußliche Brille ein ganz passabel aussehendes Mädchen sein könnte. Sie hatte Schweinchenaugen, aber lange, dunkle Wimpern.

»Glaubst du? Meinst du das ernst?« Blinzelnd blickte Eleanor mich von unten her an.

»Ja, das glaube ich. Man nimmt oft ab, wenn man erwachsen wird. Und wenn all diese garstigen kleinen Mädchen erwachsen sind, werden sie in einer Ecke des Raums zusammensitzen und darauf hoffen, daß jemand sie zum Tanzen auffordert, während du mitten auf dem Tanzboden herumwirbelst, und alle Jungs mit dir tanzen wollen.«

Einen Augenblick versenkte Eleanor sich in diese Vorstellung. Dann fielen ihr die Mundwinkel herab.

»Ich kann gar nicht tanzen«, meinte sie traurig.

In diesem Moment kam Min, begleitet von der Schwester, zu uns, und ich erhielt eine Flasche Schmerztabletten sowie die Anweisung, Min am Mittwoch wiederzubringen, fast so, als wäre sie eine Verrückte und ich ihre Wärterin. Als der Land Rover sich stotternd und keuchend in Bewegung setzte, fragte ich Min, wie sie sich fühlte.

»Ganz schön deprimiert«, gestand sie. »Die Schmerztabletten haben mich furchtbar müde gemacht, aber meine Hand tut immer noch höllisch weh. Sie hat riesengroße Blasen geworfen. Wie soll ich das nur schaffen? Die dumme alte Schwester hat gemeint, ich müßte vierzehn Tage lang den Verband tragen und die Haut bräuchte einen Monat, um sich zu erneuern. Einen Monat! Tja, das ist das Aus für mein Buch. Ich sollte mich jetzt lieber darauf besinnen, für den Rest meines Lebens Kekse für den Ortsverein der Konservativen zu verkaufen.« Eine Träne lief ihr über die Wange. »Tut mir leid, daß ich so trübsinnig bin, besonders jetzt, wo ich mich so freue, dich hier zu haben. Es ist eine unglaubliche Enttäuschung. Ich meine, einhändig werde ich jetzt einen ganzen Tag brauchen, um eine einzige Kartoffel zu schälen.«

Eine zweite Träne kullerte.

»Nehmen wir mal an, ich bliebe eine Weile da«, schlug ich

vor und fragte mich, schon als ich es aussprach, ob ich jetzt die Verrückte war. »Ich könnte mich um den Haushalt kümmern, während du dein Buch schreibst. Schließlich bist du Linkshänderin. Schreiben könntest du also.«

»O Daze! Mein Daze-Schatz!« schrie Min und warf mir die Arme um den Hals, so daß ich beinahe an den nächsten Baum gefahren wäre. »Das würdest du tun? Du wärest so zauberhaft und wunderbar, das für mich zu tun? Womit habe ich nur eine solche Freundin wie dich verdient! Aber was ist mit deinem Unterricht? Und deiner Forschungsarbeit?«

Ich erinnerte sie daran, daß ich für zwei Trimester akademischen Urlaub hatte, um mein Buch über Thomas Love Peacock zu schreiben.

»Um ehrlich zu sein, habe ich noch keine genauen Vorstellungen, so daß es gar nicht so schlimm wäre, etwas ganz anderes zu machen, während ich mir alles durch den Kopf gehen lasse.«

»O Diana! Wenn du das wirklich für mich tun willst, verspreche ich dir, bis zur Erschöpfung zu arbeiten! Ich werde um fünf Uhr aufstehen, um loszulegen, und mache nur Pausen, um mit dir zu plaudern. Aber du mußt mit deiner Arbeit auch vorankommen. Wie sieht's mit Büchern aus? Wirst du nicht nach Cambridge müssen, um sie dir zu holen?«

»Ich lasse mir ein paar schicken und lese sie, damit meine Gedanken langsam Form annehmen können. Mach dir darüber keine Sorgen.«

»Ich kann es nicht fassen«, sagte Min nach einer Pause. »Jetzt bin ich froh, daß ich mir die Hand verbrannt habe. Vor fünf Minuten kam es mir wie eine Katastrophe vor. Aber wenn du bleibst, ist es das beste, was mir passieren konnte.«

Dieser Gefühlsausbruch berührte mich so sehr, daß ich den Land Rover im zweiten Gang anstatt im vierten fuhr, und wir auf einer Eisplatte eine Drehung um einhundertachtzig Grad vollführten. Danach schwiegen wir, damit ich mich aufs Fahren konzentrieren konnte. Min brach das Schweigen, nachdem wir durch das rückwärtige Parktor gefahren waren und mit Schwung die letzte Steigung hoch zu den Ställen nahmen, die anders nicht zu bewältigen war.

»Jetzt«, meinte sie, »kannst du auch mit Charles Jarrett ins Bett gehen.«

Wir gingen ins Haus, und Min setzte sich an den Tisch, während ich mich dem halbfertigen Mittagessen widmete. Der Braten wurde zurück in die Backröhre geschoben, und ich pulte die dunklen Stellen aus den Kartoffeln heraus, die Min geschält hatte, und schob sie zum Rösten unter den Braten. Ich öffnete noch eine Flasche Champagner, obwohl es erst vier Uhr nachmittags war. Nach zwei Gläsern war Min dank der Kombination mit den Schmerztabletten durch und durch fröhlich und meinte, ihre Hand täte überhaupt nicht mehr weh, allenfalls noch dann, wenn sie daran dachte. Ich wusch den Rosenkohl, der über den ganzen Fußboden verteilt lag, und da die Röschen so alt aussahen, raspelte ich sie, um sie in Butter zu braten. Ich legte die Pastinaken zu den Kartoffeln auf den Rost und bereitete eine Senfsauce zu. Ich hatte gerade alles fertig gekocht und auf Schüsseln verteilt und goß Rotwein (Roberts Wein hatte ich in der Speisekammer gefunden) in den Bräter, als Robert zurückkam.

»Wie geht's?« erkundigte er sich, trat auf Min zu und untersuchte sanft ihre bandagierte Hand. »Du wirkst überaus fröhlich.« Er gab ihr einen Kuß auf die Stirn und schickte, als meine Anwesenheit ihm wieder einfiel, ergänzend hinterher: »Was war im Krankenhaus? Dankeschön fürs Hinbringen.«

»Mir geht's gut«, antwortete Min. »Ich bin so betrunken, daß ich gar nichts mehr spüre.«

Dann kicherte sie ein wenig. Robert bedachte mich mit einem Lächeln. Ein höfliches Lächeln zwar nur und ohne Wärme, aber es gab mir die Hoffnung, daß es uns für zwei bis drei Wochen gelingen müßte, zivilisiert miteinander umzugehen. Robert hatte noch keine Ahnung von dieser Entwicklung, und ich hielt es für diplomatischer, wenn nicht ich es sein würde, die ihn davon in Kenntnis setzte.

»Wie ich sehe, haben Sie gute Arbeit geleistet. Dankeschön.«

»Eigentlich dürfte sie zu solchen Schmerzmitteln keinen Alkohol trinken, aber wohl nur deshalb, weil sie das umwerfen könnte.«

»Nun, da sie heute nachmittag sicherlich keine schweren

Maschinen bedienen wird, glaube ich nicht, daß das etwas ausmacht. Da riecht etwas aber sehr gut.«

Ich stellte die Gemüseterrinen (hübsche Gefäße mit Früchten nachempfundenen massiven Deckelgriffen, die ich in der Vorratskammer gefunden hatte) auf den Tisch, und Robert öffnete beide und kontrollierte ihren Inhalt. Das Bratenmesser hatte ich bereits am Wetzstein geschärft, den ich hinten in der Schublade entdeckt hatte. Robert nahm es an sich und strich unter kritischem Stirnrunzeln mit seinem Daumen über die Schneide. Ich wußte ganz genau, was er dachte, und lächelte in mich hinein, als ich einen Stapel vorgewärmter Teller vor ihn hinstellte. Wortlos machte er sich daran, das Fleisch aufzuschneiden. Da kam William herein.

»Menschenskind, hab' ich einen Hunger! Was hast du mit deiner Hand angestellt, Mama?«

Dabei kicherte er so krampfhaft los, daß ich mich fragte, ob er betrunken war. Er stand aufrecht auf seinen Füßen, aber sein Blick war verschleiert, und er hatte stark vergrößerte Pupillen.

»Setz dich, William, und hör zu kichern auf. Mama hat sich ihre Hand ziemlich schlimm verbrannt, und es ist nicht sehr nett von dir, zu lachen.«

»Tut mir leid, Paps.«

»Das hat alles Diana gekocht«, erklärte Min und schenkte sich ein Glas Rotwein ein.

William blickte mich an und prustete wieder los, bis sein Gesicht rot war und ihm die Augen tränten.

»Wenn du blöd sein willst, dann geh besser aus dem Zimmer.« Robert war recht ärgerlich.

»'tschuldigung. Tut mir leid«, murmelte William und fing an zu essen. Gelegentlich brach er in Lachen aus.

»Stell dir vor, Papa«, sagte Eleanor, als sie ihre vierte Kartoffel ganz in den Mund schob, »Diana bleibt hier und kümmert sich um uns. Für lange.«

»Nicht wirklich lang«, warf ich ein, weil ich Roberts verdutztes Gesicht sofort sah. »Nur ein paar Wochen. Bis es Mins Hand wieder besser geht.«

»Das stimmt«, bestätigte Min, nun schon ein wenig lallend. »Schatz, die wunderbare Diana wird unser barmherziger Engel sein ... so ein lieber, lieber Engel. Ich glaube, das ist das edelste, was ich je gehört habe, nicht wahr, mein Schatz?«

»Gewiß doch. Aber ja.« Roberts Blick war immer noch erstaunt auf mich gerichtet. »Ich würde sagen, heroisch. Nun Kinder, wir müssen alle unser Bestes tun, um Diana zu helfen. Was die Hilfe für eure Mutter angeht, waren wir alle wohl ziemlich selbstsüchtig, aber das muß jetzt ein Ende haben.«

Die Kinder wirkten niedergeschlagen.

»Was heißt heroisch?« wollte Eleanor wissen.

»Heroisch ist jemand, der sich wie ein Held benimmt. Meist bedeutet es: sehr wagemutig. Wie Hektor und Achilles. Manchmal ist damit einfach die wichtigste Person in einer Geschichte gemeint.«

»Wer ist diese Person, von der du sprachst?« Eleanor langte nach der fünften Kartoffel. »Hieß der Dackiless?«

»Achilles, du Trottel!« rief William, der erstmals zuhörte. »Jeder kennt doch die Geschichte von Achilles, der in den Fluß Styx getaucht wurde. Seine Mutter hielt ihn an der Ferse fest, so daß dieses Stückchen trocken blieb, und er wurde durch einen Pfeil in seiner Ferse getötet.«

»Es ging nämlich darum, daß Thetis ihren Sohn unverwundbar machen wollte«, dozierte Robert. »Nein, Eleanor, du hast ohnehin schon zu viele Kartoffeln gegessen. Aber kennst du die Geschichte von Achilles und der Schildkröte, William? Sie ist das, was man ein Paradox nennt. Eine Art Widerspruch. Achilles und die Schildkröte wollen ein Wettrennen austragen. Achilles kann zehnmal schneller rennen als die Schildkröte und gibt deshalb der Schildkröte hundert Meter Vorsprung. Wer, denkst du, gewinnt das Rennen?«

»Achilles natürlich«, meinte William.

»Nun, wenn du darüber nachdenkst, kann Achilles die Schildkröte niemals überholen. Während er nämlich die ersten hundert Meter läuft, läuft die Schildkröte zehn. Während Achilles diese zehn läuft, läuft die Schildkröte einen, und während Achilles diesen einen läuft, läuft die Schuldkröte zehn Zentimeter. Und so weiter.«

»Bis sie beide nur noch ganz, ganz winzige Strecken laufen«, warf Eleanor ein und drückte dabei Finger und Daumen der hochgehaltenen Hand fest zusammen. Dann senkte sich ihr Blick. »Ich versteh's nicht.«

»Ich schon, glaube ich«, meinte William.

Er fing an, mit dem Senfglas und der Flasche Tomatenketchup zu spielen, indem er sie in kleiner werdenden Abständen über den Tisch schob.

»Ich begreif's auch nicht«, murmelte Min, und ließ den Kopf fallen, so daß ihre Haare in die Essensreste auf dem Teller tauchten. »Ich weiß, was ich machen würde, wenn ich diese Schildkröte wäre. Ich würde mich unter ein Salatblatt ducken, und wenn er dann vorbeigebraust käme, würde ich ihn in die Ferse beißen.«

»Min, mein Schatz, du bist hoffnungslos betrunken!« sagte Robert und hob sanft ihren Kopf.

»Hoffnungslos!« pflichtete sie ihm bei.

»Ach, du liebe Güte! Sie wird morgen einen Kater haben. Wir hätten sie stoppen sollen«, sagte ich.

»Hab' nie 'nen Kater!« sagte Min. »Möchte gehen und mich hinlegen.«

Während Robert Min hoch ins Bett brachte, fütterte ich Ham und wusch ab. Die Spülbürste war so fettig und voller alter Speisereste, daß ich sie wegwarf und statt dessen einen zerrissenen, aber sauberen Lappen benutzte. Spülbürste, Topfreiniger, Gummihandschuhe, Schürze schrieb ich auf einen Zettel. Ich inspizierte Mins Besenschrank. Als ich fertig war, war die Einkaufsliste so lang wie der Zettel. Robert kam wieder herunter und ertappte mich dabei, wie ich in der Speisekammer herumkramte.

»Ich fürchte, Sie haben sich da einen fürchterlichen Job aufgehalst. Wir sind Ihnen wirklich dankbar.« Er strich sich mit der Hand übers Haar, wirkte mitgenommen. »Dieses Haus läßt sich nicht so einfach bewältigen, und unglücklicherweise haben wir zur Zeit keine Hilfe. Min scheint keine finden zu können. Wenn die Kinder zu essen haben und ihre Schuluniformen gewaschen sind, kommen wir sicherlich damit klar, wenn darum herum nicht alles picobello ist.« Er lächelte, und diesmal lag etwas Wärme darin. »Sie müssen sich für uns nicht verausgaben.«

»Wie lief die Sitzung?« erkundigte ich mich und nahm das Glas Wein entgegen, das er mir anbot. »Oder ist es eine zu vertrauliche Angelegenheit?«

»Nein. Ich sehe nicht, was dagegen spräche, es Ihnen zu erzählen. Schön, daß es Sie interessiert. Nun, es freut mich, sagen zu können, daß Gerald vollkommen reingewaschen wurde. Ich will nicht prahlen, aber ich glaube schon, daß das Argument, das ich den Beiräten vorgetragen habe, ein wenig geholfen hat. Ich wies darauf hin, daß Geralds Wort gegen das von Dalrymple steht, und daß man die Akten von beiden zur Entscheidungsgrundlage dafür machen sollte, wem man glauben konnte. Natürlich ging das unbestritten zu Geralds Gunsten aus. Dalrymple ist immer ein harter Brocken gewesen, immer in Schwierigkeiten und bei den Angestellten äußerst unbeliebt. Ich möchte mich nicht in Einzelheiten ergehen ... ich will Sie nicht langweilen. Aber am Ende kam dabei heraus, daß Gerald wieder eingestellt und der Fall abgeschlossen wird. Ich habe mir solche Sorgen um ihn gemacht. Er stand wegen dieser Geschichte unter furchtbarer Anspannung und war depressiv. Ich habe diese Belastung auch gespürt. In den letzten Tagen muß ich ziemlich miese Laune verbreitet haben. Ich kann nur sagen, daß es mir leid tut.«

»Ich bin so froh, daß sich alles zum Guten gewendet hat. Aber es wäre sicher naiv anzunehmen, daß nichts hängenbleibt. Armer Mann! Er wird noch einige unangenehme Situationen durchstehen müssen. Man wird ihm mit Argwohn begegnen, und selbst wenn das nicht der Fall ist, wird er ihn überall wittern.«

»Genau das hat Gerald auch gesagt. Ich dachte, er müsse sich über dieses Ergebnis sehr viel mehr freuen. Vielleicht können wir ihn einmal zum Abendessen einladen, wenn es Mins Hand wieder besser geht. Obwohl sie ihn nicht so gut leiden kann. Jetzt bin ich aber müde. Heute abend kann ich mir darüber nicht mehr den Kopf zerbrechen. Ich gehe jetzt und helfe William noch ein wenig bei seiner Mathehausaufgabe. Dieser Junge wird von Tag zu Tag fauler und chaotischer. *Doch ungeachtet ihres Schicksals, die kleinen Opfer freuen sich am Spiel!*«

»*Nichts wissen sie von künft'gen Leiden, noch kümmert sie, was morgen ist*«, ergänzte ich mit der selbstgefälligen Zufriedenheit, die man empfindet, wenn es einem gelingt, ein Zitat zu Ende zu führen.

»Sie mögen Gray?«

»Ja. Die Elegie ist eine meiner absoluten Lieblingsdichtungen.«

»*Der Glanz der Gegend schmilzt nun Zug um Zug, und tiefe Feierstille hält die Luft*«, deklamierte Robert.

»*Der Käfer dröhnt nur dort noch seinen Flug, wo Schlummerklang zum fernen ... fernen*«

»*Fernen Pferche ruft*« ergänzte Robert. »Wie wunderbar! *und tiefe Feierstille hält die Luft* ... das habe ich in der Dämmerung so oft empfunden, wenn ich draußen im Obstgarten war. Nun, jetzt muß ich aber gehen und mir William vorknöpfen.«

»Ich werde mich mal um Eleanor kümmern, wenn es recht ist?«

»Oh, würden Sie das tun? Das Kind macht mir Kummer. Ich glaube nicht, daß sie sehr glücklich ist.« Sofort verfiel er wieder in sein übliches Brüten. »Kinder sind eine einzige Sorge, finde ich.«

Seufzend entfernte er sich. Ich war hocherfreut, anscheinend einen Weg zu Robert gefunden zu haben. Wenn das Vortragen von Gray ihn glücklich machte – ich hatte davon meterweise auf Vorrat. Ich ging nach oben und klopfte an die Tür neben Mins Zimmer, auf der in krummen roten Großbuchstaben ELLIE geschrieben stand. Niemand antwortete. Ich klopfte wieder und machte dann leise die Tür auf, für den Fall, daß sie eingeschlafen war. Das Zimmer war leer.

Auf dem Ehrenplatz der Kommode stand die schwarz-weiße Porzellankatze, die ich ihr geschenkt hatte, auf einem selbstgebastelten Papierdeckchen. An die zehn oder zwanzig leere Kekstütchen flatterten im Luftzug der geöffneten Tür.

»Hallo«, sagte Eleanor hinter mir. »Ich war auf dem Klo.« Dann flog ihr Blick zur Porzellankatze.

»Ich habe gerade das hübsche Deckchen bewundert«, lenkte ich rasch ab. »Hast du das gemacht?«

Eleanor freute sich.

»Soll ich dir eins machen? Es ist nicht schwer. Man faltet ein Blatt Papier achtmal ... oder sechzehnmal ... und schneidet dann aus den Seiten kleine Stücke aus, kleine Halbmonde oder ›V‹s. Wenn man es aufmacht, sieht es ein bißchen wie eine Spitzendecke aus. Mami mag keine Spitzendecken im Haus haben. Sie sagt, das wäre Zierrat. Ich weiß nicht, was sie damit meint. Zum Sportfest in der Schule haben sie die auch immer.«

»Ich hätte gerne so ein Deckchen. Ich weiß, daß ich die selbst auch gemacht habe, als ich so alt war wie du.«

»Ist nur schade, daß ich kein Papier mehr übrig habe.«

»Ich bringe morgen welches vom Zeitungshändler mit.«

»Das wäre etwas, worauf ich mich freuen könnte.« Eleanor schob ihre Brille mit dem Finger zum Nasenrücken hoch. »Der Montag ist immer grauenhaft, weil wir da Sport haben. Ich möchte immer aufs Klo gehen, aber die Mädchen lassen mich nicht. Sie spähen unter der Tür durch und oben drüber, während wir uns umziehen, so daß ich beim Korbball immer ganz dringend aufs Klo muß. Ich hasse Montage. Ich versuche, den ganzen Tag nichts zu trinken.«

»Das ist aber nicht gut für dich. Du solltest trinken. Das ist wichtiger als Essen.«

Eleanors Blick fiel plötzlich auf den Boden, und sie stellte ihren Fuß schräg auf eine der Kekstüten. Ich ging nicht davon aus, daß ihr Vertrauen ausreichte, mir etwas dazu zu sagen, aber ich spürte, daß ich sie langsam verstehen konnte. Ich begann, Pläne zu schmieden.

»Wie wär's mit einem Bad?« schlug ich vor, um das Thema zu wechseln.

»Hab' schon gebadet. Wenn du ins Bett gehst, könntest du etwas finden, was dich vielleicht interessiert.«

»Tatsächlich? Du meine Güte, das klingt ja aufregend. Dann gute Nacht.«

»Gute Nacht.«

Ich ging nach unten. Von irgendwo im Haus schwebte der Gesang von Lohengrin empor und verebbte wieder. Ich setzte mich in der Küche neben den stinkenden Paraffinofen und fing eine neue Liste an. Erledigungen für den morgigen Tag. Sie begann damit, daß der Docht im Ofen ausgewechselt werden mußte, und setzte sich dann so fort, bis ich am Ende mehr Dinge aufgelistet hatte, als in einem Monat zu bewältigen waren. Die lauten Stellen der Oper drangen bis in die Küche, und ich wünschte mir, sie richtig anhören zu können. Genau da kam Robert herein.

»Entschuldigung«, gähnte er. »Ich habe Sie vernachlässigt. Ich bin in der Bibliothek eingeschlafen. Es ist eine Schande, Sie so allein zu lassen. Es tut mir wirklich leid.«

»Das macht doch nichts«, beruhigte ich ihn, während ich meine Liste zusammenfaltete und neben den Topf mit den vertrockneten Alpenveilchen legte, damit sie nicht verlorenging. »Ich habe glücklich und zufrieden den morgigen Tag geplant. Wann soll ich Frühstück machen?«

»Also, ich verlasse mit den Kindern das Haus um zehn nach acht. Wir versuchen es wenigstens. Aber wir können uns auch ein Müsli machen.«

»Nein, nein, aufstehen macht mir nicht das geringste aus. Außerdem glaube ich gar nicht, daß noch Müsli da ist.«

»Na gut.« Er gähnte wieder. »Wenn es Ihnen wirklich nichts ausmacht, gehe ich jetzt ins Bett.«

»Das werde ich auch tun. Ich kümmere mich hier um alles, machen Sie sich keine Sorgen.«

»In Ordnung. Ich verriegle die Eingangstüre. Und danke.«

Er ging, und ich fühlte mich plötzlich ... nicht wirklich allein, aber ich fand es schade, allein ins Bett gehen zu müssen. Ich hatte Ham vergessen. Ich ließ sie herein, und sie folgte mir die Treppe hoch, als wären wir ein lang verheiratetes Paar, bei dem die Vertrautheit die Erregung ersetzt hat, und zwar mit allen Bequemlichkeiten, die das Gewohnte bereithält. Es war erst kurz nach zehn, als ich im Schein der Elektroheizung im Bett lag und mir Hams klebrige Schluckgeräusche anhörte, mit denen sie sich das Maul leckte. Da spürte ich etwas Spitzes, das sich aus dem Kissen in meine Wange bohrte. Ich drehte das Licht an, weil ich mich der namenlosen schwarzen Dinger erinnerte, die im Baldachin des Bettes hausten, sah aber, daß es ein gefaltetes Blatt Papier mit meinem Namen darauf war, das ich beim Zubettgehen wohl übersehen hatte. Ich faltete es auseinander und las:

Liebe Diana, willst du bitte meine Freundin sein. Ich bin sehr froh, daß du hierbleibst. Bitte sei meine Freundin,
In Liebe, Eleanor.

Kapitel 11

»Oh, mein Schulranzen!« fing Eleanor beim Frühstück zu jammern an. »Ich habe vergessen, ihn sauberzumachen. Er ist voller Tinte!«

Während sie zu Ende aß, machte ich ihn so gut es ging sauber, doch einige der Bücher und Schreibsachen mußten weggeworfen werden.

»Da wirst du aber was erleben«, meinte William, als er sah, wie ich das Wörterbuch in den Abfalleimer warf.

»Weiß ich. Wir haben heute Englisch, und Miss Pivot arbeitet immer damit. Ich glaube, ich kriege Bauchweh. Vielleicht wegen der Eier. Normalerweise essen wir keine Rühreier.«

»Das sind nicht die Eier. Das ist die Angst«, sagte ich mit Bestimmtheit. »Jetzt mach dir mal keine Sorgen. Ich werde Mami bitten, Miss Pivot anzurufen und ihr die Geschichte mit dem Wörterbuch zu erklären.«

Ich merkte, daß Robert mich überrascht ansah, weil er mich wohl für sehr übereifrig hielt und fand, daß ich meine Befugnisse überschritt.

»Ich leih dir meines«, bot William an, holte es aus seiner Tasche und gab es Eleanor. »Die alte Hündin wird nicht merken, daß es nicht genau das gleiche ist. Ich brauche es heute nicht. Aber wenn du meines auch voller Tinte machst, dann vermöbel ich dich.«

»Ich finde, du solltest nicht so über Eleanors Lehrerin reden.« Robert blickte sehr streng drein. »Und auch nicht über irgendeine andere Frau.«

»Ist Ham nicht auch eine Hündin?« fragte Eleanor. »Es gibt doch nichts Netteres, als so wie Ham zu sein, oder?«

Sie diskutierten dieses Problem, jedenfalls Robert, während die Kinder schon gar nicht mehr zuhörten. Ich räumte den Frühstückstisch auf, als Min herunterkam.

»Sind sie fertig? Das ist gut. Robert dreht durch, wenn sie zu spät dran sind. Mein Gott, war das ein wunderbarer Schlaf! Welcher Mann war das noch mal, der sich siebenundfünfzig Jahre lang schlafen legte und beim Aufwachen feststellte, daß er alles Wissen der Welt besaß? Ich fühle mich eher noch dümmer.«

»Fällt mir nicht ein. Irgendein alter Grieche. Was macht die Hand?«

»Robert wird es wissen. Ja, sie tut noch sehr weh, aber nicht mehr so arg wie anfangs. Na, so was! Frisch gepreßter Orangensaft! Wie toll von dir!«

»Trink ihn aus und nimm dazu die Schmerztabletten«, sagte ich und holte zwei Stück aus der Flasche.

Mins Hand war zu einer runden Pfote bandagiert, und sie war so gut wie hilflos. Ich schnitt ihr den Toast mundgerecht und zerkleinerte das Rührei, das inzwischen ziemlich fest geworden war. Min fand es ausgezeichnet und meinte, nie ein Frühstück derart genossen zu haben. Während sie aß, erzählte ich ihr, was Eleanor mir berichtet hatte.

»Das arme Kind!« sagte Min unter Tränen. »Wäre ich doch nur wegen der Tinte nicht sauer auf sie gewesen. Warum hat sie es mir denn nicht gesagt? Vor ein paar Wochen hat sie mir erzählt, daß die anderen so gemein zu ihr sind, und als ich Miss Pivot dann die Woche darauf traf, sprach ich sie darauf an. Sie wurde sofort sehr kühl und meinte, alle Kinder wären gehässig und jeder müsse lernen, sich selbst zur Wehr zu setzen. Sie behandelte mich, als wäre ich ein schwieriges Kind. Sie war so widerborstig und gereizt, daß ich den Mund hielt.«

»Aber wenn sie nichts unternimmt, mußt du mit der Direktorin sprechen.«

»Meinst du wirklich?«

»Ja, das meine ich. Eleanor hat dir nicht viel erzählt, weil sie nicht wollte, daß du dir Sorgen machst. Ich halte die Sache für ernst genug, daß die Schule Druck von dir bekommt, etwas zu unternehmen.«

»O, meine Liebe. Ich werde es tun.«

»Dann aber gleich. Komm, wir suchen die Nummer raus.«

Ich suchte die Nummer aus dem Telefonbuch, wählte für sie und blieb neben ihr stehen, während sie auf die Verbindung wartete.

»Sag ihr, du wirst die Angelegenheit dem Schulbeirat vortragen, wenn nicht sofort etwas zur Überwachung der Umkleideräume unternommen wird. Mach ihr Druck. Das wird sie verstehen.«

Min befolgte meinen Rat. Ich konnte nicht genau verstehen, was die Frau am anderen Ende der Leitung sagte, aber der Ton war drohend. Min schien zu schwanken und nachzugeben. Ich gab ihr durch Fingerzeichen zu verstehen, daß sie hart bleiben mußte. Plötzlich nahm Mins Stimme bei jedem Wortwechsel an Schärfe, Kälte und Überzeugungskraft zu, und ich merkte, daß sie Spaß daran bekam. Als sie damit drohte, den Beiratsvorsitzenden anzurufen, der ein enger Freund der Familie war, wurde die protestierende Stimme am anderen Ende immer stiller, und ich wußte, daß Min gewonnen hatte.

»Mein Gott, bin ich froh, daß du mich dazu überredet hast«, sagte Min danach. »Dieses verfluchte Weib sagte doch glatt, Ellie wäre von Natur aus ein Opfer für Schikane. Als ob man Schikane tolerieren und stillschweigend hinnehmen müsse! Ich muß verrückt gewesen sein, derart den Überblick zu verlieren. Was habe ich mir nur dabei gedacht? Wenn sie jetzt nicht aufpaßt, habe ich große Lust, Poulsen, dem alten Narr, zu schreiben. Ich weiß, daß er und Vivien jahrelang eine Affäre hatten. Dank dir, daß du so hartnäckig warst.«

Sie gab mir einen Kuß auf die Wange.

»Wir sollten lieber die Ergebnisse abwarten, ehe wir uns auf die Schulter klopfen. Jetzt wollen wir dich mal anziehen. Dann kannst du mit deiner Arbeit beginnen, und ich gehe einkaufen.«

»Du mußt das Haushaltsgeld mitnehmen. Robert legt es montags immer in die Kommode.«

Es bedrückte mich, als ich die von Robert hinterlegten Scheine zählte. Nicht gerade viel, um fünf Leute eine Woche lang satt zu bekommen. Doch es war für mich eine Ehrensache, mich an dieses Budget zu halten. Als Min sich an ihrem Schreibtisch niedergelassen und alles Nötige um sich herum ausgebreitet hatte, zog ich meinen für diese Zwecke jetzt denkbar ungeeigneten Mantel an und ging hinaus, um den Gärtner zu suchen, der, wie Min mir versicherte, daran gewöhnt war, den Land Rover in Schwung zu bringen. Ich fand ihn in dem von einer Mauer umgebenen Garten, wo er stand und Holz sägte. Er hieß George Pryke, und mir war auf Anhieb klar, daß wir nicht miteinander klarkommen würden. Ich bat ihn sehr höflich, den Land Rover in Gang zu bringen.

»Wenn ich hier mit den Holzscheiten fertig bin.« Er sägte weiter.

»Tut mir leid, aber ich kann nicht warten«, sagte ich mit Blick auf den riesigen Haufen noch nicht zerkleinerter Äste und spürte Ärger in mir aufsteigen.

Er sägte noch ein paar entzwei, dann wandte er sich ab und schlurfte wie ein Achtzigjähriger vor mir her zu den Ställen, obwohl er sicher gerade erst fünfzig war.

»Bei dem Wetter springt der nicht an«, sagte er und rieb sich dabei mit der Hand über die Bartstoppeln am Kinn.

»Er ist gestern angesprungen und vorgestern, warum sollte er also heute nicht anspringen.«

Ich stieg ein und schlug die Tür zu. Ich setzte mich zurecht und hatte schon seit gut zwei Minuten ausgekuppelt und die Hände erwartungsvoll am Steuer, als ich merkte, daß er noch immer dastand und sich das Kinn rieb.

Verärgert kurbelte ich das Fenster einen Spalt weit herunter.

»Worauf warten Sie?«

»Ich wette, der springt nicht an.«

»Tut er auch nicht, wenn Sie nicht anschieben! Jetzt machen Sie schon.«

Wir bewegten uns mit einer Geschwindigkeit voran, bei der uns auch noch die trägeste Schildkröte hätte überholen können. Da ich jetzt wirklich wütend war, stieg ich aus und schob den Land Rover selbst an. Auf einmal kamen wir mit Schwung voran, und mir wurde klar, daß er überhaupt nicht geschoben hatte. Ich versetzte dem Wagen beim Nebenherlaufen einen letzten Schubs, ehe ich auf den Fahrersitz sprang und es mir gelang, den Motor anzuwerfen, weil jetzt die Neigung des Abhangs die pathetischen Bemühungen George Prykes überflüssig machte. Mir war heiß, und ich kochte vor Wut. In Anbetracht der Kraft, mit der er diese Holzscheite gesägt hatte, schien mit dem Mann alles in Ordnung zu sein.

Ich fuhr nach Great Swosser und zu der Werkstatt, die ich am Samstagmorgen bemerkt hatte. Einem netten jungen Mann namens Bob erzählte ich, wo das Problem lag. Er meinte, er hätte Mr. Weston schon vor zwei, drei Monaten gesagt, daß der Land Rover eine neue Lichtmaschine bräuchte. Ich erkundigte mich bei Bob nach dem Preis, und er nannte mir eine Summe, die, wie ich beschämt sagen muß, mir sehr klein vorkam für die Annehmlichkeit, das lahme Ding mit einer Drehung des Zündschlüssels zum Laufen zu bringen. Aber mein Einkommen mußte schließlich nur für eine Person und ein kleines Haus herhalten und wurde außerdem durch Privatvermögen aufgestockt. Ich fragte Bob, ob er das sofort erledigen könne, und er meinte, in einer Dreiviertelstunde könnte er es schaffen.

Ich ließ den Land Rover stehen und ging zum Haushaltswarengeschäft, wo ich die Hälfte der auf meiner Liste stehenden Einkäufe erledigte, darunter auch ein Paar Gummistiefel für mich. Aufgrund der zahlreichen Ausgaben bemühte sich der Geschäftsinhaber, ein Mr. Ransome, hinter den Ladentisch, um mich persönlich zu bedienen. Ich ließ mich von ihm wegen des Kohleherds beraten, was ihn dazu veranlaßte, sich als Experte auf diesem Gebiet auszugeben. Er sei so gefragt, daß vor fünf Wochen nicht an sein Kommen zu denken sei. Ich stellte ihm Barzahlung bei Beendigung der Arbeit in Aussicht, was er mit einer Zusage für den Nachmittag beantwortete.

Danach ging ich zum Metzger und gab eine Dauerbestellung für Fleisch auf, das zweimal in der Woche für Ham geliefert werden sollte, und suchte dann noch Fleisch für die menschlichen Hausbewohner aus, das für die nächsten beiden Tage reichen würde. Der Gemüsehändler erwies sich als weniger zufriedenstellend. Das meiste Gemüse war weich, was nicht gerade auf Frische schließen ließ, doch es gab sonst kein Geschäft, wo man hätte anderes kaufen können. Ich kaufte ein, so gut es ging und lief dann zu Beale's, wo ich die restlichen Artikel auf meiner Liste abhaken konnte, darunter ordentlich gemahlenen Kaffee. Gemessen an der Vehemenz, mit der Mr. Beale bestritt, jemals Kaffeebohnen in seinem Laden gehabt zu haben, mußten diese zu den Früchten Sodoms zählen. Ich kaufte einen Karton Champagner, ein ausgesprochener Luxus, den ich vor mir aber leicht rechtfertigen konnte, wenn ich mir nur das Badezimmer von Weston Hall in Erinnerung rief. Ich bezahlte von meinem Geld. Ebenso bezahlte ich die Besen, Mops und Spülbürsten aus dem Haushaltswarengeschäft mit einem Scheck.

»Wollen Sie vielleicht auch die Rechnung bezahlen?« fragte Mr. Beale mit einer Miene, die bereits die zu erwartende Enttäuschung spiegelte. Ich hatte ihm erklärt, daß ich vorübergehend Haushälterin von Weston Hall war.

»Aber gewiß. Wie hoch ist sie denn?«

Er nannte eine Summe, die mir nicht zu hoch zu sein schien, und ich zückte mein Scheckbuch noch einmal.

»Ich hätte gerne die spezifizierte Rechnung«, sagte ich, da ich mir vorstellen konnte, daß Min sie vielleicht überprüfen wollte.

Mr. Beale holte sie, und ich überflog sie, um vom wöchentlichen Verzehr einer Familie einen Eindruck zu bekommen. Offensichtlich wurden jede Menge getrocknete Bohnen und Fischstäbchen im Haushalt der Westons verzehrt.

»Was sollen denn all die Kekse? Sind Sie sicher, daß das kein Fehler ist? Ich will keineswegs Ihre Abrechnung in Frage stellen, aber siebenunddreißig Packungen Kekse in einem Monat kommen mir dann doch etwas übertrieben vor.«

»Das müssen wohl Miss Ellies Kekse sein«, sagte Mr. Beale. »Sie kommt immer hier herein, bevor sie mit dem Schulbus nach Hause fährt.«

Ich ging auf die Bank, eine kleine Zweigstelle, die nur montags, mittwochs und freitags geöffnet hatte, und vereinbarte regelmäßige Barabhebungen.

Inzwischen war ich mit Paketen so voll bepackt, daß ich zur Werkstatt zurückmußte, um sie im Land Rover zu verstauen. Bob sagte mir, daß er in fünf Minuten fertig wäre. Leichten Herzens stellte ich noch einen Scheck aus. Bobs Augenbrauen gingen in die Höhe, als Mr. Beales Laufbursche mit dem Champagnerkarton kam und ihn in den Kofferraum des Land Rovers hievte.

Im letzten Augenblick fiel mir noch das Zeichenpapier für Eleanor ein. Mein Gerechtigkeitssinn verlangte es, auch William etwas mitzubringen, aber ich fand nichts rechtes. Dabei überlegte ich, daß er ein sehr introvertierter Junge und irgendwie rätselhaft war, doch meine Erfahrung mit Kindern reichte nicht aus, um irgendwelche Schlüsse zu ziehen.

Ich kam gerade rechtzeitig zum Mittagessen nach Hause. Wir machten uns Schinken und Tomaten, und ich kochte uns echten Kaffee. Min strahlte die Euphorie aus, die von einem Besitz ergreift, wenn eine schwierige Arbeit unerwartet leicht von der Hand geht. Nach dem Mittagessen überredete ich sie, noch ein paar Schmerztabletten zu nehmen, und schickte sie zurück an den Schreibtisch, während ich hochging, um die Betten zu machen.

Williams Zimmer war genauso spartanisch eingerichtet wie das von Eleanor, aber ihm war es gelungen, daraus etwas beinahe Stilvolles zu machen. An den Wänden hingen Poster von sonnenbebrillten Schwarzen, die sich in einer Art Todeskampf über ihre Saxophone zu beugen schienen, und das einer furchtbar mies gelaunten weißen Popsängerin. Das ganze Zimmer roch penetrant nach Räucherstäbchen, und überall lagen Aschenhäufchen herum, als hätten Regenwürmer die Erde aufgewühlt. Ich machte sein Bett und hob auf, was auf dem Boden herumlag, darunter ein Päckchen Zigarettenpapier, von dessen Umschlag ein rechteckiges Stück abgerissen war. Als ich es mir ansah, wurde mir ziemlich klar, was mich an William verunsichert hatte.

Als ich wieder in der Küche stand und das Abendessen vorbereitete, wurde ich auf etwas aufmerksam, das sich hoch oben an der Wand wie verrückt bewegte. Es war eine der Klingeln auf dem Klingelbrett. Aufgrund ihres geräuschlosen Gezappels schloß ich, daß der Klöppel fehlte. Die verblaßte Beschriftung darunter war gerade noch als »Hintereingang« zu entziffern, und so machte ich mich auf, um nachzusehen. Mr. Ransome war gekommen, um den Kohleherd zu reparieren. Ich entschuldigte mich dafür, daß er hatte warten müssen, und zeigte ihm die Klingel. Er meinte, wenn ich ihm eine Trittleiter herbeischaffen könnte, würde er ein Stück Metall an ihr befestigen, so daß sie wieder klingelte. Ich führte ihn zum Herd und machte mich auf die Suche nach einer Leiter.

George Pryke sägte noch immer Holz im ummauerten Garten, doch er legte eine Pause ein, die lang genug war, sich den Schweiß aus der Stirn zu wischen und mir zu bedeuten, daß sich im Werkzeugschuppen eine Leiter befand. Als ich ihn bat, sie zu holen und in die Küche zu bringen, sah er mich an, als hätte ich ihm befohlen, eine Rakete zu bauen und mich auf den Mond zu schießen. Er streckte seine mit einem abstoßenden Belag überzogene Zunge heraus, rollte ein wenig mit den Augen und meinte dann, er käme, wenn er Zeit dazu hätte.

»Ich kann aber leider nicht warten«, herrschte ich ihn an, »Mr. Ransome ist in der Küche und wartet darauf. Also sofort, wenn ich bitten darf.«

Ich ging zurück, um zu sehen, wie Mr. Ransome vorankam. Die Einzelteile des Herdes lagen in der ganzen Küche verstreut, und er kratzte innen etwas ab.

»Völlig versottet«, erklärte er mir. »Muß lange her sein, daß den einer gewartet hat.«

Ich holte ein paar alte Zeitungen herbei, ein wenig spät für den von schwarzem Staub bedeckten Fußboden. Da ich sah, daß Mr. Ransome mit Eifer an der Arbeit war, setzte ich mich ans Telefon. Zuerst rief ich einen Buchladen in Winkleigh an, das war der nächste größere Marktflecken, etwa dreißig Kilometer entfernt. Nachdem ich dort eine Bestellung aufgegeben hatte, rief ich meine eigene Nummer in Cambridge an und erwischte Mrs. Baxter, meine ausgezeichnete Zugehfrau, die täglich kam und gerade aufbrechen wollte. Ich erklärte ihr, daß ich ein oder zwei Wochen in Lancashire bleiben würde, bat sie täglich zu kommen, um die Blumen zu gießen, die Post weiterzuleiten und ein Auge auf das Haus zu haben. Nachdem ich aufgelegt hatte, fiel mir ein, wie viel ich mit ihrer Hilfe in Weston Hall hätte schaffen können. Die Badezimmer mußten noch saubergemacht werden, und ich wollte noch etwas für die Kinder zum Tee herrichten, zusätzlich zur Vorbereitung des Abendessens, womit ich beschäftigt gewesen war, als Mr. Ransome kam. Ich sah langsam ein, daß das familiäre Leben in einem großen Haus sehr viel beschwerlicher war, als ich es mir vorgestellt hatte. Das Wohnzimmer würde staubig bleiben.

Ich kehrte in die Küche zurück, wo ich George Pryke antraf, der mit seinen Riesenstiefeln im dicksten Rußhaufen stand, die Trittleiter hielt und Mr. Ransome mit schlüpfrigem Geschwätz von der Arbeit abhielt. Mein Auftauchen setzte dem ein Ende, und George Pryke schlurfte langsam davon und markierte mit seinen schwarzen Trittspuren den ganzen Durchgang bis zur Hintertür. Mr. Ransome arbeitete bis auf eine gelegentliche Bemerkung still weiter, und so konnte ich mich aufs Abendessen konzentrieren. Ich briet Zwiebeln und einige Beinscheiben an und füllte dann den Bräter mit Rotwein, Karotten, einem Streifen Orangenschale und einem Rosmarinzweig, den ich unter der Schneedecke im mauergeschützten Garten entdeckt hatte. Ich stellte den Bräter in das Backrohr des Gasherds und konzentrierte mich danach auf die Zubereitung von Scones, da für etwas anderes die Zeit nicht reichte.

Kuchen gehörten nicht zu meinem Repertoire, ein Kochbuch konnte ich nicht finden, aber ich hatte einmal ein Wochenende damit zugebracht, Peters Mutter beim Backen von Scones für ein Gartenfest in ihrem Schloß zu helfen. In einigen Schüben hatte ich zweihundert davon fabriziert, und ich war mir sicher, daß ich selbst nach einem Schlag auf den Kopf und anschließendem Gedächtnisverlust noch immer in der Lage sein würde »acht Pfund Mehl, drei Pfund Butter, anderthalb Pfund Puderzucker, vier Eßlöffel Buttermilch« zu rezitieren, selbst wenn mir der eigene Name nicht mehr einfiele.

Natürlich war das Teigrädchen, das ich in der Schublade fand, verbogen und braun vor Rost, aber ein Glas tat es auch. Ich mußte die Beinscheiben herausnehmen, um die Scones zu backen, und als ich fünfzehn Minuten später die zart gebräunten, gewölbten, mehligen Scheiben aus dem Backrohr nahm, war ich angesichts der Umstände doch recht stolz darauf.

Während ich die Badezimmer in Angriff nahm und dabei auch die Abflußöffnungen säuberte, eine Arbeit, die kaum weniger widerlich ist als das Ausräumen von Abflußrohren, schuftete Mr. Ransome eifrig, so daß der Kohleherd, als ich herunterkam, wieder zusammengesetzt war, und er ihn gerade anzündete. Meine übergroße Freude wurde nur ein klein wenig getrübt, als ich der breiten Rußspur entlang meines Rocks gewahr wurde.

Ich drückte ihm für die zwei Stunden Arbeit eine vollkommen angemessene Entlohnung in die Hand, was ihn so freute, daß er meinte, er würde die Klingel umsonst reparieren. Die hatte ich ganz vergessen. Er bastelte einen neuen Klöppel aus einem Stück Metall, das er aus seinem Lieferwagen geholt hatte, und ich schälte gerade Kartoffeln, als das Telefon klingelte. Min ließ sich nicht sehen, und da es immerzu klingelte, ging ich selbst dran. Nach einer Weile sagte eine Stimme: »Das sind Sie, Diana, nicht wahr? Ich wollte Min anrufen, um sie nach Ihrer Telefonnummer zu fragen, aber jetzt erwische ich Sie sogar direkt. Ich dachte, Sie wollten heute morgen nach Hause fahren.«

Es war die Stimme von Charles Jarrett. Der südafrikanische Akzent war am Telefon unüberhörbar, obwohl er mir beim Abendessen nicht aufgefallen war. Ich muß zugeben, daß mein Puls schneller wurde. Ich erzählte ihm von Mins Hand, und er drückte sein Mitgefühl aus.

»Wie lange bleiben Sie denn jetzt?«

»Das kann ich nicht genau sagen. Zwei oder drei Wochen, nehme ich an.«

»So was Dummes! Gerade habe ich alles in die Wege geleitet, um für zwei Wochen zurück nach Südafrika zu fahren. Das kann ich jetzt nicht mehr absagen.« Wieder entstand eine kleine Pause, dann sagte er: »Wollen Sie zu mir kommen und mit mir zu Mittag essen... hier... am Freitag? Ich fliege am Abend. Ich würde Sie gerne in ein Restaurant einladen, aber es gibt hier nichts, wo man anständig essen könnte.

Machen Sie sich bloß nicht fein. Ich komme direkt von der Koppel.«

Ich mußte daran denken, daß meine Kleider bis zum Freitag ohnehin nur noch schmutzige Fetzen sein würden, sagte zu und bedankte mich bei ihm für den Samstag.

»Es war alles in allem ein überraschender Abend«, gab er zurück. »Sie schlugen ein wie ein Blitz. Ich bin noch immer ganz benommen.«

Ich lachte. »Ich kann am Freitag nicht lange weg von hier. Ich habe schwerwiegende Verpflichtungen übernommen.«

»Ist in Ordnung. Ein Uhr. Leben Sie wohl, Diana.«

Ich legte den Hörer auf und ging in die Küche, wo Mr. Ransome gerade sein Werkzeug zusammenpackte. Er sagte mir, daß er die Klingel repariert habe, und gab mir Anweisungen, wie der Herd geschürt und die Sauerstoffzufuhr geregelt werden mußte. Er hatte einen Blick ins Kohlenlager geworfen, das Anthrazit reichte für drei bis vier Tage. »Anthrazit bestellen«, schrieb ich auf meine Liste für morgen. Ich dankte ihm mit der gebührenden Anerkennung für das, was er getan hatte, und holte dann den neuen Wischmob und füllte einen Eimer mit Seifenwasser für den Fußboden. Ich wischte die Steinplatten sauber und Georges Prykes Fußabdrücke bis zur Hintertür weg. Doch die ganze Zeit über war ich in Gedanken bei Charles' Stimme am Telefon. Die Bereitwilligkeit eines Mannes, einer Frau Komplimente zu machen, sagt mehr über sein Selbstvertrauen aus als über die Stärke seiner Gefühle für sie. Das wußte ich nur zu gut, aber ich fühlte mich geschmeichelt und verwandte mehr Gedanken an ihn, als ich wollte.

Um viertel vor fünf kamen die Kinder.

»Kommt hoher Besuch zum Tee?« erkundigte sich Eleanor. »Normalerweise gibt es bei uns keine Tischdecke. Was ist das denn? Darf ich gleich einen probieren?«

Der Tisch sah sehr einladend aus. In einem Schrank, der mehr Tafelleinen enthielt, als zehn Häuser brauchen konnten, war mir ein rotweiß kariertes Tischtuch in die Hände gefallen. Ich hatte den Tisch mit weiß-rosa Tellern und Tassen aus Steingut gedeckt und Schalen mit Himbeer- und Erdbeermarmelade hingestellt. Im Garten hatte ich ein paar Zweige Winterschneeball abgebrochen und die winzigen zartrosa Blüten in eine blaue Vase gestellt. Ich hoffte, Min würde das nicht als zu große Einmischung empfinden. Als sie hereinkam und den Tisch sah, fing sie zu lachen an.

»Oh, das sieht ja ganz nach Daze aus! Du hast immer gewußt, was zusammenpaßt. Ich hatte vergessen, daß wir diese Sachen überhaupt haben.« Sie nahm einen Teller und sah ihn sich an. »Wirklich hübsch, oder? Ich weiß auch nicht, warum wir immer diese scheußlichen Becher nehmen, die wir beim Tanken geschenkt bekommen. Die sind einfach immer griffbereit. Oh, hausgemachte Scones! Ich hab einen Bärenhunger!«

»Und du findest nicht, daß ich mich zu sehr einmische?« Ich hatte immer noch nicht genug Bestätigung bekommen.

»Diana! Glaub mir, jede Veränderung, die du vornimmst, werden wir in aller Bescheidenheit dankbar annehmen, das verspreche ich dir! Das ist ja, als hätten wir einen kostenlosen Dekorateur im Haus.«

Sofort stellte ich im Geiste neue und umfangreiche Listen zusammen, an oberster Stelle stand die Verbannung dieser fürchterlichen Becher in den Mülleimer.

»Diese Scones sind klasse«, meinte William und nahm sich gleich zwei davon, die er dick mit Butter und Marmelade bestrich.

Er wirkte fröhlicher als sonst, zeigte keinen Hang zu kichern oder minutenlang ein und denselben Gegenstand anzustarren. Mir fiel auf, daß seine Pupillen nicht vergrößert waren. Er erkundigte sich bei Eleanor, ob sie wegen des Wörterbuchs Probleme gehabt hatte.

»Nein. Miss Pivot hat es nicht bemerkt. Aber sie merkt es bestimmt noch. Und du wirst deines auch mal wieder brauchen. Vielleicht breche ich mir vorher den Arm.«

»Was zum Teufel hätte das denn damit zu tun, du Dummerchen?« fragte William wütend.

»Harriet Anderson hat sich ihren Arm gebrochen, und als sie zur Schule kam, war jeder echt nett zu ihr, weil alle auf ihren Gips schreiben wollten, und das durften nur die, die sie wirklich mochte. Mich hat sie natürlich nicht drangelassen.«

»Was hat das denn alles mit Miss Pivot zu tun? Sie wollte

doch bestimmt nicht auf Harriets Gips schreiben, nehme ich an«, mischte Min sich ein und nahm sich noch einen Scone.

»Mrs. Anderson kam in die Schule und erklärte Miss Pivot, daß Harriet zu nichts gezwungen werden soll, worauf sie keine Lust hat, damit sie sich nicht überanstrengt. Danach hat Miss Pivot nicht einmal etwas gesagt, als Harriet ihre Rechtschreibfibel verlor. Wenn man etwas nicht dabei hat, schreit sie einen normalerweise an, bis ihr Nacken rot anläuft und sie Flecken im Gesicht hat.«

»Tatsächlich?« William zeigte Interesse.

»Ja«, fuhr Eleanor ermuntert durch seine Aufmerksamkeit fort. »Und dann wird sie riesig, und aus ihrem Rücken wachsen große schwarze Flügel.«

»Jetzt übertreibst du aber, mein Schatz«, meinte Min, während William die Arme vor der Brust verschränkte und sich mit einem Ausdruck tiefster Verachtung im Stuhl zurücklehnte.

»Wie auch immer«, fügte ich rasch hinzu, weil ich Eleanors äußert betretenen Gesichtsausdruck sah, »ich habe dir ein neues Wörterbuch – gleiche Ausgabe – bei Brightwells in Winkleigh bestellt. Sie haben versprochen, es heute in die Nachmittagspost zu geben, so daß es am Mittwoch da sein sollte.«

Die anderen blickten mich erstaunt an.

»Ich komme mir schrecklich vor«, meinte Min. »So etwas wäre mir nie eingefallen.«

»Nun, du hast auch andere Dinge, auf die du dich konzentrieren mußt«, schob ich schnell ein. »Diese häuslichen Angelegenheiten sind zur Zeit meine Aufgabe.«

»Aber die schreckliche Wahrheit ist die, daß ich nicht glaube, mir wäre so etwas überhaupt in den Sinn gekommen. War das nicht nett von Daze, Eleanor? Meinst du nicht, du solltest dich bei ihr bedanken?«

»Ist schon gut«, sagte ich, weil ich sah, daß Eleanor still dasaß, den Mund voll Scone, doch ohne zu kauen.

»Das war so freundlich«, sagte Eleanor schließlich und spuckte dabei Krümel, »daß ich mir gar nichts Freundlicheres vorstellen kann. Nicht einmal dieses Mädchen, das aus Brennnesseln sieben Mäntel für ihre Brüder machte, damit diese keine Schwäne mehr sein mußten. Es war noch freundlicher als das, und das war überhaupt schon das freundlichste, wovon ich je gehört hatte.«

»Aber es war gewiß weniger schwierig als das. Und auch nicht so schmerzhaft«, erwiderte ich und mußte mir das Lachen verkneifen, weil Eleanor vollkommen ernst blieb.

»Warum wollten sie denn keine Schwäne mehr sein?« hakte William nach. »Man könnte unendlich weit fliegen, wohin immer man wollte. Sobald es regnet, könnte man irgendwo anders hinfliegen und hätte immer schönes Wetter. Und man müßte nicht in die Schule. Man könnte herumbummeln und die ganze Zeit faulenzen. Ich denke, es war grausam von ihr, das zu tun.«

»Vielleicht wollten sie mit ihrer Schwester zusammensein«, schlug Eleanor hoffnungsvoll vor.

William reagierte darauf mit einer lautstarken und überzeugenden Nachahmung eines an starker Übelkeit Leidenden, als Robert hereinkam.

»Hallo, alle miteinander. Wie ich sehe, findet hier wieder wie gewohnt eine geistreich sprühende Familienunterhaltung statt. Danke, William, das reicht. Warum fängst du nicht mit deinen Hausaufgaben an, wenn dir nichts besseres einfällt, als dumme Gesichter zu schneiden?«

»Hallo, Schatz. Wie war's?« erkundigte sich Min und fuhr, ohne eine Antwort abzuwarten, fort: »Sieh nur, was für zauberhafte Sachen Diana gemacht hat! Schau dir den Tisch an. Ist er nicht hübsch? Und die Scones sind ein Gedicht! Ach, Schatz, was für eine Schande, sie sind alle weg. Eleanor, gib deinem Vater dieses kleine Stück. Du hattest schon zwei.«

»Und sie hat ein neues Wörterbuch für mich bestellt«, frohlockte Eleanor. »Und Miss Stoppard wurde zu uns in die Garderobe geschickt, als wir uns umziehen mußten, und so konnte ich aufs Klo gehen. Das war heute ein ganz guter Tag, und jetzt bin ich doch froh, daß ich nachts nicht gestorben bin. Dann hätte ich keine Scones bekommen.«

Robert sah sich mit erstaunter Miene um und schüttelte den Kopf, als Eleanor ihm den letzten Bissen ihres Scone anbot.

»Nein danke, meine Kleine. Ich habe in der Schule ein Stück Kuchen zum Tee gegessen. Wenn der auch sicherlich nicht so lecker war wie der von Diana.«

Die Worte waren freundlich, aber sein Ton war kühl.

»Du meine Güte, ein Tischtuch!« fügte er hinzu und sah es sich an. »Beachtlich!«

»Deine Mutter hat veranlaßt, daß Miss Stoppard in die Umkleideräume kam«, sagte ich schnell zu Eleanor. »Sie hat in der Schule angerufen und deiner Klassenlehrerin unmißverständlich klar gemacht, daß sie sich schnellstens darum kümmern soll. Mann, war Mama wütend! Ich habe selbst gleich Angst bekommen!«

»Mami, stimmt das?« Eleanor kicherte.

Sie schob ihren Arm unter den von Min und drückte ihre Wange daran. Mit ihrer freien Hand strich Min über Eleanors Haar und warf mir ein Lächeln zu. Ich hoffte, sie würde kein Wort darüber verlieren, daß ich sie zu dem Anruf gedrängt hatte, denn ich merkte, für Robert war das Maß voll, was meine Einmischung anging. Glücklicherweise ließ sie es sein.

»Nun, ich habe heute auch einen ganz guten Tag gehabt«, sagte Robert und bemühte sich sichtlich um Entspannung und Liebenswürdigkeit. »Es ist so ein gutes Gefühl, daß die Geschichte mit Gerald aus dem Weg geräumt ist und man zum normalen Schulalltag zurückkehren kann. Vielleicht nehme ich mir doch eine Tasse Tee, bevor ich mit dem Korrigieren anfange. Nein, keine Umstände, Schatz«, als Min aufstehen wollte. »Ich mach das schon. Du hast auch hart gearbeitet ... das hoffe ich jedenfalls. Wie kommst du voran?«

»Ich werde langsam zuversichtlich«, erwiderte Min. »Ich habe keine Panik mehr und habe mir sogar erlaubt, die fertigen Seiten noch einmal durchzuarbeiten, damit ich das Ding richtig gliedern kann. Davor dachte ich immer, ich hätte so wenig Zeit, daß ich einfach weitermachen müsse, doch jetzt sehe ich, daß ich mich ganz schön verrannt hätte.«

»Das ist ja ausgezeichnet«, sagte Robert. »Ich bin mir sicher, daß du ... du lieber Himmel!«

Sein Weg vom Tisch zum Gasherd hatte ihn am Kohleherd vorbeigeführt. Argwöhnisch näherte er sich diesem und legte seine Hand auf die schwarze Emailleplatte. Rasch zog er sie zurück.

»Das Ding ist ja warm!«

»Hoffentlich haben Sie nichts dagegen«, beeilte ich mich zu erklären. »Ich sprach heute morgen zufällig mit Mr. Ransome darüber, und er sagte, er käme heute nachmittag hier vorbei und könne ihn sich dann ja einmal ansehen. Das ist eigentlich alles sein Werk ...«

»Daze! Du kluges, kluges Mädchen!« sagte Min. »O wie ist das schön! Soll das etwa heißen, er war heute nachmittag hier, und ich habe nichts mitbekommen?«

»Nun, es hat nur ein paar Stunden gedauert. Ich sah keine Veranlassung, dich zu stören, da du ja beim Mittagessen sagtest, du kämst gut voran.«

»Sie scheinen fleißiger gewesen zu sein als wir alle«, meinte Robert, und seine Nase sah dabei noch spitzer und hexenähnlicher aus als sonst. »Ich habe keinen Zweifel, daß es Ihnen nichts ausmachen würde, mehrere Säcke Stroh zu Gold zu spinnen, während wir alle schlafen.«

»Heute nachmittag haben alle nur Märchen im Kopf«, sagte William voller Verachtung. »Ich gehe jetzt auf mein Zimmer.«

Ich glaubte, Roberts Groll verstehen zu können. Doch ich hoffte, daß Min der Auslöser dafür war, und er Angst hatte, jede kleine von mir vorgenommene Verbesserung könnte ein Schlaglicht auf Mins häusliche Unzulänglichkeiten werfen. Doch ich war selbst darauf bedacht, ihre Gefühle nicht zu verletzen.

»Ich werde hochgehen und mein Bett herrichten«, sagte ich, entschlossen, Roberts Kälte zu ignorieren.

Während des Mittagessens hatte ich mit Min vereinbart, daß ich von nun an in dem kleinen weißen Schlafzimmer gegenüber dem grünen Zimmer schlafen würde. Min war erstaunt gewesen, aber ich wollte umziehen.

»Das ist ein Dienstbotenzimmer! Es ist so klein!«

»Das läßt sich leichter sauber und in Ordnung halten.« Unerwähnt ließ ich, daß es dort, wie mir aufgefallen war, weder ein Heizungsrohr innen, noch einen Ast draußen gab. Ebenso wichtig war vielleicht, daß das Bett dort keinen Baldachin hatte. Denn es schien mir nur eine Frage der Zeit, bis das Ding, das dort oben wohnte, in mir keine Bedrohung mehr sehen und herunterkommen würde, um Nachforschungen anzustellen. Es war kindisch in meinem Alter, aber vor Spinnen ekelte es mich ganz gewaltig. Außerdem würde mein Elektroofen den kleinen Raum in fünf Minuten erwärmen. Einen letzten Ansporn für diesen Umzug stellte die Wahrscheinlichkeit dar, wieder zu meiner gewohnten Einzelbelegung des Bettes zurückkehren zu können, da Ham ihrem nach Knochen duftenden Teppichfetzen treu bleiben würde. Ich zog um und steckte den Heizofen an. Mein Angebot hierzubleiben, bereute ich nicht. Min glücklich zu sehen, war Belohnung genug – wenn ich überhaupt einer bedurfte. Aber es war ein erhebendes Gefühl, ganz allein und in himmlischer Ruhe in einem warmen Raum zu sitzen.

Ich las ein wenig in Jane Austens *Verstand und Gefühl* und genehmigte mir den ein oder anderen Schluck Brandy. Mir fiel ein, daß in den Romanen Jane Austens keine Persönlichkeit wie Charles Jarrett vorkam. Nicht zuletzt, weil all ihre Männergestalten Engländer waren und im Bann der unzähligen komplizierten und subtilen Konventionen des frühen neunzehnten Jahrhunderts standen. Wenn jemand ihm ähnlich war, dann konnte das nur Henry Crawford sein. Gutaussehend, liebenswert, selbstbeherrscht, vielleicht sogar egozentrisch? Jedenfalls war eine Spur Arroganz vorhanden. Auf einmal ärgerte ich mich über mich selbst. Ich beschäftigte mich viel zu sehr mit Charles. Ich kehrte zu meinem Buch zurück und verlor mich in den Problemen, die Elinor mit Mrs. Ferrars hatte.

Plötzlich war es sieben Uhr. Ich ging hinunter und fand eine leere Küche vor. Irgendwo im Haus beklagte der *Fliegende Holländer* sein Schicksal, und ich nahm an, daß Min zu ihrer Arbeit zurückgekehrt war. Das Teegeschirr war abgewaschen, und auf dem Tisch lag eine Nachricht von Min.

Hatte gerade einen guten Einfall und bin hoch, um ihn festzuhalten. Bitte rufe mich, damit ich dir beim Essenmachen helfen kann. Ich bestehe darauf! M.

Schwer vorstellbar, was Min mit ihrer einen Hand tun konnte. Doch ich holte sie wunschgemäß ab, und sie deckte den Tisch mit Messern und Gabeln, Löffeln und Gläsern und schenkte zwei Gläser Champagner ein. Von meiner Verschwendungssucht, gleich einen ganzen Karton davon zu kaufen, zeigte sie sich zutiefst beeindruckt.

»So muß das Leben sein!« sagte Min. »Ich bin so glücklich, trotz dieser blöden Hand. Ich habe sie mir heute schon mindestens fünfmal angestoßen. Die Blasen sind jetzt bestimmt aufgeplatzt, so schlimm, wie das gepocht hat. Doch ich mache mir nichts daraus. Es war so gut von dir, daß du das Wörterbuch bestellt hast. Ich weiß, daß ich daran hätte denken sollen. Ich bemühe mich wirklich sehr, alles besser in den Griff zu bekommen.«

»Wenn ich du wäre, würde ich mich voll und ganz darauf konzentrieren, aus diesem Vorwort ein kleines Meisterwerk zu machen und den Rest mir zu überlassen. Wenn ich weg bin, kannst du dich wieder um alles selbst kümmern. Und mach dir um mich keine Sorgen. Ich habe den heutigen Tag sehr genossen.«

Und wenn ich darüber nachdachte, hatte ich das wirklich. Mein Reformeifer hatte sich richtig austoben können, und ich war überaus zufrieden. Jetzt merkte ich auch, daß ich meine Schultern nicht mehr vor Kälte zusammenzog.

»Was du auch als Einhänderin tun könntest, wäre, diese Heizung da auszumachen.«

Ohne das Zischen und Knallen der Paraffinheizung war es in der Küche wunderbar friedlich.

»Ich habe heute mit Charles telefoniert«, sagte ich, als ich die Kartoffeln zusammen mit Butter und heißer Milch stampfte. »Ich ging zufällig ans Telefon. Er bat mich, mit ihm am Freitag in Milecross Park zu Mittag zu essen. Ich lasse dich nicht verhungern, keine Sorge.«

»Sorge! Laszive Phantasien werden mich erregen!«

»Es ist wirklich nur ein Mittagessen, meine liebe Min. Mag der Rest des Landes auch dank der freien Liebe und des damit verbundenen Unglücklichseins schlank bleiben, ich bin zu alt dazu. In meinem Alter ist man diesbezüglich sehr wählerisch.«

»Und welches mögliche Kriterium könnte dazu führen, Charles Jarrett auszuschließen?«

Eleanors Kommen beendete das Gespräch, ehe mir eine Antwort einfiel.

»Eins ist mir klargeworden, Min«, fing ich an, als ich die warmen Teller aus dem Kohleherd holte, »du brauchst dringend Hilfe bei der Hausarbeit. Könnte ich nicht hier im Ort eine Anzeige aufgeben und versuchen, jemanden zu finden?«

»Wenn du glaubst, daß das möglich ist«, sagte Min. »Ich bin sehr dafür. Wir hatten immer jemanden vom Gut, aber jetzt kriegen sie mehr Geld, wenn sie in die Keksfabrik nach Great Swosser gehen. Ich weiß, daß Robert gerne dafür zahlen würde. Er ist überhaupt nicht kleinlich. Außerdem macht er sich dafür verantwortlich, daß wir nicht genug Geld haben, das Haus zu unterhalten. Obwohl es natürlich Viviens Schuld ist.«

»Warum Viviens?«

»Weil Roberts Vater das ganze Geld ihr hinterlassen hat. Er starb vor langer Zeit, als Robert sieben war. Er war einfach nicht vorausschauend und dachte nicht an das, was passieren würde. Vivien hat die Kontrolle über das Gesamtvermögen, und sie wollte, daß Robert das Gut verwaltet. Robert hat sich geweigert. Sie stritten sich ganz fürchterlich und haben sich seitdem auch nie ganz ausgesöhnt. Sie rast vor Wut, weil sie ihren Willen nicht bekommen hat, und sie gibt uns nur ganz wenig, obwohl sie gleichzeitig das Geld mit vollen Händen für Kinkerlitzchen verschwendet. Vivien lebt wie eine Zarin, während wir die letzten Pfennige zusammenkratzen müssen.«

»Warum will Robert das Gut nicht verwalten?«

»Weil er Landwirtschaftsarbeit einfach haßt. Er sagt, er möchte nicht jeden Tag bis zu den Ellbogen im Kuhmist wühlen, wenn er statt dessen Ovid lesen kann. Er meint, er sei für die Landwirtschaft nicht geschaffen, und ich finde, da hat er recht. Er würde es nie zugeben, aber was ihn daran abstößt, ist das Töten von Tieren. Hier in der Gegend kann man keinen Ackerbau betreiben. Es ist zu hügelig. Als Robert klein war, nahm sein Vater ihn mit zu den Märkten und Schlachthöfen. Robert hielt das einfach nicht aus. Er hatte sogar Mitleid mit den Ratten, wenn die Hunde sie in den Scheunen jagten.«

Jetzt kam Robert herein, gefolgt von William, und ich tischte das Abendessen auf.

»Als ich die Treppe runterging, duftete es schon so gut«, sagte William und ließ für den Bruchteil einer Sekunde Wasser über seine Finger laufen, ehe er sich hinsetzte. »Verdammt noch mal, ist das warm hier drin!«

»Laß das Fluchen, William«, sagte Robert matt. »Das zeugt nicht von Klugheit.«

»Ich hatte auch nicht vor, klug zu sein.« William bediente sich am Kartoffelbrei. »Ich wollte meine Überraschung kundtun. Außerdem sagst du auch ›verdammt‹. Und zwar immer dann, wenn du schlechte Laune hast. Und das ist schlimmer.«

»Ich bin heute George Pryke begegnet«, sagte ich beiläufig. »Wohnt er in Dunston Abchurch?«

»Er bewohnt eins der Gesindehäuser auf dem Gut«, sagte Min. »Er taugt nicht viel, aber seine Familie hat seit Generationen auf dem Gut gearbeitet.«

»Im Sägen scheint er sehr gut zu sein. Ihr müßt stapelweise Brennholz haben.«

»Haben wir wohl auch«, brummelte Robert.

»Und wo verbrennt ihr das?« bohrte ich weiter. »Hier nicht. Und auch nicht im Wohnzimmer. Und für den Boiler braucht man Kohle, stimmt's?«

»Wenn ich so darüber nachdenke«, Robert senkte die Gabel, auf der ein Stück Karotte aufgespießt war, »dann verbrennen wir heute gar kein Holz mehr. Verflucht ... ich meine, wozu, zum Teufel, macht er das ganze Holz? Er sollte sich doch um das Ausholzen kümmern.«

»Ich sah ihn seinen Lieferwagen mit Holzscheiten beladen, als ich ihm sagen wollte, er solle die Trittleiter wegbringen. Er versuchte, das Holz mit einer Plane zuzudecken, doch ich konnte sehen, daß er fast die ganze Ladefläche voll hatte.«

»Dieser hinterhältige Schurke!« ereiferte sich Robert. »Verscheuert unser Brennholz!«

»Deine Ausdrücke, Schatz«, rügte ihn Min. »Guter Gott, dieser Mensch ist unglaublich! Wenn ich nur an all die Male denke, die ich seine Frau und die widerlichen Kinder zum Tee hier hatte.«

»Einmal, Liebes, um ehrlich zu sein.«

»Na gut. Aber es kam mir wie eine Gefängnisstrafe vor. Sie erzählte mir ständig von verbilligten Fertigvorhängen bei Handley's, und daß sie sich einen hübschen dreiteiligen Vorhang geholt hätten. Hörte sich fast so an, als wollte sie andeuten, wir lebten wie die Zigeuner. Dann hörte sie gar nicht mehr auf zu erzählen, wie gut Barry und Sharlene in der Schule seien. Sharlene bohrte die ganze Zeit über in der Nase und wischte sich die Finger an ihren Socken ab, die knallrosa waren und Rüschen am Bündchen hatten!«

»So eine snobistische Haltung ist doch sonst nicht deine Art, mein Schatz«, warf Robert ihr vor.

»Nein, da hast du recht. Ich schäme mich. Aber es war eine einzige Provokation!«

Es machte mir Mut zu sehen, daß Robert auch über dieses Beispiel meiner Einmischung nicht beleidigt zu sein schien. Doch das lag wohl daran, daß es nicht mit Min und ihren Mängeln zu tun hatte.

»Ich sollte ihn wohl am besten loswerden«, Robert klang deprimiert. »Wir können niemanden brauchen, der uns beklaut.«

»Das war wahrscheinlich in den letzten dreihundert Jahren auch nicht anders«, entgegnete Min mit überraschender Schärfe. »Wenn du die Gutsbewohner wegen geringfügigen Diebstahls aus ihren Häusern jagst, stehen sie alle leer und fallen in zwei Jahren wegen der Feuchtigkeit in sich zusammen. Ich meine die Häuser.«

»Angenommen, ich würde George Pryke im Auge behalten«, schlug ich vor. »Wenn Sie mir sagen, was er jeden Tag tun soll, werde ich alle paar Stunden hinausgehen und überprüfen, was er macht. Wenn er gar nicht mittut, können Sie ihn immer noch rauswerfen. Aber er bekommt eine Chance, sich zu bessern.«

»Das ist eine ausgezeichnete Idee!« sagte Robert erleichtert, weil die Entscheidung verschoben war. »Sollte in der Flasche dort noch etwas von dem drin sein, was ihr beiden Mädchen hier schlürft, würde ich gerne einen Toast aussprechen. *Groß ist Diana*, wie die Epheser zu sagen pflegten. *Lang möge sie über uns herrschen!*«

Dieser Trinkspruch entbehrte keinesfalls einer satirischen Note, aber er sollte den Anfang eines besseren Verständnisses markieren.

Kapitel 12

Am nächsten Morgen um neun Uhr ging ich hinaus zu den Ställen und wählte dazu den Umweg durch den Kräutergarten. George Pryke war nirgends zu entdecken. Ich sah mich um. Eine Bewegung in einem der Gewächshäuser machte mich aufmerksam. Ich ging hinüber und spähte hinein. Drinnen sah ich George, der über eine Zeitung gebeugt aus einem Becher trank. Durch die verschmutzten Glasscheiben konnte ich erkennen, daß die Zeitung bei einer ganzseitigen Aufnahme eines nackten Mädchens von beängstigenden Ausmaßen aufgeschlagen war. George gluckste und hatte seine Zunge widerlich herausgestreckt. Ich machte die Tür auf. George faltete die Zeitung zusammen, legte sie auf die Bank und lehnte sich dann im Stuhl zurück, wobei er herausfordernd seinen Bauch vorwölbte und mich anstarrte.

»Is meine Teepause. Woll'n Sie, daß ich noch mehr Leitern durch die Gegend schleppe?«

»Nein, danke.« Ich blieb auf Distanz. »Mr. Weston sagt, Sie kümmern sich heute morgen um das Ausholzen der Bäume.« Ich warf einen unmißverständlichen Blick auf meine Uhr. »Ich nehme an, Sie haben mit Ihrer Arbeit um halb neun angefangen.«

»A-ja.«

»Ist es nicht etwas früh für eine Teepause?«

»Tja, konnte daheim nich' frühstück'n, weil meine Jessie ins Krankenhaus zur Untersuchung mußte. Hat irgendwas Schlimmes mit ihr'm Unterleib.«

»Das tut mir aber leid.«

Das war mein voller Ernst. Mrs. Pryke tat mir sehr leid, egal, wie es um ihren Unterleib bestellt war.

»Is' 'ne einz'ge Quälerei mit ihr'm Unterleib. Hat dauernd Schmerzen seit unser'm ersten. Blutet wie 'n angestochenes Schwein.«

»Wie weit sind Sie mit dem Ausholzen?« warf ich ein.

»Hab noch nich' angefang'n. Sin' zwei Hektar Land. Brauch' mind'stens drei Wochen dazu.«

»Dann fangen Sie jetzt lieber an. Wenn Mr. Weston heute abend heimkommt, wird er vorbeischauen, um zu sehen, wie Sie vorankommen. Ich möchte, daß Sie mir nach dem Mittagessen Brennholz hochbringen. Klingeln Sie an der Hintertür, und ich zeige Ihnen dann, wo Sie es aufschichten.«

Ich machte die Tür des Gewächshauses ganz weit auf und trat dann zurück, um ihn durchzulassen. George Pryke warf mir einen Blick voller Abscheu zu. Dann zog er seine Lippen über das Zahnfleisch hoch, was ihm das Aussehen eines Schimpansen gab, und stand bedächtig auf. Er nahm seine Zeitung und seine Thermosflasche und ging an mir vorbei in die Kälte, gallig und wutentbrannt wie Coriolan, der sich dem Pöbel stellt. Ich trat zu dem Heizkessel hin. Er war verrostet, aber warm. Ich hob die Deckelplatte hoch. Ein schönes Holzfeuer prasselte darin. Nichts, nicht einmal eine vertrocknete Geranie gab es hier im Gewächshaus. Alle zerbrochenen Glasscheiben waren mit Stoffetzen zugestopft, oder man hatte Pappe darüber genagelt. In einem Blumentopf häuften sich Pfeifentabakreste und Zigarettenkippen. Auf dem Fußboden lagen zerknülltes Butterbrotpapier, Kronkorken und abgebrannte Zündhölzer verstreut. In einer Ecke stapelten sich Zeitschriften. Ich nahm die oberste in die Hand. Ein Paar rotglänzender Lippen und ein wassersüchtiger Busen stellten sich auf der ersten Seite zur Schau. Mit der Asche, die durch den Feuerrost gefallen war, löschte ich das Feuer.

Ich ging zu den Ställen, wo der Land Rover geparkt war,

und sah den Stoppelkopf Georges Prykes über einem Haufen Zaunpfosten. Er kauerte dahinter und wartete darauf, daß ich ihn zum Anschieben rief. Ich drehte den Zündschlüssel um, und der Land Rover sprang an. Ich ließ ihn eine gute Minute laufen, damit George die Auspuffgase zu schmecken bekam, und röhrte dann mit so viel Schwung die Einfahrt hinab, als säße ich hinter dem Steuer eines Hispano Suiza.

Im Dorfladen von Dunston Abchurch erkundigte ich mich, ob ich einen Zettel ins Fenster hängen durfte. Die Frau hinter der Ladentheke, die mich argwöhnisch beobachtete, seit ich den Laden betreten hatte, nahm den Zettel und las ihn.

»Da kommen Sie also von Weston Hall?«

Ich sagte, daß ich dort ein paar Wochen verbrachte.

»So 'ne Arbeit will heutzutage keine mehr machen. Verdienen alle in der Keksfabrik mehr.«

»Wissen Sie zufällig, wieviel die Fabrik ihren Arbeiterinnen zahlt?«

»Jawohl. Weiß ich. Uns're Marilyn arbeitet in der Fabrik. Fünf Shilling die Stunde, damit sie aufpaßt, wie die Maschine die Vanillecreme in die Kekse drückt. Uns're Marilyn is' fett wie Butter, vom Sitzen und Nichtstun den ganzen Tag.«

Ich fragte mich, ob sie wußte, daß sie Shakespeare zitierte. Ich schrieb »sechs Shillinge« in die Lücke, die ich gelassen hatte, und gab ihr den Zettel.

»Nanu! Das ist natürlich was anderes!« meinte sie und setzte sich die Brille auf die große, fleischige Nase, um besser lesen zu können. »Und den Leuten gefällt vielleicht die Vorstellung, in einem so großen Haus zu arbeiten. Nach dem, was mir so zu Ohren kommt, scheint da jede Menge los zu sein. Man sagt, daß diese Mrs. Weston (die natürlich ein bißchen besser davonkam, als sie's verdient hätte, wie wir alle wissen) und Mr. Weston sich so zankten, daß er 'nen feuerroten Schürhaken nahm und ...«, an dieser Stelle stützte sie ihren von malvenfarbenem Acryl bedeckten Busen auf die Theke und flüsterte mir etwas ins Ohr, was Edward den Zweiten bis ins Mark hätte erschaudern lassen. »Wenn ich mich so aufgeführt hätte wie Mrs. Weston, hätte mein Vater mich von Heim und Herd vertrieben! Aber wir wissen ja alle, daß es eigene Gesetze für die großen und eigene Gesetze für die kleinen Leute gibt.«

Die Gehässigkeit dieser Frau machte mich sprachlos, bis mir klar wurde, daß sie Vivien meinte und nicht Min.

»Kostet es etwas, einen Aushang zu machen?« erkundigte ich mich in so arrogantem Ton, daß jedem Klatsch ein Ende gesetzt war.

»Jawohl. Sixpence. Sie wollen sicher, daß es auffällt, stimmt's? Leute mit Geld wollen immer alles sofort.«

Ich dankte ihr und gab ihr Sixpence. Eigentlich hatte ich vorgehabt, ihr als Gegenleistung etwas abzukaufen, aber ihr unwirsches Auftreten hielt mich davon ab, auch nur eine Packung Löffelbiskuits zu erstehen.

Ich stand eine Weile auf der Ladentreppe und bewunderte meine eigene Anzeige. Daneben hing ein Zettel, worauf stand: *Brautkleid, weiß, nicht getragen. Außerdem zwei Brautjungfernkleider, Erwachsenengröße, kirschrot (hübsch), nicht getragen.* Das *hübsch* in Klammern ergriff mich ganz besonders. Ich überlegte, mit welcher Aufregung und Freude die Braut wohl diese kirschfarbenen Kleider ausgesucht hatte. Ich stellte sie mir nach ihrer Rückkehr vom Geschäft beim Auspacken vor, wie sie alles ihren Freundinnen zeigte, das Brautkleid anprobierte und vor dem Spiegel eindrucksvolle, anmutige Bewegungen versuchte. Gab es in Dunston Abchurch eine moderne Miss Havisham, die ihren Bungalow durchmaß und über die Treulosigkeit der Männer sinnierte, die Hochzeitstorte den Ameisen überließ und den Krabbencocktail dem Schimmelpilz? Im anderen Fall, überlegte ich, würde sie das Kleid tragen und nicht versuchen, es loszuwerden.

Das Leben auf dem Land tat seine Wirkung. Ich verbrachte den größten Teil des Tages mit körperlicher Arbeit, was meinen Gedanken freien Lauf erlaubte. Ich entdeckte an mir, wie meine Vorstellungsgabe stärker wurde, sich ein wenig zum Sentimentalen hin neigte, was mich aber auf so zwanglose Weise befreite, daß es nur gut für mich sein konnte.

Mittags aßen Min und ich Käsetoast und Äpfel. Ich erzählte ihr, daß ich wegen einer Haushaltshilfe einen Aushang gemacht hatte. Wir unterhielten uns gerade darüber, wie die ideale Haushälterin beschaffen sein sollte, als die Klingel der Hintertür schrillte. Es war die Post. Rechnungen für Min und einige Briefe für mich, von Mrs. Baxter an mich weitergeleitet. Ein Brief kam von Peter aus Rom. Ich las ihn mit großem Vergnügen. Peter hatte sich in seinem Stil an Augustus Hare orientiert, ungeheuer informativ und lyrisch, mit einer absichtlichen Prise Aberglauben. Der Brief war so gut, daß ich ihn Min vorlas, und wir stimmten darin überein, daß wir uns kaum der Mühe unterziehen mußten, hinzufahren und langweilige Flüge und schlechte Hotels in Kauf zu nehmen. Peter beendete seinen Brief, indem er schrieb, daß gute Freunde von ihm, ein amerikanischer Kunstprofessor und seine Frau, drei Wochen in Cambridge verbringen wollten und dringend etwas zur Miete suchten. Ob ich, so fragte Peter an, ihnen vielleicht helfen könnte, etwas zu finden, was nicht zu groß, aber doch ganz ansehnlich war. Geld spiele keine Rolle. Natürlich konnte ich das.

Ich ging sofort in den Flur, um das Londoner Hotel anzurufen, dessen Nummer Peter mir genannt hatte. Ich erklärte Peters Freund, der Herbie Finkelstein hieß, daß sie mein Haus drei Wochen lang mieten könnten, und zwar zu einem Preis von … ich holte tief Luft, wunderte mich über meine Courage und nannte dann eine Miete, die selbst für mein kostbares Haus sehr hoch gegriffen schien. Er meinte, das wäre schön, und er würde mich anrufen, sobald er sich das Haus in Cambridge angesehen hätte. Nachdem ich alles mit ihm vereinbart hatte, rief ich Mrs. Baxter an und erzählte ihr von den neuen Bewohnern. Sie schien von dieser Idee überaus begeistert zu sein und versprach mir, mich sofort zu informieren, wenn sie anfingen, mitten im Wohnzimmer Feuer zu machen oder irgendwelche anderen Dinge anzustellen, die Mietern für gemeinhin nachgesagt werden.

Herbie Finkelstein gehörte zu den schnell Entschlossenen, denn schon um sieben Uhr abends rief er an, um mir zu sagen, daß er und seine Frau von meinem »wunderbaren kleinen Heim« mit all seinen »göttlichen objets« so angetan seien, daß sie die Miete verdoppeln wollten. Er teilte mir mit, daß ihn der Preis nicht juckte, weil sein College zahlte, und in

Massachusetts selbst die doppelte Miete durchaus moderat wäre.

Min und ich feierten mit Champagner, wovon Min jede Menge schlürfte, da sie in der vergangenen Nacht schlecht geschlafen hatte, was sie auf einen unzureichenden Alkoholpegel zurückführte. Meine Entschuldigung war körperliche Erschöpfung, da ich zweimal in den Wald gelaufen war, in dem George Pryke ausholzen sollte.

Beim ersten Mal hatte Min mich begleitet, um mir den Weg zu zeigen. Es war umwerfend schön, lauter schwarze, kahle Äste und jungfräulicher Schnee, weiß wie Grieß. Wir kamen an einigen Schafen vorbei, die aus den Feldern in den Park gezogen waren, an ihren Fellen, die sich gegen das Weiß des Schnees schwefelfarben abhoben, hingen unten Eisklümpchen wie schmutzige Kristalle. Ham zitterte bei ihrem Anblick freudig, aber sie rannten davon, blökten und wollten nicht spielen. George hatte auf einem Baumstamm gesessen und Tee getrunken, war aber, als er uns sah, aufgestanden und tat so, als arbeitete er. Ham mochte ihn genauso wenig wie ich, sie bellte und knurrte, bis wir nur noch schreien konnten, um uns zu verständigen.

Beim zweiten Mal kam ich mit Ham, aber ohne Min, und entdeckte, daß er im Schnee ein Feuer entzündet hatte und darüber seine Zeitung trocknete. Er warf mir die Sorte Blick zu, die vor langer, langer Zeit Atlas in ein Gebirge verwandelt hatte, legte sich aber mit seiner Axt so finster und bedrückt ins Zeug wie ein Strafgefangener. Je weiter ich mich danach vom Wald entfernte, um so seltener hörte ich den Schlag seiner Axt. *Stehendes Wasser versumpft.* Ein altes Sprichwort, aber dennoch wahr, dachte ich und rief mir dabei seine ungesunde, schmutzfleckige Gesichtsfarbe und seine ockerfarbenen Augäpfel in Erinnerung.

Er hatte nach dem Mittagessen die Scheite gebracht und im Seitengebäude neben der Hintertür gestapelt. Dann war er mir mit dem alten Feuerrost, den ich in der Remise entdeckt hatte, wo der Land Rover untergebracht war, ins Haus gefolgt. Er paßte hervorragend in den Kamin des Wohnzimmers. Auf meine Anweisung hin trug er einen Korb voller Holzscheite herein und stellte ihn dort neben dem Rost ab. Dies alles tat er mit der anmaßenden Miene dessen, der weiß, daß sich die aufrührerischen Kräfte im Norden zusammenrotten werden, um die despotischen Plantagenbesitzer im Süden zu bezwingen.

An diesem Nachmittag erfolgten drei Anrufe auf meinen Aushang. Mit jeder Bewerberin vereinbarte ich für den folgenden Tag ein Gespräch im Haus. Ich machte wieder Scones und briet fürs Abendessen ein Stück Hinterschinken mit Lauch, Sultaninen und getrockneten Aprikosen an, machte das Wohnzimmer sauber und stellte für Ham ein Feldbett in mein Zimmer, da sie entgegen all meiner Hoffnungen auf Schritt und Tritt bei mir sein wollte. Mit ausreichendem Futter, das ihr schmeckte, hatte ich ihr treues Hundeherz gewonnen.

Ich saß am Küchentisch und kratzte mürrisch an der zu einem dunklen Tabakbraun versengten Gleitfläche des Bügeleisens, als eine Stimme hinter mir mich so erschreckte, daß ich das Bügeleisen auf den Boden fallen ließ. Als ich mich umdrehte, beugte sich Vivien über meine Schulter und grinste mich höhnisch an.

»Habe ich Sie erschreckt? Sie armes Ding! Ich kann mir vorstellen, daß Sie mit den Nerven ziemlich am Ende sein müssen bei der vielen Arbeit. O ja, ich weiß alles. Mrs. Pickles im Dorfladen hat mir Ihren Zettel im Fenster gezeigt. Sie hält Sie für Roberts Geliebte und glaubt, daß Minerva aus ihrem Schlafrock nicht mehr herauskommt, sechzig Zigaretten am Tag raucht und unentwegt heult, weil man sie zu dieser Ménage à trois zwingt.«

»Sie haben sie hoffentlich aufgeklärt?« sagte ich und hob das Bügeleisen auf, das jetzt aus drei Teilen bestand und irreparabel war. Ich stand auf und schrieb »Bügeleisen« auf meine Einkaufsliste.

»Das habe ich nicht getan. Es wäre unfreundlich, ihr das Vergnügen zu nehmen, es allen weiterzutratschen, die in den Laden kommen. Um ehrlich zu sein, habe ich angedeutet, daß Sie und Robert vor seiner Hochzeit mit Minerva verlobt waren, und es meiner Meinung nach irgendwo einen illegitimen Sprößling geben muß.«

»Wie freundlich.«

»Oh, Ihnen macht es doch sicherlich nichts aus, was man von Ihnen denkt? Ich hätte gedacht, Sie stehen da ein wenig ... darüber. Natürlich wird man sich alles mögliche aus den Fingern saugen. Meine Güte!« Sie sah sich in der Küche um. »Da waren Sie aber ein fleißiges Bienchen! Oh, sehe ich da Scones? Ich werde zum Tee bleiben.«

»Ich wollte gerade im Wohnzimmer den Kamin anmachen«, erklärte ich und versuchte, meine Verärgerung im Zaum zu halten.

Vivien folgte mir ins Wohnzimmer.

»Wie ich sehe, haben Sie den Feuerrost gefunden. Ich habe mich schon gewundert, was Minerva damit angestellt hat. Er ist aus Messing und Stahl, wissen Sie. Sieht sehr gut aus, wenn er geputzt ist.«

»Das habe ich noch nicht getan.« Metallputzpaste fügte ich im Geiste meiner Einkaufsliste hinzu.

»Und was haben Sie mit diesem absolut scheußlichen künstlichen Kohlenfeuer gemacht?«

»Habe ich in den Schrank unter der Treppe gestellt.«

»Gut. Vielleicht fallen ja die Mäuse darüber her und zernagen inzwischen sein Innenleben, so daß ich dieses Ding nie wieder sehen muß. Es versucht noch nicht einmal, einen zu überzeugen. Da ist mir ein einfacher alter Elementheizkörper lieber, wenn ich schon kein richtiges Feuer haben kann.«

In diesem Punkt stimmte ich mit Vivien voll und ganz überein, wenn ich auch nichts sagte, sondern mich bückte, um ein brennendes Streichholz an das Papier und Anmachholz zu bringen, das ich bereits auf den Rost gelegt hatte. Als die Flammen über die Zeitung züngelten und die Späne zu knacken anfingen, stand ich auf, und mein Blick fiel auf die Uhr aus imitiertem Eichenholz und die aprikosenfarbenen Plastikpudel. Allem Anschein nach waren auch Viviens Augen auf diese Gegenstände gerichtet, denn sie ging hinüber und sammelte sie ein.

»In den Schrank damit!« sagte sie, öffnete eine Tür neben einer der Fensterbänke und schob alles hinein. »Was sollen wir jetzt ...? Ah, ich weiß schon!«

Sie öffnete eine Tür, die sich unter einem der Alkoven neben dem Kamin befand, und holte eine blau-weiße Kürbisflasche heraus.

»Hübsch, nicht wahr? Das waren einmal zwei ... ach ja, da ist die andere. Wie würden Sie die datieren?«

Ich nahm eine in die Hand. Es war eine japanische Arbeit, unter der Glasur waren in lebhaftem Blau drei weise Männer zusammen mit Pinie, Pflaume und Bambus abgebildet, bekannt als die »drei Freunde«.

»Ich bin mir nicht ganz sicher. Spätes siebzehntes Jahrhundert? Frühes achtzehntes?«

»Ja, das würde ich auch sagen. Nun, wie sieht das aus? Schon ein wenig besser als diese Pudel. Kommen Sie und schauen Sie in diesen Schrank, helfen Sie mir etwas aussuchen, was dazu paßt.«

Wir verbrachten eine vergnügte Viertelstunde, indem wir verschiedene Kombinationen mit Gläsern, Platten, Kerzenhaltern und Schalen ausprobierten, bis wir fanden, eine Ausgewogenheit erzielt zu haben, die auch zu den Ausmaßen des Kamins im richtigen Verhältnis stand. Das Feuer brannte und machte den ersten Meter vor dem Kamin mollig warm. Mir schwebte vor, in Zukunft den Kaffee nach dem Abendessen in aller Bequemlichkeit hier einzunehmen, anstatt den ganzen Abend auf den harten Küchenstühlen sitzen zu müssen. Vivien besah sich mit kritischem Blick den Rest des Raums.

»Da Sie so häuslich sind, wäre es sicher der Mühe wert, wenn Sie auch den übrigen Raum in Angriff nehmen würden. Dieser häßlich kleine Tisch muß weg. Da stand früher ein Couchtisch und hier ein großer Hocker. Lassen Sie uns im Speicher nachsehen.«

Eine halbe Stunde später schleppten wir schwankend das erste Möbelstück die Treppe hinunter, einen wunderschönen Couchtisch aus Walnußholz. Dann trugen wir den scheußlichen Plastiktisch mit seinen Chrombeinen nach oben. Abwärts wankten wir dann unter dem ungeheuren Gewicht einer Ottomane.

»Hätte ich gewußt, daß wir Möbel schleppen, hätte ich George Pryke herbestellt«, murrte ich. »Er ist so widerlich, faul und unfreundlich, wie man nur sein kann, aber ich denke, daß er Kraft hat.«

»George Pryke?« Ein verschlagenes Lächeln umspielte Viviens Mund. »Als junger Mann war er kräftig wie ein Stier. Er hatte rotes Haar und trug immer eine Weste aus Maulwurfsfell. In den ersten Jahren meiner Ehe nahm er mich manchmal mit zum Wildern. Roberts Vater war immer weg und beschäftigte sich mit irgend etwas Langweiligem, untersuchte Mangold oder so. Wenn George seine Fallen geleert hatte, gingen wir immer zu seiner Hütte mitten im Wald, wo wir miteinander schliefen. Ich glaube, es war der Blutgeruch. Der hat mich immer sehr erregt. Oh, schauen Sie mich nicht so schockiert an! Sie sind mir ja ein Tugendlamm!«

»Ich dachte, es wäre der Mittelschicht vorbehalten, jemanden zu diskriminieren«, versetzte ich bissig.

Vivien lachte und schüttelte den Kopf. Dabei fiel mir auf, daß sie als junge Frau sehr hübsch gewesen sein mußte. Selbst jetzt war sie noch attraktiv. Der helle Silberton ihres Haares stand ihr gut. Sie war noch immer eine extravagante Erscheinung, kein bißchen verblüht.

»Na, na!« erwiderte sie. »Wir wollen uns doch nicht streiten, wo wir uns so gut verstehen. Sehen wir zu, daß dieses verdammte Ding ins Wohnzimmer kommt. Ich habe eine brillante Idee.«

Wir kehrten in den Speicher zurück, wo Vivien mehrere Teekisten durchwühlte, ehe sie triumphierend aufschrie und anfing, jede Menge Stoff herauszuzerren. Als ich ihr zur Hilfe eilte, sah ich, daß es Schonbezüge für Sessel waren.

»Wußte ich es doch. Ich war mir sicher, daß sie hier sein mußten, doch ich habe sie seit Jahren nicht mehr gesehen. Sehen Sie sich den Stoff an ... einfach bezaubernd!«

Es war schweres Leinen, bedruckt mit Papageien, Pfingstrosen und Schmetterlingen in Koralle, Rot, Chartreuse-Grün und Blaßgelb vor einem hellblauen Untergrund. Sie hatte recht. Sie waren sehr hübsch.

»Ich habe sie vor etwa dreißig Jahren selbst anfertigen lassen. Wir wollen sehen, ob wir sie überstreifen können. Oh, wie ist das aufregend!«

Auch ich war gespannt, während wir die Bezüge mühsam über den schmutzigen Kattun des Sofas und der Sessel spannten und streiften. Vivien trat einen Schritt zurück, die Augen wach vor Vergnügen. Der ganze Raum war verändert. Ich vergaß meine Erschöpfung und verbannte das schreckliche Bild von Vivien und George Pryke in der Wildererhütte aus meinem Kopf.

»Meisterhaft! Ich kann es kaum glauben!«

»Nur noch ein paar Blumen hier und dort ... vielleicht ein kleines Gesteck auf dem Tisch. Wenn Ihre Mrs. Sauberfrau anfängt, kann sie den Teppich säubern. Das ist dieser abscheuliche Hund.«

Ham, die das Wort »Hund« hörte, schloß sich schwanzwedelnd unserer Freude an. Ich warf einen Blick auf meine Uhr.

»Du meine Güte! So spät! Ich muß los und den Tee fertigmachen. Die Kinder werden jeden Moment da sein.«

Es war noch immer zu kalt, um den Tee im Wohnzimmer einzunehmen, und so legte ich ein frisches Tischtuch auf den Küchentisch. Vivien schob ihren Stuhl hinüber zum Kohleherd, streifte sich die Schuhe ab und stemmte ihre knochigen Füße mitsamt den Strümpfen gegen das warme Emaille.

»Hier wäre ein Armsessel recht. Oder noch besser, ein Sofa.«

Zu meinem Verdruß hatte sie vollkommen recht. Die Küche war auf jeden Fall groß genug, und es wäre genau das Richtige für die Schwätzchen, auf die Min und ich uns in den Arbeitspausen freuten.

»Ah, Eleanor, mein Schatz. Da bist du ja. Gib deiner Großmutter einen Kuß. Meine Güte, was für ein kaltes kleines Schnäuzchen! Wenn du noch mehr ansetzt, meine Liebe, wird irgendwann einer kommen, dir einen Ring durchziehen und dich zum Markt führen. Komm her, William! Wie streng du jetzt immer riechst, wie ein orientalischer Basar.«

Ich stellte nur die Hälfte der Scones auf den Tisch, wovon Vivien allein schon drei Stück verschlang. Mit ihren dunklen, gierigen Augen hielt sie Ausschau nach Nachschub, aber als keiner kam, stand sie auf, zog Mantel und Schuhe an und meinte, sie ginge lieber, bevor es ganz dunkel würde.

»Oh, gehst du schon?« sagte Min, die mit einem blauen

Tintenfleck auf dem Nasenrücken hereinkam. Das Haar im Nacken stand dort nach oben, wo sie es beim Nachdenken durch ihre Finger gezogen hatte. »Warum wartest du nicht, dann kann Robert dich nach Hause fahren.«

»Nein, danke, Minerva. Ich habe einen guten Tee bekommen. Du wirst staunen, was wir mit dem Wohnzimmer angestellt haben. Wenn ich dir einen Rat geben darf, dann geh du lieber, dir die Haare kämmen und das Gesicht waschen. Du wirst doch deinen Mann nicht absichtlich einer anderen Frau an den Hals werfen wollen. Gib doch nicht bei jedem Kampf gleich klein bei.«

»Meistens weiß ich gar nicht, wovon Vivien spricht«, meinte Min, sobald sie weg war. »So was Dummes! Es sind keine Scones mehr da. Hätte ich mir ja denken können, daß Vivien sie alle aufißt.«

Ich holte den Rest der Scones aus dem warmen Herd und füllte Marmelade nach. Dann ging ich in die Speisekammer, um ein kleines Kännchen zu holen, das mir am Vortag aufgefallen war. Es hatte einen Griff aus verschlungenen Efeublättern und war sehr hübsch. Das Kännchen war nicht mehr da. Das kam mir merkwürdig vor. Soweit ich wußte, hatte kein anderer außer mir es seit gestern nötig gehabt, in die Speisekammer zu gehen.

»In zwei Wochen habe ich Geburtstag«, sagte Eleanor, pickte die Krümel von ihrem Teller und beugte ihren Kopf nach hinten, um sie sich in den geöffneten Mund fallen zu lassen.

»Du wirst dich verschlucken, mein Schatz«, warnte Min. »Mach das lieber nicht. Was hättest du denn gerne zum Geburtstag? Wie wär's mit einer neuen Puppe?«

»Polly Saxby sagt, sie spielt nicht mehr mit Puppen, und nur dumme Babies würden mit neun noch mit Puppen spielen.«

»Gut, dann lassen wir das lieber. Wir können ja nicht zulassen, daß Polly Saxby sich über uns lustig macht.«

Eleanor betrachtete ihre Mutter voller Argwohn, da sie die Ironie bemerkt hatte.

»Wie wär's, wenn George Pryke dir ein kleines Haus im Wald bauen würde?« schlug ich vor, und Eleanor, die sich den letzten Krümel in den Hals warf, wurde auf der Stelle rot und würgte.

»Das ist eine hervorragende Idee«, meinte William, der, seit er heimgekommen war, praktisch zum erstenmal den Mund aufmachte. »Ich könnte es als Operationszentrum benutzen.«

»Kannst du nicht. Das ist dann nämlich meines. Du dürftest es manchmal mitbenützen. Und was hast du denn schon für Operationen durchzuführen? Du kannst jetzt aufhören, mich zu schlagen. Der Krümel ist weg.«

»Das ist ein zauberhafte Idee«, meinte Min. »George Pryke wird sich sicherlich dazu bewegen lassen, einige Bretter und Nägel zusammenzuhämmern.«

»Ich könnte dann zwei kleine Fenster haben«, träumte Eleanor, »und eine Eingangstür mit einem Briefkasten. Könnte es auch einen Briefkasten haben?«

»Sicher«, sagte ich. »Ich fahre morgen nach Great Swosser. Ich werde Mr. Ransome fragen, ob er einen kleinen aus Messing hat. Er scheint fast alles zu haben, was man sich vorstellen kann.«

»Einen echten Briefkasten! Ich hatte dabei nur an eine Öffnung gedacht, aber ein echter Briefkasten wäre natürlich viel besser.«

»Ich werde dir Vorhänge machen«, spann ich die Idee weiter.

»O wie schön. Könnte ich rosafarbene mit Blumen haben?«

William gab sein übliches Würge-Geräusch zum besten und stand dann auf, um nach oben zu gehen.

»Wir sollten ihn wohl besser George Prick nennen, denn er ist wirklich ein Stecher«, sagte er, als er seine Schultasche nahm.

Es war wirklich ein unglückliches Zusammentreffen, daß ausgerechnet in diesem Augenblick Robert hereinkam und diese Bemerkung hörte. William mußte sich entschuldigen, woraufhin er natürlich eingeschnappt war, und so nahm der Abend einen unseligen Anfang. Ich fand es unklug, darum so viel Aufhebens zu machen. William war klug genug, um sein Publikum einschätzen zu können. Es war ziemlich unwahrscheinlich, daß er so etwas zu alten Damen oder zu Mrs. Pickles sagte. Schließlich war es ein altes Wort, das dem shakespeareschen Publikum aller Schichten recht vertraut war. Eleanor wollte wissen, warum sich alle so aufregten.

»Ist es denn etwas Schlimmes, wenn es in Dornröschen heißt, daß sie sich mit der Spindel in den Finger stach?«

»Jetzt sei mal einen Augenblick ruhig, mein Schatz«, sagte Min. »Warum lädst du nicht Gerald für nächste Woche zum Abendessen ein, Robert? Es ist Dianas Idee. Sie meinte sehr großzügig, daß es auf einen mehr auch nicht ankäme.«

Roberts mürrische Miene hellte sich auf.

»Ich werde ihn fragen. Das ist sehr freundlich von Ihnen, Diana. Äußerst freundlich. Der arme Kerl ist immer noch sehr niedergeschlagen.«

Wir einigten uns darauf, Gerald für den folgenden Mittwoch einzuladen. Eleanor kam auf meine Seite des Tisches und machte ihren Schulranzen auf, so daß ich hineinsehen konnte. Außer Büchern und Stiften lag eine braune Papiertüte mit Äpfeln darin. Sie sah mich an und kicherte verschwörerisch. Ich nickte ihr aufmunternd zu. Tags zuvor hatte ich ihr das neu gekaufte Buntpapier auf ihr Zimmer gelegt, mit einer Notiz, die besagte, daß ich sehr gerne ihre Freundin sein wollte. Während ich allein in der Küche mit der Zubereitung des Abendessens beschäftigt gewesen war, war sie heruntergekommen und hatte ihren Arm um meine Taille gelegt.

»Es ist so ein wunderschönes Papier. Gelbes Papier habe ich noch nie gehabt. Nur blaues und braunes. Danke, dankeschön. Ich würde dir gerne auch etwas schenken.«

»Wolltest du nicht ein hübsches Deckchen machen?«

»O ja! Ein gelbes Deckchen. Aber es ist nicht dasselbe, wie wenn ich dir etwas geben würde, wofür ich bezahlt habe, oder?«

»Es ist nicht dasselbe, zählt aber genauso. Die Freude ist wichtig, nicht das Bezahlen.«

»Nun, da bin ich froh, denn ich habe kein Taschengeld mehr übrig. Aber was könnte ich tun, damit du dich freust?«

»Mich würde es freuen, wenn du dir bei Mr. Beale keine Kekse mehr kaufen würdest. Du nimmst zu, wenn du sie ißt, und sie tun dir nicht gut, weißt du. Ein Mädchen, das noch wachsen muß, sollte davon nicht so viel essen.« Eleanor wurde sehr rot. »Ich habe gesehen, wie viele du gekauft hast, als ich Mr. Beales Rechnung bezahlte. Weiß Mami denn, daß du sie hast aufschreiben lassen?«

»Ich glaube nicht, daß sie sich die Rechnung je ansieht. Sie zahlt sie einfach. Das ist doch nicht gestohlen, oder?«

Ich sah, daß ihr die Tränen in den Augen standen.

»Nein, gewiß nicht. Ich bin mir sicher, daß Mami nicht sauer wäre, wenn sie es wüßte. Höchstens ein bißchen. Und wenn du dir keine mehr kaufst, braucht sie es nicht zu wissen. Ich werde ihr nichts davon sagen, wenn dir das lieber ist.«

»Aber was wird aus dem armen Mr. Beale! Er sagt immer, daß ich ihn aufheitere, wenn ich in den Laden komme.«

»Kauf statt dessen ein halbes Pfund Äpfel. Die kosten genauso viel. Und sie bekommen dir sehr viel besser.«

»Werde ich dann dünn?«

»Ja, vorausgesetzt, du bist beim Essen ein bißchen vorsichtig. Vielleicht nur einen Scone zum Tee ... so in der Richtung. Von jedem ein bißchen, aber nicht zu viel.«

»Würde es dich wirklich freuen, wenn ich das tun würde?«

»Es würde mich mehr freuen als alles andere, was ich mir denken kann.«

»Also gut. Eigentlich mag ich die Kekse gar nicht mehr so gern. Ich bin nicht mehr so hungrig im Bett.«

Sie wurde wieder rot, und da wußte ich, daß sie Mins Kochkünste nicht schlecht machen wollte.

Nach dem Abendessen gingen wir ins Wohnzimmer und tranken dort den Kaffee. Ich hatte dafür gesorgt, daß das Feuer brannte, und der Raum war jetzt fast warm. Ich hatte Kerzen angezündet, weil sämtlichen Wandlampen die Glühbirnen fehlten. Min griff nach meinem Arm, als sie beim Hineingehen sah, was wir getan hatten.

»Daze! Du bist ein Genie! Wirklich ein Genie! Was meinst du, Robert? Ist das nicht wunderbar?«

Robert, der hinter uns stand, sah sich erstaunt um.

»Sieht vollkommen anders aus. Ja, viel besser. Entschieden besser. Aber ich kann nicht genau erkennen, was Sie gemacht haben. Neues Sofa und neue Sessel? Und diese entsetzlichen Pudel sind weg.«

»Unsere letzte Zugehfrau, Mrs. Grudden, hat sie uns geschenkt. Sie meinte, der Raum müsse aufgelockert werden. War wahrscheinlich nett gemeint von ihr. Dann nahm ich sie gar nicht mehr wahr und vergaß, sie wegzuwerfen.«

»Kann ich sie denn haben?« fragte Eleanor, die mit uns hereingekommen war. »Mir haben sie immer gefallen.«

»Das sind keine neuen Sessel, nur alte Bezüge, die Ihre Mutter im Speicher wiedergefunden hat«, sagte ich schnell, für den Fall, daß Robert dachte, ich wäre größenwahnsinnig geworden. »Eigentlich ist sie für all das hier verantwortlich. Sie wußte, wo sich die Sachen befanden. Wir hatten sehr viel Spaß.«

»Vivien hat immer Stil gehabt«, sagte Min, warf sich in einen Sessel am Kamin und seufzte befriedigt. »Die alte Hexe hat auch ganz gute Seiten. Natürlich macht sie unglaublich ausfallende Bemerkungen, aber oft auch nur, weil ihr langweilig ist.«

»Andere Leute bauen mit Streichhölzern ein Modell von Taj Mahal, wenn ihnen langweilig ist, oder töpfern etwas, was sie ihren Freunden zu Weihnachten schenken können. Meine Mutter versucht, so viele Empfindungen wie möglich zu verletzen und mit dem Mann ins Bett zu gehen, der den Zähler abliest«, entgegnete Robert gallig.

»Geht Oma wirklich mit dem Ableser ins Bett?« erkundigte sich Eleanor und steckte ihren Kopf durch die Tür herein.

»Ich dachte, du bist nach oben gegangen, um dich zu waschen«, sagte Robert. »Jetzt aber schnell, und erzähl Oma nichts davon.«

»Ich glaube nicht, daß es Ihrer Mutter etwas ausmachen würde, wenn sie es ihr erzählte«, sagte ich, als Eleanor gegangen war. »Direktheit scheint ihr das höchste zu sein.«

Robert betrachtete mich nachdenklich, versagte es sich aber mich zu fragen, was ich damit meinte. Ich fragte ihn, ob er es geschafft hatte, auf dem Heimweg einen Blick auf George Prykes Arbeit zu werfen.

»Ich war fünf Minuten bei ihm. Beeindruckt war ich nicht gerade. Sah nach zwei Stunden Arbeit aus. Ich fragte ihn, was er denn getan habe, und er meinte, er hätte sich die Zeit damit vertrieben, hinter einem Pack Weiber herzurennen. Seine Formulierung war allerdings weniger höflich.«

Robert ließ ein bellendes Lachen hören, und ich ärgerte mich.

»Rennen, ausgerechnet! Ein Kontinent bewegt sich schneller als er.«

»Was wirst du unternehmen, Schatz?« wollte Min wissen. »Wir können es uns wirklich nicht leisten, ihn fürs Nichtstun zu bezahlen.«

»Ich weiß es nicht«, sagte Robert und runzelte die Stirn. »Ich muß es mir überlegen.«

»Das heißt, du tust nichts, ich weiß, aber ich bin zu entspannt und fühle mich zu wohl zum Streiten. Diana hatte eine sehr gute Idee für Ellies Geburtstag.«

Bis das Feuer heruntergebrannt war, unterhielten wir uns über das kleine Haus, das wir im Wald bauen wollten. Robert gefiel die Idee sehr, und er erzählte uns von einem Baumhaus, das er in eben diesem Wald gezimmert hatte, als er zwölf war. Insgesamt war es unser bis dahin harmonischster Abend.

Kapitel 13

Am Morgen fuhren Min und ich nach Great Swosser. Ich setzte sie am Krankenhaus ab und fuhr weiter zu Mr. Ransomes Laden, wo ich ein Bügeleisen, Kerzen, eine kleine elektrische Handschleifmaschine und einen Briefkasten für Ellie kaufte. Dann besorgte ich für mich in einem Kleidergeschäft, das *Blubbs Damenmoden* hieß, zwei Jeans, einen dicken, marineblauen Pullover und einen dunkelblauen Dufflecoat.

Neben Blubbs befand sich ein Antiquitäten- und Trödelladen. Wie bei den meisten Läden dieser Art fiel der größere Teil des Ladeninventars unter die zweite Kategorie. Ich ließ einfach meinen Blick über die Nachttöpfe, Plätteisen und Zaumzeugbeschläge im Schaufenster schweifen, in der Hoffnung, einen Türklopfer für Eleanors Haus zu entdecken, als ich das Kännchen mit dem Griff aus Efeublättern sah, das ich tags zuvor gesucht hatte. Ich betrat den Laden. Der Besitzer, ein alter Mann mit zittrigen Händen, stand von seinem Stuhl am Ofen auf. Ich bat, mir das Kännchen genauer ansehen zu dürfen. An der winzigen Kerbe neben dem Schnabel erkannte ich es wieder. Ich fragte ihn, woher er es hatte, und er erzählte mir, daß es ihm ein Schuljunge verkauft habe.

Offenbar hatte dieser Junge ihm in den letzten paar Monaten einige Stücke gebracht. Der alte Mann schien äußerst gesprächig zu sein. Wahrscheinlich hatte er nicht viele Kunden. Er beschrieb den Jungen als hübsch, redegewandt und mit einem Sinn für erlesene Dinge ausgestattet. Ich kaufte das Kännchen zu einem angemessenen Preis und verließ den Laden.

Meinen Rock und meinen Mantel brachte ich zu Mr. Beale, der mir sagte, sie kämen in einer Woche aus der Reinigung zurück. Nachdem ich noch beim Metzger, beim Gemüsehändler und beim Bäcker vorbeigeschaut hatte, holte ich Min ab, und wir fuhren zurück nach Weston Hall. Das Kännchen stellte ich zurück in die Speisekammer. Ich war mir noch nicht schlüssig geworden, wie ich das Problem William angehen sollte. Ich fand, daß Takt erforderlich war, damit es nicht zum Krach kam. Min und ich waren gerade mit unserem Champignontoast fertig, als es an der Hintertür klingelte.

»Schon merkwürdig, wie oft diese Klingel neuerdings läutet«, sagte Min. »Ist das deine erste Kandidatin? Ich nehme mir einfach ein bißchen Reispudding mit ins Arbeitszimmer und laß dich mit ihr allein.«

»Möchtest du nicht sehen, wer sich vorstellt? Du wirst länger mit ihr klarkommen müssen als ich.«

»Ich habe vollkommenes Vertrauen in deine Fähigkeit, die Richtige auszusuchen. Ich nehme immer die, die am meisten nach Zugehfrau aussieht. Das ist leider so. Würde Hitler sich für den Posten bewerben und mit Schürze und Kopftuch antreten, bekäme er von mir den Job.«

Ich öffnete die Hintertür.

»Ich bin Mrs. Butter. Ich komme auf Ihre Anzeige. Hausarbeit, Zeit nach Vereinbarung.«

Ihr Erscheinungsbild verblüffte mich etwas. Sie mußte in den Sechzigern sein, war klein und spindeldürr, trug einen Marinemantel, der teuer aussah, und weiße Ziegenlederhandschuhe. Ihr Haar war dauergewellt und platinblond gefärbt. Ihr pfirsichfarbenes Make-up war ziemlich dick aufgetragen. Auf den Augen trug sie blauen Lidschatten, und ich war überzeugt, daß ihre langen, sehr schwarzen Wimpern falsch waren. Min hätte die Tür sofort wieder zugemacht. Ich bat sie, hereinzukommen.

»Du meine Güte!« sagte sie, als sie sich umsah. »Sie haben hier aber ein riesiges altes Haus! Ist bestimmt romantisch? Ich mag's selbst auch gern ein bißchen romantisch. Ich sage immer, es gibt keine Spielkarten ohne Buben.«

»Aha?« Darauf fiel mir nichts ein.

»Was ich damit sagen will, ist, daß es kein großes Haus ohne Dreck gibt.« Sie warf einen Blick auf den Küchentisch und gluckte bestürzt: »Da kommt man mit Schrubben nicht mehr weit, fürchte ich.« Sie besah sich die Vorhänge und schloß für einen Augenblick gequält die Augen. »Historisch, das ist eine Sache. So etwas nenne ich eine Schande. Wenn Sie entschuldigen wollen, Miss. Mein Stan hat immer gesagt, ich wäre zu direkt. Aber hell sind die Wahrheit und das Licht.«

»Ich zeige Ihnen jetzt den Rest des Hauses, damit Sie das Ausmaß Ihrer Arbeit einschätzen können«, sagte ich und wurde langsam zuversichtlich.

Die Art, wie Mrs. Butter sich im Haus umsah, verdiente einzig und allein die Beschreibung erschöpfend. Sie machte sämtliche Schränke auf, hob die Teppiche an den Ecken hoch und sah hinter die Vorhänge, selbst unter Toilettendeckel und in die Abflußöffnungen. Je weiter wir vordrangen und je mehr das fröhliche Aneinanderreihen von Sprichwörtern versiegte und sie statt dessen mit der Zunge schnalzte und mißbilligend »na, na« hören ließ, um so schuldbewußter fühlte ich mich. Ich lehnte mich an die Stange des Kohleherds und wartete darauf, daß sie sagte, es wäre ihr zu viel. Einen Augenblick musterte sie mich schweigend. Dann fing sie zu lachen an.

»Der Herr allein weiß, daß ich nicht ganz bei Trost sein kann, aber ich liebe Herausforderungen. Seit mein Stan in Abrahams Schoß zurückgekehrt ist, ist mir langweilig, und das Geld käme natürlich auch wie gerufen. Lieber abgearbeitet als eingerostet. Wie sagten Sie, Miss ... wie war Ihr Name noch mal?«

»Fairfax. Aber bitte nennen Sie mich Diana.«

»Danke, das werde ich. Aber nur, wenn wir nicht bei der Arbeit sind. Ich bin gegen zu viel Vertraulichkeit. Wo Geld den Besitzer wechselt, führt das zu Mißverständnissen.«

»Ich werde mit Mrs. Weston sprechen und Sie heute abend anrufen.« Meine Rolle als vorübergehende Hausdame hatte ich ihr schon erklärt. Ich hielt es für besser, mir auch noch die anderen Bewerberinnen anzusehen, ehe ich eine Entscheidung traf. »Sie wissen nicht zufällig das Rezept für einen Victoria-Rührkuchen auswendig?«

»Aber ja. Drei Eier, jeweils 170 Gramm Butter, Zucker und Mehl, halbe Stunde, Gas Stufe 3. Stanley mochte gerne guten Rührkuchen. Ist Kochen neu für Sie?«

»Nein, eigentlich nicht. Nur eine bestimmte Art des Kochens.«

»Verstehe. Sie sind es gewohnt, ausgefallene Sachen mit Krabben zu machen. Ich mag Hunde.«

Einen Augenblick war ich verdutzt. Dann sah ich, daß es Ham gelungen war, sich aus der Abstellkammer zu befreien, wo ich sie beim ersten Klingelzeichen eingesperrt hatte. Ham schien Mrs. Butter zu mögen, denn sie lief auf sie zu und schnüffelte unter Schwanzwedeln und Winseln an ihren Knien.

»Wird das Preußisch Leder sein, das sie vielleicht riecht. Ich tupfe mir einen Tropfen in die Kniekehlen. War Stanleys Lieblingsduft. Er mochte Frauen, die auf sich hielten. Schludrigkeiten duldete er nicht, mein Stanley. Guter Hund.«

Mrs. Butter tätschelte Ham ein letztes Mal und stand dann auf, um zu gehen. Dabei zog sie ihre Handschuhe an und streifte jeden einzelnen Finger glatt, als würde sie mich gleich zum Quickstep auffordern. Ich brachte Mrs. Butter zur Tür und fing nach ihrem Rezept mit der Zubereitung des Kuchens an. Während er im Rohr war, bügelte ich ein wenig. Ich hatte gerade das zehnte Hemd fertig, als die Türglocke zum zweiten Mal läutete. Das Bügeln ödete mich an, und ich war froh, eine Ausrede zu haben. Mrs. Brewer war mißmutig und unfreundlich. Sie mochte keine alten Häuser und wollte keine Fußböden putzen. Die dritte Bewerberin, Matty Pym, erwies sich ebenfalls als unbrauchbar. Sie betete eine lange Liste von Hilfsmitteln herunter und erzählte mir ihre Krankengeschichte in allen Einzelheiten. Da bereits der Weg vom Dorf hoch zum Haus es erforderlich gemacht hatte, daß sie sich hinsetzte und bei einer Tasse Tee wieder zu sich selbst fand, war offenkundig, daß es mit ihr nicht funktionieren würde.

Bei Tee und Kuchen, der sehr gut geworden war, erzählte ich Min und den Kindern von Mrs. Butter.

»Irgend etwas ist ein bißchen seltsam an ihr. Schwer zu sagen, was.«

»Vielleicht der kleine Damenbart?« schlug Min vor.

»Nein. Damit hatte ich gerechnet. Ich glaube, es sind die falschen Wimpern. Doch ich hatte den Eindruck, daß sie hart anpacken kann und gewissenhaft und ehrlich ist. Alles wichtige Eigenschaften, die man braucht. Ich mag sie wirklich gern.«

»Wird sie die falschen Wimpern auch zum Arbeiten anhaben?« fragte Eleanor. »Hat sie denn keine eigenen?«

»Das weiß ich nicht. Sie hat auch keine Augenbrauen, nur gemalte Bögen. Als sie jung war, sahen die Filmstars so aus. Ich glaube, sie mag es, wenn sie alles unter Kontrolle hat ... Hell und fröhlich, sehr positiv.«

»Ein bißchen wie du, Daze«, sagte Min und lächelte mich liebevoll an. »Eure Geschmäcker sind zweifellos sehr verschieden, aber dahinter steckt dasselbe Bestreben, das Chaos in den Griff zu bekommen. Ich wurstle mich so durch, richte mein Augenmerk hier und dort auf Dinge, die mir wichtig vorkommen, den Rest nehme ich erst wahr, wenn ich draufstoße. Wahrscheinlich heißt das, daß ich sehr viel selbstsüchtiger bin.«

»Ich glaube nicht, daß das etwas mit Selbstsucht zu tun hat. Mrs. Butter und ich machen die Sachen nicht so sehr der anderen Leute wegen, sondern um unsere eigenen Ängste zu beruhigen, denke ich.«

»Und wovor mußt du Angst haben?« wollte William wissen.

»Vor dem Leben, davor, ein eigenständiges Wesen zu sein, verantwortlich für mein Handeln, meinen Schmerz, meine Einsamkeit, all diese Dinge.«

Vor dem Tod, dachte ich, aber ich wollte den Kindern keine morbiden Ideen in den Kopf setzen. Sie würden früh genug ihre eigenen Erfahrungen machen.

»Ich habe vor vielen Dingen Angst«, sagte Eleanor. »Ich habe Angst, daß meine Stimme beim Gebet quiekst, ich habe Angst, daß in der Pause keiner mit mir spielen will, ich habe Angst vor dem Englischunterricht, daß ich bei Miss Pivot laut vorlesen muß, ich habe Angst, daß ich beim Mittagessen einen Knorpel erwische, denn wir dürfen nichts ausspucken ...«

»Du lieber Himmel, was bist du nur für ein Baby!« unterbrach William sie wütend. »Ich könnte vielleicht Angst haben, wenn ich in den Bergen in einen Schneesturm käme und der Rest meiner Seilschaft tot wäre. Oder mich ganz allein unter der Erde befände, und mein letztes Streichholz gleich ausgehen würde. Ich sage, ich könnte.«

»O William! Ich hoffe, daß dir das nie passiert! Wie könntest du das aushalten!«

Sie sah ihren Bruder mit zärtlicher und beschützender Furchtsamkeit an. Mir fielen Tom und Maggie Tulliver ein, und ich erkannte, daß Eleanor zu Maggies leidenschaftlicher, selbstloser Liebe fähig sein könnte, und William wahrscheinlich wie Tom unfähig wäre, diese wahrzunehmen oder zu schätzen.

Während die Kinder ihre Hausaufgaben machten, bügelte ich fertig und rührte immer wieder in einem Eintopf aus Lamm, Graupen und Zwiebeln. Es gab zu oft Eintopf, aber ich sah keine andere Möglichkeit, das billige Fleisch zu verarbeiten, das wir uns leisten konnten. Dank Herbie Finkelsteins Miete war ich reicher denn je zuvor, aber ich wußte, daß Robert beim Anblick eines Filetsteaks in seinen mißtrauischen Groll zurückfallen würde. Er wurde nach und nach immer lockerer in meiner Gegenwart und manchmal, wie am gestrigen Abend im Wohnzimmer, sogar richtig freundlich. Er aß alles, was ich kochte, mit geradezu pingeliger Bedächtigkeit, als wäre er ein gut erzogener Gast, der mir mit kalter Höflichkeit Dank und Lob aussprach. Ich hoffte nur, Min würde nicht über den Land Rover sprechen. Sie war so beeindruckt gewesen, daß ich ihn hatte reparieren lassen, als hätte ich eigenhändig den Motor auseinandergenommen und instandgesetzt.

Nach dem Abendessen machte Robert Kaffee, während Min und ich ins Wohnzimmer gingen. Min und ich unterhielten uns über *Die Mühle am Floss*, da ich ihr meine Beobachtungen über Ellie mitgeteilt hatte, was in Wirklichkeit aber nur als Einstieg in ein Gespräch über William diente.

»Ich habe es nur einmal gelesen«, sagte Min und versuchte ein Stück Holz nachzulegen, zuckte aber zusammen, als sie mit ihrer bandagierten Hand an den Holzkorb kam. »Gütiger Himmel, warum kann ich nichts tun, ohne daß mir diese Hand in die Quere kommt! So etwas Mißliches habe ich in meinem ganzen Leben noch nicht durchmachen müssen. Aber ich sollte mich nicht beklagen, wo ich so einen Engel an meiner Seite habe. Glaube bitte nicht, daß ich undankbar bin.«

Da sie sich bei mir an diesem Tag schon mindestens zwanzig Mal bedankt hatte, bestand meinerseits keine Gefahr, daß ich sie der Undankbarkeit bezichtigte.

»Als ich zum Ende kam«, fuhr Min fort, »von *Die Mühle am Floss*, meine ich, saß ich im Zug. Ich war so entsetzt, so gar nicht auf diese Traurigkeit vorbereitet, daß ich wie ein Schloßhund heulte und alle Leute im Abteil in geisterhaftes Schweigen erstarrten und nicht einmal mehr wagten, in der Zeitung zu blättern oder einander in die Augen zu sehen. Ich nahm an, sie hatten alle Angst, ich würde sie in schrecklich peinliche Erklärungen verwickeln, etwa, daß ich von meinem Vater vergewaltigt worden war oder gerade meine Mutter verloren hatte.«

»Wen hast du gerade verloren?« wollte Robert wissen, der mit dem Kaffee hereinkam.

»Niemand. Brennt George Prykes Holz nicht gut? Wahrscheinlich muß er jetzt, wo wir es nutzen, beträchtliche Einkommenseinbußen hinnehmen.«

»Wenn wir schon bei Einkünften sind«, sagte ich, weil ich verzweifelt nach einem Weg suchte, das Problem geschickt anzugehen, »ich kam heute ganz zufällig dahinter, daß William sich die seinen ein wenig aufbessert. Er ist unter die Antiquitätenhändler gegangen.«

Hätte ich Robert und Min erzählt, ich wäre die leibhaftige gute Fee, wenn auch verkleidet, hätten ihre Blicke kaum erstaunter sein können. Ich erzählte ihnen von dem Kännchen im Trödelladen. Robert holte tief Luft, und das Kaminfeuer warf sein in Falten gezogenes Gesicht in ein dramatisches Chiaroscuro.

Zutiefst besorgt fragte Min: »Bist du dir auch ganz sicher, meine Liebe, daß es dasselbe Kännchen war? Muß es denn William gewesen sein? Es gibt viele Jungs mit hellen Haaren, die auf die Schule von Great Swosser gehen. Mir kommt das so raffiniert vor. Verlogen ... wenn man's genau nimmt! Und warum? Er bekommt Taschengeld. Ich kaufe ihm Kleidung und Bücher und Stifte und alles.«

»Marihuana ist sehr viel teurer als Stifte.«

»Was!«

Robert sprang von seinem Sessel auf.

»William kifft.« Obwohl Robert aufgeregt hin und her lief, die Arme über der Brust gefaltet und mit hängendem Kopf, jede Faser seines Körpers Ausdruck seiner Wut, redete ich tapfer weiter. »Alles deutet darauf hin. Seine erweiterten Pupillen, sein launisches Wesen, sein Gekicher. Dazu kommt, daß sein Zimmer danach riecht. Und daß dort Zigarettenpapier herumliegt, aus dessen Verpackung Stücke herausgerissen sind. Daraus wird der Filter gemacht. In Cambridge rauchen sehr viele Gras, Dozenten und Studenten gleichermaßen. Ich habe es selbst auch schon versucht ...«

»Das ist doch blanker Unsinn, wie ich ihn noch nie im Leben gehört habe!« Roberts Stimme bebte vor Wut. »William ist zwölf! Er ist ein Kind! Es ist launisch und albern, weil er in der Pubertät ist. Ich muß schon sagen, daß ich über die Anschuldigung, daß mein Sohn drogenabhängig sein soll, sehr erbost bin!«

»Womit Sie auch recht hätten, wenn ich so dumm wäre, eine solche Beschuldigung auszusprechen«, sagte ich und redete mich selbst in Wut. »Natürlich wollte ich das damit nicht sagen. Aber zweifellos gibt es andere Jungs an der Schule – ihr habt selbst gesagt, daß seine Freunde älter sind –, die es rauchen, und wenn sie es tun, steht William ganz schön unter Druck. Ich denke ...«

»Ich denke, Sie haben eine sehr rege Phantasie«, unterbrach mich Robert unter wutschnaubendem Auflachen. »Es reicht Ihnen wohl nicht, mein Haus zu führen, Sie wollen auch noch meine Kinder erziehen! Wahrscheinlich werden Sie demnächst behaupten, Ellie ginge auf den Strich!«

»Robert! Hör auf! Du machst dich selbst zum Narren!« sagte Min. »Ich denke, Diana könnte recht haben. Irgend etwas stimmt nicht mit William. Mir ist aufgefallen, daß er sich manchmal sehr merkwürdig verhält. Ich dachte, es liegt nur am Erwachsenwerden. Laß uns in aller Ruhe darüber sprechen. Es bringt nichts, wenn man sich aufregt und schreit…«

»Das tue ich aber! Ich bin nicht ruhig! Ich bin verdammt wütend! Ich gehe jetzt und rede mit William!«

Robert ging mit langen Schritten aus dem Raum und warf die Tür hinter sich zu.

»Es tut mir so leid, Daze! Oh, diese beschissene Hand! Jetzt habe ich sie mir zum fünften Mal angehauen. Achte nicht auf Robert. Er braust auf, und in der nächsten Minute tut es ihm leid. Es war ein Schock für ihn.«

»Ich habe wahrscheinlich nicht ganz den richtigen Ton getroffen, oder?« entgegnete ich und merkte, daß ich mich unnötig aufregte. »Ich dachte, er würde wütend sein, und das hat mich nervös gemacht. O meine Liebe, ich werde jetzt abwaschen und dann ins Bett gehen. Robert und du, ihr macht das am besten unter euch aus, wenn er herunterkommt. Er findet es sicher nicht gut, wenn ich noch hier bin. Meinst du, ich sollte morgen lieber abreisen?«

»O nein! Daze! Das darfst du nicht einmal denken! Ich könnte es nicht ertragen, wenn du gingst! Robert fängt sich schon wieder. Er ist nur fürchterlich unbeherrscht, und seine Kinder liebt er über alles. Er hat Angst um William. Angst, du könntest recht haben.«

Min half mir beim Abwasch, so gut es ging, und ich war froh über ihre Gesellschaft. Dann gingen Ham und ich zu Bett, und Min ging zurück ins Wohnzimmer, um dort auf Robert zu warten. Obwohl ich körperlich müde war, ging es in meinem Kopf zu wie in einem Bienenstock. Ich hasse Streit wirklich. Ich lag eingehüllt in das sanfte Glühen des Elektroofens und ließ mir alles wieder und wieder durch den Kopf gehen.

Hätte ich den Mund halten und mich nicht einmischen sollen? Nein. Sie wären schließlich selbst dahintergekommen, doch dann hätte William vielleicht schon Schaden genommen. Gott weiß, was ihm einfiele, wenn die verfügbaren Familiengüter erst verscherbelt waren. Hätte ich es Min erzählen und es ihr überlassen sollen, Robert zu informieren? Das wäre wahrscheinlich besser gewesen.

Doch ich wußte, daß Ehemänner oft auf die Freundinnen

ihrer Frauen eifersüchtig sind und ihnen die Vorstellung, auf wenig schmeichelhafte und intime Weise Gesprächsstoff zu sein, Angst einflößt. Ich war, womöglich fälschlicherweise, davon ausgegangen, daß es die Höflichkeit erforderte, ihn bei einer so ernsten Angelegenheit ins Gespräch mit einzubeziehen. Das bedauerte ich jetzt, doch zu spät.

Ich beschloß, keinen weiteren Gedanken mehr darauf zu verschwenden. Das einzige, was zählte, war William. Der Streit war unwichtig. Ich wollte mich entspannen und an Pflanzen denken, was immer beruhigend wirkte. Doch sofort war ich in Gedanken wieder bei Robert und fing mit meinen Rechtfertigungen an. Mir wurde heiß, und ich drehte die Heizung ab. Dann war mir kalt, und ich drehte sie wieder an. Ich sagte Gedichte auf. Jemand kam hoch, um ins Bett zu gehen. Ich hörte das Donnern des Boilers und dann die Klospülung. Es wurde still im Haus. Dann kam wieder jemand nach oben, und die Geräusche begannen aufs neue. Ich richtete mich auf Schlafen ein.

Wie konnte er es wagen, seine schlechte Laune an mir auszulassen? Schließlich hatte ich den halben Nachmittag damit zugebracht, seine verdammten Hemden zu bügeln. Am liebsten wäre ich runtergegangen und hätte sie auf einen Haufen geworfen. Nein, jetzt dachte ich schon wieder daran. Lieber wieder Gedichte. Robert liebte Gray. Ich haßte Robert. Nein! Aufhören. Um ein Uhr morgens war ich ein jämmerlich schlafloses, erschöpftes Wrack.

Als ich aufwachte, war es taghell im Zimmer. Ich schaute auf die Uhr. Halb neun! Ich stand auf und rannte im Morgenrock nach unten. Min war auf und mühte sich ab, einhändig den Wasserkessel zu füllen. Auf dem Frühstückstisch standen Schüsseln und Cornflakes-Päckchen.

»Ich fürchte, ich habe verschlafen«, erklärte ich überflüssigerweise.

»Ich bin selbst gerade erst heruntergekommen. Meine Hand tat so weh, daß ich noch mal Schmerztabletten genommen habe, und die haben mich umgeworfen. Ich schlief schon, als Robert nach oben kam, deshalb weiß ich nicht, wie das Gespräch zwischen ihm und William ausgegangen ist. Ich hoffe nur, daß Robert nicht wütend wurde auf William und ihn verstimmt hat.«

»Du lieber Himmel! Gerade fällt es mir ein, Mrs. Butter kommt in einer halben Stunde. Ich muß los und mich anziehen. Sie hält Leute, die um neun Uhr morgens noch im Schlafrock herumlaufen, bestimmt für Kinder Satans.«

»In Ordnung. Ich gehe jetzt und setze mich an meine Arbeit, und du kannst uns dann später bei einer Tasse Tee miteinander bekannt machen.«

Komplett angezogen ging ich wieder die Treppe hinunter, gerade als Mrs. Butter hereinkam. Sie trug einen sauberen Overall und hatte einen Schal um ihre blonden Locken gebunden. Der malvenfarbene Lidschatten über ihren künstlichen Wimpern harmonierte mit ihrer knitterfreien Trevirahose.

»Ich werde gleich richtig loslegen. Wer rastet, der rostet. Womit soll ich anfangen?«

Ich war davon ausgegangen, Mrs. Butter die ersten Tage zu überwachen und ihr zu zeigen, was sie zu tun hatte, aber fünf Minuten Arbeit mit ihr belehrten mich, daß Mrs. Butter sehr genau wußte, was zu tun war. Sie ging mit so viel Energie und Gründlichkeit zu Werke, daß sie selbst die kühnsten Träume einer Oberschwester im Krankenhaus verwirklicht hätte. Ich ließ sie allein und ging zurück ans Bügelbrett.

Um elf machte ich Tee und stellte dann Mrs. Butter und Min einander vor. Mrs. Butters Augen schweiften gemächlich über Mins löchrigen Pullover und ihre zerrissene Jeans.

»Nun, es kam schon manch guter Hahn aus einem zerfledderten Sack. Ich hoffe, wir passen zueinander«, sagte Mrs. Butter. »So weit, so gut. Es ist anders, als das, was ich gewohnt bin, aber eine andere Weide bringt fette Kälber. Hier ist eine Liste der Sachen, die ich brauchen werde.«

Sie überreichte mir ein Stück Papier, auf das sie Spiritus, Putzwolle, Bleicherde, Scheuersand und Borax geschrieben hatte. Daß es noch andere Listenschreiber gab, beflügelte mich.

»Den Feuerrost im Wohnzimmer zu putzen, hat sich gelohnt. Ich hab's gern, wenn ich sehe, was ich getan habe, und in diesem Haus sieht man es wirklich! Seit Stanley entschlafen ist, bin ich zu Hause allein, und ich langweile mich.

Doch wenn man einen kranken Mann hat, hat man's auch nicht leicht.«

»Haben Sie denn Kinder, Mrs. Butter?« wollte Min wissen. Ich sah ihr an, daß sie Mühe hatte, ernst zu bleiben.

»Nur eins. Roland ... aber ich nenne ihn immer Roly. Kleine Kinder wiegen schwer auf den Knien, große am Herzen. Nichts als Sorgen. Doch nur ein schlechter Vogel beschmutzt sein eigenes Nest.«

Mit schmalen Augen sah sie zu Min hinüber, die ihr Lachen durch Husten zu verbergen suchte. Ich tätschelte Min den Rücken, und sie fing sich wieder.

»Na gut, Müßiggang ist aller Laster Anfang. Ich werde jetzt weitermachen.«

»Min! Ich glaube, sie hat gemerkt, daß du über sie gelacht hast!« schalt ich, als Mrs. Butter gegangen war.

»Entschuldige«, sagte Min und prustete wieder los. »Ich wollte auf keinen Fall ihre Gefühle verletzen. Aber sie ist so komisch. Und als sie dann noch sagte, ihr Sohn hieße Roland. Roland Butter. Roll-and-Butter, Butterbrötchen, verstehst du? Ach meine Liebe, es tut mir so leid! Und ich mag sie wirklich.«

Während Mrs. Butter die Bibliothek im Sturm nahm, schloß ich die kleine elektrische Handschleifmaschine an, die ich bei Mr. Ransome gekauft hatte. Der Küchentisch hatte Tinten- und Farbflecke, wahrscheinlich noch aus der Zeit, als die Kinder klein gewesen waren. Das Holz war stark gemasert und abgenützt, und in jeder Rille hatte sich im Laufe der Jahre eine Mischung aus Essen und Staub angesammelt, die an schwarzen Kaugummi erinnerte. Der Tisch war viktorianisch, aber sonst nicht näher zu bestimmen. Auch der überzeugteste Konservator würde dieser Patina nicht nachtrauern. Tapfer ging ich sie an und begann die Oberfläche abzuschleifen. Es war die befriedigendste Aufgabe, die ich je unternommen hatte, das Ergebnis überstieg den Einsatz bei weitem. Für mein angekratztes Selbstwertgefühl war es sehr aufbauend, mir vorzustellen, daß ich Roberts spitze Nase polierte. Zentimeter für Zentimeter wurde das Holz hell und glatt und sauber. Der Tisch war groß, aber nach einer Dreiviertelstunde war er makellos.

»Da haben Sie aber wirklich etwas geleistet!« Mrs. Butter war großzügig mit ihrem Lob. »Jetzt lohnt sich das Schrubben wieder.«

Min kam, um sich von Mrs. Butter zu verabschieden und ihr zu danken. Obwohl ich glaube, daß Mrs. Butter in bezug auf häusliche Angelegenheiten keine sehr hohe Meinung von uns beiden hatte, zeigte sie sich dennoch hocherfreut über unser enthusiastisches Lob für all das, was sie erreicht hatte. Dank ihrer Hilfe hatte ich auf einmal einen Nachmittag für mich, abgesehen von der Zubereitung des Tees und des Abendessens. Mit der Morgenpost waren einige Bücher angekommen, doch ich war nicht in der richtigen Stimmung, um zu arbeiten. Ich rief Ham, um mit ihr spazierenzugehen.

Es hatte ein wenig getaut, gerade so viel, um den Schnee von den Bäumen zu nehmen, und die Wirkung der Eiben und kahlen Eichen vor dem noch immer unberührten Weiß und dem fahlen, aschfarbenen Himmel war zauberhaft. Ich warf einen Blick zurück zum Haus. Der ältere Teil davon war wirklich so romantisch, wie Min gesagt hatte. Die Asymmetrie unterstrich den Charme sogar noch.

Ich lief den Abhang hinunter, der hinter dem Haus anfing, und kam an eine hohe Buchsbaumhecke. Dahinter erstreckte sich ein riesengroßer dunkler See. Was für eine Überraschung! Keiner hatte ihn erwähnt. Ein paar Enten schwammen durch das Schilf im schwarzen Wasser gleich neben dem dick gefrorenen Eis, das am Rand des Sees graue Blasen und Falten zu werfen schien. Ham begrüßte die Enten mit einem kurzen Bellen, das kein großes Interesse verriet und auf das diese gar nicht reagierten, dann machte sie sich auf die Suche nach dem perfekten Stöckchen. Inmitten des Sees lag eine Insel, und an ihrem Ufer stand ein Schwan.

Die Schönheit dieses Anblicks rührte mich zutiefst. Ich mußte an Robert denken und empfand einen stechenden Schmerz. Gerne würde ich im Sommer wiederkommen, um diesen zauberhaften Ort, umgeben von lauter Grün unter einem strahlend blauen Himmel, zu genießen. Das beklemmende Gefühl kehrte mit aller Macht zurück. Was meine Freundschaft zu Min anging, vertraute ich darauf, daß sie wiederhergestellt war, und daß so gut wie nichts sie zu erschüttern vermochte. Aber Robert würde ein Hindernis bleiben. Obwohl er so unleidlich war, schien mir die Ehe ein Erfolg zu sein. Selbst nach dreizehn Jahren liebte Min ihn noch immer sehr. Ich sah, daß er gut aussah, intelligent, kultiviert, ein guter Vater war – alles Dinge, die Min sich wünschte. Doch ich wußte, daß ich ihn nie würde mögen können.

Weiter hinten am Ufer stand ein Bootshaus. Ich ging hin, um es mir anzusehen, und genoß es, die sich unter meinen Füßen verfestigende glänzende Eisoberfläche zu spüren. Auch Ham kam mit ihrem Stöckchen hinterher. Die Tür des Bootshauses klemmte ein wenig, gab aber einem Fußtritt nach. Innen bestand es aus einem Raum, der hinaus aufs Wasser gebaut war, voll welker Blätter, alter Zeitungen und Spinnweben, doch vollkommen trocken. An drei Seiten waren rautenförmige Fenster eingelassen, mit Sitzen darunter. Im Raum darunter lagen zwei Boote an hölzernen Gleitplanken.

Ich schaute durch eins der Fenster auf die Insel im See. Der Schwan nahm auf der Oberfläche des Wassers Anlauf und rannte immer schneller und schneller, bis die Luft ihn trug. Da hatte ich eine Idee. Sie war so gut, daß ich beschloß, sofort nach Hause zu eilen, um mit Min darüber zu sprechen.

Ich hängte meinen feuchten Dufflecoat in die Abstellkammer und betrat die Küche. Robert saß am Tisch und las Zeitung.

Ich zögerte an der Schwelle, doch er hatte mich bereits gesehen. Er stand auf.

»Bitte schön«, sagte er und deutete auf den Stuhl neben seinem. »Ich bin heute extra eher nach Hause gekommen, damit ich mit Ihnen sprechen kann, bevor die Kinder heimkommen.«

Dann huschte ein Lächeln über sein Gesicht, und seine hochgezogenen Augenbrauen täuschten Besorgnis vor. »Ich verspreche, daß ich nicht schreien werde. Ich würde wirklich gern mit Ihnen reden.«

Er ließ mich nicht aus den Augen und hielt die Stuhllehne neben sich fest. Ich setzte mich und gab mir alle Mühe, meinen Gesichtsausdruck auf ruhige Neutralität einzustellen, doch scheinbar nahm ich eine pure Abwehrhaltung ein, denn er lachte plötzlich.

»So, wie Sie mich ansehen, muß ich ein Ekel für Sie sein. Wie kann ich mich denn nur für mein Verhalten gestern abend entschuldigen? Ich war grob und dumm und habe einen Tritt verdient.«

»Nur weiter so«, es gelang mir, zu lächeln, »das ist ein sehr guter Anfang.«

»Das reicht noch nicht, ich weiß. Vor allem nicht, weil Sie so gut zu uns waren, sich um das Haus zu kümmern, uns mit köstlichem Essen zu verwöhnen und Min zu helfen. Sie haben unser Leben verändert. Ich habe mich sehr schlecht benommen. Ich habe immer gewußt, daß ich ein böser Kerl bin. Ich schäme mich zutiefst. Darf ich dennoch hoffen, daß Sie mir verzeihen können?«

»Ja. Ich könnte sogar auf den Tritt verzichten.«

Für das Gefühl der Erleichterung, das der dargebotene Ölzweig in mir auslöste, verachtete ich mich.

»Ich war wütend auf Sie, weil ich die Vorstellung nicht ertragen konnte, daß William ein Betrüger sein sollte. Daran zu denken, daß er so geheimnisvoll tat und sich von uns abschottete ... unsere Sachen stahl, als ob wir seine Feinde wären ... es tat mir weh. Es ist noch gar nicht lange her, da war er ein kleiner Junge, ein Dickerchen mit blonden Locken – er war wirklich ein hübsches Kind –, das mit seinem Boot auf dem See spielte und zu mir gerannt kam, weil es Angst hatte, die Ente würde ihm sein Brötchen stehlen.«

»Ich verstehe Sie gut, das empfindet jeder, der seine Kinder liebt. Es war dumm von mir, mich so aufzuregen. Das ist meine Gewohnheitssünde ... daß ich alles zu ernst nehme.«

Robert blickte mich überrascht an.

»Sie machen einen so selbstbewußten Eindruck. Es tut mir überaus leid, Sie verletzt zu haben.«

Ich lächelte und schüttelte den Kopf.

»Natürlich hatten Sie recht mit den Drogen«, fuhr Robert fort. »Anfangs hat William es abgestritten, aber dann hat er gestanden. Der arme Teufel! Offensichtlich werfen ihm die anderen Jungs in seiner Klasse vor, er wäre hochnäsig und ein Snob, weil er in einem großen Haus wohnt. Die älteren Jungs lassen ihn Besorgungen machen, und ich denke, ihnen gefällt die Vorstellung, Macht über einen Jungen zu haben, dem sie sich gesellschaftlich unterlegen fühlen. Er glaubt, er müsse tun, was sie tun. Vor den größeren Jungs scheint er richtig Angst zu haben. Ich muß sagen, ich bin ziemlich ratlos, wie ich damit umgehen soll.«

Deprimiert saß Robert auf seinem Stuhl, den Kopf auf eine Hand gestützt, während die Finger der anderen Hand sich vorwärts und rückwärts über die glatte Maserung des Tisches bewegten.

»Es wird vermutlich nicht reichen, mit seinem Klassenlehrer darüber zu sprechen«, sagte ich, »da diese Dinge sich meist außerhalb der Schulstunden abspielen.«

»Und der Lehrkörper trägt zu dem Problem ebenfalls bei, denke ich«, meinte Robert. »Beim letzten Elternabend hatte ich stark den Eindruck, daß die Lehrer mich als bourgeoisen Dreck betrachteten. Die Gesamtschule von Great Swosser ist eine Art kommunistische Zelle. Marxistische Interpretationen von Jane Austen, Sie kennen das. Man scheint eher an Indoktrination als an Erziehung interessiert zu sein.«

»Vielleicht ist das für William nicht die richtige Schule?«

»Ich glaube, das ist für keinen die richtige Schule. Dort regieren Neid und Selbstgerechtigkeit. Diese Jungs werden ebenso wie ihre Eltern all das verachten, was am meisten Inspiration und Trost bietet ... Musik, Malerei, Literatur, Geschichte ... eingeschüchtert von ihrer eigenen Unwissenheit. Das macht mich sehr traurig.«

Robert warf seinen Kopf zurück, hakte mit den Ellbogen die Stuhllehne unter und starrte an die Decke. Er hat etwas von Hamlet, überlegte ich. Intelligent, einfühlsam und kompromißlos, und mit Hamlets ganzer, viel diskutierten Unfähigkeit behaftet, Entscheidungen zu fällen.

»Würde ich mit dem Unterrichten aufhören und das Gut verwalten, könnte William auf eine anständige Schule gehen. Darauf läuft alles hinaus. Ich gönne mir meine Vergnügungen auf seine Kosten.«

»Ich glaube nicht, daß Selbstaufopferung etwas bringt«, entgegnete ich in aller Ruhe. »Dem Nutznießer bürdet man damit eine unerträgliche Last auf. Ich glaube, da muß es noch eine andere Lösung geben, wenn ich auch gestehen muß, keine anbieten zu können.«

»Ich danke Ihnen, Diana, für Ihre Toleranz gegenüber meinem schlechten Benehmen. Nach dem Gespräch mit William gestern abend konnte ich nicht schlafen. Immer und immer wieder ließ ich mir alles durch den Kopf gehen. Angst, Wut, Enttäuschung, Selbstvorwürfe. Ich dachte an William, und dann dachte ich an Sie. Schließlich wurde mir klar, daß ich ganz große Dankbarkeit empfand. Gott sei Dank haben Sie erkannt, was uns entgangen ist. Ich bin dankbar. In der Mittagspause wußte ich dann, daß ich das loswerden und versuchen mußte, mit Ihnen wieder ins Reine zu kommen. Sie waren versöhnlicher, als ich zu hoffen wagte. Sollte ich mich wieder schlecht benehmen, lasse ich mir den Tritt gefallen.«

»Eigentlich bin ich ein ziemlicher Feigling und trete nur Leute, die kleiner sind als ich.«

Er lachte, nahm meine rechte Hand in seine Linke und drückte sie kurz. Es war eine freundschaftliche Geste, ganz ohne jeden sexuellen Unterton, aber als er sie losließ, spürte ich die Wärme und den Druck seine Finger noch einige Zeit danach.

»Ehe ich's vergesse«, sagte er mit einem Lächeln. »Eine Einladung für Sie. Am nächsten Samstag ist der St.-Lawrence-Ball. Min und ich müssen da hin. Würden Sie mitkommen und helfen, den Abend erträglicher zu gestalten? Das Essen wird miserabel sein, und ich kann auch nicht versprechen, daß die Band viel drauf hat, aber für die jüngeren Lehrer ist es sicher eine aufregende Abwechslung, wenn Sie mitkommen.«

»Ja, ich komme gerne mit. Doch wie sieht es mit der Garderobe aus?«

»Was Sie zu Charles Jarretts Abendeinladung anhatten, reicht vollkommen. Die meisten Frauen sehen aus wie zu üppig geratene Imitationen von Shirley Temple. Für sie scheint Förmlichkeit aus Rüschenkrausen und Spitzen zu bestehen. Selbst ihre Haare kräuseln sich.«

»Ich freue mich darauf. Wie wäre es jetzt mit Tee?«

»Den mache ich. Das gehört zu den wenigen Dingen, die ich von der Küchenarbeit verstehe.«

Während Robert Tee zubereitete und ich Toastbrot schnitt,

unterhielten wir uns über Mrs. Butter. Bei meiner Beschreibung mußte er lachen und meinte, er wäre gespannt, sie kennenzulernen. Dann setzte er sich an seine Korrekturen, und ich bereitete Hähnchen mit Röstkartoffeln vor und machte eine Sauce aus Sellerie, Äpfeln und Apfelwein. Die Kinder und Min kamen zur gleichen Zeit zum Tee, und wir sprachen über den St.-Lawrence-Ball.

»Warum fragen wir nicht auch Charles«, schlug Min vor. »Dann könntet ihr euch einen schönen Abend machen, auf dem Flur herumknutschen und die Frau des Direktors vor Eifersucht in den Wahnsinn treiben.«

»Ist sie denn in Charles verliebt?« erkundigte ich mich ein wenig überrascht.

»Nein, du Trottel. Sie wartet nur darauf, ihrem Mann Hörner aufsetzen zu können. Er trinkt, ist wahrscheinlich impotent, und ich könnte mir denken, daß er sie hin und wieder auch schlägt; jedenfalls können sie einander nicht ausstehen. Auf ihre etwas verwirrte Art sieht sie gar nicht schlecht aus, aber sie ist so gierig, daß jeder Mann, auf den ihr Auge fällt, das Zittern bekommt und dankend ablehnt.«

»Was will sie denn von diesen Männern?« erkundigte sich Eleanor, die sich nach ihrem zweiten Zimttoast zurückhielt, indem sie sich auf ihre Hände setzte.

»Du Dummerchen!« sagte William und flüsterte etwas in Eleanors Ohr.

»Echt! Nein! Herrje!« Dann stutzte sie. »Wozu denn?«

»Wie du dich sicher erinnerst, wird Charles in Südafrika sein, wenn der Ball stattfindet«, sagte ich, um das Thema zu wechseln. »Ich werde wohl mit dem Partner vorliebnehmen müssen, den ich bekommen kann.«

»Du kannst mit Robert tanzen, wenn das auch nicht sehr aufregend sein wird. Die arme Miss Mingot wird am Boden zerstört sein. Sie liebt Robert seit Jahren. Wegen dir wird sie sich vor Eifersucht quälen. Ich habe ihm schon gesagt, er soll richtig ekelhaft zu ihr sein, damit sie über ihn hinwegkommt und einen anderen findet.«

»Was ist da los?« Robert kam gerade herein. »Habe ich da meinen Namen gehört? Ist noch Toast da?«

»Ich habe Diana von Miss Mingot erzählt. Jedesmal, wenn sie dich sieht, läuft sie rot an, und als du ihr letztes Jahr bei der Preisverleihung eine Tasse Tee gereicht hast, dachte ich, sie würde jeden Augenblick in Ohnmacht fallen.«

»Ich habe sie niemals auch nur im geringsten ermutigt«, sagte Robert verärgert. »Ich finde, du übertreibst.«

»Mein lieber Schatz, wer braucht schon eine Ermutigung, um sich zu verlieben? Und erinnerst du dich nicht mehr an deinen Vortrag über Herculaneum, als du vom Podium fielst? Miss Mingot schrie, und da sie die Dias für dich einschob, dachten alle, sie hätte am Projektor einen elektrischen Schlag bekommen. Jemand schaltete die Hauptsicherung aus und tauchte uns alle in Dunkelheit.«

»Papa! Warum bist du denn vom Podium gefallen?« Eleanor war brennend interessiert. »Warst du betrunken?«

»Keineswegs! Ich trat von der Leinwand zurück, damit ich den Grundrißplan besser sehen konnte. Miss Mingot ist eine sehr nervöse Frau. Sie hat einfach überreagiert. Ich hätte mir überhaupt nicht wehgetan, wenn wir nicht alle plötzlich im Dunkeln gesessen hätten. Da trat jemand auf meine Hand, und ich konnte eine Woche lang nicht schreiben.«

»Sie schrie, weil sie Angst hatte, du wärst verletzt, mein Schatz. Aus Liebe zu dir.«

Min hatte schon während des Vortrags grinsen müssen, jetzt lachte sie los.

»Wenn das Liebe ist, warum hast du dann nicht auch geschrien?« sagte Robert und stimmte in das Gelächter ein. »Ich konnte dich für den Rest meines Vortrags kichern hören. Das war nicht sehr entgegenkommend. Mein Hand tat höllisch weh, meine Hose war zerrissen, mein Zeigestab abgebrochen, und ich stand vor der ganzen Schule wie ein kompletter Esel da, und dir fällt nichts besseres ein, als zu lachen!«

»Tut mir leid, Liebling, aber du sahst auch zu lustig aus. Gerade noch hattest du uns mit diesen beeindruckenden alten Daten überschüttet, um uns gleich darauf eine reizende Vorstellung von einer Windmühle über dem Orchestergraben zu geben!«

Min konnte nicht mehr, und ich mußte mitlachen. Glücklicherweise schüttelten sich auch Robert und die Kinder vor Lachen.

»Wie auch immer, das beweist überhaupt nichts«, sagte Robert und wischte sich dabei die Tränen aus den Augen. »Miss Mingot ist ein sehr unglückliches, einsames Fräulein, und wir dürfen nicht über sie herziehen.«

Beinahe hätte er die Wirkung dieser Predigt durch einen weiteren Lachanfall verdorben.

Nach dem Abendessen mußte Robert wieder Hefte korrigieren, und so setzten Min und ich uns ins Wohnzimmer und unterhielten uns in aller Ausführlichkeit, zuerst über William und dann über ihre Mutter. Dann schweifte das Gespräch zu einem Rückblick auf unser Leben ab, und wir überlegten, was wir dazutun oder weglassen würden, wenn wir noch einmal von vorne anfangen könnten. Während des Gesprächs dachte ich, wie sehr anderthalb Stunden alles verändern konnten. Nach dem Gespräch mit Robert in der Küche empfand ich nicht nur keinen Haß mehr auf ihn, sondern es hätte mich auch brennend interessiert zu erfahren, welche Veränderungen er in seinem Leben vorgenommen hätte.

Kapitel 14

Der Essenseinladung bei Charles zu Ehren wusch und trocknete ich mein Haar und zog statt meines dicken blauen Pullovers den weißen aus Kaschmir an. Ich schlüpfte in frische Jeans und säuberte Schuhe und Fingernägel. Mehr gab meine geschrumpfte Garderobe nicht her.

Mrs. Butters Lob hatte Substanz.

»Sie sehen großartig aus, meine Liebe, bis auf diese ekelhaften Jeans. Sie werden sich keinen reichen Mann angeln, wenn Sie wie ein Matrose daherkommen. Kleider machen Leute.«

Es erstaunte mich, daß Mrs. Butter zwei und zwei hatte zusammenzählen können. Sie sah hinreißend aus in ihrem eisvogelblauen Kostüm und dem Strohhut mit dem passenden Band, den sie vorsichtig ablegte, ehe sie in die Schürze schlüpfte.

»Wenn Sie heute die Betten beziehen könnten und den Teppich im Wohnzimmer reinigen würden ...«

Mrs. Butter eilte schon zur Tür, um damit anzufangen, noch ehe die Worte ausgesprochen waren.

Es war ein wunderschöner Tag. Eine blasse Sonne legte ihren Schimmer auf die schneebedeckten Felder, und der lichterfüllte Himmel glänzte wie Perlmutt. Milecross Park war ein stattliches und wohlhabendes Anwesen. An der kilometerlangen

Umzäunung, die darauf zuführte, war nicht ein Pfosten beschädigt, noch gab es unordentliche Unterstände für das Vieh oder widriges Gestrüpp. Sobald ich vorfuhr, öffnete Horace die Tür.

Als ich ihm einen guten Morgen wünschte, beäugte er mich durch seine dicken Brillengläser und lächelte höflich zurück. Als er den Dufflecoat wegbrachte, ließ er diesem so viel Sorgfalt angedeihen, als wäre es ein Zobel, dann kehrte er zu mir zurück und führte mich durch den Salon in den Wintergarten.

»Hier ist es aber hübsch!« sagte ich und ließ meinen Blick durch den Raum aus Glas und Stahl schweifen, in dem weiße Lilien, Hyazinthen, Amaryllis und andere exotische Gewächse blühten, die ich nicht kannte. »Sehr modern ... doch es paßt sehr gut zum Haus.«

»Charles hat ihn entworfen. Er hat die Proportionen der Fenster und Türrahmen des Hauses übernommen. Es ist der einzige Teil des Hauses, der ihm wirklich gefällt. Weil es so hell ist. Er vermißt das Licht und die Weite Südafrikas. Ein Glas Chablis? Charles bat mich, mich um Sie zu kümmern, falls er sich verspätet.«

Diese plötzliche Lebhaftigkeit lag sicherlich in einer starken Bewunderung für Charles begründet.

»Was ich auch habe. Zehn Minuten«, sagte Charles, der gerade hereinkam. »Ein wichtiger Käufer kam vorbei, ohne Voranmeldung. Daß ich mich so schnell loseisen konnte, lag nur an Ihnen, Diana.«

Er sah ein wenig anders aus als in meiner Erinnerung. Gebräunter und vielleicht auch ein wenig älter. Er trug Reithosen, ein Hemd mit offenem Kragen und einen schwarzen Pullover. Er lächelte mich an, und ich spürte sofort die ungeheure Wirkung seiner Selbstsicherheit. Er nahm Horace die beiden Weingläser ab und reichte eines an mich weiter.

»Wird es Ihnen warm genug sein, wenn wir hier essen?«

Er deutete auf einen kleinen, für zwei Personen gedeckten Tisch.

»Ausgezeichnet. Nach einer Woche auf Weston Hall habe ich ohnehin das Gefühl, kälteunempfindlich zu sein. Ich halte zur Zeit bestimmt den Weltrekord im Wannenbaden.«

Er lachte.

»Es ist ein sehr englisches Haus. Als ich zum erstenmal dort zum Abendessen war, fror ich derart, daß ich mich hinaus zum Auto schlich und mir einen Pullover holte. Den hatte ich die ganze Woche über im Stall angehabt, und ich muß zum Himmel gestunken haben. Zum Glück gab es da einen Hund, der so stark roch, daß er mir als Tarnung diente. Min hatte vergessen, Kartoffeln einzukaufen. Es gab eine Handvoll sehr kleiner, sehr grüner keimender Dinger in einer riesigen Schüssel, an die sich keiner traute. Als ich nach Hause kam, plünderte ich aus der Küche alles Eßbare. Der Wein war aber gut, und wir wurden alle erstaunlich betrunken.«

»Einer der Vorzüge Mins ist, daß sie sich ihrer Mängel sehr wohl bewußt ist und damit ganz glücklich umgeht. Ich glaube nicht, daß sie deswegen auch nur einen einzigen Komplex hat, und sie ist auch nicht leicht eingeschnappt.«

»Genau das meinte ich damals. Sie kümmert sich nicht darum, einen guten Eindruck zu machen. Trotz der Kälte und des schrecklichen Essens lasse ich mich lieber nach Weston Hall als in irgendeines der anderen Häuser Lancashires einladen. Erzählen Sie mir, woher Sie sich kennen. Habt ihr euch in Oxford kennengelernt?«

Während Horace uns ein schlichtes, aber ausgezeichnetes Mittagessen aus zarten Lammnüßchen mit Salat und Käse auftischte, erzählte ich ihm alles über unsere Freundschaft, vom allerersten Tag an, als ich Mins Saum hochgenäht hatte. Wie beim letztenmal erwies Charles sich als guter Zuhörer, den jede Einzelheit zu interessieren schien. Als ich ihm von dem Streit erzählte, und daß wir fünfzehn Jahre nicht miteinander gesprochen hatten, stürzte Charles sich darauf wie ein Falke auf die Wühlmaus, und preßte die ganze Geschichte aus mir heraus.

»Dieser Mann war also tatsächlicher Ihr erster Liebhaber?«

»Nun ja, das war er. Obwohl das nicht besonders zählt.«

»Nicht in Hinblick auf Ihren Streit mit Min. Aber relevant ist es.«

Ich ging darüber hinweg und beschrieb das Wiedersehen und was seitdem passiert war.

»Also sind Sie und Robert jetzt Freunde. Funktioniert das denn?«

»Ich hoffe es. Min zuliebe. Ich glaube wirklich, daß ich ihn langsam besser verstehe.«

»Robert«, fing Charles nachdenklich an und schwenkte dabei den Rest Chablis in seinem Glas hin und her, »ist der Gefangene seines eigenen Gewissens. Er steckt in einer Arbeit weit unterhalb seiner Fähigkeiten und wurstelt sich in einem Haus durchs Leben, das für sein Einkommen und seine Energien viel zu groß ist. Aber es fehlt ihm der Mut, irgend etwas zu verändern.«

»Da übertreiben Sie aber ganz schön, denke ich. So schlimm ist es gar nicht. Und Min und er sind glücklich miteinander. Obwohl er was von einem Hamlet des zwanzigsten Jahrhunderts hat. Launenhaft.«

»Ich habe keinen Shakespeare mehr gelesen, seit ich die Schule verlassen habe, aber nach allem, woran ich mich noch erinnern kann, haben Sie recht.«

»Lesen Sie nicht gerne?«

»Doch, aber keine Belletristik. Ich lese Biographien und Reiseberichte. Manchmal auch Geschichtsbücher. Ich mag nichts Erfundenes.«

»Ich denke, es war Carlyle, der sagte, Geschichte wäre das Destillat von Gerüchten. Und die Kunst der Biographie ist die Zusammenstellung einer einseitig getroffenen Auswahl von Halbwahrheiten. Alles Geschriebene ist eigentlich fiktional. Und Fiktion – gute Fiktion jedenfalls – setzt sich aus Wahrheiten innerhalb eines erfundenen Rahmens zusammen.«

»Jetzt wollen Sie mich aber belehren. Ich sehe ein pädagogisches Funkeln in Ihren Augen. Sie haben natürlich recht. Sagen wir, ich ziehe es vor, etwas zu lesen, was sich vordergründig mit Tatsachen beschäftigt. Tatsache ist, daß ich Sie beunruhigend begehrenswert finde. Die zweite Tatsache ist die, daß ich in ...« er sah auf seine Uhr, »vier Stunden nach Südafrika abreisen soll.«

»Und ich muß gleich nach Weston Hall zurück«, beeilte ich mich hinzuzufügen.

Er lachte.

»Ich wollte damit nicht sagen, daß wir jetzt hochgehen und miteinander schlafen. Ich muß wieder hinaus und mich um ein paar Pferde kümmern und noch jede Menge telefonieren, bevor ich abreise. Und ich weiß«, er nahm meine Hand und hielt sie in seiner starken, warmen fest, »daß Sie ... sollen wir sagen ... ängstlich sind?«

»Was pauschale Vermutungen angeht, sind Sie sehr großzügig«, sagte ich und zog meine Hand zurück. »Sie scheinen zu glauben, daß Sie nur zu pfeifen brauchen, und jede Frau reißt sich die Schürze vom Leib oder wirft ihre Sichel weg und kommt angelaufen!«

»Finden Sie mich eingebildet?«

»Ja. Das sind Sie wahrscheinlich.«

»Wahrscheinlich«, mokierte er sich. »Wie höflich ihr Engländer seid. Sie wollen es nicht so direkt sagen, weil Sie in meinem Haus sind und mein Mittagessen gegessen haben. Stimmt das?«

»Ich mag keinen Streit. Und ich verletze nicht gern die Gefühle anderer.«

»Und ich habe Sie verletzt mit meiner Andeutung, daß Sie Angst vor Sex haben.« Er nahm wieder meine Hand und hielt sie fest. »Entschuldigung. Ich war unfreundlich. Ich werde Sie nie wieder aufziehen. Ich bin ein überheblicher Bastard, der es nicht wert ist, Ihre Füße zu küssen, so gern ich das auch täte.« Er blickte reumütig, aber ich wußte, daß er noch immer über mich lachte. »Ich weiß, was Ihr Herz rühren und Sie davon überzeugen wird, daß ich ein Mann bin, der Einfühlungsvermögen besitzt. Horace!«

Horace kam bemerkenswert schnell. Ich fragte mich, ob er unser Gespräch belauscht hatte.

»Haben Sie ein Kochbuch übrig?« Charles wandte sich mir zu. »Es muß einfache Küche sein, sagten Sie?« Ich hatte kurz meine Schwierigkeiten mit der Essenszubereitung erwähnt, doch es überraschte mich, daß er diese beiläufige Bemerkung zur Kenntnis genommen hatte. Doch wenn ich darüber nachdachte, war Charles anscheinend anders als andere Menschen, mich eingeschlossen, indem er sich voll und ganz auf das konzentrierte, was gesagt wurde, anstatt in Gedanken schon eine

Antwort zu formulieren. Ich nickte. »Nun, Horace wird das Richtige für Sie finden.«

Horace entfernte sich.

»Kocht Horace denn? Das war mir nicht klar.«

»Ja, er ist ein ausgezeichneter Koch. Er hat dieses Mittagessen zubereitet und auch das Dinner damals. Horace hat Geschmack und Geist. Er hat in Oxford Theologie studiert. Sie sollten sich mit ihm unterhalten.«

»Aber ich verstehe nicht ... was macht er dann hier? Ihr Haus führen und anderen Leuten aus den Mänteln helfen?«

»Das sehen Sie viel zu eng. Ich kann Ihnen versichern, daß Horace sich nicht erniedrigt fühlt, wenn er Ihren Mantel wegbringt. Seine Gedanken gehören ihm, selbst wenn er sich mit einer Tonne Kleidungsstücke der englischen Oberschicht abmüht.«

»Hm. Ich glaube, da den Anflug einer Abwehrhaltung zu entdecken. Finden Sie die Eingeborenen so schwierig?«

Charles lachte, er schien daran seinen Spaß zu haben. »Touché. Womöglich haben Sie recht. Die Engländer en masse finde ich manchmal doch ein wenig irritierend. Vielleicht habe ich einen Minderwertigkeitskomplex.«

Das nahm ich ihm keine Sekunde lang ab.

»Erzählen Sie mir von Horace. Schnell, bevor er zurückkommt.«

»Horace war seit seinem sechzehnten Lebensjahr immer wieder in psychiatrischen Kliniken. Er ist klug und talentiert, einer der hellsten Köpfe, der mir je begegnet ist. Doch das alltägliche Leben ist für ihn eine unerträgliche Last. Vor seinen Abschlußprüfungen hatte er einen großen Zusammenbruch. Nachdem er Oxford verlassen hatte, verbrachte er drei Jahre in einer Nervenklinik. Ich traf ihn bei einer Jagdpferdprüfung. Er verkaufte Fähnchen für die dortige Nervenklinik. Es war offenkundig, daß ich es hier mit jemandem zu tun hatte, der außergewöhnlich intelligent war. Und überaus unglücklich. Wir kamen ins Gespräch. Ich bot ihm Arbeit an. Er fing hier als Hausbursche an, er fegte, wusch die Autos und putzte die Stiefel. Ich wollte sehen, was er schaffen konnte. Es dauerte nicht lange, bis er aufstieg und hier mehr oder weniger das

Haus führte. Seine Nerven sind immer noch anfällig, und er hat schlechte Tage. Aber er weiß, daß ihm nichts passieren kann. Und daß ich ihn respektiere.«

Ich mußte daran denken, wie Charles mit Astarte, seiner Stute, umgegangen war. Ich konnte mir vorstellen, daß er mit Horace ähnlich umging. Hielt Charles nach den Schwächen der Menschen Ausschau, damit er seine Fähigkeit unter Beweis stellen konnte, sie zu beherrschen? Er hatte sowohl Min als auch Robert mit knapper Genauigkeit analysiert. Wäre es möglich, mit ihm eine Beziehung unter Gleichen zu haben, oder würde er darauf bestehen, die Zügel in der Hand zu halten? Nie war ich jemandem begegnet, der so selbstbeherrscht war. Undenkbar, daß er keine Achillesferse hatte. Ich fragte mich, wie die aussah.

»Woran denken Sie? Sie sehen so ernst auf. Machen Sie sich Sorgen, daß Horace sein Leben lang in Abhängigkeit gefangen bleibt? Ich verspreche Ihnen, daß er ausbrechen kann, sobald der Augenblick dazu gekommen ist. Er wird sich von sich emanzipieren, nicht von mir. Für mich ist er ein Freund. Ein mir Gleichgestellter, wenn Sie so wollen.«

Das kam dem so nahe, was ich überlegt hatte, daß es mich verblüffte. Horace kehrte mit einem Buch zurück, das er neben meinen Teller legte. Es war Elizabeth Davids *Ländliche Küche Frankreichs*.

»Oh, Horace! Das ist genau das Richtige!« Ich war entzückt. »Darf ich mir das wirklich ausleihen?«

»Ich verwende es nicht oft.« Jetzt, da ich einen Teil seiner Geschichte kannte, spürte ich, daß Horace unter einer ungewöhnlichen Anspannung stand, die er durch ein sehr bedächtiges Auftreten zu verbergen suchte. »Die meisten Gerichte bereitet man besser in großen Mengen zu. Normalerweise koche ich nur für Charles. Oder für eine Abendgesellschaft, wo etwas Ausgefalleneres gefragt ist.«

»Ja, ich verstehe. Aber das wird für Weston Hall genau das Richtige sein. Wie schade, daß der Gemüsehändler in Great Swosser keinen Knoblauch hat. Doch ich freue mich auch so, danach zu kochen. Dankeschön.«

»Ich wünschte, ich müßte nicht weg.« Als Horace uns wieder allein gelassen hatte, lag in Charles Blick so etwas wie Bedauern. »Verlieben Sie sich, während ich weg bin, bloß nicht in jemanden, der nicht zu Ihnen paßt.«

»Sie sind nur zwei Wochen weg. Ich werde mich kaum in Roberts homosexuellen Freund Gerald verlieben und auch nicht in den Geographielehrer von St. Lawrence. Unser gesellschaftliches Leben auf Weston Hall ist mehr als ereignislos. Und merkwürdigerweise genieße ich das. Es ist meine erste wirkliche Erfahrung mit dem Familienleben, und es gefällt mir, allein sein zu können, doch gleichzeitig auch jemanden um mich zu haben. Noch nie habe ich mich bei anderen Menschen so sehr bei mir gefühlt. Vermutlich erinnert es mich an meine Zeit als Kind bei Lady Bart. Aber diesmal weiß ich, daß ich mich nützlich machen kann, und ich habe nicht das Gefühl, in jemandes Schuld zu stehen.«

Ich stand auf, um zu gehen, und auch Charles erhob sich. Er umfaßte meine Schultern, wie er das auch im Stall getan hatte. Ich versuchte mit aller Kraft, locker zu bleiben und kühl seinem Blick standzuhalten. Ich weiß nicht, warum er plötzlich lächelte. Überaus sanft küßte er mich zuerst auf die eine Wange, dann auf die andere.

»Ich bringe Sie zur Tür.«

Horace stand mit meinem Mantel bereit. Er gab mir zwei Knoblauchknollen.

Von ganzem Herzen dankte ich ihm für das Essen und den Knoblauch. Horace erwiderte das mit seinem seltsam undurchsichtigen Lächeln. Charles brachte mich zum Land Rover. Nachdem ich den Motor angeworfen hatte, war jedes weitere Gespräch unmöglich, und so hob er nur die Hand, als ich abfuhr. Die ganze Heimfahrt zurück nach Weston Hall dachte ich an ihn. Und das in solcher Intensität, daß ich an der Abzweigung vorbeifuhr. Ich parkte den Land Rover und ging hoch zum Haus. Min wartete schon in der Küche.

»Ich weiß, daß es noch nicht Zeit zum Tee ist, aber ich muß wissen, wie dein Mittagessen war. Ich war heute wahnsinnig gut und habe sogar gearbeitet, während ich diese ausgezeichneten Hühnchensandwiches aß. Erzähl mir alles. War Charles wieder Mr. Sexy persönlich?«

»Min, ich glaube wirklich, du solltest etwas tun, um diese Leidenschaft zu dämpfen. Kalte Bäder, harte körperliche Arbeit, Yoga oder so etwas. Vielleicht sollte ich dir was in den Tee träufeln. Was hat man den Soldaten gegeben? Brom, oder?«

»Irgendetwas in der Art. Und wenn die Geschichtsschreibung auch nur annähernd genau ist, dann hat es überhaupt nichts gebracht. Seit der Mensch gelernt hat, einen Stock anzuspitzen, hat jede Besatzungsarmee jede Menge Bastards hinterlassen. Vielleicht ist das sogar der Sinn der Kriege ... die Vermischung mit neuem Blut.«

»In Ordnung, also nichts in den Tee«, sagte ich und warf die Teeblätter in die Kanne. »Vielleicht solltest du deine Neugier lieber befriedigen und selber mit ihm ins Bett gehen.«

»Das kommt nicht in Frage. Es war nicht zu übersehen, daß er ganz außer sich war, sobald er dich erblickt hatte.«

»Ich glaube, was Charles für dich empfindet, geht über das bloße Gernhaben hinaus. Aber er weiß, daß da nichts zu machen ist, da du mit Robert verheiratet bist. Und da ich erreichbar bin, wie er glaubt, hat er seine Aufmerksamkeit auf mich verlagert.«

Min sah mich über den Rand ihrer Teetasse hinweg an.

»Wenn du erwartest, daß ich dir das abnehme, scheinst du mir nur ein Spatzenhirn zuzubilligen. Ich mag unerfahren sein, aber ich bekomme schon mit, wenn ein Mann völlig vernarrt ist. Als ich Robert heiratete, war er wahnsinnig verliebt in mich. Das konnte jeder sehen. Und ich sah, daß Charles den gleichen Blick hatte ... als hätte man ihm mit einem Betonpfahl eins über den Kopf gezogen. Du bist eine Zynikerin geworden, wenn ich ehrlich sein soll.«

»Ich wollte damit nicht behaupten, daß Männer sich nicht verlieben und für eine bestimmte Person eine gewaltige Leidenschaft empfinden können. Ich meine nur, daß Sex wieder auf einem ganz anderen Blatt steht.«

»Vielleicht würde Robert und mir ein kleines sexuelles Experiment gut tun. Aber meine Erfahrung mit anderen Leuten hat mir gezeigt, daß Untreue dauerhaften Schaden anrichtet. Sie glauben vielleicht, daß es ihrem Zusammenhalt förderlich ist, aber die Ehe ist angeknackst.« Sie nahm sich löffelweise

Zucker. »Ist dir jemals einer untreu geworden? Ich meine, jemand, von dem du glaubtest, er wäre fest mit dir zusammen?«

Ich überlegte einen Augenblick. »Nein. Ich glaube nicht. Alle meine Beziehungen haben mehr oder weniger auf die gleiche Art ein Ende gefunden.« Ich sah ihren neugierig auf mich gerichteten Blick und beschloß, ihr die Wahrheit anzuvertrauen. »Das Problem ist, ich mache mir nichts daraus. Aus Sex. Ich habe dann das Gefühl, als würde ich ... angegriffen, überfallen, belagert ... ich weiß nicht. Der Geliebte wird zum Feind.«

»Diana! Liebes! Das ist sehr traurig. Aber ich finde es tapfer, daß du es zugibst. Keiner Menschenseele werde ich es erzählen. Nicht einmal Robert.«

Ich lachte.

»Erzählst du denn Robert wirklich alles?«

»So gut wie alles. Aber natürlich hört er die meiste Zeit gar nicht zu. Ach, du Arme, dann magst du es also gar nicht. Und werden die Männer dann wütend?«

»Manchmal. Manchmal sagen sie, es sei ihnen egal. Aber dann bekomme ich die gegenseitigen Beschuldigungen, die bohrenden Fragen, die Theorien so über, daß ich es nicht mehr aushalte und Schluß mache. Manchmal gehen sie auch von selbst. Manche wollen mich heiraten, um mir zu beweisen, daß sie mich sehr lieben und am Ende alles gut werden muß. Aber ich weiß, daß dem nicht so sein wird.«

»Warum schläfst du dann überhaupt mit Männern?«

»Wahrscheinlich, weil ich eine Optimistin bin. Ich gebe die Hoffnung nicht auf.«

»Gab es denn jemanden, den du wirklich geliebt hast?«

»Ich glaube nicht. Ich liebe Peter. Aber er mag nur Männer im Bett, deshalb zählt das vermutlich nicht. Ich war ein paar Tage verliebt, manchmal auch ein paar Wochen, aber gehalten hat es nie. Egal, wie sehr ich sie anfangs auch mag, irgendwann hasse ich ihr gieriges Drängen. Ich komme mir dann vor wie ein Büffettisch, vor dem sie stehen und sich fragen, ob sie wohl drei Nachtische auf einen Teller laden können.«

»Solange es romantisch bleibt, ist es aber doch in Ordnung? Küssen und so? Du magst es nur nicht, wenn's geschlechtlich wird. Ist es nicht einfach eine Frage der Ästhetik? Ich weiß, du bist verrückt nach dem Seltenen und Schönen. Das war schon immer so, schon als du dreizehn warst.«

»Stimmt das? Ich kann mich nicht mehr daran erinnern. Damals war ich zu Enttäuschungen verdammt, ob in der Schule oder was meine Mutter betraf.«

»Du hast mir immer noch nicht erzählt, was mit Charles passiert ist.«

»Nichts ist passiert. Es war ein sehr zivilisiertes Mittagessen. Wie üblich hat er die Fragen gestellt, ich habe geredet, er hat alles in sich aufgenommen ... wahrscheinlich um es später auszuwerten. Ich weiß so gut wie nichts über ihn. Meine Fragen biegt er ganz schnell ab, und ich schaffe es nicht, unhöflich darauf zu beharren. Es ist alles nach seinem Plan abgelaufen.«

»Magst du ihn denn?«

»O ja. Ich mag ihn. Um ehrlich zu sein, mehr, als mir lieb ist. Doch ich traue ihm nicht.«

Min kicherte. »Wenn ich doch nur dabeisein könnte, wenn er mit seinem hochsitzigen Phaeton vorfährt. Ich stelle mir gerade vor, wie er unbarmherzig dein Handgelenk packt und sein finsteres Gesicht über deines beugt. Verdammt, was rede ich da? Warum nicht über meines? Warum sollst du den ganzen Spaß haben?«

»Weil du alles hast, was jeder Mensch mit Sinn und Verstand sich in Wirklichkeit wünscht. Einen Ehemann, mit dem du dich gut verstehst. Der Rest, das sind zehn Prozent Erregung und neunzig Prozent Enttäuschung und Unsicherheit. Jetzt sollten wir uns aber ganz banal unserem Tee zuwenden. Eins ist sicher, als Gegenleistung für dieses Kochbuch hier bin ich bereit, Charles einen Blick auf meine lavendelfarbenen Ziegenlederschuhe zu gewähren und vielleicht sogar auf den Saum meines glänzenden Petticoats. Na, was darf's sein?« Ich schlug das Buch auf und blätterte darin herum. »Wie wär's mit diesen kleinen Pfannkuchen? Crêpes dentelles. Eier, Butter, Mehl, Zucker, Milch, haben wir alles da. Ich werde den Rum weglassen und dafür Zitronenschale nehmen, wie sie vorschlägt. Mit geschmolzener Butter und Zucker servieren.«

»Mm. Ich kann's kaum erwarten. Was gibt es zum Abendessen?«

»Schweinekoteletts. Ich mache sie mit Kartoffeln, Weißwein, Knoblauch und Speck. Sie schreibt Wacholderbeeren, aber ich glaube nicht, daß wir die haben.«

»Glaube ich auch nicht. Wer ist diese ›sie‹ denn?«

»Elizabeth David«, ich zeigte ihr den Buchumschlag.

»Ist sie denn eine gute Köchin?«

»O Min, wo lebst du denn, mein Schatz? Da könntest du genauso fragen, ob Dickens ein guter Romancier ist.«

Dies löste einen Streit darüber aus, was im neunzehnten Jahrhundert einen guten Romancier ausgemacht hatte, und während des Gespräches mußte ich zum zweitenmal an diesem Tag daran denken, daß diese spontanen Unterhaltungen, manchmal ernst, dann wieder albern, das Familienleben so reich und erstrebenswert machten. Jedenfalls das dieser speziellen Familie. Durch eine Reihe von Gedankensprüngen kamen wir schließlich auf Ellies Geburtstag und meine neueste Idee zu sprechen, nämlich das Bootshaus für sie so umzubauen, daß sie darin spielen konnte.

»Abgesehen von allem anderen weiß ich gar nicht, ob es eine so gute Idee ist, Ellie allein im Wald spielen zu lassen, solange George Pryke dort herumschleicht. Er ist der Typ Mann, der leicht überschnappt. Er sitzt im Gewächshaus und geilt sich an Illustrierten auf. Wußtest du, daß er und Vivien eine sexuelle Beziehung miteinander hatten?«

Das hatte Min nicht gewußt. Alle guten Absichten, ernsthaft zu arbeiten, wurden über den Haufen geworfen, und während ich den Teig für die Pfannkuchen anrührte und die Kartoffeln schälte, nahmen wir Vivien mit solcher Leidenschaft auseinander, als wären wir Klatschkolumnisten, und als hinge unser Lebensunterhalt davon ab, aus einer Sammlung detailreicher Anzüglichkeiten eine Schlagzeile zusammenzubasteln.

Die Pfannkuchen erwiesen sich bei allen als ein voller Erfolg. Ellie berichtete, sie hätte mittags den Nachtisch nicht essen können, weil im Apfelstreusel noch die harten Stücke des Kerngehäuses drin gewesen seien, weshalb ihr zwei Stück genehmigt wurden. Alle anderen aßen drei, außer mir, weil ich so gut zu Mittag gegessen hatte. Als Robert nach Hause kam, sah er müde aus, aber nach den Pfannkuchen erholte er sich wieder und gab eine eindrucksvolle Vorstellung davon, wie der Direktor von St. Lawrence beim Fest zu Ehren des Namenspatrons der Schule nach zu vielen Gläsern Wein den Eigthsome getanzt hatte.

»Worüber lacht ihr denn alle?« wollte Min wissen, als er sich gerade erschöpft hinsetzte. Sie kam vom Telefon zurück. »Ich könnte jetzt ein herzhaftes Lachen brauchen. Ich sprach gerade am Telefon mit Winifred Eccles, die mich an den Frühlingsbasar erinnert hat, der verrückterweise immer Anfang Februar stattfindet. Für mich ist das noch allertiefster Winter. Natürlich hatte ich das vergessen. Selbst wenn ich meine beiden Hände benutzen könnte, glaube ich kaum, daß ich von heute bis Donnerstag irgendwelche Lavendelsäckchen zaubern könnte.«

»Könntest du auch nicht«, sagte ich. »Lavendelsäckchen werden im Juli gemacht. Was genau wird von dir erwartet?«

»Im Gemeindehaus hinter einem Stand zu stehen. Das ginge ja noch. Doch ich muß auch irgendeine vollkommen nutzlose Scheußlichkeit produzieren, die dann an sämtliche Bewohner von Dunstan verkauft werden kann, die größten Geizhälse und Knauserer, die man sich vorstellen kann.«

»Letztes Jahr hat Min das vergessen«, sagte Robert mit ärgerlichem Unterton. »Sie ist nach London gefahren, um sich dort mit ihren zukünftigen Verlegern Boris und Inman zu treffen, und ich mußte los und im Laden von Beale für zehn Pfund gläserweise Zitronenquark einkaufen.«

»Wir haben die Etiketten mit Dampf abgemacht«, fuhr Eleanor fort. »Papa hat sich die Hand verbrüht und ein schreckliches Wort gesagt. Ich habe vergessen, welches es war.«

»Ich weiß es noch. Es war Sch...« William wurde durch Roberts Hand, die sich schnell auf seinen Mund legte, daran gehindert, das Wort zu beenden.

»Wir schrieben eigene Etiketten, damit die Damen vom Wohltätigkeitsbasar glaubten, Mami hätte ihn selbst gemacht. Papa meinte, das wäre ein Schwindel Mami zuliebe und daher erlaubt.«

»Es war ein schrecklicher Reinfall«, erklärte Min, »denn was Robert für Zitronenquark gehalten hatte, war in Wirklichkeit Piccalilli.«

»Ich hatte nie von Piccalilli gehört. Ich hielt das für ein Markenzeichen für Zitronenquark«, meinte Robert. »Außerdem war es auch gelb.«

»Einige Leute hatten schon Gläser davon gekauft, ehe Winifred die Blumenkohlstückchen und Silberzwiebeln entdeckte, die ihr aus der schwefligen Pampe freche Blicke zuwarfen. Es überrascht mich, daß sie mich noch einmal einladen. Winifred meinte nur, daß ich nach der unglücklichen Episode dieses Jahr wohl lieber auf Eingemachtes verzichten sollte. Als hätten wir uns darauf verlegt, Gemüse einzukochen und unter irreführenden Bezeichnungen zu verkaufen.«

»Es ist ohnehin nicht die richtige Zeit, um etwas einzukochen«, erwiderte ich. »Wie wär's, wenn ich ein paar Kuchen mache? Würde das reichen? Elizabeth Davis hat hier ein gutes Rezept für Schokoladenkuchen mit Mandeln. Und dieser Mokkakuchen hört sich auch gut an.«

»Diana hat ein neues Idol. Mit jedem Problem wendet sie sich an das Orakel. Hoffentlich gibt es auch ein Kapitel über den richtigen Umgang mit der Zahnbürste, ansonsten darf keiner mehr ins Bett.«

»Dir wird das Lachen schon noch vergehen, mein liebes Mädchen, wenn die Westons den Sieg über den Kuchenstand davontragen. Jetzt solltest du dich aber lieber wieder an deine Arbeit machen, schließlich hast du einen müßig vergeudeten Nachmittag aufzuholen.«

»Na so was! Was habt ihr denn gemacht?« erkundigte Robert sich interessiert.

»Och, Diana war in Milecross Park. Du solltest lieber sie fragen.«

Als Min sich in ihr Arbeitszimmer zurückgezogen hatte, nahm Robert jedoch William für die Hausaufgaben mit in die Bibliothek, wo er eine lateinische Rede vorzubereiten hatte. Als die Kinder nach dem Abendessen im Bett waren, sprang das Gespräch von der Umgestaltung des Bootshauses zu Seen im allgemeinen und Beschreibungen des Wassers, und Robert las uns Auszüge aus Coleridges *Der alte Seemann* vor. Er hatte eine gute Vortragsstimme, betonte überaus dramatisch. Ich schloß meine Augen und sah die smaragdgrünen Eisblöcke vor mir, die so groß wie das Schiff waren, und es fiel mir wieder ein, daß ich eben diese Zeilen in der Schule gelernt hatte, als Min im Turnhemd neben mir saß, mit Zöpfen, die sich immer wieder lösten.

Kapitel 15

Am nächsten Morgen, einem Samstag, brachte ich Min zum Krankenhaus. Sie legten ihr diesmal einen wesentlich leichteren Verband an, der die Fingerspitzen frei ließ. Die Schwester gab mir Verbandspäckchen, Tabletten und verschiedene Salben mit und empfahl, alle zwei bis drei Tage den Verband zu wechseln und Min nur ins Krankenhaus zu bringen, wenn ich in Sorge war, daß es nicht richtig heilte. Hinter ihrem Rücken schnitt Min idiotische Fratzen, indem sie schielte und ihre Zunge heraushängen ließ. Plötzlich drehte die Schwester sich um und sah sie.

»Manche Leute halten sich für sehr klug. Aber die wirklich Klugen verbrühen sich nicht mit heißem Wasser und landen im Krankenhaus«, sagte sie bissig und schritt davon.

»Sie wird an dieser kleinen Zurechtweisung wochenlang herumfeilen, wenn sie davon erzählt«, sagte ich und führte Min weg. »Doch als Beispiel für einen Esprit d'escalier war er gar nicht schlecht.«

Min war hocherfreut, wieder über ihre Fingerspitzen verfügen zu können, und sobald wir zu Hause waren, zog sie sich in bester Laune in ihr Zimmer zum Arbeiten zurück. Ich packte gerade die Einkäufe aus, als ich Ellie am Küchenfenster vorbeispazieren sah. Wie üblich hatte sie vergessen, ihren Mantel anzuziehen. Ich nahm ihn und ging damit nach draußen. Sie trug irgendetwas mit großer Vorsicht in der Hand und hörte nicht, daß ich sie rief. So folgte ich ihr in die Scheune.

Bis auf ein paar Strohballen und einen altertümlichen Traktor war die Scheune leer. Am hinteren Ende standen einige große Getreidetonnen. Eleanor hatte einen der Deckel aufgemacht und beugte sich so tief hinein, daß sie Gefahr lief, hineinzufallen. Sie hörte mich erst, als ich direkt hinter ihr stand. Sie schreckte hoch und wirbelte herum.

»Diana! Hilfe! Versprich mir, daß du's keinem erzählst. Bekreuzige dich und schwör's bei deinem Leben!«

Ihre Augen flehten mich an. Ich bekreuzigte mich.

»Sieh mal!«

Sie deutete in das Innere der Getreidetonne. Eine dürre schwarz-weiße Katze mit erbärmlich stumpfem Fell säugte einen Wurf winziger Kätzchen. Ich zählte zwei rote, ein getigertes und zwei schwarz-weiße. Die Mutterkatze guckte mich zwinkernd an, rollte sich vorsichtig zusammen und streckte ihre Pfoten aus. Dann beugte sie ihren Kopf, um das Kätzchen neben sich abzulecken, und drehte mit ihrer kräftigen Zunge das hilflose Wesen auf den Rücken, wo es mit fest verschlossenen Augen verzweifelt zu miauen anfing.

»Du hast es versprochen«, sagte Ellie und packte meine Hand so fest, daß sich ihre Fingernägel in meine Handfläche gruben. »Du hast einen heiligen Eid geschworen.«

»In Ordnung. Ich werde keinem etwas davon erzählen. Aber warum ist das so ein Geheimnis?« Ich beugte mich hinab, um eines der Kätzchen zu streicheln, zog jedoch meine Hand zurück, als ich sah, daß die Mutterkatze Angst bekam.

»Weil George Pryke die Kätzchen immer ersäuft, wenn er sie findet«, schluchzte Ellie. »Beim letzten Wurf war so eine hübsche kleine Weiße dabei. Ich habe sie Snowy genannt. Und dieser schreckliche Mensch hat sie umgebracht! Es muß schrecklich sein, zu ertrinken. Und sie sind so hilflos. Und die arme Booty sucht dann überall nach ihnen. Sie miaut herzzerreißend und bekommt harte Knubbel unter ihrem Bäuchlein.«

Ich reichte Ellie mein Taschentuch, und sie schluchzte eine Weile hinein, während ich die Mutter beobachtete, die ihre Kleinen stupste und leckte.

»Sie heißt Beauty, sagtest du?«

Ein Name so unpassend, wie es selten einen gab. Das arme Ding sah aus, als hätte die große Nachkommenschaft, mit der sie trächtig gewesen war, sie unter ihrem schmutzigen Fell zu einem Skelett ausgezehrt.

»Booty. Kurzform für Pussy-in-Boots. Sie hat weiße Pfötchen wie Schlittschuhstiefel. William findet das einen dummen Namen, aber ich mag ihn und sie auch. Sie kommt immer, wenn ich sie rufe.«

»Ich sehe, daß du ihr Milch gegeben hast.«

»Die habe ich bei Mr. Beale gekauft. Er ist in das Geheimnis eingeweiht.«

»Aber sie braucht auch Fleisch. Sie sieht so dünn aus. Ich gehe und schneide ein bißchen von Hams Fleisch für sie klein.«

»O Diana! Das würdest du tun? Oh, du bist meine alleralllerbeste Freundin! Und du wirst Mami und Papa nichts verraten?«

»Nein, das habe ich versprochen. Aber sie würden doch sicherlich nicht wollen, daß George Pryke sie ertränkt. Das ist etwas ganz Gemeines.«

»Mr. Pryke hat mir gesagt, er hätte strikte Anweisungen. Deshalb dachte ich, es wäre besser, nichts davon zu sagen und sie nicht an Booty zu erinnern, für den Fall, daß sie auch ersäuft werden soll. Mr. Pryke behauptet, sie tauge nicht mehr zum Mäusefangen, und man sollte sie erschlagen. Oje, das klingt so grausam. Meint er, mit seiner Axt?«

»Das weiß ich nicht. Ich glaube nicht, daß er etwas so Schreckliches tun würde.«

Ich persönlich hielt ihn zu allem fähig, wie schrecklich auch immer es sein mochte. Ich ging in die Küche und schnitt ausreichend frisches Fleisch in winzige Stückchen, weil ich davon ausging, daß es mit Bootys Zähnen nicht zum besten bestellt war. Als ich den Teller neben ihre Vorderpfoten in die Getreidetonne stellte, stürzte Booty sich darauf, als hätte man ihr einen elektrischen Schlag versetzt, und schlang ausgehungert unter angespannter Konzentration alles in sich hinein.

»Wir müssen sie zweimal täglich füttern«, sagte ich. »Und sie braucht frisches Wasser und Milch, wenn sie die Kätzchen anständig versorgen soll. Und Fisch. Wenn die Kätzchen entwöhnt sind, müssen wir mit ihr zum Tierarzt gehen und sie operieren lassen, damit sie keine mehr bekommt. Für die hier werden wir gute Plätze finden.«

»Aber was ist mit Mr. Pryke?« fragte Ellie verzagt. »Er findet sie vielleicht und ertränkt sie. Das tut er immer, obwohl Booty so klug ist und sie versteckt.«

»Überlaß ihn mir.«

Das Wochenende verstrich friedlich. Am Samstagnachmittag gab es einen Schneesturm. Wir versammelten uns zum Tee alle im Wohnzimmer und sahen zu, wie die riesigen Klumpen vom Himmel fielen. Als es zu dunkel wurde, um nach draußen zu schauen, spielten wir bis zum Abendessen *Weitermalen*. Ich war überrascht, wie gut William zeichnete, und sagte ihm das.

»Das kann ich am besten, doch der Kunstunterricht an der Schule ist hoffnungslos. Wir malen ständig die Bilder, die wir im Kopf haben, doch ich möchte lernen, wie man Dinge richtig zeichnet.«

Zum erstenmal hörte ich William voller Begeisterung von etwas erzählen. Ich merkte, daß dies ein möglicher Zugang zu der Gedankenwelt dieses unergründlichen Kindes sein könnte, wußte aber nicht, wie ich ihm helfen konnte, da ich selbst keine gute Zeichnerin war.

Der Sonntag war ein strahlend schöner Tag, und nach dem Mittagessen zogen wir los zu einem Spaziergang um den See. Ellie und ich verfütterten Essensreste an die Enten, während Robert und Min Arm in Arm wanderten, und Ham und William uns umkreisten. Ellie hielt meine Hand fest, und auf der Suche nach dem Schwan starrten wir auf das dunkle Gewässer und den Wald, der jetzt wieder blendend weiß war, bis uns die Augen weh taten.

Am Montag ging ich in den Wald, um mit George Pryke zu sprechen. Er saß wie üblich auf seinem Baumstamm und las Zeitung, stand aber auf, als er mich sah, und wagte mit der Axt einen zaghaften Angriff auf einen Baumstamm, so langsam und kläglich wie eine alte Dame, die mit Turnübungen ihr Gewicht zu reduzieren versucht. Jeder Mann hat seinen Preis, und ich wußte, was George Prykes Preis war.

»Erinnern Sie sich an die Schubkarre, die Sie bei Mr. Ransome gesehen haben?« begann ich das Gespräch. »Diese große aus Aluminium, von der Sie mir erzählt haben?«

Ich hatte vor kurzem in einem halbherzigen Versuch, ein besseres Klima zu schaffen, die alte Holzschubkarre bewundert, die er benutzte, und er hatte mir erzählt, sie wäre so schwer zu schieben, als säße der Teufel leibhaftig darin. Er hätte im Eisenwarenladen eine Schubkarre mit einem Gummirad gesehen, aber Mr. Weston hielte nichts davon, Dinge zu ersetzen, die noch nicht kaputt waren. Er würde es vorziehen, die Leute kaputt zu machen, die für ihn arbeiteten. Dies grummelte er voller Groll, dabei unterbrach er sich mit ekelhaftem Räuspern und spie seinen Auswurf so schwungvoll aus, daß er direkt vor meinen Schuhen auf dem Boden landete.

»Ich werde diese Schubkarre für Sie kaufen, Mr. Pryke, aber nur unter einer Bedingung.«

»Äh? Und wie is' die?«

George Pryke richtete sich auf und sah mich genau an. In seinen bernsteinfarbenen Augäpfeln flackerte Verstehen auf, und sein Gesichtsausdruck wechselte von mißmutig nach lüstern.

»Sie dürfen Bootys Kätzchen nicht ertränken. Wenn Sie das tun, kommt die Schubkarre gleich wieder zurück zu Mr. Ransome. Oder ich stifte sie dem Kreiskrankenhaus von Great Swosser.«

»Dacht' ich's mir doch, daß die Mieze wieder was ausbrütet. Ich soll 'se also nich' ersäufen.«

Er überlegte.

»In Ordnung. Is' 'n Angebot. Obwohl ich's nich' übernehm' kann, was Mr. Weston sagt, wenn überall im Hof die Viecher rumwuseln.«

»Ich werde mit Mr. Weston sprechen. Denken Sie also daran, wenn auch nur ein Kätzchen ertränkt wird, wandert die Schubkarre sofort zurück.«

Ich kaufte noch an diesem Morgen die Schubkarre, und George Pryke hob sie so sanft aus dem Kofferraum des Land Rovers, als wäre sie ein schlafendes Baby. Unter aufgeregten Zungenverrenkungen schob er sie davon. Ich sah nach den

Kätzchen. Sie fingen gerade an, ihre schieferblauen Augen zu öffnen. Ihr weiches und glänzendes Fell stand in traurigem Kontrast zu Bootys verfilztem Pelz. Nach zwei Tagen kannte sie mich langsam. Ich nahm das getigerte Kätzchen hoch und streichelte ihm mit dem Finger über den Kopf. Es zischte mich an und wehrte sich, die Zunge so rosa wie eine Rosenknospe. Ich gab es Booty zurück, und um meinen Geruch zu entfernen, leckte sie es hingebungsvoll.

Ich wollte Min und Robert von den Kätzchen erzählen, aber ich durfte mein Versprechen gegenüber Ellie nicht brechen. Jedesmal, wenn ich mit ihr darüber sprach und sie bedrängte, es ihnen selbst zu erzählen, wurde sie rot und fing zu weinen an, was wohl mit den vergangenen Tötungen zu tun hatte, die einen tiefen Schock ausgelöst hatten. Ich machte mir Sorgen, daß Robert verärgert reagieren könnte, wenn er, was irgendwann passieren mußte, dahinterkam und in mir nicht nur diejenige sah, die sich einmischte, sondern Ellie auch noch zum Betrug ermunterte. Von Roberts Standpunkt aus war es nur schwer zu rechtfertigen, daß ich mit Ellie ein Geheimnis teilte, das Vater und Mutter ausschloß.

Am Mittwoch verbrachte ich fast den ganzen Tag in der Küche. Am Morgen bereitete ich drei Kuchen für den Frühlingsbasar vor, sowie einen vierten, einen reinen Schokoladenkuchen, zum Tee. Da Vivien und Gerald zum Abendessen kommen wollten und ich in Sorge war, ob auch alles gutgehen würde, fing ich schon mit den Vorbereitungen an.

Ich machte eine Potage bonne femme mit Kartoffeln, Karotten und Lauch. Das ging einfach, war nicht teuer und würde allen munden, auch den Kindern. Zwanzig Minuten hatte ich mich bemüht, Mr. Potts, dem Metzger, klarzumachen, was ich unter einem Contrefilet verstand. Er fand kaum Abnehmer für Filetsteaks, und daß jemand ein großes Stück zum Braten haben wollte, war eine solche Sensation, als hätte ich einen küchenfertig dressierten Kolibri verlangt. Er weigerte sich hartnäckig zu verstehen, worauf es mir ankam, weshalb ich schließlich das ganze Filetstück kaufte und von meinem eigenen Geld zahlte, da ansonsten das Haushaltsgeld einer Woche weg gewesen wäre. Ich spickte es und band es zum Kochen mit einem

Faden zusammen und schälte Kartoffeln für ein Gratin dauphinois. Sahne war ausreichend vorhanden, und dank Horace hatte ich auch Knoblauch. In Cambrigde hätte ich dazu grünen Salat gereicht, aber das war hier unmöglich, weshalb ich Sellerie als Beilage wählte. Zum Nachtisch machte ich eine Apfeltarte.

Im Eßzimmer war es schrecklich kalt und düster. Dort zu speisen wäre genauso vergnüglich gewesen wie ein Fest auf dem Grund eines tiefen Teichs. Deshalb nahmen Min und die Kinder den Tee im Wohnzimmer ein, während ich mich um den Küchentisch kümmerte. Auf eine weiße Leinentischdecke legte ich das georgianische Eßbesteck, das Mrs. Butter auf Hochglanz poliert hatte, und die von Mrs. Butter gestärkten Servietten. Sie waren alt und grau, aber feinster Leinendamast. Ich war mit mir selber ins Gericht gegangen, ob ich es wagen sollte, das wunderschöne Nachtischservice zu verwenden, das in einem völligen Durcheinander in der Speisekammer gestapelt stand. Wahrscheinlich war es Coalport, von Sèvres beeinflußt, mit Rändern in bleu celeste und Paradiesvögeln im Mittelfeld. Schließlich beschloß ich, es zu benützen. Für die Suppe und das Fleisch gab es ein sehr hübsches Minton-Speiseservice mit Goldverzierung und glasierten Rosengirlanden. Ich stellte Kerzen in die Silberkandelaber, und eine Glasvase mit Schneeballzweigen, das einzige, was jetzt blühte, in die Tischmitte. Efeu hatte ich schon früher abgeschnitten und vom Schnee befreit. Ich ließ ihn sich um die silbernen Kerzenhalter ranken und war von der Wirkung begeistert.

In einem nicht benutzten Schlafzimmer entdeckte ich zwei Nachttischlampen, eine davon stellte ich auf die Anrichte, die andere neben den Kohleherd, so daß ich ohne die inquisitorische Beleuchtung der Deckenlampe kochen konnte.

»Darf ich dir helfen, Diana? Bitte!« sagte Ellie, als sie hereinkam. »Das ist wie Weihnachten, so ein Glanz. Wie schade, daß wir keine Knallbonbons haben.«

»Du kannst die Salzstreuer verteilen. Und die Butter hinstellen. Ich kümmere mich um die Gläser.«

Ellie wollte Platzkarten schreiben, wie sie das ihre Mutter für offizielle Abendessen hatte tun sehen. Sie verwandte viel

Zeit und Mühe darauf, farbiges Papier auszuschneiden und es in ihrer schönsten Handschrift mit unseren Namen zu beschriften. Während ich die Kartoffeln, so gut es ging, in hauchdünne Scheiben schnitt, verschwand sie, um ihre Hausaufgaben zu machen.

»Du liebe Güte!« sagte Min, als sie hereinkam. »Das sieht ja aus wie die Tafel in *La Belle et la Bête*! Hoffentlich haben wir auch einen Zauberarm, der uns das Essen serviert. Hätte ich doch nur ein Kleid mit weiten Röcken und eine kleine Krone. Die Bestie sollte lieber Robert spielen. Obwohl Vivien dazu eigentlich von Natur aus am besten geeignet wäre.«

»Wofür wäre ich am besten geeignet?« wollte Vivien wissen, die gerade hereinkam und nassen Schnee auf den sauberen Küchenfußboden schüttelte.

»Am besten geeignet, um am Kopf des Tisches zu sitzen«, sagte ich und arrangierte Ellies Platzkarten so, daß sie Gerald rechts und William links neben sich sitzen hatte. »Da sind Sie auch dem Kohleherd am nächsten.«

»Sie haben ja alle alten Sachen herausgeholt«, freute sich Vivien und streichelte eine silberne Gabel. »Das beste habe ich mit hinüber ins Witwenhaus genommen, aber das hier ist auch nicht schlecht. Oh, einen Moment. Ich habe Ihnen was mitgebracht.«

Sie warf ihren Mantel auf einen Stuhl. Ich nahm ihn und hängte ihn auf, während sie in ihrer großen Tasche herumkramte.

»Da!«

Sie überreichte mir irgendein in Zeitungspapier eingewickeltes Bündel.

»Die sind aus dem Garten. Ich wußte, daß Sie wild auf Blumen sind.«

»Vivien! Wie zauberhaft!«

Im Papier lagen fünf Iris stylosa, die gerade ihre eingerollten Blütenblätter in Delfter Blau zart duftend entfalteten. Ich stellte sie zum Schneeball in die Vase und zündete die Kerzen an. Auf einmal war der Tisch in Licht und Schatten getaucht.

»So etwas Romantisches habe ich schon seit einer Ewigkeit

nicht mehr gesehen«, meinte Vivien und machte mir damit eine große Freude. Sie kam zu mir herüber, um nachzusehen, was ich kochte. »Die Sauce sieht aber köstlich aus. Ist das Madeira? Wenn der Abend vorbei ist, werden Sie Robert völlig in Ihren Bann geschlagen haben. Wie schlau von Ihnen.«

Sie war allem Anschein nach eingeschnappt, als Min und ich lachten.

»Ich habe den heutigen Tag so genossen, wie kaum einen«, sagte ich und beugte mich zu den Kartoffeln in der Bratröhre des Kohleofens hinunter. »Ich bin versucht, mich aus dem akademischen Leben zu verabschieden und Museumskuratorin zu werden. Stellt euch all die schönen Dinge vor, von denen man den ganzen Tag umgeben ist. Und die Stille in all diesen großen Räumen, und die gedämpfte Stimmung.«

»Ich wette, in einem Museum ist es alles andere als still«, meinte Min und knabberte müßig an einer Stange Sellerie. »Ich könnte mir vorstellen, daß sich die Mitarbeiter nur den ganzen Tag darüber zanken, wessen Scherben den besten Schaukasten kriegen, warum Jobbins Gehalt höher ist als das von Hoggins, und wer jetzt mit dem Teemachen dran ist. Du könntest als Raumausstatterin arbeiten.«

»Ich wüßte nicht, warum Sie überhaupt etwas arbeiten sollten«, mischte sich Vivien ein und brach sich ein Stück von der fertigen Apfeltarte ab. »Warum nicht einfach Spaß haben? Es kommt mir völlig verrückt vor, sich zu verpflichten, früh aufzustehen, und nicht weg zu können, wenn einem danach ist.«

»Aber Vivien, jemand muß doch Geld verdienen und all die Dinge herstellen, die dir so gut gefallen«, erwiderte Min und griff zum nächsten Stengel.

Ich brachte den Sellerie aus Mins Reichweite und stellte die Apfeltarte in die Speisekammer. Als ich zurückkam, meinte Vivien: »So einen Blödsinn habe ich noch nie gehört. Spaß zu haben ist der Gipfel der Selbstlosigkeit. Dann fällt man den anderen nämlich nicht auf die Nerven, muß nicht ständig den Magen ausgepumpt bekommen oder auf Entzug geschickt werden und braucht keine Leute, die einem zuhören oder einen zu Weihnachten einladen, weil sie glauben, du könntest dich einsam fühlen. Ich bin glücklich, sagen zu können, daß ich in meinem Leben nie jemanden gebraucht habe. Ich bin immer ganz und gar unabhängig gewesen.«

»Und was ist mit all den Männern und Frauen, die auf dem Gut gearbeitet haben, damit du es leicht und bequem hast?«

»Das haben sie natürlich nicht für mich getan. Sie haben es für Geld getan, für sich selbst. Glaubst du, sie hätten mir auch nur ein Taschentuch gebügelt oder eine einzige Kuh gemolken, wenn ich sie nicht bezahlt hätte?«

»In Ordnung, und was war mit den Männern, die nach deiner Pfeife getanzt haben? Wer hat dich denn nach Monte Carlo oder nach Venedig mitgenommen, deine Sachen geschleppt, dich herumkutschiert, dich ins Theater ausgeführt und so weiter. Was ist mit Roberts Vater, dessen Geld es dir ermöglicht hat, das zu tun, wonach dir der Sinn steht?«

»Meine liebe Minerva, überleg doch mal. Dein ewiges Herumwühlen in Büchern hat dir wirklich geschadet. Diese Männer haben das doch nicht für mich getan! Sie haben die ganze Zeit doch nur gehofft, mit mir eine wunderbare tolle Zeit im Bett zu haben, jede Menge geilen, zügellosen Sex, bis ihre heißen kleinen Dinger nicht mehr konnten. Sie waren ganz und gar egoistisch. Ich habe mir nie etwas aus ihnen oder sonst jemandem gemacht, und deshalb habe ich auch anderen nie Gewissensbisse verursacht oder ihr Mitgefühl herausgefordert.«

»Was ist das denn für ein Lärm?« fragte ich unvermittelt.

»Das ist Ham. Sie bellt«, erwiderte Min und öffnete die Küchentür. »Das wird wohl Gerald sein? Die Glocke an der Eingangstür funktioniert nicht, aber Robert sollte dort stehenbleiben und Gerald abpassen.«

Wir schälten Gerald von der Eingangstür und schoben ihn herein, ein erschöpftes menschliches Stück Eis. Ich drängte ihn zum Wohnzimmerkamin. Ich hatte am Morgen das Feuer angemacht und den ganzen Tag über Holz nachgelegt, damit der Raum auch wirklich warm war. Ich nahm ihm den Mantel ab und reichte ihm ein Glas Champagner, das er aber kaum halten konnte, so heftig zitterte er.

»Gerald! Du lieber Gott, entschuldige!« rief Robert, als er mit Min hereinkam. »Ich hätte dich abpassen sollen. Aber ich ging in die Bibliothek, um etwas nachzuschlagen, und muß eingenickt sein. Hast du lange geklingelt?«

»Macht nichts, mein Guter.« Gerald kam stolpernd auf seine Füße. »Diese beiden wunderbaren Frauen haben mich gerettet.«

Seine Zähne klapperten noch immer, aber langsam wich das purpurfleckige Weiß aus seinem Gesicht und machte einem gleichmäßigen Rot Platz. Ich hatte mir Gerald so ähnlich wie Peter vorgestellt, blaß und schlank und effiminiert, aber er war stämmig, wenn auch nicht gerade dick, und von frischer roter Farbe. Seine dunkelbraunen Haare teilte ein Mittelscheitel, und unter seinen großen, braunen Augen hingen Tränensäcke. Er hatte eine starke Ähnlichkeit mit Oscar Wilde. Ich bot ihm eine Schale mit Studentenfutter an, das Raffinierteste, was Beale im Angebot hatte, und er schob sich eine ganze Handvoll in den Mund. Vivien kam herein, und Gerald erinnerte sich, ihr anläßlich eines Theaterstücks der Schule begegnet zu sein.

»Oh, tatsächlich?« sagte Vivien. »Ich kann mich nicht daran erinnern. Es war ein absolut scheußlicher Abend. Das war doch so ein vollkommen zersetzendes Stück über Menschen, die sich aus Aschentonnen heraus anschreien. Ich kam um vor Langeweile!«

»Es waren Samuel Becketts *Glückliche Tage*, Mutter. Gerald führte Regie«, sagte Robert ziemlich entschlossen.

»Tatsächlich? Ich dachte damals, der Direktor muß verrückt sein. Dann sind Sie also der Mann, der für den fürchterlichsten Abend meines Lebens verantwortlich ist!«

Gerald verzog seinen Mund zwar zu einer Art Lächeln, war aber völlig perplex. Durch halb gesenkte Wimpern warf Vivien ihm einen provokanten Blick zu. Geralds Lippen waren stark geschwungen und hatten eine kräftige rotbraune Farbe. Als er sie wieder aufeinanderlegte, sah es aus, als zöge er einen Flunsch.

»Schön, daß Sie zu einer Amateurvorstellung gekommen sind. So etwas ist zwangsläufig mit Mängeln behaftet, doch ich vertraue darauf, daß die wertvolle Erfahrung der Jungs es wert ist, wenn das Publikum ein wenig leidet.«

Er kommentierte dies mit einem kleinen Wiehern. Mir fiel Mins Kritik an ihm wieder ein, und ich wußte jetzt, was sie meinte.

»Wenn man natürlich«, fuhr Gerald fort, und seine Stimme wurde immer nasaler, je mehr er sich für sein Thema erwärmte, »das große Privileg besitzt, eine hervorragende künstlerische Darbietung in einem der großen Theater der Welt sehen zu können, kommen einem die eigenen Anstrengungen bedeutungslos vor. Gestern abend habe ich in Covent Garden die *Entführung* gesehen. Hinreißend! Die Rückfahrt heute morgen war ermüdend, wie es schlimmer nicht hätte sein können ... jeder Zug hatte Verspätung, es gab nichts zu essen oder zu trinken, dazu diese entsetzliche Kälte ... doch in Erinnerung an die auserlesene Schönheit der Musik wurden meine eigenen Kümmernisse null und nichtig!«

»Robert liebt Wagner«, unterbrach Min das Schweigen, das auf Geralds geflötete Erklärung folgte. »Mir ist das alles ein bißchen zu laut.«

»Aber meine liebe Min! Die Entführung ist doch von Mozart!« Geralds Stimme überschlug sich fast, so begierig war er, sie zu korrigieren. »Die Entführung aus dem Serail! Das wäre ja, als würde man Shakespeare mit Daphne du Maurier verwechseln!«

Robert unterbrach ihn mit einer kraftvollen Verteidigung Wagners. Als ich Min die Augenbrauen hochziehen und die Augen schließen sah, wußte ich, daß sie verstimmt war. Allem Anschein nach fiel das auch Gerald auf, denn er wandte sich an Min.

»Es tut mir leid. Es war ein dummer Vergleich.«

Min lächelte ihm halbherzig zu und wandte sich dann ab, um William zu fragen, ob er schon die Hausaufgaben gemacht hatte. William bestätigte dies, stürzte sich auf das Studentenfutter und trommelte mit den Füßen gegen das Stuhlbein, bis Robert ihm Einhalt gebot. Die sich ausbreitende Verlegenheit wollte ich gerade mit Fragen zur Aufführung füllen, als Vivien sich zu Wort meldete. »Tenöre sind natürlich sehr gute Liebhaber.« Robert seufzte tief und vergrub seinen Kopf in den Händen. »Das habe ich schon immer gesagt«, fuhr Vivien fort.

»Wie hieß der Mann noch mal? Luigi Corto oder Corso, etwas in der Art ... der so gut in *La Bohème* war. Ein umwerfender Liebhaber. Eine Ausdauer. Man weiß ja, daß der Körpertyp, dem Tenöre normalerweise angehören – wie nennt man den, endomorph, glaube ich, egal, mit kastenförmigem Oberkörper und kurzen Beinen – höchst männlich und amourös ist.« Sie wandte sich an Gerald. »Haben Sie nicht auch diese Erfahrung gemacht, Mr. Benson?«

Das darauf folgende schockierte Schweigen dauerte nur ganz kurz. Ich sah Min sich auf die Lippen beißen, um ein Grinsen zu verbergen, und dann redeten Robert und ich gleichzeitig, hörten aber auch gleichzeitig wieder auf.

»Entschuldigung, sprechen Sie zuerst, Diana.«

»Ich wollte nur fragen ... ob an der Vorstellung, daß die Körperstatur eine Beziehung zur Persönlichkeit hat, etwas Wahres dran ist? Daß Ektomorphe zum Beispiel sensibel und introvertiert sein sollen? Und Mesomorphe aggressiv?«

Robert und ich diskutierten diese Behauptung ziemlich halbherzig, bis Gerald seine Fassung wiedererlangte und es Min gelang, ihren Lachdrang zu unterdrücken. Breit lächelnd lauschte Vivien unseren Versuchen, ein Gespräch in Gang zu halten.

»Man könnte fragen, ob Ausdauer denn alles ist?« meldete Gerald sich spielerisch zu Wort. »Was ist mit Sensibilität? Zärtlichkeit? Wenn keine Liebe dahinter ist, hat Ausdauer doch etwas Gemeines, oder?« Er schnaubte geräuschvoll durch die Nase.

»Guter Gott!« erwiderte Vivien mit verächtlichem Blick. »Sie wollen damit doch hoffentlich nicht behaupten, daß Liebe irgend etwas mit sexueller Lust zu tun hat?«

»Das behaupte ich aber«, sagte Gerald und sah sie mit seinen melancholischen Augen an. »Ich finde, es hat – sollte es jedenfalls – jede Menge damit zu tun.«

Gerald beeindruckte mich jetzt doch, und ich verstand, warum Robert ihn mochte. Im Verlauf des Abends erkannte ich, daß die übertriebene Art ein Schutzschild für seine ungewöhnliche Empfindsamkeit war. Das Essen wurde von allen gelobt. Was in Cambridge oder in London zum Alltäglichsten gehörte, schien auf Weston Hall etwas ziemlich Besonderes zu sein.

»Diana ist die allerbeste Köchin«, sagte Min und lächelte mich an.

»Eigentlich bin ich überhaupt keine gute Köchin«, entgegnete ich. »Ich lese viel lieber übers Kochen, als daß ich es wirklich tue. Es gehört für mich zu den Vergnügungen im Leben, die leicht zugänglich sind, und die Grundlagen habe ich mir auf sehr rationale und mühsame Weise angeeignet.«

»Rational, das ist wichtig«, sagte Gerald. »Was den großen Vorteil hat, daß man den Appetit unter Kontrolle bekommt. Allen schönen Seiten des Lebens frönt man am besten, indem man sich einschränkt. Man tunkt lieber nur den Zeh hinein, anstatt sich darin zu wälzen.«

»Und wie sieht's mit der Liebe aus?« fragte Min. »Das ist doch eine der schönsten Seiten des Lebens. Das muß doch eine Ausnahme sein? Wenn man die einschränkt, liebt man dann überhaupt wirklich?«

»Das fand ich an Jane Eyre immer unbefriedigend«, ich gab Vivien zum drittenmal von den Kartoffeln. »Wenn sie Rochester wirklich geliebt hätte, hätte sie dann nicht nachgegeben und wäre mit ihm gegangen, nachdem sie entdeckt hatte, daß seine Frau verrückt war? Es machte ihr nichts aus, daß er sich elend fühlte. Jedenfalls nicht genug. Sie mußte ehrbar gemacht werden, was aber ihre Liebe zu ihm zu leugnen scheint.«

»Überlegen Sie doch, in welcher Zeit dieses Buch geschrieben wurde«, protestierte Gerald. »Jane wuchs unter den härtesten Bedingungen auf. Selbständigkeit entwickelte sie erst, als der Porridge anbrannte.«

»Aber trotz der zeitbedingten gesellschaftlichen Konventionen brannten jede Menge Liebende miteinander durch«, beharrte ich. »Denken wir doch an George Eliot im wirklichen Leben. Als sie mit Lewes davonging, waren seit der Veröffentlichung von Jane Eyre erst sieben oder acht Jahre vergangen.«

»Wir müssen zwischen der Liebeserfahrung und der zum Ausdruck gebrachten Liebe unterscheiden«, warf Robert ein. »Wenn man es sich versagt, seiner Liebe Ausdruck zu verleihen, damit man anderen keinen Schmerz zufügt, muß man dies als eine edle Beschränkung ansehen. Die meisten Menschen sind wirklich zu selbstsüchtig.«

»Was ist denn Liebe?« fragte Gerald. »Haben wir überhaupt eine Vorstellung davon, was dieses Wort bedeutet? Es wird oft definiert als der Wunsch, das Wohlbefinden des anderen über das eigene zu stellen. Jemanden mehr zu lieben als sich selbst. Ist das denn möglich, abgesehen von der Liebe, die eine Mutter für ihre Kinder empfindet? Ich stimme Robert zu, daß wir alle zu selbstsüchtig sind. Wenn es denn dazu kommt, ist es dann nicht in Wirklichkeit der Wunsch nach Selbstaufgabe und somit die Befriedigung eines selbstsüchtigen Wunsches?«

»Was habt ihr nur alle für empfindliche Gewissen.« Vivien bediente sich an den letzten Resten des Gratin dauphinois. »Als ich mit Johnny Eames, dem Maler, den ihr alle kennt, eine Affäre hatte, versuchte seine Frau fünfmal, sich umzubringen.« Robert stöhnte vernehmlich. »Jedesmal eine andere Methode«, fuhr Vivien fort. »Ihr Haar vor unserem Schlafzimmer in Brand zu stecken, war eine davon. Und ich spreche nicht von dem Haar auf ihrem Kopf. Und einmal hängte sie sich an unseren Laken aus dem Schlafzimmerfenster. Aber der Knoten löste sich, und sie fiel zu Boden und brach sich beide Knöchel. Johnny behauptete, Selbstmord wäre die einzige Form eines künstlerischen Ausdrucks, bei dem sie einige Originalität bewies. Sie schrieb jede Menge schlechter Gedichte, die unter dem vieldeutigen Titel *Das feuchte Laken* veröffentlicht wurden.«

»Hast du denn überhaupt keine Skrupel?« fragte Robert voller Abscheu.

»Ich wüßte nicht, welche Skrupel da angebracht wären. Drei Monate, nachdem ich mit Johnny Schluß gemacht hatte, verließ ihn seine Frau. Sie ist mit einem Mann abgehauen, der erotische Skulpturen aus Spielkarten machte. Er hatte eine Ausstellung mit dem Titel *Pokerarbeit*. Du siehst, nachdem der dramatische Aspekt der Beziehung fehlte, wurde diese ihr langweilig.«

»Mit was für wertlosen Menschen hast du nur deine Zeit verplempert«, sagte Robert und stand auf, um das Geschirr wegzubringen.

»Ich weiß nicht. Einige waren ganz amüsant. Und einige waren klug, und andere sahen gut aus. Offen gesagt, glaube ich nicht, daß moralische Werte bei einem Freund eine furchtbar interessante Qualität darstellen.«

Je mehr sie trank, um so unterhaltsamer wurde Vivien, sie erzählte uns von Parties an der Riviera mit Malern und Schriftstellern und den reichen Gefolgsleuten, die dann die Rechnungen bekamen. Das erinnerte mich an meine Mutter, die so gerne zu Viviens Welt gehört hätte, doch mangels finanzieller Mittel, gesellschaftlicher Stellung und Talent gezwungen war, das gleiche Spiel auf einem sehr viel niedrigeren Niveau zu spielen.

Der rote Bordeaux, den Robert besorgt hatte, war gut, und Gerald sprach ihm begeistert zu. Doch irgendwie blieb er nüchtern und angespannt, und ich gewann den Eindruck, daß er trotz gelegentlicher rhetorischer Höhenflüge aus seiner gedrückten Stimmungslage nicht herausfand. Ich bekam mit, daß Min versuchte, Robert zuliebe ihre Abneigung gegenüber Gerald zu überwinden, aber Gerald wurde durch sie nervös, was ihn gekünstelt auftreten ließ, und das irritierte wiederum sie.

Eleanor und William, die zu ihrer besonderen Freude ihr Abendessen vor dem Fernseher hatten einnehmen dürfen, kamen zum Gutenachtsagen. Gerald holte für jeden von ihnen aus seiner Tasche eine Tafel Schokolade. Ellie schlang die Arme um seinen Hals und gab ihm einen Kuß. Er war offensichtlich ein Freund, dem sie vertraute. Mir fiel auf, daß ihr Doppelkinn ein wenig dünner geworden war. Die Tafel Schokolade war natürlich ein Jammer, aber es war unrealistisch, von ihr zu erwarten, daß sie ganz ohne Süßigkeiten auskam. Noch während mir dies durch den Kopf ging, kam Ellie um den Tisch herum auf mich zu und gab mir die Tafel.

»Ich versuche, schlank zu werden«, flüsterte sie Gerald zu, »und es fällt mir schwer, nicht die ganze Tafel Schokolade auf einmal zu essen. Wenn Diana mir jeden Tag ein kleines Stückchen gibt, schmeckt sie sicher noch köstlicher.«

Ellies Diät hatten wir bisher geheimgehalten, da die Vorstellung, alle zu überraschen, ihren Entschluß zu beflügeln schien. Es war ihr nicht in den Sinn gekommen, daß die Fortschritte irgendwann offensichtlich sein würden. Ich warf Min einen besorgten Blick zu, aber sie lauschte Vivien und hatte nichts gehört. Mein Blick fiel auf Robert. Er betrachtete Ellie mit so viel Liebe, daß sich mir aus irgendeinem unerfindlichen Grund der Hals zuschnürte. Min stand auf, um die Kinder ins Bett zu bringen, doch William protestierte, er sei alt genug, allein ins Bett zu gehen, und die Vorstellung, daß Min auf ihn achtgab, sei so lächerlich, da sie in jeder gefährlichen Situation seine Probleme nur schlimmer machte und eine absolute Nervensäge sei. Ellie wollte wissen, welche Gefahren wohl auf dem Weg die Treppe hoch ins Bett lauern könnten, was aber von William sofort mit den Worten abgeschmettert wurde, daß sie Gefahr lief, über eben diese Treppe von ihm hinabgestoßen zu werden, wenn er sich durch weitere dumme Fragen ihrerseits dazu veranlaßt sähe.

Wegen des Wetters machte sich Gerald um halb elf Uhr auf den Heimweg. Sein Dank fiel verschwenderisch aus, und er hoffte, das Vergnügen zu haben, mit uns allen am Samstag auf dem St.-Lawrence-Ball zu tanzen.

»Es würde ziemlich dumm aussehen, wenn du mit Robert tanzt«, sagte Min lachend.

Gerald lief feuerrot an. Offensichtlich hatten ihn die kürzlich erhobenen Anschuldigungen bezüglich seiner Homosexualität sehr dünnhäutig werden lassen. Glücklicherweise lenkte Vivien uns völlig unbeabsichtigt ab, indem sie sagte, er würde leider nicht mit ihr tanzen können, da ein Abend daheim mit Foxes *Buch der Märtyrer* bei weitem mehr Spaß machte, als sich im Arm langweiliger Schullehrer, deren Smokings nach Mottenkugeln rochen, durch die Aula wirbeln zu lassen.

Robert fuhr Vivien nach Hause, nachdem sie mich für den kommenden Montag zum Mittagessen eingeladen hatte. Er war zurück, noch ehe ich den Tisch abgeräumt und das Geschirr für den Abwasch am Morgen zusammengestellt hatte.

»Insgesamt gesehen war es bis auf ein oder zwei unglückselige Äußerungen meiner Mutter ein gelungener Abend«, sagte Robert. »Der Dank gilt vor allem Ihnen, Diana, für Ihre viele harte Arbeit. Ich werde noch ein Pfund drauflegen, da ich nicht glauben kann, daß der Braten vom Haushaltsgeld bestritten wurde. Nein, bitte nicht, sagen Sie nicht nein. Ich muß schon noch für das Essen in meinem Haus bezahlen dürfen.«

Er runzelte die Stirn, und seine Augenbrauen schossen in beinahe geraden Linien nach oben. Ich nahm das Geld unter Dankesmurmeln und mußte bei dem Gedanken, daß ein Pfund gerade einmal ein Viertel des Preises abdeckte, lächeln.

»Ich denke, es hat ihn aufgeheitert«, fuhr Robert fort. »Ich habe den Verdacht, daß er im Augenblick ziemlich viel trinkt. Beim Mittagessen im Lehrerzimmer roch er nach Whisky.«

»Mir fiel auf, daß seine Hände zittern«, sagte Min. »Ich glaube nicht, daß das schon immer so war. Der arme Gerald! So ein Pech für ihn. Er ist immer so nett zu den Kindern. Dafür verzeihe ich ihm alles. Wenn er nur nicht sein Haar in der Mitte scheiteln und sich so stark parfümieren würde. Es fehlt nur noch eine grüne Nelke.«

»Was zählt das schon, wie jemand aussieht?« wunderte sich Robert irritiert.

»Schatz, wie bist du naiv! Es ist unglaublich wichtig, wie Leute aussehen. Wenn ich an jemanden denke, ist mein geistiges Bild voll und ganz von der körperlichen Erscheinung gefärbt. Es ist so gut wie unmöglich, Aussehen und Charakter voneinander zu trennen, da ersteres eine so große Wirkung auf das letztere hat. Überleg doch zum Beispiel einmal, wie sehr sich das Leben für einen verändert, wenn man auf das andere Geschlecht anziehend wirkt.«

»Ich denke, das ist eine sehr oberflächliche Betrachtungsweise«, erwiderte Robert.

»Die Sache an sich ist oberflächlich«, sagte ich, während ich die Messer in einen Becher mit Wasser stellte, damit sie über Nacht einweichen konnten. »Aber die Auswirkungen sind es nicht. Männer verlieben sich in die einen Frauen, in die anderen aber nicht. Die reizlosen mögen vielleicht besser, klüger, wertvoller sein, aber Männer verlieben sich nicht wegen solcher Eigenschaften. Das gründet sich einzig und allein aufs Aussehen. Glücklicherweise hat es keine großen Auswirkungen darauf, ob die Menschen glücklich sind oder nicht, denn das wäre schrecklich ungerecht.«

»Aber Schönheit ist kein Wert an sich«, warf Robert ein.

»Nun, es gibt unbewußt akzeptierte Modelle physischer Schönheit.« Während ich nachdachte, rieb ich die Wachstropfen von den Kerzenhaltern. »Die Menschen lassen sich im allgemeinen einteilen in solche, die attraktiv und solche, die nicht attraktiv sind, daneben gibt es einige Grenzfälle. Glücklicherweise suchen viele, vielleicht die meisten Menschen, etwas anderes als die romantische Leidenschaft. Man könnte in gewisser Hinsicht sagen, daß die romantische Liebe nur den Gutaussehenden vorbehalten ist. Die nicht Attraktiven müssen auf gemeinsame Interessen und sonstige andere Werte ausweichen. Damit wäre also Mins Gedanke bestätigt.«

Robert lachte plötzlich.

»Ich glaube kein Wort davon. Seien Sie mir nicht böse. Ich habe plötzlich das Gefühl, als ginge mich das alles gar nichts an. Ist wahrscheinlich die Kombination aus Müdigkeit und Alkohol, aber es ist ein gutes Gefühl. Wie finden Sie denn Gerald? Sie scheinen sich gut verstanden zu haben?«

»Ich fand ihn intelligent, freundlich, aufrichtig ...« ich hielt inne und fragte mich, was ich gedacht hatte, »... und er scheint mir der vielleicht unglücklichste Mensch zu sein, der mir je begegnet ist.«

Kapitel 16

Der nächste Tag war Donnerstag. Nach dem Mittagessen luden Min und ich die drei Kuchen und sechs Tüten mit Scones in den Land Rover und fuhren zum Gemeindehaus. Es war ein trübseliger roter Backsteinbau, innen mit jeder Menge abblätternder forstgrüner Farbe gestrichen. Mrs. Eccles löste sich aus der Gruppe und kam auf uns zu.

»Guten Tag. Sie müssen die Freundin von Mrs. Weston sein. Ich weiß alles über Sie.«

Der ungezügelten Neugier in ihrem Blick nach zu schließen, war klar, daß sie Viviens Version vernommen hatte. Ich spürte ihre Enttäuschung, daß ich nicht etwas Fließendes aus rotem Chiffon trug. Die meisten Frauen scharten sich um den Kuchenstand, der sich auch nach meinen begrenzten Erfahrungen mit solchen Dingen immer besonderer Beliebtheit erfreute. Meine Kuchen und Scones wurden angepriesen und bekamen einen herausragenden Platz. Egal wie verzweifelt Min darüber sein mochte, sie war nun einmal die Bewohnerin des größten Hauses der Gegend, weshalb alles, was sie umgab, ein Spur bedeutsamer war. Min und mir wurde die Verantwortung für eine Nebenvorstellung angetragen, die *Wäscheaufhängen* hieß und bei der es darauf ankam, in einer Minute so viele Wäscheklammern wie möglich auf einem Meter Wäscheleine unterzubringen. Wer die meisten schaffte, gewann ein Körbchen mit *Rose du Bois*-Körperpuder und Badesalzwürfeln.

Der Reiz dieses Spiels schien mir doch recht eingeschränkt zu sein. Um ehrlich zu sein, konnte ich mir unmöglich vorstellen, daß jemand sich auch nur für fünf Pence dafür interessierte. Damit lag ich ziemlich falsch. Noch lange Zeit, nachdem der Kuchenstand ausverkauft war (bereits fünf Minuten nach Eröffnung des Basars), stellten sich die Bewohner von Dunston Abchurch in der Schlange fürs *Wäscheaufhängen* an, und Min und ich waren inzwischen ganz heiser vom Anfeuern unserer Favoritinnen. Ich war schon so parteiisch geworden, so entschlossen, daß Miss Mipp, eine Achtzigjährige mit knubbeligen Arthritishänden, den Rose du Bois gewinnen sollte, auf den sie ein verlangendes Auge geworfen hatte, daß ich beim Aufschreiben zu der von ihr erreichten Anzahl noch zehn Klammern hinzufügte. Mrs. Pickles aus dem Dorfladen hatte die meisten Punkte, aber Min berichtete Mrs. Eccles, daß Miss Mipp gewonnen habe. Gegen Ende des Basars, als die Preisgewinner verlesen wurden, bedachte Mrs. Pickles uns mit Blicken, würdig eines Hechts, der eine Elritze verfolgt.

Min hatte durch reines Glück den Wettbewerb *Erraten Sie das Gewicht des Obstkuchens* gewonnen. Genauso gut hätte sie das Gewicht eines Zwergnilpferds raten können. Ich hatte am White Elephant-Stand eine Teekanne erstanden. Sie war aus Knochen-Porzellan, ungeheuer billig und tropfte hoffentlich nicht so sehr wie die, die wir normalerweise benutzten. Min hatte sich am Handarbeitsstand ein gestepptes lachsrosa Taschentuchsäckchen mit Spitzenrand gekauft.

»Ich mußte es kaufen«, erklärte sie, als wir nach Hause fuhren. »Ich erkundigte mich bei Miss Sprockett, die an diesem Stand bediente, wofür, zum Teufel, das gut sein sollte. Sie erklärte mir, es diene der Aufbewahrung von Taschentüchern. Ich sagte, es sähe eher aus, als könne man darin gewagte Unterwäsche aufbewahren ... paillettenbesetzte Strumpfgürtel zum Beispiel. Was ein Scherz sein sollte. Aber sie lief rot an und blies sich auf wie ein Frosch und meinte, sie hätte es genäht. Danach mußte ich natürlich zehn Shilling blechen. Leider besitze ich gar keine Taschentücher. Und nachdem ich so großzügig gewesen war, sagte die gemeine alte Schachtel doch glatt mit bösem Blick, daß sie sich nach dem unerfreulichen Schock im letzten Jahr diesmal gar nicht an den Stand für Eingemachtes heranwagte.«

Beim Tee gingen wir den Basar noch einmal in einigen Einzelheiten durch und brachten Robert zum Lachen. Am Stand für Heim und Schönheit hatte ich für Ellie scheußliches rosa Badesalz gekauft und am Spielwarenstand eine Schachtel Pastellkreiden für William, die kaum gebraucht und von so guter Qualität waren, daß ihr Wert bei weitem die zwei Shilling Sixpence, die ich dafür gezahlt hatte, überstieg. Am Stand für Agrarprodukte hatte ich Geranienableger gekauft, die köstlich duftende Blätter hatten.

»Schon seltsam, wie beliebt so etwas ist«, grübelte ich und meinte damit den Basar. »Lauter rechthaberische Frauen und atemberaubende Scheußlichkeiten, doch es entwickelt sich ein Gemeinschaftsgefühl, das durchaus seinen Reiz hat.«

»Daze hatte wieder ihren *Miss Read*-Blick«, erklärte Min. »Sie kann alles brauchen, das Gebabbel der barfüßigen zerlumpten Kinder, alte Männer, die, auf knorrige Stöcke gestützt, auf dem Dorfanger unter dem Kastanienbaum vor sich hin brummeln, die Funken der Schmiede, wenn Job, der stattliche, muskulöse Dorfschmied ...« Sie kam nicht weiter, da ich ihr mit einem Stück Früchtekuchen drohte.

Am Samstag schliefen wir alle lang. Als ich herunterkam, hatten sich die Kinder schon ihr Müsli genommen, und ich konnte sie durchs Fenster mit Besen und Eimern herumtollen sehen. Am Abend war beim Essen geplant worden, das Bootshaus von allen Spinnweben, Abfällen und trockenen Blättern zu befreien, damit wir anfangen konnten, es einzurichten. Ich ging nicht davon aus, daß sie lange durchhalten würden. Die Vorstellung, etwas in Angriff zu nehmen, ist im allgemeinen sehr viel fesselnder als die Arbeit selbst. Ich hielt es für eines der Privilegien der Kindheit, Ideen ohne deren beschwerliche Folgen mit aller Aufregung frönen zu können; eine Art Ausgleich dafür, ansonsten ständig Anweisungen erteilt zu bekommen.

Es war eine erfreuliche Überraschung, als sie mich zwei Stunden später holten, damit ich ihr Werk begutachtete. William hatte die Dachsparren von den Spinnweben befreit, und Ellie hatte die Fensterbänke abgestaubt und den Fußboden gewischt. Ich fragte sie, was sie mit all dem Abfall getan hatten. Stolz zeigten sie aus dem Fenster. Ich blickte hinaus und sah auf der zugefrorenen Seeoberfläche einen Haufen aus Blättern und Zeitungsfetzen, in dem die Enten herumwatschelten und anscheinend nach Spinnen Ausschau hielten. Es war nicht schlimm. Sobald es taute, würde alles verschluckt werden. Ellie rannte zurück zum Haus, um Brot für die Enten zu holen, während ich die Fenster ausmaß. Die Wände würde man streichen müssen. Sobald ich wieder nach Great Swosser kam, wollte ich mir von Mr. Ransome eine Farbkarte ausleihen, damit Ellie wählen konnte. Wir hatten jetzt Februar. Die Chancen, daß es bis zu Ellies Geburtstag in ein paar Wochen wärmer werden würde, standen gut, und das Ausmalen der Hütte wäre dann einfacher. Ich schrieb gerade die Maße auf, als ich Ellie schreien hörte.

Ich ließ meinen Stift fallen und rannte hinaus. Ellie kam über den Abhang auf mich zugerannt, den Mund weit aufgerissen. Die Tränen kollerten ihr über die Wangen. Ich nahm sie in die Arme.

»Er hat's getan! Er hat sie ersäuft! Bootys Kätzchen!« Der Kummer überwältigte sie, und sie brachte kein Wort mehr heraus.

»Was ist denn los, El?«

William war mir gefolgt, weil die Qual seiner Schwester ihn wohl aus seiner üblichen Unbekümmertheit gerissen hatte.

»Kümmere dich um sie«, sagte ich. »Ich werde mir diesen Mann vorknöpfen!«

Ich legte den Weg hoch zum Haus und hinüber zur Scheune so schnell zurück, daß ich keuchte, als ich bei der Getreidetonne ankam. Sie war leer, bis auf zwei Teller, an denen die Reste von Bootys Frühstück klebten. Ich ging nach draußen. Vor dem Scheunentor stand ein Eimer. Ich nahm alle Kraft zusammen und sah hinein. Der Boden war ein oder zwei Zentimeter hoch mit Wasser bedeckt, enthielt aber keine triefnassen Fellknäuel. Plötzlich bog George Pryke leibhaftig um die Ecke und schob die Schubkarre vor sich her, die er von mir bekommen hatte. Offenbar hatte er diese benützt, um sie wegzubringen und zu begraben. Der Anblick der Schubkarre reichte, um meine Wut richtig anzustacheln. Ich lief auf ihn zu.

»Was haben Sie gemacht! Ich habe Ihnen gesagt, daß sie nicht ertränkt werden! Es war grausam! Unverzeihlich! Wie konnten Sie das tun!«

George fuhr sich mit der Zunge über die Oberlippe und fing zu glucksen an.

»Ich bekomm' meine Anweisungen von Mr. Weston. Laß mir doch von 'nem Weiberpack nichts sagen.«

»Wenn das so ist, dann bekomme ich die Schubkarre zurück!«

Ich packte die Schubkarre am Rand und begann an ihr zu ziehen.

»O nein, das tun Sie nicht!« sagte George, packte sie nun seinerseits fest am Griff und zog. »Diese Schubkarre hier gehört mir!«

»Nein, sie gehört Ihnen nicht mehr! Sie haben sich nicht an unsere Abmachung gehalten! Lassen Sie los! Sie Schwein!«

Gerade als wir einander anschrien und um die Schubkarre kämpften, kamen Ellie und William um die Ecke. Ellie rannte zu mir und versuchte, mir beim Wegziehen der Schubkarre zu helfen. Gorge Pryke hatte offenbar seinen Spaß, denn er grinste und grunzte, und seine Zunge kreiste wie verrückt hin und her.

»Sie Mistkerl!« kreischte ich völlig außer mir vor Wut, die Tränen liefen mir jetzt übers Gesicht. »Am liebsten würde ich Ihren Dickschädel in den Eimer tauchen und ihn ersäufen wie diese armen ... kleinen ...«

Ich schluchzte und spürte dann ein Paar Arme um meinen Körper und hörte Roberts Stimme, die mir ins Ohr sagte: »Ist doch alles gut, Daze! Ist doch gut! Keiner hat die Kätzchen ertränkt. Kommt jetzt alle, beruhigt euch. Ellie, laß die Schubkarre los!«

Erstaunt blickte ich Robert an.

»Die Mutterkatze hat sie selbst verschleppt«, fuhr Robert

fort, ließ mich los und streichelte Ellies Kopf. »Ich habe sie vor einer knappen halben Stunde gesehen, wie sie eins nach dem anderen in den Kuhstall brachte. Kommt mit, seht es euch an, ich zeige es euch.«

Wir folgten Robert in den nicht benutzten Kuhstall. Dort lag Booty in einer Krippe mit modrigem Heu und leckte ihre Jungen. Sie sah zu uns hoch, und als sie Ellie erkannte, miaute sie. Noch immer weinend beugte Ellie sich hinab und küßte sie leidenschaftlich ab. Robert hob eines der Kätzchen hoch und streichelte es mit einem Finger, der neben dem sich windenden roten Körper lächerlich groß wirkte.

»Ist das nicht wunderbar?« sagte er und lachte, als Booty nach ihm spuckte. »Der Instinkt der Mutter, sich um die Jungen zu kümmern.«

Er legte das Kätzchen zurück in die Krippe.

»Ich habe mich selbst zum Narren gemacht«, sagte ich verlegen. »Ich sollte mich wohl am besten bei George Pryke entschuldigen. Warum hat er denn nicht gesagt, daß er sie gar nicht ertränkt hat?«

»Machen Sie sich deswegen keine Sorgen. Wenn es wirklich so gewesen wäre, hätte ich mich auch sehr darüber aufgeregt. Ich nehme an, er hatte seinen Spaß an der ganzen Aufregung.«

»Aber Daddy! Er ertränkt sie doch immer!« schluchzte Ellie und sah ihn durch ihre nasse Brille an. »Er behauptet, du würdest ihm das befehlen!«

»Glaubst du denn wirklich, ich würde so etwas anordnen? Erinnere dich doch bitte, daß ich dich, als du klein warst, immer angehalten habe, die Kaulquappen und Marienkäfer und Raupen wieder dahin zurückzubringen, wo du sie gefunden hattest.«

»Ich weiß, daß du wütend auf mich warst, wenn ich einen Schmetterling getötet habe«, sagte William gerührt.

»Dann hättest du doch wissen müssen, daß ich George nie befohlen habe, die Katzenjungen zu ertränken. Du hättest mehr Vertrauen in mich haben sollen, Ellie. Ich werde mit ihm sprechen.«

Er ging hinaus auf den Hof, während wir um die Krippe herumstrichen und Booty gar nicht mehr zur Ruhe kommen ließen. Am späteren Vormittag traf ich George am Komposthaufen. Als er mich kommen sah, stieß er seine Gabel in den Haufen und sah mich mit in die Hüften gestemmten Armen grinsend an.

»Ich muß mich entschuldigen, Mr. Pryke«, ich hätte am liebsten sein Gesicht in den Haufen gedrückt, »ich habe leider die Beherrschung verloren.«

»Beim nächst'n Mal sollt'n Sie vielleicht erst mal die Fakten prüf'n, 'vor Sie die Leute beschimpf'n«, sagte er, und seine Augen wurden zu gemeinen Schlitzen.

»Ja, ich habe das falsch gesehen. Tut mir leid.«

Es brachte mich zwar fast um, aber ich mußte das jetzt durchstehen.

»'n andrer würd' kündig'n, wenn man ihn 'n Schwein nennt. Und 'nen Mistkerl. Überrascht mich, daß junge Damen solche Worte kenn'n.«

»Nun, das habe ich im Zorn gesagt. Wir vergessen das am besten«, sagte ich und wandte mich zum Gehen.

»Was würde'n aus Mr. Weston, wenn ich kündig'n tät'?«

Ich versagte mir die naheliegende Antwort. Es brachte nichts, noch einen draufzusetzen.

»Sie könnt'n 's natürlich wieder gutmach'n, wenn Sie woll'n. Die Frau is' immer noch im Krankenhaus. Da wird'n Mann leicht einsam. So'n hitziges Frauenzimmer wär' da schon was.«

»Ach, um Himmels willen!« Dazu hätte Vivien jede Menge sagen können. »Behalten Sie Ihre grauenhaften Anzüglichkeiten bitte für sich, oder ich werde Mr. Weston davon in Kenntnis setzen!«

George leckte sich seine Lippen sehr bedächtig, die Bosheit stand ihm in die Augen geschrieben.

»Wie ich so mitkrieg', is' auch Mr. Weston ganz schön scharf. Warum soll er den ganzen Spaß für sich allein hab'n?«

Plötzlich zog er eine Hand heraus und packte mich. Ich entkam seinen ausgestreckten Fingern und rannte zurück zum Haus. Robert war in der Küche und sprach mit Ellie. Er sah, daß ich wütend und ziemlich außer Atem war.

»Was ist los? Hatten Sie noch mal Streit mit ihm?«

»Ja. Ist egal.« Ich wollte vor Ellie nicht darüber sprechen.

»Ich mache mit dem Mittagessen weiter, wenn ich hier nicht störe.«

Als ich gekocht hatte und alles aufgegessen war, hatte ich mich wieder einigermaßen beruhigt. Ich nahm Mins Verband ab. Die Verletzung heilte sehr gut. Es kam genug neue rosa Haut nach, und sie sagte, es täte ihr kaum mehr weh.

»Ich bin so froh, daß diese Amerikaner dein Haus gemietet haben, so daß du nicht weg kannst, obwohl es meiner Hand fast wieder gut geht. Aber du mußt jetzt an deine eigene Arbeit denken.«

Ich wußte, daß sie recht hatte. Ich nahm *Nachtmahr-Abtei* mit hoch in mein Zimmer, um in aller Ruhe ein bißchen zu lesen, fiel aber nach zwei Seiten in tiefen Schlaf.

Zur St.-Lawrence-Schule fuhren wir im Morris Traveller, der zwar weniger Platz bot als der Land Rover, aber nicht so schmutzig war. Muriel und die Kinder aßen vor dem Fernseher Bohnen und Fischstäbchen. Ich stellte an diesen Abend keine großen Erwartungen, aber Min schien sich regelrecht davor zu fürchten.

Das Schulgebäude war aus dem frühen neunzehnten Jahrhundert und ein überraschend ansehnlicher Bau, wenn auch die üblichen Anbauwucherungen und Pavillons auf dem Gelände das Bild störten. Die Aula befand sich im Hauptgebäude und mußte früher einmal ein schöner Raum gewesen sein, bevor man die Wände mit Holztafeln, auf denen die Schulsprecher und die Rugbykapitäne aufgelistet waren, zugehängt hatte. Am einen Ende hatte man eine große, häßliche Bühne aufgebaut. Es gab viel Platz, und inmitten der Tische war eine Tanzfläche ausgespart. Im ganzen Gebäude roch es intensiv nach Bohnerwachs, Desinfektionsmittel und Chicorée. Wir wanderten mit unseren Weingläsern durch das Wohnzimmer des Direktors, bis uns der Gong zum Abendessen rief.

Robert und ich saßen an einem Tisch, aber zu weit voneinander entfernt, um uns unterhalten zu können. Ich saß zwischen einem kleinen dicken, kahlköpfigen Mann, der Mathematik unterrichtete, und dem Finanzverwalter der Schule.

Letzterer, der mich bat, ihn Alastair zu nennen, war ein Major im Ruhestand und redete pausenlos. Alles was er sagte, beendete er mit einem Glucksen, das meine Antworten, denen er ohnehin nicht die geringste Beachtung schenkte, wirksam verschluckte. Sein rundes rosa Gesicht wurde durch das Trinken immer feuchter und glänzender, bis feine Tropfen es wie Kristallperlen überzogen. Er zog sein Taschentuch hervor und wischte sich ab, verrieb jedoch damit die Tropfen nur zu einem glänzenden Überzug.

Seine Reisen mit der Armee lieferten ihm ein unerschöpfliches Repertoire an Geschichten, die ich mir gerne anhörte. Seiner Vorstellung nach kam ich aus der Mittelschicht, war nett, ungebildet, wählte die Konservativen, gehört der Kirche von England an und war mit meinem Los zufrieden. Offensichtlich entsprach dies dem Bild, das er von allen anderen auch hatte. Für eine entspannte, wenn auch wenig anregende Unterhaltung reichte es. Ein wenig zögerlich wandte ich mich dem Mathematiker namens Gordon zu, allem Anschein nach ein schwieriger Mensch.

Gordon schien entmutigt zu sein, als er erfuhr, daß ich keine Kinder hatte. Im Gespräch mit Frauen war dies anscheinend das einzige Thema, bei dem er sich sicher fühlte. Ich fand heraus, daß er selbst vier Kinder hatte. Wir gingen Alter, Geschlecht, Schulen, Musikstunden, Veranlagungen, Stärken (sehr viele), Schwächen (kaum) und ihre körperlichen Fortschritte durch, sowie die Angst, die er hatte, weil seine Söhne so klein waren.

»Wissen Sie«, vertraute er mir an, und in seiner Glatze spiegelte sich das Kerzenlicht, »ich habe als Junge ziemlich gelitten, weil ich klein war. Sie werden es nicht glauben, wenn Sie mich heute sehen, aber ich war der Kleinste in der Klasse, und das war sehr schmerzlich für mich.«

Ich sagte natürlich nicht, daß ich mir das gut vorstellen konnte, da ich, wenn er stand, auf seinem kahlen Kopf leicht mein Kinn hätte ausruhen können, wenn ich gewollt hätte. Ich riß statt dessen die Augen weit auf und blickte ihn voller Mitgefühl an.

»Ich hätte meine Stellung als Klassenerster freiwillig für zehn zusätzliche Zentimeter Körpergröße aufgegeben. Für eine Frau ist das vielleicht schwer verständlich, aber als Mann fühlt man sich durch mangelnde Größe ernsthaft gedemütigt.«

»Ich kann das verstehen«, beruhigte ich ihn. »Würden Sie eine Frau fragen, ob sie lieber schön und beschränkt oder klug und häßlich sein möchte, wird sie mit Sicherheit ersteres wählen. Ich selbst auch. Schockierend, nicht wahr?«

Ich mußte lächeln, weil mir mein Gespräch mit Robert und Min über die Wichtigkeit des Aussehens wieder einfiel. Hier hatten wir unseren Streitpunkt als anschauliches Beispiel. Min hatte recht. Robert war in vieler Hinsicht naiv.

»Doch mir ist ein wahres Wunder passiert«, fuhr Gordon fort. »Ich bin in Cambridge meiner späteren Frau begegnet und gleichzeitig ein paar Zentimeter gewachsen.«

»Ist Ihre Frau heute abend auch hier?« fragte ich und überlegte, was das für eine Frau sein mochte, deren Bewunderung einen Mann gleich in die Höhe schießen ließ.

»Ja. Dort drüben. Im braunen Kleid. Sie sieht gerade her.«

Er winkte einer Frau am Nachbartisch zu, deren riesige Schneidezähne und die starken Brillengläser das Licht wie ein Leuchtfeuer, das die Ankunft der Franzosen signalisiert, zu uns herüberlenkten. Er erzählte mir alles über seine Frau, während wir uns mit den Brüsten eines harten, trockenen Hühnchens herumschlugen, das von einer nicht näher zu definierenden, aber sowohl in Konsistenz und Süße verblüffend an Grieß erinnernden Sauce bedeckt war. Dazu gab es sehr feuchten Chicorée. Beim Nachtisch – bröckeliger gelber Rührkuchen mit Kirschen aus dem Glas und Eiscreme – unterhielt ich mich wieder mit Alastair, dessen Gesicht inzwischen an eine Grottenwand mit herabplätschernden Bächlein erinnerte. Er erzählte mir alles über die verschiedenen Fiaskos, mit denen seine Einheit zu kämpfen gehabt hatte, während er mit der britischen Armee in Ägypten geweilt hatte.

In mir machte sich jenes Gefühl der Anstrengung breit, das mich befällt, wenn ich beim Konversationsspiel kein aktives Blatt spiele, sondern nur bediene. Es war eine Erleichterung, als die Musiker auf der Bühne zu spielen anfingen, wenn die Band auch nicht gerade gut war. Der Finanzverwalter packte mich sofort, und wir waren die ersten auf der Tanzfläche. Zum Glück konnte er tanzen, wenn er einen dabei auch hin und her schob und aufprallen ließ, daß die Waden weh taten. Seine linke Hand war sumpfig, und seine rechte brannte mir heiß auf dem Rücken. Er lenkte mich zielsicher über die Tanzfläche und hielt mich so fest, als glaubte er, ich würde ihm abhauen. Ich nahm an, daß er häufig mit den betrunkenen Frauen der hohen Tiere hatte tanzen müssen, und kein Risiko eingehen wollte, daß seine Partnerin plötzlich umkippte.

Gordon und seine Frau gesellten sich zu uns auf die Tanzfläche und hüpften Wange an Wange herum. Der Finanzverwalter brachte mich zu meinem Platz zurück und entfernte sich dann, um sich mit einem Elternteil zu unterhalten. Robert saß am anderen Ende des Tisches und führte ein Streitgespräch mit einer Frau, die mehr von dem Nuits St. George gekippt hatte, als ihr gut tat. Sie legte ständig ihre Hand auf Roberts Arm und starrte ihn unverwandt an. Offensichtlich wurde ihm die Situation zunehmend lästig. Min saß an einem anderen Tisch, und ich konnte gerade einmal den oberen Teil ihres Kopfes sehen. Ich sah mich um und bekam Blickkontakt mit einem jungen Mann. Er hob sich von der übrigen Abendgesellschaft ab, zum Teil deshalb, weil er der einzige war, der keinen Smoking trug. Er hatte statt dessen einen zerknautschten Cordanzug an, dazu eine große gelbe Fliege. Er trug sein Haar lang und gerade und wirkte höchst unzufrieden. Er unterhielt sich nicht mit seinen Nachbarn, sondern starrte mich übellaunig an. Ich wandte meinen Blick ab und sah Gerald, der sich zwischen den Tischen hindurch seinen Weg zu mir bahnte.

»Diana! Was für ein schönes Kleid! Erfreuen Sie mein Herz und wirbeln Sie mit mir über diese alberne kleine Tanzfläche.«

Gerald tanzte langsam und schlurfend, was einige Konzentration erforderte. Wir unterhielten uns vergnügt über London und unsere Lieblingsrestaurants. Dann kamen wir auf unsere Lieblingsbücher zu sprechen. Es war ein anspruchsloses Gespräch, in dessen Verlauf wir viele gemeinsame Vorlieben entdeckten. Er war eindeutig entspannter und weniger geziert als neulich auf Weston Hall. Wir blieben für den nächsten Tanz auf der Tanzfläche, und ich wollte mich gerade fröhlich damit abfinden, mich für den Rest des Abends ziellos mit Gerald im Kreis zu drehen, als sich uns eine Frau näherte und Gerald dreist einen Klaps auf den Arm gab.

»Kommen Sie und unterhalten Sie sich mit Mrs. Buchanan«, fuhr sie ihn an, ohne mich wahrzunehmen. »Sie redet von einer Spende für den Bibliotheksfond.«

»O Gott! Diese Umstandskrämerin!« flüsterte Gerald mir zu, als er mich zurück zu meinem Tisch brachte. »Ich würde gerne wieder mit Ihnen tanzen, wenn ich das unter Dach und Fach gebracht habe.«

Robert unterhielt sich noch immer mit derselben Frau, die inzwischen aufgrund ihrer Alkoholvergiftung schon fast schielte. Robert schien in der Täuschung zu leben, ein aufmerksames, verständnisvolles Publikum zu haben, denn er führte seine Argumente sehr eindringlich aus, sog sie sich regelrecht aus den Fingern. Jemand berührte meine Schulter. Es war der schlecht gelaunte junge Mann, der mich zuvor angestarrt hatte.

»Wollen Sie tanzen?« fragte er sehr lässig.

Wir drehten eine Runde über die Tanzfläche, sehr zum Schaden meiner Schuhe, denn er war kein guter Tänzer. In der nächsten Runde klappte es schon besser.

»Tut mir leid«, entschuldigte er sich wenig überzeugend. »Ich habe nie tanzen gelernt. Ich dachte, das sei schon Erinnerung. Nie habe ich so viele ausgestorbene Spezies gesehen.«

Er erklärte mir, daß er der neue Lehrer für Kunsterziehung sei. Es war sein erster Job nach dem Studium, und er verabscheute ihn.

»Hier weiß doch keiner mehr, worauf es wirklich ankommt. Sie denken, das Leben beginnt und endet mit der Ausbildung an einer Privatschule. Und dies hier ist noch dazu eine sehr drittklassige Privatschule. Und was die den Jungs hier beibringen! So 'ne Scheiße wie Shakespeare. Ich bitte Sie!«

Ich erwiderte, daß ich Shakespeare immer für einen ziemlich guten Schriftsteller gehalten hatte, und was er denn an ihm auszusetzen hätte?

»Er ist tot, das ist das Problem! Sie haben hier nie irgend etwas von den großen lebenden Dichtern gelesen. Ginsberg,

Corso, William Burroughs. Wahrscheinlich haben Sie noch nicht einmal von ihnen gehört?«

Er sah über seine Nase auf mich hinab, die Augenlider schwer vor Desillusion.

»Aber ja, das habe ich. Wie nannte man das noch mal, was Ginsberg da in einem Hotelzimmer Unaussprechliches mit einem Besenstil an sich vollführte? Und ich nehme an, daß jeder *The Naked Lunch* gelesen hat? Das ist doch jetzt ziemlich überholt, oder?«

Der junge Mann, der bezeichnenderweise Storm hieß, machte ein verblüfftes Gesicht. Ich erzählte ihm nicht, daß ich Horden junger Männer mit den gleichen Ansichten und dem gleichen Haarschnitt unterrichtet hatte, die alle fürchterliche Anfälle von Übellaunigkeit und Wut hatten. Ich hatte die von ihm erwähnten Autoren gelesen, um mich mit ihren Göttern vertraut zu machen. Shakespeare war ihnen, offen gesagt, haushoch überlegen. Storm drückte mich ein wenig fester – eine Reisegefährtin in einer Welt von Banausen. Er war ein sehr gutaussehender junger Mann. Ich fand es nur schade, daß er kaum älter zu sein schien als William.

»Das wird trotzdem noch ein ganz schöner Abend«, flüsterte er mir ins Ohr.

Da war ich mir nicht so sicher. Er gab die konventionelle Tanzhaltung auf und legte beide Hände auf meine Schultern, und zwar so berechnend, daß man auf uns aufmerksam werden mußte.

»An welchem Gemälde arbeiten Sie zur Zeit?« wollte ich wissen und drehte mein Gesicht weg, damit ich seine Haare nicht in den Mund bekam.

Er lachte bitter und fing an, mir den Nacken zu streicheln. Ich war mir sicher, daß andere Mitglieder des Lehrkörpers dies ziemlich bald mitkriegen würden, was ihm bestimmt nicht förderlich war.

»Ich habe die Malerei aufgegeben. Das ist doch bloß verkrampfte, elitäre Mythologie. Ich bin nur noch an der reinen Aussage interessiert. Was ist?«

Unbewußt hatte ich aufgeseufzt.

»Nichts. Nur ... macht das denn jemand im Augenblick?«

»Andauernd. Ständig pinkelt ein Tramp in den Straßengraben ... das ist eine Aussage.«

Er lachte wieder sein bitteres Lachen.

»Nun, für mich klingt das ziemlich langweilig und wenig aussagekräftig.« Ich versuchte, ihn davon abzubringen, am obersten Häkchen meines Kleids herumzufummeln. »Ich glaube, ich würde mich jetzt gerne hinsetzen.«

»Ja, gehen wir doch hoch auf mein Zimmer. Wir könnten uns einen Joint reinziehen. Und vielleicht bumsen. Oder sind Sie dazu zu bieder?«

Er sah mich auf seine aufreizend launische Art an. Mir kam der Gedanke, daß er weder vom Alter noch vom Temperament her in die Welt paßte, in der er sich befand, und wahrscheinlich zutiefst unglücklich war.

»Ja, ich bin zu bieder«, sagte ich leise. »Und Jungs sind nicht nach meinem Geschmack.«

»Sie haben ja eine ziemlich hohe Meinung von sich«, sagte er und errötete wütend. »Für Frauen, wie Sie eine sind, gibt es einen Namen.«

»Diana! Das ist doch unser Tanz?«

Robert hielt mich im Arm, und wir entfernten uns im Quickstep. Meine Gedanken flogen für einen Augenblick zu dem Abend vor fünfzehn Jahren zurück, als Hugh Anstey mich vor dem widerwärtigen Bunny gerettet hatte. Die Personen waren andere, mich eingeschlossen, aber das Gefühl der großen Erleichterung war dasselbe.

»Ist Ihnen der Kollege lästig geworden? Er ist ein ziemlicher Narr. Ich glaube kaum, daß er den Kurs durchsteht.«

»Er ist wirklich noch ein Baby. Ich glaube, ich war ein bißchen unfreundlich.«

»Das hat er sicher verdient. Ich habe gesehen, wir er Ihren Nacken betatschte. Kaum die passende Situation. Ich glaube, die Frau, neben der ich saß, war betrunken. Jedenfalls rutschte sie vom Stuhl und schlug sich den Kopf an. Ich konnte ihr entkommen, während die anderen mit Heftpflaster herbeigeeilt kamen. Was für ein Abend! Tut mir leid, daß ich Sie da hineingezogen habe. Es scheint noch schlimmer zu sein als sonst.«

»Das macht nichts«, sagte ich lächelnd und fand langsam Gefallen an allem, denn Robert war zu meiner Überraschung ein guter Tänzer.

»Wir dürfen das nicht zur Gewohnheit werden lassen«, sagte Robert plötzlich.

»Was?«

»Oh, nichts. Tut mir leid, das war unüberlegt.« Er sah auf mich hinab und lächelte freundlich. »Arme Daze. Sie haben sich geärgert.«

Auf einmal wußte ich, daß er damit hatte andeuten wollen, daß er mich schon zum zweitenmal an diesem Tag in seinen Armen hielt. Es war eine für Robert so unübliche Bemerkung, daß sie mich überraschte. In Gedanken hatte ich Robert immer mit asexuellen männlichen Symbolen wie dem Nikolaus oder einem Onkel verbunden. Seine Worte erstaunten mich so, als hätte mich der Mann von der Prinzenrolle mit einem mehligen Händedruck bedacht. Natürlich war mir aufgefallen, daß er ein gutaussehender Mann war, genauso, wie ich die feine malzfarbene Schnitzerei an einem karolingischen Stuhl zur Kenntnis nehme. Kaum hatte ich dies gedacht, verdächtigte ich mich sofort der Unaufrichtigkeit.

»Die arme Ellie hat die ganze Sache arg mitgenommen«, fuhr Robert fort. »Als ich mit ihr darüber sprach, dachte ich, ihre Gefühle in bezug auf George und das Ertränken der Kätzchen würden sich zur Phobie ausweiten. Oder sollte ich besser Trauma sagen?«

»Da haben Sie sicher recht. Ich denke, das kommt bei Kindern viel öfter vor, als wir mitbekommen. Die Eindrücke sind so lebendig, und es fehlt ihnen an Erfahrung oder Fähigkeit, sich davon zu lösen.«

»Sie sind sehr gut zu ihr.«

»Ich bin überaus begeistert von ihr.«

Wir machten eine sehr stilvolle Rückwärtsbewegung, und ich sah eine Frau, die an einem der Tische nahe der Tanzfläche saß und uns ihre ganze Aufmerksamkeit schenkte. Sie war um die Dreißig, auf eine etwas blasse Art ziemlich hübsch, mit hellen Locken und einem geblümten Kleid. Sie fing meinen Blick auf, errötete und sah weg. Doch schon nach ganz kurzer Zeit starrte sie uns wieder an, jedenfalls Robert. Ihr Blick war sehnsuchtsvoll, und plötzlich stellte sich bei mir die Verbindung her.

»Sehen Sie jetzt nicht hin«, sagte ich zu Robert, »aber Ihre Miss Mingot sieht Sie an, als wollte sie Sie einwickeln und mit nach Hause nehmen. Sollten Sie sie nicht zum Tanzen auffordern?«

»Mist!« Er steuerte uns zu einem anderen Teil der Tanzfläche. »Ganz gewiß nicht. Ich möchte ihr keinen Anlaß geben zu glauben, daß auch nur im entferntesten die Möglichkeit... tut mir leid, daß klingt häßlich eingebildet. Sie wissen aber, was ich meine.«

»Ja, ich weiß. Armes Mädchen! Und ich möchte wetten, daß sie sich wochenlang ausgemalt hat, daß Sie sie auffordern könnten. Glauben Sie nicht doch, daß Sie ihr ein paar Minuten Glück gönnen sollten ...?«

»Jetzt ist es aber gut, Daze. Sie haben heute frei, denken Sie daran. Die Angelegenheiten der Westonfamilie sollen sich für Sie einen Abend lang zum Teufel scheren.«

»Sie tadeln mich zu Recht. Ich werde langsam furchtbar rechthaberisch.«

»Habe ich Sie verletzt?«

Ängstlich blickte er mich an. Seine Augen waren sehr dunkel, wie die von Vivien.

»Kein bißchen.«

Und ich war es auch nicht. Schon zum drittenmal hatte er mich Daze genannt. Dann hörten wir auf, uns zu unterhalten, denn wir kamen an der Bühne mit der Band vorbei, und dort war es zu laut, um sich zu verständigen. Wir tanzten schweigend weiter. Er tanzte so gut, daß wir über den Fußboden schwebten, als glitten wir über Glas. Die Stille war sehr angenehm. Es müssen drei oder vier Tänze gewesen sein, wobei wir nicht einmal innehielten, wenn die Musik Pause machte, und plötzlich spielten sie *Auld Lang Syne*. Da waren wir gezwungen, uns alle in einem großen Kreis an den Händen zu fassen, und, wie üblich, sahen wir alle sehr albern dabei aus. Wir verabschiedeten uns von Gerald und fuhren zurück nach Weston Hall.

»Arme Daze«, meldete sich Min vom Rücksitz des Morris. »War es denn einigermaßen auszuhalten? Hast du gesehen, wie Ginevra Yorke bewußtlos hinausgetragen wurde? Ihr Kleid war zerrissen, und ihr armer Mann hat versucht, sie mit seinem Mantel zu bedecken. Ihr Kopf war mit Heftpflaster bedeckt. Sie saß neben dir, Robert. Euer Geplauder scheint sich verheerend ausgewirkt zu haben.«

»Das hatte nichts mit mir zu tun«, entrüstete sich Robert. »Diese unglückliche Frau war betrunken. Ich tat mein Bestes, sie über Kennedy und die Schweinebucht aufzuklären. Sie war der Meinung, daß sich der Begriff *Schweine* auf die Kubaner bezog. Sie sagte, sie empfinde es als ziemlich aufrührerisch, so über sie zu reden. Ich bitte euch!«

»Schatz! Die arme Frau! Du mußt sie furchtbar gelangweilt haben. Kein Wunder, daß sie sich aufs Trinken verlegt hat.«

»Überhaupt nicht!« In der Dunkelheit klang Roberts Stimme gereizt, und ich mußte lächeln. »Sie sagte immer wieder, wie interessant das sei. Das war in der Tat das einzige, was sie sagte. *Wie interessant. Erzählen Sie weiter.* Wenn jemand das Recht gehabt hätte, sich zu langweilen, dann ich. Sie war die stumpfsinnigste Frau, die mir seit langem begegnet ist.«

»Das sagst du über alle Frauen, die neben dir sitzen, mein Schatz.«

»Mag sein. Jedenfalls kam mir die noch dümmer vor als der Rest zusammengenommen.«

»Das war aber doch kein Grund, ihr das Kleid vom Leib reißen zu wollen.«

»Gütiger Gott, das wäre wirklich das allerletzte, was ich gewollt hätte! Ich mußte mir ohnehin schon mehr von ihrer Unterwäsche anschauen, als mir lieb war. Ständig rutschten ihr die Träger von den Schultern. Sie schien mit ihren Kleidern überhaupt nicht zurechtzukommen.«

Sowohl Min als auch ich prusteten los vor Lachen.

»Lassen andere Männer sich denn von Korsetts erregen? Das hört sich aber stark nach Jahrhundertwende an.«

Den Rest des Heimwegs stellten wir darüber Spekulationen an.

Kapitel 17

Am nächsten Morgen, dem Sonntag, prasselte heftiger Regen gegen mein Fenster, als ich wach wurde. Ein verdrießlicher Himmel hielt die Landschaft im Dämmerlicht gefangen. Die Bäume waren wieder kahl, und der Schnee hatte die bedrückende Farbe von Schimmel angenommen. Es war ein Tag für Bücher und Kaminfeuer. Sobald ich den Frühstückstisch abgeräumt hatte, zündete ich im Wohnzimmer den Kamin an, damit es nach dem Mittagessen warm genug sein würde, um sich darin aufzuhalten. Ich bereitete Gemüse vor, machte eine Schokoladenmousse, die ich mit dem Saft einer Bitterorange verfeinerte, wie von meiner Lehrmeisterin befohlen, deren Buch schon auseinanderzufallen begann. Sobald ich nach Hause zurückkehrte, würde ich Horace ein neues Exemplar zukommen lassen. Wenn ich daran dachte, so schien mein Zuhause sehr viel weiter entfernt zu liegen als auf der anderen Seite Englands. Es hatte etwas von seinem bisherigen Zauber verloren. Vielleicht war das auch gut so, da ich noch zwei weitere Wochen auf Weston Hall bleiben mußte. Ich schob die Lammkeule in den Herd und beschloß, Peter einen Brief zu schreiben.

Nach so langen Jahren der Freundschaft gab es nicht mehr viel, was wir einander verschwiegen. Ich erzählte ihm alles über Min, und wie glücklich ich war, mit ihr zusammenzusein. Ich beschrieb Weston Hall, seine schönen und seine dunkleren Seiten. Ich erzählte ihm ein wenig über Ellie und William und berichtete in allen Einzelheiten über meine Beziehung zu Charles, so weit sie eben gediehen war, da Peter, wie ich wußte, ein unheilbarer Romantiker war und sich gerne die Liebesgeschichten anderer in aller Ausführlichkeit anhörte. Er hatte sich selbst einmal schändlicher Lüsternheit bezichtigt, aber ich wußte, daß dem nicht so war. Es war das Vergnügen am Hochgefühl. Ich beschrieb ihm das Abendessen mit Gerald und Vivien. Ich räumte Vivien sehr viel Platz ein, weil ich glaubte, daß Peter sie amüsant finden würde. In der Absicht, ihn zum Lachen zu bringen, ließ ich mich auch über den Basar und den St.-Lawrence-Ball aus. Ich brauchte über eine Stunde. Danach las ich den Brief durch und war damit recht zufrieden. Erst dann fiel mir auf, daß in der ganzen Zusammenfassung etwas fehlte. Ich hatte kein Wort über Robert verloren. Da läutete das Telefon.

Eine Frauenstimme fragte nach Robert. Sie nannte ihren Namen nicht, was ich ungezogen fand, aber da es sich nicht um mein Telefon handelte, fragte ich nicht weiter nach. Ich ging in die Bibliothek. Diesmal spielte keine Musik. Robert saß in seinem Stuhl hinter dem Schreibtisch, hielt einen Füllfederhalter in der Hand und starrte aus dem Fenster in den Regen. Über dem Zimmer lagen Schatten, und es war düster, das Muster des fallenden Regens flackerte über die Papiere, die vor Robert lagen. Er war in Gedanken weit weg, und als ich ihn ansprach, zuckte er zusammen und sah ziemlich erschrocken aus.

Ich ging wieder in die Küche und setzte das Gemüse auf. Ellie kam kurz darauf herein.

»Ich habe mit den Kätzchen gespielt. Das getigerte wird schon recht zutraulich. Booty nimmt zu. Sollte ich vielleicht versuchen, ihr das Fell zu bürsten?«

»Ich glaube, es wäre besser, die verfilzten Haare herauszuschneiden.«

»Sie wird dicker, und ich werde dünner! Schau mal!«

Sie zog den Bund ihres Rocks nach vorne. »Der war einmal so eng, daß ich Bauchweh bekam.«

»Ellie! Ich bewundere dich! Das nennt man Selbstdisziplin. Hast du gut gemacht!«

Ellie schlang ihre Arme um mich. »Ich habe damit angefangen, um dir eine Freude zu machen, aber jetzt bin ich diejenige, die sich darüber freut.«

Die Tür ging auf, und Robert kam herein. Die Wut stand ihm ins Gesicht geschrieben. Er schenkte sich ein Glas Champagner ein, den er normalerweise zugunsten seines Bordeaux' verschmähte, deshalb wußte ich, wie aufgebracht er sein mußte.

»Diese greuliche Frau, diese Ginevra Yorke! Sie wissen schon, diese lächerliche Frau, neben der ich gestern abend saß. Sie bat mich, morgen zum Mittagessen zu ihr nach Hause zu kommen, um über die Bewilligung der Bibliotheksmittel zu sprechen.«

»Was? Wer?« wollte Min wissen, die gerade hereinkam und nur zum Teil mitbekommen hatte, was Robert sagte.

»Sie gibt ein Mittagessen für den Bewilligungsausschuß. Natürlich muß ich da hin. Es sähe komisch aus, wenn ich als einziger nicht hinginge.«

»Warum solltest du auch nicht hingehen?« fragte Min und nahm das Glas Champagner, das ich ihr reichte.

»Als ich für das Mittagessen zusagte, schlug sie vor, daß wir uns heute abend in der Golden Hind auf ein Glas Wein treffen. Ihr Mann ist heute früh nach Teheran geflogen. Das hat sie mir eigens gesagt. Es war eine kaltblütige Einladung zum Stelldichein!«

Als Min und ich zu lachen anfingen, wurde sein Blick noch mürrischer.

»Das ist nicht lustig! Das ist skandalös!«

»Entschuldige, Schatz. Wir lachen über deine tugendhafte Entrüstung. Frauen bekommen ständig solche Liebesanträge.«

»Nun, dann tut es mir leid für sie. Mich hat es in eine ganz peinliche Lage gebracht. Ich war fast gezwungen, grob zu werden, um da wieder herauszukommen. Was ist denn los?«

Min und ich konnten uns kaum noch halten vor Lachen. In diesem Augenblick läutete das Telefon.

»O mein Gott, wenn sie es wieder ist, ich bin nicht da.«

Ich nahm den Hörer ab.

»Gespräch mit Voranmeldung aus Südafrika für Miss Fairfax.«

»Das bin ich.«

Dann hörte ich Charles Stimme.

»Diana. Wie geht es Ihnen?«

»Oh, Charles! Sehr gut.«

»Schön, Ihre Stimme zu hören. Ich werde in absehbarer Zeit nicht zurückkommen. Es gibt einige Probleme hier. Wie lange bleiben Sie denn noch bei den Westons?«

»Auf jeden Fall noch zwei Wochen. Was danach wird, weiß ich noch nicht. Ich müßte nach Hause und arbeiten. Hier kann ich mich nicht konzentrieren.«

»Zu viel Arbeit im Haus?«

»Ja, aber es gefällt mir.«

»Ich wünschte, mir würde es hier gefallen. Es ist so frustrierend. In einem der Bergwerke wird gestreikt.«

»Wie ist es sonst so? Was ist mit der Weite des Raums? Und dem Nichtvorhandensein langweiliger Engländer?«

Er lachte. »Die Weite ist gewaltig. Ich vergesse immer, wie schön das ist. Das Licht ergießt sich wie eine Flüssigkeit über die Berge. Aber eines fehlt mir hier sehr.«

»Und was ist das?«

»Daß Sie nicht hier sind.«

»Ich weiß nicht, was ich darauf sagen soll.«

»Ist schon gut. Machen Sie sich keine Sorgen. Ich wollte nur Ihre Stimme hören. Ich werde nächste Woche wieder anrufen. Auf Wiedersehen, Diana.«

»Auf Wiedersehen, Charles.«

Dann hatte er aufgelegt. Ich war sauer auf mich. Ich war zu zurückhaltend. Wenigstens hätte ich ihm sagen können, wie nett ich es fand, daß er anrief. Ich ging zurück in die Küche.

»Alles in Ordnung. Es war Charles«, sagte ich und sah, daß Robert mich mit gehetztem Blick anschaute.

»Na, ich muß schon sagen, das schlägt doch dem Faß den Boden aus«, beschwerte sich Min. »Alle bekommen romantische Anrufe, nur ich nicht. Ich fühle mich ganz schön übergangen. Was sagt er denn?«

»Nur, daß er jetzt am Freitag nicht zurückkommt. Es gibt Probleme im Bergwerk.«

»Das tut mir leid. Bist du sehr enttäuscht?«

»Ich weiß nicht.«

Am nächsten Tag war ich bei Vivien zum Mittagessen. Das Witwenhaus stand am Rande des Parks, nur einen guten halben Kilometer von Weston Hall entfernt, so daß ich zu Fuß hinging. Es regnete nicht mehr, und der Schnee hatte sich zu seltsamen Haufen verschoben, die an Meringen erinnerten. Das meiste davon war ohnehin verschwunden, und zum erstenmal sah ich Gras. Es blies ein kalter, feuchter Wind, aber man sah auch ein Stück blauen Himmel. Plötzlich konnte ich den Frühling kaum erwarten. Ich blieb stehen und sah an einer Libanonzeder hoch. Ihre großen nadelbewachsenen Zweige breiteten sich wie horizontale Fächer aus und formierten sich zu einem Fächergewölbe, das mich an die Decke der King's College Chapel erinnerte. Aber es war nicht der Frühling von Cambridge, nach dem ich mich sehnte. Min hatte mehrmals vorgeschlagen, daß ich bleiben sollte, auch wenn die Amerikaner mein Haus wieder verlassen hatten. Die Versuchung war groß. Aber ich müßte mich dann endlich einmal richtig an die Arbeit machen.

Wie Min schon gesagt hatte, war Viviens Haus im Queen-Anne-Stil gebaut und recht hübsch. Zwei Meter hohe Eibenhecken liefen rechtwinkelig auf das Haus und das davor angebrachte Eisengitter zu, das die Fassade rahmte und einen quadratischen Garten bildete, in dem Buchsbäume und die üblichen Rosensträucher standen. Die Proportionen des Hauses stimmten perfekt. Drinnen war es warm und sehr hell. Vivien hatte kühne Farben mit großer Wirkung zum Einsatz gebracht. Das Wohnzimmer, in das mich ein ordentliches und kompetent wirkendes Hausmädchen führte, war in der Farbe von Honigmelonen ausgemalt. Die Möbel und Gemälde zeigten Stil. Ich ließ mir ein Glas Sherry anbieten und war froh, mir die Mühe gemacht zu haben, das inzwischen gereinigte Tweedkostüm anzuziehen. Vivien trug ein auberginefarbenes Kleid, das von einer breiten schwarzen Litze eingefaßt war. Es paßte zu ihrer Extravaganz. Der Blick ihrer schwarzen Augen war scharf vor Neugierde.

»Und nun, Diana, erzählen Sie mir, wie es im Herrenhaus zugeht. Minerva nennt Sie anders. Dahlia, oder?«

»Daze.«

»Wie schrecklich ingénue. Mir gefällt Dahlia besser. Das paßt zu Ihnen. Sie haben etwas Glänzendes, aber auch Steifes an sich. Nein, steif ist nicht das richtige Wort. Prüde, vielleicht.«

Ich ärgerte mich, was sie auch beabsichtigt hatte, aber ich achtete darauf, es mir nicht anmerken zu lassen.

»Es geht allen gut. Mins Hand geht es auch schon besser.«

»Dann werden Sie uns bald wieder verlassen? Das ist sehr schade. Robert und Minerva langweilen sich so miteinander. Es wird schrecklich für sie sein, wenn sie wieder für sich alleine sind.«

Ich mußte lachen. »Das ist Unsinn, Vivien. Sie sind ganz bestimmt das am glücklichsten verheiratete Paar, das ich kenne.«

»Das ist eine ganz typische Dahlia-Bemerkung. Sie beschwört entsetzliche Bilder von dreiteiligen Kostümen und Bettschuhen herauf. Hector und ich waren nie länger als zwei Tage glücklich miteinander. Doch dadurch wurde es zum Glück nie langweilig!«

»Hector?«

»Roberts Vater. Dafür hielt er sich wenigstens. Ich könnte mir vorstellen, daß es ein Mann namens Conrad Denzil war, der kurz nach unserer Hochzeit erschien, um die Bibliothek zu katalogisieren.«

Sie seufzte und sah dabei fast wehmütig aus.

»Ich hoffe, daß es Conrad war. Er war ein ungeheuer guter Liebhaber. Hector war ziemlich hoffnungslos. Schrecklich still und angespannt, als ginge es um Abrechnungen. Sie wissen schon, eine Pflicht, die Konzentration erfordert. Glücklicherweise hatte er in den Jahren im Internat so viel verdrängt, daß er – wie nannte man das damals? – die Selbstbefleckung vorzog. Doch als er dahinterkam, daß ich untreu gewesen war, regte ihn das fürchterlich auf. Es ist schon merkwürdig, daß die Leute, deren Kindheit unerfreulich war, ihr Unglücklichsein gar nicht ablegen wollen. Mit Conrad machte es Spaß.«

Beim Mittagessen, das uns das anscheinend an den Gesprächsstil Viviens gewöhnte Hausmädchen servierte, bekam ich noch mehr Details aus ihrer Vergangenheit zu hören. Sie aß eine sehr große Portion Lachs mit Hollandaise. Meine Portion fiel ein wenig bescheidener aus, und ich genoß es sehr. Neugierig versuchte sie in Erfahrung zu bringen, warum ich nicht geheiratet hatte, was wohl viele Leute interessierte, die aber zu höflich waren, nach dem Grund zu forschen. Vivien waren solche Hemmungen fremd.

»Sie sind doch keine Lesbe, oder? Ich fragte mich das, als ich Sie und Minerva zusammen sah. Sie kommen mir verdächtig zärtlich vor.«

»Bin ich aber nicht. Ich mag Frauen, aber ich möchte nicht mit ihnen ins Bett gehen.«

»Ich habe das einmal getan. Ich übernachtete bei den Pentecosts. Pamela Pentecost ist eine bekannte Sapphojüngerin. Den Plänen der Gastgeberin muß man sich immer anschließen, egal, ob man die Kirche, lange Spaziergänge oder Tennis überhaupt mag. Was wir dann taten, war bei weitem interessanter als alle die drei Möglichkeiten zusammen, aber ich konnte mich an das viele Haar und die Weichheit nicht gewöhnen. Und natürlich ist es nur eine Art endloses Streicheln und Schmusen. Wahnsinnig frustrierend und wirklich sinnlos.«

Das Mädchen, das Lily hieß, brachte eine Platte mit Cremeschaumrollen, und ich bediente mich. Seine blaßblauen Augen waren ziemlich ausdruckslos. Es gelang mir, Vivien zwanzig Minuten lang vom Thema Sex abzulenken, und wir unterhielten uns übers Gärtnern, was sie, wie sich herausstellte, gerne tat, und worüber sie sehr gut Bescheid wußte. Nachdem sie drei Viertel der Schaumrollen verzehrt hatte, gingen wir zurück in den Salon. Wir tranken Kaffee und rauchten Zigaretten, und ich gratulierte ihr zur Eleganz ihres Hauses.

»Wenn Geld da ist, kann man leicht ein gutes Haus haben«, meinte sie und blies perfekte Rauchkringel an die Decke. »Robert ist ein Narr. Wenn ich darüber nachdenke, ist er wie Hector... starrsinnig und spießig... er wird wahrscheinlich doch Hectors Sohn sein. Aber Hector war nie empfindlich. Er bewunderte die Jagd und war ein ausgezeichneter Schütze. Robert versteckte sich immer hinter einem Buch. Er war ein schrecklich nervöser Junge. Bis er dann weg auf die Schule ging. Da wurde er ganz ruhig, und man hätte nicht mehr sagen können, was er dachte. Hector starb, als Robert das erste Trimester auf der Vorbereitungsschule verbrachte. Das war ein ganz schlechter Zeitpunkt. Robert liebte seinen Vater, obwohl sie so verschieden waren. Er liebte ihn übrigens mehr als mich.«

Vivien zog nachdenklich an ihrer Zigarette. Ihre übliche hektische Fröhlichkeit war irgendwie gedämpft, und ich spürte, daß dies einer der seltenen Momente der Wahrhaftigkeit war.

»Hector hatte einen Schlaganfall. Er war erst zweiundvierzig. Robert kam zur Beerdigung nach Hause. Er redete kaum. Er weinte nicht. Seine Haut sah aus wie Reispapier ... grau und durchsichtig. Mit mir wollte er überhaupt nicht sprechen. Als wollte er mir die Schuld geben.« Vivien zuckte mit den Schultern. »Ich versuchte, ihm zu erklären, daß es ein Schlaganfall gewesen war, aber Robert sah mich nicht einmal an. Er hatte diesen verdutzten Blick in den Augen, den ich seither immer dann an ihm wahrgenommen habe, wenn er verletzt ist. Du meine Güte, jetzt habe ich mich durch all die Erinnerungen in eine ganz gedrückte Stimmung gebracht. Egal«, sie lachte und drückte ihre Zigarette mit einer Entschiedenheit aus, als wolle sie unerfreuliche Erinnerungen gleich mit auslöschen, »ich nehme an, er ist inzwischen leidenschaftlich in Sie verliebt und Wachs in Ihren Händen. Warum überreden Sie ihn nicht, das Gut zu verwalten, dann könnten wir es alle bequem haben. Nun sagen Sie schon, daß Sie das tun werden, meine liebe Dahlia?«

»Tut mir leid, Vivien. Robert ist kein bißchen verliebt in mich, und selbst wenn er es wäre, würde ich nie versuchen, ihn zu etwas zu überreden, was er so eindeutig ablehnt. Er fühlt sich schlimm genug deswegen. Mir liegt jedenfalls nichts daran, daß er noch mehr Schuldgefühle bekommt, als er ohnehin schon hat.«

»Hat er die denn wirklich?« Vivien machte ihre Augen schmal, zum Schutz vor dem Rauch ihrer nächsten Zigarette.

Ich dachte einen Augenblick nach. Ich wollte Roberts Vertrauen nicht mißbrauchen, aber ich konnte mir nicht vorstellen, daß er mir Dinge sagte, die auf keinen Fall weitererzählt werden durften. Ich kam zu dem Schluß, daß es Vivien nicht schaden würde, wenn sie wußte, was ihr Sohn empfand. Mir war bekannt, daß es ihr Spaß machte, zu schockieren und boshaft, wenn nicht sogar verletzend zu wirken, doch ich glaubte, im Verlauf unseres Gesprächs auch den Blick auf eine weichere Seite erhascht zu haben.

»Er macht sich Sorgen um die Kinder. Besonders um William. Die Schule, die er besucht, tut ihm nicht gut. Es ist unmöglich für ihn, sich da anzupassen.«

»Weil der Ehrgeiz der Eltern sich in zwei Wochen Trunkenheit an der Costa del Sol erschöpft?«

»Tja ...«

»Ach, kommen Sie, Diana, wir wollen doch ehrlich sein.«

»William kann sehr gut zeichnen. Er braucht eine Schule, auf der man ihn gut unterrichtet.«

»Und ich soll dafür zahlen? Ich laß mir nicht gerne was sagen. Das gebe ich zu. Aber wenn Robert mir auf halbem Weg entgegenkäme, könnte ich es mir überlegen, das Schulgeld rauszurücken. Sagen Sie ihm, daß ich tausend Pfund im Jahr für Williams Schule zahlen werde, wenn er mir Geld sparen hilft und die Buchhaltung für das Gut übernimmt. Wenn er will, kann er diesen albernen Job als Lehrer behalten. Das ist mir egal.«

Vivien runzelte die Stirn und starrte ins Feuer. Es war ihr anzusehen, daß sie sich lächerlich großzügig vorkam, weil sie ihre ursprünglichen Bedingungen zurückgeschraubt hatte.

»Das kann ich Robert nicht sagen. Er würde wütend werden und erwidern, daß mich das nichts angeht. Womit er vollkommen recht hätte. Warum kommen Sie diese Woche nicht einmal zum Tee und machen ihm selbst diesen Vorschlag?«

Vivien wand sich in ihrem Stuhl. »Ich sehe nicht ein, warum ich die ganze Arbeit machen soll. Er war verdammt grob, als wir uns das letzte Mal über Geld unterhielten. Warum sollte ich jetzt angekrochen kommen? Es ist sein Kind.«

»Aber Ihr Enkelsohn.«

Vivien warf ihren Kopf zurück und machte ein beleidigtes Gesicht.

»Kommen Sie, Vivien. Ich backe einen Schokoladenkuchen, und wir setzen uns damit an den Kamin. Wenn Sie sich entschließen sollten, doch nicht mit Robert darüber sprechen zu wollen, dann brauchen Sie das nicht. Ich werde es niemandem gegenüber erwähnen.«

»Gut ... in Ordnung.« Dann kicherte sie. »Glauben Sie bloß nicht, ich wüßte nicht, daß Sie mich mit dem Kuchen zu bestechen versuchen. Ich bin kein Kind, wenn Sie mich auch wie eines behandeln.«

»Ich hoffte, es würde klappen.«

Den Spaziergang zurück durch den Park genoß ich sehr. Ich war voll des guten Essens, und in kleinen Dosen war Viviens Gesellschaft sehr erfrischend. Der Wind war wärmer geworden und hatte sehr viel Schnee weggeschmolzen. Die Schönheit der mächtigen Stämme von Eichen, Eschen, Birken und Kastanien, die alle genügend Platz hatten, um ihre wahre Form entfalten zu können, entzückte mich. In einer Mulde blühte ein Büschel Schneeglöckchen, deren weiße Glocken grün gefleckt waren. Ich mußte an die Zeilen von Wordsworth denken *die kleinste Blume kann mir oft Gedanken geben – In Tiefen, welche Tränen nicht betaun.*

Ich war glücklich. Ich konnte mir nicht vorstellen, durch mein Gespräch mit Vivien jemandem Schaden zugefügt zu haben, ich hatte vielleicht sogar etwas Gutes bewirkt. Wenn ich zurückkam, wollte ich Ham und Booty füttern und das Abendessen vorbereiten. Zuerst würde ich nach dem Kaminfeuer sehen, falls Min vergessen hatte, Holz nachzulegen. Zum Tee wollte ich die kleinen Pfannkuchen machen, die alle gerne aßen. Ich lächelte in mich hinein, als mir bewußt wurde, wie überaus zufrieden ich war. Meine Arbeit in Cambridge hatte mir fast immer Spaß gemacht, und ich hatte mich für glücklich gehalten. Aber diese einfache Aufgabe, die Bedürfnisse von Mins Familie zufriedenzustellen, machte mir weitaus mehr Vergnügen.

Ich spürte, daß die anderen mich brauchten, und ich genoß dieses Gefühl. Zum erstenmal in meinem Leben wollte ich Kinder, wollte für jemand anderen als mich selbst arbeiten, sorgen, planen. Ich wollte andere glücklich machen, mich bei jeglicher Art von Erfahrung voll und ganz einbringen, sei sie noch so banal, langweilig und bedeutungslos. Als ich mich Weston Hall näherte, kam Ham herausgeschossen, um mich abzuholen. Wir rannten den Rest des Weges zusammen und erreichten die Küche erhitzt und atemlos. Ich hängte meinen Dufflecoat auf, brachte das Kaminfeuer im Wohnzimmer mit dem Blasebalg wieder in Gang und machte mich dann an das Abendessen. Hühnchen in Béchamelsauce mit Käse und Brotkrumen. Ich hatte so meine Zweifel bei diesem Gericht, aber wenn Elizabeth David es empfahl, dann mußte es gut sein. Als ich gerade den Teig für die Pfannkuchen fertig hatte, kamen die Kinder nach Hause, und Min, angezogen vom Klang unserer Stimmen, schloß sich an.

»Du hast deinen Pullover falsch herum an, Mami«, sagte Ellie. »Hoffentlich warst du heute nicht draußen. Ich hasse es, mir vorzustellen, daß die Leute lachen.«

»Keine Sorge, mein Schatz. Ich bin nirgendwo gewesen. Ich habe heute nur Mrs. Butter gesehen. Ich habe sehr, sehr hart gearbeitet, und das Buch ist fast soweit, daß ich es meinem Verleger schicken kann. Wenn es fertig ist, müssen wir das feiern. Was sollen wir machen?«

Beim Versuch, einen Ausflug zu planen, tauchten die üblichen Probleme wie in jeder Familie auf. Jeder hatte eine gänzlich andere Vorstellung davon, was amüsant sein könnte, und jeder betrachtete die Vorschläge der anderen mit verächtlicher Ablehnung. Ellie wollte in den Zoo von Winkleigh. William wollte ins Kino und den neuesten James-Bond-Film ansehen. Min und ich wollten einkaufen gehen und in einem netten Restaurant zu Mittag essen. Während wir uns über all diese Vorschläge unterhielten, kam Robert nach Hause. Er war schweigsam und schien mit seinen Gedanken woanders zu sein. Als die Kinder auf ihre Zimmer gegangen waren, um ihre Hausaufgaben zu machen, und Min sich verabschiedet hatte, um noch an ein paar Sätzen zu feilen, blieb er in der Küche zurück.

»Na los, reden Sie schon«, versuchte ich es nicht gerade elegant.

Er sah mich überrascht an.

»Woher wußten Sie, daß es etwas zu bereden gibt?«

»Das ist nicht schwer. Selbst einer einzelligen Amöbe müßte auffallen, daß etwas passiert ist, was Ihnen Kopfzerbrechen bereitet.«

»Ja, das tut es tatsächlich, aber ich dachte, ich sollte lieber nicht vor Min darüber sprechen, damit sie sich nicht aufregt.« Ich zog eine Braue hoch, in der Hoffnung, Robert damit zu ermuntern, und er fuhr fort: »Als ich wegen des Mittagessens des Bewilligungskomitees zu Ginevra Yorke nach Hause kam, stellte ich fest, daß ich der einzige Gast war. Ich hatte um elf Uhr Pausenaufsicht und bin nicht ins Lehrerzimmer gekommen, daher hatte ich keine Gelegenheit, herauszufinden, daß ansonsten niemand hinging. Ginevra erzählte mir, daß alle zu Mittag in den Klub oder zu einem Treffen gemußt hätten und ich schließlich der einzige gewesen wäre, der zugesagt hätte. Sie säuselte ... das ist das einzige Wort dafür ... und warf mir vor, mich ungalant zu verhalten. Ich fragte sie, was Galanterie damit zu tun hätte. Ich schlug vor, uns für einen anderen Tag zum Mittagessen zu verabreden, wenn alle anderen auch kommen könnten. Ich hatte gerade meinen Mantel wieder an und wollte zur Eingangstür hinaus, als sie in Tränen ausbrach.«

»Und da haben Sie gemerkt, daß alles nur eine List war, um Sie allein in ihr Haus zu bekommen?«

Robert nickte. »So verrückt das sein mag, die Frau versuchte ... wie nennt man das gleich?«

»Ihre Tugend zu kompromittieren?« sagte ich und schaffte es nicht, mir ein Lächeln zu verkneifen.

»Aber, Daze, das ist wirklich ernst. Ich glaube, die arme Frau ist geisteskrank. Sie sollte psychiatrische Hilfe bekommen. Nun, wenn das bei Ihnen nur einen Lachanfall auslöst, sollte ich Ihnen lieber nichts mehr erzählen.«

»Entschuldigung. Tut mir leid. Ich möchte wirklich zuhören. Erzählen Sie. Ich bin jetzt wirklich ernst und gefaßt.«

Robert blickte mich argwöhnisch an, doch ich behielt meine ernste Miene bei.

»Natürlich fühlte ich mich verpflichtet, dazubleiben und mich zu erkundigen, was denn los sei. Sie erzählte mir, sie wäre so schrecklich allein. Ich wies sie darauf hin, daß ihr Ehemann noch kaum vierundzwanzig Stunden weg war, aber sie erwiderte, es wäre nicht diese Art von Einsamkeit. Scheinbar ist ihr Mann ein brutaler Kerl und trinkt. Sie erzählte mir alles darüber.«

»Das ist wahrscheinlich eine Abwandlung von ›meine Frau versteht mich nicht‹«, murmelte ich.

»Nun, Sie können ruhig zynisch sein, wenn Ihnen danach ist, aber mir tat sie schrecklich leid. Dieser Kerl ist offensichtlich pervers. Es gefällt ihm, sie ans Bett zu fesseln ... nun, das vertiefe ich jetzt lieber nicht. Er muß so etwas wie ein Sexualpsychopath sein. Und er wirkt doch wie ein anständiger, aufrichtiger Mann. Was, zum Teufel, ist daran lustig?«

»Es kam Ihnen wohl nicht in den Sinn«, sagte ich und mußte trotz meiner besten Absichten lachen, »daß sie versucht hat ... Sie scharf zu machen?«

»Nein, natürlich nicht. Ich ... gütiger Gott, diese kleine Schlampe! Sie meinen, Sie hat das alles erfunden? Und ich bin darauf hereingefallen! Ich bin doch wirklich der größte Dummkopf, der herumläuft!«

Roberts Gesichtsausdruck wechselte von Erstaunen zu Verärgerung, dann fing er an zu lachen.

»Wenn ich Sie wäre, würde ich es Min erzählen«, sagte ich. »Ich kann mir nicht vorstellen, daß sie sich darüber aufregt oder eifersüchtig wird. Schließlich haben Sie die Einladung ja nicht angenommen.«

»Ich fand, daß sie die Eingangstür mit unnötiger Gewalt schloß. Guter Gott, jetzt ist es für mich ein für allemal vorbei, was die Frauen angeht.«

»Tut mir leid, das hören zu müssen«, sagte Min, die gerade hereinkam. »Wie das?«

»O Schatz, nur ein lächerlicher Unsinn von Ginevra Yorke. Warum hast du denn deinen Pullover falsch herum an?«

Wie ich erwartet hatte, fand Min großen Gefallen an der versuchten Verführung und war nicht im geringsten ungehalten.

»Ich bin beeindruckt«, sagte sie und holte sich dabei die rohen Karotten fast schneller aus der Pfanne, als ich sie schälen konnte. »Nach dem, was Diana mir erzählt, würden die meisten Männer noch im Flur ihre Kleider hinwerfen und sich auf eine solche Frau stürzen!«

Robert blickte mich forschend an. Ich lächelte geheimnisvoll und holte mir noch eine Tüte Karotten.

Am nächsten Tag war es warm genug, um mit den Streicharbeiten zu beginnen. Ellie hatte blaßgelb für die Wände des Bootshauses ausgesucht. Gleich nach dem Frühstück ging ich zu Mr. Ransome und kaufte die Farbe, einige Pinsel, einen Roller, etwas Reinigungsbenzin, Schmierseife und Sandpapier. Min hatte gesagt, sie würde nach dem Mittagessen kommen und mir helfen, und so fing ich erst einmal alleine an. Das Abwaschen und Abschleifen war öde und nahm den ganzen Vormittag in Anspruch. Ich ging zurück, um ein paar Eiersandwiches und eine Kanne Kaffee für unser Picknick herzurichten. Mrs. Butter schlüpfte gerade in ihren Mantel, um sich auf den Heimweg zu machen.

Ich fand, daß sie gar nicht so munter wirkte wie sonst, deshalb erkundigte ich mich, wie es ihrem Sohn Roly ging. Er schien der ständige Angelpunkt ihrer Gedanken zu sein.

»Stanley hätte das ganz bestimmt nicht gut gefunden. Roly hat jetzt seit einem Jahr keine Arbeit. Jetzt sagt er, man habe ihm zwei Jobs angeboten, aber er hat sich noch nicht entschieden. Mein Stanley war vierzig Jahre lang in der Keksfabrik. Er fing als Laufbursche an und brachte es bis zum Buchhaltungsangestellten. Zuverlässig und ehrbar, das war mein Stanley. Spuck auf einen Stein, damit der wenigstens was hat.«

»Hat Roly denn Stempelgeld bekommen?«

»Aber nein!« Mrs. Butters Augen blitzten. Sie hatte einen modischen rosa Lidschatten aufgetragen, der den Eindruck erweckte, daß sie an einer Entzündung der Augenlider litt. »Ich halte nichts von Unterstützungen. Wenn man eine Familie hat, braucht man keine Wohlfahrt. Ich lege jede Woche Geld für Roly zurück. Es fehlt ihm an nichts.«

»Wie alt ist Roly denn?«

»Wird siebenunddreißig im Juni.«

»Siebenunddreißig!«

Ich sagte nicht, daß ich das ziemlich alt fand für jemanden, der von der Unterstützung seiner Mutter lebte. Mir war klar, daß Mrs. Butter, was ihren Sohn anging, sehr verletzbar war. Es stand mir nicht zu, sie zu kritisieren.

»Da hat er aber Glück, so eine Mutter wie Sie zu haben.«

»Er ist ein guter Junge. Besucht mich jeden Monat und ruft mich regelmäßig einmal die Woche an.«

»Das ist tatsächlich nett. Und ziemlich ungewöhnlich, denke ich.«

Ich revidierte meinen zuvor gänzlich negativen Eindruck von Roly. Es sei denn, er hielt den Kontakt nur wegen der Bargeldzuwendungen.

Min und ich arbeiteten den ganzen Nachmittag über hart im Bootshaus. Wir unterhielten uns über Ellie und William, und ich erzählte ihr, daß ich entdeckt hatte, mir selbst auch Kinder zu wünschen.

»Das hätte ich nie gedacht! Was nicht heißen soll, daß du nicht die wunderbarste Mutter sein würdest. Das wärest du natürlich. Aber meiner Erfahrung nach sind es die schusseligen und selbstsüchtigen Menschen, die Kinder bekommen ... je schlimmer sie als Eltern sind, um so mehr Kinder haben sie.«

»Erinnerst du dich noch an das Gedicht, daß wir in der Schule von R.S. Thomas durchgenommen haben? *Wir leben in unsrer eigenen Welt, zu klein für dich, gebückt sie zu betreten*? Ich glaube, es heißt *The Children's Song*. Ich meine diese Zeilen: *Du findest nicht die Mitte* Wo *wir tanzen, wo wir spielen,* Wo *das Leben noch schläft Unter der geschlossenen Blume*. Ich komme mir vor, als hätte ich einen Blick auf eine Welt erhascht, die ich halb vergessen hatte. Als wir damals zusammen in der Schule Kinder waren, gab es dieses ganz besondere Glücklichsein, und das möchte ich durch meine eigenen Kinder wieder spüren. Ein Glück, das nicht von Berechnung oder ständiger Selbstregelung verdorben wird. Weißt du, was ich meine?«

»Ja. Ich erinnere mich an das Gedicht. *Unter der glatten Schale Von Eiern im hochgenommenen Nest Die sich im verblaßten Blau Deines entlegeneren Himmels versucht.*

»Komisch, daß du dich an dieses Gedicht erinnerst!«

»Ich erinnere mich vor allem deshalb daran, weil es dir so gut gefiel. Du hast es ständig hinten im Auto rezitiert, wenn wir in den Ferien nach Hause gefahren sind.«

»Und wie ich das tat! Mullins fuhr uns immer. Ich hatte Mullins vergessen. Er liebte *The Revenge*. Das schrien wir immer aus dem Fenster ... *At Flores at the Azores, Sir Richard Grenville lay, And a pinnace like a fluttered bird, came flying from far away*. Die metrische Gliederung in dieser Verszeile finde ich nicht sehr geglückt. Gehört nicht gerade zu Tennysons Glanzstücken.«

»*Than sware Lord Thomas Howard, Fore God I am no coward*«, deklamierte Min. »Mein Gott, ist das toll!«

»Es ist seltsam, wenn ich überlege, daß ich *The Children's Song* deshalb mochte, weil es mir das Gefühl gab, sicher und fern von den Erwachsenen zu sein. Jetzt sehe ich es von außen, ein verzaubertes Land, das ich nicht mehr betreten kann.«

»Wie wäre es denn mit Kindern von Charles? Die würden sicher ganz phantastisch aussehen.«

»Hör auf, Min. Denk daran, daß du eine glücklich verheiratete Frau bist.«

»Gibt es denn jemand, der wirklich glücklich verheiratet ist, so, wie du das meinst? Daß man sich gar nicht vorstellen kann, mit einem anderen noch glücklicher sein zu können?«

»Min! Du willst doch nicht sagen, daß du lieber mit Charles verheiratet wärst?«

»N ... nein. Ich glaube nicht. Nein, natürlich nicht.«

Aber man sah ihr an, daß sie darüber nachdachte.

»Aber Robert ist so viel belesener als Charles. Überhaupt gebildeter. Glaubst du denn nicht, daß dir nach einem Monat oder so, wenn der Sex den Reiz des Neuen verloren hat, der gleichgesinnte Geist fehlen würde, der deine Ideen mit dir teilt?«

»Wäre das bei dir denn so?« fragte Min und ließ einen Klecks Blaßgelb auf die Thermoskanne tropfen.

Mit Reinigungsbenzin und einem Lappen bekam ich die Thermoskanne wieder hin.

»Ja. Ich glaube schon. Charles' Fremdheit wirkt auf mich gleichzeitig beunruhigend wie auch anregend. Ich kann mir nicht vorstellen, daß er und ich über irgend etwas auf dieselbe Art und Weise nachdenken. Ich suche die Seelenverwandtschaft. Ich wünsche mir Ähnlichkeit, Bestätigung, Sympathie.«

»Die Gefahr ist nur, daß deine Wünsche ziemlich unrealistisch sind. Das Leben, das du bisher gelebt hast, konntest du mehr oder weniger selbst bestimmen. Wenn du verheiratet bist, sind Kompromisse nötig. Du kannst dir dein Glück nicht formen, du mußt es dem Vorhandenen entlocken. Zwei Leute haben mehr Schwung, da mußt du mehr auf den Zufall bauen.«

»Ich sehne mich jetzt auf einmal nach dem Gefühl, ein bißchen die Kontrolle zu verlieren. Etwas Überraschendes und Umwerfendes zu erleben. Vielleicht sogar etwas Beunruhigendes. Etwas, das selbst mich zu verändern vermag.«

»Ich hoffe, du findest es«, sagte Min feierlich und tröpfelte Farbe auf die Reste der Eiersandwiches.

Drei Tage danach war ich mit dem Streichen des Bootshauses fertig. Die Farbe paßte hervorragend. Sauber und hübsch und einladend. Ich hatte Mins Fußpedal-Nähmaschine mit ins Bootshaus genommen, wo ich mir einen Arbeitsplatz herrichtete, damit ich nicht alles immer hin und her tragen mußte. Ich wußte sehr wohl, daß die bloße Erwähnung einer Nähmaschine in Verbindung mit angemessenem Vorhangnähen Häresie war, doch es gab drei große Fenster, und ich hatte nur noch zwei Tage Zeit, um die Vorhänge anzufertigen. Außerdem würden die Kinder ihnen wahrscheinlich ganz schön zusetzen, so daß Maschinennähte besser hielten. Der Stoff hatte einen blaßgrünen Hintergrund mit rosa und gelben Rosen, um die sich dunkelblaue Winden rankten. Ich hatte ihn im Speicher gefunden. Es waren einmal zwei Paar sehr viel größere Vorhänge gewesen, aber das Futter war zerschlissen und die Kanten verblichen.

Mit Roberts Erlaubnis hatte ich George Pryke von seinen Arbeiten in der Schonung abgezogen, und er aalte sich in der Wärme des Gewächshauses, wo er zwei alte Korbstühle und einen Holztisch strich. Danach hatte er die Anweisung, die Boote instandzusetzen. Für die Stühle hatte ich rosa Damastkissen gefunden und für den Fußboden einen grünen Teppich. Ellie hatte mir geholfen, die Sachen auszusuchen.

Sie hatte außerdem zwei viktorianische Gemälde des Landlebens auf dem Dachboden entdeckt. Eines davon hieß *Beim Dorfschmied*, und das andere *Bobs treue Nachtwache*. Das zweite fand ich sehr traurig. Es zeigte einen Schäferhund, der seinen Kopf auf dem Bett eines alten Mannes, offensichtlich sein Herr, ruhen ließ. Ellie meinte, der, wie mir schien, ziemlich tot aussehende Mann hätte einen sanften Schlaf, und sein Hund würde darauf warten, daß er aufwachte und mit ihm spazierenging. Ich denke, es war Francis Bacon, der sagte, die Kunst sei göttlich, weil sie den Anblick der Dinge den Wünschen des Geistes unterwirft, im Gegensatz zur Vernunft, welche den Geist dem Wesen der Dinge unterwirft. Wir hängten die Bilder nebeneinander an die Wand ohne Fenster. Sie waren bewundernswert gemalt und in gewisser Weise zu gut für diesen Zweck, aber da sie nicht mehr dem Geschmack der Zeit entsprachen, waren sie wertlos.

Die Paraffinheizung aus der Küche erwärmte das Bootshaus mit Leichtigkeit. Ich machte mir ziemliche Sorgen, daß die Kinder sich daran verbrennen oder ihn umstoßen und ein Feuer verursachen könnten, aber Min wies darauf hin, daß sie das auch in der langen Zeit nicht getan hatten, als er in der Küche stand. Das ganze Projekt verschlang fast jede freie Minute nach dem Kochen und dem Einkaufen, obwohl Min den Abwasch machte und auch sonst half, wo sie konnte. Sie war so freundlich, mir mein einziges Nachthemd zu bügeln, und brannte mir ein Loch in den Saum, was ihr aber mehr leid tat als mir. Alles andere machte Mrs. Butter, und sie machte es perfekt. Ich hatte Min erklärt, daß dies wahrscheinlich die letzten paar gemeinsamen Tage waren. Sie war ein Bild des Jammers.

»Ich weiß, daß du gehen mußt, und es ist egoistisch von mir zu wollen, daß du bleibst, aber ich werde dich so fürchterlich vermissen, daß ich den Gedanken daran nicht ertrage. Natürlich liebe ich Robert und die Kinder, aber das ist etwas ganz anderes, als jemanden zu haben, mit dem ich wirklich reden kann. Wenn ich mit einem Mann oder einem Kind rede, muß ich mich anpassen. Bei dir ist das nicht nötig. Da bin ich wahrhaftig ich selbst, was auch immer das sein mag.«

Ich legte meinen Arm um sie und drückte sie dafür.

»Bleib doch wenigstens noch eine Woche länger. Das ginge doch vielleicht?«

»Wir wollen sehen. Für mich ist es schlimmer als für dich, weißt du. Ich bin so gerne hier.«

Jetzt, wo kein Schnee mehr lag, wanderte ich mit Ham durch den Park und die ihn umgebende Landschaft, wann immer ich beim Vorhängenähen eine Pause brauchte. Die Wildheit und die Schönheit der Hügel, Wälder, Flüsse und Wasserfälle entzückte mich. Ich fand, ich mußte verrückt gewesen sein, so viele Jahre in einer Stadt verbracht zu haben, egal, welch herausragende Stellung Cambridge unter den übrigen Städten einnahm.

Vivien kam am Donnerstag zum Tee. Ich machte den versprochenen Kuchen, und bis Robert kam, unterhielten wir uns darüber, mumifiziert zu werden und unser Gehirn durch die Nase herausgezogen zu bekommen, ein von William angeregtes Thema. Robert kam spät, es war der Abend, an dem der Fotoklub sich traf, und ich sah sofort, daß er müde und schlecht gelaunt war. Ich hoffte, Vivien besäße so viel Fingerspitzengefühl, den Mund zu halten und einen günstigeren Moment abzuwarten, um ihm ihren Vorschlag zu unterbreiten.

»Dahlia meint, ich sollte dafür zahlen, daß William eine anständige Schule besuchen kann, anstatt dieses Bolschewistengetto, auf das er jetzt geht.« Ich wußte, daß das nicht gut gehen würde. Es war offensichtlich, daß Vivien nicht gern nachgab, wie sie das sah, und deshalb auch keinerlei Versuch unternahm, taktvoll zu sein oder Überredungskunst anzuwenden. Robert warf mir einen mißbilligenden Blick zu. Ich hoffte, daß man mir mein Bedauern ansah. »Du wirst allerdings auch etwas dafür tun müssen. Ich sehe nicht ein, warum immer von mir Opfer erwartet werden.«

»Zum einen erwartet keiner irgend etwas von dir«, erwiderte Robert schnaubend. »Zum anderen kann man von einem Opfer wahrlich nicht sprechen, ob der Schulbeitrag für William nun von dir gezahlt wird oder nicht. Du hast genug Geld, um zwanzig Enkelkinder ausbilden zu lassen, wenn du willst.«

Vivien hatte einen selbstgefälligen Gesichtsausdruck und lächelte verschlagen.

»Na ja, egal, du kannst die Buchhaltung machen. Und mir das Geld für diesen Dummkopf Willis einsparen.«

»Willis ist kein Dummkopf. Er ist intelligent und ehrlich, und er macht die Abrechnungen weitaus schneller, als ich es könnte. Und er macht sie korrekt. Du weißt, daß ich kein Gedächtnis für Zahlen habe.«

»Dann willst du das Geld also nicht?«

Robert faßte sich mit beiden Händen an den Kopf. »Ich denke, das sollten wir besser unter vier Augen besprechen.«

»Ich werde nicht in die eiskalte Bibliothek gehen.«

Ich erhob mich, um zu gehen.

»Nein, Dahlia, setzen Sie sich. Das alles ist Ihr Plan.«

Robert hielt noch immer den Kopf in seinen Händen vergraben, und so streckte ich Vivien die Zunge heraus so weit es ging. Die Kinder freuten sich. Vivien lächelte mich zuckersüß an. Ich stellte alle Tassen und Teller auf ein Tablett und brachte es in die Küche. Es dauerte nicht lang, und ich hörte Roberts Stimme sehr laut, darauf folgte Schweigen, und dann begann Isolde mit ihrer Klage. Vivien kam in die Küche.

»Warum ist mein Sohn immer gleich eingeschnappt? Nun, ich hab's versucht.«

»Nein, das haben Sie nicht.«

»Jetzt sagen Sie bloß nicht, daß Sie auch sauer auf mich sind.«

»Bin ich aber. Ich weiß, daß Sie wirklich etwas für William tun wollen. Und wenn es Ihnen beliebt, reizend zu sein, könnten Sie Tamburlaine überreden, mit Petit-point-Stickerei anzufangen.«

Vivien schien diese Anerkennung sehr zu freuen, was auch beabsichtigt gewesen war. Sie wirbelte auf einem Bein herum und trällerte: *»He sobbed and he sighed, and a gurgle he gave, Then he plunged himself into the billowy wave, And an echo arose from the suicide's grave – Oh willow, titwollow, titwillow!«*

Ellie und William kamen herein. Vivien nahm sie an der Hand, und dann hüpften sie im Kreis herum und sangen, was ihnen einfiel. Robert platzte mitten in diese übermütige Ausgelassenheit hinein und machte ein zutiefst gekränktes Gesicht.

Ich wußte, daß er unsere geschlossene Abwehrhaltung ihm gegenüber spürte. Ich bot ihm an, Vivien nach Hause zu fahren, aber Robert meinte, er wolle das tun. Er war unverkennbar zutiefst gekränkt und gereizt, und ich war mir ziemlich sicher, daß er gekommen war, um mich für meine Einmischung auszuschimpfen.

Als er zurückkam, half ich Ellie gerade bei ihrer Erdkundehausaufgabe, was seiner Wut sicherlich neue Nahrung gab. Min half mir nach dem Abendessen mit dem Abwasch, und sobald sie verkündete, müde zu sein, sagte ich, das wäre ich auch. Wir gingen gemeinsam nach oben und ließen Robert, der noch absperren mußte, zurück. Er strahlte Gewitterstimmung aus.

Beim Frühstück schien sein Ärger sich gelegt zu haben. Er war sehr ruhig, was nichts Ungewöhnliches war, und aß zerstreut seine Tomaten mit Schinken. Er verließ mit den Kindern das Haus, und ich entspannte mich. Am Morgen buk ich Ellies Geburtstagskuchen, und am Nachmittag verzierte ich ihn. Ich überzog ihn mit einem hellblauen Zuckerguß und errichtete zuoberst ein kleines Häuschen aus Schokoladenbiskuits. Für das Schilf nahm ich die Blütenstände der Engelwurz, und aus weißem Zuckerguß formte ich einen Schwan, dessen Hals ich innen mit Pfeifenreiniger Halt gab. Es war eine schreckliche Fummelei, und ein paarmal hätte ich beinahe die Geduld verloren, aber am Ende war ich doch sehr zufrieden damit. Irgendwann erinnerte ich mich dabei an den Kuchen, den Poppy vor so vielen Jahren für mich gemacht hatte und der ebenfalls blau glasiert gewesen war, und mir traten die Tränen in die Augen. Was war ich nur für eine Närrin! Poppy war schon lange tot und spürte keinen Schmerz mehr. Ich versteckte den Kuchen im Vorratsraum.

Beim Mittagessen hatten Min und ich uns über Roberts Streit mit Vivien unterhalten.

»Robert war ein Idiot, so aus der Haut zu fahren«, sagte Min. »Es war eine Chance, etwas für William zu tun, und er hat sie vertan. Es ist sein lächerlicher Stolz. Oder sein Ego. Ich weiß wirklich nicht, wie ich das nennen soll.«

»Aber Vivien war auch provokant wie selten.«

»Sie provoziert immer. Wenn man das weiß, dann kann man sich doch darauf einrichten und es ignorieren.«

»Ich denke, es ist ein typisch männlicher Fehler, jede Verhandlung als latenten Angriff aufzufassen. Frauen sind im allgemeinen eher in der Lage, zuzugeben, daß sie im Unrecht sind oder sich dumm verhalten haben. Und sich dann zu entschuldigen.«

»Nun, ich finde es schön von dir, daß du dich für ihn einsetzt, nachdem er deinen Versuch zu helfen sabotiert hat.«

»Ich habe Vivien gegenüber nur angedeutet, daß es da ein Problem gibt, und sie ist darauf eingegangen. Wenn Robert Rechenarbeiten nicht liegen, kann man wohl kaum von einem ernstgemeinten Vorschlag sprechen, oder? Denn mehr als jeder andere hätte Vivien das wissen müssen.«

»Robert ist so jähzornig. Das ist sein größter Fehler. Er kann so halsstarrig und päpstlich sein.«

»Ja.« Ich mußte nachdenken. »Aber liegt das nicht daran, daß er sich um Dinge Gedanken macht, die andere Männer der eigenen Bequemlichkeit halber lieber ignorieren? Er hält an seinen Prinzipien fest, selbst wenn sie sich nicht zu seinen Gunsten auswirken. Er ist dünnhäutig, aber das ich doch wohl besser, als unempfindlich und grob zu sein. Den meisten Männer ist das, was sie nicht direkt etwas angeht, gleichgültig.«

»Diana! Du scheinst wirklich deine Objektivität verloren zu haben! Sind Frauen denn da anders? Nimm doch zum Beispiel Vivien. Natürlich starb Hector lange bevor ich Robert kennenlernte, aber ich habe ein ziemlich klares Bild davon, wie sie ihm einheizte, als er noch lebte. Und sie ist kein Einzelfall.«

»Hm. Das stimmt natürlich. Ich bin wahrscheinlich ungerecht. Anscheinend erlebe ich es einfach sehr viel öfter bei der anderen Seite.«

»Es ist schon wirklich eine Ironie, daß du die Männer so wenig magst, wo du doch jede Möglichkeit hättest, deine Phantasien in die Tat umzusetzen, während ich, die Männer lieber mag als Frauen, zu ständiger Untreue verdammt wäre.«

Diese offene Darlegung unserer Positionen verblüffte mich. Mochte ich die Männer wirklich nicht? Wenn ich mir überlegte, wie sie jahrtausendelang die besten Jobs, das ganze Geld und alle Macht an sich gerissen hatten, ohne auch nur im geringsten an ein ehrliches Spiel zu denken, dann stimmte das. Wenn ich an die Kriegshetze, die Gewalt und die Verbrechen dachte, für die Männer zu neunzig Prozent verantwortlich waren, dann war ich mir ganz sicher. Aber diese Verallgemeinerungen waren nicht sehr sinnvoll. Männer wie Peter und Robert mochten zwar Ausnahmen sein, aber es gab sie. Nein, *nicht mögen* war nicht das richtige Wort. Ich traute ihnen nicht.

»Magst du Männer wirklich lieber als Frauen?« wollte ich von Min wissen, als ich ihr einen Mixbecher und einen Löffel gab, damit sie nicht noch mehr Kuchenteig von ihrem Finger auf den Fußboden tropfen ließ. »Das überrascht mich.«

»Ich hatte diesbezüglich nie irgendwelche Zweifel. Ich habe mit den meisten Frauen nicht viel gemein. Sie scheinen sich immer über Dinge unterhalten zu wollen, von denen ich kaum eine Ahnung habe. Das Aufziehen der Kinder, Kochen, Gärtnern, Wohltätigkeitsarbeit, die Schandtaten ihrer Männer. Und das mit einer Intensität, bei der ich einfach nicht mithalten kann. Meine Scherze bringen alle nur in Verlegenheit.«

»Tja, auf dem Land mag das so sein. In Cambridge habe ich derartige Gespräche so gut wie nie kennengelernt. Wir sind alle nur allzu sehr darauf bedacht, Karriere zu machen, erfolgreich Männer anzumachen und uns Respekt zu verschaffen. Alles sehr lobenswert. Aber selbstsüchtig.«

»Ich bin einfach nur eine frustrierte Akademikerin«, meinte Min deprimiert. »Und deiner Definition nach auch selbstsüchtig.« Das hatte ich damit nicht andeuten wollen. Aber wäre nicht meine Liebe zu Min gewesen, hätte es gestimmt. »Du bist wirklich die einzige Freundin, die ich je gehabt habe«, fuhr Min fort. »Erinnerst du dich noch an die Schulzeit? Da gab es jede Menge Mädchen, mit denen ich gut auskam, aber außer dir gab es keine, dir mir wirklich etwas bedeutet hat. Aber du hattest immer andere Freundinnen. Du und Ma und Gina, ihr wart die einzigen Frauen, die ich tatsächlich von ganzem Herzen liebte. Und obwohl ich viele Frauen hier kenne und es mit ihnen zusammen jede Menge Geselligkeit gibt, die mir auch Spaß macht, gibt es keine, die wirklich zählt. Mir ist die Kunst nicht gegeben, anderen Frauen das Mitgefühl und die Solidarität angedeihen zu lassen, die sie haben möchten.«

»Aber da wir anscheinend jede das haben möchten, was die jeweils andere von uns hat ... würden wir miteinander tauschen, wenn wir könnten?«

»Nein«, sagte Min nach einiger Überlegung. »Ich könnte es mir ohne die Kinder nicht vorstellen. Und ohne Robert. Nein.«

Ich dachte an die Kämpfe und Unzulänglichkeiten in Mins Leben, dessen ständige banale Anforderungen, die relative Isolation.

»Nein«, sagte ich, »ich auch nicht.«

Doch ich wußte, daß wenigstens eine von uns log.

Kapitel 18

Beim Frühstück am nächsten Tag öffnete Ellie ihre Geschenke. Min hatte ihr ein Buch über Pferde und eine neue Haarbürste geschenkt. Von Robert bekam sie für Booty einen Katzenkorb mit einem roten Kissen. William überreichte ihr einen Malkasten und sagte, er hoffe, sie würde ihm diesen auch einmal leihen, da er dafür sein ganzes Taschengeld ausgegeben habe und seiner fast leer sei. Ein bißchen ängstlich, daß sie es abgeschmackt finden könnte, hatte ich ihr ein sogenanntes *Kabarett* geschenkt, ein rundes Tablett, auf dem eine kleine Teekanne, zwei Tassen, ein Milchkännchen und eine Zuckerdose Platz fanden. Alles, auch das Tablett, war aus dickem Porzellan, geschmückt mit blauen Rosenknopsen auf weißem Grund. Es war eine Zwischengröße zwischen normalem Geschirr und Puppengeschirr. Ich hatte es in dem Laden entdeckt, wohin William das Kännchen mit dem Efeuhenkel verscherbelt hatte. Ich hatte mich sofort verliebt, und da es frühestens aus den zwanziger Jahren stammte, war es auch erschwinglich gewesen. Ellie wickelte alles sehr vorsichtig aus und stellte jedes Stück in die dafür vorgesehene Vertiefung im Tablett.

»Das ist wirklich zauberhaft!« sagte Min. »Wo hast du das denn gefunden? Sieh nur, Ellie, der hübsche kleine Toastscheibenhalter. Das ist doch kein Kindergeschirr, oder? Dafür sieht es viel zu kostbar aus.«

»Nein«, sagte ich, noch immer in Sorge, da Ellie sich noch nicht geäußert hatte, »es ist für Erwachsene, für Tee oder Schokolade. Ende des achtzehnten Jahrhunderts waren diese Kabaretts sehr beliebt und Anfang unseres Jahrhunderts kamen sie wieder in Mode.«

»Ist das wirklich für mich?« erkundigte sich Ellie mit zartem Stimmchen, und da wußte ich, daß es ihr gefiel.

Ich stand auf und stellte noch mal Teewasser auf. Ich spürte Ellies Arme sich fest um meine Taille schlingen, und ich drehte mich um und gab ihr einen Kuß.

»Ich werde sehr gut darauf aufpassen«, flüsterte sie, »und es, angefangen mit dem heutigen Nachmittagstee, jedes Jahr an meinem Geburtstag verwenden, bis ans Ende meines Lebens.«

Robert hatte von Ellie den Auftrag bekommen, Gerald zum Tee einzuladen, den wir im Bootshaus einnehmen wollten, aber Gerald war die vergangenen beiden Tage nicht erreichbar gewesen. Robert meinte, er müsse ohnehin in die Schule, da er einige Bücher bräuchte und einiges an Unterrichtsvorbereitungen nachholen müßte. Er würde bei Gerald vorbeischauen, der seine Wohnung über der Schulbibliothek hatte. Wir sollten mit dem Mittagessen nicht auf ihn warten. Vivien war auch eingeladen, aber Ellie war von dieser Idee nicht sehr begeistert gewesen.

»Ich weiß nicht, ob ich eigentlich ausgerechnet an meinem Geburtstag hören will, wie dick ich bin. Aber wahrscheinlich muß man sie einladen.«

»Hast du denn keine Schulfreundin, die du gerne einladen würdest?«

»O nein! Ich möchte lieber allein meinen Spaß haben. Ich habe keine Lust, mir Gedanken zu machen, ob es ihnen gefällt, oder ob Oma wieder irgend etwas Schreckliches von sich gibt. Familien sind so furchtbar peinlich. Aber man fühlt sich doch verletzt, wenn die anderen sie nicht mögen. Manchmal denke ich, ich wäre lieber ein Waisenkind.«

Wir versuchten Booty dazu zu bringen, hereinzukommen und sich in ihr neues Körbchen neben dem Kohleherd zu setzen, doch obwohl sie inzwischen sehr viel zahmer war, blieb sie nicht im Haus, und so stellten wir ihr das Körbchen in die

Krippe. Robert sagte, Ellie könnte eines der Kätzchen behalten und versuchen, es ans Haus zu gewöhnen, sobald Booty keine Lust mehr habe, sich darum zu kümmern. Die Vorstellung, ein Kätzchen behalten zu dürfen, bereitete Ellie einerseits große Freude, andererseits litt sie Höllenqualen angesichts der Notwendigkeit, vier zurückweisen zu müssen.

»Komm nicht zu spät, Schatz«, sagte Min. »Um vier Uhr wird Tee getrunken. Du könntest Vivien abholen, damit sie nicht herlaufen muß.«

Robert sagte zu und nahm Ellie zu einem ganz speziellen Geburtstagskuß in den Arm.

»Na so was? Was ist das denn? Meine unglaublich alt gewordene Tochter ist viel dünner, als sie früher war. Das steht dir, Liebling. Bist du geschrumpft?«

»Nein. Ich versuche nur, nicht mehr so viel zu essen. Das ist ein Geschenk für Diana. Wahrscheinlich hat noch nie jemand so ein lustiges Geschenk bekommen, was meinst du?«

Robert sah mich an. Ich spürte, daß ich rot wurde. Ich fing an, ein kaltes Hühnchen zu zerteilen und weigerte mich, ihn anzusehen. Ich hörte ihn gehen und die Tür leise schließen. Min und ich machten Eiersandwiches, das heißt, ich machte sie, und Min aß die Brotrinde. Ich kochte Orangengelee und füllte es in die ausgehöhlten Orangenschalen. Min mußte Sahne für die Meringen schlagen, die ich schon vor ein paar Tagen gemacht hatte. Ellie hatte den Auftrag, mit rosa Glasur die Initialen jedes Gastes auf Kekse zu spritzen, die ich am Vortag gebacken hatte. William spießte Cheddarstückchen zusammen mit Ananasecken auf Cocktailspieße. Er hatte gemeint, er käme nur dann zur Teeparty, wenn er mit diesem kulinarischen Genuß rechnen könne. Wir verstauten alles in Körben und trugen diese dann zur Hintertür, ein Bereich, der kalt genug war, um als Kühlschrank zu dienen. Als dann alles abgewaschen und die Glasur von Tisch, Stühlen und Fußboden gewischt war, wurde es auch schon Zeit fürs Mittagessen. Ich war unendlich dankbar für die Fischstäbchen mit den Bohnen und dachte nur noch mit Hohn an meine frühere Borniertheit gegenüber dieser Art von Nahrung.

Als Robert um vier Uhr mit Vivien zurückkam, waren wir

alle schon wieder ausgehungert und konnten es kaum erwarten, mit dem Tee anzufangen. Ich holte den Geburtstagskuchen und nahm mit Genugtuung das allgemeine Lob entgegen, vor allem Ellies Entzücken. Nur Robert sagte nichts. Was immer er zum Mittagessen verzehrt hatte, schien ihm nicht bekommen zu sein. Er wirkte müde und so, als hätte er Magenschmerzen, sein Gesicht war grau, und seine Nase trat scharf hervor. Ich hatte mehrere Thermoskannen voll Schokolade und Tee gekocht und sie zusammen mit zwei Flaschen Champagner in einen Korb gestellt. Mit zusätzlichen Stühlen, den Körben und mit Kissen beladen, wanderten wir hinunter zum Bootshaus. Ellie trug das Geschenk, das sie von mir bekommen hatte, sehr vorsichtig und bedächtig. Ich folgte ihr mit dem Kuchen. Nach dem Mittagessen hatte ich den Paraffinofen angemacht, damit der Raum warm wurde. Ham streckte sich sofort davor aus und schlief heftig schnarchend ein.

»Dahlia!« rief Vivien, als sie es sah. »Das ist ja umwerfend!«

»Min und die Kinder haben auch geholfen.«

»Das möchte ich wohl meinen. Aber der Dahlia-Stil ist unverkennbar.«

»Nenn sie doch nicht immer Dahlia, Oma«, sagte Ellie. »Sie heißt Daze.«

»Das macht doch nichts«, beschwichtigte ich. »Das ist nur ein Scherz deiner Großmutter. Mir ist das egal.«

Vivien schien verstimmt zu sein. Sie gab Ellie ihr Geburtstagsgeschenk. Es war ein Morgenrock, dunkelblau mit einem roten Quastengürtel.

»Der scheint dir aber ein bißchen zu groß zu sein, mein Schatz. Du hast anscheinend abgenommen.« Sie sah Ellie abschätzend an. »Vielleicht kommst du schon früh in die Pubertät. Da kommt es dann zu so interessanten kleinen Veränderungen. Na, wenn ich daran denke, als ich zum erstenmal meine Regel bekam ...«

»Mutter!«

Robert sagte das so schneidend, daß Vivien erst einmal still war.

»Was bist du nur immer für ein prüder kleiner Junge«, lautete ihr einziger Kommentar.

»Kann jemand den Schwan sehen?« fragte ich und trat ans Fenster. »Es wird gleich dunkel.«

Der See war eine Silberschale unter den sich rötenden, die Dunkelheit aufsaugenden Wolken. Im schwarzen Schilf am anderen Ufer reckten zwei weiße Gestalten ihre Hälse einander zu.

»Er hat einen Partner gefunden«, sagte ich. »Das verheißt sicherlich Glück für deinen Geburtstag, Ellie.«

»Kommt Gerald denn nicht?« fiel es Ellie plötzlich wieder ein.

»Nein, mein Schatz.« Robert nahm sich ein Sandwich. »Er scheint dieses Wochenende nicht da zu sein. Wir hätten ihn eher fragen sollen. Ist es nicht wunderbar, wie das Licht da über dem Wasser schwindet? Jetzt kann man das andere Ufer schon nicht mehr sehen. Es ist sehr gemütlich hier.«

»Hector und ich kamen manchmal hierher«, sagte Vivien. »Dort an der Wand stand eine Chaiselongue, und ...«

»Welche Farbe hatten die Wände?« fiel ich ihr rasch ins Wort. »Bevor wir sie strichen, waren sie schmutzig grau.«

»Laßt mich mal überlegen.« Vivien war nachdenklich. »Nein, es fällt mir nicht mehr ein. Einmal hatten wir eine Party auf dem See. Auf der Insel war ein Picknick für uns hergerichtet. Einige der Männer zogen sich aus und schwammen hinüber, ohne auf das Boot zu warten. Sie mußten natürlich ihr Essen unbekleidet einnehmen. Es war gerade so wie auf dem Gemälde *Le déjeuner sur l'herbe*. Vielleicht nicht ganz so dekorativ. Wir erzählten uns abwechselnd die schlüpfrigsten Geschichten, die uns einfielen. Wir mußten allen nackten Männern Servietten geben.«

»Es wäre wahrscheinlich unangenehm gewesen, wenn einem die Krümel in den nackten Schoß fallen«, überlegte Ellie.

»Jetzt soll jeder von uns eine Geschichte erzählen«, schlug Robert vor. »Vielleicht setzt das Mutter eine Weile außer Gefecht.«

Da es seine Idee gewesen war, fing Robert an und erzählte die Geschichte von Orpheus und Eurydike. Er erzählte sie so gut, daß es mir vorkam, als hörte ich sie zum erstenmal. Ellie fand es gemein von den thrakischen Frauen, den trauernden

Orpheus in Stücke zu reißen, aber William meinte, er könne dem voll und ganz zustimmen, da Orpheus von Anfang bis Ende ein einziger Trottel gewesen sei.

»Ich meine, man stelle sich vor, dreht sich der um, obwohl man ihm gesagt hat, daß er genau das nicht tun darf. Ich bitte euch!«

Min erzählte die Geschichte von Ivanhoe. Es war eine gute Geschichte, aber kompliziert, so wie Min sie erzählte, und da sie offensichtlich der klugen, einfallsreichen, schönen Rebecca vor der hübschen, seichten Rowena den Vorzug ab, konnten wir das Ende, als Ivanhoe mit dem falschen Mädchen abzieht, nur als enttäuschend empfinden. Doch es waren genügend Romantik für Ellie und genügend Kämpfe für William vorhanden, so daß alle zufrieden sein konnten.

Ellie erzählte die Geschichte von der Prinzessin auf der Erbse. William und Vivien sabotierten die Erzählung mit derben Bemerkungen, bis Ellie richtig wütend wurde, und Robert eingriff und ihnen den Mund verbot.

William erzählte die Geschichte von Tantalus, die er erst am Tag zuvor gelesen hatte. Er erzählte sie sehr anschaulich, und wir, die wir alle in der letzten Stunde so viel gegessen und getrunken hatten, waren zutiefst erschüttert von seinen Qualen.

Ich erzählte die Geschichte von Tobermory, dem Kater, dem während einer Party das Sprechen beigebracht wird und der dann die Heucheleien der Gastgeberin und der Gäste an den Pranger stellt, indem er erzählt, was er belauscht hat. Alle lachten sehr, doch ich war mir bewußt, daß meine Erzählkunst der von Saki nicht das Wasser reichen konnte.

Dann erzählte Vivien die Geschichte ihrer Namenspatronin, der Dame vom See, die Merlins Geliebte gewesen war. Sie gab eine ziemlich verfälschte Version zum besten, ließ alle Figuren Zigaretten rauchen und Cocktails schlürfen, bis wir alle in Lachkrämpfe ausbrachen. Robert lachte mehr als alle anderen, denn er hatte sein Vorurteil gegenüber Champagner anscheinend abgelegt und fast eine ganze Flasche allein geleert.

Als wir *Happy Birthday* gesungen hatten und jeder ein Stück Geburtskuchen probiert hatte, bliesen wir die Kerzen aus, stellten den Heizofen ab und trugen im Licht der Taschenlampen die Körbe zurück ins Haus.

»Das war mein allerschönster Geburtstag«, sagte Ellie.

Min und ich tauschten zufriedene Blicke aus. William erzählte jede einzelne Minute *seines* schönsten Geburtstags, was uns aber, da es sich um einen Tag beim Autorennen gehandelt hatte, wenig zu packen vermochte. Zum Schluß mußten wir ihn bitten, damit aufzuhören. Roberts joviale Stimmung war plötzlich wie weggeblasen, und er sagte, er hätte Kopfschmerzen und würde sich für eine halbe Stunde in die Bibliothek zurückziehen. Er sah sehr müde aus, und wieder war sein Gesicht eingefallen und grau.

»Mach das, Schatz«, sagte Min, »wir wollen den Grund dieser Kopfschmerzen auch gar nicht hinterfragen. Ich würde meinen Rausch ausschlafen, wenn ich du wäre.«

Robert lächelte matt und ging. Als Ellie losgeschickt wurde, um ihn zum Abendessen zu holen, war er in der Bibliothek fest eingeschlafen, und so aßen wir ohne ihn. Er tauchte noch einmal auf, kurz bevor die Kinder ins Bett gingen, und wir spielten eine letzte Runde *Pit*, Ellies Lieblingsspiel, bei dem es laut herging. Robert schrie lauter als wir alle, weshalb ich annahm, daß seine Kopfschmerzen nachgelassen hatten. Er bot an, die Kinder ins Bett zu bringen, und lehnte das Abendessen ab, weil er meinte, er sei noch immer satt vom Tee. Min, Vivien und ich setzten uns eine Weile um den Küchentisch, wo wir schwatzten und Kaffee tranken. Vivien hatte sowohl beim Tee als auch beim Abendessen herzhaft zugelangt, was Min zu der Frage veranlaßte, wie sie es schaffte, dabei nicht zuzunehmen.

»Abführmittel, Minerva. Spül's schnell durch, und es hat keine Zeit, sich irgendwo festzusetzen.« Vivien nahm sich, ohne zu fragen, meine letzte Zigarette.

»Aber das kann doch nicht gut für Sie sein?« sagte ich und gab ihr Feuer.

»Wahrscheinlich nicht.« Sie zuckte mit den Schultern. »Was kümmert's mich? Ich werde dieses Jahr siebzig. Ich will nicht ewig so weitermachen. Ich liebe mein Leben, aber es ist nicht mehr so amüsant, wie es früher war. Viele der Menschen, die ich wirklich mochte, sind inzwischen tot. Und manche sind im

Alter so langweilig geworden und erzählen einem immer von ihrem Dickdarm, als wäre dieser ein Objet du vertu. Essen ist eine der größten Freuden im Alter. Sex langweilt mich. O ja, ich spreche noch darüber, aber mich bekommt keiner mehr dazu, daß ich mich ausziehe. Ich arbeite gerne im Garten, aber nur, wenn es nicht brüllend heiß oder eiskalt ist. Ich denke, da bleiben von den dreihundertfünfundsechzig Tagen im Jahr an die dreißig gute zum Gärtnern.«

»Du hörst dich ja fast deprimiert an, Vivien«, rief Min.

»Nein, das bin ich nicht. Und das will ich auch nicht sein. Falls ich herausfinde, daß es so ist, werde ich entsprechende Schritte unternehmen.«

»Die da wären?«

»Du wärest die letzte, der ich das auf die Nase binden würde, Minerva. Du kümmerst dich um deine Angelegenheiten, und ich mich um meine.«

Min lachte. »Soll ich dich nach Hause bringen? Ich bin jetzt bettreif.«

Als sie gegangen waren, wusch ich zum letzten Mal für den heutigen Tag ab. Ich bewunderte Mins gute Miene zum bösen Spiel. Natürlich konnte sie auch furchtbar wütend werden, aber bei kleineren Beleidigungen war sie nicht eingeschnappt oder nahm Anstoß daran. Mir fiel keine Situation ein, in der ich sie kleinlich erlebt hätte. Es war ein überaus anziehender Wesenszug, die Kehrseite ihrer Inkompetenz in häuslichen Belangen. Triviales berührte sie nicht. Ich wußte, daß man das von mir nicht behaupten konnte.

Am darauffolgenden Morgen wachte ich früh auf. Ich stand auf, um mir das Morgenrot anzusehen ... grau und rosa schien es aus der Flanke eines gehäuteten Lachses zu quellen. Ham und ich nahmen das Frühstück gemeinsam ein, dann trug ich etwas zu Booty hinaus. Ich hatte vorgehabt, wieder ins Haus zurückzukehren und in der Wärme der Küche ein wenig zu lesen, aber da es so vielversprechend nach Sonne und blauem Himmel aussah, ließ ich mich verführen und nahm meinen Dufflecoat, um mit Ham eine Wanderung um den See zu machen, ehe ich meine Bücher herausholte. Es war ein Frühlingsmorgen, wie er sein mußte, für Februar äußerst ungewöhnlich. Klares Licht, frischer Wind, funkelndes Wasser. Ich war versucht, noch eine zweite Runde zu drehen, aber ich blieb hart zu mir selbst. Auf dem Rückweg machte ich einen Abstecher zu George Prykes Gewächshaus.

Aus einem Impuls heraus öffnete ich die Tür des Gewächshauses und ging hinein. Es kam mir auffallend warm darin vor. Ich öffnete die Heizungsklappe. Zwischen der Asche glimmte es noch ein wenig rot. Offenbar heizte George auch am Samstagnachmittag ein, damit es bis zum Montag warm blieb. Ich sah auf meine Uhr. Erst acht Uhr. Ich setzte mich in Georges Stuhl und sah mich um. Mit einem Dutzend neuer Glasscheiben wäre das Gewächshaus sofort wieder zu gebrauchen. Es war ein schöner alter Bau, und es wäre eine Schande, ihn zerfallen zu lassen. Das Gewächshaus sinnvollerer Nutzung zuzuführen als der Aufbewahrung von Georges Sexillustrierten, schien mir ein dringendes Anliegen.

Plötzlich sah ich durch die grünen und weißen Algenkleckse und die gegen die Lichteinstrahlung angebrachte Farbschraffur ein Gesicht durch das Glas spähen. Es war Robert.

»Hallo«, sagte er, als er die Tür öffnete. »Ich dachte, ich hätte gesehen, wie sich etwas bewegte. Ich nahm an, es sei George. Wie dumm von mir. Es ist doch ziemlich unwahrscheinlich, daß er am Sonntag hier herkommt.«

»Ich habe gerade überlegt, wie schön es wäre, das hier zu reparieren und wieder zu benutzen. Ich liebe den Geruch von Gewächshäusern ... feuchte Erde, Tomaten, Heliotrop. Und das Vergnügen erst, darin zu arbeiten, Sämlinge zu pikieren, während der Regen draußen gegen die Scheiben prasselt.«

»Ich erinnere mich noch, wie ich als Junge Harrington, dem Obergärtner, half, die Zwiebeln zusammenzubinden. Ich glaube, da hat es geregnet. Ja, es muß geregnet haben.«

»Was für ein Glück für Sie, hier aufgewachsen zu sein.«

»Vermutlich ... ja, in gewisser Weise schon.«

»Wir blieben nirgendwo länger als ein paar Jahre. Immer, wenn ich mir alles so eingerichtet hatte, daß ich mich wohl fühlte, waren wir schon wieder unterwegs zu einem Ort, wo es meist weniger angenehm war. Wie zu erwarten, verloren

Mutters Freunde, je älter sie wurde, an Klasse und Geldmitteln.«

»Aber es hat Sie zu dem gemacht, was Sie sind. Was keiner von uns bedauerlich findet.«

»Merci du compliment.«

»Ich möchte Ihnen für all das danken, was Sie für Ellies Geburtstag getan haben. Der Kuchen und das Essen und die Renovierung des Bootshauses. Sie war so glücklich.«

»Ich habe das sehr gern getan. Es hat mir genauso viel Freude bereitet wie Ellie.«

Es entstand eine Pause. Müßig nahm Robert ein Pflanzholz von der Bank, drehte es zwischen seinen Fingern hin und her und runzelte dabei die Stirn. Er sah schrecklich müde aus, und sein Gesichtsausdruck war so ernst, daß ich, hätte ich ihn weniger gut gekannt, beunruhigt gewesen wäre. Ich wollte gerade einen Scherz über Ginevra Yorke machen, aber dank eines glücklichen Geistesblitzes erkannte ich, daß etwas nicht stimmte. Seine Hände, die das Pflanzholz drehten, waren sehr weiß. Es waren wunderschöne Hände, lang und zartgliedrig mit wohlgeformten Nägeln. Ich roch den scharfen, süßen Duft verbrannten Apfelbaumholzes aus dem Ofen. Plötzlich kam es mir vor, als befände ich mich außerhalb des Geschehens und sähe mir ein farbiges, sich bewegendes Bild an ... ein von einer Camera obscura projiziertes Bild. Ich hörte ihn atmen. Einen Augenblick lang meinte ich, seinen Herzschlag zu hören. Aber dies geschah wohl nur in meiner Einbildung.

Auf einmal schüttelte zu meiner Verwunderung ein Krampf seinen Mund, so daß er gezwungen war, seine Lippen zusammenzubeißen, und Tränen liefen ihm übers Gesicht. Außer Poppy hatte nie ein Mann vor mir geweint. Einen Augenblick lang hatte ich panische Angst.

»Es tut mir so leid. Es tut mir leid!« sagte er und fischte in seiner Tasche nach einem Taschentuch.

Da er keines fand, wischte er sein Gesicht am Ärmel ab. Wäre er eine Frau gewesen, hätte ich ihn aus einem natürlichen Impuls heraus in den Arm genommen, aber meine Schüchternheit hielt mich zurück.

»Wollen Sie mir nicht erzählen, was los ist?«

Meine Worte kamen zögernd. Ich hatte wahnsinnige Angst davor, das Vertrauen durch ein falsches Wort aufs Spiel zu setzen. Robert sah mich mit scharfem Blick an. Nichts verriet seine Gedanken. Dann sah er weg und fing zu sprechen an.

»Als ich gestern in die Schule kam, fand ich diesen Brief. Auf meinem Schreibtisch. Natürlich dachte er, ich würde ihn erst morgen finden.«

Er zog ein Blatt blaues Briefpapier aus seiner Tasche und gab es mir. Ich fing zu lesen an.

Lieber Robert,
wenn du diesen Brief findest, wird die Meute schon bellen, und alles wird aufgedeckt sein. Mich wird das alles nichts mehr angehen, aber du, mein armer Freund, wirst mit dem Wissen leben müssen, daß der Mann, den du für anständig und zivilisiert hieltest und von dem du glaubtest, er hätte sich in der Gewalt, in Wahrheit ein in sich selbst vernarrtes, verdorbenes Ungeheuer war. Ich habe dich angelogen. Ich kann dir nicht sagen, wie leid mir das tut. Wie leid mir eigentlich alles tut, was seit dem Nachmittag passiert ist, an dem ich zurück in meine Wohnung kam, wo ich Dalrymple nackt auf meinem Sofa sitzen und Proust lesen sah.

Ich hoffe, du kannst lachen, wenn du dies liest. Ich habe damals nicht gelacht und konnte auch seitdem nicht mehr lachen, aber ich denke, daß alle unsere Liebesgeschichten etwas Lächerliches haben. Ich glaubte, Dalrymple zu lieben. Seitdem hat er gezeigt, daß er gerissen und unaufrichtig ist und die Fäden zu ziehen versteht. Doch – ich werde ehrlich sein, denn alles andere macht jetzt ohnehin keinen Sinn mehr – ich liebe ihn noch immer. Im Vergleich zu mir ist er ein Engel. Ich weiß, daß ich ein verabscheuenswürdiger Rohling bin. Vielleicht gelingt es dir, etwas freundlicher über mich zu denken, wenn ich dir sage, daß ich, seit dem Augenblick, als ich Dalrymple meine Hand überließ, keinen glücklichen Moment mehr gehabt habe.

Das zählt nicht mehr. Es ist schon lange her, daß ich an Himmel oder Hölle glaubte. Aber meine arme Mutter hat das nicht verdient. Wenn du für mich kein Mitleid empfindest – und ich muß zugeben, daß ich keines verdiene – tu bitte für sie, was du kannst. Ich weiß, daß ich mich da auf dich verlassen kann.

Als letzte Strafe, die ich dich bitte, dafür zu bezahlen, daß du mir geglaubt hast, wünsche ich mir, daß die Wahrheit ans Licht kommt. Ich habe kein Recht, ein junges Leben zunichte zu machen, und ich schäme mich, schäme mich zutiefst, daß ich bereit war, Dalrymple zum Lügner brandmarken zu lassen.

Das klingt alles so, als hätte ich Mitleid mit mir selbst, deshalb werde ich jetzt Schluß machen und es hinter mich bringen. Danke dir, Robert. Deine Freundschaft war mir das größte Glück in meinem Leben,
Gerald.

Als ich zu Ende gelesen hatte, lagen meine Hände, die den Brief hielten, auf meinen Knien, und ich spürte das Entsetzen über meine Haut kriechen.

»Ich ging direkt zu seiner Wohnung.« Robert sprach mit leiser, angestrengter Stimme. »Er lag auf seinem Bett, bewußtlos, aber er atmete noch. Neben ihm standen Tabletten- und Whiskyflaschen ... leer. Mein erster Gedanke war, einen Arzt oder einen Krankenwagen zu rufen. Ich nahm den Hörer ab, wählte die Notrufnummer ... und legte dann wieder auf, ehe es klingeln konnte. Nichts konnte das wieder rückgängig machen, was Gerald getan hatte. Oder die Folgen abwenden. Die Gewissensbisse, die Demütigung, die abfälligen Bemerkungen, der Verlust von allem, was ihm etwas bedeutete ... seine Arbeit, seine Freunde. Er hatte den Tod gewählt. Ich stand an seinem Bett und sah hinab auf sein Gesicht. Ich wischte ein wenig Spucke von seinem Mundwinkel. Ich setzte mich auf das Bett und hielt seinen Kopf in meinen Armen. Auf seinem Bett lag ein Band Shakespeare aufgeschlagen. Er muß wohl darin gelesen haben, als er darauf wartete, daß die Tabletten und der Alkohol ihre Wirkung taten. Ich las laut den letzten Akt aus Hamlet und hielt ihn, bis er zu atmen aufhörte.«

Ich sah eine Träne über Roberts Wange rollen. Ärgerlich wischte er sie weg. Mit zitternden Händen faltete ich Geralds Brief zusammen.

»Er war ein netter Mann«, sagte ich unpassend. Wieder

mußte ich an Poppy denken. Mir fiel seine Beerdigung wieder ein und daß Min damals genau das zu mir gesagt hatte. »Sie haben genau das getan, was ich an Ihrer Stelle auch getan hätte. Es war das einzig Richtige.«

Robert sah mich an.

»O Daze!« Er seufzte so heftig, als würde er seinen Schmerz damit herauspressen. »War es das? Diese Frage habe ich mir immer und immer wieder gestellt. Das war eine solche Qual, daß ich mich schon fragte, ob ich verrückt werden würde. Ich konnte die letzte Nacht nicht schlafen. Es war, als hielte ich ein Gewicht in meinen Armen, gegen meine Brust gedrückt. Jedesmal, wenn ich wegdämmern wollte, spürte ich seinen Kopf in meinen Armen. In einem Zustand von ... Trauer, Entsetzen, Furcht schreckte ich immer wieder auf. Jetzt höre ich mich an, als würde ich mich bemitleiden. Aber wahrscheinlich frage ich mich langsam, wie ich für den Rest meines Lebens damit fertig werden soll.«

»Es war das Richtige! Gerald wäre der letzte, der mit dieser Schande hätte weiterleben können. Manche Leute mögen das vielleicht abschütteln, sich selbst rechtfertigen, es vergessen. Gerald hätte es mit jeder Faser gespürt. Ich kannte ihn nicht gut, aber ich denke mir, daß er das Leben nie mehr lebenswert gefunden hätte.«

Ich sah, daß Robert jetzt sehr viel ruhiger atmete und eine bessere Gesichtsfarbe hatte.

»Was Sie getan haben, war mutig und ... liebevoll.« Ich redete weiter. »Ich fühlte mich einmal sehr schuldig wegen einer Frau, die versucht hatte, sich umzubringen. Aber ich denke, ich habe es akzeptiert. Ist Erwachsenwerden nicht genau das? Die Verantwortlichkeit für sein eigenes Handeln akzeptieren?«

Ich erzählte ihm kurz von Caroline Protheroe. Was die Schuldgefühle anging, gab es nur wenige Parallelen. Aber wir hatten beide unerträgliches Leid mit angesehen. Robert sprach nicht viel, aber während ich redete, spürte ich sein Mitgefühl, denn die Intensität seiner Gefühle hatte auf meine eigenen eine ansteckende Wirkung gehabt.

»Das seltsamste ist, daß es meine Zuneigung zu ihm nicht

verändert hat«, sagte Robert. »Wahrscheinlich sollte ich ihn verachten ... Abscheu ... Empörung empfinden. Aber alles was bleibt, ist eine fürchterliche ... Traurigkeit.«

»Wenn ich entdecken würde, daß Min etwas wirklich Schreckliches getan hat, würde ich sie deswegen auch nicht weniger lieben«, sagte ich. »Das Mitleid würde meine Zuneigung sogar noch verstärken.«

»Und wäre das auch andersherum so?«

Ich dachte darüber nach. Natürlich fiel mir der Streit wieder ein. Aber wir hatten ja nicht über Verbrechen aneinander gesprochen.

»Ich denke, ja.«

»Ich habe es Min noch nicht erzählt«, sagte Robert. »Das mit Gerald. Sie mochte ihn nicht. Und sie wird wegen Dalrymple wütend sein. Ganz zu Recht. Morgen wird mich wohl die Polizei vernehmen. Ich habe dort angerufen, sobald Gerald tot war. Ich sage es Min nach dem Frühstück.«

»Ja.« Es entstand eine Pause. »Ich gehe jetzt lieber und mache Frühstück für die Kinder.«

»Das ist sehr freundlich von Ihnen.«

»Nein. Ich kümmere mich gern um sie. Ich denke, ich werde brennende Kohlen auf das Haupt meines Feindes häufen«, sagte ich, um das Thema zu wechseln. »Ich werde ein Holzscheit in Georges Ofen legen.«

»Lassen Sie mich das machen.« Robert legte einige Stücke Apfelbaumholz nach. »Schande über den Verdammten.«

Wir lächelten beide, und er machte mir die Tür auf, damit ich vor ihm hinausgehen konnte. Nach der Wärme im Gewächshaus war die Luft kühl. Wir gingen zusammen zurück zum Haus. Robert machte eine Bemerkung über den vom Tauen feuchten Boden. Ich erwähnte im Gegenzug die Schneeglöckchen im Park. Wir betraten die Küche, wo William und Ellie am Tisch saßen und sich stritten, wer Ellies Malkasten als erster benützen durfte. Robert schlichtete zugunsten Ellies, und ich briet Speck und Eier an und stellte das Kaffeewasser auf. William war eingeschnappt, und so fragte ich ihn, ob er die Pastellkreiden schon ausprobiert habe, die ich ihm vom Frühlingsbasar mitgebracht hatte. Er stieß seinen Stuhl weg und ging davon. Min kam gähnend herein, ihr Haar war durcheinander, und sie suchte nach ihrer Haarbürste.

Als wir mit dem Frühstück fast fertig waren, kam William zurück und legte drei Bogen Papier neben meinen Teller.

»William! Kaum zu glauben, daß ein Zwölfjähriger das gemacht hat. Aber die zeugen nicht nur von deinen Fähigkeiten, sie sind auch wunderschön!«

Es waren zwei Zeichnungen vom Haus und eins vom See. Die Ausführung war impressionistisch, die Farben atemberaubend.

»Ich habe das Gemälde von der *Untergehenden Kathedrale* aus dem Buch in der Bibliothek kopiert«, erzählte William erfreut. »Ich meine, die Art zu malen. Natürlich nicht den Gegenstand.«

Ich zeigte sie Robert und Min, die beeindruckt waren, aber offensichtlich schon so viele von Williams Arbeiten gesehen hatten, daß seine Befähigung für sie außer Frage stand. Stärker als je zuvor spürte ich, daß William richtigen Unterricht und angemessene Unterstützung bekommen sollte, aber ich konnte mir nicht vorstellen, wie das zu bewerkstelligen war.

Wir hatten einen friedlichen und erfüllten Tag. Bis auf Robert, der den Vormittag schlafend in der Bibliothek verbracht haben mußte, denn er sah beim Mittagessen nicht mehr ganz so müde aus. Er mischte sich in ein sehr verbohrtes, lautstark geführtes Gespräch über die Existenz von Geistern ... Min und ich behaupteten, es gäbe sie nur in der Vorstellung, Ellie und William waren davon überzeugt, schon jede Menge davon gesehen zu haben, und Robert meinte, er würde gerne an sie glauben, wenn sie sich doch nur dazu herabließen, sich zu erkennen zu geben.

»Wir wollen heute abend aufpassen, ob wir Geister sehen«, schlug William vor. »Laßt uns bei gelöschten Lichtern bis Mitternacht aufbleiben. Ich übernehme das Wohnzimmer, Ellie den Treppenaufgang, Papa bekommt meinetwegen die Bibliothek, Mama das Frühstückszimmer und Diana das Eßzimmer.«

Allgemeine Protestschreie erhoben sich gegen diesen Plan. Min und ich sagten, das wäre zu kalt, Robert meinte, er wäre zu müde, und Ellie fürchtete sich zu sehr. Diese unsportliche

Einstellung fand William beschämend, und während des ganzen Nachmittags machte er sich an jeden einzelnen von uns heran, um Unterstützung für seinen Plan zu finden – mit wieviel Erfolg, das erübrigt sich zu sagen.

Am Abend fiel Ellie wegen der Schule in ihre übliche Sonntagabendstimmung, eine Art Depression, durchsetzt mit Angstausbrüchen. Robert versuchte sie aufzuheitern, indem er uns die Geschichte *Das Gespenst von Canterville* vorlas. Wir mußten alle lachen. Mins Lachen hatte ich schon immer gemocht, es war eher das Lachen eines Mannes als einer Frau, ziemlich laut und tief. Sie trug ihren alten roten Pullover. Sie hob ihre Hand, um sich mit derselben Geste, die ihr schon als Dreizehnjährige eigen gewesen war, das Haar aus den Augen zu streichen.

»Ich hatte ganz vergessen, daß Oscar Wilde auch lustig sein kann«, meinte Min, als Robert im Lesen innehielt, um noch eine Flasche Wein aufzumachen. »In meiner Erinnerung läßt er sich andauernd auf äußerst affektierte Weise über die Schönheit aus ... und übermittelt damit nur ein Gefühl der Schlafmützigkeit und Künstlichkeit.«

»Aber er kann einen auch sehr rühren«, sagte ich. »Denk doch nur an *Der selbstsüchtige Riese*. Da habe ich am Schluß immer einen furchtbaren Kloß im Hals. Und *Die Nachtigall und die Rose* ist unerträglich traurig. Ich schaffe es nicht, sie noch mal zu lesen.«

»Gerald hat wirklich etwas von Oscar Wilde«, fuhr Min fort. »Dieses ganze Getue, aber darunter starke Gefühle. Schade nur, daß er nicht auch dessen Talent hat.«

Jetzt wußte ich, daß es Robert bisher an Gelegenheit oder Mut gefehlt hatte, mit Min über Gerald zu sprechen. Ich sah Robert erröten, als er sein Glas hob, um zu trinken.

»Ich habe heute morgen Geralds Keks an die Enten verfüttert«, erzählte Ellie. »Es war schade, denn das 'G' war die Glasur, die mir am besten gelungen ist. Ich glaube, der Gedanke, daß jemand speziell für ihn einen Keks macht, hätte ihm gefallen.«

»Das glaube ich auch, mein Schatz«, sagte Robert.

Plötzlich sah er so furchtbar traurig aus, daß ich am liebsten meine Hand ausgestreckt und seine berührt hätte. O mein Lieber, dachte ich. Die Worte waren in meinem Kopf so klar artikuliert, daß ich erschrocken aufsprang und dachte, ich hätte sie laut ausgesprochen. Mein Herz raste.

»Zeit, daß ihr Kinder ins Bett kommt«, sagte Min und stand auf, um abzuwaschen.

Nachdem sie gegangen waren, wagte ich einen verstohlenen Blick auf Robert. Ich glaubte, fühlen zu können, daß meine Schuld in riesigen anklagenden Buchstaben über jeden Zentimeter meines Gesicht geschrieben stand. Robert studierte das Etikett auf einem Glas mit französischem Senf. Dann seufzte er und stellte es auf den Tisch.

»Ich gehe jetzt und trockne ab«, sagte er und ging hinüber an die Spüle. »Und ich verbiete Ihnen zu helfen, Daze. Machen Sie die Flasche leer und überwachen Sie unsere Arbeiten vom Stuhl aus. Ich fürchte, Schatz, der ist nicht ganz sauber«, sagte er zu Min, reichte ihr einen Teller und küßte sie auf die Wange.

Robert war ein Mann der alten Schule, die das öffentliche Zurschaustellen von Gefühlen für schlechte Erziehung hielt, und in den drei Wochen, die ich jetzt auf Weston Hall war, hatte ich sie keine anderen Zärtlichkeiten austauschen sehen als ein kurzes und diskretes Händchenhalten. Ich nahm den Kuß als Zeichen dafür, daß ich als zur Familie gehörig akzeptiert wurde. Ich für meinen Teil akzeptierte das Gefühl akuten Schmerzes, der sich mir zitternd irgendwo ins Zwerchfell bohrte, als meinen gerechten Lohn für die größte und erschütterndste Dummheit, die ich in meinem Leben bisher begangen hatte.

»Ich habe es mir überlegt, meine Lieben«, sagte ich und winkte ihnen mit dem Glas zu. »Hiermit spreche ich einen Toast auf einen Wochenendbesuch aus, der sich zu drei wunderbaren Wochen ausgeweitet hat. Ich werde morgen nach Hause fahren.«

Kapitel 19

Während der gesamten Heimfahrt schüttete es. Den ganzen Tag strömte heftiger Regen aus dem dunklen Himmel. Kondenswasser lief in Schleiern über die Waggonfenster und trennte mich von der nassen Welt draußen.

Von Dunston Abchurch bis Carnforth durchlebte ich den Abschied von Weston Hall noch einmal. Ellie hatte während des ganzen Frühstücks pausenlos geweint. Selbst William erlaubte es sich, ein wenig Traurigkeit über mein Weggehen zu empfinden. Ham legte sich neben meinen Koffer in der Eingangshalle, ihre braunen Augen rollten von einer Seite zur anderen, und sie machte einen völlig niedergeschlagenen Eindruck. Ich sagte ihr, daß der Metzger ihr weiterhin regelmäßig ihre Fleischrationen liefern würde, aber das verstand sie natürlich nicht. Robert war schon spät dran für die Schule und kam in letzter Minute aus dem Haus gerannt, küßte mich flüchtig auf die Wange, stieg in den Morris Traveller und fuhr dann davon, während die Kinder mir noch zuwinkten. Dann hatte Min mich im Land Rover zum Bahnhof gebracht.

Wir standen auf dem Bahnsteig, quasselten dummes Zeug, und dann fuhr der Zug ein.

»Komm bald zurück, meine liebe, liebe Diana«, hatte sie gesagt und mich dabei stürmisch umarmt. »Dank dir für alles. Ich habe jede Minute genossen, die du da warst.«

»Auf Wiedersehen. Es tut mir so leid ...« Der Gepäckträger stand neben uns, und die Pfeife gellte uns in den Ohren.

»Was?« schrie Min, während die Türen zugeschlagen wurden und der abgelassene Dampf sich in Wolken auf den Bahnsteig legte.

»... daß ich jetzt gehe! Grüße bitte Vivien und Mrs. Butter von mir.«

Dann war der Zug vom Bahnsteig abgefahren, und wir hatten einander zugewinkt wie Liebende, die voneinander durch einen Weltkrieg getrennt werden, bis sich der Bahnsteig hinter einer Biegung aus meinem Blickfeld verloren hatte. Ich setzte mich auf meinen Platz und holte mein Buch aus der Tasche.

Ich starrte auf die Seite, verstand aber kein Wort davon, obwohl es kaum eine Zeile der von mir hochgeschätzten Jane Austen gibt, mit der ich nicht vertraut wäre. *Nachdem sie ein paar Minuten zusammengesessen hatten, kehrten die Miss Steele ins Herrenhaus zurück, und Elinor konnte sich in Ruhe ihren Gedanken und ihrer Verzweiflung überlassen.* Sie konnte nicht verzweifelter sein, als ich es war.

Sofort gab ich mir einen Rüffel für dieses Michgehenlassen. Lachesis spann meinen Faden zu jenen Splißeisenknoten, die Min in der Schule immer fabriziert hatte, wenn sie Topflappen stricken sollte, aber noch hatte ich in der Hand, was ich tat. Natürlich hatte ich Robert schon fast von unserer ersten Begegnung an anziehend gefunden. Es war Selbstbetrug gewesen zu glauben, ich wäre gegen Gefahren immun, weil er sich mir gegenüber so schroff, argwöhnisch und unfreundlich verhielt. Würde doch die körperliche Anziehungskraft auf geordnete Weise ablaufen und diejenigen Männer und Frauen einander zuteilen, die als Partner auch in Frage kamen! Wenn unser einziger Zweck nur darin bestand, uns fortzupflanzen, ergab dieses Durcheinander von unerwiderten, treulosen, unzulänglichen Lieben so gut wie keinen Sinn. Wie hatte ich mich nur in Mins Ehemann verlieben können ... ausgerechnet in ihn, der von allen Männern wirklich als letzter in Frage kam? Ich seufzte tief.

Ich durfte nicht so kraftlos sein. Ich mußte mich zusammenreißen. Ich kannte den Mann seit drei Wochen. Wenn ich ihn ein paar Wochen nicht sah, würde ich darüber hinweg sein. Das war alles romantischer Unsinn, nicht wert, einen Gedanken daran zu verschwenden. Ich konzentrierte mich auf Verstand und Gefühl.

Wie Elinor sich in Edward Ferrars hatte verlieben können, überstieg mein Vorstellungsvermögen. Er sprach undeutlich, war linkisch und ohne Rückgrat, ein Schwächling, der unter der Fuchtel starker Frauen stand. Aber wer vermag dieses Phänomen zu erklären? Warum durchzuckte es mich innerlich wie ein elektrischer Schlag, wenn ich an Robert dachte? Ihn mir vorzustellen, erfüllte mich mit heftiger Erregung, bis ich schließlich wieder an Min dachte.

In Carnforth stieg ich in den Zug nach London. Das Abteil war sauberer und wärmer, und ich teilte es nur mit einer älteren Frau, die stirnrunzelnd The Lady las, als wäre der Inhalt nur schwer zu verstehen. Ich wurde ein wenig fröhlicher. Ich würde direkt nach Cambridge fahren, meine Sachen auspacken und ein Bad nehmen. Im Kamin wollte ich dann ein Feuer entfachen und mich eine Weile im Morgenmantel davorsetzen und lesen, ehe ich in die Mensa ging und mir erzählen ließ, was alles passiert ist. Ich ging nicht oft in die Mensa, weil das Essen dort so schrecklich war, aber die letzten Wochen hatten mich etwas abgehärtet, wie eine zarte Pflanze, die man der kalten Umgebung ausgesetzt hat. Ich würde zwar nie zu einer Kandidatin für die rauhe Unbill des Freilands werden, aber einen Abend mit Schellfisch in Käsesauce und einem aufgewärmten Kartoffelbrei, der so mürbe wie Schaumgebäck war, würde ich schon aushalten.

Es war unerfreulich, mit dem schweren Gepäck platschend von einem Zug in den nächsten zu wechseln, doch als ich endlich am King's Cross angekommen war und in den Zug nach Cambridge stieg, hatte ich meine Geistesruhe wiedererlangt und freute mich darauf, nach Hause zu kommen. Es war halb fünf, als ich meinen Schlüssel in das Schloß in der Orchard Street steckte. Ein herrlicher Geruch nach verbranntem Holz mischte sich mit dem Duft von Blumen. Auf der Konsole im Flur lag neben einer Schale mit blauen Hyazinthen eine Nachricht von Mrs. Baxter. Darauf stand, daß sie das Feuer im Kamin angemacht hatte, weil Mrs. Weston kurz vor drei Uhr in der Hoffnung angerufen habe, mich bereits daheim anzutreffen. Sie, Mrs. B., würde stündlich vorbeikommen, um nach dem Feuer zu sehen, bis ich selbst da sei. Ein Postskriptum besagte, daß alle Blumen von den Amerikanern waren.

Ich roch an den Hyazinthen und öffnete dann die Tür zum Wohnzimmer. Ich hatte mich an die Düsternis von Weston Hall gewöhnt und war erstaunt über die strahlende Helligkeit, selbst an diesem nassen, trüben Tag. Ich hatte vergessen, was für ein herrlicher Raum das war. Auf einem kleinen runden Tisch vor den französischen Fenstern stand eine Vase mit weißen und rosa Orchideen. Eine Schale mit gelben Primeln und hellgrünem Moos schmückte den Tisch aus falschem Bambus neben dem Sofa. Gelobt seien die Finkelsteins.

Ich machte mir Tee und packte aus. Auf Mrs. Baxter war Verlaß, und so kam sie auch, um nach dem Feuer zu sehen. Sie half mir beim Auspacken und informierte mich über meine Mieter. Sie waren ihr gegenüber genauso großzügig gewesen, wie sie sich bei mir gezeigt hatten, und sie war voll des Lobs. Auf der kleinen Walnußkommode neben meinem Bett stand ein Topf mit violetten und weißen Duftveilchen.

Ich ließ mir ein heißes Vollbad einlaufen. Als ich mich hineingleiten ließ, war das die sinnlichste Erfahrung meines Lebens. Ich blieb eine halbe Stunde lang darin liegen, ließ hin und wieder heißes Wasser nachlaufen und fragte mich, ob ich es wohl je schaffen würde, wieder aufzutauchen, da klingelte das Telefon. Es war Min.

»Den ganzen Tag lang habe ich mich so danach gesehnt, mit dir zu reden. Nicht nur, daß ich dich ganz fürchterlich vermisse und das Haus mir vorkommt wie ein verlassener Kriegslandeplatz ... nur geisterhafte Echos und traurige kleine Erinnerungen an dich, schmutzbespritzte Schutzbrillen, ausgefranste weiße Seidenschals... nein, eigentlich sind es ja leere Champagnerflaschen im Abfall, und in deinem Zimmer duftet es noch nach dir ... es ist auch noch etwas absolut Fürchterliches passiert. Es geht um Gerald.«

»Bleib dran. Ich tropfe alles voll. Laß mich etwas anziehen.«

Ich lag eingewickelt in einen Bademantel auf dem Bett und hörte mir an, was Min erzählte.

»Robert hat Gerald schon am Samstag gefunden, aber er hat nichts gesagt, weil er Ellie nicht den Geburtstag verderben wollte. Das war ziemlich anständig, findest du nicht? Ich glaube nicht, daß ich so etwas hätte für mich behalten können. Er ist heute noch einmal von der Polizei vernommen worden ... offenbar hatten sie sich schon am Samstag mit ihm unterhalten. Der arme Schatz! Als er es mir erzählte, war er sehr ruhig, aber es muß ihn natürlich schrecklich aufgeregt haben. Sie waren so gute Freunde. Und dann ihn tot anzutreffen! Das muß ein ganz entsetzlicher Schock gewesen sein. Es scheint dich alles gar nicht so zu überraschen, wie ich gedacht habe. Hattest du den Verdacht, daß er selbstmordgefährdet sein könnte? Mir fällt ein, daß du sagtest, er sei der unglücklichste Mensch, der dir je begegnet ist.«

»Wenn du mich doch nur einmal zu Wort kommen ließest«, sagte ich. »Der arme Gerald! Es tut mir so furchtbar leid.«

Wir unterhielten uns lange. Min war nicht geneigt, die Vorstellung, daß Gerald von Dalrymple verführt worden war, gelten zu lassen, was ihn ja in jeder Hinsicht entlastet hätte.

»Gerald war dreißig Jahre älter als der Junge. Er hätte ganz besonders auf der Hut sein müssen. Er hätte ohnehin nie eine Stelle auf einer Jungenschule annehmen dürfen, wenn er sich selbst so gut kannte. Er war ja kein Dummkopf. Abgesehen von einer Vergewaltigung sind bei einer sexuellen Liaison immer beide Personen verantwortlich, selbst wenn einer passiv bleibt. Man hat immer die Möglichkeit zu gehen.«

Da war ich nicht ganz so überzeugt wie Min, obwohl sie, streng genommen, natürlich recht hatte. Doch aus meiner eigenen Erfahrung wußte ich, wie sehr unverschämte Beharrlichkeit die Vorstellungen von dem, was man eigentlich wollte, durcheinanderbringen kann, und falls starke Bindung an den Verführer besteht, konnte ich mir vorstellen, daß moralische Erwägungen schnell aus dem Blickfeld verschwinden.

»Die ganze Wahrheit werden wir nie erfahren. Die Menschen machen Fehler, wenn sie glauben, zu lieben. Wer kennt das nicht?«

Es entstand eine Pause.

»Ich nicht«, sagte Min. »Doch ich hatte auch kaum Gelegenheit dazu. Ich könnte mir vorstellen, daß ich jemandem begegne, mich verliebe und es mir gut gehen lasse. Robert ist ein bißchen eine Vaterfigur. Das weiß ich sehr gut. Und er behandelt mich mit einer etwas väterlichen, amüsierten Toleranz. Würde ich einen Mann treffen, der mich für hinreißend hält, der geblendet ist von mir, dann bin ich eitel genug, auch die schlimmsten Sünden zu begehen, denke ich.«

»Meine liebe Min, irgendwie bezweifle ich das. Dazu bist du zu ehrlich und direkt. Ehebrecher müssen in der Lage sein, sich einzureden, daß das, was sie fühlen, wichtiger ist als die Bande der Treue. Sie müssen sich vormachen, daß ihre Gefühle nicht Eitelkeit und Lust sind, sondern eine Kraft, die zu stark ist, um sich ihr zu widersetzen, ein unwiderstehliches und sakrosanktes Schicksal. Ansonsten wird ihre Ehe zu einem faulen Geschäft, das ihnen einen Freibrief gibt, sich anderswo zu trösten. Wie immer die Umstände auch beschaffen sein mögen, es bedeutet, daß sie sich ohne Rücksicht auf die Gefühle anderer das nehmen, was sie haben wollen.«

»In Ordnung, ist ja gut. Ich habe es noch nicht getan. Sollte ich je versucht sein, werde ich dich sicher gleich anrufen und mich von dir auf den Pfad der Tugend zurückführen lassen.«

Ich lachte. »Das sollte nicht so besserwisserisch klingen. Die arme Ellie. Die Geschichte mit Gerald wird sie sehr mitnehmen.«

»Ja. Ich sollte ihr wohl lieber nicht sagen, daß er sich selbst umgebracht hat, was meinst du?«

»Nein, das würde ich nicht. Du kannst ja sagen, daß er aus Versehen zu viele Tabletten genommen hat.«

»Ich lasse sie jetzt erst mal darüber wegkommen, daß du nicht mehr da bist. Jetzt muß ich aufhören und Tee machen. Tschüß, meine Liebe. Ruf mich bald mal an.«

Das versprach ich ihr. Mir war natürlich klar, daß der kleine Vortrag über Ehebruch nicht Min, sondern mir galt.

Fast die ganze darauffolgende Woche verbrachte ich in der Unibibliothek und entwarf einen Plan für mein Buch. Ich sah jetzt langsam eine Möglichkeit, meine Ideen zu einer interessanten These zu bündeln. Das waren meine glücklichsten Stunden. Das große Vergnügen, daheim zu sein, weiche Laken und ein bequemes Bett zu haben, versorgt mit allem, was ein ruhiges, zivilisiertes Dasein ermöglichte, wurde innerhalb weniger Stunden von anderen, tieferen Gefühlen überlagert. Die ersten Tage, in denen ich mir meine Liebe zu Robert eingestand, waren voll erregender Entdeckerfreude.

Das also war Liebe. Es gab keine Faser meines Körpers, die nicht darauf reagierte, wenn ich ihn mir vorstellte. Ich sehnte mich körperlich danach, ihn in meinen Armen zu halten. Der Gedanke an seine Augenbrauen reichte schon, meinen Herzschlag zu beschleunigen und mich vom Kopf bis zu den Knien erschaudern zu lassen. Anfangs war dieses ertrinkende Versunkensein in den anderen eine Offenbarung, von der jede andere Erfahrung auch berührt wurde. Die Musik war bewegender, die Natur herrlicher und insbesondere Bücher offenbarten sich mir in neuer Klarheit.

Ich las wieder *Die Mühle am Floss*, und zwar einzig und allein deshalb, weil es mir auf Weston Hall mehrmals in den Sinn gekommen war. George Eliots subtile Analyse von Vernunft und Gefühl schien jetzt fesselnder denn je, und ich befand mich in einem Zustand des Selbstbewußtseins und des Egoismus, der mich zu einer vollständigen Identifikation mit Maggie trieb, als sie sich in Stephen Guest verliebt. Aber diese erste sorglose Erregung, die auch eine Art Glück war, konnte nicht von Dauer sein. Nach der ersten Woche in Cambridge schlug meine Stimmung um und wurde schlechter, und die Fetzen und Überbleibsel der Trunkenheit sanken unerbittlich wie das Wrack eines großen Schiffes, das auf den Meeresboden hinab trudelt.

Ich war einsam. Ich hätte Gesellschaft haben können, wann immer ich wollte, aber es war keine Einsamkeit, die sich durch Treffen in Gemeinschaftsräumen oder Speisesalons hätte lindern lassen. Es gab Zerstreuungen, aber sie vermochten nichts gegen das elende Gefühl auszurichten, von all denen entfernt zu sein, die mir wichtig waren. Ich ging ein paarmal auf Parties, auf denen ich jede Menge Leute kannte, und kam dann zeitig heim, weil ich mich dort isolierter fühlte als allein zu Hause, wo ich ungestört meiner Liebe mit Erinnerungen Nahrung geben konnte. Ich fand das alte Hochzeitsfoto von Min und Robert. Ich bewahrte es neben meinem Bett auf und betrachtete es mehrmals täglich, um wieder die fesselnden Schmerzen der Liebe zu spüren. Ich ging zu einigen Dinnerparties. Ich sah zu, wie Leute, die mir gleichgültig waren, fades Essen in sich hineinstopften, und das Bemühen um Konversation war so ermüdend, daß es kaum auszuhalten war. Ich besuchte mit einer Freundin, die ich sehr gern mochte, das Theater, aber ihre empfindungslose Fröhlichkeit irritierte mich, so daß ich sarkastisch und fast bissig wurde. Nachts lag ich wach und dachte an Robert, und mein Verlangen war wie ein hassenswerter Inkubus, der rittlings auf meinem Körper saß, diesen ständig erregte, aber nie befriedigte.

Min und ich telefonierten jeden Tag miteinander, und mein Herz machte jedesmal einen Freudensprung, wenn ich ihre Stimme hörte, denn über kurz oder lang würde eine von uns Robert erwähnen, und dann konnte ich mein Bedürfnis stillen, über ihn zu sprechen. Wenn ich mit Min sprach, war meine Zuneigung zu ihr unverändert und unvermindert. Aber wenn ich danach an sie dachte, schien es, als würde die Distanz zwischen uns größer werden. Ich sah mich selbst als Geizhals, der gierig seinen Goldschatz inspiziert, unglücklich aus Furcht, er könnte entdeckt werden, unfähig, Freude daraus zu ziehen oder ihn zu seinem Vorteil zu verwandeln. Ich konnte mich nur immer wieder dem Verlangen nach seiner geheimen Betrachtung hingeben. Das Bewußtsein untadeligen Verhaltens beruhigte anfangs mein Gewissen, schmeichelte ihm sogar. Keiner sollte wissen, was ich begehrte. Außer mir sollte kein anderer sich elend fühlen. Ich würde still vor mich hin leiden, bis dank fehlender Nahrung alles von selbst aufhörte. Doch während mein Triumph schwand und der Depression freie Bahn ließ, wuchs auch meine Schuld.

Zwei Wochen nachdem ich Weston Hall verlassen hatte, rief mich eines kalten, nassen Abends meine Mutter an. Ich schrieb gerade an William und Ellie eine Postkarte und war fürchterlich niedergeschlagen.

»Diana? Ich habe den ganzen Tag versucht, dich zu erreichen.«

Sie hörte sich weinerlich und anklagend an, obwohl oft Monate vergingen, in denen sie sich weigerte, überhaupt mit mir in Kontakt zu treten. Ich hatte es schon lange aufgegeben, von meiner Seite aus ein Gespräch zu initiieren, da sie es nicht leiden konnte, wenn Ezra sich mit mir unterhielt, nicht einmal am Telefon.

»Ich habe gearbeitet. Ich bin gerade erst heimgekommen.«

»Aha, verstehe.«

An meiner Arbeit hatte sie noch nie Interesse gezeigt. Ich glaube nicht, daß sie sich vorstellen konnte, was ich machte.

»Was gibt's?«

»Ezra hat mich verlassen.« Sie fing allen Ernstes zu weinen an, und meine Aufgabe war es nun, ganz genau auf das zu hören, was sie zwischen Schlucken und Schluchzen sagte. »Dieser Mistkerl hat sich noch nicht mal verabschiedet. Bloß eine schrecklich kleine Notiz, nur Platitüden und Ausflüchte. Die Wahrheit ist, daß er mit Barbara Buchan durchgebrannt ist. Sie hat ein eigenes Einkommen und riesige Brüste. Ich habe Ezra erwischt, wie er darauf starrte, als er sich unbeobachtet glaubte.«

»O Mutter, das tut mir leid.«

Es tat mir wirklich leid. Zwischen ihren Männergeschichten war meine Mutter ein unerträgliches Ärgernis, sie rief stündlich an, forderte von mir, daß ich mir endlos Zeit nahm, um mir ihr Elend anzuhören, sie rauchte und trank, aß aber nichts, bis sie krank wurde. Einmal hatte ich sie auf einer Polizeistation abholen müssen, wo man sie wegen Trunkenheit und Verwahrlosung festgehalten hatte. Als Ezra sie das letzte Mal verlassen hatte, mußte ich für sie eine teure Privatklinik zahlen, damit sie wieder auf die Beine kam. Danach erholte sie sich noch bei mir. Jeder, der einen Alkoholiker im Haus gehabt hat, wird den Alptraum von im Haus herumliegenden brennenden Zigaretten verstehen. Auf fast allen Flächen befanden sich noch heute Brandflecken, und da sie immer im Bett rauchte, hatte ich damals nachts mehrmals aufstehen müssen, um nachzusehen, ob ihr Zimmer nicht in Flammen stand. Seitdem war ein

Jahr vergangen, und sie hatte mich einmal angerufen, und zwar, um mich um ein Darlehen zu bitten.

»Ich bin so allein. Ich glaube, ich werde wahnsinnig. Und dann habe ich auch kein heißes Wasser. Irgend etwas stimmt nicht mit dem Boiler. Ich fühle mich zu elend, um einen Mann kommen zu lassen, der ihn mir repariert. Da sieht man erst, wen man als Freund hat. Keine Menschenseele habe ich seit zwei Tagen mehr gesehen. Ich glaube, ich werde mich umbringen. Wen kümmert das schon?«

Gegen meinen Willen rührte mich dieses mit zitternder Stimme vorgetragene Unglück, das aus dem Hörer strömte. Es war meinem Gefühl nicht ganz unähnlich.

»Würdest du denn gerne zu mir kommen und eine Weile bleiben?«

»Du willst mich nicht bei dir haben. Du bist immer so kalt und überheblich. Da bin ich lieber gleich tot.«

»Jetzt sei nicht albern. Mach einfach alles aus in der Wohnung und komm her. Achte darauf, daß das Bügeleisen und der Gasherd aus sind.«

»In Ordnung. Dann komme ich morgen.«

»Ich hole den Fahrplan und sage dir die Züge.«

Wir einigten uns darauf, daß meine Mutter den Zug um zwei Uhr fünfundvierzig nehmen sollte, der um vier Uhr in Cambridge ankam. Am nächsten Morgen bat ich Mrs. Baxter, das Gästebett herzurichten, und ging einkaufen, bevor ich mich in die Bibliothek setzte. Ich kaufte jede Menge Wodka – ich wußte, daß jeder Versuch, ihr das Trinken abzugewöhnen, sinnlos war –, ein Hähnchen und einige Birnen. Ich kaufte duftende Narzissen und stellte sie in ihr Zimmer. Aus den Birnen machte ich einen Birnen-Mandel-Kuchen, den sie liebte, und aus dem Hähnchen einen Coq au vin. Von der Bibliothek ging ich direkt zum Bahnhof. Der Zug kam an, aber meine Mutter war nicht darin. Ich wartete zwanzig Minuten auf den nächsten, da ich meine Mutter, was das Erwischen von Zügen anging, als absolut hoffnungslosen Fall kannte. Sie war noch immer nicht in Sicht. Ich ging nach Hause und rief ihre Wohnung an. Keine Antwort. Ich aß so viel ich konnte vom Coq au vin und der Birnentarte und ging dann ins Bett. Ich stellte sie mir als

Brei auf den Schienen vor, zerstückelt oder namenlos in irgendeinem Krankenhaus.

Am Morgen danach arbeitete ich daheim, weil ich ängstlich auf einen Anruf wartete. Um zwei Uhr nachmittags klingelte das Telefon.

»Diana?«

»Wo, zum Teufel, bist du gewesen? Ich bin fast verrückt geworden vor Sorge!«

»Tatsächlich?« Sie klang erfreut. »Ist nicht nötig, Dummerchen. Ich rufe aus Dover an. Ich fahre jetzt ein paar Tage mit Teddy Hodgson-Gore hinunter nach Rocquebrune. Er kam vorbei, gerade als ich dich angerufen hatte, und lud mich zum Abendessen ein, und plötzlich sind wir irgendwie ... du weißt schon...eins fügte sich zum anderen und ... Schatz, ich versuche doch zu telefonieren ...« Es wurde viel gekichert, und im Hintergrund hörte ich eine Männerstimme. »Ich muß los, Süßes, ich will die Fähre nicht verpassen. Ich schicke dir eine Postkarte. Tschüüüß!«

Aus der Postkarte wurde nichts. Ich stellte die Narzissen in mein Zimmer und ging in die Bibliothek. Ich setzte mich in die Ecke, in die kein Sonnenlicht fiel und wo ich für mich war, und starrte die Bücherreihen an. Jetzt war es schon so weit mit mir gekommen, daß ich es tatsächlich bedauerte, meine Mutter nicht als Gast bei mir zu haben. Die Buchrücken verschwammen und wackelten. Ich schloß meine Augen und spürte eine warme Träne auf meinem Unterlid. Was hatte Milton gesagt? *Welch Glück ist in der Einsamkeit? Wer kann allein genießen, oder sich freuen an allem, was die Zufriedenheit findet?* Ich dachte an Robert, und in dieser ruhigen Ecke gab ich mich meinem Kummer hin.

Fünf Minuten später wischte ich mir die Augen ab, schloß meine Bücher und lief flott nach Hause. Dieses Baden im Selbstmitleid mußte ein Ende haben. Ich wollte keine Träne mehr verlieren. Sobald ich zu Hause war, würde ich die Fotografie von Min und Robert vernichten und den Mann aus meinem Herzen und meinen Gedanken reißen. Ich dachte an Charlotte Brontë. Manchmal hatte ich ihr unterstellt, sich in ihrem Elend wohl zu fühlen, vor allem, nachdem ich das Pfarrhaus in Haworth besichtigt hatte, das ich als hübsches und bequemes Haus empfunden hatte, weder dunkel noch verkommen und besser als all die anderen ringsherum aus der gleichen Zeit. Ich verglich meine Einsamkeit mit ihrer, nachdem sie die grauenhaften Todesfälle eines Bruders und zweier geliebter Schwestern hatte miterleben müssen. Wie groß war der eigene Kummer, und wie klein der der anderen! Ich empfand eine absolut heilsame Selbstverachtung.

Ich öffnete die Tür in der Orchard Street. Ein mir unbekannter Koffer stand im Flur. Auf der Konsole lag eine Nachricht von Mrs. Baxter.

Liebe Miss Fairfax ... Ein Herr kam vorbei, kurz nachdem Sie gegangen waren. Weil er Sie zu kennen schien, nahm ich mir die Freiheit, ihn hereinzubitten, damit er hier auf Sie warten kann. Hoffentlich war das richtig, Hilda Baxter.

Ich ging ins Wohnzimmer. Vor den französischen Fenstern stand mein Besucher und blickte hinaus in den Garten. Als ich hereinkam, wandte er sich um. Es war Charles Jarrett.

Kapitel 20

»Charles! Wie schön, Sie zu sehen!«

Ich gab mir keine Mühe, meine Freude zu verbergen. Er kam zu mir und küßte mich auf die Wange. Er roch köstlich, nach Rasierwasser und heißer, trockener Männerhaut. Er trug einen eleganten, leicht zerknautschten cremefarbenen Leinenanzug und sah sehr schneidig aus. Er sah mich eindringlich an und ließ mich dann los.

»Ich bin direkt von Heathrow hier hergekommen. Haben Sie etwas zu trinken? Ich bin erschöpft.«

Er sah nicht so aus. Ich holte eine Flasche Champagner aus dem Kühlschrank, öffnete sie und füllte zwei Gläser.

»Ihr Haus gefällt mir«, sagte er, während er auf dem Sofa Platz nahm und sich umsah. »Ich konnte mir alles in Ruhe ansehen, während Sie nicht da waren. Natürlich nur unten. Es entspricht ziemlich genau der Vorstellung, die ich mir davon gemacht hatte. Durchkomponiert.«

Ich lächelte, sagte aber nichts. Meine Freude, ihn zu sehen, verblüffte mich. Noch vor wenigen Augenblicken hatte ich mich so elend gefühlt wie wohl noch nie vorher in meinem Leben. Jetzt spürte ich, daß das Leben schließlich doch über unendliche Möglichkeiten verfügte. Mir kam in den Sinn, daß ich mich mittels Charles von meinem Inkubus befreien könnte.

»Warum lächeln Sie?« wollte er wissen. Als ich nicht antwortete, fuhr er fort: »Gibt es hier irgendwo etwas Vernünftiges zu essen? Ich möchte mich entspannen. Bis zur letzten Sekunde stand es auf Messers Schneide, ob der Streik beendet werden würde. Das hat mich sehr mitgenommen. Und dann noch ein Flug mit Verspätung!«

Er sah so entspannt aus wie ein Kater, der sich im Sonnenschein im Gras wälzt.

»Eigentlich nicht. Cambridge ist berüchtigt für sein schlechtes Essen, es sei denn, man mag Moussaka und Pommes. In Whittlesford gibt es das *White Horse*. Es ist nur ein Pub, aber das Essen ist gut, und es herrscht auch keine rauhe Kneipenatmosphäre.«

Und dafür entschieden wir uns dann auch. Ich fuhr uns in meinem Lotus Elan, der mir nach dem Land Rover noch immer erstaunlich leichtgängig und elegant vorkam. Charles machte sich darüber lustig und meinte, er könne der Prototyp eines Sargs sein, *umschränkt, gepfercht, umpfählt, geklemmt.* Er wollte wissen, woraus dieses Zitat stammte. Ich sagte, aus Macbeth, und dann unterhielten wir uns wieder über meine Arbeit. Wir aßen gefüllte Paprika und tranken einen ausgezeichneten Château Margaux zu den Klängen eines Schubertschen Streichquartetts. Im Pub brannten nur Kerzen, und da es sehr dunkel war, brauchte man die anderen Gäste darumherum nicht wahrzunehmen.

»Und hat Ihre neu entdeckte Freundschaft zu Robert die französischen Kochrezepte überlebt?« erkundigte sich Charles.

»Dank Ihnen ist sie prächtig gediehen. Dem Knoblauch konnte er einfach nicht widerstehen.«

»Und warum sind Sie abgereist?«

»Ich glaubte, nach den drei Wochen schlimmer zu stinken als der älteste Fisch.«

Überrascht blickte Charles auf.

»Urzeitliche Rohrleitungen?«

Ich lachte und klärte ihn über das Sprichwort von den Gästen und den Fischen auf, die nach drei Tagen stinken.

»Außerdem ging es Mins Hand auch besser. Und ich mußte auch mal wieder richtig arbeiten. Aber der Abschied tat weh.«

»Erzählen Sie mir genau, was Sie gemacht haben, nachdem ich abgereist bin.«

Und so berichtete ich ihm alles, woran ich mich erinnern konnte. Vom St.-Lawrence-Schulball, dem Frühlingsbasar, Ellies Geburtstag im Bootshaus, Vivien, Gerald. An Gerald zeigte er sich sehr interessiert, und ehe ich mir darüber richtig im klaren war, hatte er mir die ganze Geschichte von Geralds Selbstmord entlockt, bis auf den Umstand, daß er nicht tot gewesen war, als Robert ihn gefunden hatte.

»Roberts bester Freund war also homosexuell. Glauben Sie, daß Robert bisexuell ist?«

»Das bezweifle ich.«

»Warum verletzt Sie die Vermutung, daß er es sein könnte?«

»Ich bin nicht verletzt.«

»Sie sind es. In Südafrika sind wir in solchen Sachen nicht so tolerant, wie man das hier ist. Wenn ich ehrlich bin, könnte ich bei einem Mann, von dem ich weiß, daß er homosexuell ist, nie richtig entspannt sein. Ein wesentlicher Teil seiner Natur wäre mir nicht nachvollziehbar.«

»Wir sind hier auch nicht sehr tolerant. Nur die kultivierte Minderheit ist tolerant, und davon nicht einmal alle. Die große Mehrheit der Engländer hält Homosexualität für abstoßend oder für etwas, worüber man Witze reißt.«

»Haben Sie sich jemals in eine Frau verliebt?« fragte mich Charles und schob seinen Teller weg, um eine Zigarette anzuzünden.

»Nein. Ich kann es mir nicht einmal als eine Möglichkeit vorstellen. Ich hatte nie auch nur im geringsten das Verlangen, mit einer Frau ins Bett zu gehen, selbst wenn sie wunderschön war.«

»Und mit einem Mann auch nicht?«

Charles reichte mir die Zigarette, die er angezündet hatte. Ich wunderte mich, warum er das tat. Es wäre naheliegender gewesen, mir die Packung anzubieten. Wahrscheinlich wollte er damit zeigen, daß er genau wußte, wonach mir der Sinn stand. Ich wurde Schritt für Schritt zugeritten.

»Das würden Sie wohl gerne wissen?« zog ich ihn auf und nahm die Zigarette.

»Sehr gern.«

Er zündete sich ebenfalls eine Zigarette an, und wir rauchten eine Weile schweigend. Die Musik änderte sich und wurde leidenschaftlicher. Vermutlich war es Beethoven.

»Jetzt erzählen Sie mir doch von Min und Robert. Warum waren Sie einen Augenblick wie erstarrt, als ich fragte, ob Robert schwul ist?«

Ich befriedigte seine Neugier nach bestem Wissen und Gewissen, wobei ich natürlich meine eigenen Gefühle für Robert aussparte. Es schien ihn nicht zufriedenzustellen. Ich wußte bereits, daß Charles die Intuition eines Wahrsagers besaß, wenn es darum ging, den Pfaden menschlicher Beziehungen nachzuspüren, und war auf der Hut. Nach einer Weile ließ er das Thema fallen und erzählte mir, was er in Südafrika gemacht hatte. Er prahlte nicht und machte auch kein Aufhebens, aber es hörte sich nach Problemen, wenn nicht sogar nach Gefahr an.

»Und wenn Sie nicht gearbeitet haben?« Ich gedachte, seine Technik einmal auf ihn selbst anzuwenden. »Was haben Sie gemacht?«

»Ein paar alte Bekanntschaften aufgefrischt. Es war interessant.«

Ich warf ihm einen aufmunternden Blick zu. Er lächelte, schenkte mir nach, sagte aber nichts mehr.

»Also, das gefällt mir! Sie sezieren mit Ihrem kleinen Skalpell mein Leben und kehren das Innerste nach außen, aber Sie selbst sind so geheimnisvoll wie das Arcanum arcanorum. Erzählen Sie mir von diesen alten Bekanntschaften.«

»Na gut. Unter anderen traf ich auch eine Frau, mit der ich einmal zehn Jahre lang zusammengelebt habe. Ich hatte sie seit zwei Jahren nicht mehr gesehen. Sie hatte sich nicht verändert, äußerlich nicht, und auch sonst fiel mir nichts auf. Auf eine sehr ausdrucksvolle und auffällige Art ist sie mit ihren schwarzen Augen noch immer schön. Sie heißt Susannah. Wie mache ich das?«

»Nicht schlecht. Da die Engländer der Ansicht sind, daß man keine persönlichen Fragen stellt, tue ich mich ein wenig schwer, aber ich bin neugierig. Ich nehme an, Sie haben sie geliebt?«

»Anfangs ja, unheimlich. Sie ist sehr verführerisch. Sie war mit einem wichtigen und einflußreichen Mann verheiratet. Bei mir stellte sich zwar langsam der Erfolg ein, aber ich hatte nicht die Zeit und, ehrlich gesagt, auch gar nicht die Absicht, mich um die Insignien des Reichtums und der Macht zu kümmern. Ihr offen bekundetes Interesse fand ich schmeichelhaft. Sie kannte überhaupt keine Hemmungen, sexuell so wenig wie auf anderen Gebieten. Wenn man mit ihr zusammen war, ertrank man in Honigtau.«

»Dann hat sie ihren Mann Ihnen zuliebe verlassen?«

»Ja. Das war mein erster Fehler. Zuzulassen, daß sie das tat. Ich versuchte, sie davon abzubringen. Wissen Sie, nach einer Weile wurde der Honigtau wie Gummi. Sie kannte keinerlei Zurückhaltung. Nur Begierden ... sexuell, materiell, emotional. Nie habe ich sie eine witzige oder zärtliche Bemerkung machen hören. Auf seltsame Weise war sie sogar unweiblich. Nichts Weiches, keine Zartheit, nur die rücksichtslose Jagd auf alles, wonach ihr der Sinn stand. Sie las die neuesten Bücher, ging in jede Ausstellung, aber nichts von dem, was sie sah und hörte, machte auch nur den geringsten Eindruck auf sie. Sie war nicht eigentlich dumm. Sie war patent. Schamlos.«

»Zehn Jahre sind eine lange Zeit mit jemandem, den Sie offenbar nicht richtig gemocht haben.«

»Ich spürte eine gewisse Verpflichtung, da sie ihren Ehemann verlassen hatte, obwohl es gegen meinen Rat geschehen war. Ich war ihr nicht treu und habe daraus auch nie ein Hehl gemacht. Ich wollte ihr nicht weh tun, aber sie gab mir nicht so viel, daß ich ihr zuliebe auf die Gesellschaft anderer Frauen verzichtet hätte.«

Langsam tat Susannah mir richtig leid.

»Wahrscheinlich halten Sie mich jetzt für einen Mistkerl?«

»Sie tut mir leid. Das ist nicht dasselbe.«

»Wir gewöhnten uns aneinander. Es war für uns beide eine verlorene Zeit. Als ich nach England kam, war Schluß.«

»Was macht sie jetzt?«

»Sie lebt in einem tollen Haus mit Blick aufs Meer, geht auf Parties, engagiert sich politisch. Hat, wie sie mir erzählte, einen Politiker zum Geliebten.«

Ich fragte mich, ob Charles wohl während seines Besuchs mit ihr geschlafen hatte. Bei allem, was er über sie gesagt hatte, war mir klar, daß die Verbindung sehr viel wichtiger für ihn war, als er zugeben wollte.

»Sie überlegen, ob wir diesmal miteinander geschlafen haben, aber Sie trauen sich nicht zu fragen«, sagte Charles. »Ja, ich habe mit ihr geschlafen.«

Allem Anschein nach hatte er nicht vor, mehr zu erzählen, obwohl ich fast platzte vor schändlicher Neugierde. Der Kellner brachte die Rechnung, und als Charles sie abzeichnete, fiel mir plötzlich ein, daß sein Koffer noch wie ein Omen in meinem Flur stand. Eine dunkle Ahnung ließ mich erschaudern. Wir verließen das Restaurant und gingen zum Parkplatz. Ich bot ihm die Wagenschlüssel an und fragte ihn, ob er fahren wollte. Er hatte den Wagen gut im Griff, machte keinen Versuch, schnell zu fahren oder anzugeben. In der Dunkelheit warf ich einen heimlichen Blick auf sein Profil. Im Scheinwerferlicht der entgegenkommenden Autos glitzerten seine Augen. Er sah unglaublich gut aus. Ich konnte gut verstehen, warum Min so auf ihn fixiert war. Seine Stirn war vor Konzentration leicht gerunzelt.

»Nun?« sagte er, ohne die Straße aus den Augen zu lassen. »Wie ist die Prüfung ausgefallen? Gehe ich über Nacht in das Porter's Arms, wo Horace mir ein Zimmer bestellt hat? Oder darf ich die Nacht mit Ihnen verbringen?«

Da steigerte sich mein Herzschlag zum Allegro con fuoco, doch ich versuchte, in Ruhe zu überlegen. Den ganzen Abend über hatte ich nicht an Robert denken müssen. Wenn man mit Charles zusammen war, konnte man unmöglich an andere Männer denken. Seit zwei Wochen stellte ich mir auf unerhörte Weise vor, eine intime Beziehung zu unterhalten. Es war mir unmöglich, die Gedanken an Robert von meinem Verlangen zu lösen.

»Sie können bei mir bleiben, wenn Sie wollen.«

Er sagte nichts. Die Worte blieben in der Dunkelheit stehen. Noch einmal überkam mich ein Zittern, aber ich dachte nicht daran, sie zurückzunehmen. Ich schloß die Eingangstür auf und machte die Lichter im Wohnzimmer an.

»Cognac?« fragte ich mit einer Stimme, die mir selbst fremd war.

»So siehst du wahrscheinlich aus, wenn du zum Zahnarzt mußt«, meinte Charles.

Da mußte ich lachen.

»Schade, daß das Haus so klein ist«, fuhr Charles, der jetzt vor dem nicht angezündeten Kamin stand und mich amüsiert betrachtete, fort. »So wirst du mit weniger als drei Meter Abstand zu mir klarkommen müssen.«

»Ich wollte mir selbst etwas zu trinken einschenken«, sagte ich und bückte mich, um eine Flasche Hine aus dem Schrank zu holen.

Mit vier Schritten war er neben mir und zog mich hoch.

»Den brauchst du nicht.«

Er legte seinen Arm um mich und sah mich an, spöttisch, wie ich fand. Dann fing er an, mein Gesicht zu küssen, sehr langsam und bestimmt, bis er zuletzt meinen Mund erreichte. Während ich den Liebesakt stets häßlich und befremdlich gefunden hatte, war Küssen mir immer lächerlich vorgekommen. Wie sehr ich mich auch bemühe, nicht daran zu denken, fällt mir dabei doch immer das Bild einer Schnecke ein. Charles' Mund war zum Glück trocken und fest, wie sich das gemäß der romantischen Überlieferung auch gehörte. Er wußte, was er tat, und zitterte und zuckte nicht herum wie manche Männer, die mir das Gefühl gaben, als hätte der Pilot meines Flugzeugs, das nun auf über zehntausend Fuß flog, angesichts der Schalttafel seine Verwirrung zugegeben. Und obwohl ich mich mit aller Kraft gegen das Lachen wehrte, mußte ich schließlich doch kichern. Charles unterbrach sein Küssen.

»Hör auf zu lachen, du Unverbesserliche.«

Er lächelte mich an, wirkte ganz und gar nicht eingeschnappt. Andere Männer waren verärgert, verstimmt oder wütend gewesen. Er fing sogar selbst an zu lachen, als er mich wieder küßte. Nach einer Minute wollte ein Teil von mir, daß er weitermachte. Das Klingeln des Telefons war keine willkommene Unterbrechung.

»Geh nicht dran«, sagte Charles und hielt mich fest.

»Ich muß. Es ist schon spät. Es könnte wichtig sein. Meine Mutter.«

Er ließ mich los, und ich nahm den Hörer ab.

»Ich möchte bitte Charles Jarrett sprechen.«

Es war eine mir unbekannte Frauenstimme, tief, sehr südafrikanisch. Ich gab Charles den Hörer.

»Ja? Susannah! Was soll das denn, mich hier anzurufen?« Charles Stimme war frostig. »Woher hattest du die Nummer?«

Die Stimme summte, und die Worte waren undeutlich. Charles hörte zu und seufzte dann. Er gab sich keine Mühe, seine Ungeduld zu verbergen.

»In Ordnung, es war sehr klug. Aber ich glaube nicht, daß Horace ein passendes Opfer ist.« Es entstand eine Pause, während die Stimme am anderen Ende weitersummte. »Tut mir leid, Susannah, ich bin beschäftigt. Ruf mich morgen in Milecross Park an. Nach sechs Uhr, englische Zeit.«

Ein Redeschwall war vom anderen Ende zu hören, hysterisch. Ich ging aus dem Zimmer und schloß die Tür. Ich ging nach oben, zog mich aus, wusch mich und putzte die Zähne. Ich kam mir ziemlich albern vor, ich war in einem Zustand aufgeregter Erwartung, wie eine viktorianische Braut, die darauf wartet, daß ihr die fürchterlichen Geheimnisse des Ehelebens offenbart werden. Ich legte mich aufs Bett und nahm einen Band von Anthony Trollope, der auf meinem Nachttisch lag. Ich las gerade darüber, wie der arglosen Emily Wharton der Hof gemacht wurde, als ich eine Hand auf meiner Schulter spürte.

»Eine nicht erledigte Angelegenheit?« fragte ich.

»Ganz und gar nicht erledigt. Ich ziehe mich jetzt aus und gehe unter die Dusche.«

Ich kehrte zu Emily Whartons Reisen zurück. Jeder mit nur einem Funken Verstand hätte Ferdinand Lopez durchschaut. Nur, daß er mich auf einmal an Charles erinnerte.

»Leg dieses Buch weg.« Charles stand am Bett und lächelte sein, wie mir schien, anmaßendes Ferdinand-Lopez-Lächeln. »Jetzt ist es für jede Rettung zu spät.«

»Was ist los mit Susannah?« wollte ich wissen und hielt meinen Blick höflich auf Charles Gesicht gerichtet, als er das Handtuch abnahm. »Sie liebt dich noch immer.«

»Sei still.«

Er fing wieder an, mich zu küssen, nicht nur mein Gesicht, sondern meinen Nacken und meine Schultern, während seine Hände meinen Körper streichelten. Ich fühlte mich meinerseits verpflichtet, sein Streicheln zu erwidern. Er hatte einen bewundernswerten Körper, glatt und fest. Ich mußte an Min denken, und wie sehr ihr der nackte Charles zugesagt hätte. Ich erinnerte mich an das Gespräch, als wir ihn mit den Helden der Kitschromane verglichen hatten. Er war überaus geschickt. Trotz aller guten Vorsätze spürte ich wieder einen Drang loszulachen. Wahrscheinlich war es Angst. Charles hörte auf, mich zu küssen.

»Ein für alle mal, hör jetzt zu denken auf, ja? Dies ist eine Situation, in der du dich einmal nicht in der Gewalt haben mußt. Vergiß, daß du Diana bist, vergiß deine Arbeit, dein Zuhause, deine Freunde, deine Mutter. Laß los. Du bist eine ungewöhnlich schöne Frau. Ich bin verrückt danach, mit dir zu schlafen. Vergiß alles andere. Schließ die Augen!«

Ich tat, wie er mir geheißen, und versuchte, meine Gedanken auszuschalten.

»Du bist vollkommen sicher«, hörte ich Charles sagen, als er mein Ohr küßte. »Ich will dich nicht benutzen. Das soll dir genauso viel bringen wie mir. Laß los.«

Ich entspannte mich so bewußt, als gehorchte ich den Anweisungen eines Physiotherapeuten.

»Gutes Mädchen. Jetzt verspann dich nicht wieder. Hör zu, was ich dir sage. Laß deine Hand locker. Halte die Augen geschlossen.«

Seine Stimme murmelte weiter, und ich lauschte und gehorchte. Ich dachte an Min und ... nein, nein, nicht so. Ich atmete ruhig und entspannte meine Muskeln mit Willenskraft. Er fing an, mich fester anzufassen, und ich sah vor meinem geistigen Auge die Stute, Astarte, und erkannte den Ton von Charles' Stimme. Es war eine Art Hypnose. Allmählich, nach ein paar Minuten, dachte ich, daß das doch sehr angenehm war, so bequem träumend auf dem Bett zu liegen, mit einem gutaussehenden Mann, der meine Augen und Ohren und Brüste küßte und ... ich spürte auf einmal, wie sich am ganzen Körper meine Haut zusammenzog, und mein Atem unwillkürlich schneller wurde.

»Du bist ganz sicher. Laß dich gehen, laß los« sagte er, und mit einem Gefühl übergroßer, gewaltiger Verwunderung begann die Welt sich in Ekstase, Helligkeit, Zügellosigkeit, Dringlichkeit aufzulösen, und ich zitterte vor Überraschung und Freude. Es kam mir vor, als würde ich immer schneller und schneller zu einem Paradies hochsteigen. Ein heftiges, unaufhaltbares Verlangen, zum äußersten Punkt vorzudringen, erfaßte mich. Kaum wiederzuerkennen, sagte ich mir, das also ist Liebe. Es kam nur noch darauf an, weiterzumachen, bis mein Geist und mein Körper sich in vollkommener Verzückung auflösten und ich, jedenfalls dachte ich das, nach Robert rief.

Danach, als mein Herz wieder langsamer schlug und ich die heißen Tränen auf meinen Lidern spürte, erfüllte mich einzig und allein die Liebe zu Charles. Ich spürte seine Arme und verlangte nach nichts mehr. Jedes Molekül meines Körpers war in schäumende Schwerelosigkeit verwandelt. Ich schlug die Augen auf. Sein Gesicht war nah an meinem. Ich erkannte ihn mit einem Gefühl der Verwunderung wieder.

»Mein liebes Mädchen«, sagte er nur, seufzte und schloß die Augen.

Ich war versucht, ihm von meiner Liebe zu erzählen. Ich frohlockte, ich war frei von ... nein, nein, daran durfte ich nicht einmal denken. Das war ein dummer Fehler ... der Vergangenheit. Charles hatte mir zur größten Lust verholfen, die ich je erfahren hatte. Kein Wunder, daß die Leute dauernd mehr davon wollten. Jetzt erstaunte es mich, daß nicht alle jede freie Minute im Bett verbrachten und sich liebten. Ehefrauen, Ehemänner, Kinder, Karrieren, das Gewissen und die Seelenruhe wurden dafür geopfert, und jetzt verstand ich auch, warum. Ich bewegte mich ein wenig aus purer Sinnenlust, und Charles öffnete die Augen. Er sah mir ins Gesicht und lächelte.

»Ich hatte recht, nicht wahr?« sagte er.

»Du triumphierender Mistkerl.«

Er gab keine Antwort, und ich hörte seine Atemzüge gleichmäßiger, spürte seinen Arm auf meinem Körper schwerer werden. Ich war glücklich. Ich wollte nicht schlafen. Ich wollte in seinen Armen liegen und mir die Lust ins Gedächtnis zurückrufen, meine Rückkehr zur Gesundheit feiern. Meine Gedanken verwirrten sich und trieben ziellos umher. Widerstrebend gab ich mich der Bewußtlosigkeit hin.

Das Telefon ließ mich hochfahren. Ich blickte auf die Uhr. Es war acht Uhr. Ich nahm den Hörer ab.

»Miss Fairfax? Hier ist Horace. Es tut mir leid, daß ich Sie so früh stören muß, aber könnte ich bitte Charles sprechen, falls er da ist?«

»Hallo, Horace. Ja, sofort.«

Charles nahm mir den Hörer ab. Er schien auf der Stelle hellwach zu sein.

»Ja? Nein, ist schon in Ordnung. Ja, ich weiß. Keine Sorge. Ich weiß. Sie hat es mir erzählt. Ich habe mich nicht über dich geärgert. Es ist wirklich in Ordnung.«

Dann war Charles eine Zeitlang still und hörte zu.

»Verdammt!« sagte er schließlich. »Das heißt, das ich jetzt gleich von Cambridge los muß. Ruf Evans an und bitte ihn, den Wagen so schnell wie möglich hier herzubringen.« Er gab Horace meine Adresse. »Das ist aber verdammt ärgerlich. Halt Aziz bei Laune, bis ich komme. Biete ihm Mittagessen an und zeige ihm den neuen Hof. Genau. Gut. Ich verlaß mich auf dich.«

Er gab mir den Hörer, und ich legte auf.

»Hast du gehört? Ein potentieller Käufer ist gekommen, um sich Milecross Park anzuschauen. Ich habe beschlossen, es zu verkaufen. Er ist einer der wenigen Leute, die den Preis zahlen können, den ich haben will. Ich muß hin und ihm klarmachen, was für ein günstiges Angebot das ist. Er fliegt heute abend zurück in den Nahen Osten, deshalb kann ich nicht anders disponieren. Es tut mir leid. Ich hätte den Morgen gerne mit dir verbracht.«

»Mir tut es auch leid.«

Und so war es auch. Er nahm mich in seine Arme und fing an, mich zu küssen. Dann machte er sich los.

»Nein. Es wäre ein Fehler, es zu überstürzen. Es gibt andere Gelegenheiten.«

Er hatte gerade noch Zeit, sich zu duschen und eine Tasse Kaffee zu trinken, ehe der Wagen vor der Tür stand. Ich wollte ihn fragen, warum er Milecross Park verkaufen, und wo er leben wollte. Vor allem aber, wann er zurückkehren würde. Aber er war in Gedanken woanders und verschlossen, und ich wollte nicht lästig sein wie Susannah.

»Tschüß, mein Schatz«, sagte er, gab mir einen flüchtigen Kuß und war weg.

Ich aß bedächtig eine Scheibe Toast und dachte an ihn. Noch immer war ich erregt von der letzten Nacht und bekam meine Gedanken nicht auf die Reihe und zu irgendeiner vernünftigen Schlußfolgerung. Ich beschloß, ein wenig zu Hause zu arbeiten. Ich war nicht in der Stimmung, andere Leute zu sehen. Als es mir gerade geglückt war, mich in angemessener Weise darauf zu konzentrieren, welche Auswirkungen Peacocks Freundschaft zu Shelley auf *The Misfortunes of Elphin* gehabt hatte, läutete das Telefon. Ich sah auf die Uhr. Halb elf. Das konnte nicht Charles sein.

»Hallo. Ist Charles bei Ihnen?«

Ich erkannte Susannahs Stimme wieder.

»Er ist bereits weg. Er ist auf dem Weg nach Milecross Park.«

Ich bemühte mich um freundliche Zurückhaltung. Es entstand eine Pause.

»Ich nehme an, er hat Sie gestern nacht gevögelt.«

Ich war versucht, den Hörer aufzulegen, aber das Unglück der Frau war nicht zu überhören, und, der Ehrlichkeit halber sei's gesagt, ich war neugierig.

»Geht Sie das denn etwas an?«

»Glauben Sie nur nicht, daß das etwas zu bedeuten hat. Charles vögelt jede Frau, die ihm über den Weg läuft, einfach so. Er macht das sehr gut, nicht wahr?« Ich schwieg, und sie redete weiter. »Ich weiß, daß Sie noch dran sind. Hören Sie, ich möchte Ihnen einen Gefallen tun. Er ist ein selbstsüchtiges Scheusal. Hat er einmal eine Frau im Bett gehabt, verliert er das Interesse. Er wird sich jetzt schon wieder nach der nächsten umsehen. In ein paar Wochen wird er sich wahrscheinlich nicht einmal mehr an Ihren Namen erinnern. Machen Sie nicht den gleichen Fehler wie ich. Ich habe zugesehen, wie er sich die gutaussehenden Frauen am Kap, ob verheiratet oder nicht, eine nach der anderen vorgenommen hat.«

Ihre Stimme war hart und zornig, aber sie hatte auch etwas Stockendes, als wäre sie den Tränen nahe.

»Warum vergessen Sie ihn dann nicht einfach«, fragte ich. »Wo er Sie doch offensichtlich unglücklich gemacht hat.«

»Weil für mich kein anderer Mann in Frage kommt. Ich habe es versucht, glauben Sie mir, das habe ich. Ich liebe diesen Hurensohn und werde ihn auch lieben, wenn er alt ist und keinen mehr hochbringt. Und meine Kinder brauchen ihren Vater.«

»Charles' Kinder?«

Es durchzuckte mich wie ein Schlag.

»Aber ja. Natürlich hat er Ihnen nichts davon erzählt. Ein Junge und ein Mädchen. Sieben und fünf.« Ihre Stimme wurde weicher und vertraulicher. »Auf dieser Reise war er sehr mit ihnen beschäftigt. Das konnte ich sehen. Er mag keine Babies. Aber ich konnte sehen, daß es ihm diesmal etwas ausmachte, als er sie verließ.«

»Ist er ... sind Sie mit Charles verheiratet?«

»Nein. Ich will aufrichtig zu Ihnen sein, obwohl ich nicht weiß, warum. Ich bin unheimlich eifersüchtig. Aber ich habe nichts zu verlieren. Charles wird keiner Frau treu sein. Ich habe nur die Chance, daß er wegen der Kinder bei mir bleibt. Wie ich schon sagte, mit der Vögelei kann es ja nicht immer so weitergehen.«

»Es tut mir so leid.«

»Was tut Ihnen leid?«

»Sie hören sich so unglücklich an.«

»Tja. Na ja. Ich bin wirklich eine Närrin. Das ist die ganze Wahrheit. Tun Sie sich etwas Gutes und verknallen Sie sich in einen netten Jungen, der jede Nacht heimkommt und möchte, daß Sie mit ihm zusammen Golf spielen.«

Plötzlich knackte es in der Leitung, und wir waren unterbrochen. Ich stützte den Kopf in meine Hände. Jetzt fühlte ich mich fast genauso niedergeschlagen wie gestern um die gleiche Zeit. Ich fragte mich, ob es ein Nervenzusammenbruch war. Mein Blick fiel auf das, was ich an diesem Morgen über Shelley und Peacock geschrieben hatte. Von mir aus hätte die ganze Bande es sich schenken können, auch nur eine Postkarte zu verfassen.

Jahrelange Disziplin half mir darüber hinweg. Ich arbeitete weiter, und schließlich gelang es mir sogar, ein paar, wie ich fand, gute Seiten zu Papier zu bringen. Mittags legte ich eine Pause ein und plauderte mit Mrs. Baxter, deren gesunder Menschenverstand wie immer sehr beruhigend wirkte. Sie war eine taktvolle Frau, und daß Charles seinen Rasierapparat dagelassen hatte, merkte ich erst, als sie weg war. Sie hatte ihn ordentlich im Badezimmerschrank verstaut. Bei seinem Anblick wuchs mein Verlangen derart, daß ich weiche Knie bekam. Ich muß wahnsinnig geworden sein, sagte ich mir. Auf einmal war ich zur Nymphomanin geworden, die beim Anblick eines Elektrorasierers zu unstillbarer Fleischeslust entbrannte. Das Telefon läutete. Ich warf mich aufs Bett und griff danach. Es war Min.

»Hallo, Daze. Du klingst so atemlos.«

»O Gott. Ich dachte, es wäre Charles. Was nicht heißen soll, daß ich mich nicht freue, dich am Apparat zu haben. Eigentlich bist du genau die Person, die ich sprechen will.«

»Hat Charles telefoniert? Ist er aus Südafrika zurück?«

»Besser als das. Er war hier.«

»Diana! Heißt das ...? Wann war das ...? Oh, Hilfe, ich kriege einen Anfall. Erzähl mir alles!«

»Er war hier, als ich gestern abend aus der Bibliothek kam. Er kam direkt vom Flughafen.« Ich erinnerte mich, wie er im Wohnzimmer gestanden hatte, und spürte, daß meine Knie wieder nachgaben.

»Mach weiter! Erzähl mir jede kleinste Kleinigkeit! Beeil dich!«

»Wir gingen weg zum Abendessen. Wir unterhielten uns. Ich weiß nicht mehr worüber. O ja, daß er in Südafrika die Frau getroffen hat, mit der er früher zusammengelebt hat. Zehn Jahre lang.«

»Warum hat er dir denn davon erzählt? Hört sich nicht sehr geschickt an. Nicht nach Charles.«

»Ich habe ihn gefragt. Immer bringt er mich dazu, daß ich

von mir rede. Ich hatte das Gefühl, überhaupt nichts über ihn zu wissen.«

»Mach weiter. Was ist mit dieser Frau?«

»Anfangs dachte ich, es wäre vorbei. Er sagte, er hätte auf seiner Reise mit ihr geschlafen, aber daß er sie schon lange nicht mehr liebte.«

»Das ist doch nichts Schlimmes«, meinte Min in standhafter Verteidigung ihres Favoriten. »Wahrscheinlich hat er ihr einen Gefallen getan.«

Dieser Ausdruck erschütterte mich, weil ich ihn erst vor kurzem aus anderem Munde gehört hatte.

»Na gut, als wir nach dem Abendessen nach Hause fuhren, erzählte er mir, er hätte in einem Hotel ein Zimmer gebucht.« Ich erinnerte mich an sein dunkles hübsches Gesicht. Ich seufzte. »Er fragte mich, ob er die Nacht bei mir bleiben könnte.«

»Und was sagtest du? Ich breche jetzt gleich zusammen, wenn du nicht weitererzählst. Nachempfundene Lust ist sehr peinigend.«

»Ich sagte, er könne bei mir bleiben.« Ich lächelte, als Min in ein Freudengeheul ausbrach. »Gerade als er anfing, mich zu küssen, ging das Telefon.«

»Den dumpfen Schlag, den du gerade gehört hast, das war ich, wie ich auf die Knie fiel. Erzähl weiter. Wer war der Anrufer?«

»Es war die Frau, von der er mir erzählt hatte. Sie schien ziemlich aufgeregt zu sein. Ich dachte, es wäre besser, nicht zuzuhören. Ich ging nach oben und zog mich aus und legte mich mit meinem Nachthemd schon halb ins Bett. Dann kam Charles nach oben.«

»Wo ist mein Riechsalz? Ich halte den Hörer umklammert, und Schweißtropfen perlen von meiner Braue. Ich glaube, ich werde ohnmächtig. Mach weiter.«

»Nun, wir schliefen miteinander.«

»Ich bin so neidisch, daß ich schreien könnte. Erzähl mir bloß nicht, es hätte dir keinen Spaß gemacht!«

»Ehrlich gesagt ...: es war, glaube ich, der Augenblick größter körperlicher Lust, den ich je erlebt hatte.« Ich mußte einfach lachen, zum einen wegen meiner Erinnerung, zum anderen wegen der Geräusche, die aus dem Hörer kamen. »Mein Gott, jetzt, wo ich mit dir rede, geht es mir gleich besser!«

»Das verstehe ich nicht. Du mußt doch im Rausch der Glückseligkeit sein?«

»Er mußte sehr früh weg. Er verkauft Milecross Park. Er mußte zurück, um sich mit einem Käufer zu treffen. Als er weg war, rief die Frau – sie heißt Susannah – wieder an und wollte mit ihm sprechen. Wir unterhielten uns ein bißchen. Er scheint zwei Kinder mit ihr zu haben. Sie sagt, er sei selbstsüchtig und würde mit jeder Frau schlafen, die ihm über den Weg läuft.«

»Stimmt nicht«, sagte Min. »Dafür verbürge ich mich. Unglücklicherweise.«

»Ja, aber ich glaube, daß es stimmt, glücklich verheiratete Frauen ausgenommen. Sie sagte, er wäre unfähig, einer Frau treu zu sein, und ich glaube ihr das. Sein einziges Interesse richtet sich darauf, daß andere das tun, was er möchte. Das war mir von Anfang an klar. Das macht auch nichts. Nur ...«

Ich hielt inne, weil mir in den Augen Tränen brannten.

»Du hast sexuelle Befriedigung mit Liebe verwechselt? Da wärst du nicht die erste.«

»O Min. Wahrscheinlich habe ich das. Ich war wirklich ziemlich am Boden, als ich nach Cambridge zurückkam.«

»Warum hast du mir das nicht erzählt?«

»Ich wollte dich damit nicht belästigen.«

Das war gelogen, würde aber reichen.

»Dazeschatz, warum kommst du nicht einfach und bleibst bei uns? Wenn du wüßtest, wie sehr wir dich vermissen! Ellie spricht jeden Tag von dir. Und es würde auch Robert aufmuntern. Er ist so niedergedrückt seit dem Tod vom armen Gerald. Er ist sehr schweigsam geworden. Könntest du nicht alle Bücher mitbringen, die du brauchst?«

»Könnte ich wahrscheinlich. Aber das täuscht nur über die Tatsache hinweg, daß mein Leben mich nicht mehr zufriedenstellt. Ich spüre, daß es Zeit ist für eine Veränderung, aber ich weiß einfach noch nicht, in welche Richtung. Bleib dran ... da ist jemand an der Tür.«

Ich rannte nach unten. Ein Junge mit Sommersprossen stand

an der Tür und hielt ein riesiges Bukett weißer Rosen. Auf der Karte stand *In Liebe von Charles*. Ich ließ sie im Flur liegen und rannte zurück ans Telefon.

»Geht's dir jetzt nicht ein bißchen besser?« erkundigte sich Min.

»Ja, ein bißchen schon. Obwohl ich mir vorstellen kann, daß er einfach Horace gebeten hat, sie zu schicken.«

Ich fühlte mich tatsächlich sehr viel besser. Nachdem Min und ich unser Gespräch beendet hatten, stellte ich die Blumen ins Wohnzimmer, wo sie hinreißend aussahen, und wartete auf einen Anruf. Der kam nicht. Als die Rosen braun geworden und ihre Blütenblätter auf den Tisch gefallen waren, hatte er noch immer nicht angerufen, und ich hatte Charles aus meinem Herzen verbannt.

Ich war alt genug, um den Unterschied zwischen Lust und Liebe zu kennen. Ich liebte Charles nicht. Ich wußte, daß das, was Susannah erzählt hatte, mehr oder weniger der Wahrheit entsprach. Ich arbeitete an meinem Buch und traf mich mit Leuten, wenn es sein mußte. Ich fing an, mir abends Wagner anzuhören, und zwar ganz anders als früher ... überaus konzentriert, bis die von der Musik in Gang gesetzte Woge des Gefühls die Gestalt einer Droge annahm, die ich glaubte haben zu müssen, wenn ich aus der Bibliothek zurückkam.

Ich führte in dieser Zeit nicht gerade ein Einsiedlerdasein. Die meisten Einladungen von Männern schlug ich aus, weil ich Angst davor hatte, mit ihnen im Bett zu landen und dort die Erfahrung, die ich mit Charles gehabt hatte, nicht wiederholen zu können. Doch ich ging zu Abendeinladungen und zum Mittagessen, und nach Covent Garden mit einem älteren Mann, mit dem ich schon seit Jahren befreundet war und früher einmal auch geschlafen hatte. Wir sahen uns *Tristan und Isolde* an, und die Erfahrung elektrisierte mich. Ich wußte, daß ich mit dem Feuer spielte und dabei nicht glücklich werden würde, doch dieser dünne Faden zu Robert war mir wichtig.

Min und ich unterhielten uns mehr denn je am Telefon. Sie hatte ihr Vorwort ihrem Verleger geschickt, der ganz hingerissen war. Nie hatte ich Min derart erregt erlebt. Jetzt verstand ich, welchen Kampf diese Jahre der Häuslichkeit für sie bedeutet hatten ... dieses endlose Bemühen, das Richtige zu tun, und so wenig Bestätigung, daß das Opfer sich auch für alle lohnte.

Ich machte weiter mit meiner Arbeit und fand langsam Gefallen daran. Für das Badezimmer bestellte ich einen neuen Teppich, und um neue Kleider einzukaufen, fuhr ich für ein paar Tage nach London. Ich säte Erbsen aus und schnitt die Stauden im Garten zurück. Ich gab ein paar Einladungen zum Abendessen. Vier oder fünfmal ging ich mit einem Mann namens Sebastian aus. Er war sehr affektiert und trug Hut und Mantel im Stil von Carlyle, womit er einen ähnlich hypnotischen Effekt auf die Allgemeinheit ausübte wie damals der Historiker. Ich mochte ihn, weil er witzig und kein Langweiler war. Aber natürlich dauerte es nicht lange, bis er glaubte, seine inoffizielle Lehrzeit mit Dinnerparties und Schmeicheleien abgedient zu haben und nun ein Anrecht auf einen Lehrvertrag zu haben. Ich brachte es nicht einmal über mich, ihn zu küssen, und so machte er sich ziemlich bitter und theatralisch aus dem Staub.

Dann rief Peter an, um mir zu sagen, daß er aus Rom zurück nach England käme. Ob er ein paar Tage bei mir bleiben könne? Er war in Hochstimmung, als er ankam, ziemlich braun und ein wenig dicker, und er erzählte sehr unterhaltsam und ausdauernd. Ich bekam von ihm die schönsten und ausgefallensten Geschenke ... eine seidene Hemdbluse, eine kleine Marmorstatue der Pallas Athene und ein Paar wunderschöne Schuhe. Nach dem Abendessen saßen wir am Kamin und leerten eine zweite Flasche Wein, zu der es die von ihm mitgebrachten Süßigkeiten gab. Ich erzählte ihm von Robert. Es war die reinste Seligkeit, über ihn reden zu können. Ich betonte die Hoffnungslosigkeit meiner Gefühle. Peter war sehr interessiert und überaus mitfühlend. Ich war entspannt und fast glücklich. Ich stellte mir die Frage, ob Peter und ich wohl auf einer mehr oder weniger dauerhaften Grundlage miteinander leben könnten. Wir waren die besten Freunde. Ich wollte das Gefühl der Einsamkeit bannen, das seit meiner Rückkehr aus Weston Hall wie ein streunendes Tier hinter mir herlief.

»Es ist großartig, dich zu sehen, mein liebes Mädchen«, sagte Peter. »Fast hatte ich vergessen, was du für ein guter Kumpel bist. Es war eine lange Zeit und es ist so viel passiert. Aber alte Freunde haben einen ganz besonderen Charme, n'est-ce pas? Jetzt muß ich dir was erzählen. Ich habe *ihn* kennengelernt. Ich bin wahnsinnig verliebt ... und er in mich ... und in zwei Tagen kommt er nach England. Ich kann es kaum erwarten, ihn dir vorzustellen. Aber blitz ihn nicht mit deinen himmlischen Augen an. Er war kurz verheiratet, und die Reize des schönen Geschlechts sind ihm nicht fremd.«

»Peter! Wie aufregend! Erzähl mir alles über ihn.«

»Er heißt Giorgio, und er schreibt ein Buch über Correggio. Er ist sehr dunkel und gutaussehend. Er spricht nicht gut Englisch, aber er wird es schnell lernen, wenn er erst einmal hier ist. Er ist ein beängstigend kluger Kopf. Und auch ein bißchen eifersüchtig auf meine anderen Freunde, weshalb es dir nichts ausmachen darf, wenn er anfangs ein wenig kühl ist.«

Giorgio kam und wohnte mit Peter im Gästezimmer. Es machte mir nichts aus, daß sie nachts kaum schliefen und die Wände des Hauses ziemlich dünn waren. Sie unterhielten sich ständig auf Italienisch, und das so schnell, daß ich gerade einmal die Reihe der Koseworte mitbekam, welche die Sätze zusammenhielten. Was mir etwas ausmachte, war die Tatsache, daß Giorgios Körper in einen schwarzen Haarpelz gehüllt war, der ständig in der Mauser zu sein schien, vor allem im Bad, das er nie saubermachte. Peter lief ihm ständig hinterher und kochte ihm seine Spezialgerichte. Entschuldigend hatte er mir erklärt, Giorgios Magen sei furchtbar empfindlich und er könne nur gut durchgegartes Fleisch und Gemüse essen, ansonsten bekäme er eine Verstopfung. Das blutige Filet, das ich am Abend seiner Ankunft auf den Tisch gebracht hatte, war ein Schock für ihn gewesen, und Peter mußte die Karotten zurück in den Topf geben und kochen, bis sie wie Mus waren.

Armer Peter! Es war traurig anzusehen, wie verrückt er nach diesem struwweligen Banausen war, der jede Gelegenheit zum Körperkontakt wahrnahm, wenn wir uns auf der Treppe oder in der Küche trafen, und der mich, wenn Peters Augen abgewandt waren, was nicht oft vorkam, mit schmachtenden und eindringlichen Blicken bombardierte. Während der Woche bei mir öffnete Giorgio kein einziges Buch, und wenn Peter eine Platte von Mozart oder Haydn auflegte, schnarchte er in wenigen Minuten weg. Was sein Thema *Correggio* anging, schien er an einer Schreibblockade zu leiden. Statt dessen wanderte er durchs Haus und untersuchte alles mit so großem Interesse, daß ich schon glaubte, er wolle etwas stehlen. Während seines ganzen Besuchs richtete er nicht einmal das Wort an mich, abgesehen von dem Morgen, als Peter weggangen war, um Cambridge nach frischer Pasta für Giorgios Mittagessen zu durchstöbern. Ich arbeitete an meinem Schreibtisch und hatte der Tür den Rücken zugekehrt. Plötzlich spürte ich eine Hand auf meinem Nacken, und als ich mich umdrehte, starrte ich in Giorgios große braune Augen.

»Ti piace fottere con me?«

»Non, grazie. Mi fa nauseare.«

Ich war mir nicht sicher, ob mein Italienisch ganz korrekt war, aber er verstand die Botschaft, und als Peter zurückkam sprach er sehr laut und sehr schnell auf ihn ein, wobei er die Hände in die Luft warf und Grimassen in meine Richtung schnitt, bis Peter den Tränen nahe war.

»Liebes«, sagte Peter ein wenig später zu mir. »Es war sehr lieb von dir, uns so lange zu beherbergen. Jetzt müssen wir aber gehen und dich in Ruhe lassen. Giorgio möchte gerne Oxford kennenlernen, und für mich wird es Zeit, wieder ein bißchen zu arbeiten. Grazie mille, carissima, für all deine Toleranz.«

Ich sah sie mit großer Erleichterung abreisen, obwohl mich Peters Bemühen rührte, bis zum letztmöglichen Augenblick, bis das Taxi nicht mehr zu sehen war, seine Augen auf mich gerichtet zu halten, fast als bettle er darum, errettet zu werden. Ich war mir sicher, in nicht allzu langer Zeit mehr von dieser Liaison zu hören. Ich ging hinein und schrubbte das Bad und steckte die Laken von ihrem Bett in den Müll. Ich freute mich auf eine friedliche Nacht, ohne Gestöhne und quietschende Bettfedern. Aber meine eigene Erfahrung hatte mich gelehrt, daß man nicht bestimmen konnte, wohin die Liebe fiel.

Trotz des widerlichen Giorgio vermißte ich Peter. Ich beschloß Min anzurufen, um zu fragen, wie es den Kindern ging. Ellie hatte Windpocken bekommen, und die Wahrscheinlichkeit war groß, daß William sie auch bekam. Ich hatte Ellie schon einen Brief mit einem Exemplar des *Winter Holiday* von Arthur Ransome geschickt. Min hörte sich elender an denn je.

»Diana! O Gott, gerade wollte ich dich anrufen! Du glaubst ja gar nicht, was bei uns los ist.«

»Geht es Ellie schlechter? Hat William die Windpocken auch bekommen?«

»Ja und nein. Ellie hat mehr Flecken als freie Hautfläche und fühlt sich schrecklich. Das arme kleine Ding, wir haben allein auf der Hand fünfzig Windpocken gezählt. Aber es kommt noch schlimmer. Ich komme gerade aus dem Krankenhaus. William ist in der Schule von einer Mauer gestürzt und hat sich das Bein gebrochen. Er ist vom Knöchel bis zum Oberschenkel eingegipst. Er kommt in zwei Tagen nach Hause, aber er wird überhaupt nichts selbst machen können. Der arme Schatz ist sehr tapfer gewesen. Und gerade jetzt, wo die Kinder mich am meisten brauchen, ruft mich mein Verleger heute morgen an, um mir zu sagen, daß ich noch ein Vorwort für ihn schreiben soll ... für Madame de Staëls *De la litterature dans ses rapports avec les institutions sociales* – sie war mit Sisimondi befreundet, weißt du –, das in der gleichen Reihe erscheint. Aber Abgabetermin ist August! Und ich muß noch so viel lesen, bevor ich mit dem Schreiben anfangen kann! Und Vivien hat Gürtelrose bekommen. Hat sich anscheinend bei Ellies Windpocken angesteckt. Ich fühle mich ziemlich in der Verantwortung. Natürlich kümmert Lily sich um sie, aber ich muß sie wenigstens besuchen. Ich bin verzweifelt. Nie wieder wird man mich bitten, etwas zu schreiben, wenn ich wegen der Kinder absage.« Ich konnte hören, daß Min den Tränen nahe war. »Daze, könntest du nicht ... könntest du vielleicht ... dir einfach mal überlegen, ob du nicht kommen willst? Du hast doch gesagt, daß du mit dem Buch jetzt gut vorankommst? Wir könnten abwechselnd schreiben und uns um die Kranken kümmern. Hältst du mich für das selbstsüchtigste Wesen unter der Sonne, wenn ich dich darum bitte?«

Ich überlegte rasch. Nur eins hielt mich davon ab, die Einladung anzunehmen. Robert. Aber ich kam nach und nach darüber hinweg. Ich hatte wieder in meinen normalen Alltag zurückgefunden. Mir wurde klar, daß das Ganze eine Täuschung und eine Torheit gewesen war. Ich war jetzt so ruhig wie schon lange nicht mehr. Ich war außer Gefahr.

»Daze?«

»Ich komme am Mittwoch.«

Sechs Wochen waren vergangen, seit ich Weston Hall verlassen hatte. Der Mittwoch war der erste April, der Himmel war sehr klar, mit ein paar hoch dahinjagenden Wolken, und es blies ein kalter Wind. Als Reiselektüre nahm ich Dickens' *Unser gemeinsamer Freund* mit, denn ich mochte diesen Roman, der mir bei jedem Lesen mehr Achtung abverlangte. Züge hatte ich schon immer gemocht. Die Fahrt in diesem Zug konnte gar nicht unangenehm sein, weil ich in freudiger Erregung, Min und die Kinder wiederzusehen, durch die Landschaft raste. Ich hatte mir einen recht anständigen Reiseproviant eingepackt, Krabbensandwiches, Kirschen und bittere Schokolade mit einer halben Flasche Pouilly Fuisse. Von Zeit zu Zeit starrte ich aus dem Fenster und verlor mich in Tagträumereien. Ich war sehr froh, jetzt ganz ruhig an Robert denken zu können, ohne daß mein Adrenalinspiegel erkennbar anstieg. Ich war geheilt.

Als wir in Dunston Abchurch ankamen, beugte ich mich aus dem offenen Fenster und rief Vokins, der dafür sorgte, daß meine drei Koffer mit vereinten Kräften ausgeladen wurden, ehe der Zug unter wütenden Pfiffen weiterfuhr. Vokins sah mich unschlüssig an.

»Die Taxis sind alle schon nach Hause, Miss, 's ist schon spät. Und wegen dem Sturm letzte Woche sind alle Telefonleitungen zusammengebrochen.«

Es war erst kurz nach sieben. Der Wind war zwar eisig, aber es war noch immer recht hell, und ich war warm angezogen.

»Ich werde die Koffer hier lassen und nach Weston Hall laufen. Darauf freue ich mich jetzt. Ich bin steif von der Zugfahrt. Ich komme dann mit dem Land Rover zurück und hole sie ab. Es ist ein wunderbarer Abend für einen Spaziergang.«

Vokin tippte an seine Mütze und sagte, er würde bei meinem Gepäck Wache halten, bis ich zurückkäme.

Bis Weston Hall waren es vier Kilometer. Nachdem ich den Bahnhof verlassen hatte, wurde die Straße schmal und führte durch leere Felder und Wälder. Die Bäume bekamen jetzt Blätter, und das weiche blaue Dämmerlicht verbreitete eine wunderbar friedliche Stimmung. Abgesehen vom Wind in den Bäumen und dem Geräusch meiner Schritte herrschte Stille. Keine Autos, keine Flugzeuge, kein Gerede, nicht einmal ein Vogellied, nur ein undeutlich säuselndes Zittern der Blätter.

Der Glanz der Gegend schmilzt nun Zug für Zug, Und tiefe Feierstille hält die Luft. Ich wiederholte diese Worte beim langsamen Gehen und freute mich daran. Ich hätte auch vollkommen allein auf der Welt sein können. Ein geisterhafter weißer Flecken breitete sich neben der Hecke aus. Es waren wilde weiße Veilchen. Ich bückte mich, um eins zu pflücken. Sein schwacher, köstlicher Duft wirkte fast wie ein Beruhigungsmittel. Es war ein Augenblick absoluter Sicherheit und träumerischer Gelassenheit.

Ein Schaf blökte hinter der Hecke und ließ mich hochfahren. Dann hörte ich das Tappen von Pfoten, und um die Biegung der Straße kam ein großer schwarzer Hund angesprungen, der sich begeistert auf mich stürzte und zwischen seinen grinsenden Zähnen seltsame Laute von sich gab, eine Mischung aus Singsang und Gebell.

»Ham! Hallo, du lieber dummer Hund!« Ich bückte mich, um sie zu streicheln, während sie sich auf den Rücken rollte und mehrmals in kurzer Folge hochsprang, um mir die Tiefe ihrer Gefühle mitzuteilen.

Ich freute mich ganz unsinnig, sie zu sehen. Kein verlorener Bergwanderer, der bis zu seinen Augenbrauen im Geröll steckte, konnte sich so glücklich fühlen, einen Bernhardiner zu sehen, wie ich, als ich Ham traf. Aber sie war zwei Kilometer von zu Hause entfernt. Das war ungewöhnlich. Nein. Es kam jemand die Straße entlang. Ich blieb stehen und versuchte den Baldachin aus Bäumen zu durchdringen, der gerade in der Biegung seinen Schatten auf die Straße warf. Ein Mann kam in Sicht. Er ging langsam, den Blick auf den Boden gesenkt, die

Hände in den Taschen. Einen Augenblick hielt er inne und bückte sich, um etwas von der Straße aufzuheben. Ich wartete. Er hatte mich noch nicht entdeckt. Mich überkam ein merkwürdiges Gefühl, so, als schließe sich langsam etwas um mein Herz. Er ging wieder weiter und untersuchte, was er aufgehoben hatte. Als er nur noch ein paar Schritte von mir entfernt war, zuckte er zusammen und sah hoch.

Vor meinen Augen schien sich die Dunkelheit zu verdichten, und der Duft der Veilchen stieg wie eine übernatürliche Verheißung zu mir empor. Ich wollte mit ruhiger, normaler Stimme »Hallo Robert« sagen, aber ich bekam keinen Laut heraus. In seiner Handfläche hielt er ein kleines blaues Ei. Ich wußte, daß jede Sekunde des Schweigens mein Gefühl verriet. Einfältig dachte ich, er wollte, daß ich das Ei nahm, und streckte meine Hand aus. Er nahm sie mit seiner anderen Hand, und ich war nicht der Lage, sie wegzuziehen. Seine dunklen Augen, sonst so forschend, waren weich vor Liebe. Es war vorbei. Die von mir mit so viel Vertrauen in die Kraft der Selbsttäuschung geplante Unterdrückung meiner Gefühle, das Verbergen meiner Liebe irgendwo im Geheimen, schwand beim ersten Blick wie von selbst. Ich schloß meine Augen, denn sie waren heiß, und die Tränen quollen hervor. Dann spürte ich seine Wange an der meinen und das berauschende Gefühl seiner Umarmung.

Ham sprang und wand sich um unsere Beine. Schließlich brachte uns ein plötzlicher scharfer Windstoß wieder zur Besinnung, und wir setzten uns Arm in Arm in Bewegung, liefen die Straße entlang und den Hügel hinauf nach Weston Hall, schweigend und ohne einander auch nur anzuschauen. Wir wußten beide sehr gut, daß wir schrecklich und entsetzlich glücklich waren.

Als der Wind in die Bäume fuhr, sah ich endlich das Blinken der Lichter vom Herrenhaus. Ich wußte, daß unmöglich etwas Gutes daraus werden konnte und mich in ein, zwei Minuten die Gewissensbisse für mein Tun plagen würden. Dies war unser letzter Augenblick des gemeinsamen Glücks. Ich glaube, auch Robert spürte das, denn er blieb stehen und zog mich an sich heran. Wir zitterten beide vor Liebe, Scham und Angst. Er beugte seinen Kopf und küßte mich. Die Wärme seines Mundes machte mich fast ohnmächtig vor Verlangen. Ich konnte seinen Herzschlag spüren. Dann ließen wir voneinander ab und gingen Seite an Seite die Einfahrt hoch, wo Ham schon aufgeregt hin und her lief.

Kapitel 21

Verwirrt noch stand ich im Flur. Dann kam Min angerannt und warf sich mir um den Hals. Kurz spürte ich den Druck ihres Gesichts auf meiner verräterischen Wange.

»Daze! Wie schön, daß du so früh kommst! Du bist doch nicht etwa gelaufen, Liebes? Warum hast du nicht angerufen?«

Es war fast wie bei meiner letzten Ankunft, und doch, vor allem in einem Punkt, so ganz anders.

»Ich habe Diana getroffen, als ich mit Ham einen Spaziergang machte«, sagte Robert. »Ist dein Gepäck noch am Bahnhof?«

Wir vermieden jeden Blickkontakt.

»Ja.« Ich machte eine Pause, um meine Gedanken zu ordnen. »Es waren keine Taxis da, und so beschloß ich, zu laufen und dann mit dem Land Rover zurückzufahren, um mein Gepäck abzuholen.«

»Ach, Robert fährt, das machst du doch, mein Schatz? Es gibt so viel zu erzählen. Wahrscheinlich ist es letztendlich gar nicht so viel, weil wir ja telefoniert haben, aber ich habe dich nicht vor mir gehabt. Und Ellie wird ganz aufgeregt sein. Den ganzen Nachmittag ging es ihr schlecht. Komm mit.«

Ich ließ mich in die Küche führen. Ellie saß am Tisch und hatte ihren Kopf in den Armen vergraben.

»Sieh mal, wer da ist«, sagte Min.

Ellie blickte auf, stieß einen heiseren Schrei aus und warf sich in meine Arme. Gesicht und Arme waren von roten Flecken übersät, die durch die darüber geschmierte rosa Galmeilotion nicht weniger verunstaltet aussahen, und sie war sehr viel dünner geworden.

»Du armes Ding! Ich erinnere mich, daß ich Windpocken hatte, als ich genauso alt war wie du«, sagte ich und küßte sie auf die Nasenspitze, den einzigen Platz, auf dem keine Pustel saß. »Ich war in der Schule. Das war, bevor deine Mutter kam. Es war in den Sommerferien. Ich sollte mit meiner Mutter irgendwohin fahren. Ich glaube, nach Italien. Ich war so glücklich, nicht mit ihr fahren zu müssen, daß das sogar das entsetzliche Jucken aufwog. Aber ich glaube nicht, daß ich sie so schlimm hatte wie du.«

»Dr. Turnbull meint, ich wäre der schlimmste Fall, der ihm je untergekommen ist«, verkündete Ellie stolz. »Aber ich fühle mich entsetzlich ... als hätte ich überall Schuppen. Am liebsten würde ich aus meiner Haut fahren wie eine schlüpfende Libelle. Warum wolltest du nicht mit nach Italien?«

»Weil es keinen besonderen Spaß machte, mit meiner Mutter in Urlaub zu fahren. Die ersten beiden Tage war sie immer nett zu mir, dann wurde sie es leid, mich um sich zu haben, und am Ende fand ich mich dann allein im Hotelzimmer wieder. Als wir einmal in Florenz waren, habe ich mich mit den Wäscherinnen angefreundet, und wir spielten Karten mit den Portiers und Pagen. Das war ganz schön.«

Ich mußte an den heißen winzigen Raum denken, vollgestopft mit nach Seife duftender Wäsche, und an die warnenden Blicke der Frauen, die mir signalisierten, wann die Männer versuchten, mit ihnen anzubändeln. Es war auch eine demütigende Erfahrung des Im-Weg-seins, aber die Frauen waren nett. Sie unterhielten sich über meine Mutter in Worten, die ich nicht verstand, ihre Ablehnung aber erahnen ließen.

»Magst du deine Mutter nicht?« Ellie war verwirrt.

»Nein, eigentlich nicht. Aber sie tut mir leid und ich mag es nicht, wenn sie unglücklich ist.«

»Nachdem wir uns angefreundet hatten, verbrachte Diana die Ferien immer bei uns«, sagte Min. »Ma konnte es sich nicht leisten, uns in Hotels mitzunehmen, aber wir besuchten immer Freunde mit großen Häusern und blieben dort. Erinnerst du dich noch an Ticknor Castle?«

Sie sah mich mit einem Lächeln an.

»Ja. Wir mußten uns jeden Abend zum Essen umziehen, aber wir hatten jede nur ein Kleid. Dieses Mädchen – wie hieß die noch mal? Marianne –, sie machte sich immer lustig über unsere Kleider.«

»Sie war sauer, daß wir da waren, und beklagte sich ständig bei ihrer Mutter darüber, daß sie ihr Badezimmer mit uns teilen mußte. So eine kleine Göre«, Min fing an zu kichern.

»Weißt du noch, am Tag unserer Abreise haben wir sie gefesselt und geknebelt im Bad zurückgelassen? Ich frage mich, wie lange es wohl gedauert haben mag, bis jemand sie gefunden hat?«

Ellie zeigte sich beeindruckt von unserem jugendlichen Wagemut.

»Es war nicht schwer«, erklärte Min. »Marianne war ein kleiner Weichling. Sie hat immer Erzieherinnen gehabt. Wir nahmen die Kordeln unserer Morgenmäntel als Seile und knebelten sie mit ihrem eigenen Unterhöschen. Das war ziemlich frech von uns, aber sie war so ein kleines Biest. Sie hatte es verdient. Ma zeigte bei ihrer Standpauke danach überraschende Milde, obwohl die Ticknors angerufen und ein fürchterliches Tamtam gemacht hatten.«

»Was für eine aufregende Kindheit ihr beide hattet«, sagte Ellie, schon wieder bedrückt. »Ich habe nie etwas getan, was ich meinen zukünftigen Kindern erzählen könnte.«

»Wenn es dir wieder besser geht, müssen wir uns etwas einfallen lassen, was sich gut erzählen läßt«, sagte ich, als ich meinen Mantel auszog und in die Abstellkammer hängte. »Wenn Papa mit meinem Gepäck zurückkommt, gebe ich dir das Geschenk, das ich dir mitgebracht habe.«

Ich hatte ihr ein kleines Etui aus rotem Saffianleder mitgebracht, mit Fächern für Nähzeug und für Schreibsachen. Es enthielt eine Schere, die wie ein Storch geformt war, einen Zopf aus buntem Nähgarn, ein Päckchen Nadeln, einen Fingerhut, ein birnenförmiges Stecknadelkissen aus gelbem Samt, Briefpapier mit Katzen darauf und eine kleine Lederbörse, auf der *Briefmarken* stand. Diese nützlichen Dinge waren schon im Etui gewesen, und ich hatte eine Stickvorlage mit einer schwarzweißen Katze dazugetan sowie das Garn, das man zum Sticken brauchte, und einige Gläschen mit Tinte.

Ellies Freude und Aufregung darüber entsprachen meinen Erwartungen, und sie sah sich alles mehrmals an, holte die Sachen heraus und packte sie wieder weg. Williams Geschenk mußte aufgehoben werden, denn er sollte erst am nächsten Tag aus dem Krankenhaus entlassen werden. Für Min hatte ich eine ledergebundene Ausgabe des *Felix Holt* mitgebracht. Seit wir alt genug waren, die Bücher von George Eliot zu lesen, hatten wir uns gemeinsam dafür begeistert, und obwohl ich wußte, daß ihr das Aussehen der Dinge im allgemeinen gleichgültig war, hoffte ich, daß Bücher eine Ausnahme darstellten. Für Robert hatte ich im selben Laden eine wunderschön gebundene Ausgabe der Partituren sämtlicher Wagner-Opern erstanden. Die Einbände waren aus Pappe, nicht aus Leder, aber innen und außen marmoriert, und Papier und Druck waren von hervorragender Qualität.

Der Kauf dieser Ausgabe hatte mir riesige Freude bereitet, und ich hatte sie mit nach Hause genommen und jeden Band genüßlich abgewischt, sie mehrmals aus ihrem Umschlag genommen, um die Freude zu spüren, sie in der Hand zu halten, wie Silas Marner seinen Eisentopf mit den Guineas. Jetzt merkte ich, daß es zu ausgefallen und zu speziell war, und wünschte, ich hätte ihm einen Flaschenöffner mitgebracht oder die sonst üblichen Dinge für einen Mann, für den man nichts besonderes empfindet. Während Robert sie auspackte, spürte ich, daß meine Wangen glühten. Er sah sich jeden einzelnen Band sorgfältig an, als enthielten sie alle einen schwierigen Code, den er zu entschlüsseln versuchte.

»Wie schön!« sagte Min. »Du bringst uns immer so wunderbare Geschenke mit. Freust du dich denn nicht, Robert?«

Er hatte noch nichts gesagt, drehte die Partituren aber immer noch in den Händen hin und her.

»Doch. Ich freue mich sehr. Danke, Diana.«

Er sah in meine Richtung, ohne mich wirklich anzuschauen, und schickte mir ein winziges Lächeln.

»Er freut sich. Ich weiß, daß er sich freut«, sagte Min, die meinetwegen verletzt war. »Es ist ein wahnsinnig schönes Geschenk. Jetzt wollen wir Champagner trinken. Ich habe extra welchen für dich geholt. Es ist wie in alten Zeiten. Mach eine Flasche auf, Schatz. Siehst du, was ich meine«, sagte sie mit gedämpfter Stimme zu mir, als Robert mit den Wagner-Partituren aus dem Zimmer gegangen war und Ellie sich um Bootys Abendessen kümmerte, »Robert ist über Geralds Tod noch nicht hinweg. Stundenlang spricht er kein Wort. Es überrascht mich nicht, daß es der armen Ellie so schlecht geht. Auch ich war mit anderen Dingen beschäftigt, das weiß ich, aber ich habe trotzdem versucht, mir Zeit für sie zu nehmen. William ist launischer denn je. Insgesamt hatten wir nicht gerade eine glückliche Zeit. Abgesehen davon, daß dem Verlag meine Arbeit gefällt.«

Selbst bei der bloßen Erwähnung bekamen Mins Augen einen anderen Ausdruck, und darin erkannte ich die alte Min aus der Schulzeit und den ersten Jahren auf der Universität wieder, sehr bestimmt und zielbewußt.

»Deine Arbeit muß Vorrang haben«, sagte ich. »Für meine habe ich noch nicht einmal einen Abgabetermin. Ich werde tun, was ich kann, um die Kinder aufzuheitern. Ich werde kochen, und Mrs. Butter wird saubermachen, und du wirst mehr oder weniger ohne Unterbrechung arbeiten können.«

Dies alles war Drachenfutter für mein Gewissen. Ich spürte, daß ich nicht genug für Min tun konnte, daß ich bei ihr meine Schuld abtragen mußte, indem ich dabei half, das einzige zu erreichen, was ihr wirklich etwas bedeutete.

»Oh, es wäre schön, wenn du das Kochen übernehmen würdest. Du weißt, was ich für ein hoffnungsloser Fall bin. Übrigens gibt es Kartoffelauflauf zum Abendessen.«

»Köstlich«, sagte ich standhaft.

Alles war mehr oder weniger so, wie ich es verlassen hatte. Es gab zwar keine Blumen, aber insgesamt strahlte alles ein wenig mehr Behaglichkeit aus als am Abend meiner ersten Ankunft. Zu Ehren meiner Rückkehr holte Min die Kerzenhalter heraus. Robert erzählte von William, den er am Nachmittag im Krankenhaus besucht hatte.

»Er hat die Nase voll, weil die Schwestern ihn wie einen kleinen Jungen behandeln. Sie nennen ihn ›Schätzchen‹ und ›Süßer‹ und so und wollen damit nur nett zu ihm sein, aber er findet es schrecklich. Sein Bett steht neben dem eines alten Mannes, der die ganze Zeit singt. Ich glaube, er ist senil. Heute nachmittag habe ich ihn selbst gehört. Nur ein Lied, *Old Man River*, und das immer und immer wieder. William sagt, er singt auch mitten in der Nacht und weckt ihn auf.«

»Gib Diana die Tomatensauce«, Min versorgte mich mit einer erschreckend großen Portion Kartoffelauflauf und ließ etwas davon auf den Tisch fallen. »So ein Mist!«

Sie ging an die Spüle, um ein Tuch zu holen. Robert zog die Augenbrauen hoch und reichte mir die Flasche. Mein Magen schlug Purzelbäume, und beim Blick in seine Augen zitterten meine Hände so sehr, daß ich große Mühe hatte, den Verschluß aufzubekommen.

»Laß mich das machen«, sagte Robert.

Als er mir die Flasche abnahm, streifte seine Hand kurz die meine, und es war, als hätte diese zufällige Berührung meine Haut abgeschürft, denn noch Minuten danach spürte ich sie auf meinem Handrücken. Ich sah zu, wie sich der körnige rote Strang auf meinen Teller ergoß, und dabei schnürte mein Pulsschlag mir fast den Hals zu.

»Welcher alte Mann?« erkundigte sich Ellie.

»Der Fluß. Es geht um einen Fluß in den Südstaaten. Wurde wahrscheinlich von Sklaven besungen. Es ist ein sehr gutes Lied.«

Robert fing an, es zu summen, und Min und ich stimmten ein, wenn uns die Worte einfielen. Robert hatte eine ziemlich gute Baßstimme und konnte auch sehr viel Leidenschaft hineinlegen. »*Tired o' livin and scared o' dyin' but Ol'Man River, he jus' keeps rollin along*«, sangen wir. Einen Augenblick lang dachte ich, es käme alles wieder in Ordnung, wir könnten wieder zu unserem entspannten und liebevollen Umgang zurückfinden.

Robert und ich vermieden es den ganzen Abend, miteinander zu sprechen. All unsere Worte und unser Lächeln richteten wir an Min und Ellie, und obwohl unser Vermeidungsverhalten wirklich auffallend war, schienen die beiden anderen es nicht zu bemerken. Später, überlegte ich, wenn wir uns wieder aneinander gewöhnt hatten, würden wir uns auch wieder normal verhalten können. Die ganze Zeit über, die wir am Küchentisch saßen, dachte ich an das, was passiert war, und eine erschreckende Freude erstickte das Wissen um Schwäche und Verrat, das ich mir ständig bewußt zu machen versuchte.

Wir tranken alle mehr als sonst, und als ich zu Bett ging, schien sich der Raum ein wenig zu drehen, wenn ich im Dunkeln meine Augen schloß. Ich hörte Ham auf ihre Pritsche kriechen, sich die Lippen lecken und seufzen. Alles würde sein, als hätte der Spaziergang vom Bahnhof nicht stattgefunden. Nie wieder würde ich die Kontrolle über mich verlieren. Solange so etwas nicht noch einmal vorkam, würde keiner darunter leiden. Mehr wollte ich nicht. Allein schon im selben Raum wie Robert zu sein, war eine tiefe, fesselnde Glückseligkeit, die jede alltägliche Erfahrung überstieg. Ich war zufrieden. Robert liebte mich. Es war nicht sehr löblich, aber menschlich, sich zu wünschen, daß die empfundene Liebe erwidert wurde. Mehr war nicht, mehr konnte nicht sein. Doch kaum eine Minute später ertappte ich mich bei der Frage, ob es an dem Plötzlichen, Unerwarteten dieser Begegnung lag, daß Robert so heftig reagiert hatte. Hatten ihn nur mein Schweigen und vielleicht auch mein Gesichtsausdruck dazu gebracht? Hatte er die ganzen sechs langen Wochen, in denen ich weg gewesen war, an mich denken müssen? Ich seufzte schwer, und Ham antwortete mit einem Wimmern. Meine Eitelkeit war wirklich unersättlich, dachte ich voller Abscheu, und es dauerte noch eine weitere Stunde, bis ich einschlafen konnte.

Nach dem Frühstück, das wir erst spät einnahmen, weil Schulferien waren, nahm Ellie mich mit, damit ich mir Booty und ihre Kätzchen ansah. In den sechs Wochen waren deren Schwäche und Abhängigkeit kämpferischem Eifer gewichen. Sie versetzten mit ihren gestreiften Beinchen Tritte und bissen mit vor unbändiger Erregung leuchtenden Augen in spielerischer Wut alles, was sich anbot. Dann, plötzlich, gaben sie den

Angriff auf, rekelten Kopf und Gliedmaßen unter schrillem Schnurren, um sich Kinn und Brust kitzeln zu lassen. Booty betrachtete sie resigniert. Das mütterliche Gefühl ließ eindeutig nach, und es würde nicht lange dauern, bis sie sie wegen eines neuen poussierenden Verführers verließ.

»Ich habe sie gezähmt, siehst du?« meinte Ellie stolz. »Seit ich krank bin, habe ich viel Zeit mit den Kätzchen verbracht. Die Windpocken hatten das Gute, daß ich die letzten beiden Tage des Trimesters verpaßt habe. Ich hasse die Abschlußfeier. Alle scheinen etwas zu gewinnen, nur ich nicht. Einmal bekam ich einen Preis für Betragen. Als würde es einem auf gutes Betragen ankommen. Da könnte man gleich einen Preis für die größte Nase oder den dicksten Hintern verteilen. Es war so ein blödes Abzeichen. Ich warf es weg, sobald ich nach Hause kam.«

Als wir zurückkehrten, stand Mrs. Butter in der Küche. Sie schien sehr erfreut, mich zu sehen. Die Veränderung ihres äußeren Erscheinungsbildes überraschte mich. Mrs. Butters Haar hatte einen sehr entschiedenen Stich ins Kastanienbraune, und das orangefarbene T-Shirt, sowie die gestreifte Caprihose, die sie trug, wären für jemanden in Ellies Alter passender gewesen. Über ihren Augen, die meinem Empfinden nach ein wenig angestrengt und ängstlich wirkten, zitterten die falschen Wimpern. Ich gratulierte ihr zu dem guten Zustand des Hauses.

»Tja gut, ist nicht so schlecht, aber so viel Schmutz und Dreck habe ich noch bei keiner Familie gesehen. Sie sind einer wie der andere hilflos wie Babies! Diejenigen, die arbeiten, und diejenigen, die spielen, unterscheidet mehr als bloß das Geld. Bevor ich heiratete, war ich in Stellung, und da habe ich genug mitbekommen.«

»Was wollen Sie damit sagen?« fragte ich lächelnd.

»Na ja, ich könnte meinen Kopf vor Scham nicht mehr gerade halten, wenn ich so herumliefe wie Mrs. Weston«, sie nickte freundlich in Richtung Min, die gerade den Wasserkessel füllte, um für uns alle Kaffee zu kochen. »Nur Löcher und Dreck, und das Haar so wirr, daß ein Spatz darin verweilen könnte. Aber, na ja, es geht mich ja gar nichts an. Und dann die Schränke! Wenn ich einmal sterbe, können meine Verwandten meine Schubladen durchsehen, und ich werde dabei bestimmt nicht rot werden.«

»Werden Sie sie sehen können, wenn Sie tot sind?« forschte Ellie höchst interessiert nach.

»Stell keine Fragen, und du hörst keine Lügen«, erwiderte Mrs. Butter ausweichend.

»Außerdem arbeitet Robert doch«, sagte Min und verschüttete das Pulver des Instantkaffees in eine offenstehende Schublade. »Er arbeitet hart. Und ich genauso. Und die Kinder gehen zur Schule.«

»Ztt! Sich mit einem Buch in den Sessel fallenlassen! Stanley war immer gegen das Lesen. Er hatte seine eigenen Ideen, viele sogar, und brauchte keinen, der ihm den Kopf mit Geschichte und überflüssigem Zeug füllte, das ihm gar nichts nutzte. Er konnte Bücher nicht ausstehen. Vollgepackt mit Lügen, sagte er immer. Ich für meine Person habe nichts gegen Zeitschriften. Gestern habe ich aus einer einen tollen Kuchen für Roly gebacken.«

Ich erkundigte mich, wie es Roly ging. Sie schüttelte den Kopf und brütete vor sich hin.

»Noch immer arbeitslos. Hat keinen der beiden Jobs angenommen, die ihm angeboten wurden. Sagt, er wäre Freibeuter.«

»Freischaffender?« schlug ich vor. »Als was?«

»Glauben Sie, mir würde das einfallen, meine Liebe? Aber so ist es. Ging ich doch letzthin zu Ransome, und da wußte ich nicht mehr, was ich dort wollte. Mußte ohne was wieder nach Hause.«

»Das geht doch jedem so«, beruhigte Min sie.

»Ja schon, aber als ich nach Hause kam, entdeckte ich, daß ich die Liste die ganze Zeit in der Hand hatte. Roly sagte, ich solle besser auf mich aufpassen. Er ist ein guter Kerl, wenn er auch arbeitsscheu ist. Er ist sehr froh, daß ich diesen kleinen Job hier habe. Er sagte, hoffentlich danken sie es dir, Mutter, und ich sagte, Mrs. Weston ist trotz ihrer verkommenen Art so gutherzig, wie man sich das nur wünschen kann.«

»Danke schön«, sagte Min, als sie vor Mrs. Butter einen Becher abstellte und den Kaffee auf den Tisch schwappen ließ.

»Ich habe Sie doch hoffentlich nicht beleidigt«, sagte Mrs. Butter und nahm einen Schluck, wobei sie theatralisch erschauderte. Min schüttelte den Kopf und grinste. »Ich rede, wie mir der Schnabel gewachsen ist, aber ich hoffe, ich sage das Gute genauso wie das Schlechte. Die Milch ist wahrscheinlich sauer, meine Liebe.«

Sie redete noch ein paar Minuten in dem Stil weiter, während Min mit dem Kaffeekochen noch einmal von vorne anfing. Es überraschte mich, wie redselig Mrs. Butter geworden war. Sie war fast geschwätzig. Und als ich ihr am späteren Vormittag in der Eingangshalle begegnete, rieb sie mit rotem Gesicht und hüpfenden roten Locken wie im Fieber auf der Treppe die Teppichstäbe aus Messing blank. Ihre Beine stachen aus der Caprihose wie bleiche Knöchelchen hervor.

Ich fuhr nach Great Swosser und wurde von den Herren Ransome, Beale und Potts wärmstens begrüßt. Ich kaufte für mittags eine große Schweinepastete, einen ausgelösten Lammschlegel für das Abendessen, einige Karotten und Kartoffeln und einen Weißkohl, aus dem ich Salat machen wollte. Diesmal hatte ich Kochbücher von mir daheim mitgebracht, aber die Gemüseauswahl war nach wie vor arg eingeschränkt.

»Du mußt am Montag zum Augentest, Ellie«, sagte Min beim Mittagessen. »Glaubst du, du wirst dich kräftig genug fühlen, um nach Winkleigh zu fahren?«

»Wahrscheinlich schon. Heute geht es mir schon besser. Es juckt nur so. Und ich kann es nicht ausstehen, immer dieses ekelhafte Zeug auf der Haut zu haben. Wie nasse Handtücher.«

»Nimm ein Bad«, schlug ich vor. »Wir geben zur Abwechslung mal Hamamelis auf die Punkte. Soll ich dich zum Augenarzt bringen? Ich wäre so froh, wenn ich einen guten Gemüsehändler finden könnte.«

»O ja, bitte! Das heißt ... bist du mir deshalb böse, Mami?« Sie warf einen besorgten Blick auf Min.

»Nicht im geringsten. Ich bin hoch erfreut, daß ich nicht fahren muß. Du hättest schon vor ein paar Monaten hin gemußt, und Dr. Woods tadelt einen gleich immer. Diana kann er kaum Vorhaltungen machen, daß sie dich nicht eher gebracht hat.«

Robert kam zum Essen herein. In seinen Haaren hingen kleine Zweige, und sein Gesicht war gerötet. Ich fand, er sah wunderbar aus, und ich hätte gerne das Recht gehabt, ihn zu umarmen und ihm das zu sagen. Min sah ihn nicht einmal an. Zweifellos hatte sie ihn schon mehrere hundert Mal so gesehen. Ich stellte die Schweinepastete auf den Tisch. Sie hatte eine herrliche Kruste in einem hellen Mahagoniton und war von Mr. Potts mit Blätterteigblumen geschmückt worden. Ich stellte eine Schüssel Salat daneben ... geraspeltes Weißkraut, Zwiebeln, Äpfel und Orangenscheiben in einem French-Dressing. Das Brot war wie immer ausgezeichnet. Könnte der Mensch vom Brot allein leben, ginge es uns in diesem Teil von Lancashire besonders gut.

»Dem Obstgarten geht es in diesem Jahr so gut wie selten. Der Frühling ist drei Wochen früher dran. Es wird nicht lange dauern, bis die Apfelblüte kommt«, sagte Robert und nahm sich ein großes Stück Pastete.

Das rosa-braun marmorierte Fleisch war von köstlichem Aspik umgeben, das wie gehacktes Eis aussah. Wir tranken Cidre, trocken und trügerisch alkoholisch.

»Wir sollten wirklich etwas mit dem ummauerten Garten machen«, fuhr Robert fort, und obwohl er nicht in meine Richtung sah, spürte ich, daß diese Bemerkung auf mich gemünzt war.

»Wir könnten dort einen Gemüsegarten anlegen, in dem auch Blumen wachsen«, schlug ich vor. »Wie einen französischen Küchengarten. Dafür braucht man eine Pergola entlang der beiden Hauptachsen für die Rosen, vielleicht auch für Blauregen. Dann könnten wir Obstbäume an die Wände pflanzen. Aprikosen, Pfirsiche, Kirschen. In jeder Ecke ein Apfelbaumspalier, umgeben von Bohnen, Erbsen, Karotten und Kartoffeln. Vielleicht auch Rote Bete und Pastinaken. Rhabarber und Sellerie? Auf alle Fälle Kohl und Kopfsalat. Tomaten im Gewächshaus. Ein Spargelbeet wäre schön. Und ein paar Lavendelreihen zur Unterteilung. Oh, und Birnbäume. Die brauchen wir. Und Quittenbäume wegen ihrer ausgezeichnet duftenden goldenen Früchte. Sie haben die schönste Blüte und die schönsten Blätter.«

»Hör auf, stopp«, sagte Min. »Wie können wir uns das alles leisten?«

»Nun, es wäre ja schon eine Ersparnis, wenn George Pryke einmal ordentlich arbeiten würde. Und wir könnten alles aus Samen ziehen. Abgesehen von den Rosen und den Obstbäumen. Die Rosen könnten ein Geschenk von mir sein. Dafür, daß ich bei euch sein darf. Zuerst einmal brauchen wir jede Menge Dünger. Und einen Pflug. Und wir müssen das Gewächshaus reparieren. Ich lasse morgen das Glas zurechtschneiden.«

Ich war ganz aufgeregt. Immer hatte ich mir ein großes Stück Land zum Gärtnern gewünscht. Sofort arbeitete ich Pläne aus. Weiße und rosa Rosen für die Pergola. Vielleicht New Dawn und Sombreuil. Blauregen war teuer. Vielleicht nur zwei Pflanzen in der Mitte, wo sie sich über eine Holzlaube ergießen konnten. Neben dem Stall, in dem der Land Rover stand, lag ein Stapel Holz. Ich würde George sofort darauf ansetzen. Am Morgen würde ich nach Great Swosser fahren und Holzschutzfarbe sowie Glasscheiben kaufen.

»Ich kenne doch diesen grübelnden Blick«, sagte Min. »Diana brütet ein Ei aus.«

»Kann ich helfen? Bitte?« fragte Ellie.

»Ich rechne mit deiner Hilfe. Selbst William kann da mithelfen, wenn er will. Heute nachmittag halten wir mal Ausschau nach so nützlichen Dingen wie Anzuchtschalen. Ich glaube, ich habe irgendwo welche gesehen. Jeder Pfennig, den wir sparen können, wird gespart.«

»Ich werde mich um den Pflug kümmern«, sagte Robert und sah mich zum erstenmal wieder richtig an, seitdem er mich vor dem Haus im Arm gehalten hatte. »Ich möchte einen Toast aussprechen.« Er hob sein Cidreglas. »Auf Dianas Garten.«

Mir schoß das Blut ins Gesicht, aber ich verbarg das, indem ich einen Hustenanfall vortäuschte. Es gibt doch keinen unpassenderen Reflex als das Erröten. Weil meine Haut so blaß ist, daß es sofort auffällt, und da ich das weiß, erröte ich nur um so mehr, bis meine Augen tränen und mein Gesicht wirklich zu brennen scheint.

Nach dem Mittagessen fuhren Min und ich ins Krankenhaus, um William abzuholen. Robert und Ellie waren hinausgeschickt worden, um aus den abgestorbenen Bäumen und Pflanzen im ummauerten Garten ein Feuer zu machen. Ein paar Apfelbäume konnten gerettet werden, aber bis auf das wuchernde Unkraut war alles andere schon fast abgestorben. Das Unkraut wollten wir als Gründüngung mit dem Pflug in den Boden einarbeiten. Dann mußte dieser mit Mist abgedeckt werden, und was wieder hochkam, sollte weggehackt werden. Ich ging davon aus, daß sehr viel wieder hochkommen würde, und war einer schnellen Behandlung mit Gift nicht generell abgeneigt, aber ich glaubte, daß Robert auf einen solch unheilvollen Gartenbau mit Ablehnung reagieren würde.

Im Krankenhaus standen wir auf einmal Auge in Auge der Schwester gegenüber, die Min beim letztenmal so wirkungsvoll zusammengestaucht hatte. Sie erinnerte sich sofort an uns und setzte eine bedrohliche Miene auf. Sie führte uns zu Williams Krankenbett.

»Deine Mutter ist da«, sagte sie zu William, der aussah, als hätte er sich nicht nur das Bein gebrochen, sondern auch noch sein Augenlicht verloren. Er war ein Bild des Jammers. »Sind deine Sachen gepackt, und warst du auf der Toilette?«

»Ja, alles erledigt«, sagte William. »Hallo, Diana. Ich hoffe, du warst auf der Toilette. Die Schwester schnauzt dich sonst an. Sie nimmt überaus großen Anteil daran, ob andere Leute die Toilette besuchen. Als ich auf der St.-Bede-Schule war, erzählte unser Schulkaplan immer, das wäre ein Anzeichen für unreine Gedanken.«

»Aha, es geht uns also besser.« Die Schwester war verärgert. »Frechheit ist immer ein Zeichen der Rekonvaleszenz.«

»Und was ist Ihre Entschuldigung?«

Ich konnte Williams Schlagfertigkeit nur Beifall zollen. Die Schwester tat so, als hätte sie nichts gehört, und riß William mit überflüssiger Gewalt auf seine Beine.

»Au! Wenn Sie den Knochen noch mal brechen, erzähl ich's allen.«

»Setz dich in diesen Stuhl«, herrschte sie ihn grob an.

Min schob William aus der Station, vorbei an der stolz aufgerichteten Gestalt der Schwester, die sicher Dutzende von Anstecknadeln für Betragen gewonnen hatte.

»Sie können den Jungen in den Wagen packen und mir dann den Rollstuhl zurückbringen«, bellte sie und stellte sich mit über der Brust verschränkten Armen in die Tür.

»Ach, können wir den Stuhl nicht ausleihen, solange sein Bein eingegipst ist?« fragte ich in einem, wie ich hoffte, versöhnlichen Ton.

»Nein. Wir sind hier im Krankenhaus knapp mit Rollstühlen.«

Ich sah mich um. Es standen mindestens zwanzig zusammengefaltete Rollstühle in der Eingangshalle.

»Rechnen Sie mit einer nationalen Katastrophe in Great Swosser?« Ich war ziemlich wütend.

»Eine nationale Katastrophe kann sich überall ereignen«, schoß sie zurück. »Es gibt keinen Grund, weshalb Great Swosser verschont werden sollte.«

Diese Frau war einfach zu schnell.

»Ich würde gerne mit der Schwester Oberin sprechen.«

»Die Schwester Oberin ist in einer Sitzung.«

»Sehr gut. Dann möchte ich die stellvertretende Oberschwester, oder wie sie genannt wird, sprechen.«

»Sie meinen Vollschwester Boyle. Sie ist in derselben Sitzung. Wenn Sie gerne eine Stunde warten wollen, werde ich die Schwester Oberin fragen, ob sie Sie empfängt.«

Triumph beherrschte den Ton dieser Frau. Geschlagen schlich ich zum Land Rover.

»Steig ein«, sagte Min. »Ich dachte schon, du würdest einen Urlaub mit dieser Frau vereinbaren. Ein gemütlicher Bungalow für zwei Wochen in Torquay mit der geheimnisvollen schwarzen Mitternachtshexe!«

»Ich wollte, daß sie uns den Rollstuhl leiht. Aber sie war unerbittlich.«

»Keine Sorge. Er ist im Kofferraum. Ich habe ihn eingepackt, während du dich mit ihr strittest.«

Als wir William zu Hause und im Rollstuhl hatten, war er mehr als fröhlich. Wir brachten ihn in den Kräutergarten. Ich trug Becher voll Tee und Schinkensandwiches nach draußen, die, gemischt mit dem Rauch des Gartenfeuers, köstlich schmeckten. William meinte, es wäre das beste, was er je gegessen hätte. Abwechselnd legten wir Brennbares nach, saßen auf Baumstümpfen und umgedrehten Eimern und sangen *Old Man River* und andere Lieder, während die von vereinzelten Windböen aufgewirbelte Asche faul nach unten trudelte und unsere Haare und Knie und Williams leuchtenden Gipsverband puderte. Als der Himmel sich verdüsterte und der Wind auffrischte, gingen wir in die Küche, wo ich William sein Geschenk geben konnte. Es waren Aquarellfarben in einer schwarzen Blechschachtel, vierzig Farben in kleinen Schälchen. Außerdem zwei passende Pinsel und eine Tube mit Deckweiß. Die Dankbarkeit leuchtete in seinen Augen, während er sie in Worte zu fassen versuchte, aber plötzlich wirkte er sehr grau und meinte, er wäre schrecklich müde. Trotz seiner Proteste trug Robert ihn die Treppe hoch und brachte ihn ins Bett.

Zum Abendessen gab es Lammkeule, gefüllt mit Mandeln und Kräutern und Zitronenschale. Ellie meinte, es wäre der bisher schönste Ferientag gewesen, und sie hätte ganz vergessen, sich zu kratzen. Alle Bläschen waren zu Grind ausgetrocknet, und es ging ihr wirklich besser. Als sie im Bett lag, gingen wir ins Wohnzimmer und unterhielten uns über den Garten. Das Feuer warf ein weiches Licht ins Zimmer. Wir machten es uns in seinem irrlichternden Schatten mit Kaffee und dem Rest der Champagnerflasche bequem und schmiedeten glorreiche Pläne. Mit Robert zusammen zu sein, ihn beobachten zu können, wenn er über Nägel und Drähte und die Kräuselkrankheit der Pfirsichblätter sprach, war ein verzauberndes Dauerseelenbad, wie Schwimmen in einer warmen Strömung. Nach mehr verlangte ich nicht.

Kapitel 22

Das Wetter begünstigte auch weiterhin unser Vorhaben. Obwohl es kühl war, blieb es hell und, was noch wichtiger war, auch trocken. Am folgenden Tag ersetzten Robert und ich die kaputten Glasscheiben des Gewächshauses, während Ellie die Anzuchtschalen saubermachte, die William dann aus einem großen Sack mit Keimerde füllte. Bei Mr. Ransome hatte ich ein Buch gekauft – Gemüseanbau für Anfänger. Er hatte mir nur den halben Preis berechnet, da es schon jahrelang in seinem Laden herumlag, aber es war genau das, was ich brauchte. Wir wollten Sellerie, Prinzeßbohnen, Stangenbohnen, Tomaten und Zuckermais im Gewächshaus anpflanzen. Sobald der Boden durchgepflügt und gedüngt war, wollten wir breite Bohnen, Brokkoli, Kohl, Karotten, Blumenkohl, Kopfsalat, Erbsen, Rettich und Steckrüben ansäen. Und natürlich Kartoffeln stecken. Ich hatte einen Sack Saatkartoffeln gekauft, und sie lagen bereits in Reih und Glied auf der Bank zum Keimen. Der Geruch von Kompost, Kitt und Staub war köstlich.

»Was hattest du eigentlich auf der Mauer zu suchen, William, als du herunterfielst?« erkundigte sich Robert, der gerade ein Stück Kitt zwischen seinen Handflächen rollte.

»Es war eine Mutprobe. Wir mußten blind darauf entlanglaufen, während die anderen sandgefüllte Socken nach uns warfen.«

»Welche Mauer war das denn?«

»Die Umfassungsmauer.«

Robert machte eine Pause beim Kittrollen. »Du lieber Himmel, die ist ja fast fünf Meter hoch! Du hättest dir den Hals brechen können!«

William schmollte.

»Warst du zugekifft?« erkundigte ich mich.

Ich bemühte mich, das so beiläufig wie möglich zu sagen. William sah mich überrascht an. Ich lächelte und hoffte, Robert würde jetzt nicht ausrasten.

»Ja, das war ich«, gab er zu und warf seinem Vater einen verstohlenen Blick zu. »Es war blöd, so etwas zu tun. Das braucht mir keiner zu sagen.«

»Nun, dann sagen wir es nicht.« Ich kratzte weiter den alten Kitt aus den Glasrahmen. »Wahrscheinlich hast du unter großem Druck gestanden. Du mußt gemerkt haben, daß es gefährlich war.«

»Ja. Ich weiß, daß ich es versprochen habe«, sagte er und blickte ängstlich auf Robert. »Aber ihr wißt gar nicht, wie schwer es ist, nein zu sagen. Ich wußte, daß sie mir einheizen würden, wenn ich nicht mitmachte. Man hat da wirklich kaum eine Wahl. Man muß tun, was die anderen tun. Und so schien es mir eben wichtig zu sein, mitzumachen.«

Robert seufzte.

»Willst du denn dein ganzes Leben lang immer nur das tun, was andere Leute von dir verlangen?«

»Das ist wohl die Härte!« sagte William. »Seit ich lebe, hast du mir gesagt, was ich tun soll. Und du sagst es mir auch jetzt. Weil du mein Vater bist, ist das in Ordnung. Nimm mal an, Hitler hätte einen Sohn gehabt? Oder Jack the Ripper?«

»Ich weiß, was du meinst«, erwiderte Robert und zeigte sich ungewohnt selbstbeherrscht. »Und wenn du älter bist, kannst du auch für dich selbst urteilen. Jetzt fehlt es dir noch an Erfahrung. Du wirst ohnehin nicht mehr auf diese Schule zurückgehen. Das ist gewiß.«

William sagte nichts, sondern widmete sich mit großer Sorgfalt dem Befüllen der Anzuchtschalen. Ich fand, daß er vor allem erleichtert wirkte.

»Komm, wir säen ein paar Zuckererbsen ein«, sagte ich zu Ellie. »Leg zwei in jedes dieser kleinen Töpfchen da oben auf dem Kompost, nämlich so, und dann decken wir einen halben Zentimeter Kompost darüber und wässern sie gut ein. Dann machen wir dasselbe mit diesen Samen der Katzenminze. Wir werden die Wege mit Katzenminze säumen. Booty wird dann kommen und sich drauflegen und daran knabbern. Machst du eine Schale fertig, William?«

William nickte. Robert ging nach draußen und fing an, Kitt um das neue Glas herum festzudrücken. Durch die verschmutzten Scheiben sah man sein nachdenkliches Gesicht.

»Hast du es einmal ausprobiert, Diana?« wollte William wissen, als er die Samen vorsichtig auf dem feuchten Kompost verteilte.

»Pot rauchen, meinst du? Ja. Sogar ein paarmal. Ist ein gutes Gefühl, nicht wahr? Die gewöhnlichsten Dinge werden auf einmal sehr interessant. Und manchmal auch sehr lustig. Oft war ich auch erregt und begeistert. Aber ich habe beschlossen, damit aufzuhören, und habe schon lange keinen mehr geraucht.«

»Warum?«

»Erstens hat es sich nicht mit meiner Arbeit vertragen. Ich dachte, Dinge in einem neuen Licht zu sehen, aber wenn ich versuchte, meine Empfindungen niederzuschreiben, sah ich, daß es an der Droge lag, wenn ich dachte, etwas Neues und Interessantes entdeckt zu haben, in Wirklichkeit aber war ich nicht scharfsinniger. Mir wurde klar, daß die Erkenntnisse, die ich hatte, wenn ich nicht bekifft war, genauso interessant waren. Ich halte es für keine gute Idee, sich vom Rest der Gesellschaft zu isolieren. Und dann wurde ich schrecklich gickelig. Das war zwar ein schönes Gefühl, aber ich fand es besser, mich mehr unter Kontrolle zu haben.«

»Aber du trinkst Champagner. Jede Menge.«

»Ja. Ich kann auch nicht behaupten, daß das besser ist. Von der Tatsache einmal abgesehen, daß es legal ist. Es ist einfach eine geselligere Droge. Aber natürlich gibt es auch Leute, die sich einsam zu Tode saufen oder ausgehen und Leute umbringen, wenn sie im betrunkenen Zustand Auto fahren. Das ist nicht viel besser ... wenn überhaupt. Aber als ich noch auf der Schule war, gab es für mich weder das eine noch das andere. Wenn du so alt bist wie ich, oder auch nicht ganz so alt, hast du Gelegenheit, das alles auszuprobieren, ohne daß du dir damit dein Leben vermasselst. Ein gebrochenes Bein ist nur der Anfang des Unglücks, das du dir selbst zufügen kannst.«

William schwieg eine Weile und wischte die Kanten der Anzuchtschale sauber. Ein Schmerzensschrei richtete unsere Blicke auf Robert. Er hielt fluchend seine Hand, aus der Blut tropfte. Ellie schrie auf und rannte hinaus, um ihn hereinzuholen.

»Diana hast du erklärt, sie solle nicht vergessen, Handschuhe anzuziehen«, sagte Ellie und führte ihn besorgt durch die Tür. »Und jetzt hast du's selbst gemacht.«

»Ich habe sie ausgezogen, um die Nägel aufzuheben, und habe dann vergessen, sie wieder anzuziehen.«

Robert setzte sich auf einen Stuhl, während ich seinen Finger nach Glassplittern abtupfte. Ellie rannte ins Haus, um ihre Mutter um Heftpflaster zu bitten. Ich umwickelte den Finger mit meinem Taschentuch und hielt ihn hoch über seinen Kopf. Dabei drückte ich fest auf die Wunde, wie man mir das in der Schule im Erste-Hilfe-Kurs beigebracht hatte. Aus irgendeinem Grund mußten wir beide darüber lächeln. Meine Geschäftigkeit und Roberts Hilflosigkeit hatten etwas Lächerliches. Außerdem berührten wir einander auf ganz erlaubte Weise und waren glücklich über diesen kleinen Kontakt.

»Warum lächelt ihr?« wollte William wissen.

»Ich weiß nicht. Ah, gut, da kommt Ellie mit dem Pflaster.«

Es war ein ziemlich tiefer Schnitt, aber nach ein, zwei Minuten hörte er mehr oder weniger zu bluten auf. Ich klebte ein großes Pflaster darüber.

»So! Wahrscheinlich ist es eine saubere Wunde, aber wir sollten sie vielleicht doch waschen, wenn wir hineingehen.« Mir wurde auf einmal bewußt, daß Robert mich ansah.

Ich hob meinen Blick zu seinem, und obwohl wir uns kaum länger als fünf Sekunden angeschaut haben konnten, reichte das aus, um meine Haut brennen und meine Knie weich werden zu lassen. Mit Mühe wandten wir unseren Blick voneinander ab, und er ging hinaus, um seine Handschuhe anzuziehen und in seiner Arbeit fortzufahren, während ich die Samen mit Kompost zudeckte und Ellie half, die Etiketten zu beschriften.

Dieser Blick hatte mein Verlangen genährt. Das war alles, was wir uns erlauben konnten, und für den Augenblick reichte es. Ich wußte genau, daß es eine Schande war und ein Verrat an meiner Freundschaft zu Min.

Als wir zum Tee hineingingen, lag eine Nachricht von Mrs. Butter auf dem Küchentisch:

Herr hat angerufen. Sagt, er bringt Golden Boy morgen zum Mittagessen mit. Bringt auch sein Banjo mit. Und Tante.

Während ich Butter auf Ingwerkekse strich und Tee kochte, versuchten wir die Nachricht zu enträtseln.

»Golden Boy hört sich nach Pferd an«, meinte Robert.

Sofort mußte ich an Charles denken, und mir war klar, daß auch Robert so dachte, denn sein Mund zog sich zusammen und seine Augenlider waren gesenkt. Ein dunkler Schatten huschte über sein Gesicht. Da wußte ich, daß Min ihm von meiner Nacht mit Charles erzählt hatte. Und was wäre natürlicher als dieser intime Klatsch zwischen Eheleuten? Min war davon ausgegangen, daß es der Anfang einer Sensation war, und hatte sich erst geweigert, meine Charakterisierung von Charles als einem Jäger zu akzeptieren, der keinesfalls den Wunsch nach einer Ehe verspürte. Weil ich Robert liebte, konnte ich nachvollziehen, was er sich dabei gedacht hatte.

»Ich glaube nicht, daß das Charles sein kann«, sagte ich ohne Ausflüchte. »Soweit ich weiß, ist er nicht musikalisch. Und ich glaube auch nicht, daß ein Banjo seinem Stil entspräche.«

Robert lächelte darüber, und dann mußten wir beide lachen. Min kam herein und wollte wissen, warum wir lachten. Ellie zeigte ihr die Notiz.

»Ich weiß nicht, was so lustig daran ist, daß dieser Mann sein Banjo mitbringt«, sagte Ellie und sah dabei auf die Ingwerkekse. »Ich habe noch nie eines gesehen, geschweige denn, eines gehört. Ich freue mich darauf. Hoffentlich ist das keine alte Tante. Oma ist meine einzige Verwandte. Ich weiß nichts über Tanten.«

»Ich glaube nicht, daß meine Mutter in bezug auf Verwandte ein Maßstab ist. Das erinnert mich daran, daß ich sie wohl besser besuchen sollte.«

»O ja, mach das«, sagte Min. »Ich wollte heute gehen, aber ich habe es vergessen. Und ich habe eine ganz wichtige Stelle in einem Brief an Sisimondi gefunden. Sie sieht ohnehin lieber dich als mich.«

»Da wäre ich mir nicht so sicher, aber da es meine Mutter ist, trifft es mich, ihr einen Besuch abzustatten.«

»Glaubst du, sie würde sich freuen, wenn ich sie am Samstag besuche?« erkundigte ich mich.

»Das ist nett von dir. Ich frage sie.«

»Ich werde einen Kuchen backen und mitbringen. Das wird sie aufmuntern. Ich muß mir noch etwas für das Mittagessen morgen einfallen lassen. Das Pferd wird ja wahrscheinlich sein eigenes Futter bekommen, aber was machen wir mit dem Banjospieler und seiner Tante? Wenn sie alt ist, hat sie vielleicht Magenprobleme.«

Wir spekulierten weiter über diesen geheimnisvollen Besuch. Als wir am nächsten Morgen Mrs. Butter dazu befragten, vermochte sie die Sache auch nicht zu erhellen. Anfangs leugnete sie, überhaupt eine Nachricht entgegengenommen zu haben, aber nachdem sie ihre Handschrift gesehen hatte, fiel ihr ein, daß die Verbindung schlecht und die Stimme des Mannes kaum zu verstehen gewesen war.

»Aus dem Ausland?« schlug ich vor.

Mrs. Butter konnte sich nicht richtig erinnern, aber sie war sich ziemlich sicher, daß der Anrufer Engländer gewesen war. Affektiert. Langsam wurde ich wirklich wütend auf Mrs. Butter. Sie war makellos wie immer in einem roten Rock, der stark gerafft war, dazu ein passendes Bolerojäckchen über einem gelben Pullover, und ihr pflaumenfarbenes Haar war mit zwei grünen Haarklemmen aus Plastik ordentlich nach hinten gesteckt. Ihr Lippenstift allerdings war ziemlich verschmiert, und eine Wimper war nicht gut festgeklebt und kringelte sich wie ein Tausendfüßler ohne Ausweg.

Sie arbeitete so gut wie immer, aber mit so wahnsinniger Energie, daß ihr Schrubben fast überall das Holz blank legte. Sie war besessen von Ordnung und Sauberkeit, und Robert mußte ein freundliches, aber ernstes Wort mit ihr reden, da sie alle Bücher, die er las, zuklappte und irgendwo zurück ins Regal stellte, so daß er sie nicht mehr wiederfand. Er erwischte sie gerade noch rechtzeitig, als sie mit einem Packen korrigierter Aufsätze auf dem Weg zum Abfalleimer war. Wann immer ich versuchte, sie taktvoll zu fragen, wie sie sich fühlte, antwortete sie jedesmal »sehr gut, danke«, als hätte sie es einstudiert und wäre nicht weitergekommen.

Ich versuchte mit Min darüber zu sprechen, daß ich beunruhigt war, aber ihr kam Mrs. Butter unverändert vor und sie meinte, ich würde mir umsonst Gedanken machen.

»Ich fand sie immer komisch, und ich weiß, daß ich für sie eine durch und durch Wahnsinnige bin. Aber der Himmel hat sie uns geschickt, und wir sind auch sehr tolerant zueinander. Als ich sie einmal nach Hause fuhr, weil es wie aus Kübeln schüttete, war ich ziemlich verblüfft über ihr Haus. Ich glaube, es ist ein Bungalow, aber sehr groß und mit jedem Luxus versehen, denn du dir nur denken kannst. Sie bestand darauf, daß ich mit reinkam und sie mir alles zeigen konnte. Vergoldete Wasserhähne, ein Monster von einem Fernseher, Cocktailschrank, überall weiche Bezüge. Ich kann nicht glauben, daß sie knapp bei Kasse ist.«

»Ich glaube, sie kommt vor allem hierher, weil sie einsam ist. Und um Geld für diesen schrecklichen Roly auf die Seite zu legen. Na ja, wenn du glaubst, daß ich mir nur einbilde, daß etwas nicht stimmt ...«

Nachdem Min sich wieder an die Arbeit gemacht hatte, saß ich am Küchentisch und wartete, bis die Kartoffeln gar waren. Gerade versuchte ich den Mittelteil der Pergola zu entwerfen, der nicht recht gelingen wollte, als ich eine vielgeliebte Stimme durch die offene Küchentür hörte.

»Ach, ihr Lieben! Dieses Vestibül! Diese Säulen! Das ist wirklich wie in Dornröschen.«

»Peter!« rief ich und eilte hinaus.

»Diana! Meine Liebe! Es ist immer so aufregend, eine alte

Freundin in neuer Umgebung anzutreffen! Du siehst hinreißend aus in dieser Märchenkulisse!«

Peter umarmte mich und tanzte mit mir zwischen den Stucksäulen hindurch, bis mir schwindelig war. Ich sah Giorgio in der Tür stehen und mit spitzen Fingern unsichtbare Fusseln von einem sehr neu aussehenden Anzug picken. Dann merkte ich, daß Robert hereingekommen war und uns, hinter Giorgio stehend, stirnrunzelnd beobachtete. Auch Peter sah ihn und ließ von mir ab.

»Sie müssen Robert sein«, sagte er und ging mit Siegfriedschritten auf ihn zu, um ihm gnädig die Hand zu reichen. »Wie prächtig, daß Sie uns empfangen. Sie haben hoffentlich die Nachricht erhalten. Ich habe gestern angerufen und mit einer reizenden Frau gesprochen, die nur leider ein wenig verwirrt zu sein schien. Nicht Mrs. Weston, wie ich hoffe.«

»Das war Mrs. Butter«, meinte Robert ziemlich bedrückt. »Kann es sein, daß Sie Golden Boy sind?«

»Natürlich! Peter heißt Holdenby. Warum bin ich darauf nicht gekommen?« sagte ich. »Und es war auch kein Banjo, sondern Giorgio.«

Robert bedachte Giorgio mit einem Blick, dem abzulesen war, daß ihm selbst Kamm und Papier eher willkommen gewesen wären als Giorgio.

»Aber was ist mit deiner Tante?« bohrte ich nach, hin und her gerissen zwischen dem Drang zu kichern und einer gewissen Furcht. »Wo ist sie?«

»Meine Tante?« Peter machte ein verdutztes Gesicht. »Meine Tante würde ich niemals mitbringen. Sie ist völlig abgestumpft und hat einen Bart wie George Bernard Shaw.«

»Mrs. Butter sagte, du bringst ein Banjo und eine Tante mit.«

»Ah! *Auf rosigen Fingern schleicht sich Licht durch das Dunkel der Nacht!* Ich sagte nicht Tante, sondern Lunch. Giorgio, sei bitte ein Schatz und hol den Korb herein. Ich fürchte, meine Muskeln sind un peu faible.« Er riß seine Augen weit auf und schloß sie dann, und da fiel mir auf, daß er Lidschatten trug ... noch etwas Neues. »Aber Giorgio ist damit gut ausgerüstet, und der Korb wird ein Leichtes für ihn sein.«

Peters Verhalten kam mir noch übertriebener vor als sonst,

wenn es nicht durch die ländliche Umgebung besonders betont wurde. Ich fragte mich, ob sein Glück mit Giorgio schon bröckelte. Giorgio schritt mit einem Weidenkorb in die Küche voran, und Robert, der eine unversöhnliche Miene aufgesetzt hatte, und ich (mein Gesicht sicherlich eine einzige Entschuldigung) folgten mit Peter hinterdrein, der mich in den Arm kniff und mit Souffleurstimme absichtlich so laut flüsterte, daß es verstanden werden konnte:

»Der reizende Robert ist genau, wie du ihn beschrieben hast, Diana! So eine wunderbare Herbheit! Man könnte sagen Weltschmerz! Das läßt auf Unzufriedenheit in Liebesangelegenheiten schließen, meine Liebe. Man wünscht sich fast, ihn wütend zu sehen! Diese Nase!«

Ich fand, daß Roberts Profil langsam weicher wurde. Und als Robert aus dem Korb drei Flaschen Dom Perignon und vier Flaschen Puligny-Montrachet holte, war ich mir dessen ganz sicher. Peter hob die Weinflaschen mit großer Sorgfalt heraus und stellte sie eine nach der anderen aufrecht hin.

»Nicht einfach nur ein Weinberg, meine Lieben, denn alles Umherstreifen führt auch nicht zu Großartigerem.«

Roberts ernster Gesichtsausdruck wurde noch weicher, als Peter aus dem Korb verschiedene Päckchen in Fettpapier hervorzauberte. Sie enthielten gekochte, ausgenommene, gefüllte Hähnchen, einige Köpfe Endivien, einen herrlich durchgereiften Camembert und ein Dutzend zarte, duftende Pfirsiche.

»Woher hast du denn dieses herrliche Essen?« rief ich.

»Die Pfirsiche haben wir auf dem Weg von London hierher auf der hinteren Ablage des Wagens reifen lassen. Wir sind auf dem Weg zu Jerry Daubeney. Seine Familie hat ein Schloß in einer merkwürdigen Gegend. Giorgio findet Gefallen an allem, was Englisch und piekfein ist. Jerry ist ein guter Freund von mir, aber ich fürchte, daß er den Kontakt zur Wirklichkeit verloren hat. Und da wir fast bei euch vorbeikommen, hätten wir es jammerschade gefunden, nicht anzuhalten und hallo zu sagen.«

»Es ist sehr freundlich von Ihnen, daß Sie das alles mitgebracht haben«, sagte Robert.

»Wenn wir Sie schon so überfallen, mein Lieber, dann ist

das doch das mindeste, was wir tun können. Ich spreche natürlich vom Mittagessen.«

Peter kicherte, runzelte dann die Stirn und sagte etwas in sehr schnellem Italienisch zu Giorgio, der in der Küche umherwanderte und in Töpfe guckte und die Messer und Gabeln untersuchte, die ich liegengelassen hatte, um den Tisch damit zu decken. Giorgio ließ von seiner Untersuchung ab und kam zu mir, um mir einen schlaffen Händedruck anzubieten.

»Ciao«, sagte er mit einem hämischen Grinsen.

Da kam Min gerade herein, und ich stellte sie einander vor. Giorgio starrte sie an und ließ seine Augen über ihre Jeans und den schlampigen Pullover wandern, bis sie an ihrem Busen hängenblieben und dort einige Minuten verweilten.

»Wie schön, bei Ihnen sein zu dürfen«, sagte Peter. »Und das Haus ist himmlisch! Dürfte ich es mir genauer ansehen? Ah! Was für ein entzückender Hund!«

Ham kam auf Peter zu, der Tiere ausgesprochen gern hatte, und ließ sich von ihm kraulen und tätscheln. Dann untersuchte sie Giorgios Knie, kam aber zu dem Schluß, daß sie deren Geruch nicht mochte, und fing an zu bellen. Giorgio sagte zu Ham etwas Unfreundliches auf Italienisch. Wir machten uns alle auf zu einer Tour durch das Haus und ließen Ham eingeschlossen in der Küche zurück. Peter brach angesichts des Wohnzimmers und der Bibliothek in Entzücken aus. Selbst das Eßzimmer beschrieb er noch als ein Juwel der Neugotik.

»Was man hier für ein Fest aufziehen könnte! Mit Kostümen! Das Lagunenfest ... alle verkleiden sich als Unterwasserwesen! Du könntest eine Meerjungfrau sein, Diana, und ich könnte dich in einer riesigen Muschel aus Pappmaché herumfahren, da deine zarten Füßchen ja in einem mit silbernen Pailletten besetzten Schwanz stecken. Giorgio wäre Neptun mit silbernen Fischen im Haar und einem Mantel aus Seetang. Und Sie, Min, Sie sind die Thetis, eine liebe kleine Meeresgöttin ... etwas Fließendes in verschiedenen Schattierungen von Blaßgrün mit Perlen im Haar.«

»Und was wärest du?« Mich belustigte Roberts Mienenspiel, als er Giorgio dabei zusah, wie dieser den Deckel des Weinkühlers öffnete.

»Ich wäre natürlich gerne eine Meeresbrise, damit ich dich antreiben könnte. Grauer Chiffon und eine Kappe aus Baumwolle wäre für mich wohl das Richtige. Um eine Wolke darzustellen, verstehst du. Vielleicht sollte man winzige Ventilatoren versteckt an mir anbringen. Ah, das kann nur das hübsche Fräulein Weston sein!«

Zögernd kam Ellie herein und kicherte, als sie so angesprochen wurde. Mit ihrer verschorften Haut und der von einem schmutzigen Stück Klebeband über dem Nasenrücken zusammengehaltenen Brille, sah sie im Augenblick gewiß nicht hübsch aus, aber Peter ging auf sie zu, nahm sie bei der Hand und führte sie in die Runde.

»Nun, du würdest in Rosa ganz wunderbar aussehen. Du könntest auf unserem Fest ein Stück Koralle spielen und dich an der Person festmachen, die du am liebsten hast.«

Ellie war zu scheu, um darauf zu antworten, aber sie kicherte wieder und sah glücklich aus.

»Und was ist mit mir?« ließ sich jetzt auch Robert mitreißen, angetan von der Freundlichkeit, mit der Peter sich Ellie widmete.

»Als Gastgeber haben Sie als einziger das Recht, sich nicht zu verkleiden. Sie sind der Zirkusdirektor, eine überaus gepflegte Erscheinung mit schwarzer Krawatte, und befehligen die Spieler unserer kleinen Maskerade. Ich frage mich gerade, ob Stiefel aus Baumwolle meinem Typ entsprechen?«

»Sehr sogar«, sagte Robert freundlich. »Wie wäre es jetzt mit einem Drink?«

Insgesamt gesehen wurde der Lunch ein Erfolg. Er hatte den improvisierten Charme eines Picknicks, ohne dessen Widrigkeiten. Ham mußte in die Abstellkammer eingesperrt werden, da ihre Aversion gegenüber Giorgio sich so vertiefte, daß sie einen scharfen Tritt einzustecken hatte. Von da an bedachten William und Ellie Giorgio mit haßerfüllten Blicken, der sich aber nicht darum kümmerte und das Essen in sich hinein schaufelte und den Wein hinunterkippte, als zweifelte er daran, daß für alle genug da war. Er war lange vor uns fertig, stand vom Tisch auf und ging wortlos aus dem Zimmer.

Peter wog die Unzulänglichkeiten seines Freundes als Gast

mehr als auf und unterhielt sich mit Min über Madame de Staël, mit Robert über Cicero, mit mir über Gemüseanbau, und als sein Blick auf ein halbfertiges Aquarell auf der Anrichte fiel, mit William über Malerei. Er zeigte William, wie man die Beine eines Pferdes überzeugend darstellt, erklärte ihm den Knochenbau und die Muskeln. Ich hatte vergessen, daß Peter zeichnen konnte. Wenn ich darüber nachdachte, konnte er eigentlich alles gut, außer einen Liebhaber auswählen, der ihn wenigstens ansatzweise glücklich zu machen vermochte.

Nach dem Mittagessen gingen wir an die Besichtigung des ummauerten Gartens. Peters Entzücken ermutigte uns. Er wußte sofort, wie das Sommerhaus dort, wo die beiden Pfade sich kreuzten, aussehen sollte, und fertigte mir eine detaillierte Skizze an. Er hatte die gute Idee, eine Laube an das hintere Ende zu setzen, wo es keinen Durchgang gab, und wollte unbedingt, daß wir etwas mit Wasser machten, vielleicht einen Wandbrunnen jeweils am Ende der kürzeren Achse. Als ich ihm erklärte, daß wir das ganze so billig wie möglich aufziehen wollten, war er sehr enttäuscht.

»Wie traurig, der Niedergang dieser Familien«, sagte er leise zu mir. Robert schob in einiger Entfernung William im Rollstuhl, und Min war mit Giorgio im Gewächshaus. Ellie war mit Ham im Bootshaus, da die Hündin wiederholt versucht hatte, sich angeleint auf Giorgio zu stürzen, was ihr schließlich auch so weit gelang, daß sie ein Stück seines seidenen Hosenbeins erwischte. Man hatte sie mehr zu ihrem eigenen Schutz als zu dem von Giorgio wegbringen müssen. »Das habe ich mir schon bei Mins Kleidern gedacht.«

»Na ja, Min würde immer so aussehen, egal, wieviel Geld sie hätte. Sie legt darauf überhaupt keinen Wert.«

»Aha! Jetzt kann ich auch benennen, was das Ungewöhnliche an ihr ist. Sie braucht keine Anerkennung. Jetzt denk mal an uns, Diana, wir würden unsere Seelen geben für Anerkennung, und das macht uns verletzlich.«

»Ich gebe auch nicht viel darum. Ich sehe mich nicht gern schwach.«

»Nicht schwach, meine Liebe. Eher empfindsam und unsicher. Die Suche nach Anerkennung ist eine treibende Kraft und deshalb auch nützlich.« Seine Stimme wurde noch leiser. »Wie steht's mit dem Herzen? Ist der strahlende Name Roberts noch immer hinein geritzt?«

Ich seufzte und nahm gerade alle Kraft zusammen, um Peter die Wahrheit zu sagen, nämlich daß Roberts Name tiefer eingeritzt war denn je, als Min aus dem Gewächshaus geschossen kam und mit großen Schritten auf uns zueilte. Als sie Peter sah, bremste sie sich und maskierte ihre Wut mit einem Lächeln. Ich konnte im Gewächshaus gerade noch Giorgios sich auf und ab bewegenden schwarzen Locken sehen, und meine Vorstellungskraft ergänzte den Rest. Wir besprachen Peters Vorschläge und liefen dann hinunter zum Bootshaus; Giorgio ließen wir im Gewächshaus zurück, wo er sich mit George Prykes Illustrierten unterhielt.

»Glaubst du denn, daß Giorgio wirklich der richtige Mann für dich ist?« erkundigte ich mich später, als wir allein in aller Ruhe um den See spazierten. »Er scheint ziemlich ... ziemlich launisch zu sein.«

Peter sah traurig aus und schwieg einen Augenblick. Dann sagte er sehr sanft: »Ist Robert denn der richtige Mann für dich, Liebes? Er scheint ziemlich ... verheiratet zu sein.«

Wir hakten uns unter und gingen langsam und nachdenklich zurück zum Haus.

Ein plötzlicher Regenguß trieb uns alle in die Küche, wo wir Tee tranken und die restlichen Ingwerkekse vom Vortag aßen. Ziemlich bald schon sagte Peter, sie müßten sich auf den Weg machen. Wir gingen alle mit zur Tür, um ihn zu verabschieden. Ich legte meine Arme um ihn, denn es tat mir leid, ihn gehen zu sehen. Min gab ihm auf jede Wange einen Kuß und sagte, sie hätte es wirklich genossen, ihn zum Essen da zu haben. Er hielt Min fest im Arm, wie er auch mich festgehalten hatte. Selbst Robert meinte ausdrücklich, er hoffe, daß Peter auf seinem Rückweg vorbeischauen werde.

»Ich hoffe es, Ihr Lieben, aber wer weiß? Ich rufe aus der Daubeney Chase an«, sagte er, als er sich neben Giorgio auf den Beifahrersitz gleiten ließ.

Ohne sich auch nur von einem von uns zu verabschieden, trat Giorgio das Kupplungspedal durch, und sie brausten die

Einfahrt hinunter, daß die schmutzigen Kieselsteine spritzten. Peter drehte sich in seinem Sitz um und behielt mich im Auge, bis sie hinter den Bäumen verschwunden waren.

»Ich wüßte nicht, jemals einem Mann begegnet zu sein, der mich so abstieß«, sagte ich, als wir zurück zum Haus gingen.

»Du meinst natürlich Giorgio«, sagte Min. »Als wir im Gewächshaus waren, packte er meine Brüste und schob seine Zunge in meinen Hals. Ich war so verdutzt, daß ich nur noch würgen und ihn anschreien konnte, mich loszulassen.«

»Das will ich doch hoffen!« sagte Robert. »Bei Gott, hätte ich gewußt, daß dieser Mistkerl an dir herumfummelt, hätte ich ihn hinausgeworfen.«

Min sah Robert belustigt an.

»Wie reizend von dir, Schatz, daß du dir das so zu Herzen nimmst!«

Als ich das hörte, traf mich die Eifersucht wie ein gemeiner Schlag, und ich hatte den ganzen Abend bei unserem Gespräch über Peter und Giorgio Mühe, meinen Jammer zu verbergen. Robert hingegen schien in seltsamer Hochstimmung. Wie konnte ich die Rolle spielen, die ich mir selbst zugeteilt hatte, wenn mich schon die kleinste Kleinigkeit unglücklich machte?

»Robert ist viel fröhlicher«, sagte Min am nächsten Tag zu mir. »Peter hat ihm sehr gut gefallen. Und natürlich ist das Arbeiten im Garten mit dir genau das, was er braucht. Ellie ist fast wieder gesund, und selbst William ist glücklich. Ich wußte, daß alles wieder in Ordnung sein würde, wenn du nur wieder hier bist. Und du bist doch glücklich hier, oder?«

»Ja.«

Das stimmte zum Teil. Jedenfalls war ich auf Weston Hall glücklicher als anderswo.

Peter hatte nach dem Frühstück angerufen, um zu sagen, daß er in zwei Wochen auf dem Rückweg nach London zum Mittagessen vorbeikommen würde.

»Das ist ein Samstag. Warum sollen wir da keine Party feiern?« schlug Min vor. »Nicht kostümiert, das sähe komisch aus. Aber wir könnten alle Leute einladen, bei denen wir schon seit Jahren in der Schuld stehen. Uns würde es auch gut tun. Ich glaube, Robert ist einsam ohne Gerald.«

Min stellte eine Liste der Leute auf, die sie einladen mußte, und fügte dann noch Namen von Leuten dazu, die sie einladen wollte. Sie kam auf zweiundvierzig.

»Zweiundvierzig können wir nicht am Tisch unterbringen«, sagte ich. »Es muß also ein Büfett sein. Normalerweise mag ich so etwas nicht besonders. Ich finde, daß man sich im Sitzen besser unterhält. Du willst sie nicht aufteilen, und zweimal zum Lunch einladen?«

»Zu viel Arbeit. Nein, laß uns etwas Zwangloses machen. Etwas Kaltes. Hähnchen in Aspik.«

Nur über meine Leiche, dachte ich, ohne etwas zu sagen. Ich begann mich für die Idee zu erwärmen und fand, es könnte recht lustig sein. Während ich einen Schokoladenmandelkuchen für Vivien machte, wälzte ich Ideen im Kopf. Mehrere Rippenstücke vom Rind, gebraten und dann kalt serviert. Einen Lachs. Und wenn es kühl war? Vielleicht eine Suppe?

Nach dem Essen gingen William, Ellie und ich hinaus, um Robert zuzusehen, wie er mit dem Pflug arbeitete. George Pryke hatte die Aufgabe bekommen, die umgepflügte Erde dort, wo die Kartoffeln gesetzt werden sollten, noch mal umzugraben. Als das Zuschauen seinen Reiz verlor, was schon bald der Fall war, fingen die Kinder und ich an, ein großes Wigwam für die süßen Erbsen aus den Haselzweigen zu bauen, die George ausgeschnitten hatte. Ich rammte die etwa zweieinhalb Meter langen Zweige aufrecht in den Boden, und zwar in einem Kreis von zwei Metern Durchmesser. Ihre Spitzen bog ich nach innen, damit sie eine Art Dach bildeten. Dann flochten die Kinder und ich die dünneren, biegsameren Zweige in Streifen von zwanzig Zentimetern waagerecht zwischen den aufrechten hindurch, bis wir oben ankamen und das Gerüst stabil war. Es sah wunderbar aus, als wir fertig waren, hübsch und praktisch zugleich, und hatte zudem noch den Vorteil, nichts gekostet zu haben. Besonders William schien Freude daran zu haben, denn er arbeitete überaus ordentlich und genau. Wir nahmen uns vor, am nächsten Tag noch eins als Gegenstück auf der anderen Gartenseite zu bauen, und zwar für die Stangenbohnen.

Die Kinder verschwanden dann, um mit den Katzen zu spielen. Ich ging in das Gewächshaus, um nach den Anzuchtschalen zu sehen. Ich drehte die Kartoffeln auf dem Fenstersims um und bereitete eine Schachtel mit Kompost vor, um Malven einzusäen, die ich zwischen die neuen Obstbäume entlang der Mauer pflanzen wollte. Ich hörte George hereinkommen. Ich wußte, daß es George war, denn ich hörte draußen noch den Pflug dröhnen.

»Ich werde mich heute nachmittag um den Dünger kümmern«, sagte ich, ohne aufzublicken, als ich das Päckchen Malvensamen aufriß. »Sobald er da ist, können Sie ihn in die Erdkrume einarbeiten. Die Kartoffeln treiben gut aus.«

George gab keine Antwort. Ich spürte, wie sich zwei Hände um meine Taille tasteten. Die Samen verteilten sich über der Bank.

»Ich weiß, daß das nicht richtig ist«, hörte ich Roberts Stimme mir ins Ohr flüstern. »Ich habe mir gesagt, daß ich genau das nicht tun darf.«

Ich zitterte und schloß meine Augen. Ich wollte ihm sagen, daß er aufhören mußte, aber ich verzehrte mich vor Verlangen. Ich ließ meinen Kopf hängen, die Augen noch immer geschlossen. So standen wir in der nur vom Heulen des Pflugs unterbrochenen Stille im trüben fleckigen Licht und atmeten das süße Überströmen unserer Liebe ein.

»Robert«, sagte ich, sobald ich wieder sprechen konnte. »Das darf nicht wieder vorkommen. Ich will mich nicht gewaltsam befreien. Bitte, laß mich gehen.«

Ich spürte, wie er von mir abrückte, und es kostete mich alle Kraft, ihn nicht zu bitten, mich wieder in seine Arme zu nehmen. Ich hielt meinen Kopf gesenkt. Ich hörte die Tür aufgehen und zugehen. Ich brach in Tränen aus.

Kapitel 23

Vivien freute sich, mich zu sehen, und besonders freute sie sich über den Kuchen. Lily wurde sofort weggeschickt, um uns Tee zu bringen. Eine Seite von Viviens Stirn und ein Augenlid waren von gelblichen, verkrusteten Blasen überzogen.

»Kommen Sie und setzen Sie sich, Dahlia, und erzählen Sie mir. Mir ist sterbenslangweilig, und ich bin ständig gereizt. Sehen Sie, was dieser Idiot von Lawrence mir gebracht hat!«

Sie deutete auf einen riesigen Fernseher mitten im Zimmer.

»Ist das nicht eine einzige Scheußlichkeit? Ich habe nach Männern vom Gut geschickt, damit sie ihn wegtragen und in Lilys Zimmer stellen. Dann können sie und Grig fernsehen, anstatt miteinander herumzuhuren. Das Ding ist so gut wie ein Verhütungsmittel.«

»Grig?«

»Lilys Ehemann. Sagt sie jedenfalls. Ich glaube kein Wort davon, aber was macht das schon? Ich habe ihr gesagt, daß Babies hier nicht erwünscht sind. Und jedesmal, wenn sie kommt, sitzt ihr Häubchen schief.«

Ich dachte an die kühle, langweilige Lily. Es fiel schwer, sie sich in hitziger Leidenschaft vorzustellen.

»Wer ist Lawrence?«

»Ein Oberst im Ruhestand, der in Dunston Abchurch lebt. Er glaubt, in mich verliebt zu sein. Blöder alter Narr.« Vivien sah zufrieden aus, dann zuckte sie zusammen. »Diese Gürtelrose ist wirklich eine Qual. Er wollte kommen und mich besuchen, aber ich habe ihm gesagt, daß ich wie ein Ungetüm aussehe. Wenn er auch sonst nicht viel hergibt, ist er doch sehr nützlich zum Kartenspielen, und um mich zum Essen auszuführen. Er dachte, der Fernseher würde mich ablenken. Das tut er ganz gewiß! Ich habe versucht, fernzusehen. Da gibt es diese fürchterlichen Shows, wo den Leuten schwachsinnige Fragen gestellt werden, die jedes Baby beantworten könnte, und dafür bekommen sie dann einen Plüschlöwen oder so ein fürchterliches Ding, das einen morgens weckt und einem kochendes Wasser ins Ohr gießt. *Sovereign Street* ist eine ebenso entsetzliche Sendung, bei der sich Leute mit den gemeinsten Akzenten ständig über einander beschweren. Sie wohnen in dieser absolut scheußlichen Straße, die sie den ganzen Tag nur immer rauf und runter gehen und Blödsinn quatschen und auf ihre Nachbarn schimpfen. So viel Häßlichkeit hat man noch nicht gesehen! Das kann die Arbeiterklasse doch nicht wirklich sehen wollen? Anödende Wiederholungen ihrer eigenen armseligen Leben?«

»Ich glaube, das ist sehr beliebt.«

»Nun, wenn's das ist, was ihnen Spaß macht, erklärt das eine ganze Menge. Wahrscheinlich hält es sie in einem nützlichem Stadium geistiger Trägheit. Schließlich brauchen wir Leute, die willens sind, Klos zu putzen.«

»Min entschuldigt sich, daß sie nicht auf Besuch gekommen ist. Sie arbeitet im Augenblick ungeheuer hart.«

»Eine derart fehlgeleitete Ambition. Diese obskuren akademischen Studien interessieren doch keinen Menschen. Andere Akademiker einmal ausgenommen, die ohnehin vor Neid platzen. Absolut sinnlos.«

Ich hatte nicht vor, meinen Beruf zu verteidigen. Außer angenehmer Selbstbefriedigung konnte ich mir keine anderen Beweggründe vorstellen, die ich hätte geltend machen können. Ich war gewiß nicht Akademikerin geworden, um der Gesellschaft zu dienen, sondern nur deshalb, weil mir die Universität mehr Spaß gemacht hatte als alles andere, was damals in Frage gekommen wäre.

»Ehe Min sich's versieht, wird Robert sie wegen irgendeines jungen Flittchens verlassen haben, das weiß, wie man sich schminkt und ihn im Bett befriedigt.«

»Ich gehe davon aus, daß Robert wirklich der letzte ist, der sich so verhalten würde«, sagte ich mit ein wenig mehr Nachdruck, als klug war.

Vivien, die gerade ihre Zigarette an die Lippen führen wollte, hielt inne und sah mich aus schmalen Augen an. Dann verzog sich ihr Gesicht zu einem langsamen Lächeln, und sie nahm, gleichsam befriedigt, einen tiefen Zug aus ihrer Zigarette.

»Soll ich Tee einschenken?« fragte ich. »Wir pflanzen den ummauerten Garten neu an, wissen Sie. Hat Robert das erwähnt?«

»Hector hatte einen Mann in Vollzeit dafür eingestellt. Es war mir der liebste Teil des Gartens. Im Sommer wurde es sehr heiß, und es gab viele Bienen. Steht das Gewächshaus noch?«

»Ja, wir haben gerade die Scheiben instandgesetzt.«

»Das hat Robert mir nicht erzählt. Er sagte nur, daß ihr den Boden umpflügt.«

»Warum kommen Sie nicht und helfen uns? Die frische Luft würde Ihnen guttun. Und Sie wissen so viel.«

»Ich glaube nicht, daß ich komme.« Vivien drückte bedächtig ihre Zigarette aus. »Ich kenne das alles viel zu gut. Ich fürchte, ich könnte darauf verfallen, etwas zu bedauern. Außerdem«, sie lächelte hinterhältig, »sehe ich es ja. Sie und Robert, ihr baut euch euer kleines Paradies ... einen Garten Eden vor dem Sündenfall ... das macht ihr doch? Da wäre ich nur im Weg.«

Sie kicherte in sich hinein.

»Wovon reden Sie, Vivien? Die Phantasie geht mit Ihnen durch. Sie waren zu lange allein mit ihren Gedanken. Warum kommen Sie nicht mit hoch ins Herrenhaus und essen mit uns zu Abend?«

»Das werde ich«, Vivien kicherte wieder. »Natürlich ist Robert umhergelaufen wie ein Mann, dessen Boot mehrere Meilen vor der Küste ein Leck bekommen hat, seit Sie von hier weg sind. Gestern war mir klar, daß etwas geschehen ist, was das Loch abgedichtet hat. Ihr braucht mich nicht, um in eurem Garten die Schlange zu spielen.« Vivien lachte, bis ihr die Augen tränten. »Soso! Der aufrechte, kleinliche, tadelnde Robert. Das ist die Sorte Männer, die am Ende am tiefsten fällt.«

Als ich zurück zum Herrenhaus kam, hielt sich bis auf William, der auf dem Sofa lag, das wir eigens für ihn hineingestellt hatten, keiner in der Küche auf. Er feilte an der perfekten Pferdedarstellung und hatte zu diesem Zweck eine Fotografie von Van Dykes Gemälde, das Charles I. auf dem Pferd zeigte, vor sich hingestellt. Während ich die Kartoffeln für das Abendessen schälte, plauderten wir ziellos über die Malerei und ihre Absichten.

»Ist es nicht wie Schreiben?« sagte ich. »Es gibt so viele Beweggründe, aber einer der wichtigsten muß sein, die Ideen und die Lebensart der Zeit einfangen zu wollen.«

»Er sieht wie ein sehr kleiner Mann aus. Weil das Pferd und die Leinwand so groß sind. Wollte Van Dyke ihn als kleinen Mann zeigen, was denkst du? Ich meine, nicht groß genug für seinen Beruf als König?«

»Darüber habe ich noch gar nicht nachgedacht. Er war klein. So um die einssechzig, glaube ich.«

»Er sieht aus, als wäre er traurig.«

»Wer?« wollte Robert, der gerade hereinkam, wissen.

»Charles der Erste.«

»Mein Lieblingskönig«, sagte Robert.

»Weil du Mitleid hast mit ihm?« fragte William.

»Hm. Vielleicht. Er war weniger brutal als die meisten anderen englischen Könige. Und liebte die schönen Dinge. Er hatte eine wundervolle Gemäldesammlung.«

Ich hörte ihrer Unterhaltung zu, während ich ein großes Stück Vorderschinken in Senf und braunem Zucker wälzte. Da sagte auf einmal Robert mit leiser Stimme zu mir: »Ich kann ihn nicht wieder an diesen schrecklichen Ort gehen lassen. Ich werde einen Kurs in Buchhaltung belegen müssen.«

»Die andere Möglichkeit wäre, etwas zu verkaufen. Alles, was in diesem Haus ist, wird dir gehören, wenn deine Mutter stirbt, oder?«

»Ja.«

»Dann wäre es nicht gestohlen, wenn jetzt etwas verkauft wird. Ich glaube, dieses japanische Porzellan im Wohnzimmerschrank ist sehr alt und sehr wertvoll.«

»Wertvoll genug, um sechs Jahre lang Williams Schulgeld zu bezahlen?«

»Ich bin keine Expertin, aber einige dieser Stücke sehen nach früher Mingdynastie aus... das ist frühes siebzehntes Jahrhundert. Du könntest ihren Verkauf damit rechtfertigen, daß sie eigentlich ins Museum gehören. Wenn sie aus der Mingzeit stammen, würde ein Stück im Jahr ausreichen, um William auf die Privatschule zu schicken.«

»Was heute nachmittag passiert ist, tut mir so leid.«

Ich warf einen besorgten Blick auf William, aber dieser war auf dem Sofa eingeschlafen, den Kopf in die Armbeuge gekuschelt, und sein Haar lag in einzelnen Locken ausgebreitet.

»Nicht doch. Es muß dir nicht leid tun.«

»Das ist ein Elend, nicht wahr?«

»Ja.«

»Die meiste Zeit frage ich mich, wie ich das aushalten soll. Aber es gibt Zeiten, da mache ich mir vor, daß es doch einen Weg geben kann, zusammenzusein, und dann bin ich unverschämt glücklich.«

»Es wird keinen Weg geben. Niemals.«

»Und das kannst du ertragen? Ganz ruhig?« fragte Robert mit einiger Bitterkeit und wandte langsam sein Gesicht von mir ab, das schrecklich traurig war.

»Nein. Ich glaube nicht, daß ich es ertragen kann.«

Ich spürte Roberts Hand auf meinem Arm, aber er zog sie zurück, als die Tür aufging und Ellie hereinkam.

»Fährt mich jetzt mal einer im Boot raus? Du hast es mir versprochen.«

»Das habe ich«, sagte Robert und lächelte ihr zu, als sie sich bei ihm unterhakte. »Geh und sag Mami, was wir machen, und daß William allein in der Küche auf dem Sofa schläft.«

Ellie rannte davon.

»Komm mit«, sagte Robert und sah mich dabei sanft bittend an. »Ich möchte einfach in deiner Nähe sein. Mit Ellie im Boot muß ich mich ja benehmen.«

»In Ordnung. Laß mich nur noch den Schinken in den Herd schieben.«

Das von George Pryke reparierte Boot war ein hübsches altmodisches Skiff mit einer Holzbank für den Ruderer und einem Sitz mit Schmiedeeisenlehne und Polstern für die Passagiere. Robert nahm die Ruder, und wir glitten hinaus auf den See.

»Da sind die Schwäne«, sagte Ellie. »Laßt uns zu ihnen fahren.«

Robert ruderte auf sie zu und schaute dabei über seine Schulter. Ich starrte auf die kleine Insel. Ich wollte nicht, daß Ellie sah, wie er mich beobachtete. Ich fürchtete, mein Gesicht könnte zu viel preisgeben.

»Sobald ein schöner Tag kommt, fahren wir zum Tee auf die Insel«, schlug ich vor.

»Näher sollten wir nicht heran«, sagte Robert. »Sieh!«

»O Papa!« schrie Ellie aufgeregt.

Hinter den Schwänen paddelten vier kleine graue Jungschwäne durchs Wasser. Robert stützte sich auf den Rudern auf und ließ das Boot treiben, während wir sie beobachteten.

»Da ist noch einer ... er reitet auf dem Rücken seiner Mutter!« rief Elllie. »Ich wünschte, William könnte das sehen. Er tut mir so leid mit seinem entsetzlichen Gips. Ich denke, wenn er aus dem Boot fiele, würde er sofort auf den Grund sinken und müßte aus dem Schlamm ausgegraben werden. Glaubt ihr, wir könnten sie zähmen?«

»Wir können sie jeden Tag füttern, dann gewöhnen sie sich wahrscheinlich daran, zum Essen herzukommen. Ich glaube nicht, daß sie sich mit uns so anfreunden wie Hunde oder Katzen.«

»Laßt es uns versuchen. Darf ich einmal rudern?«

»Komm und setz dich neben mich und nimm ein Ruder.«

Natürlich fuhren wir immer wieder im Kreis, und Ellie machte jede Menge falscher Ruderschläge und kicherte, bis sie nicht mehr konnte.

»Hör auf, du ruderst ja gar nicht«, sagte Robert. »Laß Diana mal dran.«

Ellie und ich tauschten die Plätze. Ich fühlte mich schuldig. Es war ein Vorwand, einander nah sein zu können. Ich spürte seinen Körper, der sich an meinen drückte, und sah seine wunderschönen Hände das Ruder festhalten, als wir sie langsam im Gleichtakt ins Wasser tauchten, wobei sein Schlag sanfter ausfiel, um mein Tempo mitzuhalten. Wir ruderten schweigend. Ellie hatte es sich in den Polstern bequem gemacht und ließ mit geschlossenen Augen ihre Hand träge ins Wasser hängen. Die Sonne verschwand hinter den Bäumen. Ihre Strahlen, wie feuerrote Lanzenstiche anzusehen, blendeten auf dem Wasser, als brächen zischende Lavaspalten auf dem Grund auf. Ich erinnerte mich an den St.-Lawrence-Ball, als wir miteinander getanzt hatten. Wir haben uns auch damals schon geliebt, dachte ich, waren aber zu erschrocken, es uns einzugestehen. Jetzt war es genauso, kreisen, treiben, träumen, wünschen, es möge nie aufhören.

»Mir ist kalt«, sagte Ellie schließlich.

Wir ruderten zum Bootshaus, und ich spürte Roberts warme Hand in meiner, als er mir ans Ufer half. Wir vertäuten das Boot an seinem Sommerankerplatz, der kleinen Mole am Bootshaus, und gingen langsam hinauf zum Herrenhaus. Ich mußte an die Straße denken, die vom Bahnhof hierher führte, und ich sehnte mich so verzweifelt danach, wieder von ihm geküßt zu werden, daß meine Lippen zitterten.

»Ellie«, sagte Robert. »Lauf bitte rein und sieh nach, ob Mami sich um William kümmert.«

Ellie rannte davon. Robert zog mich in den Schatten der Buchsbaumhecke, die zwischen uns und der Hinterseite des Hauses lag.

»Daze. Es tut mir so leid ...« sagte er, und ich legte meine Arme um ihn und unterbrach, was immer er mir hatte sagen wollen, indem ich mein Gesicht an seines hob.

Ich weiß nicht, wie lange wir dort standen. Es war eine Liebeserfahrung, die alle meine früheren Vorstellungen aufhob. Dann hörte ich Mins Stimme in der schnell hereinbrechenden Dämmerung.

»Ham! Ham! Abendessen! Komm doch, du dummes Mädchen, das Abendessen ist fertig.«

Ham, die neben uns im Gras gelegen hatte, rannte durch die Öffnung in der Hecke, und ich hörte Min in jener schmeichlerischen Babysprache, mit der man sich Tieren zuwendet, wenn man sich unbeobachtet glaubt, sagen: »Da bist du ja! Komm schon, Püppchen ... da ist ja mein gutes Mädchen.«

Sie klang so fröhlich, so unbeschwert, daß meine Freude schrumpelte, als wäre sie plötzlich starker Hitze ausgesetzt.

»Ach, ist das schrecklich!« rief ich im Flüsterton, und meine Augen füllten sich mit Tränen. »Das ist zu hart!«

Ich ging schnellen Schrittes zum Haus und durch die Hintertür, ohne mich umzublicken.

Sonntag war ein trüber Tag, wolkenverhangen und kalt. Ich erinnerte mich daran, daß Arbeit das beste Gegengift bei Unglücklichsein ist, und setzte mich bis zum Mittagessen in die Küche und machte mir Notizen zu Peacock. Ellie saß mit einer Handarbeit auf der anderen Seite des Tisches, während William lesend auf dem Sofa lag. Robert arbeitete im Garten. Oberflächlich war alles ein Modell häuslicher Harmonie. Um zwölf kam Min, um mit mir einen Drink zu nehmen. Ich schob die Kartoffeln in den Ofen, wo bereits das Rindfleisch schmorte.

»Wie kommst du voran?« fragte ich sie, während ich den Weißkohl schnitt.

»Wirklich gut. Ich dachte, dieses Kapitel würde das schwerste sein, und plötzlich sprudelt mein Geist über vor Ideen, und ich kann sie kaum schnell genug niederschreiben.«

»Kommst du mit zum Schwänefüttern, Mami?« bettelte Ellie. »Sie sind so süß. Du solltest sie sehen, bevor sie groß werden.«

»Hm«, sagte Min, ohne wirklich zuzuhören. »Ich denke, ich werde das, was fertig ist, schon mal wegschicken, dann höre ich ja, was meine Lektorin dazu meint. Ich habe das Gefühl, da wäre ein ganzes Buch drin und nicht nur ein Vorwort.«

»Auf welche Schule gehe ich denn im nächsten Trimester?« wollte William wissen. »Dad sagt, ich gehe nicht zurück auf die Gemeinschaftsschule.«

»Ach, du meine Güte! Das ist auch wirklich die denkbar

schlechteste Zeit für einen Wechsel.« Min zog die Stirn kraus. »Ich finde, es wäre besser für dich, wenn du noch eine Weile dort bliebest. Robert hat aber auch einen Tick, was diese Schule angeht. Außerdem haben wir überhaupt kein Geld, so sieht es nämlich aus.«

Ich sah, daß William aufgebracht war. Ich erzählte Min von meiner Idee, das Porzellan im Wohnzimmer zu verkaufen.

»Das wäre Diebstahl,« sagte Min mit Entschiedenheit. »Natürlich wird es eines Tages Robert gehören, aber jetzt gehört es noch Vivien. Nein. Es bringt nichts, so ein Theater zu machen. Keine Schule ist perfekt. Es tut mir leid, wenn es dir dort nicht gefällt, William, aber es gefällt kaum jemandem auf seiner Schule. Erinnerst du dich noch, was wir über unsere gesagt haben, Diana?«

William rieb sich die Augen mit dem Handrücken, aber Min schien das nicht zu sehen.

»Es gibt da Unterschiede.« Ich hatte vor, versöhnlich zu bleiben, ohne Abstriche in dem zu machen, was mir wichtig erschien. »Es ist ein Unterschied, ob man wegen kleiner Ärgernisse nörgelt oder ob man vollkommen unglücklich ist, weil man gezwungen wird, sein Verhalten radikal zu ändern, etwas zu sein, was man gar nicht sein will.«

»Was meinst du damit?«

»Nun«, versuchte ich es unbeholfen und wünschte, William wäre nicht in der Nähe, wollte mir aber diese Gelegenheit nicht entgehen lassen. »William muß sich dem Diktat der anderen Jungs beugen, weil er isoliert ist. Er erfährt keine Unterstützung von Freunden, weil er so ganz anders ist als die anderen. Das ist genau die Erfahrung, die Intellektuelle machen, wenn sie ihren Dienst in der Armee ableisten. Und da William noch ein Kind ist, kann er sich kaum oder gar nicht vorstellen, was ihn von den anderen unterscheidet, und hat nicht die Möglichkeit, zu begreifen, daß es auch etwas Gutes hat, anders zu sein.«

Robert kam herein und stellte sich an den Spülstein, um sich die Hände zu waschen. Ich reichte ihm ein Handtuch. Min zündete sich gerade eine Zigarette an, und so konnte sie seinen Gesichtsausdruck nicht sehen, mit dem er es mir zurückgab. Wofür ich dankbar war. Ich glaube nicht, daß Robert wußte, wieviel sein Gesicht verriet.

»Paps, Mama sagt, ich bleibe auf der Gemeinschaftsschule.« In Williams Stimme lag Angst.

»Was? Aber auf gar keinen Fall. Lieber unterrichte ich dich am Abend selbst, ehe ich dich wieder dorthin zurückgehen lasse.«

»So etwas Lächerliches habe ich noch nie gehört!« sagte Min sehr verärgert. »Du bist wohl verrückt, dir so etwas auszudenken! Was du für einen Aufstand wegen eines gebrochenen Beines machst! Jungs brechen sich ständig Beine.«

»Er hätte tot sein können! Das, so nehme ich an, wirst du doch wohl wenigstens zur Kenntnis nehmen. Ich denke, das sollte eine Warnung sein. William ist da vollkommen fehl am Platz. Mir gefällt nichts an dieser Schule, und es war falsch von mir, daß ich ihn so lange dort gelassen habe.«

»Du hast ihn also dort gelassen? Ich habe in dieser Angelegenheit wohl gar nichts zu melden?«

»Jetzt sei nicht albern, Min.« Roberts Nase war weiß vor Zorn. »Natürlich ist das eine gemeinsame Entscheidung. Aber du warst in letzter Zeit sehr beschäftigt. Ich glaube, du kriegst gar nicht mit, wie schlimm alles geworden ist.«

»Wahrscheinlich muß damit jede Frau klarkommen, wenn sie noch etwas anderes zu tun versucht, als sich um ihre Familie zu kümmern. Du bist eifersüchtig und beleidigt. Wahrscheinlich hättest du es gern, wenn ich mein Buch beiseite lege und mich damit zufriedengebe, Kürbismarmelade einzukochen.«

»Jetzt sei nicht dumm, Min ...«

»Ich bin nicht dumm! Wie kannst du es nur wagen, mich zu beleidigen, bloß weil ich mit dir nicht einer Meinung bin!«

»Du sagtest, ich müsse verrückt sein. Das ist doch wohl auch eine Beleidigung. Herrgott, das ist doch lächerlich! Ich will darüber nicht mit dir streiten. Mein Entschluß steht fest.«

»Gut, meiner auch! Ich gehe jetzt wieder an meine Arbeit! Du kannst dich zum Teufel scheren!«

Min rauschte hinaus und knallte die Tür. Die Kinder sahen Robert mit bleichen Gesichtern an.

»Keine Sorge«, sagte ich. »Mama fängt sich schneller wieder, als ihr bis hundert zählen könnt. Sie ist übermüdet und aufgeregt wegen ihres Buchs.«

Während ich die Kartoffeln aus dem Herd nahm und sie wendete, entdeckte ich in mir ein schändliches Gefühl der Befriedigung darüber, daß sie sich gestritten hatten. Ich fand, daß Min absolut im Unrecht war, und freute mich doch tatsächlich über ihren offen zu Schau gestellten Egoismus. Vielleicht war dies der Anfang eines Risses, der nicht mehr heilte. Und was am wichtigsten war, sie würden nicht miteinander schlafen, während sie aufeinander wütend waren. Ich ließ die Woge der Eifersucht wie eine ätzende Flut durch mich hindurch stürzen, und die Hitze aus dem Herd färbte mein Gesicht noch röter, als es ohnehin schon war, nachdem ich meine eigene Herzlosigkeit und meinen Egoismus erkannt hatte.

Robert half mir bei der Zubereitung des Mittagessens. Wir sprachen nicht. Ich entschied mich für mitfühlendes Schweigen und verachtete mich zugleich dafür. Die Kinder fingen wegen einer Belanglosigkeit Streit an und vergaßen Mins Wutanfall. Ich holte einen perfekt gebräunten und aufgegangenen Eierkuchen aus dem Herd und ließ ihn auf der Wärmeplatte des Kohleherds stehen. Es war ein Beweis meiner hervorragenden Fähigkeiten. Ich schickte Ellie, um ihrer Mutter zu sagen, daß das Essen fertig war.

»Ich schäme mich so«, sagte Min, als sie hereinkam und erst Robert und dann mich umarmte. Ihre Augen waren ziemlich rot und geschwollen. »Ich war ganz und gar im Unrecht.«

In mir tobte ein entsetzliches Durcheinander von Enttäuschung und Mitgefühl. Das Mitgefühl gewann die Oberhand, aber es war ein knapper Sieg.

Am Montag frühstückten Min und ich allein. Robert war zeitig aufgestanden, um draußen die Mauern für die Obstbäume mit Draht zu bespannen. Die Kinder waren noch im Bett.

»Ich habe Schuldgefühle wegen der Kinder«, sagte Min und nahm sich gleichzeitig eine zweite Scheibe Toast und eine Zigarette. »Ich glaube nicht, daß ich eine gute Mutter bin. Sie stehen bei mir nicht im Mittelpunkt. Natürlich liebe ich sie, aber ich lebe viel zu sehr in meiner eigenen Welt.«

»Jede Menge Menschenleben sind von dominanten Müttern ruiniert worden, die sich nur auf ihre Kinder konzentriert haben.«

»Gut, das ist natürlich das andere Extrem. Aber es ist keine Entschuldigung. Ich konnte die letzte Nacht nicht schlafen. Ich mußte über all das nachdenken, was William und du gesagt haben. Gestern abend, als du mit dem Abendessen zu Gange warst, hatte ich eine kleine Unterredung mit ihm. Er hat mir erzählt, daß er manchmal an Abhauen gedacht hat. Aber er wußte, daß man ihn erwischen und zurückbringen würde, und alles dann noch schlimmer wäre. Ich hatte einfach keine Ahnung, Daze! Warum kommen meine Kinder so gar nicht voran in der Schule? Ellie wird fertiggemacht und hat keine Freundinnen. Was habe ich nur falsch gemacht?«

»Ich würde zunächst mal vermuten, daß grob geschätzt mindestens ein Viertel der Schulkinder zutiefst unglücklich sind. Stärken wie Empfindungsgabe, Vorstellungskraft, Bescheidenheit und Selbstbewußtsein lassen sich mit dem Erfolg innerhalb einer geschlossenen Gesellschaft nicht vereinbaren. Denk doch mal an die Mädchen in unserer Schule, die in der Klasse das Sagen hatten und beliebt waren. Sie waren gewöhnlich, stellten nichts in Frage, waren zuverlässige Durchschnittsmädchen, die ohne Ironie und Skepsis nachbeteten, was die Schule vorgab, obwohl jede von uns alles gegeben hätte, um nur ja nicht so zu enden wie die Frauen, die diese Schule leiteten.«

»Das stimmt genau. Ich erinnere mich, daß ich Marjorie Finley einmal bei Selfridge's getroffen habe. Erinnerst du dich an sie? Schulsprecherin, als wir, glaube ich, in der fünften Klasse waren. Sie sah noch genauso aus ... ein bißchen aufpoliert, Knopfaugen und kurze Haare mit Haarband. Sie erzählte mir, sie mache Beschäftigungstherapie und teile sich mit zwei anderen Mädchen aus der Schule eine Wohnung. Und das fünf Jahre, nachdem wir alle aus der Schule heraus waren! So etwas Langweiliges wie sie gab es kein zweites Mal. Ich bin beileibe kein Modepüppchen, aber selbst mir fiel auf, wie provinziell und reizlos sie war. Doch in der Schule hielt sie die Fäden in der Hand.«

»Ihre schönste Zeit, fürchte ich. Was Ellie angeht, glaube ich, daß ihr Problem zur Hälfte in ihrem Übergewicht bestand. Dicke Mädchen sind doch besonders dankbare Opfer, oder?«

»Nun, dank dir scheint dieses Problem gelöst zu sein. Ich bin dir so dankbar, du kannst dir gar nicht vorstellen, wie sehr!«

Ich lächelte sie an, ich, die Heuchlerin, die falsche Freundin, der Jago. Sie erwiderte mein Lächeln nicht.

»Robert kritisiert mein Versagen als Mutter. Seit kurzem, seit Gerald gestorben ist, ist er mir ... noch ferner.« Min schien Mühe zu haben, ihre Gedanken in Worte zu fassen. Sie sah mich nicht an. »Er ist immer müde, will nie mit mir schlafen.«

»Macht dir das was aus?«

»Nicht besonders viel. So lange es wirklich an der Müdigkeit liegt und nicht daran, daß er meiner überdrüssig ist. Oder er sich in eine andere verliebt hat.«

Meine Augen zuckten nicht, aber es wäre auch nicht aufgefallen, da Min sich die nächste Zigarette angesteckt hatte. Sie rauchte stärker als sonst. Mir fiel auf, daß der Mittelfinger ihrer linken Hand gelbe Nikotinflecken hatte.

»Keinesfalls ist er deiner überdrüssig geworden.«

»Wenn ich ehrlich bin, denke ich beim Zubettgehen vor allem über meine nächsten Arbeitsschritte nach, und wie ich das, was ich bereits geschrieben habe, noch verbessern kann. Ich habe jetzt mit dem Schluß angefangen. Dank deiner Hilfe ist alles gut gelaufen. Aber sobald ich fertig bin, sollte ich mich wohl besser um die Kinder und um Robert kümmern. Ich glaube, wir nehmen einander als zu selbstverständlich.«

Ellies Erscheinen am Küchentisch beendete unser Gespräch. Sie trug einen häßlichen, senffarbenen Pullover mit Rock, beides viel zu groß für sie.

»Sind das wirklich deine Sachen?« fragte Min erstaunt.

»Ja, das sind meine besten Sachen. Wir haben sie kurz vor Weihnachten gekauft.« Sie sah mich an und mußte mein Mißfallen abgelesen haben. »Sie stehen mir nicht besonders, aber es gab sonst nichts, was groß genug gewesen wäre. Das war zu meiner dicksten Zeit. Es ist die scheußlichste Farbe, die es gibt. Wie altes Erbrochenes.«

»Sollen wir in Winkleigh etwas Neues kaufen?« erkundigte ich mich. »Es sieht aus, als würdest du diesen Rock gleich verlieren. Hoffentlich hast du für diesen Fall saubere Unterhosen an.«

Ellie kicherte. Mrs. Butter kam in einem Overall an, der grün und weiß getupft war, und über ihre Locken, deren Zinnoberrot wie ein Freudenfeuer glühte, hatte sie einen weißen Chiffonschal gebunden.

»Guten Morgen, meine Damen. Ist schon ein bißchen spät für das Frühstück, oder? Doch, wie sagt man so schön, lieber spät gereift und gut getragen, als früh erblüht und früh verweht. Sie gehen aus, Miss Fairfax? Will sagen, Sie sehen gut aus.«

»Danke. Ellie und ich fahren nach Winkleigh zum Einkaufen und zum Augenarzt. Kann ich Ihnen irgend etwas mitbringen?«

»Nein, meine Liebe. Ich war einkaufen, bevor ich hier herkam, und habe mir etwas Schinken zum Abendessen gekauft. Doch hätte ich gewußt, daß Sie fahren, hätte ich Sie darum gebeten. Diese Mrs. Pickles ist so schlimm, wie man schlimmer nicht sein kann.«

»Wirklich? Ich kann nicht behaupten, daß ich sie mag, aber ich fand sie eigentlich immer nur etwas beschränkt und kalt«, sagte Min und machte für Mrs. Butter eine Tasse Instantkaffee.

»Da war dieser arme Junge drin, den sie den *Bekloppten Harry* nennen, und Mrs. Pickles war so gemein zu ihm, daß es in mir zu kochen anfing. Nein, sage ich, wie kommen Sie dazu, ihn zu beleidigen, nur weil er nicht ganz richtig im Kopf ist. Er redet so lustig aus seinem schiefen Mund und zuckt ständig. Arme und Beine sind ganz verkümmert. Plastiker nennt man das doch?«

»Spastiker, glaube ich«, meinte Min und stellte Mrs. Butter den Becher hin.

»Danke, mein Täubchen, das ist es. Nun, sie sagte ihm, er solle nichts anfassen, nannte ihn einen ungeschickten Tölpel.

Und hat alle anderen vor ihm bedient. Nein, sage ich, ich warte, bis ich dran bin. Bedienen Sie erst einmal Harry. Das verstand er, wissen Sie, denn er drehte sich zu mir um und bedankte sich. Eine Schande nenne ich das. Ich fand es immer unrecht, daß die Sünden der Väter die Kinder heimsuchen.«

»Was wollen Sie damit sagen?« fragte Min. »Was hat sein Vater denn gemacht?«

»Ich habe schon genug gesagt, meine Liebe. Zwischen spitzen Zungen und gespitzten Ohren gibt es kaum einen Unterschied.«

»Ach, erzählen Sie schon, Sie haben mich neugierig gemacht. Wir erzählen's auch nicht weiter«,

»Sei ein gutes Mädchen, und hol mir doch mal den Staubwedel«, sagte Mrs. Butter zu Ellie, und sobald sie weg war, senkte sie ihre Stimme. »Man hat immer gesagt, daß der *Bekloppte Harry* der Sohn Ihrer Schwiegermutter ist, und zwar von einem Künstler, der in einem Zigeunerlager gelebt hat. Äh, Sie wissen schon ... mir fällt der Name nicht ein. Seine Bilder werden für mehrere tausend Pfund verkauft, sagt man. Garstiges, deprimierendes Zeug.«

»Meinen Sie Johnny Eames?«

»So heißt er. Harry kam verkrüppelt zur Welt, und alle sagten, es wäre eine Heimsuchung. Mrs. Hind, diese gute Frau, hat ihn adoptiert und als ihren eigenen Sohn aufgezogen.«

»Was! Das glaube ich nicht!« sagte Min. »Das würde ja heißen, daß Harry Hind Roberts Halbbruder ist!«

»Ja, meine Liebe, das ist aber nur Gerede. Falls Mr. Weston nichts davon weiß, brauchen Sie es ihm auch nicht zu sagen, finde ich. Was geschehen ist, ist geschehen.«

»Wir sollten jetzt lieber gehen, wenn wir zum Tee wieder zurück sein wollen«, schlug ich vor, weil ich befürchtete, daß Mrs. Butter noch mit weiteren Geschichten anfangen könnte. »Ist es nicht Zeit, William herunter zu holen?«

»Hilfe, den habe ich ganz vergessen!« rief Min, und sie und Mrs. Butter gingen nach oben, um ihn zu holen, wobei letztere pausenlos redete.

Wir kamen eine Stunde vor dem Termin beim Augenarzt in Winkleigh an. Nebenan gab es ein kleines Kaufhaus. Wir gingen in die Kinderabteilung und kauften für Ellie zwei Hosen.

»Ich konnte früher nie etwas kaufen, was für mein Alter passend war«, sagte Ellie und grinste über ihr fleckiges kleines Gesicht. »Immer mußte ich Sachen für sehr viel ältere Leute anziehen, die dann gekürzt wurden. Ich kann gar nicht glauben, daß ich das bin.«

Ehrfürchtig sah sie sich im Spiegel an.

»Du siehst phantastisch aus. Was hältst du denn von diesem Kleid hier? Du brauchst etwas Passendes für die Party.«

»Oh, aber ist das denn nicht zu teuer?« fragte Ellie, als sie sich das ärmellose Marinekleid ansah, das ich ihr hinhielt. Es würde ihr sehr gut passen, fand ich. »Ich denke nicht, daß Mami damit einverstanden wäre.«

»Probier es an«, drängte ich sie.

Ellie schlüpfte hinein. Es paßte ihr ausgezeichnet, und sie sah daran mindestens wie zwölf aus. Es war modisch kurz, was jetzt, wo ihre Knie schlanker waren, hübsch aussah.

»Gefällt es dir nicht? Du brauchst es nicht zu nehmen, wenn du es nicht haben willst.«

»Ich liebe es. Aber Mami sagt, ich soll helle Farben tragen. Und es hat keinen Saum, den man herunterlassen kann. Sie wird sagen, das ist zu erwachsen.«

»Das sagen Mütter immer. Wenn wir auf unsere Mütter gehört hätten, wäre keiner je aus den Söckchen herausgekommen. Ich kaufe es dir, und dann darfst du es auch tragen.«

»O Diana! Ich glaube nicht, daß ich jemals wieder unglücklich sein werde.«

Wir kauften das Kleid, eine dazu passende marineblaue Strumpfhose und zwei Pullover, die zu den anderen Hosen paßten. Dann gingen wir zum Augenarzt.

Dr. Woods sah mich sehr ernst an und meinte, daß Ellie wegen des Augentests schon lange überfällig sei. Er zeigte mir, wo die Haut hinter ihren Ohren rot und rauh war.

»Das konnte passieren, weil Eleanors Brille zu klein ist für ihr Gesicht, und das liegt an den langen Abständen zwischen den Terminen,« tadelte er uns. »Es könnte auch daher kommen, daß sie sie zu lange aufhat. Sie braucht die Brille nur, wenn sie längere Zeit liest. Sie hat nur einen sehr kleinen Sehfehler.«

»Aber Eleanor trägt sie andauernd!« Ich war entsetzt.

»Die Brille ist nur zum Lesen«, erklärte Dr. Woods geduldig.

»Wußtest du das, Ellie?«

»Ja, aber da ich sie immer verlor, sagte Mami, ich soll sie auflassen. Natürlich sehe ich die meisten Dinge besser ohne Brille. Außer, es ist etwas ganz Nahes.«

O Min, dachte ich und war wirklich wütend.

»Ist jetzt auch egal, du brauchst ohnehin eine neue. Muß sie denn dieses häßliche rosa Gestell haben?«

Dr. Woods sah beleidigt aus.

»Natürlich kann sie auch ein anderes Gestell haben. Aber ich empfinde es immer als Geldverschwendung für ein Kind, das gleich wieder herauswächst.«

Ich ging nicht darauf ein, sondern wir suchten ein dunkelgrünes, ovales Gestell aus, das zu Ellies Gesicht paßte.

»Von jetzt an setzt du sie nur zum Lesen auf.«

»Ist ein komisches Gefühl, ohne Brille herumzulaufen. Irgendwie leicht. Ich bin es gar nicht gewohnt, daß der Wind mir in die Augen bläst. Normalerweise setze ich sie auf, sobald ich wach bin.«

»Ich habe eine Idee«, sagte ich und steckte das neue Brillenetui in meine Tasche. »Was hältst du von einem neuen Haarschnitt?«

Keine Metamorphose von der Dienstmagd zur Prinzessin oder von der grauen Sekretärin zur Schönheit der Gesellschaft hätte mich mit mehr Befriedigung erfüllen können als die Verwandlung von Ellie. Ihr Haar wurde gewaschen und auf Kinnlänge geschnitten. Der alte Pferdeschwanz mit seinen trockenen Splißenden lag zerschnippelt auf dem Fußboden. Ellies ein wenig abstehende Ohren verbargen sich nun unter braun glänzendem Haar, das genauso fiel wie das von Min. Die Friseuse nahm an der ganzen Angelegenheit mit freundlicher Begeisterung teil.

»Sie sieht so viel hübscher aus, nicht wahr? Wie wär's mit Stirnfransen?«

Der Pony ließ Ellies blaue Augen größer aussehen.

»Mir ist nie aufgefallen, wie ähnlich du deiner Mutter siehst. Wenn diese Flecken weg sind, dann bist du wirklich eine kleine Schönheit.«

Ellie errötete. Wir zogen los, um Gemüse einzukaufen, und sie sah in jedes Schaufenster, um ihr Haar zu schütteln und sich anzuschauen. Ich kaufte Kopfsalat, Prinzeßböhnchen, eine Ananas, einen Bund Petersilie und drei rote Paprika. Ich entdeckte einen Feinkostladen, der Oliven, guten französischen Käse, Pasteten und Vanilleschoten anbot. Auf dem Markt kaufte ich rosa Tulpen und weiße Narzissen. In einem kleinen Cafe nahmen wir pochierte Eier und Toast als ein spätes Mittagessen zu uns, für Ellie gab es Eis zum Nachtisch. Wir gingen noch in einen Laden für Künstlerbedarf und kauften dort ein Taschenbuch für William – *Zeichnen nach der Natur*. Aufgeregt und zufrieden traten wir die Heimfahrt an. Als wir uns Dunston Abchurch näherten, schlug ich Ellie vor, eine Hose und einen der neuen Pullover anzuziehen, um ihre Familie mit ihrem neuen Aussehen zu überraschen. Selbstbewußt betraten wir die Küche, und die Reaktion fiel wie erwartet aus.

»Hey!« sagte William, der als erster aufschaute.

»Trügen mich meine Augen?« sagte Robert. »Wer ist dieses hübsche junge Wesen? Das kann doch nicht Miss Eleanor Weston sein!«

»Ellie! Du siehst wunderbar aus«, verkündete Min. »Deine Haare! O Diana, du hast ein Wunder bewirkt.«

»Das hat Ellie ganz allein getan, weil sie so viel Selbstdisziplin hat. Das Wichtigste war das Abnehmen.«

»Du gäbest eine gute *Vorher-nachher*-Werbung ab«, meinte William. »Keiner würde glauben, daß du einmal wirklich häßlich warst.«

Als ich mich auf den Platz setzte, den alle, mich eingeschlossen, als den meinen ansahen, war ich überrascht, dort ein kleines Päckchen vorzufinden.

»Ist das für mich?« fragte ich und sah in die Runde.

Ellie ließ ihren Kopf hängen und wurde rot. Ich machte das

Papier auf. Es kam ein sehr hübscher Eierbecher aus Porzellan, der wie ein Schwan geformt war, zum Vorschein.

»Ich habe ihn an einem Stand am Markt gekauft, als du die Blumen kauftest. Es ist ein Dankeschön-Geschenk.«

Ich warf einen verstohlenen Blick über den Tisch und begegnete Roberts Augen. Sie blickten mich mit so viel Liebe an, daß mir das Herz überging. Schnell richtete ich meinen schuldbewußten Blick auf Min. Die schaute entzückt auf Ellie. Ich kam mir vor wie eine Verräterin.

Nachdem die Kinder am Abend zu Bett gegangen waren und wir es uns im Wohnzimmer bequem gemacht hatten, sagte Min, sie hätte eine Überraschung für uns. Ich dachte sofort, sie würde uns mitteilen, daß sie mit dem Schreiben fertig war, aber sie ging zum Schreibtisch und zog einen Scheck hervor, der auf tausend Pfund lautete und von Vivien unterschrieben war.

»Wißt ihr, mir ging es so schlecht wegen meines gestrigen Verhaltens, daß ich es wieder gutmachen mußte. Und ich glaube, wie ich heute morgen schon zu Diana gesagt habe, daß ich die Kinder in gewisser Weise vernachlässigt habe. Das reicht für Williams Schulgeld, mindestens für ein Jahr, und Vivien meinte, sie würde William bis zu den Abschlußprüfungen beistehen. Ich habe sie heute nachmittag besucht und mich ausgiebig mit ihr unterhalten.«

»Das ist ja eine enorme Leistung, mein Schatz!« sagte Robert. »Wie ist es dir gelungen, sie zu überreden?«

Ich empfand eine verabscheuungswürdige Eifersucht auf Mins Triumph, obwohl es mich für William wirklich freute.

»Das bleibt ein Geheimnis zwischen ihr und mir«, sagte Min sehr geheimnisvoll. »Nein, ehrlich, mein Schatz. Frag mich nicht. Akzeptiere es einfach. Eines Tages werde ich es dir sagen. Jetzt sei nicht sauer und verdirb mir nicht meinen glorreichen Augenblick.«

Robert spürte sehr genau, daß es unfair wäre, weiter darauf zu beharren, und so ging er, wenn auch mit besorgter Miene, um Kaffee zu kochen.

»Ich habe sie erpreßt«, sagte Min mit leiser Stimme, sobald er hinausgegangen war. »Ich habe ihr gesagt, wenn sie mir das Geld nicht gibt, würde ich es Robert erzählen. Und daß Robert darauf bestehen würde, Harry Hind als seinen Halbbruder anzuerkennen, wenn er davon wüßte.«

»Du lieber Himmel, wie hat sie das denn aufgenommen? War sie wütend?«

»Wie ein Lämmchen. Du kennst doch Vivien. Die seltsamsten Dinge findet sie noch lustig. Sie lachte bloß und meinte, jetzt hätte es sie erwischt, und sie würde mir das Geld geben.«

Robert kam zurück, und unser Gespräch war beendet. Min war an diesem Abend überaus glücklich und trank mindestens zwei Gläser Champagner mehr als sonst.

»Jetzt habe ich das Gefühl, wenigstens ein bißchen nützlich gewesen zu sein. Mein ganzes Leben lang haben andere sich um mich gekümmert. Erst Ma und dann Robert. Und du natürlich, Daze, als wir in der Schule waren. Und jetzt.« Sie klang nun ziemlich betrunken. »Ich hoffe, ihr Beschützer habt auch etwas davon ... eine erhöhtes Selbstwertgefühl oder so etwas. Ansonsten wäre es ganz hübsch einseitig.«

»Vergißt du dabei nicht, daß ohne dich meine ganze Schulzeit ein ziemliches Desaster gewesen wäre?«

»Ach! Das lag an Ma. Ich wollte dich doch unbedingt dabei haben! Ich bin erst viel später auf dich eifersüchtig geworden, als Männer ins Spiel kamen. O mein Liebe«, sie schüttelte sich vor Lachen. »Ich war so biestig zu dir, als ich dich mit Hugh im Bett erwischte. Ich glaubte wirklich, ihn zu lieben. Und das nur, weil er so gut aussah. Auf hübsche Gesichter bin ich immer hereingefallen.«

»Danke, ich nehme das als Kompliment«, sagte Robert. »Jetzt trinkst du deinen Kaffee und keinen Champagner mehr. Sonst kannst du morgen nicht anständig arbeiten.«

»Weiß ich. Und ich stehe kurz vor dem Abschluß. Ich bin so aufgeregt und glücklich. Dieser dumme Streit, Daze. Ich muß verrückt gewesen sein. Die ganze Geschichte war doch nur trivial. Wenn du und Robert euch jetzt verlieben würdet ... das wäre etwas völlig anderes und könnte es rechtfertigen, dich fünfzehn Jahre nach ...« sie hickste laut, »Coventry zu schicken.«

Diese Vorstellung belustigte sie sehr, und ich vertiefte mich in meine Tasse und war dankbar für die Dunkelheit, die mein brennendes Gesicht verbarg. Plötzlich hörte Min abrupt zu lachen auf. Alarmiert blickte ich hoch.

»Ich brauche noch ein paar Zigaretten«, sagte sie und ging ein wenig schwankend aus dem Zimmer.

Es war seit drei Tagen das erste Mal, daß wir allein waren, und selbst in diesem Augenblick, da vor allem meine Schuld meine Gedanken beherrschte, dachte ich, wie sehr ich ihn liebte. Er saß da, rauchte eine Zigarette und sah mich an. Dann sagte er sehr weich:

»Ich habe kein Recht, das zu sagen, aber ich liebe dich.«

Wir schauten einander an, bis Min mit ihren französischen Lieblingszigaretten hereinkam, die ich ihr aus Cambridge mitgebracht hatte, sehr teerig und in khakifarbenes Maispapier gerollt. Sie wirkte absolut nüchtern und war sehr ruhig.

Später im Bett fragte ich mich, was unmoralischer war ... Vivien zu erpressen oder hinter ihrem Rücken ihr Porzellan zu verkaufen? Ich kam zu keiner Lösung – dank Mins Methode aber besaßen sie das Porzellan immerhin noch. Ich unterzog meine eigene Situation einer Prüfung. Meine Position war unhaltbar. Ich fing an, mich zu hassen, und es konnte nicht lange dauern, bis ich aller Wahrscheinlichkeit nach auch Min hassen würde. Meine Toleranz hatte ich bereits zugunsten geheimer Beobachtungen aufgegeben, und fröhlich zensierte ich ihre Fehler. Am Tag nach der Party würde ich abreisen. Für Robert und mich war es völlig unmöglich, auf dem Totenacker von Mins Liebe jemals gemeinsam glücklich zu sein.

Kapitel 24

Während der zwölf Tage bis zur Party war ich ständig mit irgend etwas beschäftigt. Ich brachte Booty zum Tierarzt und ließ sie sterilisieren. Sie war noch am selben Abend wieder zu Hause, und bis auf eine kahl geschorene Stelle im Fell hatte sie keinen Schaden davongetragen. Die Kätzchen pries ich auf einer Anzeige im Dorfladen an. Drei Leute kamen, es schienen alles nette, verantwortungsvolle Leute zu sein, und wir ließen sie wählen, welche sie nehmen wollten. Ellie weinte bei jedem Abschied. Die getigerte Katze, die Ellie sich als ihr Kätzchen ausgesucht hatte, blieb, und auch das kleinste, ein Katerchen. Er war scheuer als die anderen und hatte sich vor den streichelnden Fingern der Fremden in Sicherheit gebracht.

»Ach, herrje! Es wird mir vermutlich leid tun, aber ich werde ihn selbst nehmen«, hörte ich mich sagen. »Mrs. Baxter mag Katzen, und sie kann sich um ihn kümmern, falls ich weg muß. Er war mir aus diesem Wurf immer der liebste.«

»Bringst du ihn denn jedesmal mit, wenn du zu uns kommst?« wollte Ellie wissen.

»Ich denke schon«, sagte ich, und das rote Katerchen lag auf seinem Rücken und nagte mit seinen scharfen Zähnen an meinem Finger. »Wie soll ich ihn nennen?«

»Wie wär's mit Eggy, er ist der einzige, der gerne kaltes Rührei ißt?«

»Ich hatte an etwas Vornehmeres gedacht. Bertram vielleicht, oder Hugo. Nein, ich werde ihn Lord Frederick Verisopht nennen. Das ist eine Figur aus einem Roman, der *Nicholas Nickleby* heißt. In der Kurzform kann er dann Freddie heißen.«

Die Kinder hatten nur noch eine Woche Osterferien vor sich, und so nahm ich Ellie mit in den Secondhandladen an ihrer Schule, um eine passende Uniform für sie zu kaufen. Wir fuhren ein zweites Mal nach Winkleigh und kauften neue Schuhe für die Schule und ein paar flache marinefarbene Pumps, die zu ihrem neuen Kleid paßten. Am Tag danach brachten Ellie und ich William zurück ins Krankenhaus, wo er seinen Gips gegen einen leichteren Gehgips ausgetauscht bekam.

»Ich dachte, ich hätte Ihnen verboten, einen Rollstuhl aus dem Krankenhaus mitzunehmen«, sagte unsere Schwester, als wir William in die Aufnahme rollten.

»Verzeihung, haben Sie etwas gesagt?« erkundigte William sich höflich.

»Ich habe Ihnen gesagt, daß Sie den Stuhl nicht mitnehmen dürfen!«

»Ich höre nicht gut. Kannst Du verstehen, was diese Person sagt, Diana?«

»Es war Ihnen nicht erlaubt, einen Stuhl aus dem Krankenhaus mitzunehmen!« schrie die Schwester.

Aus der Tür gegenüber kam eine kleine runde Person geschossen, ihre Zornesmiene gerahmt vom eindrucksvollen Rüschenhäubchen der Oberin.

»War das Ihre Stimme, die ich eben gehört habe, Schwester Groper? Sind Sie denn ganz von Sinnen? Dies hier ist ein Krankenhaus und kein Exerzierplatz!«

»Es war mein Fehler, Schwester Oberin«, mischte William sich ein und gab einen traurigen kleinen Seufzer von sich. »Ich bin ein wenig schwerhörig, wissen Sie, und Schwester Groper war wütend, weil ich nicht verstehen konnte, was sie sagte.«

Die Oberin bedachte Schwester Groper mit einem Blick, in dem sich Skepsis und Zorn mischten.

»Kommen Sie sofort in mein Büro, Groper.« Dann brachte sie ihren Kopf ganz nah an den von William, damit er ihr Gesicht sehen konnte, und sagte dann mit übertriebenen

Mundbewegungen: »Achte nicht darauf, wenn die Schwester wütend ist. Du bist ein tapferer kleiner Junge.« Dann richtete sie sich auf und sagte zu mir: »Ich hoffe, Ihr Sohn macht gute Fortschritte?«

»O ja, sehr gute, danke«, murmelte ich.

Laufend und rollend bewegten wir uns rasch den Korridor hinunter zur Röntgenabteilung und zur Chirurgie, und sobald wir außer Sicht- und Hörweite waren, konnten wir unser Kichern nicht mehr zurückhalten, sehr zur Verärgerung der Schwester, die Williams Gips mit einer mörderisch aussehenden Kreissäge aufzuschneiden versuchte. Er war sehr froh über seinen neuen leichten Gips, der zum Laufen einen Holzblock unter dem Fuß eingearbeitet hatte. Auf dem Röntgenbild sah man, daß der Bruch gut heilte.

»Aber ich möchte auch nicht, daß es mir zu schnell besser geht«, sagte er und arbeitete sich schwungvoll auf seinen Krücken voran, als wir den Korridor entlangliefen. »Es ist nur gerecht, wenn ich jetzt noch ein wenig schulfrei habe, nachdem ich die ganzen Ferien gelegen habe.«

Wir kamen rechtzeitig zum Tee nach Hause und erzählten Robert, der gerade aus dem Garten hereinkam, alles über unseren Kleinkrieg mit Schwester Groper.

»Ich fühle mich ein wenig schuldig«, sagte ich, als Robert lachte. »Ich nehme an, daß die Oberin sie ganz schön in die Mangel genommen hat. Wahrscheinlich gibt es eine Regelung für das Ausleihen von Rollstühlen.«

»Es gibt ein Axiom über Kriege ... daß sie nicht darüber entscheiden, wer recht hat, sondern wer übrig bleibt«, sagte Robert.

Ellie brauchte einige Zeit, um das zu erfassen, und William mußte es ihr erklären, was er sehr geduldig tat. Vermutlich hatten ihn Ellies Bemühungen, sich in der Zeit seiner verschärften Unbeweglichkeit um ihn zu kümmern, angerührt, so daß er nun vorübergehend geneigt war, die jüngere Schwester nicht nur als ein Übel anzusehen.

»Nun, ich habe gute Nachrichten erhalten«, sagte Robert und nahm sich ein drittes Stück Kuchen. (Liebevoll betrachtete ich die zarte Andeutung eines embonpoint. Ich liebte alles an ihm, das war das Problem.) »Ich habe heute morgen mit dem Direktor von *Chaldicotts* telefoniert. Einer ihrer Jungs mußte unerwarteterweise zurück nach Singapur, so daß sie in der dritten Klasse einen freien Platz haben. Du mußt am Freitag hin und die Aufnahmeprüfung mitmachen. Wenn du sie bestehst, kannst du sofort anfangen. Als Internatsschüler mit Wochenendfreigang.«

»O nein! Ich werde dich furchtbar vermissen«, sagte Ellie mit Tränen in den Augen, aber William, der zuerst rot, dann weiß geworden war, war zu sehr damit beschäftigt, sich zu überlegen, was das für ihn bedeutete, um darauf zu achten.

»William sollte eine Prüfung für ein Kunststipendium ablegen«, schlug ich vor und nahm Ellie den Kuchen ab, um ihn zurück in die Dose zu legen.

»Wirklich? Ist er so gut?«

»Ich denke, er ist so gut, daß es einen Versuch wert ist. Natürlich hängt alles von den Prüfern ab. Du mußt herausfinden, wann sie abgehalten werden, und darauf achten, daß er dabei ist.«

Ich war mir sicher, daß er es bekommen würde. Die Kinder gingen nach draußen, Ellie, um Booty und die beiden Kätzchen zu füttern, die noch da waren, und William, um mit seinen Krücken zu üben. Da tauchte Min auf. Sie sagte, sie habe keinen Hunger und wolle nichts essen. Sie sah müde aus.

»Gut, ich bin fast fertig«, sagte sie, als ich sie fragte, wie es ihrer Arbeit ging. »Morgen, denke ich. Mein Gott, tut mir der Kopf weh.«

Ich holte ein paar Aspirin, während Robert ihr von Williams Platz in *Chaldicotts* erzählte. Das freute sie natürlich wahnsinnig, aber sie sah ziemlich blaß aus.

»Geh jetzt nicht wieder an deine Arbeit. Komm mit raus und arbeite ein bißchen im Garten«, schlug ich vor. »Da wirst du dich gleich viel besser fühlen. Du kannst mir helfen, den Wiesenkerbel im Gebüsch auszugraben. Und ich kann dir zeigen, wie du das Gewächshaus bewässerst, damit du dich darum kümmern kannst, wenn ich gehe.«

»Du gehst?« Sowohl Robert als auch Min sahen mich an, als hätte sie der Schlag getroffen.

»Natürlich. Am Tag nach dem Fest. Nun guckt doch nicht so erstaunt. Ich bin doch nur zum Helfen gekommen, damit du deine Arbeit beenden kannst. Nun, es ist jetzt soweit... oder fast, und ich werde wieder nach Hause zurückgehen.«

Ich wappnete mich, um nicht schwach zu werden, wenn ich gebeten würde zu bleiben, aber es bat mich keiner.

»Natürlich fährst du«, sagte Min. »Es ist dumm von mir, aber irgendwie habe ich nie daran gedacht, daß du wieder gehst. So bald schon.«

Robert blickte gedankenverloren in seine Teetasse, sagte aber nichts.

»Jetzt komm. Laß uns nach draußen gehen, bevor es dämmert.« Ich stand auf und räumte den Tisch ab.

Die mit einer Mistgabel bewaffnete Min war fast eine Bedrohung. Mehrmals hätte sie um ein Haar in ihren Fuß gestochen, und es war ihr nicht möglich, zwischen Wiesenkerbel, der ausgegraben werden mußte, und Fächerfarn, der stehenbleiben sollte, zu unterscheiden. Aber sie sah nach dieser Arbeit gleich viel besser aus, nicht mehr so angespannt und müde. Ich beschloß, sie zu überreden, uns bis zu meiner Abreise jeden Tag im Garten zu helfen, um dem Witwenbuckel entgegenzuwirken, den sie sich sonst vom vielen Schreiben holen würde. Ich war außerdem entschlossen, keine Minute mehr allein mit Robert zu verbringen, da ich spürte, wie meine Entscheidung mit jedem Augenblick, den die Trennung von ihm näherrückte, stärker ins Wanken geriet.

Wir schickten Mins Manuskript am nächsten Tag ab. Für den Abend hatte uns zufälligerweise der Pfarrer, Mr. Liddell, zu einem Umtrunk eingeladen. Min hatte die Einladung am Telefon entgegengenommen und die genauen Einzelheiten nicht richtig mitbekommen. Wir kamen nicht nur sehr spät an, sondern mußten auch feststellen, daß wir nicht die einzigen Gäste waren. Zehn oder zwölf Autos parkten draußen.

»Mann! Schaut euch diesen protzigen Aston Martin an«, sagte Min, als wir daneben parkten. »Würde gern wissen, wem der wohl gehört?«

Natürlich gehörte er Charles. Ich entdeckte ihn sofort mitten im Wohnzimmer des Pfarrhauses, er wirkte sehr locker in seinen Jeans und dem offenen Hemd unter der Tweedjacke. Eine große schwarzhaarige junge Frau mit Augen wie Kohlen hing an seinem Arm. Sie sah gut aus, war beinahe eine Schönheit, bis auf ihren Mund und ihre Nase, die ein wenig zu groß waren. Es freute mich, auch wenn das meiner unwürdig war, daß ich ein gut geschnittenes blaßgelbes Seidenkleid angezogen hatte. Susannah (ich wußte sofort, daß nur sie es sein konnte) trug ein auffällig rot-weiß gestreiftes rückenfreies Kleid mit Nackenverschluß, das ziemlich kurz war. Im Umfeld eines englischen Landhauswohnzimmers wirkte es vulgär.

Ich vermied eine Begegnung mit den beiden und begann ein Gespräch mit unserem Gastgeber, Harold Liddell. Es war Schwerstarbeit, doch wir unterhielten uns über die Zucht von Chrysanthemen (sein Thema) und von Rosen (meines). Ich fand, daß ich das sehr gut machte, denn wir kamen dann noch auf Kindergärten, Krippenbetreuung während des Morgengebets, Geschwindigkeitsbeschränkungen und Vietnam zu sprechen. Ich plauderte vor mich hin, ohne mich bei diesen Themen nur im geringsten auszukennen, als mir auf einmal bewußt wurde, daß jemand neben mir stand.

»Hallo, Charles«, sagte ich und ließ den Pfarrer, wie ich fürchte, ziemlich herzlos stehen.

Er gab mir einen Wangenkuß, was ich tapfer von ihm fand, denn ich sah Susannahs Blick scharf wie ein Messer auf uns gerichtet. Sie unterhielt sich mit Robert auf der anderen Seite des Raums.

»Du siehst ganz zauberhaft aus«, sagte Charles mit bewunderndem Blick. Ich hatte vergessen, wie anziehend diese Augen waren. Dunkelgrau, mit einem sehr direkten Blick. Er lächelte, und ich glaubte zu wissen, woran er dachte.

»Du bist also nicht wütend auf mich«, sagte er gelassen.

»Ich? Warum sollte ich wütend sein?«

»Weil ich dich nicht angerufen habe.«

»Du hast mir Rosen geschickt. Die waren schön.«

»Du weißt, was ich meine.«

»Ja, ich weiß, was du meinst. Ich war nicht wütend. Enttäuscht anfangs. Dann ... dankbar.«

»Autsch! Du bist wütend.«

»Nein. Wirklich nicht.«

Es stimmte. Ich hatte seit Wochen kaum mehr an ihn gedacht.

»Ich war sehr beschäftigt.«

»Aha, verstehe«, sagte ich und richtete den Blick auf Susannah.

Charles folgte meinem Blick. Susannah lehnte träge an der Wand und blickte Robert durch ihre Stirnfransen hindurch von unten her an. Wahrscheinlich inszenierte sie das alles Charles' wegen, überlegte ich.

»Das ist Susannah. Du erinnerst dich, ich habe dir von ihr erzählt. Sie kam ganz unerwartet am Tag nach meiner Rückkehr nach Milecross Park in England an.«

»Hat sie die Kinder mitgebracht?«

Das saß. Nie zuvor hatte ich Charles fassungslos gesehen, und ich genoß es sehr. Sein Blick war zornig.

»Woher weißt du von ihnen?«

»Susannah hat mich angerufen, nachdem du weg warst.«

»O Gott!« Er rieb sich mit der Hand übers Gesicht und verzog es zu einer Grimasse. »Diese Frau ist eine Kugel an der Kette. England ist nicht weit genug weg.«

»Du hättest nicht mehr damit anfangen dürfen, als du zurück nach Südafrika gingst. Doch das geht mich ja nichts an.«

»Ich wollte auch nicht. Jemand hat ihr gesagt, daß ich wieder da bin. Sie kam, um mich zu sehen. Sie war verführerisch. Ich konnte ihr nicht widerstehen.«

Ich lachte. »Sei ehrlich, Charles, kannst du je einer Frau widerstehen?«

Auch er lachte, erleichtert, denke ich, daß ich so ruhig und freundlich war.

»Ja, natürlich. Wenn sie häßlich ist.«

»Aber angenommen, sie ist nicht häßlich. Angenommen, du fühlst dich sehr stark zu ihr hingezogen, aber ... sagen wir, sie ist mit deinem besten Freund verheiratet. Könntest du ihr dann widerstehen?«

Er sah mich mit der vertraut berechnenden Miene an. »Ist das eine Fangfrage? Nun, die Wahrheit lautet, nein, ich glaube nicht. Nicht, wenn sie mich will. Ich weigere mich, da etwas vorzugaukeln. Was hätten wir davon, uns nur um eines Dritten willen etwas zu versagen, was wir beide wollen? Es ist doch sinnvoller, wenn wenigstens zwei von dreien glücklich sind.«

»Das ist gewiß logisch. Aber wo bleibt die Achtung? Und das Vertrauen?«

»Das sind Dinge, die im Leben der Menschen nicht wirklich eine Rolle spielen. Es sind Konzepte, die man benützt, um Versagen, Angst und Faulheit zu rechtfertigen. Entscheidungen werden auf der Grundlage des eigenen Interesses getroffen, und dann biegt man die Motive so hin, daß es nach außen hin gut aussieht.«

Plötzlich kam Susannah zu uns herüber. Sie hakte sich bei Charles unter und blickte mich mit unverhohlener Feindseligkeit an. Aus der Nähe sah ihre gebräunte Haut sehr großporig aus, nicht gut. Ihre Wimperntusche war verschmiert. Ich fand, daß sie ein wenig angetrunken wirkte.

»Hallo. Ich bin Diana Fairfax«, stellte ich mich vor, als ich merkte, daß Charles dazu keine Anstalten machte.

Ungläubig erstarrte ihr Gesicht für einen Augenblick.

»Ich dachte, Sie leben in Cambridge.«

Ihre Stimme war sehr tief und überraschend sanft, wirklich sehr gewinnend, ein überraschender Kontrast zu ihrem dreisten Auftreten.

»Da lebe ich auch. Ich besuche nur gerade Freunde.«

»Herrjeh! Wohin ich auch komme, überall treffe ich Charles' Betthasen.«

»Hallo, Charles. Was für eine nette Überraschung!« Es war Min. »Ich wußte gar nicht, daß du hier bist. Ohne meine Brille kann ich nichts sehen, aber ich trage sie nur zum Arbeiten. Das ist meine einzige Eitelkeit.«

»Hallo, Min«. Charles küßte sie. »Wie geht es mit dem Schreiben?«

Es war typisch für Charles und machte einen Großteil seines Charmes aus, daß er sich immer daran erinnerte, was den Leuten wichtig war.

»Fertig. Heute weggeschickt. Ich fühle mich wie eine Katze, der man die Kinder weggenommen hat. Ich komm noch gar nicht zur Ruhe.«

»Sind Sie auch eine von Charles Bettgeschichten?« nuschelte Susannah undeutlich mit ihrer zuckrigen, weichen Stimme.

»Äh, nein. Leider nicht«, erwiderte Min, nur kurz aus dem Konzept gebracht. »Ist das ein Klub? Kann ich da Mitglied werden? Komm mit, Daze, du mußt einen meiner Lieblingsmänner kennenlernen.«

»Was für eine Frau!« flüsterte Min beim Weggehen. »Ich dachte, sie würde dich gleich zwischen ihre Zähne nehmen und in blutige Fetzen zerreißen! Das ist also die gräßliche Geliebte! Charles hat jedenfalls etwas Besseres verdient.«

»Da bin ich mir nicht so sicher.«

Min führte mich zu einem Mann mit grauen Haaren und gebeugten Schultern, den sie mir als Martin Doyce, den Dorfarzt, vorstellte.

»Sie sind mir aufgefallen, als Sie hereinkamen«, sagte er zu mir. »Ich bin jetzt alt genug, Frauen bewundern zu können, ohne daß sich darüber jemand aufregt.«

»Ist das gut oder schlecht?« wollte ich wissen.

»Insgesamt gesehen, sehr gut. Ich bin gerne alt. Ich weiß, was mich unglücklich macht und kann dem aus dem Weg gehen. Das ist eine segensreiche Befreiung.«

»Ich fühle mich oft ziemlich unglücklich und fürchte, daß das bald auch wieder der Fall sein wird«, sagte ich und war überrascht, weil diese Offenheit normalerweise nicht meine Art war. Min hatte sich weitertreiben lassen und unterhielt sich mit jemand anderem, weshalb ich offen sprechen konnte.

»Große Probleme gibt es nur wenige.« Dr. Doyce trank seinen Orangensaft. »Die Angst vor dem Tod, die Angst, daß die sterben, die man liebt, Schmerz, Einsamkeit. Was meinen Sie?«

»Ich finde, darauf läuft es mehr oder weniger hinaus. Vielleicht sollte man noch Armut mit dazu nehmen.«

»Einige der glücklichsten Menschen, die ich gekannt habe – Leute vom Land, Landarbeiter – waren bitterarm. Aber das ist schon Jahre her. Vielleicht gibt es so etwas wie eine wirkliche Armut gar nicht mehr. Sie sehen ziemlich gesund aus. Entweder liegt jemand, den Sie lieben, im Sterben, oder Sie lieben den falschen Mann. Ich nehme letzteres an.«

»Ja.«
»Sie sind nicht verheiratet?«
»Nein.«
»Aber er ist es?«
»Ja.«
»Glücklich?«
»Ja. Wirklich. Ich glaube schon.«
»Aber ihm gefällt Ihre Nase besser? Und Ihre Scherze?«
Ich lachte. »Vielleicht kann man es auf etwas so Triviales reduzieren.«
»Gewiß kann man das. Nehmen Sie meinen Rat an: Geben Sie ihn auf. Andernfalls müssen Sie sich nicht nur selber andauernd vormachen, trotz des Schlamassels glücklich zu sein, Sie müssen auch einander etwas vormachen. Ständig. Das ist die Sache einfach nicht wert.«
»Wer ist diese schwarzäugige Frau mit dem gestreiften Kleid?« wollte Robert, der sich zu uns gesellte, wissen. »Hallo, Martin. Warum steuern die betrunkenen Mädchen denn immer mich an?«
Min kam auch dazu.
»Weil du unwiderstehlich bist für Frauen, mein Schatz, die Nüchternen aber scheuer und deshalb bei ihren Annäherungsversuchen langsamer sind.«
»Das ist Susannah, die Geliebte von Charles«, erklärte ich, weil es mir darauf ankam, jeden falschen Eindruck, den Robert durch mein Tête-à-tête mit Charles hätte bekommen können, zu korrigieren, so niederträchtig das auch war.
»Wie ein Rennpferd, das man zu Zuchtzwecken ausstellt«, sagte Min.
Martin Doyce warf einen Blick auf Susannah.
»Wieder eine, die den falschen Mann liebt«, sagte er schließlich.
»Wer denn noch?« bohrte Min.
Ich hielt den Atem an, aber Martin Doyce wußte, was Takt war.
»Martin kommt auch zu unserer Party«, sagte Min auf dem Heimweg. »Und ich habe auch Charles eingeladen. Ich hoffe, er muß dieses Weib nicht mitbringen.«

»Das hoffe ich auch«, sagte Robert und tat so, als schüttle es ihn. »Beim Gespräch mit mir lehnte sie an der Wand, und als sie wegging, hinterließ sie einen braunen Streifen auf der Tapete.«

»Bräunungsöl, nehme ich an«, sagte ich vom Rücksitz aus. »Man sieht es ihrer Haut an, daß sie ständig Sonnenbäder nimmt.«

»Mir fiel auf, daß sie sehr rauh war«, ergänzte Min.

Aus irgendeinem Grund schien Robert dieses Geplänkel sehr lustig zu finden.

William wirkte angespannt und sehr müde, als er von den Aufnahmeprüfungen für *Chaldicotts* zurückkam, aber Robert war begeistert.

»Ihr hättet die Bibliothek sehen sollen! Und den Fachbereich für Kunst! Studios für Malerei, Zeichnung, Töpferei, Bildhauerei. Der Direktor war mir sympathisch. Hat Sinn für Humor.«

»Die Prüfungen waren sehr schwer«, sagte William bedrückt. »In Physik konnte ich gar nichts. Das hatten wir noch gar nicht durchgenommen. Offensichtlich bin ich weit zurück.«

»Nun, es gibt auch noch andere Schulen«, beruhigte Robert ihn fröhlich. »Es muß ja nicht *Chaldicotts* sein.«

»Versprich mir, daß du nicht enttäuscht bist, wenn ich es nicht schaffe«, meinte William besorgt.

»Schneid mir die Kehle durch, wenn ich eine Lüge erzähle! Ich verspreche dir, daß ich nicht enttäuscht sein werde.«

Er sagte dies im Brustton der Überzeugung, was sehr freundlich von ihm war, denn ich wußte, daß es nicht der Wahrheit entsprach. Doch am nächsten Tag rief der Direktor an und sagte, daß sie aufgrund von Williams gutem Abschneiden in den klassischen Sprachen, in Geschichte und Englisch entschieden hätten, ihm einen Platz anzubieten.

»Sie erwarten, daß du in den Sommerferien Nachhilfestunden in Mathematik und Naturwissenschaften nimmst«, sagte Robert. »Das macht dir doch nichts aus?«

»Das macht mir wahrscheinlich schon etwas aus, aber die Sache ist es wert«, erwiderte William.

Dann nahm er seine Krücken und humpelte nach draußen. Robert wirkte ziemlich enttäuscht.

»Es scheint ihn nicht so zu freuen, wie ich gedacht hatte.«

»Natürlich freut es ihn«, sagte ich. »Viel mehr, als du dir wahrscheinlich vorstellen kannst. Er war sehr verzweifelt, weißt du. Er will einfach nicht zu viel nach außen tragen. Er möchte seine Gefühle unter Kontrolle bekommen.«

»Wieviel besser als wir du doch unsere Kinder zu kennen scheinst«, seufzte er und spielte mit meinem Füllfederhalter auf dem Küchentisch herum.

Ich war erstaunt, daß ich beim *uns* und *wir* dieser kleinen Bemerkung zusammenzuckte.

»Das kommt daher, daß es nicht meine sind, weshalb ich sie in mancher Hinsicht klarer beurteilen kann.«

»Du mußt selbst Kinder haben«, sagte Robert. »Du wirst eine ganz wunderbare Mutter sein.«

Ich spürte tatsächlich meine Unterlippe zittern, als wäre ich ein Kind. Die Ernsthaftigkeit, mit der er dies sagte, schien mich in den Bereich der Unsichtbarkeit zu schieben.

»Mein Schatz!« Seine Hand lag auf meiner. »Ich habe das natürlich nicht ... was habe ich gesagt? Ich bin ein Idiot ... ich liebe dich. Oh, ist das eine Qual! Wenn ich doch nur wüßte, was ich tun soll!«

Ich hörte die Tür aufgehen und stand auf. Während ich mit dem Deckel des Wasserkessels hantierte, versuchte ich, meine dummen Tränen wegzublinzeln.

»William hat einen Platz in *Chaldicotts*«, hörte ich Robert sagen.

»O wie wunderbar! Was für eine Erleichterung! Ach, der gute Junge!« sagte Min. »Wo ist er denn?«

»Er ist hinausgegangen.«

»Ich gehe und suche ihn.«

Sie ging hinaus.

»Ich habe dich unglücklich gemacht«, sagte Robert. »Ich fühle mich wirklich schuldig. Tröstet es dich, wenn du weißt, daß ich auch sehr unglücklich bin?«

»Ja«, sagte ich und ging zur Tür, wo ich nach Ham pfiff.

»Ja, es tröstet mich. Der einzig mögliche Trost unter diesen Umständen. Ich gehe jetzt spazieren. Und zwar allein.«

In den darauffolgenden Tagen hatten wir alle sehr viel zu tun, was aber in praktischer Hinsicht sehr befriedigend war. Ich hatte nicht viel Zeit, mich elend zu fühlen. Zuerst fuhren Min und ich mit den Kindern zum Schulladen von *Chaldicotts* und gaben jede Menge Geld für Schulkleidung aus. An diesem Abend und den ganzen nächsten Tag nähten Min und ich Namensschilder ein, bis uns William R. Weston bei geschlossenen Augen rot auf der Netzhaut brannte. Dann fuhren wir nach Winkleigh, um dort Waschbeutel, Morgenmantel, Schlafanzüge, Hausschuhe, Handtücher, Unterhosen und Socken zu kaufen. Das Beschriften ging an diesem Abend weiter, bis unsere Finger, besonders die von Min, zerstochen waren und bluteten. Ellie und Robert hatten Roberts alten großen Koffer und die Proviantschachtel vom Speicher heruntergeholt, und jeder fertige Kleiderstapel wurde in den Koffer gelegt. William würde erst nach *Chaldicotts* gehen, wenn ich schon weg war, aber mir lag daran, daß alles, was auf der Inventarliste der Schule stand, gekennzeichnet und in Ordnung war. Ich erinnerte mich nur allzu deutlich an die abgerissenen, schlecht sitzenden Klamotten, mit denen meine Mutter mich losgeschickt hatte, ehe ich alt genug gewesen war, mich selbst darum zu kümmern, und daran, daß man mich ständig schalt, meine Sachen nicht gekennzeichnet zu haben.

Als das erledigt war, kümmerte ich mich um die Einkäufe für das Fest, das zwei Tage später stattfinden sollte. Ich versuchte, mit Min darüber zu sprechen, aber sie meinte, ich wüßte weitaus besser als sie, was in Frage kam. Robert hielt sich ebenfalls bedeckt. Deshalb fuhr ich am Morgen allein nach Winkleigh und kaufte kistenweise frisches Gemüse und Obst ein. Am Nachmittag machte ich einen Jambon persillée, dünstete einen Lachs und kochte ein Riesenstück Rindfleisch. Ich fabrizierte drei Birnen-Mandelkuchen, drei Tartes tatins und jede Menge Meringen. Min schrubbte kiloweise Kartoffeln und zählte Teller, Messer und Gabeln. Mrs. Butter spülte Gläser und Kaffeetassen und -teller und bügelte Servietten. Ellie kam an ihrem ersten Schultag nach den Ferien nach Hause und ertappte Min und mich um vier Uhr nachmittags bei einem Glas Champagner.

»Das ist dekadent«, gab Min zu, »aber wir sind zu müde, um ohne die Anregung des Alkohols auch nur einen einzigen Löffel ins Eßzimmer zu tragen. Hattest du einen einigermaßen guten Tag, mein Schatz?«

»Ja ... tatsächlich.« Ellie hörte sich an, als hätte sie die Überraschung selbst noch nicht verdaut. »Alle haben gesagt, wie dünn ich bin und wie gut ihnen meine Haare gefallen. Und Polly Saxby hat mich gefragt, woher ich meine Schuhe habe, da sie auch so welche möchte. Und was ganz toll ist, Patricia Wigan hat Annette Drew gebeten, die Plätze zu tauschen, so daß sie neben mir sitzen kann. Patricia hat helle Locken und eine Zahnspange. Sie ist wirklich hübsch.«

Das Telefon läutete. Ich ging dran.

»Hier ist Frances Benson.« Es entstand eine kurze Pause. »Geralds Mutter.«

»Oh, Mrs. Benson«, ich überlegte krampfhaft, was ich am besten sagen sollte. »Ich bin Diana Fairfax. Ich bin Gast hier im Haus. Ich kannte Gerald ein wenig. Ich mochte ihn sehr.« Wieder ein Pause. »Ich wünschte, ich hätte ihn besser kennenlernen können.«

Es war keine Glanzleistung.

»Danke Ihnen. Ich glaube, er hat Sie bei seinem letzten Anruf erwähnt. Sind Sie nicht die alte Schulfreundin von Roberts Frau?«

»Ja. Ich nehme an, Sie wollen Robert sprechen?«

Ich ging, um Robert zu holen. Er sprach lange am Telefon. Schließlich kam er gähnend in die Küche, er sah müde aus. Er erzählte uns, daß er mit Geralds Mutter vereinbart hatte, den Samstagabend mit ihr in Hampstoke zu verbringen.

»Oh, das ist der Abend unserer Party«, sagte Min.

Und meine letzte Nacht auf Weston Hall, dachte ich. Aber ich sagte nichts.

»Ich kann es nicht ändern. Unter der Woche kann ich mich nicht freimachen. Sie ist verzweifelt. Gerald war ihr ein und alles. Sie sagte, sie habe Angst, verrückt zu werden, da es ihr jeden Tag schlechter ginge. Sie weinte. Die arme Frau. Ich komme am Sonntag wieder zurück. Ich werde nicht vor fünf Uhr aufbrechen müssen. Bis dahin ist das Fest sicherlich schon vorbei.«

Am nächsten Tag, dem Tag vor dem Fest, fing ich an, das Haus zu schmücken. Ein weißes Tafeltuch, blank polierte Gläser und ein Meer von Blumen hellten die düstere Atmosphäre des Eßzimmers auf. Als nächstes mußten große belaubte Zweige und Efeu an die Säulen in der Eingangshalle gebunden werden. Ich hatte geplant, daß die Gäste ihren Begrüßungsdrink hier einnahmen, weil dies auch der größte Raum im Haus war. Ich wollte die Vorstellung eines Märchenwaldes noch verstärken, indem ich ein Blätterdach schuf. Wäre Weihnachten gewesen, hätte ich noch winzige kleine Lämpchen zwischen die Blätter gesteckt, aber wir hatten Mai, und so mußte ich mir diesen Luxus versagen und mich mit Lauben aus Weißdorn und Rotdorn, aus Hasel und Birke begnügen. Ich stand oben auf der Leiter und steckte Äste in Drahtschlingen, während Robert unter mir die Leiter hielt und mir die Zweige reichte, als ich eine Stimme vernahm, die ich sehr gut kannte.

»Gütiger Herr! Was ist denn hier los? Irgendein heidnisches Fest? Vielleicht hat mein Spaziergang sich ja doch gelohnt.«

Als ich nach unten sah, drehte Robert seinen Kopf in Richtung Eingangstür, und ich stieg ein, zwei Sprossen nach unten, um selbst auch etwas sehen zu können. Sonnenlicht im Hintergrund, ein aus dem Ende ihrer langen Zigarettenspitze aufsteigender Rauchkringel – der bühnenreife Auftritt meiner Mutter.

Seit der erste Mensch sich in ein Bärenfell gehüllt hat, kann sich kaum jemals jemand unpassender für das Land angezogen haben als meine Mutter. Ich fragte mich, was die vorbeifahrenden Einheimischen wohl von ihr gedacht haben mochten. Obwohl es Mai und ziemlich warm war, trug sie ein Cape aus Schneeleopard über einem grell mandarinenfarbenen Kleid. Das Kleid war sehr kurz, saß knapp und betonte eine Figur, die noch immer gut war, obwohl sie über sechzig war. Oberhalb des Kleides waren jede Menge Dekolleté und am unteren Ende braune Beine zu sehen, und ihre Füße steckten in Schuhen, die die Zehen frei ließen und zwölf Zentimeter hohe Absätze hatten. Ihr Haar war ziemlich dunkel gesträhnt, wie Schildpatt, und hing ihr schulterlang ums Gesicht. Dort lag auch das Problem. Ihr Gesicht war geliftet und mit teuren Kosmetika behandelt worden wie ihr übriger Körper auch, aber hier hatte es mit der Nachahmung der Jugend nicht klappen wollen. Selbst von oben auf der Leiter konnte ich sehen, wie verschrumpelt es war. Mit ihren ein wenig zu eng stehenden Augen und ihrer langen Oberlippe erinnerte sie mich an einen Affen. Ihre runden braunen Augen hatten genau den affenartigen Ausdruck trauriger Intelligenz. Nun, sie war jedenfalls traurig.

Ich kletterte rasch die Leiter hinunter.

»Ach! Diana! Ich dachte mir schon, daß du das bist. Ich mußte vom Bahnhof hierher laufen. Es gab keine Taxis. Ich bin völlig erschöpft. Du wirst jemanden schicken müssen, der mein Gepäck abholt.«

»Mutter, das ist Robert Weston, Mins Mann. Robert, das ist meine Mutter, Bambi ... äh ...«

Ich überlegte, weil ihr Nachname so oft wechselte wie ihre Männer, und ich da nicht mithalten konnte.

»Wadhurst. Wie geht es Ihnen?«

Sie streckte eine träge braune Pfote aus und schenkte ihm ein Blitzen teuer überkronter Zähne. Sie hatte Robert bis zu diesem Augenblick übergangen, da sie ihn, wie ich mir vorstellen konnte, wegen der Löcher in seinem Pullover wohl für einen Dienstboten gehalten hatte. Robert sah sie an und verbarg auf bewundernswerte Weise, was immer er auch denken mochte.

»Dann sind Sie also Dianas Mutter«, sagte er überflüssigerweise. »Sagten Sie ... Bambi?«

»Ja. Bloß ein dummer Kosename, den alle benützen.«

Der eigentliche Name meiner Mutter war Brenda, aber sie verwendete ihn schon lange nicht mehr.

»Verstehe.« Robert hatte sich von seiner Überraschung noch nicht ganz erholt. Er fuhr sich mit den Fingern durchs Haar und zog seinen Pullover nach unten, wie er das immer tat, wenn er verlegen war.

»Du hast uns dein Kommen gar nicht angekündigt«, sagte ich mit offenkundigem Vorwurf.

»Ich weiß, meine Liebe. Ich kam aus einer Laune heraus. Ich weiß, daß ich fürchterlich impulsiv bin. Ich kann nichts dafür.« Sie warf Robert aus dem Augenwinkel einen verführerischen Blick zu.

»Ich hoffe, Sie lassen nicht zu, daß meine Tochter mit mir schilt, Robert. Ich darf Sie doch Robert nennen? Sie ist so eine schreckliche kleine Wichtigtuerin. Man würde mich nie für ihre Mutter halten.« Sie ließ ein trillerndes Lachen hören. »Sie versucht ständig, mich umzukrempeln, aber ich sage ihr immer wieder, daß ich glücklich bin, wie ich bin.«

O du Lügnerin, dachte ich für mich, und sah ihr aufgedunsenes, verschmiertes Gesicht vor mir und die wie von Klauen umklammerte Wodkaflasche. Doch ich schwieg und lächelte duldsam. Min kam mit einem Tablett voller Löffel in die Eingangshalle. Sie blieb wie angewurzelt stehen, als sie meine Mutter sah, und blickte sie entgeistert an.

»Du erinnerst dich doch noch an Min, Mutter? Meine Mutter wollte einfach nur kurz vorbeischauen. Du hast noch gar nicht gesagt, wohin du willst?«

»Min, wie wunder-wunder-wunderschön, dich zu sehen! Das muß ja zwanzig Jahre her sein! Ihr klugen kleinen Dinger gingt gerade nach ... Oxford, oder nicht?«

Min verschwand für einen Augenblick im Schneeleoparden, da meine Mutter sie so leidenschaftlich umarmte, als würde sie sie gleich ganz verschlingen wollen.

»Donnerwetter, was für eine Überraschung! Hallo, Bimbo, wie braun du bist, und was für einen köstlichen Duft du trägst. Willst du zum Mittagessen bleiben?«

»Bambi, meine Liebe.« Mutter trillerte wieder los und stellte eine nicht enden wollende Begeisterung zur Schau, die aber kaum einer Überprüfung standgehalten hätte. Ich sah, wie Robert sich auf die Lippe biß, um ein Lächeln abzuwürgen. »Du warst mir immer die Liebste. Und du siehst ... hmm ...« ihre Augen musterten Mins Gesicht, das vom Räumen auf dem Speicher schmutzig war. In ihren Haaren hingen Spinnweben, und der Pullover franste am Saum aus. »... ungeheuer fit aus.

Deinen flotten Mann habe ich schon kennengelernt. Robert rückte unbewußt seine Schultern gerade. »Ich bleibe liebend gern zum Mittagessen. Eigentlich hatte ich gehofft, ihr könntet mich vielleicht ein bißchen länger hier behalten, da meine Freunde mich furchtbar im Stich gelassen haben und ich jetzt heimatlos bin und kein Dach über dem Kopf habe, eine müde Wanderin. Ich bin natürlich eine Zigeunerin. Ich kann ohne viel Aufhebens mein Zelt überall aufschlagen. Nicht so wie Diana, die praktisch ihr Schlafzimmer von Colefax und Fowler neu dekoriert haben muß, ehe sie ihren Kopf auf ein fremdes Kissen betten kann.«

»Ich weiß«, sagte Min und lachte. »Seit sie hier bei uns ist, hat sie jeden Tag über glühendes Eisen gehen müssen.«

»Tatsächlich?«

Meine Mutter, deren Bildung dürftig und zusammengestoppelt war, machte plötzlich ein zweifelndes Gesicht. Ich fand, daß Robert vom unterdrückten Lachen gefährlich rot aussah, ein typisches Anzeichen für einen Schlaganfall bei Männern mittleren Alters.

»Tut mir leid, aber Min und Robert geben morgen ein Fest, und da wird kein …« fing ich an.

»Natürlich kannst du bleiben, Bambi«, unterbrach mich Min. »Wir freuen uns, daß du hier bist. Wenn es dir nichts ausmacht, daß wir wegen der Party alle ziemlich durcheinander sind?«

Robert wurde wegen des Gepäcks meiner Mutter zum Bahnhof geschickt und mußte danach noch William bei Vivien abholen, wo die beiden Karten spielten und Gemeinheiten austauschten. Ich ging in die Küche und legte unter bösen Vorahnungen ein sechstes Gedeck für das Mittagessen auf.

Kapitel 25

Der Morgen des Festes brach hell und unnatürlich warm an. Mrs. Butter warnte vor Gewittern.

»Man sagt immer, Maienflut tut nicht gut. Merken Sie sich meine Worte.«

Mrs. Butter schüttelte ihre festen blauschwarzen Locken. Ich hatte schon oft Blautönungen gesehen, aber Mrs. Butters Haare hatten die Farbe von Tinte, glänzend und steif wie Metallspäne. Sie blieb, um bei der Party zu helfen, und ich hatte eigentlich erwartet, daß sie sich dafür besonders aufdonnern würde, aber sie trug einen alles verhüllenden Overall.

»Und wie gut sind Überschwemmungen in den anderen Monaten?« erkundigte sich Ellie, aber Mrs. Butter schüttelte nur den Kopf und sagte in prophetischer Monotonie wie ein Orakel: »Den Eichen mußt du weichen, die Buchen mußt du suchen.«

Langsam wuchs meine Gewißheit, daß mit ihr irgend etwas nicht stimmte. Sie arbeitete den ganzen Morgen sehr hart und machte überall dort sauber, wo die Gäste sich erwartungsgemäß aufhalten würden, während ich eine große Schüssel mit Sauce hollandaise und eine weitere mit Mayonnaise zubereitete. Min beauftragte ich damit, das Gemüse für die Salate klein zu schneiden, und ich schlug Sahne und setzte die Meringen zusammen. Ellie schnitt sorgfältig Petersilie und schälte

Tomaten. Sie wollte auch die Gurken in Scheiben schneiden, aber Min sagte, sie würde das übernehmen, weil Ellie sich womöglich in den Finger schnitt. Natürlich schnitt Min sich gleich zu Beginn ihrer Arbeit in den Daumen. Wir mußten die bereits geschnittenen Scheiben wegwerfen, weil sie häßlich rosa gefärbt waren. Ellie bewältigte die dreieinhalb Gurken, ohne daneben zu schneiden.

Robert hörte man in der Vorratskammer fluchend auf den Eisblock einschlagen, den der Fischhändler am Morgen angeliefert hatte. Er mußte verschiedene Kübel mit Eisbrocken für den Champagner füllen und wirkte, als er wieder auftauchte, ziemlich mürrisch, mit seinen roten, nassen Händen, die wie gepulte Garnelen aussahen. Wir versicherten ihm, es wäre alles der Mühe wert, und so trottete er grantig davon, um die Rotweinflaschen zu öffnen. Ich verzierte den gedünsteten Lachs mit Gurkenscheiben und gespritzter Mayonnaise. Als ich den Gemüsehändler nach frischem Dill gefragt hatte, war sein Blick so perplex gewesen, als hätte ich Weihrauch verlangt. Der Rinderbraten sah wunderbar aus und brauchte keinen Schmuck. Bevor ich den Jambon persillé herausholte, drückte ich mir selbst die Daumen. Er hielt gerade eben noch mit einem köstlichen Zittern die Form, und ich war sehr stolz auf seine rosagrün-beige Schönheit, die vergessen ließ, was es mich an Überlegungen gekostet hatte, damit sich die Schweinsfüße nicht verhedderten.

Eine Stunde, bevor die ersten Gäste erwartet wurden, lagen die Kartoffeln auf Blechen im Bratrohr des Kohleherds, ansonsten war alles fertig. William und Ellie warfen immer wieder einmal einen Blick auf das Essen im Speisezimmer und kostete dabei auch ein wenig. Min hatte sich umgezogen und trug nun etwas Gelbes, das eigentlich sehr hübsch war, aber zerknautschter als die neueste Kollektion von Fortuny. Sie weigerte sich, es auszuziehen und von mir bügeln zu lassen. Robert hatte ein blaues Hemd und eine neue Kordhose angezogen und sah sehr ansehnlich aus. Ich wollte gerade zum Umziehen nach oben gehen, als meine Mutter in einem weißen Baumwollpiquékleid auftauchte, das so kurz war, daß sie es auch zum Tennis hätte anziehen können. Ihr Haar war glatt und das Make-up kunstvoll, wenn auch ein wenig auffällig, doch die dunklen Ränder unter den Augen vermochte es nicht zu verbergen.

»Habe ich das Frühstück verpaßt?«

»Um etwa drei Stunden«, sagte ich, »aber du kannst jetzt gleich auf das Mittagessen warten.«

»Oh. Na gut, wenn ich letzte Nacht überhaupt geschlafen habe, dann frühestens seit dem Frühstück. Die ganze Nacht nur Angstschreie und Geklopfe. Ihr habt hier nicht zufällig einen verrückten Verwandten irgendwo eingesperrt?« Sie warf aus blutunterlaufenen Augen einen anklagenden Blick auf Min. »Außerdem habe ich mir einen Fingernagel abgebrochen, als ich die Schranktür zu öffnen versuchte, und noch einen, als ich die Kommodenschublade aufmachen wollte.«

Ihr angemalter Mund hing beleidigt nach unten.

»Das hast du nun von deiner Schwäche fürs Zigeunerleben«, sagte ich. »Da braucht es ja noch nicht einmal einen in Ton gebackenen Igel und ein rauchendes Lagerfeuer, und schon bist du verdrießlich.«

Mutter wandte mir ihr Gesicht zu, so daß die anderen es nicht mitbekamen, und streckte mir die Zunge heraus.

»Ich kann es nicht leiden, wenn du sarkastisch wirst und deine Überlegenheit herauskehrst. Was ich jetzt brauche, ist ein winziger kleiner Drink.«

Ich ging in die Vorratskammer und schenkte ihr einen doppelten Wodka mit Orangensaft ein. Sie nahm ihn mit einem Schmollmund entgegen, doch schon nach dem ersten Schluck kam ihre gute Laune wieder, und sie ging mit William los, um sich die Tafel im Eßzimmer anzusehen.

Ich nahm Ellie zum Umziehen mit nach oben. Da ihr Kleid ein Geheimnis bleiben sollte, hatte ich es bei mir in den Schrank gehängt. Sie schlängelte sich in ihre Strumpfhose und streifte das Kleid über den Kopf. Es war von jener spröden Eleganz, die zu Eleanor paßte. Ich strich etwas Grundierungscreme über die wenigen roten Narben in ihrem Gesicht. Sie sah sich in dem gesprungenen Spiegel der Schranktür an, und dabei gingen ihr die Augen über, als sähe sie sich selbst zum ersten Mal. Mir fiel ein, wie ich als kleines Kind vor dem Frisiertisch meiner Mutter auf den Stuhl geklettert war, um zu sehen, ob ich hübsch war oder nicht. Es war die Geburtsstunde des Egoismus gewesen, der Vorstellung, daß ich mich von meiner Umgebung unterschied. Der Blick in den Spiegel hatte lang gedauert, aber ich hatte nicht sagen können, ob ich das besaß, was andere Leute attraktiv fanden.

Ich zog ein einfarbig dunkelrotes Kleid mit kurzen Ärmeln und Rückendekolleté an. Mein Haar faßte ich zu einem Nackenzopf zusammen, dann schaute ich über Ellie hinweg in den Spiegel, um mir die Lippen anzumalen und die Wimpern zu tuschen. Das Rot paßte gut zu meiner Blässe und den dunklen Haaren.

Wir gingen gemeinsam nach unten. Robert stand mit einem Glas Wein in der Hand in der Eingangshalle. Meine Mutter redete lebhaft auf ihn ein, und er hörte höflich zu. Als er uns sah, entzog er ihr seine Aufmerksamkeit und starrte mich sehnsüchtig an.

Die scharfen Augen meiner Mutter richteten sich erst auf Robert, dann auf mich und dann wieder auf ihn, und mir war klar, daß sie sehr schnell genau den Schluß zog, den ich befürchtet hatte. Obwohl sie eigentlich eine dumme Frau war, verfügte sie über die Fähigkeit, auf Anhieb den ganzen Wald zu sehen, und zwar vor allem deshalb, weil ihr die Besonderheit der einzelnen Bäume nichts bedeutete.

»Was sagst du zu deiner wunderschönen Tochter«, sagte ich und schob Ellie vor mich.

»Ich bin hin und weg!« sagte Robert. »Ist das nicht ein neues Kleid? Es steht dir sehr gut ... sehr elegant.«

Er wirbelte sie herum, und angesichts ihres glücklichen und unschuldigen Gesichtsausdrucks bekam ich einen Kloß im Hals. Ich wünschte mir so sehr, sie wäre mein Kind. Meines und Roberts. Mrs. Butter tauchte in einer auffallenden Kreation aus rosafarbenem Taft auf. Sie wirkte sehr unruhig.

»Ich weiß, daß Sie mich gebeten haben, auf irgend etwas aufzupassen, Miss Fairfax, und ich würde mich glücklich preisen, wenn mir wieder einfiele, was es war.«

»Die Kartoffeln im Gasherd.« Ich legte meinen Arm um sie und führte sie in die Küche. Sie kam mir sehr tatterig und fröstelig vor. »Wir wollen sie uns mal ansehen. Fühlen Sie sich denn wirklich wohl?« Mrs. Butter nickte, und der Diamantreif auf ihrem Haar schaukelte auf und ab. »Da ich schon hier bin, sehe ich gleich selbst nach.« Ich stach die Kartoffeln ein. »Ich glaube, sie sind durch. Wir stellen sie in Schüsseln in das ausgekühlte Bratrohr des Kohleherds.«

Mrs. Butter ließ ein oder zwei Stück auf den Boden fallen, wo sie zerfielen. Es war nicht schlimm, aber sie regte sich fürchterlich auf. Nachdem ich sie wieder beruhigt hatte, und wir in aller Ruhe zusammen ein Glas Champagner in der Küche getrunken hatten, fing das Fest an.

Es war so warm, daß man die Eingangstüre offenlassen konnte. Bevor die Unterhaltung und das Trinken richtig in Gang kamen, bewunderten alle das Blätterdach über ihren Köpfen. Sehr rasch herrschte ein einziges Stimmengewirr. Als Außenstehende – eine Rolle, die mir gut gefiel – war es mir möglich, aus dem Eßzimmer, in das ich mich zurückgezogen hatte, alles zu beobachten. Ich sah Vivien, deren Gesicht entweder abgeheilt oder gut geschminkt war, sich mit Martin Doyce, dem Arzt, unterhalten. Auch Harold Liddell war da und sprach mit meiner Mutter. Unvorstellbar, daß sie irgendwelche Gemeinsamkeiten entdeckten. Ich war sehr dankbar dafür, daß die Situationen, in denen ich mich wegen meiner Verwandtschaft schämte und verlegen war, im Unterschied zu Elizabeth Bennet nur selten und kurz vorkamen. Min unterhielt sich mit dem schwitzenden Schatzmeister von St. Lawrence, und ich sah ihn sein Taschentuch hervorholen und gegen die Stirn drücken, obwohl es in der Eingangshalle schattig und kühl war. Robert lachte und unterhielt sich mit zwei Frauen, die ich nicht kannte. Es freute mich zu sehen, daß er Spaß hatte. William stützte sich mit müdem Gesicht auf seine Krücken und hörte seinem Vater zu. Ellie machte mit einer Flasche Champagner die Runde und wollte unbedingt irgendjemandem nachschenken. Wir hatten ihr gezeigt, wie sie das anstellen mußte, ohne zu viel Schaum zu produzieren, und jetzt wollte sie diese neu erworbene Fertigkeit in die Praxis umsetzen.

»Sind Sie dafür verantwortlich, daß Eleanor sich als Schmetterling entpuppt hat?« sagte eine Stimme an meinem Ohr.

Martin Doyce stand neben mir.

»Sie sieht hübsch aus, nicht wahr?«

»Überaus reizend. Und so viel glücklicher. Sie haben meine Frage nicht beantwortet.«

»Nun, ich habe ein bißchen mitgeholfen.«

»Das habe ich mir gedacht. Es fiel mir sofort auf, daß sich hier einiges verändert hat. Sogar der Hund.« Er stupste Ham, die neben mir auf dem Boden lag, mit seiner Schuhspitze freundlich in die Rippen. »Mir ist aufgefallen, daß der Hund gepflegter und fitter ist. William wirkt ein bißchen mitgenommen, aber Min erzählte mir, daß er nach *Chaldicotts* geht. Das ist bestimmt das Richtige für ihn. Aber Robert – der ist mir wirklich ein Rätsel. Er ist so aufgedreht. Sind Sie dafür auch verantwortlich?«

»Es erstaunt mich, was für ein guter Beobachter Sie sind«, lachte ich, weil ich darauf nicht antworten wollte.

»Ich kenne Robert und Vivien seit vierzig Jahren und Min seit dreizehn Jahren. Ich habe sie von William und Eleanor entbunden. Mich stört, daß Min als einzige von euch allen so elend aussieht. Sie versucht, es tapfer zu verbergen. Natürlich kann ich sie nicht fragen, was da los ist. Ich mag sie sehr gern und hoffe, daß sie es mir selber erzählt.«

Ich warf einen Blick auf Min. War es möglich, daß Martin Doyce recht hatte? Sie stand mit einigen anderen in einer Gruppe, redete und erklärte irgendetwas mit vielen Gesten. Ich fand, daß alles in Ordnung war. Und das sagte ich auch.

»Hm. Ich glaube nicht, daß ich mich täusche.« Er leerte sein Glas. »Vivien ist natürlich unnachahmlich. Benimmt sich schockierend schlecht, ist aber einzigartig.« Er lachte plötzlich. »Da fragt mich doch heute jemand, ob es stimmt, daß sie die Mutter von Harry Hind ist. Offenbar hat Vivien ein paar Bemerkungen in dieser Richtung fallenlassen. Ich frage mich, was das für ein Spiel sein soll?«

»Wollen Sie damit sagen, daß es nicht stimmt?«

»Ganz und gar nicht. Ich habe Harry Hind selbst entbunden. Ich jedenfalls sollte es wissen. Wissen Sie, worauf sie hinaus will? Ist es einfach ein Trick, um auf sich aufmerksam zu machen?«

Ich sah zu Vivien hinüber, die einem Mann von militärischem Gebaren zuhörte, wobei ihr scharfgeschnittenes Hexengesicht nichts als Langeweile spiegelte.

»Ich habe wirklich keine Ahnung«, erwiderte ich.

Irgendein Instinkt sagte ihr wohl, daß man sie ansah, denn Vivien wandte ihren Kopf, der mit seinem kurzen grauen Pagenschnitt zwischen den lang herabhängenden Haaren all der anderen auffiel, diesem Juliette-Greco-Stil, den fast alle unter vierzig zu imitieren versuchen. Sie ließ ihren Gefährten mitten im Satz stehen und kam auf mich zu.

»Hallo, Dahlia. Hallo, Martin.«

»Hallo, Viv.«

Sie küßen sich flüchtig. Etwas an ihrem Verhalten sagte mir plötzlich, daß sie einmal ein Liebespaar gewesen waren.

»Nenn mich nicht so. Du weißt, daß ich das nicht ausstehen kann.«

Martin lächelte. Seine Stimme war sanft. »Das habe ich nicht vergessen.«

»Lawrence ist so eine Trantüte. Ich halte es keine Minute mehr mit ihm aus. Zünde mir mal eine Zigarette an, Martin.«

»Er sieht zu uns her. Ich glaube, er fühlt sich gedemütigt«, Martin zündete ihr die Zigarette an. »Du hast deine Freunde nicht verdient. Bald wirst du keine mehr haben. Ich gehe jetzt und unterhalte mich mit ihm.«

Vivien zuckte die Achseln und begutachtete mit kritischem Blick die grüne Dekoration ringsum.

»Da hast du aber eine gute Eingebung gehabt, Dahlia. Es ist ein sehr gelungenes Fest. Um Klassen besser als alles, was Min zuwege gebracht hätte. War ein trauriger Tag für Min, als ihr diese kleine Freundschaft erneuert habt, stimmt's?«

In einer Hinsicht war es für uns beide ein trauriger Tag gewesen. Doch ich hatte nicht die Absicht, mit Vivien darüber zu reden. Das alte Sprichwort, wonach Angriff die beste Verteidigung ist, kam mir zu Hilfe.

»Warum lassen Sie Min in dem Glauben, daß Harry Hind Ihr Sohn ist?«

»Es kam mir gelegen.« Vivien lächelte. »Um die Wahrheit zu sagen, ich wollte eine Ausrede haben, um Roberts Pläne für

William unterstützen zu können. William ist mir von allen am ähnlichsten. Ich finde, er verdient es, daß man Geld für ihn ausgibt.«

»Warum geben Sie dann nicht einfach Robert das Geld?«

»Oh, Sie sind mir ja eine ganz Hartnäckige! Weil ich es nicht will. Robert hat immer etwas auszusetzen. Er hat mich nie richtig gemocht. Seit er Min geheiratet hat, verhält er sich wie ein erfahrener Politiker, aufgeblasen und kalt. Mir gefällt die Macht, die ich habe. Und jetzt«, ihre Stimme wurde ein wenig lauter, »wo er in Sie verliebt ist, scheint er ... wie nennt man das heutzutage gleich ... wegzutreten?«

»Vivien! Ich verbiete Ihnen, so einen Unsinn zu reden!« Ich war wirklich wütend.

»Wer ist denn diese merkwürdig aussehende Frau mit den Teenagerklamotten und dem Methusalemgesicht? Könnte gut die Prostituierte von Great Swosser sein. Nur daß sie ein bißchen zu betrunken aussieht, um lang an der Straßenecke stehen zu können.«

»Das ist meine Mutter.«

Viviens Augenbrauen schoben sich nach oben, und ich entdeckte wieder eine starke Ähnlichkeit mit Robert.

»Tatsächlich? Quelle horreur! Mein Gott, Dahlia, ich fühle mit Ihnen!«

»Danke schön.«

Während wir sie beobachteten, machte meine Mutter eine ihrer charakteristischen Gesten, sie drehte im Wechsel ihre Schultergelenke nach hinten, was ihren großen braunen Busen wogend in den Vordergrund und den faszinierten Augen ihres Zuhörers näherbrachte. Vivien schnaubte, und die Aufmerksamkeit aller Umstehenden richtete sich auf uns.

»Ich kann mir nicht helfen«, sagte sie. »Es ist so piquant. Wirklich fabelhaft, ihr beide!«

Alle, die um uns herumstanden, warfen uns unsichere Blicke zu und lächelten uns zaghaft einer nach dem anderen an, weil sie wissen wollten, was so lustig war.

»Diana!«

Peter bahnte sich mit ausgebreiteten Armen strahlend seinen Weg zu mir.

»Wie schön, dich zu sehen, mein Herzblatt.« Er legte seine Arme um mich und flüsterte mir ins Ohr: »Es war alles so schrecklich. Du glaubst ja gar nicht, was es für eine Erleichterung ist, wieder mit jemandem zusammenzusein, der normal ist! Giorgio hat bei Jerry Daubeney einige Schmuckstücke gestohlen, und die Polizei sucht ihn. Wir sind auf der Flucht, meine Liebe!«

»O Peter! Wie bitte? Das ist übrigens Roberts Mutter. Vivien Weston ... Peter Holdenby.«

»Ein wunderschöner Name, meine Liebe«, sagte Peter und küßte Viviens Hand. »Wie ein Filmstar. Und wie der zu Ihnen paßt!« Er wandte sich wieder mir zu. »Was er gestohlen hat? Nur Flitterzeug wie Manschettenknöpfe und Zigarettenetuis. Und eine Radierung von Goya.«

Vivien ließ sich – äußerst widerstrebend, wie ich fand – von einer großen, herrisch auftretenden Frau in Lila wegschleppen, die unbedingt den Salon sehen wollte.

»O mein Gott, Peter!« sagte ich ziemlich entsetzt. »So kannst du nicht weitermachen. Er wird dich ruinieren. Du landest wegen ihm noch im Gefängnis. Und er betrügt dich, wo er nur kann. Das weißt du doch.«

»O ja. Ich bin über ihn hinweg. Wenn ich ehrlich sein soll, ist er abgesehen vom Bett ein ziemlich langweiliger Typ. Ich glaube ihm kein Wort, was dieses Buch über Correggio angeht.«

»Natürlich nicht. Ich glaube nicht, daß er jemals im Leben ein Buch gelesen hat. Was macht er hier dann eigentlich noch?«

Giorgio war Peter in die Eingangshalle gefolgt und überblickte, gegen eine Säule gelehnt, die Gesellschaft mit berechnender Miene.

»Er hat eine abscheuliche Laune, wie ich gemerkt habe, und er meint, er werde mich zusammenschlagen, falls ich versuchen sollte, ihn zu verlassen. Du weißt doch, wie sehr ich Gewalt verabscheue!«

»Tja, das brauchst du aber nicht als eine Besonderheit herausstreichen. Die meisten vernünftigen Menschen sehen das so. Was wirst du jetzt tun?«

»Ich dachte, wenn wir es nach London schaffen, könnte ich

ihm entwischen. Ihn irgendwo in der Menge verlieren, verstehst du? Ich habe jede Menge Freunde, bei denen ich wohnen kann und denen er nie begegnet ist. Sobald er jemand anderen mit genug Geld findet, der ihn aushält, bin ich gerettet.«

»O Peter! Das hört sich so schrecklich an. So schmutzig und traurig. Beim nächsten Mal bist du vorsichtiger, nicht wahr? Das sollte dir eine Lehre sein.«

»Bist ein gutes Mädchen, daß du dich so sorgst«, sagte er und drückte gerührt meinen Arm. »Und du, meine Liebe, solltest beim nächsten Mal vielleicht auch ein bißchen vorsichtiger sein«, meinte er, als er Roberts ansichtig wurde, der zur Begrüßung auf ihn zukam.

»Ich glaube, es ist Zeit, daß wir etwas essen«, verkündete ich, da ich Mrs. Butter mit einem Tablett voller Kartoffeln unsicher auf das Eßzimmer zutaumeln sah. »Kümmerst du dich darum, daß alle kommen, Robert?«

Die nächste halbe Stunde erforderte volle Konzentration und ging schnell vorbei. Robert schnitt den Rinderbraten in Scheiben, und ich den Lachs und den Jambon persillé, eine Aufgabe, die äußerstes Geschick verlangte, wenn die Gäste etwas Appetitliches auf ihren Tellern haben sollten. Als ich mich über das letzte Stück Lachs beugte und mit der Rückengräte kämpfte, küßte mich jemand auf den Nacken.

»Hallo, Charles«, sagte ich, ohne aufzublicken.

»Woher wußtest du, daß ich es bin?«

»Die meisten hier sind Fremde, und diejenigen, die ich kenne, würden kaum meinen Nacken küssen. Das konntest nur du sein.«

»Welch Glück, auf diese Weise so herausgestellt zu werden. Laß mich das mal machen.«

Ich war froh, ihm das Besteck aushändigen zu können.

»Ich denke, jetzt genehmige ich mir auch etwas zu trinken«, sagte ich und beobachtete ihn, wie er dem weichen, rosafarbenen Fleisch des Lachses mit männlicher Überlegenheit zu Leibe rückte. »Der Nachtisch läßt sich einfacher servieren.«

»Du hinkst den meisten Gästen hinterher. Einige scheinen schon völlig betrunken zu sein. Eine Frau kam auf mich zu und versuchte, mich auf den Nacken zu küssen, als ich eintraf.

Soweit ich das beurteilen kann, eine völlig Fremde. Ich mußte sie an einer der Säulen abstützen, sonst wäre sie mir zu Füßen gelegen. Sehr wenig Kleidung und sehr viel Make-up.«

»Ach, du liebe Güte. Das ist meine Mutter. Ich hoffe nur, daß ihr nicht schlecht wird und sie allen das Essen verdirbt. Ich gehe lieber und sehe nach.«

»Nein, geh nicht.«

Charles hielt mich fest, als ich hinaus in die Eingangshalle wollte. Er stieß die Tür mit seinem Fuß halb zu, so daß wir vor den anderen Gästen verborgen waren, und zog mich in seine Arme.

»Charles! Was soll das! Das ist ein zivilisiertes Fest und nicht die hinterste Reihe im Kino!«

»Du hast alles vergessen, was ich dir beigebracht habe. Doch es wird mir eine Freude sein, es dir wieder in Erinnerung zu rufen.«

Er küßte mich auf den Mund.

»Das ist ja wohl eine Frechheit! Ich stehe doch nicht untätig herum und warte darauf, daß du kommst und mit mir schläfst, wenn dir danach ist.«

»Ich weiß, daß du wütend bist. Und das ist auch dein gutes Recht. Aber es war nicht nur wegen Susannah.«

»Was war nicht?« Ich versuchte, mich zu befreien.

Die Schwierigkeit bestand zum Teil darin, daß ich Charles sehr attraktiv fand. Doch ich wußte sehr gut, daß er mich und jede andere Frau, mit der er zu tun hatte, unglücklich machen würde, und hatte nicht vor, sein Opfer zu werden, nicht einmal, um von meiner Liebe zu Robert loszukommen.

»Hör auf zu kämpfen. Susannah war nicht der einzige Grund, weshalb ich dich nicht angerufen habe. Ich entdeckte, daß ich dich zu sehr mochte, wogegen ich mich aber wehrte. Ich kämpfe noch immer darum, von Susannah loszukommen. Und ich will mich nicht in dich verlieben.«

»Das klingt zwar schon etwas abgeschmackt, aber wahrscheinlich ist es immer noch einen Versuch wert, nehme ich an.«

Er versuchte mich wieder zu küssen, aber ich wandte meinen Kopf ab.

»Sei nicht blöd. Es ist mein Ernst. Als ich dich neulich in Liddells Haus sah, wußte ich, daß ich das Risiko eingehen muß. Verdammt, Diana. Ich bin verliebt in dich.«

Robert war schon halb durch die Tür, eine Flasche Champagner in der Hand. Er mußte Charles Worte gehört haben. Sein Blick traf uns, als wir hinter der Tür eng umschlungen an der Wand lehnten.

»Gütiger Gott, ich ... « Er hielt inne und wurde kreidebleich. Ein Zittern lief über sein Gesicht. »Diana ...«

Es hatte ihm die Stimme verschlagen. Er sah uns ungläubig an. Töricht schüttelte ich den Kopf. Verzweifelt starrten wir einander an. Wir verharrten in diesem Erstaunen, das Jahre statt Sekunden zu dauern schien. Dann ließ Charles mich los und trat einen Schritt zurück.

»Gut. So ist das also.« Seine Stimme klang kühl, aber ich spürte instinktiv, daß es ihm nicht leicht fiel. Er lachte. »Ja, ja. Ich verstehe alles. Arme Min.«

Er wartete darauf, daß wir ihm widersprachen, aber Robert und ich hüllten uns in Schweigen und blickten einander an. Als ich die Qualen der Eifersucht auf seinem Gesicht sah, liebte ich Robert mit solcher Intensität, daß jeder Narr es mir am Gesicht hätte ablesen können. Und Charles war gewiß kein Narr.

»Ihr Dummköpfe!« sagte er und ging aus dem Zimmer.

Ich sah ihn nie wieder.

»Dürfen wir uns an diesem köstlichen Nachtisch bedienen?«

Eine dicke Frau mit gierigen Augen steckte verschämt ihren Kopf zur Tür herein.

»Natürlich.« Ich ging zum Tisch und begann mit dem Aufschneiden eines Mandelbirnenkuchens. »Was möchten Sie denn gerne?«

»Ein Stückchen von allem, bitte.«

Jetzt strömten auch alle anderen Gäste herein und verlangten mit gezückten Tellern einen Nachtisch. Ich kippte ein Glas Champagner hinunter und fühlte mich gleich besser. Alle pflegten freundlichen Umgang miteinander. Ich ging ins Wohnzimmer, wo Vivien es sich auf dem Sofa neben einem jungen Mann bequem gemacht hatte, einem dunklen, gutaussehenden Typ. Je mehr Vivien erzählte, um so erstaunter wurde sein Blick.

Meine Mutter, die in den sechs Monaten bei einem verarmten Töpfer in der Toskana ein bißchen Italienisch aufgeschnappt hatte, unterhielt sich mit Giorgio, der versuchte, seine Hand unter ihr Kleid zu schieben. Ich mußte wegsehen.

»Wo ist Robert?« fragte Min, die auf mich zukam. »Ich finde, er sollte Mrs. Butter nach Haus bringen. Sie hat eine Art Kollaps. Glaubst du, sie hat zu viel getrunken?«

»Wahrscheinlich. Alle anderen scheinen voll zu sein.«

»Du wirkst aber noch ziemlich nüchtern. Bei mir weiß ich nicht recht. Es ist ein gutes Fest. Wie schade, daß ...«

»Was?«

»Nichts. Ich komme mir vor wie Ophelia. Treibend. *Ihr könnt Eure Raute mit einem Abzeichen tragen. Da ist Maßlieb*. Das ist gut. A Daisy – ein Maßliebchen. Und dann geht es weiter mit Veilchen, aber das fällt mir nicht mehr ein. Wir haben Hamlet für die O-Level-Prüfung durchgenommen, nicht wahr?«

»Du bist betrunken, mein Schatz. Geht es dir gut?«

»Ach, tu doch nicht so! Natürlich geht es mir gut!«

Sie ging weg und ließ mich überrascht und etwas verletzt zurück. Ich entdeckte Robert, der Gläser mit Sauternes füllte.

»Bringst du bitte Mrs. Butter nach Hause? Min sagt, sie hätte zu viel getrunken. Ich schenke hier weiter aus.«

»Wo wirst du sein, wenn ich zurückkomme? Ich möchte mit dir reden.«

»Ich weiß es nicht. Ich glaube nicht, daß wir ... mein Gott, was war das?«

»Nur Donner. Mrs. Butter hat doch einen Gewittersturm vorausgesagt, oder? Ich denke, sie hat Angst davor. Ich bringe sie jetzt lieber nach Hause, damit sie ihren Kopf unter ihr Bettzeug stecken kann.«

»Ich mag keine Gewitter. Ich weiß, daß das lächerlich ist.«

»Guck nicht so traurig, mein Schatz. Ich bin gleich wieder zurück. Ich muß mit dir reden.«

Ich ging nach oben, um mein Schlafzimmerfenster zu schließen, da jetzt heftiger Regen einsetzte. Der Fenstersims war bereits naß, und die Vorhänge zeigten dunkle Flecken vom Spritzwasser.

»Ist noch nicht Zeit zum Zubettgehen, Dummerchen«, sagte ich zu Ham, die mir nach oben gefolgt war. »Komm, wir gehen hinunter und schauen nach, ob wir ein kleines Stück Rindfleisch für dich finden.«

Ich ging gerade an der Tür zum grünen Zimmer vorbei, wo meine Mutter schlief, als ich ein Stöhnen hörte. Ich seufzte. Ihr war also bereits schlecht. Wie erwartet. Ich klopfte an die Tür, und als keine Antwort kam, stieß ich sie auf. Meine Mutter lag auf dem Bett, die Beine praktisch über dem Kopf, und ein nackter Giorgio, jeder sichtbare Zentimeter schwarz behaart, machte unbeschreibliche Dinge mit ihr. Ich schloß rasch die Tür und ging nach unten.

Dieses ständige, rastlose Bestreben der gesamten Menschheit, mich eingeschlossen, die Zerstörung des Glücks voranzutreiben, deprimierte mich. Ich ging in die Küche und fing mit dem Abwasch an.

»Da bist du ja und spielst Aschenputtel«, sagte Peter, als er hereinkam. »Es ist eine wunderbare Party. Es war ein herrlicher Tag für mich. Du wirkst ein wenig bedrückt. Komm, ich helfe dir. Onkel Peter wäscht ab, und du kannst abtrocknen und das Geschirr wegstellen.«

Und das taten wir dann auch, und ich fand es sehr beruhigend. Peter war in ausgezeichneter Stimmung, und bald bekam auch ich bessere Laune.

»Ich bin so aufgewühlt, weil deine Mutter sich in Giorgio vergafft hat. Vor einer halben Stunde haben sie sich sehr aufreizende Blick zugeworfen. Ich habe Hoffnung.«

»Sie sind jetzt miteinander im Bett. Ich habe sie versehentlich gestört. Aber sie haben es gar nicht mitbekommen. Sie waren zu vertieft in die Erforschung der Fleischeslust.«

»Was für eine Freude! Und als sie in ihrer Not zum Herrn schrien, erlöste er sie aus ihrem Elend. Ich glaube nicht, daß mein Vater ausgerechnet mein Dilemma vor Augen hatte, wenn er diesen Text zur Grundlage seiner Predigt machte. Die Lösung zeigt aber, wie überaus praktisch und tolerant Gott ist.«

»Und welche Lösung wird Er für meine Mutter finden, die in Kürze genau da sein wird, wo du jetzt stehst? Ich finde, es ist eine sehr kurzsichtige Strategie.«

»Na ja, meine Liebe, als Humanistin wirst du mit Novalis der Auffassung sein, daß Charakter Schicksal ist. Wohingegen das für mich alles in einen hübschen, flaumigen, unaussprechlichen Nebel gehüllt bleibt. Ob so oder so, deiner Mutter bleibt ohnehin nichts anderes übrig, als damit fertig zu werden. »

Peter war vor einigen Jahren zur römisch-katholischen Kirche übergetreten, doch ich war mir nie sicher, ob er auch daran glaubte. Jedenfalls hatte ich ihn zu diesem Thema noch nichts Ernsthaftes sagen hören.

»Was hast du mit den Sachen gemacht, die Giorgio gestohlen hat?«

»Auf dem Weg hierher habe ich vor einem Pub einen reizenden Jungen auf einem Motorrad getroffen. Ich habe ihm fünfzig Pfund gegeben, damit er alle Gegenstände zurück zu Jerry bringt, und ihm noch mal fünfzig versprochen, wenn er mir eine Bestätigung in Jerrys Handschrift bringt.«

»Ist das nicht ziemlich riskant?«

»Die ganze Sache jagt mir einen Schauer des Entsetzens nach dem anderen über den Rücken. Ich kann dir gar nicht sagen, was ich empfunden habe, als wir an zwei riesigen schwarzen Polizeiautos voll strammer Polizisten vorbeikamen, die gerade die Einfahrt zu Jerry hochfuhren, als wir sie herunterkamen. Ich wußte sofort, daß Giorgio was angestellt hatte, er war ganz aus dem Häuschen.«

»Wie hast du ihn dazu gekriegt, die Sachen rauszurücken?«

»Mit einem Trick. Ich schlug vor, an einem Pub anzuhalten, um uns für diese Party zu stärken. Während er nach dem Mädchen hinter der Theke schielte, huschte ich nach draußen, fand die Beute, wickelte sie in eins von Giorgios Hemden und beauftragte meinen Paul Revere.«

»Giorgio weiß also gar nicht, daß du sie zurückgeschickt hast?«

»Nein. Und daran soll sich auch nichts ändern, bis wir nach London kommen.«

»In diesem Fall solltest du so schnell wie möglich abfahren, so ungern ich dich auch gehen lasse. Wenn du ihn an meine Mutter loswerden willst, wirst du sie überreden müssen, auch mitzukommen. Aber ihre liaisons sind heutzutage nur noch von äußerst kurzer Dauer.«

Peter half mir beim Kaffeekochen, und wir trugen ihn in zwei großen Kannen ins Eßzimmer. Dann ging er nach oben, um Giorgio und meine Mutter zu holen. Die Party würde bestimmt bis in den späten Nachmittag dauern. Es freute mich zu sehen, daß die anderen sich vergnügten, aber ich fühlte mich einsam wie noch nie. Ich hatte alles nötige getan, und den Abwasch würde ich später erledigen.

»Uns ist langweilig«, sagte William und humpelte an mir vorbei. »Wenn jemand was von uns will, wir sind im Bootshaus.«

Ellie folgte ihm und trug seine Mal- und Zeichenutensilien.

»Alle haben mein Kleid bewundert«, flüsterte sie. »Ich bin wirklich glücklich. Oh, ich habe es dir ja noch gar nicht gesagt. Polly Saxby hat heute morgen angerufen und mich für morgen zu ihrer Party eingeladen!«

»Das ist aber nett«, sagte ich. »Du mußt mir schreiben und mir alles berichten. Du weißt doch, daß ich morgen abreise?«

»Ich weiß. Das ist das einzige, was mich traurig macht. Aber du kommst doch bald wieder?«

»Ich denke schon.«

Ich konnte Mins Stimme ziemlich laut und ziemlich betrunken aus dem Wohnzimmer hören. Peter kam mit dem Koffer meiner Mutter die Treppe herunter, gefolgt von Giorgio, der sehr müde aussah. Kurz danach tauchte meine Mutter auf.

»Da bist du ja, Diana! Ich fahre zurück nach London. So reizend es hier ist, und so sehr es mich auch an das House of Usher erinnert, glaube ich doch, daß ein bißchen Schlaf nicht verkehrt wäre. Du siehst ziemlich mürrisch aus. Du mußt dich ein wenig aufmuntern und aufhören, so eine Spielverderberin zu sein.«

»Du hast dein Haar am Hinterkopf nicht gekämmt, und dein Saum hängt herunter.«

»O Scheiße! Doch wen kümmert's? Bedanke dich bitte in meinem Namen bei Min dafür, daß ich übernachten durfte. Peter scheint es wahnsinnig eilig zu haben, deshalb muß ich gleich los. Ich schicke eine Postkarte. Tschüüüß!«

Ich zog einen Regenmantel und Gummistiefel an, rief Ham und ging hinaus, um Peter nachzuwinken. In nicht allzu weiter Ferne grollte ständig der Donner, und aus einem gelben, tief herabhängenden Himmel goß es in Strömen. Mutter saß vorne neben Giorgio. Sie waren viel zu sehr in ihr Gespräch vertieft, um mich wahrzunehmen. Peter, der im Fond saß, winkte und schickte mir Küßchen, bis sie nicht mehr zu sehen waren. Gleich darauf tauchte ein Polizeiauto auf. Sie mußten vor dem Tor gerade noch aneinander vorbeigekommen sein. Ich schlich mit Ham seitlich am Haus vorbei und ging hinunter zum See. Ich wollte vom Garten in aller Ruhe Abschied nehmen.

Es herrschte ein unnatürlich fahles Licht, die vom Regen aufgewühlte Oberfläche des Sees kräuselte sich im Wind. Ich winkte den Kindern zu, die auf der Fensterbank des Bootshauses saßen. Schon bald waren meine Haare durchweicht, aber ich kümmerte mich nicht darum. Die Schwäne trieben auf den Strudeln am Rande des Sees, wo die großen Rohrkolben von scharfen Böen gepeitscht wurden. Ich wünschte, wir hätten ein Inselfest veranstaltet. Jetzt würde wohl nichts mehr daraus werden. Ich hatte nicht vor, so bald wiederzukommen. Ich wanderte eine halbe Stunde lang um den See und hinunter in den Wald. Ham war die beste Gefährtin, die ich mir wünschen konnte. Auf gar keinen Fall wollte ich Robert sehen. Ich hoffte, er würde abfahren, ohne sich bei mir zu verabschieden. Doch gerade, als ich das hoffte, spürte ich, daß es mir das Herz bräche, wenn er mir nicht Aufwiedersehen sagte.

Der ummauerte Garten sah gepflegt und vielversprechend aus. George Pryke hatte die Pergola fast fertig gemacht. Alle senkrechten Balken standen. Ich hätte viel darum gegeben, sie mit den Querbalken und bedeckt von Rosen und Blauregen zu sehen. Auf die alten Wege hatten wir neuen Kies geschüttet. Wie gerne sähe ich sie gesäumt von Katzenminze und Lavendel! Die Wigwams aus Haselzweigen für Erbsen und Stangenbohnen waren auch ohne Grün sehr hübsch, aber ich stellte sie mir sehnsüchtig von Ranken überwuchert vor.

Ich ging ins Gewächshaus und setzte mich neben dem Ofen in Georges Korbstuhl. Ich legte den Kopf in meine Hände und schluchzte. Weil mir von meinem Selbstmitleid übel wurde, hörte ich abrupt damit auf. Ich wurde ja noch zur zwanghaften Heulsuse, machte schon beinahe Florence Dombay Konkurrenz ... war schon fast keine Gießkanne mehr, sondern ein Sprengwagen. Ich hörte in der Ecke etwas trippeln. Hoffentlich stellt George keine Fallen auf oder legt Gift für die Mäuse aus, dachte ich. Sie waren eine Plage in den Gewächshäusern, aber ich konnte es nicht ertragen, wenn ihre blanken Äuglein, die wie schwarze Blutstropfen aussahen, sich vom Gift trübten, oder Federn ihre zarten Nacken brachen. Ich würde Ellie eine humane Falle schicken. Es würde ihr Spaß machen, die Mäuse zu fangen und irgendwo im Freien auszusetzen, wo sie sicher waren.

Ich stand auf, um mir die Sämlinge anzuschauen. Ich nahm die Gießkanne und fing an, sie zu wässern. Ich hörte, wie die Tür aufging, und blieb ganz ruhig stehen, ohne mich umzublicken. Ich spürte, wie sich seine Hände um meine Taille schoben. Er zog mich an sich heran, und ich wandte ihm das Gesicht zu und preßte es gegen seine Wange.

»Ich fahre in ein paar Minuten«, sagte Robert. »Ich habe Frances Benson versprochen, rechtzeitig zum Abendessen in Hampstoke zu sein. Ich habe schon eine Tasche gepackt und ins Auto gestellt.«

Ich nickte mit dem Kopf. Ich war erschöpft.

»Von dort aus fahre ich nach Cambridge. Ich werde da sein, wenn du kommst. Wir werden etwas trinken.« Seine Stimme war sehr sanft. »Vielleicht etwas essen. Du wirst müde sein nach dieser Reise. Dann lieben wir uns.«

Ich drehte mich um, so daß ich ihm gegenüberstand.

»Was? Bist du verrückt?«

Ich war wütend. Mich derart in Versuchung zu führen, während ich gegen meinen Egoismus und mein Verlangen ankämpfte, das kam mir grausam vor. Robert war von seinem Wesen her wankelmütig. Ich wußte, daß alles von mir abhing.

»Vielleicht.« Robert redete mit schwungvoller Begeisterung, als versuche er, sich selbst zu überzeugen. »Doch einmal in meinem Leben werde ich handeln, ohne zu überlegen. Ich werde meinem Instinkt folgen. Alle anderen scheinen ja auch zu tun, was ihnen gefällt. Ich war immer zu feige, vielleicht auch zu faul, mich dem Drang nach Anpassung zu widersetzen.«

»Nein, das warst du nicht, du Dummkopf! Du hast versucht, dich anständig zu verhalten. Anderen Leuten nicht weh zu tun. Und das habe ich auch! Was sonst steckt wohl hinter einer Idee des menschlichen Anstands? Ob du es nun Gott oder richtiges Verhalten nennst, was gibt es wichtigeres als das? Doch nicht sexuelle Befriedigung.«

»Es ist nicht nur eine Frage der sexuellen Befriedigung. Ich liebe inzwischen alles an dir. Ich habe mich dagegen gewehrt. Ich habe versucht, mir einzureden, daß du eine Frau bist, die alles im Griff hat, egoistisch, unabhängig und autoritär. Und daß ich alles habe, was ein Mann sich vernünftigerweise wünschen kann, um glücklich zu sein. Daß es gierig wäre, mehr zu verlangen. In der Auseinandersetzung mit mir selbst habe ich dein Bild beschmutzt und deinen Namen geschwärzt. Ich habe alles nur denkbare getan, dich nicht zu mögen.«

Ich mußte lächeln. »Ich erinnere mich. Du warst so wütend und beleidigt.«

»Es war Stolz. Ich hatte mich immer als einen Mann angesehen, der anders ist als die anderen. Ich war asketisch, selbstbeherrscht, urteilsfähig. Sofort als ich dich sah, war das wie ein Angriff auf meine Selbstachtung. Solange es nur um sexuelles Verlangen ging, hatte ich eine gewisse Möglichkeit, es zu verleugnen. Doch trotz all meiner Bemühungen wurden die Gefühle immer intensiver ... tiefer. Als wir auf diesem fürchterlichen Ball von St. Lawrence miteinander tanzten, gestand ich mir die Existenz dieser Anziehungskraft selbst ein. Ich mußte mir auch eingestehen, daß du sehr viel mehr bist als einfach eine schöne Frau. Und ich war schon damals sehr tief verstrickt in die Liebe wie auch in die Selbsttäuschung. Als ich dich auf der Straße, die vom Bahnhof kommt, in meinen Armen hielt, fiel es mir wie Schuppen von den Augen. Ich hatte mich herumgeschleppt wie ein Tier mit gebrochenem Rückgrat. Ich versuchte mir einzureden, daß ich wegen Gerald niedergeschlagen war. Aber du warst es, an die ich denken mußte. An dein Gesicht, deinen Körper, deine Stimme. Wohin ich auch blickte, ich sah dich. Ich lag im Bett und beschwor dich herauf. Du warst mit mir in der Schule, im Auto, in der Bibliothek.«

Er hielt mich fester, und ich wußte, daß meine Entschlossenheit nachließ. Ich machte die Augen zu und lauschte, denn er erzählte mir all das, was zu hören ich mir so sehnsüchtig gewünscht hatte.

»Ich habe auch damals an dich gedacht, als ich mit Ham die Straße entlangwanderte. Min hatte mir erzählt, du würdest zurückkommen. Ich hatte schreckliche Angst, fragte mich, wie ich meine Gefühle verbergen konnte. Ich wollte mich von dir fernhalten und meine ganze Zeit in der Bibliothek oder im Garten verbringen. Dann blickte ich auf, und da warst du. Was ich dann sah, in deinem Gesicht, überzeugte mich davon, daß alles, was ich vorher überlegt hatte, in diesem Augenblick nichtig und illusorisch war. Ich weiß nicht mehr, woran ich glauben kann oder soll. Ohne dich bin ich hoffnungslos verloren.«

»Mach es uns nicht noch schwerer. Wenn du wüßtest, wie ich ...« Ich unterbrach mich, weil ich die heftige Neigung verspürte, Florence zu übertrumpfen.

»Sprich weiter. Sag es. Sag mir, daß du mich liebst. Ich möchte dir alles geben, was ich habe.«

Er hielt mich noch immer in seinen Armen. Ich öffnete die Augen und sah ihm ins Gesicht, das meinem sehr nahe war.

»Aber mein lieber Robert, du hast es schon Min versprochen.«

»Oh, hör auf! Hör auf!«

Wir küßten uns so leidenschaftlich, als läge das Wort Min auf unseren Lippen, und wir quetschten es aus, bis nichts mehr davon da war.

Konnten diese Gefühle, die vielleicht das Beste an mir waren, falsch sein ... unzulässig? Für ein Selbstopfer war es jetzt zu spät. Wir würden wahrscheinlich nicht glücklich werden, aber das zählte nicht. Ich konnte ihn nicht aufgeben.

Ein fürchterlicher Krach brachte uns mit einem Satz auseinander. Ein Haufen Anzuchtschalen, die neben der Bank gestapelt waren, verteilten sich über den Fußboden, und dann tauchte Ellie auf.

»Ich wollte nicht zuhören«, sagte sie mit hochrotem Gesicht, als sie aus der Hocke hochkam. »Ich weiß, daß man nicht heimlich lauscht. Ich bin gekommen, um die Samen zu gießen. Dann sah ich Diana und versteckte mich unter der Bank, um sie zu überraschen. Als ich sie weinen hörte, wollte ich nicht herauskommen. Dann kamst du herein, und es wurde immer schlimmer und schlimmer.« Jetzt liefen ihr die Tränen übers Gesicht. »Du wirst Mami und William und mich verlassen und mit ihr weggehen. Ich werde gleich jetzt zu Mami gehen und ihr erzählen, was ihr geplant habt, denn ich kann es nicht ertragen, daß sie nicht weiß, was ihr ... ihr beiden Mörder vorhabt!«

»Ellie! Mein Schatz! Nein, wir werden nicht ...« Ich streckte meine Hand aus, um sie aufzuhalten.

»Sag nichts! Sag nichts ... du! Ich dachte, du wärst meine Freundin! Ich möchte, daß du stirbst!«

Sie rannte hinaus in den Regen, und die Tür schlug hinter ihr zu. Robert und ich sahen einander an. In seinen Augen standen Tränen.

»Du siehst, mein Liebling«, sagte ich langsam, »es kann nicht sein.«

»Sie ist jung. Sie versteht es nicht. Sie wird darüber hinwegkommen.« Aber ich wußte, daß er das selbst nicht glaubte.

Ich sagte nichts mehr. Es war auch nicht nötig. Zu was sollte Liebe denn gut sein, wenn es ihr nicht einmal gelänge, uns einander das Innerste zu offenbaren?

»Geh jetzt. Geh und fahre zu Geralds Mutter. Laß mich mit Min sprechen. Zeig ihr keine Unentschlossenheit ... kein Zögern. Wenn du morgen zurückkommst, werde ich weg sein, und dann bist du stärker. Wir werden im Lauf der Zeit darüber hinwegkommen. Du wirst die Sache mit Min ins Reine bringen. Sie wird dir schneller verzeihen als mir. Ich bin bei ihr erledigt. Wie dumm von mir. Ich habe mich von den beiden Menschen entfernt, die ich auf der Welt am meisten liebe. Aber ihr habt einander.«

Als ich das sagte, spürte ich die schmerzende Kälte äußerster Einsamkeit. Mich fröstelte.

»Mein Schatz«, er nahm mich wieder in seine Arme. »Schau nicht so. Was habe ich dir getan?«

Die Worte waren wie eine sich schließende Tür, und ich hatte das Gefühl, bereits allein, bereits draußen zu sein.

Kapitel 26

Nachdem Robert mich verlassen hatte, goß ich die restlichen Anzuchtschalen und füllte die Kanne mit frischem Wasser, so daß es zum nächsten Gießen Raumtemperatur haben würde. Ich beneidete die Hände, die dann gießen durften. Zum letzten Mal machte ich die Tür des Gewächshauses hinter mir zu. Es regnete noch immer in Strömen, und auf dem Pfad strudelte das olivbraune Wasser bis zu meinen Knöcheln hoch. Ich mußte Min vor die Augen treten und es so bald wie möglich hinter mich bringen. Mein Mund war trocken vor Angst. Was könnte ich zu meiner eigenen Verteidigung vorbringen? Mir fiel nichts ein. Nur die Tatsache, daß die meisten Menschen in unserer Situation vielleicht die Gelegenheit gefunden hätten, sie noch vollständiger zu betrügen, indem sie miteinander schliefen. Wie absurd, daß von diesem Akt so viel abhing. Unsere Hände hatten sich berührt (nicht korrekt, aber auch nicht wirklich schlimm), und unsere Münder hatten sich berührt (was viel schlimmer war). Aber etwas blieb ausgespart, weil die intimsten Teile unserer Körper sich nicht vereinigt hatten. Es war lächerlich. Der Betrug hatte in unseren Köpfen, in unserem Verlangen und in der Tatsache stattgefunden, daß Min nicht Teil unserer Gedanken gewesen war, daß wir ihr eine noch passivere Rolle zugeteilt hatten als die, einfach ausgeschlossen zu sein.

Ich sagte mir immer wieder, daß ich jetzt kein Feigling sein durfte. Min hatte wirklich jedes Recht, wütend zu sein, und da durfte ich mich vor ihrem Zorn nicht in eine dem Selbstschutz dienende Unnahbarkeit zurückziehen. Sie würde mir weh tun wollen, und mir mußte wehgetan werden.

Aber das Haus lag wie ausgestorben. Alle Gäste waren gegangen. Schmutzige Teller, Gläser, Messer und Gabeln stapelten sich in der Küche. Eine Nachricht von William sagte, er wäre bei Vivien, und ob wir ihn nach dem Abendessen dort abholen könnten. Kein Zeichen von Min und Ellie. Ich rannte nach oben und suchte in sämtlichen Schlafzimmern. Dann machte ich noch mal die Runde durch die unteren Räume. Ich öffnete die Eingangstür und sah Robert in den Morris Traveller steigen. Als er mein Gesicht durch den dichten Regen vor seinem Wagenfenster sah, blitzte auf seinem betrübten Gesicht für einen kurzen Augenblick Hoffnung auf. Offenbar dachte er, ich hätte meine Meinung geändert. Er machte die Tür auf.

»Ich kann Min und Ellie nicht finden. Ich mache mir Sorgen. Hilf mir, sie zu suchen.«

Er stellte den Motor ab, stieg aus und rannte mit mir zurück zum Haus. Wir durchsuchten es noch einmal, aber ohne Ergebnis.

»Wo können sie nur sein?« Ich konnte nicht klar denken.

»Laß es uns am Bootshaus versuchen. Erst sollten wir aber nachsehen, ob der Land Rover da ist.«

Er war da. Wir rannten durch den Regen, der sich in Strömen über unsere Rücken und die gebeugten Köpfe ergoß, hinunter zum See. Das Gewitter war zurückgekehrt, und es donnerte jetzt sehr viel näher.

»Robert! Das Boot!«

In der Mitte des Sees drehte sich das Ruderboot schaukelnd auf dem aufgewühlten Wasser. Leer.

»Sie werden doch nicht hinausgefahren sein? Doch nicht bei so einem Wetter!« Ich erhob meine Stimme, um mich verständlich zu machen.

»Es kann sich nicht selbst losgemacht haben. Die Türen waren abgesperrt. Jemand war draußen damit. Aber wo sind sie jetzt?«

Wir sahen einander an. Eine entsetzliche Befürchtung, die schon an Gewißheit grenzte, ergriff Besitz von mir und ließ keine Vernunftgründe gelten. Wir rutschten die Uferböschung hinab, um an das andere Boot zu gelangen. Es war ein älteres, schwereres Fahrzeug, aber wasserdicht.

»Ich fahre hinaus. Du bleibst am Ufer«, schrie Robert.

Ich achtete nicht auf ihn und stieg ins Boot, strich mir meine tropfnassen Haare aus dem Gesicht. Der Zopf hatte sich schon lange zuvor gelöst, und ich versuchte die schweren Strähnen in meinen Mantel zu stecken, damit ich etwas sehen konnte. Ich fragte mich, was aus dem Band geworden war, das den Zopf zusammengehalten hatte, und dann fiel mir ein, wie komisch es doch ist, daß uns immer die trivialen Dinge zuerst einfallen, wenn es dramatisch und gefährlich wird.

Robert übernahm die Ruder, und ich saß im Heck. Er stieß uns mit einem Ruder vom Ufer ab und steuerte mit stetigen Ruderschlägen auf das andere Boot zu. Wir hatten Gegenwind, und mit jedem Schlag spritzte kaltes Wasser über uns. Ständig zuckten Blitze, und der Himmel erhellte sich von Grau nach Violett. Ich hatte meine Angst vor dem Gewitter so gut wie verloren. Ich stellte mir Maggie Tulliver und Tom auf der hochwasserführenden Floss vor. Für sie ist das gemeinsame Ertrinken eine Lösung und eine Befreiung. Aber George Eliot geht über die letzte Qual, das Ersticken, den Todeskampf hinweg. Angenommen, Min wäre ertrunken? Robert wäre mein. Voller Scham biß ich mir auf die Lippen und schmeckte Blut.

Als wir uns dem anderen Boot näherten, beugte ich mich über die Reeling und starrte in das gelbbraune, wirbelnde Wasser. Wir erreichten das Boot, und ich griff nach der lose treibenden Fangleine. Vermutlich hatten wir beide gedacht, daß jemand auf dem Boden liegen müßte, bewußtlos oder in panischer Angst, aber es war leer. Ich befestigte die Fangleine am Gehäuse der Ruderpinne. Robert ruderte weiter, und ich hielt den Blick starr aufs Wasser gerichtet, gebeugt wie Gaffer Hexam bei der gleichen Aufgabe, doch im Gegensatz zu ihm widerwillig, zurückweichend und voller Angst, die entsetzliche Beute zu finden. Stücke von Zweigen und Schnüre schwarzer

Wasserpflanzen tauchten wie Erscheinungen vor meinen Augen auf, und Blasen, von den Ruderschlägen verursacht, zitterten, als wären es durch Fieber hervorgerufene unwirkliche Bilder, die zerplatzten, ehe ich sie erfassen konnte.

Plötzlich sah ich eine Hand etwa fünfzehn Zentimeter unter der Wasseroberfläche. Eine Kinderhand. Ich griff nach unten, bis die Bootskante sich durch meinen Regenmantel und mein Kleid drückte und mir schmerzhaft den Brustkorb quetschte. O Gott, laß das nicht zu! Gott, steh mir bei! Ich glaube, ich sprach das laut aus. Wieder streckte ich mich nach unten. Robert war neben mir. Mit seinem Gewicht drückte er das Boot nach unten, und ich fing die Hand, die mir aber gleich wieder entglitt. Ich schrie laut und beugte mich so tief hinab, bis es mir vor Anstrengung Brust und Herz fast auseinanderriß. Da kam es hoch, eine Hand und ein Arm, und lag auf dem Boden des Boots, wo ich es voll Entsetzen hingeworfen hatte. Ich sah es mir an. Es war ein Stück weißes Plastikrohr, drei oder vier Zentimeter im Durchmesser, dessen eines Ende ausgefranst war und wie Finger aussah.

Ein paar Minuten saßen wir still und ließen uns vom Wind umkreisen. Ich weinte. Ich weiß nicht, was Robert tat. Für das, was jetzt in uns passierte, reichte unsere Liebe nicht aus. Jeder von uns war allein mit dem Schrecken und der Erleichterung. Dann spürte ich, wie das Boot sich in eine andere Richtung bewegte, und wußte, daß Robert ans Ufer ruderte. Das Boot stieß am Ufer an, und ich hob den Kopf. Robert sprang an Land und streckte mir dann die Hand entgegen. Gleich darauf lag ich in seinen Armen. Wir waren zu erschöpft, zu aufgewühlt, um uns zu küssen. Der von Angst und Schuld angetriebene Kampf auf dem Wasser hatte das Verlangen getötet. Ich wußte, daß die Leidenschaft von jetzt an im Absterben begriffen war, als wäre sie ein Feuer, auf das man Erde wirft, um es zu ersticken.

Ham rannte vor uns her, als wir zurück zum Haus gingen. Das Telefon läutete. Ich war als erste dran.

»Hallo?« Ich war überrascht, meine eigene Stimme zu hören.

»Ich bin's, Min. Hallo? Diana? Bist du noch dran?«

»Min! Ja!« Ich machte eine Pause. »Ist Ellie bei dir?«

»Ja, Was ist los? Du hörst dich seltsam an.« Eine Pause. Dann in schärferem Ton: »Ist Robert weg?«

»Ja.«

Robert und ich sahen einander im Dunkel der Halle an.

»Wo bist du?« fragte ich.

»Ich bin bei Mrs. Butter. Hat William denn keine Nachricht hinterlassen?«

»Doch. Aber er hat nichts von dir geschrieben. Er wollte nur nach dem Abendessen bei Vivien abgeholt werden.«

»Typisch. Nun, ich hoffe, du hast dir keine Sorgen gemacht. Mrs. Butters Hausarzt hat angerufen und gefragt, ob jemand kommen und bei ihr bleiben kann. Sie hat eine Art Nervenzusammenbruch gehabt. Ihre Nachbarin hat sie gefunden und den Arzt angerufen. Aber die Nachbarin konnte nicht bleiben, und Mrs. Butter hat nach dir gefragt. Ich konnte dich nirgends finden, deshalb dachte ich, daß besser ich zu ihr sollte. So wurde ich wenigstens die letzten Gäste los.«

»Aber der Land Rover ist doch hier.«

»Ich habe Lawrence dazu gebracht, mich zu fahren. Ich war ziemlich zu. Ich fand es besser, nicht zu fahren.«

»Verstehe.«

Mein Verstand wollte kaum arbeiten.

»Du klingst so komisch.« Verärgerung schwang in Mins Stimme mit.

»Entschuldige. Ich bin ein bißchen müde.«

»Kannst du kommen und Ellie abholen? Ich konnte sie nicht allein im Haus zurücklassen. Vivien war mit William bereits weg. Ellie scheint ganz durcheinander zu sein. Ich weiß aber nicht, warum.«

»Ich komme jetzt sofort. Sag mir, wie ich fahren muß.«

Nachdem ich aufgelegt hatte, gingen Robert und ich gemeinsam zum Wagen.

»Ich fahre jetzt wohl besser«, sagte er. »Ich bin ohnehin schon zu spät dran.«

»Ja. Auf Wiedersehen.«

»Auf Wiedersehen, mein Schatz.«

Er zögerte, küßte mich aber dann. Er stieg ins Auto, und ich sah ihm nach, wie er wegfuhr.

Jetzt merkte ich, daß der Regen nachgelassen hatte und es nur noch hin und wieder etwas nieselte. Ich ging nach oben, zog trockene Sachen an, rieb mein Haar mit dem Handtuch trocken und startete fünf Minuten später den Land Rover. Mrs. Butters Bungalow war leicht zu finden. Sie saß steif wie eine Puppe in einem Stuhl, und ihr Mund bewegte sich unentwegt im Selbstgespräch. Min schien erleichtert zu sein, daß ich kam. Ich sagte ihr, sie solle Ellie mitnehmen und mit dem Land Rover nach Hause fahren. Ich würde bei Mrs. Butter bleiben. Min protestierte, aber ich bestand darauf. Ich wußte, daß Ellie es schrecklich finden würde, mit mir allein zu sein. Sie hatte mich nicht einmal angeblickt, und auf ihrem Gesicht lag ein Ausdruck mürrischen Grolls.

»Na gut, du wirst nicht lange hierbleiben müssen«, sagte Min, als sie aufstand und ihren Mantel anzog. »Die Gemeindeschwester kommt vorbei, und man hat auch Roly informiert.«

»Der wird ja eine schöne Hilfe sein«, sagte ich.

Dieses Gespräch hatte im Flüsterton stattgefunden, aber Mrs. Butter schnappte das Wort *Roly* auf.

»Kommt Roly? Hat man ihm Bescheid gesagt? Ich glaube nicht, daß er mir böse ist.«

Min und Ellie verabschiedeten sich und gingen. Mrs. Butter schien es nicht zu merken.

»Haben Sie Angst vor Roly?« fragte ich, weil ich mir vorstellte, er könnte ein brutaler Kerl sein, zudem gierig und gewissenlos.

»Nein! Nein, mein Täubchen! Aber er sagt mir immer, ich soll aufpassen, daß ich meine Tabletten nehme. Aber ich krieg doch so viel Moos, wenn ich sie verkaufe.«

»Verkaufen?«

Das verwirrte mich.

»An der Schule. An diese Freunde von William. Die verkaufen sie dann an die anderen Kinder als Purple Heart zum Aufputschen. Es sind natürlich keine. Ich wußte, daß sie den Kindern nicht schaden würden.«

»Sie haben also Ihre Tabletten an die Jungs von Williams Schule verkauft. Und haben offenbar selbst keine mehr eingenommen.«

»Eins muß ich ja sagen, obwohl sie so eine schreckliche Farbe haben, geht es mir mit diesen Tabletten besser als ohne sie. In den letzten Wochen ging es mir nicht besonders gut. Irgendwie unruhig und aufgeregt. Aber ich wollte das Geld für Roly haben.«

»Sie haben mir vor kurzem erzählt, daß er sechsunddreißig ist. Er kann doch jetzt sicher selbst für sich sorgen.«

Im vertraulichen Flüsterton sagte Mrs. Butter: »Er war als Junge immer so zart. Konnte bei Spielen nicht mitmachen. Seine Brust.«

Meine Vorstellung von Roly wechselte von einem großen schmierigen Drückeberger zu einer kleineren, schwächlicheren Ausgabe, eines Versagers.

»Mrs. Butter ...«

»Rosa. Sie können mich Rosa nennen, es ist ja außerhalb der Arbeitszeit.«

»Rosa. Sie dürfen den Jungs keine Tabletten mehr verkaufen. Ich bin sicher, daß Roly und der Doktor da ganz meiner Meinung sind. Sie brauchen die Tabletten. Und wenn sie den Kindern auch nicht besonders schaden, tun sie ihnen auch gewiß nicht gut. Einige Kinder könnten davon krank werden. Das wollen Sie doch nicht.«

»Nein, auf gar keinen Fall will ich das.« Sie schien wieder zu phantasieren, riß sich aber zusammen. »Kinder sind eine einzige Sorge. Und wenn ich diese Tabletten nicht nehme, werde ich fast verrückt vor lauter Sorge. Ich hätte erst gar nicht heiraten sollen. Aber ich wollte ehrbar sein. Mama sagte immer, *Rosa, mein Mädchen*, sagte sie, *wenn du ehrbar bleibst, kann dir nichts Schlimmes passieren.* Ich liebte meine Mama. Sie hatte sechs von uns und legte nie ihre Hände in den Schoß.«

Mrs. Butter erzählte, und ich ermunterte sie dazu, indem ich ihr Fragen über ihre Familie stellte. Ich war froh über diese Ablenkung. Als die Gemeindeschwester mit dem Tablettennachschub kam und die Nachbarin mitbrachte, die sich anbot, eine Weile zu bleiben, brach ich nur widerwillig auf. Die Gemeindeschwester nahm mich mit und brachte mich nach Weston Hall.

»Mit der Medizin wird sie gleich wieder auf die Beine kommen. Ich werde jeden Tag anrufen, um zu prüfen, ob sie sie auch nimmt, und der Arzt wird ihr auch noch einmal gut zureden. Sie hat mir gesagt, daß sie sie verkauft hat. Mir macht sie nicht den Eindruck, als wäre sie knapp bei Kasse.«

»Ist sie auch nicht. Aber sie schickt das Geld ihrem Sohn, der immer arbeitslos ist.«

Die Schwester gab einen Laut der Empörung von sich, indem sie ihre Zunge gegen die Zähne schnalzen ließ, sagte dann aber nichts mehr. Wie üblich war das Tor geschlossen, und so ging ich die Einfahrt zu Fuß hinauf. Ich erinnerte mich, wie ich den Weg mit Robert gegangen war. Ham kam angerannt, wedelte mit dem Schwanz und sprang an mir hoch, als hätte sie mich tagelang nicht gesehen. Ich war furchtbar müde. Ich hoffte, daß Ellie auf der Rückfahrt von Mrs. Butter nicht mit ihrer Mutter gesprochen hatte. Ich fühlte mich nicht stark genug, um mich zu verteidigen.

Ich betrat das Haus durch die Hintertür. Min lag schlafend auf Williams Sofa. Von den Kindern war nichts zu sehen. Ich betrachtete Mins Gesicht lange Zeit. Ich hatte vergessen, wie vertraut es mir war. Scheinbar hatte ich sie sowieso über meiner Liebe zu Robert vergessen. Ich griff nach der Decke, die auf der Lehne lag, um sie zuzudecken, aber sie schlug die Augen auf.

»Daze.« Wir sahen einander an. »Ich habe auf dich gewartet«, sagte sie schließlich. »Wir sollten miteinander reden.« Mein Herz schlug auf einmal schneller. Jetzt kam es ... das, was ich von dem Augenblick an befürchtet hatte, als mir klar wurde, daß ich Robert liebte. Min stand auf und streckte sich. »Ich könnte nur noch schlafen. Ich bin jetzt in dem Alter, wo ich sofort müde werde, wenn ich etwas trinke. Mein Gott, ich werde alt!«

»Ich mache uns Tee«, sagte ich, gestärkt durch diese Freundlichkeit.

Wir setzten uns an den Tisch. Min gähnte, streckte sich und kämmte sich mit den Fingern das Haar.

»Ich bekam gestern einen Anruf. Von meiner Lektorin. Sie ist begeistert über das, was ich zu Madame de Staël abgeliefert habe. Sie wollen, daß ich auch den Rest der Reihe mache.«

»Min! Das freut mich für dich! Du hast es verdient, du hast so hart gearbeitet. Ich hoffe, sie zahlen dir jede Menge Geld dafür. Warum hast du es mir nicht gesagt?«

»Ich habe es noch nicht einmal Robert gesagt. Ich wollte darüber nachdenken. Das Geld tut uns natürlich gut. Jessamy Foster, so heißt meine Lektorin, meint, ich müßte dazu einige der wichtigen Bibliotheken in Frankreich und in der Schweiz besuchen. Vor allem Paris und Genf. Ich habe ihr gesagt, daß ich meine Familie höchstens eine Woche alleinlassen kann. Anscheinend fand sie, daß wir hier im Mittelalter leben, wo doch die Frauen heutzutage einfach das tun, was für ihr Seelenheil wichtig ist. Wenn du natürlich kommen und dich hier um alle kümmern würdest, könnte ich fahren. Vielleicht für ein paar Monate.«

Sie sah mich über den Tisch hinweg an, ihre blauen Augen waren dunkel. Ich hätte nicht sagen können, was ihr durch den Kopf ging. Ich überlegte, wie es sein würde, ohne Min wochenlang auf Weston Hall zu sein. Natürlich würden Robert und ich uns lieben. Dem zu widerstehen wäre uns nicht möglich. Ein paar Sekunden lang stellte ich mir vor, in seinen Armen zu liegen. William und Ellie würden sich daran gewöhnen, uns als Paar zu sehen. Wenn Min zurückkäme, wäre die Veränderung all unserer Lebensumstände vollzogen, womöglich ziemlich schmerzlos. Es war eine perfekte Lösung. Robert und ich wären glücklich. Min hätte die Arbeit, die ihr so viel bedeutete. Und die Kinder ... mir fiel der Augenblick am See wieder ein, als ich befürchtete, daß meine Selbstsucht und Schwäche zu Ellies Tod geführt hatten. In meinem Gebet zu einem Gott, von dem ich nicht gewußt hatte, daß ich an ihn glaubte, hatte ich gefleht, es nicht wahr sein zu lassen. Und es war nicht wahr gewesen.

»Es tut mir wirklich leid, Min, aber ich kann es wirklich nicht machen. Ich muß leider die nächsten sechs Monate in Cambridge bleiben und mein Buch zu Ende schreiben.«

»Wirklich?«

»Wirklich.«

Zu meiner Verblüffung legte Min plötzlich ihren Kopf auf ihre Arme und schluchzte.

»Min, Liebes! Es tut mir so leid! Nun reg dich doch nicht so auf! Es findet sich immer ein Weg. Du könntest vielleicht wegen einer Haushälterin inserieren. Oder du könntest für kürzere Zeit fahren. Das würde auch etwas bringen. Vielleicht auch zwei kleinere Reisen?«

»Sei still, du Dummkopf!« sagte Min und hob ihr Gesicht, über das die Wimperntusche wie Tintentropfen lief. »Ich heule, weil ich so wahnsinnig erleichtert bin!«

»Das verstehe ich nicht.« Ich stand auf und holte aus meiner Manteltasche ein Taschentuch. »Da, nimm das. Es ist sauber.«

»Oh, um Himmels willen! Wir sind hier nicht alle so besessen davon, daß Dinge sauber sein müssen. Blöde Wimperntusche! Ich trage sie so selten, daß ich es immer vergesse, wenn ich welche drauf habe. Sehe ich lächerlich aus?«

»Spuck drauf!« sagte ich und hielt das Taschentuch unter den Mund. Sie spuckte brav, und ich wischte ihr das Gesicht ab.

»Du bist einfach nur eine verhinderte Mutter, nicht wahr?« sagte Min lachend. »Du willst die ganzen Männer eigentlich gar nicht. Es sind die Babies, die du willst.«

»Hast du getrunken?« fragte ich ganz vorsichtig, weil ich nicht verstehen konnte, was an dieser Bemerkung Min veranlaßte, gleichzeitig zu lachen und zu weinen.

»Nein, das habe ich nicht, aber ich werde es tun. Mach eine Flasche auf.«

Das tat ich, und als Min ein oder zwei Schluck getrunken hatte, sagte sie: »Ich wollte mich nur großmütig zeigen, weißt du. Aus dem Weg gehen, damit du und Robert miteinander glücklich sein und euch wie verrückt vögeln könntet.«

Jedes Haar meines Körpers stand aufrecht, und ein Prickeln lief wie Schauer über meine Haut. Mit zitternder Hand hob ich mein Glas an die Lippen und trank einen Schluck.

»Was hat Ellie dir gesagt?«

»Ellie? Was hat denn Ellie damit zu tun?«

»Sie ... ach, nichts. Ich weiß nicht, wovon ich rede ... ich bin so müde.«

»Wenn du damit fragen willst, ob Ellie mir erzählt hat, daß

du und Robert verliebt ineinander seid ... nein, das hat sie nicht. Weiß sie es denn?«

»Ja.« Ich dachte, daß jetzt Ehrlichkeit angezeigt war. »Sie hat zugehört, wie wir sagten ... daß wir nicht ...«

Ich konnte den Satz nicht beenden.

»Ellie brauchte mir gar nichts zu sagen. Ich wußte es seit Wochen. Seit dem Tag, als ich Vivien dazu erpreßte, Williams Schulgeld zu zahlen. Erinnerst du dich? Ich sagte zum Scherz, daß eine Trennung von fünfzehn Jahren möglicherweise gerechtfertigt wäre, wenn du und Robert euch ineinander verlieben würdet. Etwas derart Dummes. Ich war ziemlich betrunken. Du mußt dich daran erinnern!«

»Dunkel.«

»Der Ausdruck auf euren Gesichtern reichte schon. Ihr saht beide so traurig und so erschrocken aus ... so schuldbewußt, daß ich sofort wußte, was passiert war. Ich hatte panische Angst. Ich kam hierher, um mir Zigaretten oder so zu holen, und mir war übel.«

»O Min, ich ...«

Ich streckte meine Hand aus, aber sie lehnte sich in ihrem Stuhl zurück und nahm einen Schluck Champagner.

»Mir war schlecht vor Angst. Plötzlich gehörte Robert nicht mehr zu mir. Ich dachte, ich könnte ohne ihn nicht überleben. Aber ich sagte mir, daß ich jetzt nicht durchdrehen durfte. Ich brauchte Zeit zum Nachdenken. Deshalb ging ich zurück ins Wohnzimmer und tat so, als hätte ich nichts gemerkt. Und ich tat weiter so als ob. Es war recht leicht. Als ich es einmal wußte, sah ich, wie vernarrt ihr beide ineinander wart, ihr träumtet nur noch, wart in eure Gedanken verstrickt und für die Welt verloren.«

»Das war mir gar nicht klar«, sagte ich schleppend. »Aber wahrscheinlich stimmt es.«

»Natürlich stimmt es. Ich habe eine Studie darüber angestellt. Ich bin jetzt eine Autorität, was das Zusammenleben mit zwei Menschen angeht, die sich wahnsinnig lieben, aber aus Gründen, die zweifellos höchst lobenswert sind, sich nicht erlauben, ihre Liebe körperlich umzusetzen. Ihr konntet einander nicht die Butterschale reichen, ohne in eine Phantasie des Verlangens einzutauchen. Ich sah alles. Ich sah, wie ihr den Garten zu eurer Ersatzbefriedigung machtet. Es klingt verrückt, aber genau das war es. Ich war wie gelähmt vor Eifersucht und Ungewißheit, aber wie meistens, wenn man leidet, schärfte dies meine Wahrnehmungen. Der Garten war eine Art Liebesakt, wie das auch eure Loyalität mir gegenüber war. Ihr versagtet euch das, was ihr am meisten begehrtet, und weil dies aus demselben Grund geschah – um mich nicht zu verletzen – verliebtet ihr euch nur um so mehr. Habe ich recht, wenn ich davon ausgehe, daß ihr noch nicht wirklich ...«

»Nein! Nein, haben wir nicht.« Ich war geradezu versessen darauf, es ihr zu bestätigen.

»Nun, es würde fast nichts ändern, wenn ihr es getan hättet. Ich meine, was ist so schrecklich an der Reibung zweier Körper, wenn der Liebesakt sowieso schon auf jede andere Art und Weise vollzogen wurde, in der Vorstellung und in jeder einzelnen Handlung zwischen euch beiden. Das Eingeständnis der Liebe, vielleicht sogar die bloße Erkenntnis, ist der Betrug.«

»Genau das habe ich mir heute auch gedacht. Obwohl ich mich an die Idee geklammert habe, daß ich mich anständig verhalte, wenn wir nicht miteinander ins Bett gehen, wußte ich, daß es eine Lüge war.«

»Tja, gut zu wissen, daß wir in dieselbe Richtung denken.«

Die Erbitterung in Mins Stimme ließ mich zusammenschrumpfen, aber ich sagte mir, daß ich jeden Tropfen Bitterkeit verdient hatte.

»Es tut mir ..«

»Sag mir bloß nicht, daß es dir leid tut! Das könnte ich nicht ertragen! Weil ich wußte, daß es dir leid tat, empfand ich die Situation noch demütigender und fühlte mich noch zusätzlich ausgeschlossen. Die Eifersucht zehrte an mir, aber diesmal dachte ich, sie würde mich auffressen. Diana. So schön, so verletzbar ...«

»Verletzbar?«

Ohne genau zu wisssen, weshalb, fühlte ich mich angegriffen.

»Du magst dich auskennen, wie man Blätterteig macht, aber du weißt nichts über dich. Natürlich ist es diese Kombination aus stolzer Schönheit und pathetischer Verletzbarkeit, die dich den Sieg davontragen läßt. Das sehe selbst ich. Und sogar ich finde es anrührend.«

»O Min! Du haßt mich. Ich kann dir keinen Vorwurf daraus machen.«

»Laß mich ausreden. Mir riß es das Herz entzwei vor Eifersucht. Ich konnte deswegen nachts nicht schlafen. Die Arbeit war meine einzige Zuflucht. Ich arbeitete, bis der Kopf leer war, um meinem Elend zu entfliehen. Aber ich erinnerte mich an das letzte Mal. Ich meine den Streit wegen Hugh. Diese Eifersucht, wegen der ich mich so geschämt habe, wegen der mir vor mir selbst übel wurde, die so selbstzerstörerisch war. Ich war entschlossen, es nicht wieder so weit kommen zu lassen. Und so setzte ich meinen Verstand ein. Ich wußte, daß du, daß keiner von euch, das gewollt hatte.«

»Aber nein ..«

»Ist gut. Laß mich das zu Ende führen. Und ich wußte – wirklich –, daß darin keine Feindseligkeit ... gegen mich lag. Daß ihr die besten Freunde seid, die ich habe. Und daß du dir aus Liebe zu mir das versagtest, was du dir auf der Welt am meisten wünschtest.« Ich verlangte danach, dies zu bestätigen, sie meiner unveränderten Zuneigung zu versichern, aber Min wollte reden, und wenigstens das mußte ich sie tun lassen. »Ich wußte das, denn vor fünf Jahren habe ich mich selbst einmal verliebt. Er unterrichtete Englisch an Roberts Schule. Ich war verrückt nach ihm. Wenn ich mit Robert schlief, stellte ich mir immer vor, es wäre David. Er bedrängte mich, mit ihm ins Bett zu gehen. Ich sagte, ich könnte nicht. Aber jedesmal, wenn ich ihn sah, fühlte ich mich schwach werden. Und gerade dann, als ich beschlossen hatte, daß alles andere zum Teufel gehen konnte, kniff er. Seine Frau hatte Verdacht geschöpft. Er hatte Angst vor ihr. Ich war gleichzeitig wütend und erleichtert. Es zählte nicht. Ich kam darüber hinweg. Aber ich weiß, daß das, was ich für David empfand, nichts mit Robert zu tun hatte, und daß es durchaus möglich ist, zwei Menschen gleichzeitig zu lieben. Oder wahrscheinlich auch sechs oder sieben.«

»Ja, das ist sicher richtig.«

»Nun, als ich einmal so weit war, wenn es auch noch immer weh tat, als würden einem die Zähne gezogen, dachte ich, ich könnte damit klarkommen, daß du und Robert einander liebtet. Und ich sah, daß ihr sehr gut zueinander paßtet. Ihr seid euch in vieler Hinsicht sehr ähnlich. Und so glaubte ich, meiner Selbstachtung einen Gefallen zu tun, indem ich aus dem Weg ging. Es ist nicht sehr lustig, das fünfte Rad am Wagen zu sein. Jessamys Vorschlag, ins Ausland zu gehen, kam mir da wie ein Geschenk des Himmels vor. Aber hättest du eingewilligt, dann glaube ich, hätte ich dich mit dem Brotmesser erstochen. Es macht einem eben etwas aus, wenn der eigene Ehemann eine andere liebt.«

»Wenn ich ja gesagt hätte, dann hättest du mich tatsächlich mit dem Brotmesser erstechen sollen. Aber zwischen Robert und mir wird nichts passieren. Ich liebe ihn. Das war keine Geschichte, die auf Müßiggang oder kapriziöser Eitelkeit beruht. Aber – ich glaube nicht, daß du mir das glaubst – du bist mir genauso wichtig. Du bist ein so bedeutsamer Teil meines Lebens. Der Gedanke, alles wieder kaputtgemacht zu haben, ist nicht auszuhalten. Selbst wenn keine Chance besteht, daß du mir jemals verzeihen kannst, muß ich es doch versuchen.« Ich machte eine kleine Pause. »Ich habe jetzt schon Ehrfurcht vor dem, was du getan hast. Ich hätte mich nie zu solchen Höhen aufschwingen können.«

»Na, ich glaube eigentlich schon, daß wir beide da ganz gut wieder rauskommen«, meinte Min. »Es ist uns gelungen, die Rudimente vernünftigen Verhaltens zu wahren. Das spricht vielleicht doch ein wenig für die Erziehung.«

»Oder vielleicht auch für Alter und Erfahrung.« Ich leerte mein Glas und schenkte mir Champagner nach. » Es wird lange Zeit dauern, das weiß ich, bevor wir einander wieder unter die Augen treten können. Aber meinst du, du könntest mir vielleicht ... eines Tages verzeihen?«

»Oh, jetzt trink noch ein Glas Champagner und schau nicht so jämmerlich! Ja, ich weiß nicht warum, aber ich kann es. Ich verzeihe dir. Du bist immer noch die beste Freundin, die ich je hatte. Ich wünschte mir nur, du wärst nicht so ein Blindgänger, was Männer angeht.«

Ich lachte, da ich wußte, daß Min das von mir erwartete, doch ich hätte ebenso gut heulen können.

»Ich auch. Ich mag nicht mehr alleine sein. Es hat mir gefallen, aber jetzt nicht mehr. Ich fürchte mich davor, nach Cambridge zurückzukehren. Ich muß umziehen. Vielleicht zurück nach Oxford gehen.«

»Tja«, sagte Min bedächtig, als müßte man ihr auf die Sprünge helfen, doch es war nur reine Freundlichkeit, »ich nehme an, du wirst morgen ... ?«

»O ja«, sagte ich, bevor sie ausreden konnte. »Das muß ich. Keine Sorge. Ich werde alle alten Kontakte wieder aufnehmen. Es ist ja nicht so, daß ich niemanden kenne.«

»Ich weiß, was es ist«, sagte Min. »Montaigne sagte über seinen Freund Etienne de la Boétie ... *sie l'on me presse de dire pourquoi je l'aimais, je sens que cela ne se peut exprimer qu'en répondant, parce que c'etait lui; parce que c'etait moi.* Liebe – einschließlich der Freundschaft – ist unbeabsichtigt, irrational, spontan. Man kann sie nicht analysieren.«

»Ich glaube, was Freundschaft so kostbar macht, ist der ihr innewohnende, unbeeinflußbare Instinkt. Wie oft habe ich mich um Freundschaft bemüht und sie nicht bekommen. Und doch verfügte der Kandidat oder die Kandidatin über jegliche Qualifikation. Aber es war nicht genug.«

»Und deshalb sollten wir all diese Jahre nicht für etwas wegschmeißen, was keiner von uns beabsichtigt hat und wofür keiner etwas konnte.«

»Glaubst du wirklich, daß wir weiterhin Freundinnen sein können? Natürlich kann es nicht wieder so sein wie früher ... da du mir zwangsläufig mißtrauen mußt.«

»Ich wüßte nicht, warum. Du hast mit Robert nicht geschlafen, obwohl du das hättest tun können. Ich muß dir vertrauen, vielleicht mehr als jeder anderen Frau, die ich kenne.«

Mir kam Florence Dombay, der Sprengwagen, in den Sinn, und ich riß mich zusammen.

»Mein Gott, bin ich erschöpft!« sagte ich.

»Ich auch. Wir sollten zu Bett gehen.«

»Wo sind die Kinder?«

»William hat, kurz bevor du zurückkamst, angerufen. Er

übernachtet bei Vivien. Ellie habe ich ins Bett geschickt. Sie war völlig übermüdet.«

Ich sagte nichts. Ich würde versuchen, mit Ellie wieder ins Reine zu kommen, bevor ich abreiste. Der Schmerz des Abschieds, der Trennung bedrohte mich in allen Träumen dieser Nacht.

Kapitel 27

Ich packte meine Sachen vor dem Frühstück. Ham beobachtete dies mit der Mutlosigkeit, die alle domestizierten Katzen und Hunde überkommt, wenn sie Koffer sehen. Ich trug mein Gepäck nach unten und ließ es in der Eingangshalle stehen. Ich machte Porridge und briet ein paar Pilze mit Frühstücksspeck. Selbst bekam ich nichts hinunter. Mir war übel vor Kummer, Weston Hall verlassen zu müssen.

»Das riecht aber gut«, sagte Min, wie sie das immer tat, wenn sie hereinkam. »Mein Gott, wie werde ich meine Köchin vermissen!«

Dann kam sie zu mir, legte ihre Hand auf meine Schulter und drückte ihr Gesicht kurz gegen meines. Als ich mich mit dem Porridgetopf umdrehte, war Ellie da, blieb aber auf der Schwelle stehen. Sie warf einen ängstlichen Blick auf ihre Mutter und dann auf mich.

»Ellie.« Ich entschied mich dafür, Offenheit zu wagen. »Deine Mutter und ich haben uns lange unterhalten. Sie weiß über alles Bescheid.«

Ellie setzte sich an den Tisch, starrte erschrocken auf Min und dann auf ihren Porridge, den ich ihr gerade hingestellt hatte.

»Es gibt keinen Grund zur Sorge«, fuhr ich fort. »Ich reise heute ab und werde eine ganze Zeit nicht wiederkommen.«

Ellie blickte mich an, als verstünde sie nicht.

»Du hast die Verantwortung für Booty und Tabitha, doch ich denke, daß Mami und Papa dir helfen werden.«

»Das werde ich«, sagte Min. »Du mußt uns nur daran erinnern, mein Schatz.«

Ellie legte den Kopf auf ihre Arme und brach in lautes, herzzerreißendes Weinen aus.

»Dann geht Papa also nicht weg? Ich dachte, er ginge.«

»Nein, Liebes.« Min legte ihren Arm um Ellie. »Papa bleibt bei uns.«

»Es tut mir so leid, daß ich dir weh getan habe«, sagte ich.

Ellie drückte noch immer ihr Gesicht auf die Arme. Das Telefon läutete. Ich ging dran. Es war Vivien.

»Hallo, Dahlia. William sagt, Sie reisen heute ab. Um wieviel Uhr?«

»Das weiß ich nicht. Ich muß erst noch am Bahnhof anrufen.«

»Ich werde zum Mittagessen kommen. Sie können einen Nachmittagszug nehmen. Ich möchte mich gerne verabschieden. Hört sich nach *Verlorenem Paradies* an, stimmt's?«

»Jetzt sind Sie aber boshaft, Vivien.«

Nein wirklich, dachte ich, sie trifft doch immer den Nagel auf den Kopf.

»Hasenfuß, eh?«

»Soll das ein Essenswunsch sein?«

Vivien lachte entzückt.

»Ich werde Sie sehr vermissen, Dahlia. Sie sind ein Mädchen nach meinem Geschmack. Wenn Sie nur nicht ganz so tugendhaft wären.«

»Danke. Sie werden mir auch fehlen.«

»Armes Schätzchen! Sie werden sich hoffentlich nicht vor Gram verzehren. Soll ich zu Ihnen kommen und Sie mit köstlichen Details über Robert versorgen?«

»Darüber würde ich mich sehr freuen.«

»In Ordnung. Wir sehen uns gegen zwölf. Nichts allzu Fettes. Ich mache eine Diät.«

Es war stumm in der Leitung. Ich ging zurück in die Küche.

»Vivien kommt zum Mittagessen. Wir sollten uns jetzt um

den Abwasch kümmern. Ich werde einen Tomatenkuchen machen.«

»Ich fange mit den Gläsern an. Arme Vivien. Sie weiß, daß das ihr letztes anständiges Essen hier sein wird.«

Das fanden wir aus irgendeinem Grund beide komisch, und wir kicherten wie dumme Hühner. Ich bereitete einen Teig vor und ließ zwei Dosen Tomaten mit Zwiebeln und Knoblauch und einem Spritzer Rotwein einkochen. Dann rührte ich zwei Eier und klein geschnittenen Rosmarin darunter. Ich füllte den Teig mit dieser Mischung und legte ein Gitter aus Anchovis darüber.

»Das sah ganz einfach aus. Das sollte ich doch auch hinkriegen«, meinte Min, die mir zugeguckt hatte, während sie die Gläser spülte und trocknete.

»Natürlich kannst du das. Ich werde dir meine Kochbücher dalassen. Ich hoffe nur, daß mit Ellie alles in Ordnung ist.«

»Wir haben uns ein bißchen unterhalten. Ich habe ihr alles erklärt, so weit ich es konnte. Aber sie ist wirklich noch zu jung, um das zu verstehen. Diese Gläser scheinen sich schneller zu vermehren, als ich sie abspülen kann. Wenn doch nur Mrs. Butter hier wäre.«

»Guten Morgen, meine Damen«, sagte Mrs. Butter, die wie von Zauberhand herbeigerufen schnell und unerwartet die Küche betrat.

»Rosa! Ich meine ... Mrs. Butter. Fühlen Sie sich so gut, daß Sie heute kommen können? Sollten Sie sich nicht lieber ausruhen?«

»Ich habe gesagt, daß ich komme und nach dem Fest ein paar Stunden beim Aufräumen helfe. Ich fühle mich pudelwohl. Lach und werde dick, sage ich immer.«

Sie sah dünner aus als Hams Sammlung von Lieblingsstöcken, aber ihr Haar war wie durch ein Wunder wieder erblondet, und sie war recht anständig angezogen. Sie legte Mins Geschirrtuch weg und holte ein frisches.

»Sie waschen ab, meine Liebe, und ich werde abtrocknen. Gläser müssen nämlich richtig gerieben werden ... nicht nur so getupft, wie ich das bei Ihnen sehe.«

Mit Mrs. Butters Hilfe gelang es uns, bis viertel vor zwölf

den Abwasch erledigt zu haben. Während sie den Boden wischte, deckte Min den Tisch, und ich machte einen Salat aus den Sachen, die von der gestrigen Party übriggeblieben waren. Als ich den Kuchen aus dem Backrohr nahm, kamen Vivien und William. Vivien blickte hungrig auf das Essen.

»Ich möchte mich nicht lange mit einem Aperitif aufhalten, Minerva. Wir werden doch jetzt gleich essen, oder?«

»Aber Vivien, es ist doch erst zwölf Uhr«, protestierte Min.

Die Glocke der Hintertür klingelte.

»Das wird Roly sein«, sagte Mrs. Butter. »Er kommt, um mich nach Hause zu fahren. Er kommt zu früh. Er soll lieber hereinkommen und hier warten, bis ich fertig bin, wenn das geht.«

Ich ging, um ihn hereinzulassen, gefolgt von Ham, die sich in sinnloser Raserei gegen die Türe warf und bellte. Mit einer Hand an ihrem Halsband gelang es mir, die Tür zu öffnen. Erwartet hatte ich einen Mann, der entweder kurz geschoren war und ein T-Shirt mit einem witzigen Slogan trug oder in einem Anzug mit sehr breiten Streifen steckte und angeklatschte Haare hatte. Sein tatsächliches Aussehen überraschte mich so sehr, daß ich Ham losließ.

»Sei still! Leg dich hin!« sagte Roly bestimmt und mit sehr feiner Stimme.

Sofort wedelte Ham mit dem Schwanz und versuchte sich mit Jaulen und Sabbern einzuschmeicheln. Mir war auch nach Sabbern zumute. Roly trug Tweed und war gut und elegant beschuht, sein glattes, dunkelbraunes Haar fiel seitlich über eine hohe Stirn, und seine blauen Augen waren intelligent und freundlich.

»Mrs. Weston? Ich komme, um meine Mutter abzuholen.«

»Nein. Ich bin Diana Fairfax. Ich wohne bei Min ... bei Mrs. Weston ... das heißt ... ich reise heute ab ... kommen Sie doch rein.«

Er war so höflich, meine Verwirrung zu ignorieren, und folgte mir in die Küche.

»Vivien, das ist Roland Butter ... Mrs. Weston senior ...«

»Nein, eigentlich heiße ich Roland Milne. Stanley Butter war mein Stiefvater. Glücklicherweise«, fügte er hinzu und sah dabei Min an, deren Augen vor Erstaunen ganz rund wurden. »Das wäre sonst ein lächerlicher Name. Meine Freunde nennen mich Rollo.«

»Da bist du ja, mein Süßer«, sagte Mrs. Butter, die mit dem Mantel bekleidet hereinkam. Sie strahlte voller Bewunderung zu ihm auf, und er beugte sich herab, um sie in den Arm zu nehmen.

»Es war sehr freundlich von Ihnen, daß Sie vergangene Nacht bei meiner Mutter geblieben sind. Ich bin Ihnen sehr dankbar, daß Sie sich um sie kümmern.«

Min nickte, noch immer zu geschockt, um sprechen zu können. Es war, als hätte der Königssohn behauptet, mit Mutter Gans verwandt zu sein.

»Bedauerlicherweise«, fuhr Rollo fort, »kann ich nicht bleiben und darauf aufpassen, daß sie ihre Tabletten nimmt. Aber die Gemeindeschwester wird jeden Tag bei ihr anrufen. Ich bin übrigens froh, daß sie die Arbeit hier hat.«

»Ihre Mutter ist wunderbar. Ohne sie käme ich, offen gestanden, nicht zurecht«, sagte Min, die sich wieder gefangen hatte.

»Kämen Sie auch nicht, meine Liebe, und das ist die Wahrheit. Mrs. Weston ist wie du, Roly. Den Kopf im Buch, das Leben ein einziges Durcheinander.«

Rollo sah Min belustigt an, widersprach seiner Mutter aber nicht.

»Bleiben Sie zum Mittagessen?« sagte Vivien zu Rollo, den sie wohlwollend in Augenschein genommen hatte. »Ich bin sehr hungrig, und ich würde gerne mit meinem letzten eßbaren Mahl auf Weston Hall beginnen.« Sie seufzte theatralisch, und Rollo warf ihr einen überraschten Blick zu. »Diana fährt heute nachmittag nämlich zurück nach Cambridge, und dann liegt das Kochen wieder in Mins Händen. Wenn man das überhaupt Kochen nennen kann. C'est effroyable !«

»Ja, bleibt doch beide«, schlug Min vor.

Rollo dachte über den Vorschlag nach.

»Nein, tut mir leid. Ich würde gerne, aber ich muß heute abend selbst in Cambridge sein. Haben Sie einen Wagen?« wandte er sich an mich. »Oder kann ich Sie mitnehmen?«

»Sie fahren nach Cambridge? Oh, das ist aber ein erstaunlicher Zufall!« sagte Min.

Rollo sah mich an.

»Wirklich?« murmelte ich. »Meine Güte, das wäre ja wunderbar! Ich hatte schon Angst vor der Zugfahrt. Das häufige Umsteigen, und so viel Gepäck! Haben Sie denn Platz für ein paar Koffer? Ach, ich hatte ganz vergessen, da ist ja auch noch Freddie!«

»Nun, der kann auch mitkommen, wenn seine Beine nicht zu lang sind. Er muß sich hinten ein bißchen zusammenquetschen.«

»Er ist ein Katerchen. Seine Beine sind im Augenblick erst fünf Zentimeter lang. Haben Sie wirklich nichts gegen Katzen?«

»Nicht das geringste. Aber würde es Ihnen etwas ausmachen, mehr oder weniger sofort aufzubrechen? Wir können meine Mutter absetzen und dann unterwegs eine Kleinigkeit essen. Ich muß unterwegs einen kurzen Besuch machen.«

»Das macht mir nichts aus. Ich bin fertig. Ich hole mein Gepäck. Freddies Körbchen steht in der Halle. Hat jemand meinen Mantel gesehen?«

»Ihr beide seht zu, daß ihr loskommt«, sagte Min. »Ich bringe Mrs. Butter nach Hause. Das dauert bloß fünf Minuten, und Vivien tut es nur gut, wenn sie noch ein bißchen Appetit entwickelt.«

Ich ging nach draußen, um Freddie zu holen. Es gefiel ihm natürlich ganz und gar nicht im Korb, und er maunzte streitlustig. Vor der Eingangstür lud Rollo meine Koffer in den Kofferraum eines glänzenden dunkelblauen Jensen. Hatte er sich den etwa von den hart verdienten Ersparnissen seiner Mutter gekauft, überlegte ich mißbilligend. Meine Koffer, der von Freddies kampflustigen Protesten erschütterte Katzenkorb und das Katzenklo (das mir mehr als peinlich war) füllten jeden zur Verfügung stehenden Platz, der nicht von Rollos eigenem Gepäck belegt war.

»Ich hoffe nur, es tut Ihnen nicht noch leid, mich als Mitfahrerin zu haben«, sagte ich, als ich ein wenig bestürzt die schon genannten Gegenstände betrachtete, wozu noch eine Flasche Milch, Katzengeschirr und ein Teller mit gekochtem Fleisch in der Folie gehörten.

»Ich bin mir ganz sicher, daß das nicht der Fall sein wird«, sagte Rollo und öffnete mir die Beifahrertür.

Min, Vivien, Mrs. Butter und William standen an der Auffahrt, um sich zu verabschieden. Ich war schrecklich traurig, daß Ellie nicht da war. Vivien umarmte mich und sagte, sie würde mich bald besuchen, da es hier, ohne die skandalösen Intrigen, die ich scheinbar im Schlepptau führte, furchtbar langweilig werden würde. Das war für Rollo gedacht, aber der bückte sich und montierte an den Scheibenwischern herum und schien nichts gehört zu haben. William sagte, er würde mir eine Zeichnung vom Garten schicken, sobald dieser etwas zu bieten habe. Mrs. Butter schüttelte mir die Hand und gab Rollo einen innigen Kuß. Min umarmte mich stürmisch. Keine von uns brachte ein Wort heraus. Ich stieg in den Wagen, und wir fuhren ab; Freddie bearbeitete die Tür seines Käfigs mit wütenden Pfotenhieben, und Ham rannte bellend hinter uns her.

Wir fuhren eine Zeitlang schweigend. Dann meinte Rollo: »Darf ich Ihnen mein Taschentuch leihen?«

»Danke. Ich habe meine dummerweise alle weggepackt.« Nachdem ich einige Zeit herumgetupft hatte, sagte ich: »Ich komme mir wir eine absolute Närrin vor.«

»*Heiß rollt ihr die Trän' und erweicht das Gestein* ... das ist aus Othello, glaube ich.«

»Ja.«

Dieser Mann war wirklich voller Überraschungen. Die Ungleichheit zwischen ihm und dem Bild, das seine Mutter von ihm gezeichnet hatte, war mir ein Rätsel. Plötzlich sagte ich: »Ich habe diesen Namen schon einmal gehört. Roland Milne. Sie haben nicht zufällig dieses hervorragende Buch über Spenser geschrieben?«

»Doch. Wenn Sie es gut finden, fühle ich mich geschmeichelt.«

»Ich kann es kaum glauben! Dann waren Sie also der Vortragende, der die Grippe hatte. Weil Ihre Lesung abgesagt wurde, ging ich zum Ehemaligentreffen von St. Hilary's und traf dort Min!«

»Ja ... im Januar habe ich ein paar Lesungen absagen müssen.«

Ich schwieg ein paar Minuten und nahm das in mich auf. Dann sagte ich: »Aber wenn Sie Dozent sind, warum sind Sie dann immer ... ach du liebe Güte, wie unverschämt von mir. Das geht mich ja wirklich nichts an.«

Wahrscheinlich mußte er für eine Frau und zehn Kinder sorgen. Obwohl Mrs. Butter nie erwähnt hatte, daß er verheiratet war.

»Warum bin ich was?«

»Na gut, sehen Sie das bitte nicht als Vorwurf. Aber Ihre Mutter macht sich ständig Sorgen um Ihre ... Finanzlage.«

Rollo seufzte. »Für sie ist das, was ich tue, keine anständige Arbeit. Mein Vater war so etwas wie ein Büchernarr ... ein reines Hobby. Er hat keinen einzigen Tag gearbeitet, sondern von seinem Vermögen gelebt. Er hat immer mehr Land verkauft, um für den Unterhalt seiner Pferde, seines Weinkellers und seiner Bibliothek Geld zu haben, und als er starb, mußte alles verkauft werden, um die Schulden zu bezahlen. Der Schock, Schulden zu haben, hätte meine Mutter beinahe ins Grab gebracht. In ihrer Erziehung war Ehrbarkeit alles gewesen. Sie bekam einen Nervenzusammenbruch und hatte im wahrsten Sinne des Wortes keine Haare mehr auf dem Kopf. Alopezie. Es war das Ende einer sehr unglücklichen Ehe voller Irrtümer. Es wurde genug gerettet, um Mutter ein angenehmes Leben zu sichern. Und nachdem sie Stanley Butter geheiratet hatte, war sowieso mehr als genug da. Aber sie kam nicht darüber hinweg. Bücher hat sie immer als ein Werkzeug des Teufels angesehen.«

»Arme Mrs. Butter. Und sie arbeitet so hart, um Geld für Sie zu verdienen.«

»Das ich ihr sofort auf ihr Konto überweise. Sie bekommt das gar nicht mit. Zahlen begreift sie nicht. Auch bevor sie krank wurde, konnte sie nie etwas zusammenzählen. Sie ging mit dreizehn von der Schule ab und in Stellung. Mein Vater war ein Sohn aus reichem Hause. Mein Großvater war im Ersten Weltkrieg umgekommen. Mit siebzehn hatte es meine Mutter vom Küchenmädchen zur Zofe meiner Großmutter gebracht und war unheimlich hübsch, und mein Vater kam gerade aus Oxford zurück. Er verliebte sich wahnsinnig in sie. Ich habe Fotos von ihr gesehen. Wirklich hinreißend. Langweile ich Sie?«

»Ich langweile mich wie eine Frau, die ihren Fuß in der Eisenbahnschwelle stecken hat und den Expreßzug auf sich zurasen sieht.«

Rollo lachte. Ich bewunderte sein blau-weiß gestreiftes Hemd. Er war das, was Min einen tollen Typen nennen würde.

»Mein Vater versuchte, sie zu verführen, aber sie war standhaft. Es gab nur Heirat oder nichts. Er war ein stürmischer, aber auch starrsinniger Mann. Und so heiratete er sie. Meine Großmutter starb vor Entsetzen. Mein Vater erbte das Vermögen und erwartete von Mutter, daß sie es verwaltete. Dazu besaß sie weder die Ausbildung noch die Erfahrung. Sie können sich vorstellen, wie schwer sie es hatte. Als ich geboren wurde, war die große Liebe vorbei, und mein Vater lebte sein Leben wieder so, als wäre er Junggeselle. Er hatte zahlreiche Geliebte und brachte sie mit ins Haus, während meine Mutter und ich ein Leben auf der Hintertreppe führten. Er machte sich nicht die Mühe, sich scheiden zu lassen. Er hatte einen legitimen Sohn, und mehr wollte er gar nicht von einer Ehe. Er liebte die Abwechslung, und meine Mutter hatte viel zu viel Angst vor ihm, um dagegen anzugehen.«

Ich warf einen verstohlenen Blick auf Rollo.

»Sie mochten Ihren Vater nicht?«

»Ich haßte ihn.«

»Wie alt waren Sie, als er starb?«

»Siebzehn. Es war mein letztes Jahr in Eton. Glücklicherweise gab es einen Fond, der meine Ausbildung finanzierte und an den er nicht heran konnte. Mein Vater hat meiner Mutter nie erlaubt, mich dort zu besuchen. Und ich fürchte, ich hätte mich wohl auch sehr geschämt, wenn sie es getan hätte. Ich war kein sehr guter Sohn, als ich jünger war. Sie hat wegen mir oft geweint, das weiß ich. Hoffentlich habe ich das seitdem ein wenig gutgemacht. Wenn man solche Verletzungen überhaupt gutmachen kann.«

»Sie bewundert Sie. Sie wünscht sich nur, Sie würden ein geregeltes Leben mit solider Arbeit führen.«

Rollo lachte. Mir gefiel sein Lachen ... es kam von ganzem Herzen.

»Ich weiß, sie ist erschüttert, weil ich mich nicht entschließen kann, was ich in Zukunft tun werde. Man hat mir ein Forschungsstipendium am Balliol-College angeboten. Aber es gibt auch die Möglichkeit, nach Harvard zu gehen. Ich kann mich nicht entscheiden. Und ich habe mich auch gefragt, ob ich wirklich als Akademiker weitermachen will. Ich hätte auch nichts dagegen, Thriller zu schreiben oder etwas ganz anderes zu machen.«

»Wahrscheinlich träumt jeder einmal vom Ausbrechen, vom Freisein. Mir geht das auch so. Aber ich glaube nicht, daß ich es jemals tun werde.«

»Erzählen Sie mir von sich.«

Das war keine lange Geschichte. Ich versorgte ihn mit einer kurzen Zusammenfassung der Fakten. Sein Gesichtsausdruck verriet, daß er dachte, da wäre noch mehr, aber er war zu höflich, um nach Einzelheiten zu bohren.

»Hört sich nach dem perfekten Leben an«, sagte er schließlich. »Intellektuelle Anregung, Wohnen in einer wunderschönen Stadt, die Freiheit, sich Genüsse und Vorlieben zu gönnen.«

»Dem Ihren sehr ähnlich«, konterte ich.

»Ja, das glaube ich auch.«

»Sehen Sie sich diese Hügel an.« Vor uns lag das Ribblesdale Valley, und zu unserer Linken erhob sich der große Klotz von Whernside. Ein Lichtstrahl spielte über seine kargen Schultern und brachte präraphaelitischen Glanz in die stumpfen Farben. »Es wäre ein Verbrechen, sich elend zu fühlen, solange es so etwas gibt!«

»Fühlen Sie sich elend?«

»Nein.«

Wir fuhren südwärts, mit steigender Geschwindigkeit, sobald die Straßen breiter und gerader wurden. Es war entspannend, mit Rollo zu fahren. Ich mochte ihn. Ich erzählte ihm eine ganze Menge über die Wochen auf Weston Hall. Die

Beschreibung meiner Mutter und ihre Abreise mit Giorgio und Peter fand er sehr unterhaltsam.

»Hoffentlich überfallen die Sie jetzt nicht alle. Klingt, als wären haarsträubende Episoden zu erwarten. Schon komisch, nicht wahr, daß manche Menschen so gar keinen Selbstschutz kennen? Sie rennen von einer Katastrophe in die nächste.«

»Ich denke, das liegt an ihrer Angst vor dem Alleinsein. Sie brauchen jemanden ... irgend jemand. Und sie können nicht innehalten, um darüber nachzudenken, was eigentlich zur letzten Katastrophe geführt hatte.«

»Da bin ich, wie ich glaube, das genaue Gegenteil«, meinte Rollo und drückte den Fuß durch, da wir jetzt endlich eine Autobahn erreicht hatten. »Ich bin zu umsichtig. Es passiert nicht oft, daß ich einem Impuls nachgebe. Eigentlich kann ich mich nicht erinnern, wann ich das vor dem heutigen Tag einmal getan habe.«

»Was haben Sie denn heute Impulsives getan?«

»Sage ich Ihnen später. Sie machen auch nicht den Eindruck, als wären Sie impulsiv. Sie haben sich wahrscheinlich ganz schön unter Kontrolle.«

»Denken Sie?« Ich lachte. »Doch als mein schlimmster Fehler wird mir immer vorgeworfen, daß ich mich selbst zu ernst nehme. Mir fehlt es an Distanz. Ich bin durchaus in der Lage, mich wie eine komplette Idiotin zu benehmen.«

Rollo tat so, als schüttele es ihn. »Du liebe Güte! Da sind Sie aber die Einzige. Ist das wirklich Ihr schlimmster Fehler? Sie müssen ein Engel sein. Ich bin voller Fehler. Ich bin ziemlich launisch. Und ich kann überhaupt nicht verzeihen. Ich lasse die Menschen zu schnell fallen, wenn sie das verletzen, was ich für richtig, gut oder schön halte. Ich bin ungeduldig. Oft auch ein wenig arrogant. Und mit Sicherheit egoistisch. Die Liste ist endlos.«

Langsam reifte in mir die Überzeugung, daß Rollo homosexuell sein mußte. Kaum möglich, daß ein heterosexueller Mann so viel Selbsterkenntnis besaß. Und dann war der Umgang mit ihm auch so locker, und man konnte sich so gut unterhalten. Kameradschaftlich, wie mit Peter. Er versuchte auch nicht zu flirten. Ich warf von der Seite einen verstohlenen Blick auf ihn. Sein Haar war gut geschnitten wie auch seine Kleidung, seine Nägel waren ordentlich, und sein gesamtes Äußeres wirkte elegant, ohne Übertreibung. Der Gedanke betrübte mich. Als ich mir dessen bewußt wurde, war ich über mich selbst erstaunt.

»Können Sie verzeihen?« wollte er wissen, ohne meiner Prüfung gewahr zu werden.

»*Vernunft zum Regieren, aber Gnade, um zu vergeben: Das erste ist Recht, das letzte Vorrecht.*«

»Pope?«

»Nein. Hört sich so an, nicht wahr? Ist aber von Dryden. Ich glaube nicht, daß es viele Menschen gibt, denen ich etwas verzeihen muß.«

»Außer Ihre Eltern, so klang es jedenfalls.«

»Seltsamerweise habe ich ihnen schon vor langer Zeit vergeben. Es war so offenkundig, was für ein unglücklicher Mann mein Vater war, so unbeholfen und von seinen eigenen Ängsten unterdrückt, daß er mir nur leid tun konnte. Außerdem ist er tot. Und bei der offensichtlichen Ängstlichkeit und Verletzbarkeit meiner Mutter wäre es so, als würde man einem Baby verzeihen. Nein, ich glaube, es ist eher umgekehrt. Gerade wurde mir eine unvergleichliche Lektion in Vergebung erteilt, und sie war sehr demütigend.«

»Worum ging es?«

»Erzähle ich Ihnen später.«

Ich dachte an Min. Unsere Freundschaft war sicherlich starken Angriffen ausgesetzt gewesen. War Freundschaft denn wie Stahl, um so härter, je öfter man sie in kaltes Wasser getaucht hatte? Ich hätte dazu gerne Rollos Meinung gehört, aber ich wollte mich nicht in ein ungünstiges Licht rücken. Ich war über mich selbst erstaunt. Es war doch kaum möglich, daß ich mich in meinem ersten Kummer über die Trennung von Robert zu jemand anderem hingezogen fühlte. Aber Min hatte ja gesagt, daß Verlangen, Leidenschaft und Liebe keine ausschließlichen Gefühle waren. Ich rief mir ins Gedächtnis, daß Rollo mit großer Wahrscheinlichkeit homosexuell war.

»Ich habe kürzlich irgendwo gelesen«, sagte Rollo, »daß John Stuart Mill sich das Manuskript des erstes Bandes von

Carlyles *French Revolution* ansah, wovon keine Kopie existierte. Er ging aus dem Zimmer und ließ es auf dem Tisch liegen. Sein Hausmädchen verbrannte es in der Meinung, es wäre Schmierpapier. JSMs Reue darüber war so gewaltig, daß Carlyle ihn stundenlang trösten mußte, weil er fürchtete, JSM würde sich umbringen. Das finde ich eine sehr gute Lektion in Vergebung. Was halten Sie von einem Mittagessen in diesem Pub hier?«

Wir setzten uns an einen Tisch am Fenster und teilten uns eine Flasche Wein, dazu aßen wir Brot, Käse und Tomaten, während wir unser Gespräch über Carlyle fortsetzten, gegen den Rollo Vorbehalte hatte. Ich bewundere Carlyle, und so kam es zu einem angeregten Streitgespräch, und ich vergaß Weston Hall und alles, was hinter mir lag. Während Rollo dann die Rechnung bezahlte, worauf er bestand, ging ich nach draußen, um nach Freddie zu sehen. Wir hatten ihm erlaubt, sich im Auto frei zu bewegen, damit er seine Beine ausstrecken konnte, und ich hatte den Rücksitz für sein Essen und die Katzentoilette mit Zeitungspapier abgedeckt. Er freute sich sehr, mich zu sehen, und als ich ihn wieder in den so verhaßten Korb steckte, kam ich mir wie eine Verräterin vor. Ich hoffte, daß er jetzt, satt von Fleisch und Milch, schlafen würde.

Als Rollo herauskam, schlug ich vor, ihn beim Fahren abzulösen, und er nahm mein Angebot sofort an.

»Ich bin erschöpft, wenn ich ehrlich bin. Ich bin gestern abend ohne Pause die ganze Strecke nach Dunston Abchurch durchgefahren und kam erst um zwei ins Bett, weil Mutter noch ziemlich aufgedreht war.«

Diese Bereitwilligkeit, mich ans Steuer zu lassen, war in Hinblick auf Rollos sexuelle Neigungen nur allzu schlüssig. Als kleine Entschädigung dafür bereitete es mir großes Vergnügen, hinter dem Steuer zu sitzen. Auto fahren macht mir immer Spaß, und dieser Wagen sprang los wie ein Tiger. Rollo schloß seine Augen, wollte aber nicht schlafen, für den Fall, daß ich selbst müde wurde. Binnen weniger Minuten atmete er ruhig und sanft und rührte sich die nächsten beiden Stunden nicht, bis er aus dem Schlaf hochfuhr.

»O mein Gott, das tut mir aber leid! Habe ich geschnarcht? Sind Sie müde?«

Ich beruhigte ihn in beiden Punkten, doch sobald wir die Plätze getauscht hatten, schlief ich auf dem Beifahrersitz ein. Jedenfalls war es ein langes träumerisches Dösen, aus dem zu erwachen mir die Kraft fehlte, das mich aber immer wieder zu Bewußtsein kommen ließ, so daß ich das Motorengeräusch hörte und wußte, daß ich in einem Auto saß und Rollo neben mir war.

Als ich schließlich wieder auftauchte, meine Augen öffnete und mich aufrecht hinsetzte, verblaßte das Nachmittagslicht schon. Ich sah auf meine Uhr. Es war sechs Uhr.

»Wo sind wir? Soll ich wieder fahren?«

»Wir sind dreißig Kilometer nördlich von Oxford.«

»Oxford?«

»Ja. Ich habe doch gesagt, daß ich unterwegs einmal anhalten muß. Das Haus kommt gleich. Ich hoffe, es macht Ihnen nichts aus?«

»Ganz und gar nicht. Aber ich muß den armen Freddie bald herauslassen.«

»Sie können ihn mit hineinbringen. Wir müssen nur sicherstellen, daß alle Türen und Fenster geschlossen sind.«

»Und Sie glauben, das macht denen nichts aus?«

»Denen?«

»Den Leuten, denen das Haus gehört?«

»Sicher nicht.«

Die Straße verengte sich und wurde zu einem Weg. Wir bogen ab und fuhren zwischen zwei Steinsäulen hindurch und folgten einer unkrautbewachsenen Auffahrt. Dann führte uns eine scharfe Kurve vor das Haus. Das kühle Dämmerlicht offenbarte eine schöne Steinfront. Der Vorbau wurde von zwei Konsolen gestützt, auf denen Greifen oder Chimären saßen, genau konnte ich es nicht erkennen. Efeu und ein alter vernachlässigter Blauregen wucherten über die mehrfach unterteilten Fenster.

»Was für ein wunderschönes Haus! Es ist bestimmt sehr alt, nicht wahr?«

»Ja. Die Krypta ist aus dem vierzehnten Jahrhundert.

Ursprünglich war es als eine Priorei gebaut. Dann wurde es zum Landschloß von Shinlake. Es war über Hunderte von Jahren im Besitz ein und derselben Familie, deren letztes Mitglied vor ein paar Monaten gestorben ist.«

»Und wem gehört es jetzt?« fragte ich und wußte die Antwort schon, bevor ich die Frage ausgesprochen hatte.

»Mir. Gehen wir hinein.«

Mit Lord Frederick und seinen Gerätschaften auf dem Arm verschafften wir uns Einlaß und schlossen dann die Tür. Es war sehr dunkel. Mit Hilfe einer Taschenlampe fand Rollo einen Lichtschalter. Eine nackte Glühbirne enthüllte die vermodernde Schönheit des alten Hauses mit seiner ganzen Dramatik einer Theaterdekoration.

»Dies hier ist der größte Raum des Erdgeschosses. Vermutlich das Wohnzimmer«, sagte Rollo und öffnete die Fensterläden. »In der Ecke kommt die Decke ein wenig herunter.«

»Oh, aber der Stuck ist wunderschön. Sehen Sie sich die Bossen an! Und den Fries! Dieser Kamin ist auch ganz zauberhaft. Was ist unter diesen Schonbezügen? Darf ich nachsehen?«

Rollo hob ein Laken an und legte ein Polstersofa frei, das von zerschlissener Seide und Spinnweben überzogen war. Es roch nach Staub und Verfall, gemischt mit dem alles beherrschenden Geruch nach Feuchtigkeit.

»Ich gehe davon aus, daß ein Großteil der Einrichtung zu sehr zerstört ist, um restauriert werden zu können. Doch das hier sieht ziemlich gut aus.«

Er hatte einen Schonbezug weggezogen, unter dem sich ein Klavier verbarg. Er spielte ein paar Töne.

»Man muß es neu besaiten. Ich denke, daß auch einige Hämmer gebrochen sind«, sagte er, als er seine Finger auf und ab laufen ließ und dabei so etwas wie eine Tonleiter hervorbrachte. »An diesem Haus ist bestimmt seit Jahren nichts mehr gemacht worden. Die letzte Besitzerin, Miss Raybrock, habe ich oft besucht und Tee mit ihr getrunken. Sie liebte Spenser und sprach gerne über ihn. Ich las ihr immer aus *Die Feenkönigin* vor und brachte ihr Schokoladenkuchen. Ich war völlig überrascht, als ihr Anwalt mir schrieb und mir mitteilte, daß sie mir alles vermacht hatte. Offenbar gibt es keine Verwandten. Wir sollten Freddie jetzt herauslassen und füttern. Ich möchte Ihnen den Rest des Hauses zeigen, bevor es zu dunkel ist.«

Freddie war ganz außer sich vor Begeisterung, aus dem Käfig zu dürfen, und stürzte sich mit lautem Schnurren auf den Unterteller mit Fressen. Ich stellte das Katzenklo und ein bißchen Wasser auf den Boden.

»Es scheint ihm gut zu gehen. Haben die Fenster alle Scheiben?«

»Das weiß ich nicht. Sie sind die erste, die ich hierher bringe. Ich habe den Schlüssel erst vor wenigen Tagen bekommen.«

Nachdem wir zu unserer Zufriedenheit festgestellt hatten, daß es für Freddie keine Öffnung nach draußen gab, schlossen wir die Tür und brachen zu unserer Besichtigung auf. Rollo zeigte mir den Raum, wo er und Miss Raybrock den Tee einzunehmen gepflegt hatten. Es war ein kleiner Raum, grün von den letzten laubgefilterten Lichtstrahlen, wunderbar getäfelt, aber von einem Elektroofen und einem Fernseher verunstaltet. Auf dem Fußschemel vor dem einzig bequemen Sessel ruhte eine zusammengefaltete Wolldecke. Auf der Sessellehne lag eine Brille. Ein Buch lag aufgeschlagen auf dem Sitz. Rollo nahm es auf.

»*Venus und Adonis*. Sie war schon eine bemerkenswerte Frau.

Er legte das Buch zurück, und wir sahen uns den Rest des Hauses an. Die Küche war groß, mit Steinwänden und Steinfliesen auf dem Boden. Ein eiserner Küchenherd zog sich fast über die gesamte Länge einer Wandseite, auf der gegenüberliegenden Seite stand ein riesiger Schrank mit Porzellan. Alles war von Staub und zementartigen Spinnweben überzogen. In einer Küchenecke stand eine einzelne Elektroplatte und ein elektrischer Wasserkessel. In der Spüle lagen eine Tasse mit Untertasse und ein Teller mit den Resten einer Toastkruste.

»Ein Arachnologe hätte seine helle Freude an diesem Haus«, sagte ich. »Nein, das würde wirklich jedem gefallen. Ich kann mich nicht erinnern, je ein schöneres Haus gesehen zu haben.«

Das Eßzimmer lag unter Tüchern verborgen, hatte aber eine ähnlich feine Stuckdecke wie das Wohnzimmer. Nachdem wir noch einen Blick in ein kleines quadratisches Bücherzimmer geworfen hatten, dessen Inventar von Feuchtigkeit aufgequollen und auf den Boden gepurzelt war, gingen wir nach unten. Rollo öffnete die Blendläden in einem der größeren Schlafzimmer.

»Kommen Sie, sehen Sie«, sagte er.

Unter uns im Garten standen riesige Gestalten, die wie grüne Wellenbrecher bei Flut heranrollten.

»Ich glaube, das war früher einmal alles in Form gestutzt«, sagte Rollo, der sich neben mir auf dem Fensterbrett aufstützte. »Kann man Eiben stark zurückschneiden?«

»Aber ja. Wenn nötig, sogar bis zum Hauptstamm. Man braucht dazu nur Böcke und Bretter. Diese Hecken müssen zwischen vier und viereinhalb Meter hoch sein. Wie alt die wohl sein mögen?« Ich warf einen Seitenblick auf Rollo. Sein auf mich gerichteter forschender Blick schien mit den Eibenhecken nichts zu tun zu haben. Dann lächelte er mir geheimnisvoll zu. Sein Blick blieb nachdenklich, als ich ihm darlegte, was vermutlich der ursprüngliche Plan des Gartens gewesen war. Ich hatte den Eindruck, als hörte er mir nur mit halbem Ohr zu.

Im Wohnzimmer war von Freddie nichts zu sehen. Wir suchten unter den Schonbezügen, auf dem Kaminsims, unter dem Sofa, im Klavier. Und als mich langsam wirklich die Angst packte, hörte ich ein Miauen über meinem Kopf. Zwischen dem oberen Teil des Futters und der Schabracke wölbte sich der Vorhang.

»Er ist im Vorhang.« Bei der Vorstellung, das entomologische Vivarium zu erkunden, schreckte ich zurück.

»Bleiben Sie«, sagte Rollo. »Das Leben eines Akademikers bietet nur wenig Gelegenheit, Heldenmut zu beweisen. Als Ritter vom Roten Kreuz habe ich mich schon immer gern gesehen.«

Einen Augenblick später tauchte er mit Freddie auf.

»Nehmen Sie ihn. Ich brauche etwas zu trinken.«

Er kam mit einem Korb aus dem Wagen zurück. Darin befanden sich zwei Gläser, ein Beutel mit kaltem Wasser und einer Flasche Bollinger.

»Vor wenigen Stunden war das noch Eis«, sagte Rollo und legte den Plastikbeutel mit Wasser beiseite. »Ich habe den Besitzer des Pub, wo wir zu Mittag gegessen haben, dazu überredet, mir einen Kühlschrank zu improvisieren. Scheint funktioniert zu haben. Nicht so kalt, wie er sein sollte, aber kalt genug.«

Er öffnete die Flasche und gab mir ein Glas. So kurz vor dem Abschluß eines anstrengenden Tages, der von allen nur denkbaren Gefühlen gefärbt war, schmeckte der Champagner köstlich. Freddie, der Rollo vielleicht als seinen Retter ansah, kringelte sich auf dessen Knien zusammen, um zu schlafen.

»Ist dieser kleine Ball aus Fell ein Nödipus,
oder reift da bloß ein Katzenödipus?
Wird er bei deinem liebevollen Fressen
die jüngst verlass'ne Mutter bald vergessen?
Oder wächst vor Komplex ein Grödipus?«

»Jetzt sagen Sie bloß nicht, Sie haben das eben erst erfunden«, lachte ich.

»Nein, leider nicht. Es ist schon lange her, daß ich Gedichte schrieb. Aber ich habe ein sehr gutes Gedächtnis. Heute sind mir die Gedichte anderer Leute ebenso recht.« Er strich mit einem Finger über das zarte gekrümmte Rückgrat.

»Wird es nicht sehr teuer sein, dieses Haus zu renovieren?« wollte ich wissen.

»Das glaube ich schon. Ich habe mit dem Haus zwölftausend Pfund geerbt, aber ich glaube nicht, daß ich weit damit komme. Das Ausmaß des ganzen Vorhabens nimmt mir ein wenig den Mut. Ich habe schon überlegt, ob ich nicht das Haus verkaufen und nach Amerika gehen und die ganze Sache vergessen soll.«

»Oh, aber ... wie traurig, wo Miss Raybrock doch bestimmt wollte, daß Sie hier leben! Wenigstens ... ach, das ist wahrscheinlich eine hoffnungslos sentimentale Einstellung.«

»Ist es. Aber ich empfinde das genauso. Ich könnte natürlich auch das Stipendium hier annehmen und das Haus nach und nach herrichten. Finden Sie, daß ich das tun sollte?«

Ich antwortete nicht sofort. Er sah mich nicht an. Er hatte ein Bein elegant über das andere gelegt. Eine Hand streichelte Lord Frederick. Die andere hielt den Champagner. Er wirkte sehr entspannt. Ich wünschte, er wäre weniger zweideutig, weniger rätselhaft. Zweifellos suchte er meinen Rat nur aus Höflichkeit.

»Wenn ich an Ihrer Stelle wäre, würde ich das machen. Aber das ist nicht dasselbe. Ich kenne Sie nicht gut genug, um Ihre Frage beantworten zu können.«

Rollo sah angestrengt in sein Glas. Dann lächelte er und wandte mir seinen Kopf zu.

»Eine sehr faire Antwort. Jetzt müssen wir aber austrinken und fahren. Wir haben noch zwei Stunden bis Cambridge.«

Es war fast dunkel, als wir auf die Straße nach Buckingham stießen. Freddie schlief auf meinen Knien, weil er wegen des Korbes großen Zirkus gemacht hatte. Die Scheinwerfer unseres Autos ließen sein Inneres finster erscheinen. Wir waren eingeschlossen, allein. Für den Augenblick war ich glücklich.

»Was werden Sie in Cambridge machen?« fragte ich.

»Ich werde bei einem alten Freund von mir wohnen. Ich habe ihn schon lange nicht mehr gesehen. Er ist fast achtzig. Es ist an der Zeit, bei ihm vorbeizuschauen. Ich bin froh, diese Ausrede zu haben.«

»Ausrede?«

»Ich habe Ihnen gesagt, daß ich heute auf untypische Weise impulsiv bin. Als ich hörte, daß Sie nach Cambridge wollten, beschloß ich, Sie hinzubringen. Eigentlich sollte ich zu einem Dinner nach Oxford. Das habe ich mittags vom Pub aus abgesagt und statt dessen den Besuch bei Theo Lang vereinbart.«

»Ich weiß nicht, was ich sagen soll.«

Ich kämpfte dagegen an, vom einen Ohr zum anderen zu grinsen.

»Sie brauchen nichts sagen. Lassen Sie sich nicht stören oder aus der Ruhe bringen. Ich habe vor, von jetzt an äußerst vorsichtig zu sein. Ich verstehe es selbst nicht ... doch als ich in der Küche von Weston Hall stand, hatte ich die Eingebung, daß eine sofortige Entscheidung dringend erforderlich war. Ich weiß, daß Beziehungen wie Gezeiten funktionieren und Glück bringen können, wenn man sie bei Flut angeht. Und noch besser: Nichts, was heute passiert ist, hat mich meine Impulsivität bereuen lassen. Keine Sorge, Sie können mir ruhig sagen, wenn ich übers Ziel hinaus schieße.«

»Keine Sorge.«

»Gut.«

Eine Weile fuhren wir schweigend weiter. Dann sagte Rollo: »Sollen wir morgen abend essen gehen? Ich habe ausgemacht, daß ich zwei Nächte bleibe.«

»Ja, das würde ich gerne.«

Wir verfielen wieder in geselliges Schweigen. Dann erkundigte sich Rollo, ob mir kalt wäre. Mir war wirklich kalt, ich hatte es aber nicht bemerkt, weil ich so sehr in meine Gedanken versunken war. Er stellte das Radio an. Das dritte Programm brachte Mozarts Flöten- und Harfenkonzert. Freddie wurde wach, kam aber wieder zur Ruhe. Ich dachte an Robert, Min und die Kinder. Dann an Shinlake Manor, mein Buch, meine Mutter – sehr kurz –, und an Peter und Giorgio. Dann dachte ich an Rollo, und da kamen meine Gedanken zur Ruhe.

Viel zu früh erreichten wir Cambridge. Rollo half mir mit meinem Gepäck.

»Schönes Haus. Paßt zu Ihnen. Auf Wiedersehen, Freddie.«

Ich hielt Freddie fest, damit er nicht auf die Straße hinauslaufen konnte. Rollo streichelte Freddies Kopf, dann hielt er kurz meine Hand.

»Auf Wiedersehen, Diana. Morgen um acht?«

Ich nickte. Gerade als die Tür hinter ihm ins Schloß fiel, läutete das Telefon.

»Daze?« Es war Mins Stimme. »Du hast ja ein Glück! Erzähl mir alles.«

»Mitunter muß man in die Vergangenheit zurück, wenn man die Zukunft gewinnen will.« Dieser Satz bewahrheitet sich für die erfolgreiche New Yorker Journalistin Micah, die nach langer Abwesenheit in ihren Geburtsort, eine Kleinstadt in Georgia, zurückkehrt. Dort wird sie mit ihrer Kindheit konfrontiert, die an einem Abend vor zwanzig Jahren nach einem erbitterten Streit in ihrem Elternhaus abrupt endete. Nun liegt ihr Vater im Sterben. Sein letzter Wunsch ist es, zu verhindern, daß das alte Familienhaus einer geplanten neuen Straße weichen muß. Der Kampf um das Haus bringt den sterbenden Vater und seine jüngste Tochter einander wieder näher ...

Heimwärts ist ein bewegender Roman über den amerikanischen Süden von heute, über Treue und Verrat, Vertrauen und Habgier, Leidenschaft und Tod – und der Roman einer wiedergefundenen Kindheit.

Anne Rivers Siddons

Heimwärts

Roman

Econ | Ullstein | List